Jocelyne Godard

Die goldene Königin

Buch

Nachdem François I. den französischen Thron bestiegen hat, erreicht die Renaissance in Frankreich ihre Blütezeit. Der König kehrt als strahlender Sieger von seinem Italienfeldzug zurück, doch der Krieg und François' Vorliebe für alles Schöne und Kostbare strapazieren die Staatskassen. Die Werkstätten der Seidenweber profitieren allerdings von der Prunksucht des jungen Königs, der im ganzen Land edle Wandteppiche ordert.

So florieren auch die Werkstätten der renommierten Seidenweberin Alix de Cassex in Tours. Alix hat ihren langjährigen Freund und Geschäftspartner Mathias geheiratet. Doch während ihr Leben sich in ruhigeren Bahnen bewegt, warten am Hof Liebe und Intrigen auf ihre beiden Töchter …

Autor

Jocelyne Godard ist eine der erfolgreichsten französischen Autorinnen historischer Romane. Ihre »Thebanerinnen-Saga« verkaufte sich mehr als 600.000 Mal. Aus ihrer farbenprächtigen mehrteiligen Saga über eine Teppichweberei im Frankreich der Renaissance sind bereits mehrere Romane sehr erfolgreich auch in Deutschland erschienen.

Bei Blanvalet außerdem von Jocelyne Godard lieferbar:

Die seidene Madonna (37429)
Die Tränen der Prophetin (37588)
Die Blumenweberin (37589)

Jocelyne Godard

Die goldene Königin

Roman

Aus dem Französischen
von Babette Schröder

blanvalet

Die französische Originalausgabe erschien 2007 unter dem Titel
»Les Ateliers de Dame Alix 05: David et Bethsabée«
bei Les Editions Le Sémaphore, Paris.

MIX
Papier aus verantwortungsvollen Quellen
FSC® C014496

Verlagsgruppe Random House FSC® N001967
Das für dieses Buch verwendete FSC®-zertifizierte
Papier *Holmen Book Cream* liefert
Holmen Paper, Hallstavik, Schweden.

1. Auflage
Deutsche Erstveröffentlichung Februar 2014 bei Blanvalet,
einem Unternehmen der Verlagsgruppe
Random House GmbH, München.

Umschlaggestaltung: © Johannes Wiebel | punchdesign,
unter Verwendung von Motiven von The Bridgeman Art Library
Redaktion: Ingola Lammers
ES · Herstellung: sam
Satz: KompetenzCenter, Mönchengladbach
Druck und Einband: GGP Media GmbH, Pößneck
Printed in Germany
ISBN 978-3-442-38246-0

www.blanvalet.de

Für meine Mutter Berthe

1.

Das Gespann raste mit atemberaubender Geschwindigkeit dahin. Hector und Cäsar keuchten vor Anstrengung und galoppierten, so schnell sie konnten. Leo, der Kutscher, lenkte den Wagen, der seit wenigen Minuten von zwei Reitern über die Straße nach Moulins gejagt wurde. Alix und ihre Begleiterinnen saßen dicht aneinandergedrängt in der Kutsche und wurden im Rhythmus der Hufe hin- und hergeworfen. Die Zügel fest in der Hand, den Blick starr nach vorn gerichtet, wartete Leo auf einen geeigneten Moment, um die Verfolger abzuhängen. Die beiden Reiter holten jedoch auf, und trotz des verbissenen Kampfes des Kutschers trennten sie bald nur noch wenige Meter voneinander.

Um zu sehen, wie dicht ihnen die anderen auf den Fersen waren, steckte Alix den Kopf aus dem kleinen Fenster.

»Sie kommen, Leo, lass sie nicht überholen.«

Leo und die Pferde gaben noch einmal alles, und eine Zeit lang hielten sie diese irrsinnige Geschwindigkeit durch. Der Wind pfiff an den gespitzten Ohren der Tiere vorbei, strich über ihre schweißbedeckten Flanken und riss den Schaum mit sich, der sich am Maul der Pferde gebildet hatte.

»Das ist sicher Bellinois«, murmelte die junge Frau.

»Woher willst du das wissen?«, fragte Angela, die langsam erbleichte.

»Das ist nicht schwer. Er hat bereits beim letzten Mal verhindert, dass ich der Vorladung des Richters Folge leiste. Nun versucht er es aufs Neue. Jeder weiß, wer nicht erscheint, ist im Unrecht.«

»Aber«, stellte Arnaude, die den Mädchen auf der anderen Bank gegenübersaß, aufgeregt fest, »wenn das wirklich Maître Bellinois ist, könnte man meinen, er wolle dich diesmal umbringen. Wenn mein Gedächtnis mich nicht trügt, hat er sich bislang mit dem Schreiben von Drohbriefen begnügt.«

»Er gibt mir die Schuld! Damit war zu rechnen. Aber ich werde ihm zeigen, wozu ich fähig bin.«

Erneut steckte sie den Kopf aus dem Fenster. Der Wind riss an den kastanienbraunen Haaren unter ihrer Haube und löste einige Strähnen. Alix schrie, um das Pfeifen des Windes zu übertönen, und beugte sich noch weiter hinaus:

»Lass dich von diesen Männern nicht beeindrucken, Leo. Unsere Pferde sind gewiss genauso zäh wie ihre. Denk daran, dass wir in ein oder zwei Stunden beim Richter sein müssen. Wenn ich zu spät komme, bringt mich das in eine sehr unangenehme Lage.«

Die ganze Geschichte hatte vor fast zehn Jahren begonnen. Damals fertigte Alix in ihren Werkstätten ein Millefleurs-Ensemble aus sieben Wandteppichen, das *Das höfische Leben* zum Thema hatte. Einer davon war aus der Werkstatt in Tours entwendet worden.

Schon damals wusste sie, dass es sich bei dem Dieb um Maître Bellinois handelte, einen Weber aus Felletin in La Creuse. Bei ihm hatte der Duc d'Amboise diese bedeutende Arbeit ursprünglich in Auftrag gegeben, sie ihm dann jedoch entzogen, um sie von Alix de Cassex vollenden zu lassen. Die zentralen Figuren waren bereits fertig gewesen. Es fehlte noch der Hintergrund, vor dem sich die Damen und Herrschaften bewegten. Dieser

Hintergrund bestand nun aus wundervollen Millefleurs, der Spezialität der jungen Seidenweberin.

Da Maître Bellinois dringendere Bestellungen zu fertigen hatte, war er durchaus damit einverstanden gewesen, dass Charles d'Amboise Alix die unvollendete Arbeit übergab.

Als er allerdings sah, welch prächtige Tapisserien die Werkstatt von Alix verließen, wie wundervoll die Farben leuchteten und wie hervorragend die Teppiche gearbeitet waren, bedauerte er seine Entscheidung plötzlich und beanspruchte die Arbeit ganz für sich. Schließlich ging er so weit, das letzte Stück direkt aus dem Webstuhl seiner Konkurrentin zu stehlen.

»Gut gemacht, Leo, wir sind fast da. Moulins ist nicht mehr weit. Ich sehe schon die Stadtmauern.«

Kaum zeichneten sich die ersten Häuser am Horizont ab, schleuderte die Kutsche in Richtung Straßenrand und neigte sich gefährlich nach rechts. Alix hörte Cäsar wiehern, doch der ungestüme Hector richtete sich auf und schaffte es mit einem Stoß seiner Lenden, das Gleichgewicht wiederherzustellen. Hinzu kam Leos Geschicklichkeit, und schon befand sich das Gespann wieder auf der Straße.

Aber die beiden Reiter waren noch nicht fertig mit ihrem verrückten Angriff. Während Angela sich noch die schmerzende Schulter rieb, mit der sie hart gegen die Kutschwand gestoßen war, sahen Alix und Arnaude, wie die Männer das Gespann überholten, schnell ein Stück voranritten, sich mitten auf die Straße stellten und ihnen den Weg versperrten. Leo musste anhalten.

»Was wollen die?«, murmelte Arnaude, die ihre Sorge nicht länger verbergen konnte.

»Sie wollen, dass der Wagen in den Graben stürzt.«

Plötzlich ritt einer der Männer auf sie zu und schlug mit der Gerte auf Cäsar ein. Böse lächelnd folgte der andere seinem Beispiel. Kräftiger noch als sein Begleiter, der voller Wut Cäsar geißelte, löste er die Bügelriemen und peitschte mit voller Wucht auf Hector ein.

Ängstlich schlugen die Pferde aus, doch Leo blieb keine Zeit, sie zu beruhigen. Um mehr Bewegungsfreiheit zu erlangen und sich besser verteidigen zu können, musste er vom Kutschbock steigen. Er baute sich vor den beiden Reitern auf, drohte ihnen mit den Fäusten und schleuderte ihnen Beleidigungen entgegen. Seine klaren Augen funkelten in der Farbe eines Gewitterhimmels, und er spannte die Kiefermuskeln an. Kraftvoll entriss er dem Mann den Riemen, der wie ein Besessener auf Hector einschlug, um das Tier in Panik zu versetzen.

Seiner Peitsche beraubt, sprang der Reiter vom Pferd. Sein Gefährte tat es ihm gleich. Leo hielt den Lederriemen fest in der Hand, ließ ihn pfeifend durch die Luft schnellen und erwischte den einen Mann an Stirn und Augen.

»Leo!«, schrie Alix, als sie sah, dass der andere Reiter zum Entsetzen der jungen Frauen plötzlich ein Messer zog.

Der Kutscher wich zurück und überzeugte sich kurz davon, dass er den einen Schurken außer Gefecht gesetzt hatte. Der hielt sich mit beiden Händen das Gesicht, durch das sich lange Schmisse zogen, und rieb sich die Augen, die er offenbar nicht öffnen konnte. Währenddessen näherte sich der andere Mann und richtete das Messer auf Leo.

Vorsichtig stieg Alix aus der Kutsche und schlich zu den armen Pferden, die sich in ihrer Panik in das Geschirr legten. Der Mann, der in der einen Hand die Peitsche und in der anderen das Messer hielt, sah sie nicht kommen.

»Lassen Sie die Waffe fallen!«, schrie sie.

Was für ein Risiko sie auf sich nahm, um Leo zu helfen! Sie besaß weder ein Messer noch einen Knüppel oder etwas anderes, um sich zu verteidigen. Doch ihr Schreien rettete den Kutscher, denn der Mann drehte sich um, und das wurde ihm zum Verhängnis. Leo stürzte sich auf ihn, packte ihn an der Gurgel, nutzte das Überraschungsmoment und brachte ihn mit einem kräftigen Schlag dazu, das Messer fallen zu lassen.

Nun kämpften beide mit bloßen Händen, Mann gegen Mann. Angela und Arnaude waren ebenfalls aus der Kutsche gestiegen und standen neben dem Wagen, den die Pferde in ihrer Angst immer weiter zur Seite zogen. Langsam rückten die beiden Frauen von Alix ab, die Leo jedoch auf keinen Fall im Stich lassen wollte.

Es war ein kurzer heftiger Kampf. Die Männer packten einander an der Gurgel und würgten sich. Der Angreifer konnte sich befreien, wich Leos Schlägen aus und schlug seinerseits kräftig zu. Leo erhielt einen harten Stoß in den Bauch und rang einen Augenblick um Atem. Dann fasste er sich, rammte seinem Gegner voller Wucht den Schädel gegen die Brust und warf ihn zu Boden. Der ehemalige Hafenarbeiter aus Gênes hatte das Kämpfen nicht verlernt. Schnell gewann er die Oberhand, doch den Frauen erschien die Zeit dennoch unendlich lang.

Mit blutiger Nase, zahlreichen blauen Flecken, einem schmerzenden Bauch und einer halb ausgerenkten Schulter ließ der Kutscher seinen Gegner auf dem Boden zurück, während der andere Angreifer alle Teufel beschwor, die er nicht mehr sehen konnte.

»Schnell!«, rief Leo, »wir müssen hier weg. Der eine wird sich wieder erholen, und der andere kann vielleicht auch bald wieder sehen.«

Mit sanften Stimmen redeten die drei Frauen auf die Pferde ein und streichelten sie, damit sie sich beruhigten.

Als Arnaude wieder auf der Holzbank saß, wischte sie sich den Schweiß aus dem Gesicht. Sie war nicht mehr ganz jung. Als Alix noch ein junges Mädchen gewesen war, hatte die ältere Freundin ihr geholfen, den jungen Lehrling zu finden, an den Alix ihr Herz verloren hatte. Arnaude musste inzwischen ungefähr fünfzig Jahre alt sein. Da sie ihren Beruf über alles liebte, arbeitete sie noch immer an der Seite ihres Mannes Arnold und ihres Sohnes Guillemin als Weberin in der Werkstatt.

»Geht's?«, fragte Alix besorgt und beugte sich zu ihrer Begleiterin.

Arnaude nickte kaum merklich mit dem Kopf. Ihr Gesicht mit der faltigen Stirn, den grauen inzwischen etwas wässrigen Augen und den etwas fleischigen Lippen nahm wieder den gewohnt ruhigen Ausdruck an.

Kurz darauf trieb Leo die Pferde an, sie verließen den Ort des Geschehens und passierten bald die Stadtgrenze.

Kaum hatte Alix den Saal betreten, in dem ein paar Bänke aufgereiht waren und an dessen Ende im rechten Winkel ein paar Tische standen, entdeckte sie Maître Bellinois. Er saß auf einer der Bänke, drehte blitzartig den Kopf in ihre Richtung und sah sie mit stechendem Blick aus seinen kleinen schwarzen Augen an. In den zehn Jahren hatte er sich kaum verändert: Er war nicht sehr groß, etwas zu mager, hatte ein knochiges Gesicht und die Augen eines Geiers. Genau so, mit diesem arglistigen Blick und dem verkniffenen Zug um den Mund, der wirkte, als würde er ständig boshaft lächeln, hatte sie ihn damals bei Charles d'Amboise auf Château de Chaumont kennengelernt.

Der Richter, der mit ihrer Angelegenheit betraut war, wurde von einem Staatsanwalt und zwei Anwälten flankiert. Daneben saß ein fuchsäugiger Gerichtsschreiber, der ein Blatt, eine Feder und ein Tintenfass vor sich stehen hatte.

»Dame Alix Cassex«, befahl er in schleppendem Tonfall und richtete seine trüben Augen auf sie, »erheben Sie sich.«

Alix blickte kurz zu Arnaude und Angela, die etwas abseits Platz genommen hatten. Ihre Gesichter wirkten ganz entspannt. Als sie sah, dass der aufregende Zwischenfall offenbar keine Spuren bei den beiden Frauen hinterlassen hatte, atmete sie erleichtert auf.

»Bitte, verzeiht, Herr Gerichtsschreiber, ich heiße Alix *de* Cassex«, sagte sie und betonte das Adelsprädikat in ihrem Namen.

»Wie bitte?«, warf der Richter in kühlem Ton ein.

Alix drehte sich zu ihm um und betrachtete einen Augenblick seine undurchdringliche Miene.

»Ich werde es Euch erklären. Aufgrund der Dienste, die meine Familie dem Königreich seit über einem Jahrhundert erwiesen hat, hat François I. meine Familie in den Adelsstand erhoben.«

Mit Ausnahme des Gerichtsschreibers musterten die Männer vor ihr sie aufmerksam. Der Staatsanwalt zeigte eine verschlossene Miene und bereitete sich innerlich auf die schonungslose Rede vor, die er bald halten würde.

»Diese Frau ist eine Aufschneiderin«, rief Bellinois.

Er straffte den Oberkörper und hob herausfordernd das Kinn. Er wirkte wie ein Gockel, der versuchte, sich bei seinen Hennen Respekt zu verschaffen.

»Maître Bellinois«, entgegnete Alix, ohne sich aus der Ruhe

bringen zu lassen, »Euch hat bislang niemand das Wort erteilt. *Mich* hat der Herr Richter gefragt.«

Letzterer schlug mit einem kleinen Hammer auf den harten Holztisch und bestätigte klar und deutlich: »Dame Cassex hat recht. Ihr antwortet, wenn Ihr gefragt werdet. Fahrt fort, Madame, womit hat sich Eure Familie eine solche Gunst erworben?«

»Mein Mann, Maître Jacques Cassex, ist während der letzten schrecklichen Pest verstorben. Das ist nun fast zwanzig Jahre her. Mütterlicherseits stammte er von Jean le Flamand ab, der gemeinsam mit dem berühmten Maler Jean de Bruges den gewaltigen Wandteppich *Die Apokalypse des heiligen Johannes* gefertigt hat.«

Einmal in Schwung, fuhr sie selbstsicher fort: »Die Großmutter meines Mannes, Clarissa Cassex, war eine hervorragende Weberin aus dem Val de Loire und seine Mutter, Leonore Cassex, Weberin in Flandern.«

Die Männer des Rechts hörten ihr zu. Maître Bellinois, der ihr gezwungenermaßen ebenfalls sein Ohr leihen musste, obwohl er das alles bereits kannte, kochte innerlich. Alix ließ sich jedoch nicht aus der Ruhe bringen. »Mein Mann und ich haben eine große Arbeit für Louis XII. gefertigt, ein Ensemble von sechs Wandteppichen, deren Hintergrund aus Schlachtendarstellungen sowie Millefleurs besteht.«

Sie zögerte und fragte sich, ob sie ihren Schwiegervater erwähnen sollte, dieses verabscheuungswürdige Individuum, der sie sein Leben lang hartnäckig abgelehnt und zu vernichten versucht hatte. Sie hielt es jedoch für richtig, seinen Anteil nicht zu verschweigen: »Bei dem Vater und zugleich Meister meines Mannes handelt es sich um Pierre de Coëtivy, der große Werke für den Hof von Frankreich, Burgund und Flandern gefertigt hat. Seine *Geschichte von Penthesilea* erhielt höchste Anerkennung.«

Sie versicherte sich der Wirkung, die die lobenden Worte über das Renommé ihrer Familie hinterließen, und fuhr fort: »Und Herr Richter, nun komme ich zu meinen eigenen Werken, deren Erfolg mich mit Stolz erfüllt. Auf die Bitte eines Onkels meines Mannes, Kardinal Jean de Villiers, Freund und Berater von Papst Alexander Borgia und später von Jules II., habe ich für den Vatikan gearbeitet. Die Comtesse d'Angoulême, mit der ich befreundet bin, hat mir ebenfalls Aufträge erteilt, ebenso der König. Momentan arbeiten meine Werkstätten ausschließlich für ihn. Sie vollenden *Die Geschichte Cäsars* und *Triumph des Sommers*. Und im Auftrag der Königin arbeite ich an der Herstellung eines Kalenders, der auf zwölf Teppichen die Monate und Jahreszeiten darstellt.«

»Und die Maler?«, rief eine schrille Stimme dazwischen.

Alix musste lächeln. Die Frage von Maître Bellinois war ziemlich dumm, und als auch er auf einmal begriff, dass die Antwort seiner Rivalin nur zum Vorteil gereichen konnte, bereute er sogleich, sie gestellt zu haben.

»Alle meine Werke entstehen in Zusammenarbeit mit großen Malern. Mit van Orley und van Aelst, und auch der große florentinische Maler Raffael hat diverse Kartons für mich gezeichnet.«

Nach dieser eindrucksvollen Rückschau schwiegen die Hüter des Gesetzes. Alix spürte, dass sie sich perfekt präsentiert hatte. Aber sie wusste auch, dass Männer leider häufig engstirnig, hart und unbarmherzig über Frauen urteilten und sie oft am liebsten zurück nach Hause und zu ihren Kindern schickten.

Während sie wartete, rang sie mit sich. Natürlich konnte Alix eigentlich selbstbewusst sein. Sie kannte ihr Geschäft und ging diesen Männern nicht in die Falle. Dank ihrer Arbeit und der wichtigen Verbindungen, die sie über die Jahre geknüpft hatte, aber auch weil sie sich von diversen Rückschlägen und Unfällen nicht hatte entmutigen lassen, waren die Werkstätten von Alix de Cassex zu den wichtigsten von ganz Tours aufgestiegen. Ihr glänzender Erfolg zeigte, wozu diese hartnäckige, ehrgeizige und willensstarke Frau fähig war, die mit ihren knapp vierzig Jahren noch immer schön und verführerisch wirkte.

Denn Alix, als kleines Waisenkind auf der Suche nach Liebe und schönen Wandteppichen aus Nantes aufgebrochen, führte nun schon seit Langem das Leben einer großen Künstlerin. Ihr Geist war stets mit ihren Werken beschäftigt, die sich täglich weiterentwickelten.

Ihr Anwalt, Maître Carbonnel, erhob sich. Er besaß eine eindrucksvolle Statur und ein sicheres Auftreten, mit beidem konnten seine Worte allerdings nicht mithalten.

»Das sind gute Referenzen für diese Weberfamilie«, bestätigte er schlicht, »Referenzen, die der Richter in seine Überlegungen einbeziehen möge.«

Dann hob der Gerichtsschreiber den Kopf.

»Maître Renault Bellinois«, verkündete er mit seiner etwas piepsigen Stimme.

Nun erhob sich der kleine Mann, der auf der gegenüberliegenden Bank saß. Sein Kleidungsstil hatte sich in den zehn Jahren nicht verbessert. Seinen Schädel verbarg er unter einer runden braunen Kappe. Er trug eine grobe Leinentunika, über die er eine noch einfachere Wolljacke gezogen hatte. Das Ganze wurde von einem Gürtel gehalten, der locker auf die Hüften fiel.

»Seid Ihr allein?«, fragte der Richter mit Blick auf Arnaud und Angela, die Alix begleiteten.

»Ja, Herr Richter«, verkündete Bellinois. »Ich habe nur meinen Anwalt zur Verteidigung mitgebracht.«

Daraufhin blickte er höhnisch zu Alix und fügte hinzu: »Nur wer schuldig ist, braucht die Unterstützung anderer!«

»Das verbitte ich mir!«, rief die junge Frau. »Der Prozess hat Euch noch nicht Recht zugesprochen.«

»Aber bald!«

»Das werden wir ja sehn.«

Verärgert schlug der Richter mit seinem Hammer auf die Tischkante.

»Ruhe!«

Und an Alix gewandt: »Haltet Ihr an Eurer Klage fest?«

»Ja, Herr Richter, bis ich Recht erhalte. Ich versichere Euch, dass dieser Mann mir die *Galanterien,* den letzten Wandbehang aus dem Ensemble *Das höfische Leben,* gestohlen hat. Ich versichere Euch des Weiteren, dass er sich ebenfalls die Früchte meiner Arbeit zu eigen gemacht hat. Er ist nicht nur ein Dieb, sondern auch ein Usurpator.«

»Schweigt!«, rief der Staatsanwalt. »Es steht Euch nicht zu, in dieser Angelegenheit ein Urteil zu fällen.«

»Ich schweige erst, wenn ich alles Wichtige gesagt habe.«

»Ruhe!«, schrie der Staatsanwalt nun.

Aber der Richter entschied: »Erzählt.«

»Dieser Mann wurde dabei beobachtet, wie er eines Abends meine Werkstatt betreten hat.«

»Das habt Ihr bereits bei einer früheren Anhörung behauptet, aber die Aussage eines sechsjährigen Mädchens können wir nicht berücksichtigen. Wenn Ihr über keinen anderen Beweise verfügt, rate ich Euch zu schweigen.«

Tatsächlich hatte Marie, die Tochter von Juan, ihrem Wächter, beobachtet, wie Bellinois eines Abends die leere Werkstatt betreten hatte.

»Alles, was diese Frau behauptet, ist gelogen«, tobte der Webermeister. »Diese Wandbespannungen haben nie meine Werkstatt verlassen, weder die *Galanterien* noch die anderen Teile des Ensembles.«

»Sagt das ja nicht noch einmal. Untersteht Euch!«, schrie Alix nun ihrerseits. »Meine Angestellte, Dame Arnaude, wird Euch bestätigen, dass sie den Großteil der Millefleurs gewebt hat, die den Hintergrund des Teppichs bilden. Bei allen anderen Teppichen im Übrigen auch.«

»Dame Arnaude, erhebt Euch und schwört, dass Ihr die Wahrheit sagt.«

»Ich schwöre, Herr Richter, dass ich mehrere Jahre an allen Wandteppichen gearbeitet habe, die zum Ensemble *Das höfische Leben* gehören, den der Duc d'Amboise Dame Alix ausgehändigt hat.«

»Der Duc d'Amboise hat die Teppiche niemals dieser Frau anvertraut«, bellte Bellinois.

»Nehmt wieder Platz, Dame Arnaude. Gerichtsschreiber, lasst die andere Person vortreten.«

Etwas zurückhaltender als Arnaude, die mit klarer, deutlicher Stimme gesprochen hatte, erhob sich die junge Angela. Sie wandte den Kopf Alix zu, die sie mit einem Nicken ermutigte.

»Wie heißt Ihr?«

»Angela Le Bellec, verheiratete Le Romain.«

»Schwört Ihr, die Wahrheit zu sagen?«

»Ich schwöre, dass die Wandteppiche einer nach dem anderen in unserem Verkaufskontor gehangen haben, nachdem sie in den Werkstätten der Dame Alix fertiggestellt worden sind.«

»Das stimmt nicht, das ist alles gelogen!«

Das faltige Gesicht von Bellinois lief rot an, und an dem nervösen Zucken seiner Oberlippe zeigte sich deutlich, dass er sich in keiner guten Verfassung befand. Er wollte jedoch nicht aufgeben.

»Zweifelt Ihr etwa an den Worten eines Webermeisters und glaubt einer einfachen …«

»Ich habe meine Arbeit der Webergilde des Nordens präsentiert, Herr Richter. Ich bin Webermeisterin genau wie Sire Bellinois, mit der offiziellen Erlaubnis der Gilde, mit meinen Werken zu handeln. Außerdem bin ich Mitglied der Weber von Brügge. Ich zahle meinen Beitrag und profitiere, wie es sich gehört, von den Vorteilen, die daraus erwachsen. Ich lasse keinesfalls zu, dass dieser Mann meine Arbeit herabwürdigt. Und habe ich Euch im Übrigen nicht gerade einen Überblick über meine laufenden Arbeiten gegeben, meine Kompetenzen und meine Verbindungen?!«

»Eure Verbindungen! Lasst uns darüber sprechen!«, tobte Bellinois weiter. »Charles d'Amboise war Euer Liebhaber.«

Im Saal herrschte Schweigen.

»Daraus macht meine Mandantin keinen Hehl«, entgegnete Anwalt Carbonnel. »Sie war damals Witwe.«

»Und zurzeit?«, erkundigte sich der Staatsanwalt in ironischem, schneidendem Tonfall.

»Zurzeit bin ich verheiratet«, antwortete Alix.

»Gebt Ihr dieser Frau, die Liebhaber sammelt wie andere Leute Parfumflakons, etwa recht?«, spottete Bellinois.

»Wir wissen nur von zwei Liebhabern«, korrigierte Maître Carbonnel, der mit den Kommentaren zum Intimleben seiner Mandantin langsam etwas in Schwung kam. Anscheinend fiel es ihm schwer, sie als Weberin zu verteidigen.

Der Staatsanwalt war im Begriff, etwas zu sagen, doch der Richter schnitt ihm das Wort ab: »Warum ist der Duc d'Amboise nicht gekommen, um Euch zu verteidigen, wenn er Euer Liebhaber war?«

»Er kämpft mit dem französischen König und seiner Armee in Italien, Herr Richter.«

Darauf erwiderte niemand etwas. Der Richter fuhr fort und wedelte mit einem Dokument in der Luft herum: »Alles an dieser Angelegenheit kann nicht gelogen sein. Uns liegt ein Brief der Duchesse d'Alençon vor, der Schwester des französischen Königs, die bestätigt, dass Charles d'Amboise bei einer Einladung auf ihrem Gut in der Normandie lange von jenen Wandteppichen gesprochen hat, die er Alix de Cassex anvertraut hat. Es fällt uns schwer, an den Worten der Schwester des französischen Königs zu zweifeln. Das werdet Ihr sicher verstehen, Maître Bellinois.«

»Das beweist noch nicht, dass ich einen Wandteppich gestohlen habe«, krächzte der Weber. »Ganz im Gegenteil, ich erwarte, dass Dame de Cassex mir erklärt, warum die *Galanterien* erneut verschwunden sind.«

Ach! So nahm das Ganze nie ein Ende. Um die Geschichte in die Länge zu ziehen, hatte sich Bellinois einer List bedient. Als er bemerkt hatte, dass die Angelegenheit sich mit jeder Anhörung mehr zu seinen Ungunsten entwickelte und ihn der Brief der Duchesse d'Alençon eindeutig in Verruf brachte, hatte er den Wandteppich an einem geheimen Ort versteckt und behauptete nun, Alix habe ihn gestohlen.

»Diese Frau ist nicht über jeden Verdacht erhaben«, schrie der Staatsanwalt heftig und aggressiv. »Sie soll ihre Unschuld beweisen! Sie soll beweisen, dass sie Maître Bellinois den Teppich nicht gestohlen hat.«

»Warum sollte ich eine solche Dummheit begehen?«, rief Alix außer sich. Vor lauter Aufregung waren ihre Wangen stark gerötet.

Das war der Gipfel, die Angelegenheit wendete sich gegen sie. Wie sollte sie beweisen, dass sie nicht die Diebin war? Sie stürzte sich auf Maître Bellinois, der auf den Staatsanwalt setzte und plötzlich wieder Hoffnung schöpfte, und packte ihn mit aller Kraft am Schlafittchen. Aber was nun? Der kleine Mann lachte höhnisch und machte sich los.

»Aber, aber, Dame de Cassex! Ich bitte Euch, beruhigt Euch. Sonst unterbrechen wir die Verhandlung und vertagen sie.«

»Meinetwegen, vertagen wir sie!«, entgegnete der Staatsanwalt.

»Nein!«, rief Alix und erbleichte. »Das Ganze dauert nun bereits zehn Jahre. Dieser Mann muss endlich für schuldig und ich für unschuldig erklärt werden.«

Doch zur Begeisterung von Maître Bellinois fuhr der Staatsanwalt fort: »Um die Angelegenheit abzuschließen, brauchen wir einen Beweis von Dame Alix de Cassex, dass sie diesem Mann das Werk nicht gestohlen hat.«

»Aber das ist doch absurd!«, schrie Alix. »Ich bin die Klägerin, nicht er. Ich klage seit zehn Jahren, dass er mir einen Wandbehang gestohlen hat, und nun soll auf einmal ich *ihn* bestohlen haben! Wen wollt Ihr hier zum Narren halten? Herr Richter, ich verlange Wiedergutmachung.«

Fassungslos über die Wende der Ereignisse, fühlte Alix sich in die Zeit vor zwanzig Jahren zurückversetzt, als die Mitglieder der Gilde sie beschuldigt hatten, ihr Meisterstück kopiert zu haben. Aber heute hatte sie keinen Kardinal Jean de Villiers und keinen Bankier Alessandro van de Veere, die sie beschützten. Sie hatte nur ihre Erfahrung und den Ruf ihrer Werkstätten. Sie verfügte zwar über Verbindungen, die sich sicher zu ihren Gunsten auswirken würden, aber momentan war niemand da, um sie zu unterstützen.

»Diese Frau ist eine Lügnerin«, sagte Bellinois. »Sie hat die *Galanterien* in einer anderen Werkstatt in Tours versteckt.«

»Ihr seid verrückt! Die Werkstätten von Tours! Es gibt praktisch nur noch unsere. Die anderen sind alle in Paris.«

Nachdem die Aufträge für die Weber von Wandteppichen weniger geworden waren, hatte die französische Hauptstadt wieder Aufschwung bekommen. Die Werkstätten mit den Hochwebstühlen lagen jetzt um den Boulevard Saint-Marcel wie einst um den Boulevard Saint-Jacques.

»In Tours gibt es nur noch die Werkstätten an der Place Foire-le-Roi«, versicherte Alix in energischem Ton. »Na los, beschlagnahmt sie. Kommt, meine Herren, durchsucht meine Werkstätten, bringt alles durcheinander, werft alles um, und zerstört es, wenn Ihr wollt.«

»Genau das werden wir tun«, rief der Staatsanwalt eiskalt.

Bei den letzten Worten schlug der Richter dreimal kurz mit seinem Hammer auf den Tisch.

»Vertagen wir die Verhandlung.«

»Meinetwegen, vertagen wir die Verhandlung. Aber das nächste Mal, Herr Richter, erhaltet Ihr nicht nur einen Brief von der Schwester des französischen Königs, sondern vom französischen König selbst. Und wenn Ihr ihm nicht glaubt, wartet auf Euch alle das Gefängnis«, erklärte Alix mit Nachdruck.

Während die Kutsche sie zurück nach Tours brachte, schliefen Angela und Arnaude ausgestreckt auf den Sitzen. Doch Alix konnte keinen Schlaf finden. Die neuen Anschuldigungen, die sich mit der Zeit zu festigen drohten, beunruhigten sie. Plötzlich sehnte sie sich nach Mathias, Nicolas und ihren Töchtern.

Noch immer liebte sie es, durch Frankreich, Flandern und Italien zu reisen, wohin sie die Renaissance und ihre großen Kunstwerke führten, doch seit einiger Zeit wünschte sie sich, mehr bei ihrer Familie zu sein.

Da Alix viel zu tun hatte und nicht mehr so viel reiste wie früher, richtete sie ihr Augenmerk stärker auf das Geschäft und prüfte bei jedem Handel genau, was er ihr brachte.

So wusste Alix, als sie die Familie d'Alvergne einstellte, dass Baptiste das Gold besorgen konnte, das sie zum Weben ihrer Meisterwerke benötigte. Denn genau wie seine Mutter Louise d'Angoulême bekam der junge König gar nicht genug von schönen Wandbehängen. Wenn es darum ging, seine Wünsche zu erfüllen, war ihm nichts zu prunkvoll. In den Festkleidern auf seinen Wandteppichen sollten ebenso Goldfäden schillern wie in seiner eigenen Kleidung. Und wenn Alix die Weberin des jungen Königs bleiben wollte, tat sie gut daran, ihn nicht zu enttäuschen.

Das wusste auch Baptiste. Wie so viele andere Italiener, die sich in Paris, Lyon oder dem Val de Loire niedergelassen hatten, war er mit seiner Familie aus Florenz gekommen, um der Renaissance in Frankreich zur vollen Blüte zu verhelfen. Um den benötigten Goldfaden zu besorgen, suchte er nur die besten Händler auf, die aus dem Orient stammten.

Weil es verboten war, Goldstücke oder andere Gegenstände aus massivem Gold zu schmelzen, um daraus Fäden herzustellen, wurden kleine Barren aus purem Gold in speziellen Maschinen zuerst geschmolzen und anschließend zu Fäden gesponnen.

Diese verarbeitete man sodann zu Stoffen oder benutzte sie für Stickereien oder um Teppiche zu weben – für den König, die Kirchen und die Herrschaften bei Hofe.

Als Angestellter von Alix machte Baptiste kein schlechtes Geschäft. Genau wie Julio mit seinem Verkaufskontor war er mit der Zeit eine Art Teilhaber geworden. Er arbeitete direkt mit Julio Le Romain zusammen, dessen italienische Wurzeln ihn hin und wieder in den Vatikan verschlugen, wo der Onkel von Alix, Jean de Villiers, lange einen Sitz als Kardinal innegehabt hatte.

Stumm, verwirrt und eingeklemmt in der Kutsche, die über die unebenen Wege schaukelte, lauschte Alix auf die Hufschläge der Pferde und seufzte. Die Gerichtsverhandlung hatte sie ermüdet und ihre Nerven strapaziert. Andauernd musste sie daran denken, welchen Angriffen sie ausgesetzt gewesen war. Dieser Bellinois war ein hartnäckiger Kerl, der sie nicht gewinnen lassen wollte. Er musste seinen Männern befohlen haben, Leo zu töten oder zumindest schwer zu verletzen, um Alix daran zu hindern, vor dem Richter zu erscheinen.

Deshalb dachte sie mehr und mehr daran, den König um Hilfe zu bitten und ihre Tochter zu beauftragen, darüber mit der Comtesse d'Angoulême zu sprechen, wenn sie sich am Hof in Blois oder Amboise aufhielt.

Doch Alix verschob den Gedanken auf später. Sie sehnte sich nach Mathias. In seinen Armen würde sie ihr Gleichgewicht wiederfinden. Mathias würde ihr beruhigende Worte ins Ohr flüstern und ein Lächeln zurück auf ihre Lippen zaubern.

Mathias hatte häufig sehr kluge Ideen, war allerdings weniger wagemutig als Alix und riskierte nicht so viel. Neben den Werkstätten waren auch die beiden Kontore von Alix voll ausgelastet. Das eine befand sich in Brüssel und wurde von einer Gruppe in

Flandern ansässiger Genueser geleitet. Das andere lag in Tours in den Händen von Julio. Beide erbrachten gute Einnahmen.

Außerdem war es Alix gelungen, eine flämische Produktion im Val de Loire zu veräußern sowie eine Produktion aus Tours in Flandern. Sobald eines ihrer Geschäfte nachließ, zog das andere an.

Das Kontor im Val de Loire lief so gut, dass Julio, auch wenn er später seine beiden Töchter Marie und Lucie mit in den Laden nehmen wollte, immer noch Personal benötigte, was sich als schwierig erwies, da er keine Arbeiter suchte.

Unter dem neuen König, der nicht auf Ausgaben achtete, würde die Webkunst in den kommenden Jahrzehnten kaum nachlassen. Vielmehr verlagerte sie sich aus der Provinz in die Hauptstadt. Seit François I. den Thron bestiegen hatte, begab sich der Hof auf lange Reisen und führte dabei alles Wertvolle mit sich, vor allem die großen und schönen königlichen Wandbehänge. François I. bestellte so viele von ihnen, dass er dazu all seine Lieferanten benötigte, die verstreut in Brüssel, Paris und Tours saßen.

Die Webproduktion der Cassex stand dabei sicher nicht im Abseits. Die schönsten Werke kommen aus Tours, hieß es! Denn ganz genau wie Alix galt Mathias als bedeutender Weber, und Nicolas, sein Sohn, war auf dem besten Weg, in die Fußstapfen seines Vaters zu treten.

Zurzeit stand der junge Mann vor diversen Entscheidungen und beabsichtigte sogar, bestärkt von seinem Vater und seiner Stiefmutter, nach Flandern zu reisen, um sein Werk der Gesellenbruderschaft des Nordens zu präsentieren. Die Flamen galten noch immer als Meister der Webkunst, sowohl von Stoffen und Tüchern als auch von Wandbehängen. Regelmäßig fanden in Flandern große Messen statt, zu denen alle Zünfte des Textilhandwerks anreisten und die die bedeutendsten Künstler, Illuminierer, Maler und Kartonzeichner anzogen. Hier schlossen sie mit ihren Geldgebern Verträge über den Verkauf ihrer Zeichnungen.

Der König ließ in Brüssel, in Dornick und in Enghien riesige Teppiche zu biblischen und weltlichen Themen fertigen. Mit Christen, Heiligen, Jungfrauen und außergewöhnlichen Jagdszenen, die er gern von Schloss zu Schloss mitnahm und von Stadt zu Stadt. Sogar als er sich in Lyon auf den Italienfeldzug vorbereitete, hatte er sie mitgenommen, damit jeder sie bewunderte und sich sagte, dass er ein großer Monarch sein musste, da er so schöne Stücke besaß.

Der König führte sie auch mit sich, wenn er zu seiner Schwester Marguerite auf ihr Schloss in Alençon reiste, wo sie seit ihrer Hochzeit lebte, wenn ihr Bruder, der es nur schlecht ohne sie aushielt, sie nicht gerade zu sich an den Hof von Blois rief.

Alix kannte Alençon gut, denn sie brachte häufig ihre Tochter Mathilde dorthin, wenn Duchesse Marguerite nach ihr verlangte – was der Heranwachsenden sehr wohl gefiel, die es nie lange an einem Ort hielt. Stets war sie bereit, sich dorthin zu begeben, wohin der Wind sie trug. Es war ganz gewiss ein günstiger Wind, denn er führte sie in den Dunstkreis des französischen Königs und seiner Schwester, der Duchesse d'Alençon.

Gott! Wie sehr Alix Mathilde liebte, doch Mathildes Zwillingsschwester Valentine brauchte Alix genauso sehr! Ja, wie die Luft zum Atmen. Valentine webte wahre Meisterwerke. Sie konzentrierte sich ganz auf ihre Kunst und ging in ihren Zeichnungen, Farben und Ideen auf. Sie musste Nicolas nur eine Weile zusehen, und kurz darauf webte sie seine Arbeit fast genauso nach, so etwa kleine zierende Motive: ein Pferd, einen Vogel, einen Hasen, eine Blume oder eine Wolke.

Valentine und Nicolas konnten nicht ohneeinander sein. Darüber war Mathilde untröstlich, die sich gewünscht hätte, dass ihre Zwillingsschwester nur Augen für sie gehabt hätte. So aß sie von den fürstlichen Tellern von Marguerite d'Alençon und plauderte mit ihr in fremden Sprachen, um sich darüber hinwegzutrösten, dass sie von der tiefen Vertrautheit zwischen Valentine und Nicolas ausgeschlossen war.

Doch auch die Zwillinge hielten es kaum ohneeinander aus und waren äußerst beunruhigt, wenn sie voneinander getrennt waren. Kaum hatte Mathilde ihre Zwillingsschwester verlassen, freute sie sich auch schon auf ihre Rückkehr, doch kaum war sie mit Valentine zusammen, langweilte sie sich in der Werkstatt und sehnte sich danach erneut fortzufahren.

Hatte Mathilde denn nur so wenig für das übrig, was das Leben von Valentine ausmachte? Das Weben, die Wandteppiche, die Zeichnungen und die Arbeiter? Für Guillemin, den Sohn von Arnold und Arnaude, den Junggesellen Landry, Grégoire und seine junge Frau Odinette. Für Etienne, den ewigen Jüngling, Albin, der sich gerade mit der stürmischen Marinette verlobt hatte, und Philippe, den Mann von Tania.

Blieb noch Pierrot, den Alix als Jugendlichen aufgenommen hatte, als er Unterkunft und Arbeit suchte. Heute war er mit Francesca verheiratet, der Nichte von Baptiste.

Betrachtete Mathilde diese große Familie denn nicht als die ihre, so oft wie sie zur Königsfamilie fuhr? Selbst ihr jüngerer Bruder genügte ihr offenbar nicht. Louis, der zweite Sohn von Mathias, die Frucht seiner Liebe zu Alix, war noch zu jung, um in der Werkstatt zu arbeiten. Aber wenn sie so darüber nachdachte, fragte sich Alix, ob er überhaupt später dort arbeiten wollte? Er interessierte sich anscheinend sehr für die Religion. Er beschäftigte sich ständig mit der Kirche und fragte seine Umgebung darüber aus, was Mönche, Domherren und Bischöfe taten, oder er machte sich Gedanken über die Hierarchie des Klerus.

Louis war mit großer Freude auf der Welt empfangen worden. Damals hatte Alix einen Strich unter ihre aussichtslosen Liebschaften gezogen, die sie nur gequält hatten, und sich entschlossen, Mathias zu heiraten.

Louis war ein ruhiges, besonnenes Kind und von großer Reife. Anders als die Zwillinge hatte er nicht unter unruhigen Zeiten gelitten, in denen Alix zwischen verschiedenen Liebhabern hin- und hergerissen war.

Wie hatte das Gefühlsleben von Alix ausgesehen? Unstet! Verrückt! Kühn! Aber hatten diese Abenteuer sie nicht belebt, ihre Hoffnungen genährt und sie um Erfahrungen bereichert?

Momentan fühlte sich Alix ausgeglichen, zumindest wenn die Zwillinge ihr dazu die Zeit ließen. Mathilde und Valentine waren sehr unterschiedlich und doch so eng verbunden. Sobald nur ein Sandkorn in das Getriebe ihres täglichen Lebens geriet, hielten sie fest zusammen. Sie hatten Alix' Seele hin und wieder aufgewühlt. Entstanden aus ihrer Liebschaft mit dem Florentiner Alessandro van de Veere, den Alix in Brügge kennengelernt hatte, hatten die Zwillinge Alix' Schicksal derart verkompliziert, dass ihr Leben mehr als einmal beinahe aus den Fugen geraten war.

Mathias liebte die Zwillinge wie ein Vater, genau wie Alix Nicolas wie ihren eigenen Sohn behandelte. Die Familie von Alix hielt eng zusammen! Aber viele ärgerliche Kleinigkeiten störten manchmal die gute Organisation! Wie der Wunsch von Marguerite d'Angoulême, Mathilde zu erziehen und ihr die Manieren der Frauen bei Hofe beizubringen. Um diesem Wunsch zu entsprechen, den Alix ihr nicht abschlagen konnte, verlangte sie regelmäßig nach Mathilde und ließ sie nach Blois oder auf ihr Schloss nach Alençon kommen, je nachdem, wo Marguerite sich gerade aufhielt.

Zu Alix' großer Enttäuschung, die Mathilde lieber bei sich behalten hätte, liebte Mathilde nichts so sehr wie ihre Rolle als Begleiterin der Duchesse d'Alençon.

So fügte Alix sich den Ansprüchen von Marguerite, obwohl ihr etwas anderes noch größere Sorgen bereitete. Seit ihrem vierten Lebensjahr war Mathilde in den französischen König verliebt! Als sie eines Tages entwischt war, hatte der gerade fünfzehnjährige François, damals noch Duc d'Angoulême, sie gefunden, auf sein Pferd gesetzt und mit nach Blois genommen. Das Mädchen hatte ihn unterhalten und hatte mit ihrem fröhlichen Kindergeplapper in die Ausrufe ihres Begleiters eingestimmt. Beeindruckt von der Heiterkeit und Selbstsicherheit des Kindes, hatte François Mathilde ein Pony versprochen und ihr versichert, ihr das Reiten beizubringen.

Seit jenem Tag, als Mathilde den König zum ersten Mal gesehen hatte, war sie im siebten Himmel. Alle lachten über die abgöttische Liebe, die sie ihm entgegenbrachte. Sogar Königin Claude amüsierte sich über die Bewunderung, die das Mädchen für ihren Mann, den französischen König, hegte.

2.

Alix saß an der Seite ihrer beiden Töchter und überwachte mit unverminderter Aufmerksamkeit die Arbeit von Mathilde.

»Wir können *Die Jungfrau und Bathseba* nicht ausstellen«, sagte Pierrot, der die Werkstatt betrat, in der Nicolas und die vier Frauen arbeiteten. »Landry stellt ihn fertig, und ich habe gerade die Signatur eingewebt.«

Ah! Die Signatur! Der berühmte Buchstabe »T«, der für die Stadt Tours stand und den Alix vor den anderen Webern aus der Touraine gewagt hatte, auf ihre ersten Teppiche zu setzen. Vor fast zwanzig Jahren! Eine Kühnheit, die den Ärger eines Webers erregt hatte, der kampfeslustiger war als die anderen und sogar so weit ging, Feuer in ihrer damaligen kleinen Werkstatt zu legen.

Nicht weit von Alix und ihren Töchtern entfernt arbeiteten Arnaude und Tania den äußeren Rand des Wandbehangs, an dem Mathilde sich abmühte, während Valentine voller Freude eine weitere Verzierung in der Mitte derselben Bordüre entwarf.

Genau wie Valentine besaß Mathilde eine gewisse Begabung für das Weben, aber sie war so abgelenkt, so unkonzentriert, so mit ihrem komplizierten Leben beschäftigt, dass bei ihren mageren Versuchen nichts Gutes herauskam.

So überlegt Valentine an die Arbeit ging, so unkonzentriert und nachlässig war Mathilde. Die eine brachte ihre Ideen und Anregungen ein, die andere suchte stets nach Ablenkung und gab sich ihren Träumereien hin, was sich nicht mit einer Arbeit vereinbaren ließ, die volle Aufmerksamkeit erforderte. Wer weiß, wohin ihre Träume Mathilde an jenem Tag entführten? Zweifellos an den Hof des Königs, der ihr mit seinen Blicken den Kopf verdrehte.

»Nein, Pierrot«, sagte Alix, während sie aufstand, um sich besagten Teppich in der anderen Werkstatt anzusehen. »Wir müssen ihn abnehmen und ihn gleich morgen ausstellen, denn wir brauchen den Hochwebstuhl für *Der Triumph des Sommers*.«

»Aber der Karton!«

»Mathias zieht ihn gleich heute Abend auf.«

Man musste die Zeichnungen hinter die Webrahmen legen, damit man sich beim Weben an den Vorlagen orientieren konnte. Ein guter Weber veränderte allerdings Details. Daraus erwuchsen die Einmaligkeit eines Werks und der Ruf einer Werkstatt.

Während der Abwesenheit ihrer Mutter arbeiteten Mathilde und Valentine schweigend weiter. Hin und wieder beobachteten sie Arnaude, die eine bemerkenswerte Fingerfertigkeit besaß. Tania gewann langsam an Sicherheit. Philippe, ihr Mann, hatte ihr die Grundlagen des Handwerks beigebracht, aber sie selbst hatte sich auf das Weben von Blumen und verschlungenen Arabesken spezialisiert, die sich kreuzten und umeinander wanden. Die Blätter rankten anmutig die breiten Bordüren hinunter, die die Renaissance hervorgebracht hatte.

Als Alix aus der anderen Werkstatt zurückkehrte, ging sie zu Mathilde, stellte sich hinter sie und riet ihr mit ruhiger Stimme: »Achte gut auf deinen Rahmen, und behalte deine Kettfäden im Auge, sie sind alle vertikal. Auf ihnen musst du die Schussfäden arbeiten. Vergiss nicht, dass deine Verzierung zusammen mit dem Gewebe entsteht.«

»Aber, Mama, ich habe Lust, eine Margerite neben einer Kornblume zu weben.«

»Deine Blumen webst du anschließend. Erst musst du einen Teil deiner Schussfäden durchtreiben.«

Valentine erhob sich von ihrem Platz, trat zu ihrer Schwester und legte ihr schützend die Arme um die Schultern.

»Warte, ich zeige es dir.«

»Valentine«, tadelte Alix, »wenn du Mathilde die Arbeit abnimmst, wird sie nie allein zurechtkommen.«

»Aber ich werde nie arbeiten müssen, Mama. Die Duchesse d'Alençon sagt mir stets, dass sie das nicht wünscht.«

»Das weiß ich, mein Mädchen, aber wenn du in der Werkstatt vorbeischaust, will ich, dass du dich an den Webstühlen nützlich machst und nicht untätig herumsitzt. Man weiß nie, was die Zukunft bereithält. Vielleicht erhältst du eines Tages die Gelegenheit, eine Werkstatt zu führen.«

Enttäuscht von der schwachen Begeisterung ihrer Schwester, kehrte Valentine an ihren Platz zurück.

»Mama«, fragte sie plötzlich, »darf ich bald einen Hochwebstuhl bedienen?«

Anschließend blickte sie zu Nicolas, der gerade an der Seite seines Vaters die Bedienung lernte.

Alix musste lachen.

»Mein Liebling, ein Hochwebstuhl ist schwer zu bedienen. Das lernt man erst nach einer langen Lehrzeit, und du hast nicht genug Kraft, um ihn anzutreiben. Er birgt zu vieles, das du noch nicht kennst. Erst musst du den Flachwebstuhl beherrschen.«

Dann drehte sie sich zu Mathilde um, richtete den Zeichenkarton wieder auf, der hinter die Metallfäden gerutscht war, und half ihr, ihren Schussfaden zu korrigieren, indem sie ihr die Hand führte.

»Konzentriere dich auf deine Arbeit, Mathilde. Es ist gar nicht so kompliziert.«

»Oh doch, Mama! Ich würde lieber Wolle sortieren.«

»Wolle sortieren! Willst du wirklich solche Rückschritte machen?«

»Nein, Mama. Aber dabei kann ich besser träumen.«

»Himmelherrgott! Träumen! Von wem oder wovon?«

»Von François.«

Genau deshalb machte sich Alix Sorgen. Das Bild des jungen, fröhlichen, charmanten Königs, der wie ein tapferer Ritter ganz in Weiß gekleidet war, beschäftigte Mathildes Gedanken. Wie konnte Marguerite zulassen, dass das Kind sich derart seinen Phantasien hingab? Sah sie denn nicht, dass Mathilde sich gefährlich in eine Idee verstieg, die so phantastisch war, dass sie ihr nur schaden konnte? Aber so war Marguerite. Über nichts sprach sie lieber als über die Ausstrahlung ihres Bruders, über seine Aura oder sein Ansehen. Dann verschloss sie vor allem anderen die Augen, als gäbe es nichts Wichtigeres für sie, als dass François unaufhörlich bewundert wurde.

Alix zuckte mit den Schultern.

»Los, Mathilde! Hör auf, an den König zu denken, und web deinen Schussfaden, wie ich es dir gezeigt habe.«

Sie ließ die Hand des Mädchens los.

»Du kannst das. Das weiß ich.«

»Natürlich kann ich es.«

Erstaunt über Mathildes Antwort, drehte Alix den Kopf und bemerkte, dass Nicolas sich hinter Valentine gestellt hatte und ihre Arbeit betrachtete. Er bewunderte einige Zeit den Rand, den sie mit ihrem Schussfaden webte.

»Nicolas!«, rief Mathilde herrisch, »sieh dir meine Arbeit an.«

»Aber du hast noch nichts geschafft«, entgegnete Nicolas. »Sieh dir Valentine an. Sie ist fast fertig mit dem Stück, das sie heute Morgen begonnen hat.«

»Ich habe sogar die Farben ausgesucht«, verkündete das Mädchen stolz. »Keine ist wie die andere.«

Zufrieden deutete Valentine auf den oberen Rand ihrer Arbeit.

»Sieh, da habe ich Wolle mit einem Seidenfaden gemischt. Zum ersten Mal habe ich Wolle, Leinen und Seide miteinander verwoben. Das hat Arnaude mir gezeigt.«

Die alte Frau sah zu Valentine und lächelte sie an.

»Das ist wunderschön«, rief Mathilde entzückt aus, während sie aufstand, um sich neben Nicolas zu stellen und die hübsche Arbeit ihrer Schwester zu bewundern. »Du wirst eine große Weberin. Ach Nicolas, warum bin ich nicht genauso begabt wie Valentine?«

»Weil du zu unaufmerksam bist und dich nicht genug bemühst. Wenn du weniger an deinen François denken würdest, wäre deine Arbeit auch besser.«

Mathilde stieß einen tiefen Seufzer aus.

»Du denkst doch auch an Valentine!«

Nicolas zuckte mit der Schulter. Was sollte er antworten? Dass es nicht stimmte? Sie hatte recht. Valentine war sein Leben, sein Atem, das Glück seines Lebens. Nichts konnte daran etwas ändern. Ihre ständige Nähe beruhigte ihn und löste in ihm ein fortdauerndes Hochgefühl aus. Wenn er Valentine in die Augen sah, spiegelte sich darin sein Universum, und wenn sie gemeinsam lächelten, zeigte sich darin ihrer beider Liebe.

In der anderen Werkstatt, zu der die Tür offen stand, damit man sich leichter verständigen konnte, hörte man die Webstühle arbeiten. Vor dem Hochwebstuhl stand Mathias und bediente einen der Hebel, die den vertikalen Schussfaden spannten. Ein guter Weber, hatte Alix ihrer Tochter erklärt, schuf zugleich das Muster und den Stoff, der es zur Geltung brachte, und nahm gegebenenfalls kleine Änderungen an der Zeichnung vor.

Die schlichte und richtige Antwort von Mathilde drang bis an Mathias' Ohren. Ja! Nicolas dachte an Valentine! Aber wie hätte es auch anders sein können, nachdem er sich seit seiner Kindheit über das kleine Mädchen gebeugt und sie beschützt hatte.

Mathias hielt einen Augenblick in seiner Arbeit inne, drehte den Kopf zu Nicolas, den er durch die offen stehende Tür hinter Valentine sah, lächelte und nahm seine Arbeit wieder auf. Auf den Hochwebstuhl war ein Stoff gespannt, auf dem sich wundervolle große Tiere bewegten. Dort fand sich ein für die Zeit erstaunlich vollständiges Tierreich, an dem Mathias mit Philippe und Landry arbeitete.

Auf einem Hochwebstuhl entstand ein Wandteppich, auf dem wunderschöne Allegorien antiken Themen huldigten, die die Florentiner so sehr schätzten. Solche Wandteppiche stammten häufig aus flämischer Herstellung, waren jedoch von Italien inspiriert und feierten die Tugenden des Lebens: Kraft, Mut, Hoffnung, Ehre, Moral. Die Teppiche bedeckten die riesigen Wände der Schlösser und erzählten Geschichten von Mose, David und Abraham oder von Cäsar, Pompeji, Ulysses und Jason.

Etienne und Albin, die erst seit Kurzem angestellt waren, arbeiteten auf einem Flachwebstuhl an einer Landschaft, während Pierrot ein defektes Webschiffchen reparierte. Etienne arbeitete mit sicherer Hand. Ihr Karton, den sie im Hintergrund befestigt hatte, zeigte ihr, was sie zu tun hatte. Zwischen zwei flüchtigen Blicken schob sie die Seiden- zwischen den Basisfäden hindurch, um dem Ensemble eine straffere Textur zu geben.

Arbeiter und Lehrlinge teilten sich die Arbeit. Jeder hatte eine klare Aufgabe. Stets gab es etwas zu tun, nie standen die Webstühle still. Immer wurden Schuss- und Kettfäden gelegt, Hebel gezogen, Kartons zurechtgerückt, Kämme repariert, Wollbündel sortiert, aufgeräumt, gelagert und inventarisiert.

Guillemin, der älter war als Nicolas, hatte ebenfalls seine gesamte Kindheit in der Werkstatt verbracht. Er war ein guter Arbeiter, besaß jedoch mehr Ehrgeiz als sein Vater Arnold und wollte, unterstützt von Arnaude, in Brüssel seinen Meister machen. So war es auch für Nicolas vorgesehen, nachdem er seine Lehre beendet hatte.

Eines Tages, die Werkstätten arbeiteten unter Hochdruck, verlor Mathilde langsam die Geduld mit der Webarbeit, die ihre Mutter ihr aufgetragen hatte. Mathias deutete auf einen langen Tisch, auf dem seit dem Vorabend ein Wandteppich von ziemlicher Bedeutung lag.

»*Das Tierreich* muss nach Amboise gebracht werden«, sagte er an Alix gewandt. »Wir sind zwar ganz pünktlich fertig geworden, aber es ist besser, wir bringen den Teppich gleich ins Schloss.«

»Oh! Darf ich dich begleiten, Mama?«, rief Mathilde, die nur auf diese Gelegenheit gewartet hatte, um sich wieder auf den Weg zu machen. »Die Duchesse d'Angoulême möchte, dass …«

»Ich weiß, dass Louise d'Angoulême dich sehr schätzt«, fiel Alix ihr ins Wort, »aber du begleitest mich nur, wenn du die Arbeit beendest, die ich dir aufgetragen habe.«

Alix kannte ihre Tochter gut genug, um zu wissen, dass sie Mathilde nur so zum Arbeiten brachte, und sie hatte weiß Gott alles versucht! Selbst, ihr zu sagen, dass Nicolas sie für weniger begabt hielt als Valentine, nutzte nichts. Wäre sein Blick allerdings etwas länger als gewöhnlich bei ihrem Werk verweilt, hätte sich das Mädchen womöglich ein bisschen angestrengt. Doch Nicolas interessierte sich nur für die Arbeit von Valentine.

So versuchte Alix Mathilde dadurch anzuspornen, dass sie ihr versprach, die fertigen Arbeiten mit ihr auszuliefern.

»Wenn du dich nicht etwas arbeitsamer zeigst, wird Valentine mich begleiten«, ergänzte sie.

Mathilde seufzte, lockerte ihre Arme und begann zu gähnen.

»Es ist Abend. Wir sollten heimgehen.«

»Das stimmt«, bestätigte Mathias. »Morgen müssen wir früh aufstehen. Ich muss in die Stadt, um Wolle zu kaufen. Du kommst mit, Nicolas.«

»Oh! Ich auch«, rief Mathilde sofort.

»Vater!«, stieß Nicolas hervor, der fürchtete, sich allein mit ihr wiederzufinden, »du hast mir in den letzten Tagen so viele Arbeiten auf dem Hochwebstuhl übertragen, dass ich die *Schäferei* auf dem Webstuhl von Arnaude noch nicht beendet habe.«

»Keine Sorge, Nicolas«, antwortete die alte Arbeiterin, »ich mache sie fertig. Es ist ohnehin nicht mehr viel zu tun.«

»Das sehen wir morgen«, erklärte Alix, die sich für den Heimweg fertig machte. »Komm mit mir ins Kontor, solange wir warten, Nicolas.«

Neben dem Verkaufskontor lag eine dritte Werkstatt, und es war nicht gerade die kleinste. Sie wurde von Baptiste d'Alvergne geleitet, den Alix und Mathias vor einigen Jahren zusammen mit seinem Neffen Mario und seiner Schwester Francesca eingestellt hatten. Francesca hatte inzwischen Pierrot geheiratet. Baptiste stellte mit einem speziellen Gerät Goldfäden her. Dieses Werkzeug war rar in Frankreich. In Tours existierte davon nur eins, zwei gab es in Lyon und eins in Felletin in La Creuse. Mit den Goldfäden webte man Stoffe für den französischen Hof.

Baptiste war kugelrund wie ein Ball. Alles an ihm war rund, von seinem Gesicht bis hin zu seinen Füßen, die klein wie Kinderfüße waren und in Pantoffeln mit nach oben gebogenen Spitzen steckten. Er besaß unglaublich gutmütige Augen, die über seinen großen Argwohn und seine scharfe Beobachtungsgabe hinwegtäuschten.

»Wenn der König aus Italien zurückkehrt, müssen wir die Ersten sein, die ihm das aus Goldfäden gefertigte Wams präsentieren. Es wäre bedauerlich, wenn ein Weber aus Paris oder Lyon die Idee vor uns hätte.«

Nachdenklich wiegte Alix den Kopf.

»Reicht die Menge für den Handwerker, der die Anfertigung übernimmt?«

»Wenn nicht, sehe ich zu, dass ich den fehlenden Faden besorge.«

»Wo?«

»In Lyon oder Felletin.«

Alix fing an zu lachen, aber es klang bitter.

»Felletin! Das ist nicht nötig. Bei dem schlechten Ruf, den wir dank Maître Bellinois dort haben, schätzt man unsere Werkstätten in La Creuse nicht besonders.«

»Verläuft Euer Prozess denn so schlecht?«

»Schlimmer, Baptiste, schlimmer! Ich laufe Gefahr, ihn zu verlieren.«

»Teufel! Das ist in der Tat ärgerlich.«

»Und wir verlieren dadurch Geld. In dem Fall brauchen wir dringend Vorschüsse auf die laufenden Aufträge.«

Baptiste d'Alvergne dachte einen Augenblick nach und fuhr anschließend, den Blick zum Himmel gerichtet, fort:

»Gibt es denn keine Möglichkeit, dort herauszukommen?«

»Doch, aber dazu muss ich durch Vermittlung von Mathilde den König um Hilfe bitten. Das widerstrebt mir zutiefst. Denn dadurch ist schon wieder ihre Anwesenheit in Blois erforderlich.«

»Bah! Sie reist so oft dorthin«, erwiderte Baptiste, »da kommt es auf einmal mehr oder weniger auch nicht an!«

Auf Nicolas' Gesicht erschien ein zufriedenes Lächeln. Jedes Mal, wenn Mathilde nach Amboise, Blois oder Alençon verschwand, hatte er Valentine ganz für sich allein. Dann stürzte sie bereits morgens in sein Zimmer, um ihm einen Guten Morgen zu wünschen und sich einige Minuten in sein Bett zu kuscheln. So ging es den ganzen Tag bis zum Abend weiter, wo sich das Ritual wiederholte, wenn sie ihm eine Gute Nacht wünschte. Es war die alte, zunehmend weniger durchsetzungsstarke Faust von Bertille nötig, um sie zu trennen. Doch niemand dachte daran, ihnen Vorhaltungen zu machen.

Als Alix sah, dass Nicolas bei der Aussicht glücklich lächelte, seufzte sie. Die zwei, dachte sie jedes Mal, wenn sie sich in einem ähnlichen Dilemma befand, baten inständig darum, bald heiraten zu dürfen. Aber warum auch nicht? Hatte sie Jacquou nicht mit dreizehn Jahren geheiratet, nachdem Jean de Villiers beim Vatikan in Rom eine Sondererlaubnis erwirkt hatte, weil sie weder Vater noch Mutter besaß, die ihre Einwilligung geben konnten?

Bei dem Gedanken an Kardinal de Villiers kreuzte plötzlich ein anderer Prälat ihren Weg. Als sie das Kontor verließ, stieß sie mit Domherr Mirepoix zusammen. Er war ein alter Freund von

Alix, ein Geistlicher, der sein Amt mal in Saint Grégoire de Tours ausübte, mal in Saint Pierre. Er kam gern ab und zu abends vorbei, um sich mit ihr zu unterhalten.

»André!«, rief sie erfreut. »Welcher gute Geist hat Euch hergeführt?«

»Ein Geist, der Euch wohlgesinnt ist, Alix. Ich komme, um Euch gute Nachrichten zu bringen.«

»Einen Auftrag des Bistums?«

»Und zwar nicht irgendeinen. Ich habe wie ein Teufel geschuftet, um ihn für Euch zu ergattern. Semblançay hat mich sehr dabei unterstützt.«

Immer noch entzückt, ihren alten Freund zu sehen, der so treu, so rein und großzügig war, spürte Alix, wie sich in ihr ein friedliches Gefühl ausbreitete und er sie, wie bei all ihren Begegnungen, mit seiner Heiterkeit ansteckte.

»Esst mit uns zu Abend, André. Bertille soll uns eine schöne Poularde zubereiten. Dann könnt Ihr mir alles in Ruhe erzählen.«

Semblançay machte seit einiger Zeit viel von sich reden. Abgesehen davon, dass er seit Langem als mächtiger Finanzier tätig war, hatte man ihn nun auch noch zum höfischen Schatzmeister ernannt und ihm die Gerichtsbarkeit von Tours übertragen. Semblançay war nicht mehr ganz jung, aber seine unermüdlichen Aktivitäten vertrugen sich gut mit seiner stabilen Gesundheit und seiner unerschöpflichen Energie.

Semblançay hatte nicht immer so geheißen. Noch immer hörte man seinen ursprünglichen Namen, Jacques de Beaune, aus neidischen Mündern. Er hatte diverse Feinde, und über seinen steten Aufstieg war bereits viel geredet worden.

Als Louis XII. ihr keinen Kredit mehr gewähren wollte, hatte Semblançay der Comtesse d'Angoulême einst sehr bei ihren

Finanzen geholfen. Nachdem ihr Sohn den Thron bestiegen hatte, zeigte sich die Comtesse dafür erkenntlich und ging in ihrer Großzügigkeit sogar so weit, Semblançay das kleine Anwesen eines Barons zu vermachen, dessen Gut den Namen Semblançay trug.

Louise verschloss, zumindest für den Augenblick, die Augen vor der stetig wachsenden Begierde ihres Freundes. Er kaufte die schönsten Wohnhäuser von Tours und sogar kleine Schlösser in der Umgebung und restaurierte sie im Stil der Renaissance.

»Alix, ich biete Euch keinen Webauftrag an.«

»Ach!«

»Es handelt sich um einen Rauchmantel von ziemlicher Bedeutung für die Kirche Saint-Pierre.«

»Aus goldenem Tuch?«

»Ja. Er wird die Werkstatt von Baptiste eine Weile beschäftigen.«

Der Domherr sah die besorgte Falte auf der Stirn von Alix. So kannte er sie nicht, und das beunruhigte ihn.

»Alix! Was ist geschehen?«

»Ich habe keinen Goldfaden mehr, und mein Prozess wegen der *Galanterien*, der gerade wieder aufgenommen wurde, blockiert mein gesamtes Geld.«

»Dieser verfluchte Prozess zermürbt Euch, Alix. Er muss unbedingt beendet werden. Warum bittet Ihr nicht den französischen König um Hilfe? Ein Urteil zu Euren Gunsten wäre Euch sofort sicher.«

Baptiste hatte ihr denselben Rat erteilt.

»Ihr habt recht. Mir bleibt keine andere Wahl.«

Sie neigte leicht den Kopf und fügte hinzu:

»Auf wie viel belaufen sich die Kosten für den Rauchmantel?«

»Viertausend Livres.«

»Zahlbar im Voraus?«

»Nur zum Teil.«

Mathias, der hinzukam, pfiff durch die Zähne.

»Das ist eine anständige Summe. Baptiste muss sich nur noch an die Arbeit machen.«

»Es gibt ein Problem, Mathias. Wir haben keine Goldbarren mehr.«

»Baptiste wird in Lyon welche kaufen«, erwiderte Domherr André. »Ich besorge ihm die Mittel. Vergesst nicht, dass meine Familie den größten Seidenhandel von Lyon besitzt und über beste Kontakte zu den Goldhändlern verfügt.«

Alix lief zu ihm und ergriff seine Hände.

»Wenn ich noch zwanzig wäre, würde ich Euch um den Hals fallen und Euch küssen, André. Aber ich bin vernünftiger geworden.«

»Der Rauchmantel ist nur ein Auftrag, Alix«, erwiderte André, »ich habe noch einen zweiten.«

Darauf folgte Stille. Mathias besorgte einen Stuhl für André und schob ihn ihm unter, damit er es bequem hatte.

»Baptiste wird sich in Kürze mit einer weiteren Arbeit betraut sehen, die ihm fast so viel einbringt wie der Rauchmantel«, sagte der Geistliche. »Aber ich denke, dass die Provision, die Euch zukommt, Euch auch nicht mittellos dastehen lässt.«

»Und die Eure, André?«

»Gewiss, Alix, die meine auch, das versteht sich von selbst. Denn es handelt sich um zwei Muffs sowie die Vorderseite einer Tunika aus goldenem Tuch für eine Summe von zweitausend Livres.«

Mathias schüttelte zweifelnd den Kopf.

»Wenn das so weitergeht, müssen wir keine Wandteppiche mehr herstellen. Das gefällt mir nicht.«

»Wenn du das nicht akzeptierst, Mathias, lässt Baptiste uns im Stich und wird seine eigene Werkstatt aufbauen.«

»Ich weiß. Aber ich bleibe dennoch stur. Diese Arbeit übersteigt unsere Kompetenzen.«

»Mathias!«, widersprach Alix. »Unsere ja, denn wir sind Teppich- und keine Stoffweber, aber nicht Baptistes. Du vergisst, dass er jeden kennt, der mit Goldfäden arbeitet.«

Mathias versuchte weiter, seine Frau zu überzeugen.

»Du begeisterst dich ein bisschen zu sehr für diese Tätigkeit. Sagt Ihr es ihr, André.«

»Ich bin nicht Eurer Ansicht, Mathias«, erwiderte der Domherr. »Das ist eine zusätzliche Tätigkeit, die Euer Geschäft bereichert. So muss man es sehen. Wer sagt Euch, dass es in ein oder zwei Jahrzehnten noch Werkstätten mit Hochwebstühlen im Val de Loire gibt? Alles verlagert sich nach Paris, und der Rest der Produktion findet noch immer in Flandern statt. Der König selbst hat seine größten Aufträge an Weber aus Paris und Brüssel vergeben, und das, obwohl er Eure Werkstätten beauftragt hat, wohl bemerkt.«

Aber Mathias ließ nicht von seiner Meinung ab.

»Martin Habert hätte sich darum kümmern können. Wir hätten von ihm dieselbe Provision verlangt.«

»Und Baptiste! Was hätte er gedacht?«

»Ach, natürlich.«

Alix lächelte triumphierend und André zufrieden. Mathias musste ihnen recht geben.

»Allerdings«, stimmte der Domherr zu, »sorgt dieser Habert für einigen Aufruhr. Hat der König ihm nicht die Aufsicht über die Herstellung der Wandbehänge für das Schloss von Blois übertragen?«

»Doch! Aber …«

»Bald verlangt er von François I. auch noch die Kontrolle über seine Prunkkleider aus goldenem Tuch und legt sein Veto gegen jeden Hersteller ein, der ihm nicht untersteht.«

»Und dann«, fügte Mathias bekräftigend hinzu, der diesmal mit dem Prälaten einer Meinung war, »überwacht er sozusagen die gesamte Produktion der Wandbehänge, die mit Goldfäden arbeiten.«

Alix schüttelte den Kopf.

»Du hast recht, aber das ist kein Grund, sich dieses Geschäft entgehen zu lassen, das uns Semblançay beschert hat.«

»Umso mehr als ich mit meiner Provision gerechnet habe«, erwiderte der Geistliche, der plötzlich fürchtete, das lukrative Geschäft könne einem anderen in die Hände fallen.

Mathias zeigte keinen weiteren Widerstand mehr, und sie wechselten zum Tisch, um die gefüllte Poularde zu verspeisen, die Bertille zubereitet hatte. Seit einigen Jahren wohnten sie nicht mehr in dem Haus an der Place Foire-le-Roi, sondern in einem großen Haus im Zentrum von Tours mitten unter den Notabeln der Stadt. Plötzlich ging die Tür auf, und es erschien der Diener mit dem kleinen Louis an der Hand.

»Bruder André! Bruder André!«, schrie der Kleine und stürzte sich auf den Domherrn. »Bleibt Ihr zum Abendessen?«

Als er seine Eltern und den Geistlichen bereits am Tisch sitzen sah, stutzte er kurz, doch sobald die erste Überraschung vorüber war, brach er erneut in Begeisterungsstürme aus.

»Monsieur Louis!«, rügte der Diener, der ihm mit einigem Abstand folgte, »es gehört sich nicht, so ungestüm zu sein.«

»Ach! Lasst nur, Adrian. Das Kind freut sich so, mich zu sehen. Er darf mich gern ein bisschen liebkosen.«

Anschließend hob Mathias seinen Sohn vom Boden und gab ihm einen dicken Kuss auf die Wange, während die Zwillinge in Begleitung von Nicolas hinter ihm hereinkamen. Nach den langen Arbeitstagen in der Werkstatt liebten Alix und Mathias nichts so sehr wie das Abendessen im Kreis ihrer Familie.

»André«, rief Alix, »was sagt Ihr, wenn ich Euch erkläre, dass dieses Kind all seine Gebete kennt?«

»Wer hat sie ihm beigebracht?«

»Julio!«, rief Valentine.

»Gut. Gut«, lobte der Domherr und lächelte Louis an. »Das gefällt mir. Macht man aus dir einen Prälaten?«

»Mir wäre lieber, er würde in der Werkstatt arbeiten«, antwortete Alix mit ruhiger Stimme.

»Ach was«, widersprach Mathias kopfschüttelnd, »die Nachfolge ist gesichert.«

»Ganz bestimmt nicht durch mich«, entgegnete Mathilde, nahm eine Scheibe Brot und begann daran zu nagen.

»Durch Valentine und mich«, erwiderte Nicolas ebenso ruhig wie Alix. »Wenn wir verheiratet sind, eröffnen wir eine weitere Werkstatt.«

»Ach!«, rief André aus, »wie die zwei sich anhimmeln! Und du, Mathilde«, fuhr er fort und drehte sich zu dem jungen Mädchen um, das von seinem Brot abgelassen hatte.

»Ich? Ach, das ist nicht so wichtig«, antwortete Mathilde enttäuscht.

»Sie wird einen Herrn vom Hof heiraten«, warf Valentine lachend ein.

»Nein! Das will ich nicht.«

»Aber du musst jemanden heiraten!«

Alix wandte den Blick zur Decke.

»Die Duchesse Marguerite hat ihr gesagt, dass der König ihr eine ausreichend großzügige Mitgift geben wird, damit sie eine solche Heirat eingehen kann.«

»Da es nun einmal nicht François sein kann«, erklärte Mathilde mit Bestimmtheit, »ist es mir egal, wen ich heirate.«

»Aber natürlich«, erwiderte der Domherr lachend, »ich nehme an, dass mit François der französische König gemeint ist.«

Alix seufzte. Die ganze Welt machte sich über diese Kinderei lustig, die in einigen Jahren keine mehr sein würde.

»Jedenfalls steht fest, Bruder André, dass ich keine Weberin werden möchte. Das weiß Mama auch.«

»Hast du es denn so eilig, uns zu verlassen?«

Mathilde umarmte ungestüm ihre Schwester, dann stand sie auf und fiel ihrer Mutter um den Hals.

»Du weißt genau, dass das nicht stimmt, Mama. Aber genau wie Valentine muss ich meinem eigenen Weg folgen.«

Was sollte man auf eine so treffende Antwort erwidern? Darin glich Mathilde ihr selbst. Sie benahm sich schon so reif wie eine richtige kleine Frau! Genau das beunruhigte sie. Sollte Valentine ebenso schnell erwachsen werden, war das etwas anderes. Nicolas passte auf sie auf.

»Hör zu, meine Tochter«, sagte Mathias bestimmt, »momentan scheinst du mir noch etwas zu jung, um zu entscheiden, was du tust und was nicht. Warten wir ein paar Jahre und unterhalten uns dann noch einmal.«

Anschließend widmeten sich die Zwillinge unter den begeisterten Blicken von Louis, der nur darauf gewartet hatte, ihrem Lieblingsspiel. Sie baten um Erlaubnis, sich einen Augenblick entfernen zu dürfen, und kehrten identisch gekleidet zurück – Rock, Oberteil und Schürze. Die Haare fielen offen über ihre Schultern, sie lächelten abwesend, zeigten eine undurchdringliche Miene und verharrten mit dem gleichen Gesichtsausdruck.

Dieses Kinderspiel, das sie entdeckt hatten, als sie noch klein waren, ärgerte Alix hin und wieder und machte Nicolas regelrecht verrückt. Doch Mathias und Louis hatten immer ihren Spaß daran.

»Welche ist welche?«, rief die eine.

»Welche heiratet Nicolas?«, rief die andere.

Nicolas, der das Spiel albern fand und sich ärgerte, verstieß sogleich gegen die Regeln. Wieder einmal postierte er sich vor Mathilde, sah ihr fest in die Augen und erklärte barsch:

»Du willst ja wohl nicht behaupten, dass deine Augen genauso sanft wie die deiner Schwester sind.«

»Ach Nicolas!«, rief Mathilde, »ich liebe dich nicht mehr und werde dich nicht heiraten.«

Valentine begann zu lachen. Der junge Mann zuckte mit den Schultern und verließ den Tisch, wobei er brummte:

»Esst ohne mich, ich habe keinen Hunger.«

»Er heiratet mich nicht, so ist das«, rief Mathilde fröhlich, während Valentine hinter Nicolas herstürzte, um ihn aufzuhalten.

Alix seufzte.

»So ist es jedes Mal, wenn Mathilde ihn herausfordert. Sie meint es nicht böse, es ist nur Spaß. Aber dein Sohn wird eindeutig immer empfindlicher, Mathias.«

»Er kommt nach mir«, schimpfte Mathias.

»Aber, Alix«, schaltete sich der Domherr ein, der Mathias verteidigen wollte, »erinnert Ihr Euch nicht mehr?«

Alix unterdrückte ein Lächeln. Gewiss, vor langer Zeit hatten Bertille und der wackere Domherr ihr immer wieder erklärt, dass Mathias sie abgöttisch liebe, während sie anderweitig orientiert war. Wie viele verletzende Bemerkungen hatte Mathias ihr gegenüber gemacht, wenn er sah, wie sie sich mit einem anderen amüsierte?

Nicolas glich mehr und mehr seinem Vater. Fürchtete er, dass Valentine sich im Lauf der Zeit von den Freiheitsgedanken ihrer Schwester anstecken ließ und ihm eines Tages verloren ging?

»Ach Nicolas«, rief Valentine, während sie sich ihm an den Hals warf, »Mathilde wollte dich nicht verärgern, und ich auch nicht. Ehrlich.«

Er umarmte sie voller Wärme, und sie schmiegte sich wie eine kleine Katze an seine Brust und rieb sanft, liebevoll und zärtlich ihre Wange an ihm.

»Nicolas, du weißt, dass ich Mathilde nie Vorwürfe mache, genauso wenig wie sie mir.«

»Du lässt dich viel zu sehr von ihr blenden.«

»Ach Nicolas«, widersprach Valentine, »das stimmt nicht. Mathilde bewundert mich genauso, und das weißt du.«

»Es gibt tausend Gründe, womit du sie beeindrucken kannst, während deine Schwester nichts Faszinierendes hat. Sie ist töricht, und sie wird noch nicht einmal Weberin.«

Er drückte sie an sich und presste seine Lippen auf ihre, wich jedoch schnell wieder zurück.

»Ach, wieso musste deine Zwillingsschwester kommen und unsere Harmonie zerstören«, sagte er und festigte seine Umarmung.

»Wie kannst du so etwas Grässliches sagen, Nicolas?«

»Ohne deine Schwester hätte ich Tag und Nacht über dich gewacht, als deine Anfälle nicht aufhörten.«

»Aber ich wäre trotzdem geflohen, und eines Tages hätte mich niemand mehr wiedergefunden.«

»Doch, ich!«

Sie fing an zu lachen.

»Küss mich noch einmal.«

Er berührte sanft ihre Lippen, und sie spürte, dass er sie etwas bedrängte. Doch an diesem Punkt überfiel sie stets Unsicherheit, denn sie waren noch unerfahren, und so lösten sie die Lippen alsbald wieder voneinander.

»Nicolas«, rief Alix plötzlich, die in den Flur zu ihnen trat. »Was machst du da? Valentine, komm zum Essen. Ich habe euch tausend Mal gesagt, dass ihr noch zu jung für derartige Liebesspiele seid.«

Was redete sie da für einen Unsinn? Sie brachte sie ohnehin nicht zum Nachdenken. Erinnerte sie sich denn nicht? Sie war gerade einmal zehn Jahre alt gewesen, als sie sich in Jacquou verliebt hatte, und mit dreizehn hatte sie ihn geheiratet. Dennoch, diesmal gab sie nicht nach.

»Kommt endlich! Es ist sehr unhöflich unserem Gast gegenüber, wenn ihr nicht bald zu Tisch kommt!«

3.

Marguerite langweilte sich in Alençon. Nur weil ihr Bruder, der französische König, Blois verlassen musste, war sie in die Normandie zurückgekehrt. Zum dritten Mal las sie an diesem Morgen den Brief von François und prägte sich jedes Wort ein, als wollte sie ihn mit geschlossenen Augen auswendig wiedergeben können.

Dann sagte sie sich, dass ihre Langeweile sicherlich von ihrer Einsamkeit herrührte. Ihre Freundin Blanche de Tournon zog sich gern ins Schloss zurück, und die fromme Dame du Breuil schloss sich stundenlang in die Kapelle ein. Sie kam erst wieder heraus, wenn sie den gesamten Rosenkranz gebetet und mehrfach die Seiten ihres Stundenbuchs gelesen hatte.

Was ihren Privatsekretär, den lieben Clément Marot, anging, hatte sie ihn vorübergehend in Lyon zurücklassen müssen, wo ihn eine Gruppe junger Intellektueller in Anspruch nahm, die nach neuen Ausdrucksformen in der Literatur suchte. Die Druckkunst, die sich noch in den Anfängen befand, drohte Texte hervorzubringen, die von der Sorbonne verboten wurden. Buchhändler, Dichter und Studenten fanden sich mitunter an geheimen Orten zusammen. Und ohne dass Marguerite genauer zu sagen wusste, weshalb, verband sie damit große Hoffnungen. Clément würde ihr alles erklären.

Blieb die alte Comtesse d'Alençon, ihre Schwiegermutter. Sie verließ ihr Zimmer praktisch gar nicht mehr und wiederholte ohne Unterlass die täglichen Aufgaben, denen ihre Schwiegertochter sich widmen sollte.

Marguerite sehnte sich nach Jugend und Lebendigkeit. Sie beschloss, einen Boten zu Alix zu schicken, um für die Zeit, die sie in Alençon blieb, nach der jungen Mathilde zu verlangen. Nun, da das Mädchen richtig reiten konnte, brachte Marguerite ihr die Tricks bei, die sie einst von ihrem Bruder gelernt hatte, damit sie ebenso aufrecht im Sattel saß wie die geschicktesten Reiter.

Mathilde hatte überhaupt nichts dagegen zu kommen. Ganz im Gegenteil, sie liebte es, auf dem Pony zu reiten, das ihr der König zum achten Geburtstag geschenkt hatte. Bei allen Heiligen der Normandie! Marguerite sah noch die freudestrahlenden Augen von Mathilde vor sich, als sie ganz aufrecht auf dem Pferd sitzend den Ratschlägen von François gelauscht hatte, damals noch Comte d'Angoulême. Gewiss, heute hatte er keine Zeit mehr, sich durch derlei Vergnügungen ablenken zu lassen.

Der französische König führte nun das Leben eines Monarchen. Er war in den Feldzug aufgebrochen, dem er seit seiner Jugend entgegengefiebert hatte. Der junge König war abgereist, um in Italien zu kämpfen, und Marguerite liebte es, wenn Mathilde lauthals verkündete, dass er, ein Ritter ohne Furcht und Tadel wie der berühmte Bayard, als Sieger heimkehren werde.

Marguerite lächelte, wenn sie sah, wie übermütig Mathilde bei dieser Vorstellung wurde. Dabei musste sie seltsamerweise an Alix denken, die damals, als Louise d'Angoulême in Schwermut versank, ebenfalls lauthals versichert hatte, dass ihr Cäsar eines Tages König von Frankreich werden würde.

Ja! Marguerite würde unverzüglich um die Ankunft von Mathilde bitten. Die Kleine gefiel ihr. Sie war lebendig und intelligent. Sicherlich besaß sie genug Talent, um eine gute Weberin zu werden. Sie litt jedoch nicht darunter, dass ihre Schwester ihr auf diesem Gebiet überlegen war, und obwohl sie die Gabe ihrer Zwillingsschwester bewunderte, wählte sie lieber einen anderen Weg, auf dem Valentine ihr nicht folgen konnte.

Bot der Hof des jungen François I. nicht zahlreiche Gelegenheiten zu brillieren? Mathilde hörte zu, lernte und dachte nach. Marguerite hatte ihr alles beigebracht, angefangen vom Protokoll am Hof, der Kunst des Reitens, dem Gesang, der Musik, dem Tanz sowie Grammatik, Rhetorik, Literatur und vor allem die Vorliebe für Sprachen, die Marguerite stets zu den großen politischen Ereignissen ins Ausland gebracht hatte.

Mathilde hatte ganz offensichtlich mehr als eine Begabung. Während Valentine die künstlerische Veranlagung ihrer Mutter geerbt hatte, prägte Mathilde ihre Vorliebe für Pferde und Reisen wie auch für menschliche Begegnungen, und sie hatte Freude an Fremdsprachen.

Als Marguerite und Alix zusammen Italienisch und Spanisch gelernt hatten, verblüffte Alix Marguerite jedes Mal mit ihren Fortschritten, wenn sie auf ihren Reisen die Comtesse d'Angoulême besucht hatte.

Mit Hilfe ihres andalusischen Kutschers und ihres florentinischen Liebhabers hatte Alix Fremdsprachen gelernt. Stets dachte Marguerite an die Worte ihrer Mutter: »Alix' große Stärke ist, dass sie alles für sich zu nutzen weiß.«

Ja! Mathildes Besuch würde ihre trüben Gedanken vertreiben. Zusammen würden sie diskutieren, im Morgengrauen aufstehen, lange Ausritte im Wald unternehmen und sogar nach Mauves zurückkehren, wo Marguerite sie im Alter von drei Jahren in einer brennenden Hütte gefunden hatte. Der Duc d'Alençon hatte sie gerettet, versorgt und nach Blois gebracht. Anschließend hatte das Schicksal – es klang wie ein Märchen, entsprach jedoch der Wahrheit – den Rest getan. Mathilde war die Zwillingsschwester von Valentine, der Tochter von Alix, die man ihr in Bologna geraubt hatte, während die Kanonen Ludwigs XII. donnerten und das Blut derer floss, die von ihnen dahingerafft wurden.

Sie träumte eine Weile, nahm dann erneut den Brief von François zur Hand und verspürte plötzlich Lust, ihn noch einmal zu lesen.

Meine geliebte Schwester,
wir haben die Alpen überquert und marschieren auf Mailand zu. Der rechte Flügel wird von Charles de Bourbon angeführt, der linke von deinem Mann. Die Artillerie von Galiot erweist sich als sehr stark, und vielleicht werden wir durch dieses Gefecht Marignan einnehmen, wo sich bald die starken Reihen der Hellebardiere in Bewegung setzen. Der Mut meiner Armee ist untadelig, obwohl uns Lethargie und Staus zu schaffen machen. Die Veteranen kennen das alles aus Novare, wohingegen ich und meine Jugendfreunde große Augen unter unseren glänzenden Helmen machen.
Die Lanze in der Hand, der Degen an der Seite, sitzen wir die ganze Nacht im Sattel und warten inmitten der Kanonen auf das Morgengrauen. Wenn die Hörner des gegnerischen Lagers ertönen, ist das für uns das Zeichen zum Angriff. Die Schweizer zeigen sich im Kanonenfeuer mutig und unerschrocken.

Ich habe keine Zeit mehr, an Dichtung und Musik zu denken, aber wir werden wieder tanzen und Feste feiern, auf denen du in deiner ganzen Pracht erstrahlst.

Marguerite unterbrach ihre Lektüre. Bitterkeit schnürte ihr die Kehle zu. Eine süße Bitterkeit, die sie träge zwischen Vergangenheit und Zukunft schweben ließ. Alles Angenehme und Süße kam von François. Wieso schrieb Charles, ihr Mann, ihr nicht: *auf denen du in deiner ganzen Pracht erstrahlst*!

Konnte Marguerite mehr vom Leben erwarten als ihren Bruder wiederzusehen und erneut am Hof zu glänzen? Charles d'Alençon war in den Kampf aufgebrochen und hatte nicht einmal den Keim für ein Kind in ihr gesät, das sie vielleicht vereinen würde.

Eifersüchtig ob ihres Erfolgs am Hofe hatte er sie zurück nach Alençon beordert, wo sie die unterwürfige Ehefrau zu sein hatte. Gewiss, am Hof hatte sie eine einmalige Position inne, die ihr niemand streitig machen konnte. Die Schwester des Königs, die so großen Einfluss auf ihn ausübte, war nicht so leicht zu ersetzen. Später, als Charles begriff, dass sie aufbegehren und sich mit der Begründung weigern könnte, dass der König nach ihr verlange, hatte Charles Marguerite für ihr Verständnis gedankt. Musste sie sich denn von François entfernen, um ihrem Ehemann näherzukommen?

Ach! Was dachte sie über ihren Mann nach, wenn doch der König, ihr Bruder, ihr geschrieben hatte: *Wir werden wieder zusammen reimen*. Ach! François, ich reime allein, und wenn ich diese Freude außer mit dir noch mit jemandem teile, dann mit meinem Freund Clément Marot. Ich weiß, dass er mich liebt, und empfinde große Zärtlichkeit für ihn.

Ja, François, Clément bringt mir bei, anders zu dichten, als wir es gewohnt sind. Ich werde dir zeigen, wie man die Worte mit Zauber erfüllt.

Seit dem Morgengrauen seufzte Marguerite ohne Unterlass. In ihrem Kopf kreiste stets dieselbe Frage: Warum war Charles nicht in der Lage, sie mit Worten in andere Sphären zu tragen, neuen Horizonten entgegen, die sie voller Neugier entdecken würde? Warum brachte Charles ihr nicht mehr Zärtlichkeit und Sanftheit entgegen? Er verhielt sich ihr gegenüber äußerst barsch, und selbst wenn sie sich liebten, war er grob und verletzend.

Die junge Frau legte den Brief ihres Bruders auf den Sekretär, und ihre Gedanken wanderten zu ihrer Mutter. Die Duchesse d'Angoulême, die sehr früh verheiratet worden war, hatte vielleicht nicht dieselben Ambitionen wie der Comte d'Angoulême gehabt, aber sie hatten wenigstens die Liebe für die Literatur und die Kunst miteinander geteilt. Das entschädigte für vieles.

Seit François in den Krieg nach Italien aufgebrochen war, hatte Louise d'Angoulême, ihre Mutter, die Regentschaft übernommen. Sie war sich bewusst, dass sie vor allem die bestehende Politik festigen musste. Entschlossen, sich dieser Aufgabe tatkräftig zu widmen, hatte sie ihrem Sohn aufgetragen, ihr durchsetzungsfähige Berater zur Seite zu stellen. Zuallererst Kanzler Duprat, dann seinen Sekretär Florimont Robert und den Financier Berthelot, der zurzeit von dem reichen und mächtigen Jacques de Beaune alias Semblançay vertreten wurde.

Unter seiner Anleitung regelte Louise d'Angoulême nun also vier Monate lang Frankreichs Finanzen. Aber François' Reise nach Italien hatte so viel Geld verschlungen, dass die gewährten Kredite nicht ausreichten und seine Mutter ihr privates Vermögen angreifen musste. Die Kassen des Königreichs blieben leer zurück. Daraufhin hatte Louise angeordnet, das gesamte goldene Geschirr einzuschmelzen und dadurch über eine Million Écus freigesetzt. Damit hatte sie die Neutralität Heinrichs VIII. erkauft, der nie genug Geld bekommen konnte und keine Gelegenheit verstreichen ließ, sich welches zu verschaffen.

Außerdem hatten die Finanziers mehr als zehntausend Louis vorgestreckt, um deutsche Infanteristen zu rekrutieren. Alle hatte man mit schweren Arkebusen ausgestattet sowie mit einer Stützgabel, damit sie besser zielen konnten.

Weitere Gelder hatte Louise aus den Steuerabgaben der Bürger beschafft, die man im Laufe des Frühlings eingetrieben hatte. Sie erlaubten François, seine eigene Armee aufzustocken und jeden Soldaten mit einer langen Eschenlanze auszustatten, um damit die feindliche Kavallerie aufzuspießen.

Marguerite wusste, was dieser Krieg kostete, und verstand die Bemühungen ihrer Mutter nur zu gut, ihrem Sohn zu helfen. Sie wünschte sich nichts mehr, als ins Val de Loire zurückzukehren. Marguerite legte eine Hand auf ihre Stirn, dachte kurz nach und beschloss, den Boten, der ihr Mathilde bringen sollte, am nächsten Tag im Morgengrauen loszuschicken. Tours lag nicht sehr weit von Alençon entfernt, in kaum zwei Tagen wäre das Mädchen bei ihr.

Marguerite stand auf. Ihre Schwiegermutter rief mit dieser dünnen unnachgiebigen Stimme nach ihr, in der deutlich anklang, dass man ihr in ihrem fortgeschrittenen Alter jeden noch so kleinen Wunsch erfüllen müsste.

Seit ihrer Rückkehr nach Alençon hatte Marguerite ihr geduldig immer wieder die gewünschten Passagen aus der Bibel vorgelesen. Ohne zu murren, holte sie reihenweise dicke fromme Bücher aus der Bibliothek und packte sie stapelweise auf den Tisch in ihrem Zimmer.

Die alte Duchesse mit der gelblichen Haut und dem zahnlosen Mund, deren müde Augen zwischen tiefen Falten verschwanden, meinte, die Lektüre heiliger Bücher würde sie vom Prunk des Hofs fernhalten.

Sie schätzte es nicht, dass Marguerite sich so häufig von ihrem neuen Zuhause entfernte. Hätte es sich bei ihrem Bruder nicht um den französischen König gehandelt, hätte sie ihr das auf unangenehme Weise zu verstehen gegeben.

Doch ihre Durchtriebenheit ließ sie auf andere Methoden zurückgreifen. Sie wusste, dass Marguerite sich leicht von mystischen Gedanken einnehmen ließ, die sie unwillkürlich ihrem mittelmäßigen Eheleben näherbrachten.

Herrgott! Dass der Sohn so einfältig war, sich einen solchen Trumpf entgehen zu lassen. Herrgott! Dass er so dumm war, die ganze Zeit mit seinen Waffenbrüdern, seinen Knechten und Freunden zu vertun.

»Mutter«, sagte Marguerite, während sie auf die alte Frau zuging, »wünscht Ihr, dass ich Euch etwas vorlese?«

»Nicht heute Morgen, Marguerite. Ich habe gehört, dass Ihr nach Argentan reisen wollt, um Briçonnet zu treffen.«

»Das ist richtig, Mutter.«

Noch eine List der alten Frau! Den jungen Clément Marot kritisierte die alte Schachtel, weil sie meinte, er übe zu viel Einfluss auf Marguerite aus. Zu Briçonnet trieb sie Marguerite geradezu hin, weil sie glaubte, dass Letzterer sie mit seinen frommen

Reden vielleicht von dem flüchtigen Leben am französischen Hof abbrachte.

Die Duchesse hatte den Vater von Briçonnet gut gekannt. Der Bischof von Argentan, Sohn eines reichen Finanziers, war beim Tod seiner Frau mit der großen Hoffnung in den Orden eingetreten, den Purpurmantel des Kardinals zu erhalten. Sie war sicher, dass der Sohn Briçonnet eines Tages ebenfalls Bischof werden würde. Er hatte das Zeug dazu.

»Dieser Briçonnet ist ein hervorragender Umgang für Euch«, sagte sie, während sie versuchte, sich zu erheben.

Sie sackte jedoch sogleich wieder zurück. Marguerite stützte sie einen Moment. Der große knochige Körper beugte sich nach vorn, dann versanken die Schultern der alten Duchesse erneut in dem weichen Kopfkissen.

»Ruft Dame de Breuil. Vielleicht könnt Ihr mich zu zweit in die Kapelle bringen.«

»Ihr wisst sehr wohl, Mutter«, entgegnete Marguerite leicht gereizt, »dass wir nicht stark genug sind, um Euch zu stützen, und wir die Hilfe von zwei oder drei Dienern benötigen.«

»Nun gut, meine Tochter«, entgegnete die alte Frau etwas bissig, »dann holt sie. Lasst mich in der Kapelle sitzen.«

»Gedenkt Ihr lange dort zu bleiben, Mutter?«

»Es ist lange her, dass ich meinen religiösen Pflichten vor dem heiligen Altar nachgekommen bin. Meine nachlassenden Kräfte haben mich daran gehindert. Es wird Zeit, dass ich in Gesellschaft des Herrn meine Gedanken ordne.«

Darauf erwiderte Marguerite nichts, doch als sie gerade gehen wollte, um Dame de Breuil zu holen, rief die Duchesse:

»Anschließend könnt Ihr nach Argentan abreisen, meine Tochter. Zusammen mit Eurer Gesellschaftsdame.«

Diesmal reagierte Marguerite schroff:

»Mutter, ich habe nicht auf die Gegenwart von Dame de Châtillon, meiner eigenen Gesellschaftsdame, verzichtet, um die Gesellschaft von Dame de Breuil in Anspruch zu nehmen, die Ihr mir seit meiner Ankunft aufdrängt. Ich nutze ihre Gesellschaft nur, um an ihrer Seite in der Kapelle zu beten.«

Darauf wusste die alte Duchesse nichts zu erwidern. Sie seufzte. Die Antwort von Marguerite war höflich, beinahe respektvoll, aber bestimmt und verbat sich eine Entgegnung. Aber die Duchesse bedauerte doch, dass sie so nun nicht erfahren würde, was Briçonnet und ihre Schwiegertochter miteinander sprachen.

Die Duchesse besaß zwar noch gute Augen und Ohren, doch sie war nicht mehr gut zu Fuß. Das war ihre große Schwäche. Sie schleppte sich mehr, als dass sie ging, und allein konnte Marguerite sie nicht an den gewünschten Ort bringen.

Um keine weitere Zeit zu verlieren, rief Marguerite gleich die Lakaien und beauftragte sie, Dame de Breuil zu holen. Anschließend lief sie eilig in den Schlosshof und lenkte ihre Schritte zu den Ställen, um Attalante auszuspannen.

Schon mehrfach hatte sie Briçonnet in Argentan getroffen. Sie genoss seine Gesellschaft, die Gespräche mit ihm und seine Ansichten. Sie betete nicht mit ihm. Nein! Sie machten sich Gedanken über die Kirche und ihre Grundsätze, und sie konnte es kaum erwarten, darüber mit François zu sprechen. Marguerites Jugendlichkeit brachte Gegensätzliches in ihr hervor. Mit Clément Marot sprach sie nur über Poesie, Ritterlichkeit, feines Benehmen und große Gefühle, die an Freiheitsgedanken grenzten. Mit Briçonnet wurde sie wieder fromm. Die gegensätzlichen Persönlichkeiten der beiden Männer beeinflussten sie gleichermaßen.

Das letzte Mal hatte Briçonnet ihr von einer möglichen Reform erzählt. Einer einschneidenden leidenschaftlichen Glaubensreform. Von neuen Grundlagen, die nicht nur den Glauben des Volkes, sondern auch den der Diözesen stärken würden. Denn mussten nicht zunächst die Prälaten die neuen Formen vermitteln können, bevor ein guter Gläubiger zu den Grundsätzen der Kirche zurückfinden konnte? »Die Erneuerung der französischen Kirche. Das ist es, was unser Land braucht, Marguerite«, hatte Briçonnet voller Überzeugung verkündet.

Natürlich hatte ihm die junge Frau zugestimmt. So hatte Briçonnet gern hinzugefügt: »Man sagt, dass Euer Bruder auf Euch hört und Euren Verstand schätzt. Ihr müsst ihm davon berichten und ihm erklären, dass wir die Religion in ihren ursprünglichen reinen Zustand zurückversetzen müssen, in dem es keine anderen Regeln als das Evangelium gab. Keine andere Verehrung als die für Christus.«

Wie hätte Marguerite nicht vollkommen einig mit Briçonnet sein können? Mit ihm, der lauthals verkündete, die Druckkunst weiterzuentwickeln, um die Bibel und die heiligen Schriften zu verbreiten. Der sich voller Überzeugung nach einem Staat sehnte, der nicht nur materielle Verpflichtungen einging, sondern alles infrage stellte. Alle Gebildeten sollten, ohne fünfzig oder einhundert Münzen zu zahlen, ein schlichtes Manuskript erhalten. Deshalb musste man die religiösen Texte vereinfachen.

Ach! Was für eine Reform, aber auch welch eine Gefahr und welch ein Risiko! Marguerites angeborene Vernunft gebot ihr etwas Zurückhaltung. Sollte man nicht warten, bis Guillaume Briçonnet Bischof und ihr Bruder aus Italien heimgekehrt war?

Denn vorläufig bedeutete die Überarbeitung der Bibel und der Evangelien – und warum eigentlich nicht eine Messe auf Französisch einführen? – die reinste Ketzerei.

Die Gedanken ihres Freundes arbeiteten fortwährend in ihrem Kopf. Marguerite ließ jedes seiner Worte und jede seiner Ideen in sich reifen. »Wir brauchen die Zustimmung Eures Bruders«, hatte Briçonnet, überzeugt von der Richtigkeit seiner Vorschläge, gesagt. »Wir erklären ihm, dass ich die Texte des Konkordats bearbeite.«

Marguerite hatte ihn angesehen. »Kennt Ihr denn alle Vorzüge des Konkordats?«

»Ich kenne auch alle Schwächen«, hatte er erwidert und sich mit seiner etwas schlaffen Hand über die Stirnglatze gestrichen.

Plötzlich war Marguerite eine äußerliche Kleinigkeit aufgefallen und hatte sich in ihre Gedanken gedrängt. Deshalb hatte sie nur erwidert: »Werden wir in dem Konkordat die Ideen von Eurem Luther wiederfinden?« Daraufhin hatte der Prälat den Kopf geschüttelt, jedoch nichts erwidert.

Die Duchesse d'Alençon hatte ihm voller Zustimmung zugehört und ihm versprochen, seine Ideen dem König vorzustellen. Aber sie hatte mit ihm auch über ihre tiefe Verwirrung gesprochen, über ihre Verzweiflung, die sich häufig wie ein übermächtiger Schatten auf sie legte. Sie hatte ihm anvertraut, wie sehr sie es bedauerte, kein Kind zu haben, und dass sie keine tieferen Gefühle für ihren Mann hegte, den sie weder liebte noch verabscheute. Sie hatte ihm von ihrem belanglosen, leeren, unbedeutenden Eheleben erzählt.

Sie hatte ihm gestanden, dass sie, angeregt von religiösen und weltlichen Texten, den innigen Wunsch verspürte zu schreiben.

Alles aufzuschreiben, was sie wahrnahm und empfand. Das Schreiben füllte eine Leere und gab ihr die Ausgeglichenheit, die sie zum Leben brauchte.

Schließlich hatte sie ihm anvertraut, dass das strenge Leben in Alençon sie deprimierte und zugleich entspannte. Dass sie der Feste bei Hofe manchmal überdrüssig war und dann nur François zuliebe dennoch an ihnen teilnahm.

Lange hatte sie dem Geistlichen ihr Herz ausgeschüttet. Auch er brannte für eine Sache, nämlich die Reform der Religion. An jenem Abend hatte Marguerite den Ideen Briçonnets voll und ganz zugestimmt und ihn sogar zu dem aussichtslosen Unterfangen ermuntert, der Sorbonne zu schreiben.

Im Stall traf sie Blanche, die sich mit Philibert unterhielt.

»Blanche, ich wusste gar nicht, dass Ihr auf seid«, sagte sie fröhlich.

»Die alte Schachtel hat nach Euch verlangt, Marguerite.«

Die junge Frau seufzte.

»Ich komme gerade von ihr. Sie wollte mir die Gegenwart von Dame de Breuil aufdrängen.«

Blanche lächelte, fragte jedoch nicht weiter nach.

»Ihr fahrt nach Argentan, nicht wahr?«

Marguerite nahm die Zügel, die Philibert ihr reichte.

»Ich werde vor dem Abend zurück sein.«

»Haben diese Ausflüge etwas zu bedeuten, Marguerite? Was bringen sie Euch? Ihr haltet mich nicht über Eure Fahrten auf dem Laufenden. Und vergesst nicht, dass Mathilde jeden Augenblick eintreffen kann. Ihr solltet Euch ein bisschen um sie kümmern.«

»Ein bisschen! Nein, Blanche. Ich freue mich viel zu sehr auf die Kleine, als dass ich sie im Stich lassen würde.«

Blanche seufzte. In dieser Hinsicht stimmte sie ihr voll und ganz zu. Trotzdem erwiderte sie:

»Ihr habt also Briçonnet wiedergetroffen!«

»Und ich werde ihn wiedersehen.«

»Und die alte Schachtel?«

Marguerite fing an zu lachen.

»Ausnahmsweise ist sie einverstanden. Sie glaubt, dass diese Art der Begegnung mich auf Schloss Alençon hält.«

»Fürchtet Ihr nicht, dass Briçonnet Euch antikonformistische Ideen in den Kopf setzt? Schon die Gedichte von Clément Marot steigen Euch viel zu sehr zu Kopf!«

»Ich brauche sie zum Leben, Blanche. Vergesst das nicht.«

Blanche war bestürzt. Wie konnte diese Frau sich für solche Ideen begeistern? Wie konnte sie an so etwas denken, wenn ihre Aufgabe darin bestand, Kinder zu bekommen und großzuziehen. Rebellische Dichtung! Kirchliche Reformen! Dabei konnte nichts Gutes herauskommen.

»Himmel! Hoffen wir, meine Liebe, dass die Verbindung, die Euch so stark an Euren Bruder bindet, Euch auf jenem Gebiet hilft, das Euch so sehr am Herzen liegt.«

Sie strich der jungen Frau über die Wange und fuhr fort:

»Ich würde Euch natürlich lieber mit schreienden, frechen Kindern sehen als mit Männern, die in meinen Augen nichts Vernünftiges sagen. Also los, aber seid vorsichtig. Ihr wisst, dass ich Euch nicht gern allein auf der Straße weiß.«

Mit ihren behandschuhten Fingern fasste sie Marguerites Kinn und sagte:

»Kehrt nicht so spät zurück. Vielleicht wartet Mathilde bei Eurer Rückkehr bereits auf Euch.«

Blanche näherte sich ihr und küsste sie auf die Stirn.

»Warum verschweigt Ihr mir derzeit so vieles? Bin ich nicht mehr Eure Freundin?«

Die junge Duchesse fiel Blanche um den Hals.

»Wie könnt Ihr so etwas sagen, Blanche? Ich bin nur ein wenig verwirrt. Ich weiß nicht, wer ich eigentlich bin, was ich will und warum es jemand wie mich in die Normandie verschlagen hat.«

»Ach Marguerite, Ihr denkt zu viel. Lasst Euch von dem Leben mitreißen, das sich Euch bietet. Ist es nicht äußerst prächtig?«

»Genau. Ist es nicht zu viel?«

4.

Mathilde zeigte offen ihre Freude. Kaum war sie in Alençon eingetroffen, erhielt Marguerite die wundervolle Nachricht. Marignan! François hatte den Sieg errungen. Aus allen Mündern erklangen Freudenrufe, und in ganz Frankreich wurde gefeiert.

Sofort vergaß Marguerite ihre Ängste und ihren Kummer. Ihr Freund für Herzensangelegenheiten, Clément Marot, und ihr Freund für Verstandesdinge, Briçonnet, verschwanden für einige Zeit aus ihren Gedanken. Wie durch eine frische Brise verflogen all ihre Sorgen. Es zählte nur noch François.

Außerdem verlangte Louise umgehend nach ihr. Erneut drehte sich alles um ihren Cäsar. Sie wollte ihn so schnell wie möglich wiedersehen, ihn mit ebenso viel Überschwang wie Zärtlichkeit umarmen und ihrer überbordenden Liebe versichern.

Marguerite hatte sogleich einen Boten losgeschickt, um Alix davon zu unterrichten, dass Mathilde mit dem Hof nach Lyon reisen werde und sie sich keine Sorgen machen müsse.

Liebe Alix,
kommt schnell zu uns. Wie ich Euch und Eure Begeisterung für das Reisen kenne, werdet Ihr Tours sicher sogleich verlassen, um Euch dem königlichen Gefolge anzuschließen.
Kommt schnell. Unser Sieger feiert seinen Triumph, und meine Mutter wäre glücklich über Eure Gegenwart.

Mathilde kann es kaum noch abwarten und glaubt genau wie ich zu träumen. Was für Chancen der Sieg von Marignan birgt! Welch ein Glück! Ein Lächeln auf den Lippen und das Herz voller Freude, werde ich meinen Bruder wiedersehen, und Mathilde ihren jungen Gott, ihren schönen Ritter in weißer Rüstung.
Kommt schnell, Alix. Meine Mutter, die Regentin, ist so beschäftigt, dass sie nicht die Zeit findet, Euch selbst zu schreiben. Ich übermittle Euch die Worte, die sie gewählt hätte. Es wäre schade, wenn Ihr nicht ihre große Freude teilen und das Glück aller miterleben würdet.
Um Euch zu überzeugen, denn ich verstehe, dass Eure Arbeit keine langen Abwesenheiten erlaubt, obwohl Eure zahlreichen Angestellten und Euer treuer Gatte es Euch sicher erlaubten, teile ich Euch mit, dass der König in seinem Gefolge florentinische Künstler mitbringt. Selbstverständlich verfügen sie über neue Ideen und sind bereit, mit ihrem Talent dazu beizutragen, dass Frankreich nicht in veralteten Vorstellungen verharrt. Das könnt Ihr Euch nicht entgehen lassen! Es wäre erstaunlich, wenn sich unter ihnen nicht ein Maler fände, mit dem Ihr zusammenarbeiten könntet.
Kommt zu Eurer Mathilde, die ebenfalls entzückt wäre, Euch zu sehen. Meine Mutter und ich grüßen und küssen Euch.
Marguerite

Während Marguerite diese Zeilen verschickte, schrieb Louise zugleich in ihr Tagebuch: *15. September 1515, mein Sohn forderte bei Mailand die Schweizer heraus und begann um fünf Uhr nachmittags zu kämpfen. Die Schlacht dauerte die ganze Nacht und setzte sich am nächsten Tag fort. An jenem Tag bin ich von Amboise nach Notre-Dame des Fontaines gereist, um für meinen Sohn, den ich mehr liebe als mich selbst, für meinen ruhm- und siegreichen Cäsar, zu beten.*

Ja! Als sich die Neuigkeit des Siegs von Marignan in Frankreich verbreitete, brach überall große Freude aus, es herrschte ein wahrer Freudentaumel. Bis in die entlegensten Gegenden erklangen laute Triumphschreie. Das gesamte Land befand sich in Aufruhr.

Louise und Marguerite, ebenso Mathilde, konnten es kaum abwarten. Wie sollten sie noch länger in Amboise bleiben? So beschlossen sie, in Begleitung der Königin und eines kleinen Gefolges aufzubrechen, um dem Sieger von Marignan ein gutes Stück entgegenzufahren und ihn unterwegs in Empfang zu nehmen.

Der schlichte Geleitzug, den Louise vorgesehen hatte, wuchs in gleichem Maße wie die überbordende Freude. Aus acht Wagen wurden sechzehn, und aus der doppelten plötzlich die dreifache Anzahl. Bald waren sie bei dreißig angelangt und führten Geschirr, Mobiliar, Tapisserien und natürlich das gesamte Personal mit sich, das sie für die vorgesehene Zeit brauchten.

Begleitet von dem lauten Klappern der Holzschuhe, dem Quietschen der Räder, dem Wiehern der Pferde und dem Knallen der Peitschen, machten sich die dreißig Kutschen auf den Weg nach Lyon.

Ohne die ständigen Schwächeanfälle von Claude wären sie schneller vorangekommen, umso mehr als die Armee bereits die Alpen überquert hatte und die siegreichen Truppen sich auf Marseille zubewegten.

Plötzlich verwandelte sich der schöne Herbst, der ihren Aufbruch in Amboise begleitet hatte, in einen frühen kalten und harten Winter. Es begann zu regnen, zunächst nur schwach und stetig, dann verwandelte sich der unangenehme Nieselregen in sintflutartige Regenfälle, die ihr Fortkommen behinderten.

Schließlich zwangen das schlechte Wetter und die schwache Gesundheit von Claude Louise und Marguerite, von den Pferden abzusteigen, damit sie schneller vorankamen.

Ein Bote informierte sie, dass die Armee in Sisteron ihr Lager aufgeschlagen hatte. Von den großen Heeresführern waren allerdings nur Bourbon, Genouillac und Bayard dort. Der treue La Trémoille war bedauerlicherweise zusammen mit vielen anderen im Kampf gefallen. François war mit Duprat, der sich bereits um die Leitung des Herzogtums Mailand kümmerte, in Pavie geblieben und hatte Charles d'Alençon und seine Vertrauten bei sich behalten.

Wegen Claudes Erschöpfungszustand und vielleicht auch aus Rücksicht auf die kleine Charlotte, die die schwache Konstitution ihrer Mutter geerbt hatte und daher die besondere Aufmerksamkeit ihrer Ammen erforderte, verlangsamten sie die Geschwindigkeit, als Montluçon nicht mehr weit war.

Die ausgewaschenen Wege, über die sie kaum zurück auf die Straße am Zusammenfluss von Saône und Rhone gelangten, hielten den Zug zusätzlich auf.

»Wenn der Weg nicht besser wird«, stöhnte Dame de Breuil, »werden die Kutschen noch umkippen. Himmel! Warum ist die Königinmutter bloß auf die Idee gekommen, ihrem Sohn entgegenzureisen?«

»Aber, aber«, entgegnete Blanche, »wenn unsere Kutsche umfällt, nehmen wir unsere Pferde.«

»Reiten«, entgegnete die Gesellschaftsdame bitter, »wie könnt Ihr so etwas sagen, wo Ihr es doch selbst verabscheut, die Zügel in den Händen zu halten! Reiten ist etwas für die Duchesse d'Alençon.«

Blanche nickte und beschloss, Dame de Breuil, die stets mit sich oder irgendetwas haderte, nicht weiter zu widersprechen. Allerdings musste man sagen, dass sich die Ereignisse nicht zum Besten wendeten.

Jean-Baptiste und die anderen Kutscher lenkten die Pferde behutsam über die Straße, denn wegen der Schlaglöcher gerieten die Wagen ständig aus dem Gleichgewicht. Der Straßenrand war stark ausgewaschen, und die Räder konnten jeden Augenblick dort hineinrutschen.

»Diese tiefen Löcher machen mir Sorge. Wie sollen wir nach Lyon kommen?«, fragte Louise beunruhigt. Sie war ausgestiegen, während der Kutscher das Gespann zurück in die Mitte der Straße lenkte.

»Machen wir uns nicht verrückt«, antwortete Semblançay, den Louise gebeten hatte, sie zu begleiten. »Der König wird Pavie erst Ende des Jahres verlassen. Das gibt uns genug Zeit, nach Marseille zu gelangen.«

»Es heißt, dass wir ihn in Sisteron treffen«, schaltete sich Marguerite ein, die ebenfalls ausgestiegen war.

»Ist das weit entfernt?«, fragte Mathilde, die in der Kutsche von Blanche und Dame de Breuil saß und sich dort ganz klein machte.

Am liebsten wäre sie zur Königin in den Wagen gestiegen, den diese mit Marguerite und ihrer Mutter teilte. Aber sie wusste, dass derartiger Eigensinn nicht gut angesehen war, also beschränkte sie sich auf ein paar weitere Fragen.

»Kommt der König hierher, wenn das schlechte Wetter uns aufhält?«

»Bestimmt«, erwiderte Blanche. »Aber wir werden bald in Lyon sein und dann nach Grenoble weiterfahren. Unsere Reise ist also schon fast zu Ende.«

Trotz ihrer Freude begann Mathilde sich zu sorgen.

»Meine Mutter soll uns in Lyon treffen. Was soll sie tun, wenn wir nach Grenoble weiterfahren?«

»Macht Euch keine Sorgen, Mathilde«, erwiderte Blanche und lächelte dem jungen Mädchen aufmunternd zu. »Eure Mutter wird unseren Aufenthaltsort umgehend erfahren und zu uns kommen.«

Einen Augenblick betrachtete sie die junge Mathilde. Gott! Wie sich das Mädchen verändert hatte. Sie war groß geworden, und reif. Das war Marguerite in ihrer Aufregung sicher gar nicht aufgefallen. Mathilde war eindeutig kein Mädchen mehr, sondern eine junge und schöne Heranwachsende von schlanker, eleganter Gestalt. In letzter Zeit hatte ihre Mutter es tatsächlich geschafft, sie mehr bei sich zu behalten, um ihre Verwandlung allein mitzuerleben, die im Übrigen völlig normal war. Ihre Zwillingsschwester Valentine musste sich in gleicher Weise verändert haben.

Blanche lächelte Mathilde an, dann wendete sie abrupt den Kopf. Ein Schrei zwang den Zug plötzlich zum Anhalten. Der Wagen, der die Ammen und die kleine Charlotte beförderte, war gefährlich in den Straßengraben abgerutscht.

Königin Claude stürzte im selben Augenblick wie Mathilde ins Freie.

»Meine Tochter! Meine Tochter!«, schrie sie und eilte zu den Ammen, die sich schützend über das Kind in ihrem Schoß beugten.

»Majestät!«, rief Mathilde, »wenn Euch der Regen den

Rücken durchnässt, werdet Ihr Euch erkälten. Überlasst das mir. Bringt Euch in Sicherheit.«

Doch bei der jungen Königin setzte sich der Mutterinstinkt durch. Sie wollte nur noch ihre Tochter in den Armen halten, alles andere war unwichtig. Als die Kutsche immer weiter in den Graben rutschte, reichten die durchnässten, klagenden und weinenden Ammen ihr schließlich das Kind.

Doch Claude glitt auf dem glatten Boden aus, und Mathilde, die hinter ihr stand, konnte gerade noch rechtzeitig das Kind auffangen. Sie nahm es und drückte es schützend an sich. Es jammerte und weinte nicht, sondern betrachtete friedlich die Menschen, die sich um es herum versammelten.

Die Hände über dem Kopf, um sich gegen den Regen zu schützen, der mit unverminderter Härte die Jahreszeit einläutete, liefen Louise und Marguerite herbei.

Als sie sahen, dass Mathilde das Kind sicher in Armen hielt, eilten sie zur Königin, die sehr erschrocken über ihren Sturz war. Sie halfen ihr mühelos auf, aber Claude ergriff Panik, und sie blickte mit angstgeweiteten Augen zu ihrer Tochter, die die junge Frau an sich drückte.

»Schnell, Mathilde, steigt in die Kutsche«, rief Louise energisch.

Mathilde ergriff die günstige Gelegenheit beim Schopf und kletterte fröhlich in den königlichen Wagen. Es handelte sich um eine geräumige Kutsche mit vier Plätzen, die mit blaugeblümtem Samt gepolstert war. Sie wiegte Charlotte in den Armen, die schließlich einschlief und das verrückte Abenteuer vergaß.

Als Mathilde eine warme Decke über den kleinen Körper des Kindes breitete, hörte sie, wie Louise Jean-Baptiste und den anderen Kutschern zurief:

»Seht nach, was ihr mit der feststeckenden Kutsche machen könnt, aber haltet euch damit nicht zu lange auf. Lieber lassen wir die Kutsche hier und setzen unseren Weg fort.«

Die Ammen wimmerten und zitterten noch immer unaufhörlich, als handelte es sich um eine Strafe des Schicksals.

»Los«, befahl Louise den armen Frauen, deren Haare sich unter ihren durchnässten Hauben gelöst hatten und herabfielen, »steigt wieder in die Kutschen. Wir kümmern uns um das Kind.«

Die Männer versuchten, die Kutsche herauszuziehen, aber sie steckte zu tief im Graben, und die Räder blockierten in der durchweichten Erde.

Schließlich stiegen Claude, Marguerite und Louise zurück in die Kutsche und drückten sich gegen die gepolsterte Wand.

»Meine Tochter ist die Einzige, die nicht durchnässt ist«, murmelte Claude und streckte die Arme aus, um ihre Tochter in Empfang zu nehmen, die sie sogleich mit kleinen Küssen überhäufte. »Sie waren sehr mutig, Mathilde. Ich danke Ihnen von ganzem Herzen.«

»Ja! Was für ein Glück, dass sie hinter Euch gestanden hat, Claude«, rügte Louise.

Dann wandte sie sich an die junge Frau:

»Danke, Mathilde. Wie üblich habt Ihr einen wachen Geist und Tatkraft bewiesen. Ich werde es mir merken. Dank Euch ist das Kind einem gefährlichen Unfall entgangen.«

Dann reichte sie Claude eine Decke.

»Trocknet Euch ab, Claude. Ihr seid von uns allen am stärksten durchnässt. Was wird Euer Gatte, der König, sagen, wenn er seine Frau apathisch und im Fieberwahn auf ihrem Lager vorfindet, anstatt dass sie ihm die Liebe gewährt, auf die er ein Anrecht hat?«

Während die Königin sich mit Tüchern und Decken trocknete, verließen Louise und Marguerite erneut die Kutsche, um die Lage zu überdenken.

Ebenfalls durchnässt, beobachteten sie, wie die Kutscher mit großer Anstrengung versuchten, das Gespann aufzurichten, das sich kein Stück bewegte. Die Räder gruben sich immer mehr in den Schlamm und hinterließen eine schmierige dunkle Spur, wo die Karosserie abgerutscht war.

»Nun, Jean-Baptiste! Wir können nichts tun. Räumen wir die Kutsche aus und lassen sie am Wegrand zurück«, sagte Louise gereizt. »Wir können sie leider weder abschleppen noch reparieren. Trocknen wir uns lieber und fahren weiter.«

Sie ergriff den Arm ihrer Tochter.

»Zum Glück bist du kräftiger als Claude. Aber in einem solchen Zustand riskierst auch du, dir den Tod zu holen.«

»Und Ihr, Mutter?«, entgegnete Marguerite lachend. »Glaubt Ihr, dass Eure Bronchien in so gutem Zustand sind?«

Schließlich brachen sie beim Anblick ihrer nassen, aus der Form geratenen Kleider beide in Lachen aus und flüchteten sich in die Kutsche. Dieses Mal würden sie allerdings erst bei ihrem nächsten Halt wieder aussteigen.

Das Gefolge setzte seine Reise weiterhin in langsamem Tempo fort, denn der Regen hatte noch immer nicht aufgehört. Claude erholte sich langsam von ihrem Schrecken und verlangte nach ihrer Tochter.

»Und François kennt sie noch gar nicht«, murmelte sie, als sie Mathilde das Kind abnahm.

Louise nickte.

»Ich habe Euch geraten«, sagte sie, »sie in Amboise zu lassen. Dort hätte es ihr an nichts gefehlt, und die Ammen hätten in Ruhe unsere Rückkehr erwartet.«

»Sie ist ein zartes Kind«, nahm Marguerite die Königin in Schutz, »ich verstehe, dass Claude sie lieber bei sich hat.«

»Jedenfalls«, gestand die junge Königin und seufzte vor Erschöpfung, »hätte ich die Trennung nicht ertragen.«

»Wir haben getan, was Ihr wolltet, meine Tochter«, schloss Louise und sah ihre Schwiegertochter mitleidig an.

»Ach!«, rief Mathilde in ihrer Begeisterung. »Warum denkt Ihr nicht daran, wie glücklich François sein wird, wenn er Charlotte sieht?«

Überrascht blickten sich die drei Frauen an. Unwichtig, dass Mathilde in ihrer Gedankenlosigkeit den Namen »François« benutzt hatte anstatt des hochtrabenden »Ihre Majestät«, wie es das Protokoll vorschrieb. Alle wussten, wie unendlich sie den König bewunderte und dass sie häufig in vertraulichem Ton von ihm sprach. Jedenfalls, dachten alle gleichzeitig, hatte Mathilde als Einzige daran gedacht, welche Freude der König beim Anblick seines ersten Kindes empfinden würde.

In Lyon vergaßen sie die Sorgen des Winters, und das Lächeln wich nicht von ihren Lippen. Niemand war erkrankt, und man dachte nicht mehr an die Zwischenfälle der Reise.

Als die Begeisterung über den Sieg nachließ, die erhitzten Gemüter sich abkühlten und Mathilde voller Ungeduld ihre Mutter erwartete, begann Louise sich Sorgen zu machen. Auf einmal wurde ihr klar, dass dieser Sieg nicht allen gefiel. Papst Leon X. war erregt und wollte mit dem neuen französischen König verhandeln. Heinrich VIII., der englische Herrscher, betrachtete das Ereignis mit großem Missfallen, und die Schweizer forderten Vergeltung.

In Lyon verstärkte sich das kleine Geleit der drei Frauen, unter denen sich noch immer Mathilde befand, durch ein prächtiges Gefolge. Man erfuhr, dass der König Leon X. in Bologna getroffen hatte und dass der dicke kurzsichtige Papst, der pausbäckige Sohn von Laurent de Medici, gefolgt von einer regelrechten Armee aus Armbrustschützen, Beamten, Geistlichen und Apothekern, bei François I. einen guten Eindruck hinterlassen hatte.

Der König musste in Bologna bleiben, um die Eckdaten eines Konkordats vorzubereiten, das Louise als französische Regentin bereits mit Kanzler Duprat ausgearbeitet hatte. Wie würde das Parlament auf eine solche Bevormundung durch den Klerus reagieren? Zweifellos nicht gut, und das wusste Louise. Dennoch musste diese Vereinbarung unterzeichnet werden, um die Position ihres Sohnes zu festigen. Anschließend wäre die Macht von François I. unbestritten.

Als die Wagen Lyon verließen, hatte Mathilde ihre Mutter noch immer nicht getroffen. Sie fuhren nach Tarascon, denn von Bologna aus war der König nach Pavie zurückgekehrt, um die Unterstützung von Maximilien Sforza einzufordern, der nicht an der Schlacht teilgenommen und sich unter den Schutz der Schweizer begeben hatte.

Gewiss, die Frauen waren erschöpft, vor allem die Königin, die ihre Kutsche nur selten verließ. Doch die Freude über die Aussicht, bald ihren Cäsar wiederzusehen, vertrieb ihre Müdigkeit und ließ sie Pläne schmieden. Sie wünschten sich sehr, dem ersten Wiedersehen einen intimen Charakter zu verleihen. So sollte die Ankunft in Sisteron mit einer kleinen Eskorte stattfinden. Der Prunk würde alsbald folgen, dem Prestige würde Genüge getan.

Die Landschaft veränderte sich. An den Straßen drängten sich Häuser mit vorspringenden Erkern aneinander, um die Kirchen wanden sich Arkadengänge mit Spitzbogen, und Pinien, Eiben und Zypressen trugen dunkelgrüne Kleider. Üppiger Efeu rankte sich um die braune Rinde der Bäume.

Die blasse Wintersonne der Provence schien auf die noch karge Landschaft. Nur die Mandelbäume im Schatten der Kiesmauern blühten bereits, ebenso wie die Mimosen. Hügel umgaben die flachen Dörfer, deren mit zartrosa Schindeln gedeckte Dächer wie seltsame Schildkrötenpanzer wirkten. Bis ins Unendliche erstreckten sich die Olivenfelder mit ihren dunklen knorrigen Stämmen, und am Horizont zeichneten sich die schneebedeckten Gipfel der Alpen ab.

Endlich trafen sie sich zwischen quietschenden Wagenreifen, abgekoppelten Kutschen und unruhig stampfenden Maultieren, die sich unter die Wachen und Stallburschen mischten.

François kam in einem mit Lilien bestickten Wams aus silbernem Samt auf sie zu und wurde mit Salven der Artillerie und der Flotte begrüßt, die auf der Reede ankerte.

In dem ebenso bunten wie lauten Treiben erschien vor Mathildes großen erstaunten Augen Bernardin des Baux, Ritter des Ordens Saint-Jean de Jerusalem. Stolz und hochgewachsen, mit freier Stirn und grauen Augen, in denen ein Hauch von Ehrgeiz schimmerte, hob er die Arme gen Himmel und erteilte Befehl, zum Zeichen der Freude und der Anerkennung die Kanonen zu zünden.

Sie musste den Blick von ihm abwenden, um ihre Aufmerksamkeit dem König zu widmen, der in Begleitung der Ducs de

Bourbon und d'Alençon, den zwei wichtigsten Personen des Königreichs, auf sie zukam. Marguerite war gebannt vom Erscheinen ihres Bruders, zeigte es allerdings nicht so deutlich wie Mathilde. Die wusste nicht, wen sie zuerst ansehen sollte: François, den schönen jungen Monarchen, oder den stolzen Ritter Bernardin des Baux, der die gesamte Zeremonie leitete. Sie hatte nicht damit gerechnet, dass es einen schöneren Mann als den König geben könnte.

Ununterbrochen ertönte Kanonendonner, auf den der Orangen- und der Blumenkorso folgte, den die Marseiller organisiert hatten.

Marguerite dachte nicht über ihr impulsives Verhalten nach, das ihrer Mutter im Übrigen nicht zu missfallen schien. Sie wagte es, sich zuerst ihrem Bruder und nicht ihrem Gatten zuzuwenden. Lebhaft und wie immer leidenschaftlich gestikulierend, klapperte sie fröhlich in ihren weißen Schuhen über den Boden.

Louise hielt sich würdig im Hintergrund, vielleicht auch um Claude nicht im Stich zu lassen, die zu zurückhaltend war, um ihrem Mann entgegenzulaufen. So kam Marguerite als Erste inmitten des Karnevals aus Farben, Rufen und Lachen in den Genuss des Wiedersehens. François drückte sie herzlich an sich. Es fehlte nicht viel, dachte Charles d'Alençon mit finsterem Blick und einem bitteren Zug um den Mund, und er höbe sie vom Boden hoch, um sie dem Volk zu zeigen!

François verbarg seine Freude nicht. Er küsste seine Schwester tausendmal, hielt sie ein Stück von sich weg, betrachtete sie, als habe er sie noch nie gesehen, drückte sie erneut an seinen kräftigen Oberkörper und raunte ihr zärtliche Worte ins Ohr. Schließlich ließ er sie los, und während er auf die Regentin und

Königin Claude zuging, näherte sich Marguerite Charles und küsste ihn herzlich auf die Wange.

»Ich bin glücklich, Euch wiederzusehen, Charles.«

»Habe ich Euch etwa gefehlt?«

Seine Stimme klang zynisch, aber sie ging nicht darauf ein und antwortete schlicht:

»Mehr als Ihr Euch vorstellen könnt.«

Er glaubte ihr nicht. Aber Marguerite hatte sich vorgenommen, ihm zu gefallen und ihm nicht zu widersprechen. Sie musste gleich damit anfangen. Trotzdem blickte sie unwillkürlich noch einmal zu François. Sie sah, wie er sich Claude näherte, die vor dem Mann, den sie so abgöttisch liebte, verstummte. Ein starkes Augenzwinkern kündete bei ihr von großer Emotion. François schloss sie in die Arme. Unwillkürlich stieß Marguerite einen Seufzer aus, als sie daran dachte, wie heute Abend jede auf ihrem Lager versuchen würde, ihren Gatten zu verführen.

Plötzlich ergriff Charles ihren Arm.

»Nachdem der König Euch nun geküsst hat«, sagte er leise, »ist Euer Platz an meiner Seite.«

»Ich bin ganz Eurer Meinung, Charles.«

Anschließend drehte sie erneut den Kopf. François beugte sich nun über Mathilde, die ihm ein strahlendes Lächeln schenkte. Er musste ihr ein Kompliment über ihre Anmut und ihre Schönheit gemacht haben, denn Mathilde zappelte vor Freude und errötete. Außer wenn sie mit einer Reitergruppe tief in den Wald ritten, hatte Marguerite noch nie gesehen, dass ihrem Schützling die Röte in die Wangen stieg.

Kaum ließ François Mathilde aus den Augen, um sich der versammelten Menge zuzuwenden, traf ihr Blick auf den von

Bernardin des Baux. Einen Augenblick sahen sie sich in die Augen. Dann verkündete der Ritter den Beginn der Festlichkeiten.

Mathilde fand kaum Zeit, an ihre Mutter zu denken, die sie in Lyon verpasst hatte. Erzählungen und Lieder wurden vorgetragen, und der König bestand darauf, dass man all seine Offiziere und Soldaten ehrte. Der Sieg sei der ganzen Armee zu verdanken, von den Kleinen bis zu den Großen. Die königliche Familie erlebte eine noch größere Feier als bei seiner Krönung.

Vom Hafen erklang der Lärm eines fröhlichen Kanonenfeuers, auf das die gesamte Artillerie der Galeeren aus der Region antwortete. Tausende Kinder marschierten vorbei, und der gesamte Klerus segnete den König.

Die Menge erlebte mit, wie François I. zum Ritter geschlagen wurde. Der berühmte Bayard, den man Ritter ohne Furcht und Tadel nannte und den François als Kind für seinen Mut und seine Tapferkeit bewundert hatte, berührte mit seinem Schwert die Schulter des jungen Königs und sprach die Worte des alten Rittertums: »Mit dieser geweihten Geste ernenne ich François I. zum Ritterkönig.« Der Ritterschlag erfolgte in tiefer Andacht.

»Sire«, murmelte Bayard, »ein König ist mehr wert als ein Ritter.«

Erfüllt von der Ehre, die das Schwert bedeutete, erwiderte François:

»Ich fühle mich erst als König, seit man mich zum Ritter geschlagen hat.«

Während die Menge schwieg, begegnete Mathildes Blick erneut dem von Bernardin des Baux. Seine grauen Augen ließen sie erschaudern, und sie bedauerte, dass sie so jung war. Sie hatte den Eindruck, dass dieser verführerische Ritter das bemerkte.

Nein! Mathilde würde ganz sicher nicht den Blick senken. Mit unverhohlen feurigem Blick musterte die schöne junge Frau, deren Namen er nicht kannte, den stolzen, hochmütigen Herrn mit dem vornehmen Gebaren.

Anschließend begleiteten die Schauspieler das Ereignis mit lautem Getöse. Man improvisierte Heldenszenen, Kämpfe und Kriegsspiele, und es herrschte eine ausgelassene Freude.

Obwohl der Mut des Königs schon lange unumstritten war, forderte der Ritter Bernardin des Baux Schweigen. Kaum hatte Mathilde ihren bewundernden Blick dem König zugewandt, der unbeweglich dastand, ließ sie ihn wieder zu Bernardin des Baux gleiten und betrachtete seine stattliche Erscheinung.

Er beweihräucherte den König eine ganze Weile und lobte seinen Einsatz an der Spitze der Kavallerie. Dann berichtete er, wie die Schweizer Hellebardiere mit den französischen Infanteristen gekämpft hatten, während die gesamte Artillerie von Genouillac aufmarschiert war. Mathilde berauschte sich an seiner Rede, in der Worte wie Sieg, Eroberung und Triumph vorherrschten.

In seiner glänzenden Rüstung und mit seinem Federbusch sprach Ritter Bernardin von Kämpfen von Mann gegen Mann, von dem Aufmarsch der Arkebusiere, dem Donnern der Kanonen, gespannten Bogen und abgeschossenen Pfeilen. Mathilde entging keines seiner Worte, und ab und an kreuzte der Blick des Ritters den ihren. Vermutlich lag es daran, dass der König von den ganzen Menschen um ihn herum abgelenkt war und er ihr wenig Aufmerksamkeit schenkte, dass Mathilde beim Blick von Bernardin vor Freude bebte.

Schließlich verlas er die Liste der gefallenen Landsknechte und der verletzten Soldaten. Dennoch verlief das Ereignis fröhlich, denn die Menge hatte mehr Lust zu lachen, als zu klagen. Und er stellte all seine Jugendfreunde vor, die seine Waffenbrüder geworden waren, bevor sie die Posten hoher Würdenträger einnehmen würden.

Dann folgte zur allgemeinen Verwunderung Stille, und François deutete mit einer großzügigen Geste auf Bernardin des Baux.

»Mein Freund!«, rief er mit kräftiger Stimme, damit ihn jeder hörte, »mein enger Freund Bernardin des Baux, Ritter des Ordens Saint-Jean de Jerusalem, Eure Treue, Eure Loyalität und Eure Tapferkeit, die der von Bayard gleichen, dem unstrittigen Helden meiner Jugend, haben mich sogar schon überzeugt, bevor ich diese Schlacht gewonnen habe. Hiermit ernenne ich Euch zum Marschall der königlichen Galeeren. Möge die Stadt Marseille ebenso zu Euren wie zu meinen Ehren feiern!«

Da der König während der Feierlichkeiten zahlreiche Verpflichtungen hatte, sah Mathilde ihn zu ihrem Bedauern kaum. Er zwinkerte ihr lediglich kokett zu, als sie ihm zufällig an einer Wegkreuzung begegnete.

Da ihr Mann sie nicht von seiner Seite ließ, konnte auch Marguerite sich nicht um Mathilde kümmern. Also hielt sich das Mädchen zunächst an Louise, die jedoch unablässig in alle Richtungen verhandelte, um ihre innenpolitischen Beziehungen zu stärken.

So hatte sie letztlich auch nicht mehr Zeit für Mathilde als Marguerite, und das junge Mädchen sah sich gezwungen, allein durch die Flure, Ballsäle und Parkanlagen zu streifen.

Ach! All diese schönen Herren verwirrten sie. Und diese Freiheit, die sich ihr plötzlich bot! Sie wusste nicht, wohin sie den

Blick zuerst richten sollte. Schließlich entdeckte sie den König, der sich im Gespräch mit seiner Mutter und einem schlaksigen jungen Mann befand, der lange Glieder und klare Augen besaß.

»Ich möchte mich nicht als grausamer König erweisen«, sagte François. »Glaubt mir, Maximilien, ich möchte freundschaftliche Beziehungen zu Euch pflegen. Ich habe Euren Vater im Gefängnis zu sehr bewundert, als dass ich Euch denselben Platz zuweisen würde.«

»Ich danke Euch, François. Das ist genau mein Wunsch. Es wäre mir unerträglich, Euer Gefangener zu sein.«

Mathilde zog sich etwas zurück, da sie sich nicht aufdrängen wollte. Das war eine Anstandsregel, die Marguerite ihr beigebracht hatte. Der junge Mann mit den verträumten blauen Augen, der François mit fast kindlichem Erstaunen betrachtete, wies keine Kriegsverletzung auf. Er trug weder Ketten noch wurde er von der festen Hand eines Soldaten gehalten. Was sollte also diese Anspielung auf seine Gefangenschaft bedeuten?

Der blonde junge Mann war vielleicht zwanzig Jahre alt und zeigte ein zartes Lächeln, das nichts Provokantes an sich hatte. Er hielt die Hände hinter dem Rücken verschränkt und musterte mit melancholischem Blick ausgiebig die Leibwache des französischen Königs. Plötzlich entdeckte er Mathilde, lächelte sie an und fragte leise:

»Wer ist das?«

François lachte.

»Eine meiner Verehrerinnen.«

»Sie wird in ein oder zwei Jahren sehr schön sein.«

Doch da schaltete sich Louise ein und unterstützte ihren Sohn in seinem Bestreben, sich großzügig zu zeigen, indem sie seinen Vorschlag aufgriff.

»Ihr erhaltet dreißigtausend Écus und ein französisches Herzogtum.«

Mathilde hob eine Braue. Himmel! Was hatte all das zu bedeuten? Ein Gefangener, dem man ein Herzogtum schenkte!

»Ja«, stimmte François zu, »das Herzogtum Nemours zum Beispiel.«

Mathilde fuhr zusammen, denn der Chevalier des Baux trat an ihre Seite. Sie hob den Blick zu ihm und wagte es, ihn anzusprechen:

»Wer ist dieser Mann?«, fragte sie und wiederholte die schlichte Frage, die der große Blonde mit den blauen Augen soeben ihretwegen gestellt hatte.

Bernardin des Baux maß sie mit einem Anflug von Arroganz, was sie ihm jedoch sofort vergab, da er ihr zugleich ein betörendes Lächeln schenkte.

»Das ist Maximilien Sforza«, antwortete er, nahm ihren Arm und führte sie ein Stück weg, sodass man sie nicht hören konnte.

»Nun, aber wie kommt es, dass man einem sogenannten Gefangenen ein Herzogtum schenkt?«, wollte Mathilde wissen.

Bernardin des Baux fing an zu lachen. Gott! Wie verführerisch sie war. Mit diesen schönen makellosen weißen Zähnen, die sich von ihrem matten Teint absetzten. Ihr fiel auf, dass er das Gegenteil von diesem Maximilien Sforza war. Die blonden Haare des einen bildeten einen Kontrast zu dem dichten dunklen Schopf des anderen. Die blauen Augen und der helle Teint von Sforza standen im Gegensatz zu den stählernen Augen und der gebräunten Haut von Baux.

»Dann wisst Ihr nicht, wer Maximilien Sforza ist?« Er sah sie erstaunt an. »Das ist Eurer Jugend geschuldet.«

In diesem Augenblick verfluchte Mathilde ihre Jugend, und

zum ersten Mal in ihrem Leben errötete sie. Sie traute sich nicht nachzufragen, aber er fuhr von allein fort und machte sich ein wenig lustig über sie:

»Er ist der Sohn des berühmten Ludovic Sforza, den man auch ›den Mauren‹ nannte. Er war Herzog von Mailand zu der Zeit, als Karl VIII. das Herzogtum bekämpfte. Nachdem er damals das Vertrauen des Duc d'Orléans missbraucht hatte, der in der Folge König von Frankreich wurde, nahm man ihn fest, brachte ihn nach Loche und hielt ihn viele Jahre in den tristen Kerkern des Schlosses gefangen. Er ist auch dort gestorben.«

Mathilde drehte sich zu dem jungen Maximilien um und fand ihn noch verführerischer. Diese Geschichte verlieh ihm eine zusätzliche Aura. Sie hörte das Lachen des Königs. Dieses laute kräftige Lachen, das sie so gut kannte. Sie hatte es oft gehört, wenn er sich anschickte, einen Scherz zu machen.

»Ich habe es Euch gesagt, Ihr werdet nicht mein Gefangener. Ich halte Euch lediglich unter strenger Aufsicht.«

Er machte eine ausladende gönnerhafte Handbewegung, dann kniff er lachend die Augen zusammen und schien sich zu besinnen.

»Natürlich verlange ich gewisse Dinge im Gegenzug für diese Freundlichkeiten. Ihr gebt mir Eure italienische Kultur. Euch hat der Geist, dem Euer Land seinen künstlerischen Ruhm zu verdanken hat, von frühester Kindheit an geprägt. Vermittelt mir diese Kultur, und Ihr seid frei, wie es einem Prinzen von Eurem Rang zusteht.«

»Ein Prinz der Renaissance!«, murmelte Mathilde.

»Eine Bemerkung, die erkennen lässt, dass Ihr nicht ungebildet seid, junge Unbekannte«, rief Seigneur des Baux.

Mathilde errötete erneut. Sie wandte den Kopf ab, wich dem

Blick ihres Begleiters diesmal aus und verfolgte stattdessen, wie François dem jungen Sforza die Hand auf die Schulter legte.

»Sorgt Euch nicht, junger Gefangener. Ich bin edelmütig genug, um nicht der Heuchelei anheimzufallen. Jeder wird Euch bestätigen, dass ich mich solcher Waffen nicht bediene.«

Er zog die Hand zurück.

»Von diesem Tag an, Maximilien, seid Ihr ein freier Gefangener. Bringt mir die Schönheiten Eures Landes nahe, und Ihr bleibt in Freiheit.«

Das anschließende Mahl verlief fröhlich. Louise und Marguerite standen weiterhin im Mittelpunkt und genossen den glänzenden Erfolg des Königs. Angesichts ihres jungen Alters war es eine Zeit lang fraglich, ob Mathilde an den Feierlichkeiten teilnehmen durfte. Schließlich kam François ihr jedoch zu Hilfe, indem er nach ihrer Anwesenheit verlangte.

Unablässig begrüßte man sich stürmisch, komische und unterhaltsame Anekdoten wurden erzählt, Späße über die armen glücklosen Schweizer gemacht sowie Verse gesungen, von denen zunächst nur Bruchstücke zu verstehen waren, die sich in der Folge jedoch zusammensetzten.

Der König und seine fröhliche Bande von früher hatten sich verändert. Alle besaßen jetzt eine gewisse Sicherheit, die sie vor der Abreise noch vermissen ließen.

Auch wenn Bonnivet seine übliche Redseligkeit nicht verloren hatte und La Marck noch immer ein glänzender Erzähler war, auch wenn Montmorency und Chabot sich ihre jugendliche Ausstrahlung bewahrt hatten, obwohl sich in ihrem Gesicht kleine Fältchen zeigten, hatte sie die Erfahrung, von der sie noch lange erzählen würden, doch deutlich reifer gemacht.

Selbst François hatte in Mailand seinen Leichtsinn und seinen Hochmut abgelegt. Und Louise sagte sich, dass seine albernen Prahlereien wohl der Vergangenheit angehörten. Louise fühlte sich leicht und konnte sich an diesem festlichen Abend dazu gratulieren, dass sie die Gefährten ihres Sohnes einst zu formen gewusst hatte.

Während der folgenden Feierlichkeiten sah Mathilde Bernardin des Baux nur von Weitem und kam ihm zu ihrem großen Bedauern nicht noch einmal so nah, dass sie sich erneut mit ihm hätte unterhalten können.

5.

Dem Königspaar war das größte Zimmer der Herberge vorbehalten. Vor den zwei großen Fenstern hingen schwere Vorhänge, die jeden störenden Lichtschein von außen fernhielten. Denn der Hof, aus dem noch einige Geräusche drangen, war mit Fackeln erhellt, die die Diener noch nicht gelöscht hatten.

Im Zimmer, in dem es nach Lilien und Rosen duftete, brannten einige Leuchter und verströmten ein sanftes Licht. Hier hielt sich auch die junge Königin auf, der die Aufregung zunehmend die Röte in die blassen Wangen trieb.

Das riesige Bett stand an der Wand gegenüber dem großen Kamin, der bis eben geknistert hatte. François hatte nicht darum gebeten, die Scheite erneut zu entzünden, und Claude, die eigentlich sehr kälteempfindlich war, rang zu sehr mit ihrem Seelenzustand, um sich darum zu sorgen.

Mit Federn gefüllte Kopfkissen, Vorhänge aus Brokat, aus Gold gewebte Betttücher und die darauf abgestimmte Bettdecke verliehen dem Ganzen etwas Elegantes, das den ohnehin aufgekratzten François zappelig werden ließ.

Noch in sein silbernes, mit Lilien besticktes Wams gekleidet, genoss er die angenehme Atmosphäre, die Diener und Kammerfrauen herzustellen gewusst hatten. Seine Strümpfe, die während der Reise staubig gewesen waren, hatten ihr strahlendes Weiß zurückgewonnen. Er nahm einen Kandelaber, entzündete ihn an der Flamme einer Fackel und beleuchtete Claudes Gesicht.

Sie lag ganz unter der goldenen Decke, und François machte keine Anstalten, den Körper seiner Gattin zu entblößen. Er wusste, dass sie sich schämte, wenn er sie mit fachkundigem Auge betrachtete. So viele andere junge Frauen – François zählte sie schon nicht mehr – boten ihm ihre unvergleichlichen Reize dar.

Eine Weile betrachtete er das Gesicht seiner Frau. Es war weder schön noch anmutig, doch es drückte eine große Zärtlichkeit aus, vor allem wenn sie die vollen Lippen zu diesem hinreißenden Lächeln verzog.

Claude atmete langsam, fast als fiele es ihr schwer. Er setzte sich neben sie und küsste sie zärtlich auf die rosafarbenen bebenden Lippen. Dann stand er gelassen auf und begann, sich zu entkleiden. Das Wams fiel auf den Teppich, und im Handumdrehen gesellten sich die Strümpfe dazu.

Als das feine weiße Batisthemd ebenfalls raschelnd vor das Bett glitt, sah Claude auf der matten Haut des Königs die goldene Kette glänzen, die sie ihm vor seiner Abreise nach Italien geschenkt hatte. Eine Münze des heiligen François hing daran. Sie lächelte erfreut, dass er so aufmerksam war, sie an jenem Abend zu tragen.

Claude schloss die Augen und seufzte. Nackt beeindruckte sie der König noch mehr. Sie wartete, dass er ihr die so vertrauten Galanterien zuflüsterte. Wie lange würde es dauern, bis er erneut sein Gesicht über sie neigte, ihr so nah kam und sie zärtlich küsste? Denn begehrte er sie überhaupt?

»Teilt Ihr Eurer Lager mit dem glücklichen Sieger?«, fragte er sie mit zusammengekniffenen Augen, denen er an diesem Abend einen möglichst zärtlichen Ausdruck verleihen wollte.

Claude seufzte ergriffen.

»Ich bin deine Frau, François.«

Das »Du« überraschte ihn. Eine solche Kühnheit kannte er nicht von seiner Gattin. Ein schalkhaftes Lächeln auf den Lippen, erwiderte er:

»Meine geliebte Frau, nach diesem hübschen kleinen Schreihals, der mich anscheinend nur mit lautem Weinen begrüßt, lasst uns einen Thronfolger zeugen.«

Claude spürte, wie sie errötete. Ihre Kühnheit hielt nie lange an, vor allem nicht in Gegenwart von François.

»Das ist mein innigster Wunsch«, sagte sie etwas melancholisch, »ein Sohn wird Euch mehr begeistern als die kleine Charlotte.«

Claude überraschte ihn erneut. Nun benutzte sie erneut das distanzierte »Euch«, und ihre Stimme verriet eine gewisse Bitterkeit.

»Sie ist unsere erste Tochter, Claude«, entgegnete François und ergriff zärtlich die Hand seiner Frau.

Dann führte er sie sanft an seine Lippen und küsste sie liebevoll.

Sie ließ es geschehen, und er bemerkte, wie ihr die Röte in die blassen vollen Wangen stieg. François kannte Claude viel zu gut, um nicht zu wissen, dass sie diesmal nicht aus Leidenschaft errötete, sondern weil sie insgesamt von starken Gefühlen übermannt wurde.

»Charlotte ist ein Mädchen«, flüsterte sie.

»Wir brauchen eins!«

Er setzte sich auf die Bettkante und nahm ihre Hand.

»Ach Claude! Ich kenne mich mit Kindern nicht aus. Gebt mir Zeit, mich an sie zu gewöhnen, ja?«

Um sich François zu nähern, schob sie sich auf dem Kopfkissen nach oben, das das Zimmermädchen zuvor aufgeschüttelt hatte.

»Eure Schwester hängt sehr an dem Kind. Manche gehen so weit zu behaupten, dass das seltene Lächeln Eurer Tochter nur für Marguerite bestimmt ist.«

»Meine Liebe, meine Zarte. Heute Nacht zeugen wir einen kleinen Jungen, der all Eure Aufmerksamkeit auf sich zieht und Euch das schönste Lächeln Frankreichs schenkt.«

»François«, flüsterte Claude, »ich bitte dich, lösche alle Lichter. Sie brennen mir in den Augen.«

Er stand auf, um die Leuchter zu löschen, und ließ nur den Kandelaber brennen, den er selbst gerade erst entzündet hatte.

»Den auch, François«, flüsterte sie.

»Aber es ist nur noch einer«, widersprach er heiter.

»Das ist einer zu viel«, erwiderte sie und verkroch sich unter der Decke.

Im Zimmer nebenan ließ Marguerite alles über sich ergehen. Charles hatte ihr hastig das Mieder aufgeschnürt und die zwei kleinen Brüste entblößt, die noch von kindlichen Übergriffen verschont waren. Er beugte sich vor und schnappte gierig mit dem Mund nach den empfindlichen rosa Knospen, die sich seinem Blick darboten.

»Haben Sie mehr Geduld, Charles«, raunte sie, als er ungeduldig und herrisch nach unten griff, um ihren Rock nach oben zu schieben, unter dem sich ihre langen weißen Schenkel verbargen.

Aber ohne auf sie zu hören, drängte seine Hand zu ihrem Unterleib hinauf. Marguerite wehrte sie gereizt ab und richtete sich abrupt auf.

»Würdet Ihr wohl noch einmal das Feuer entfachen? Mir ist kalt.«

»Nicht nötig, ich werde Euch wärmen. Dafür wurde der Körper eines Mannes geschaffen.«

Er zog sie grob an sich. Sie lachte erstickt und bitter. Was konnte sie von ihrem Gatten, dem Duc d'Alençon, anderes erwarten? Dieser Mann, der stets bereit für die Ausschweifungen der Soldaten war, die kurzen Liebschaften, schnell und abrupt, knappe Begegnungen, die nur Leere, Kälte und Trauer hinterließen.

Erneut befreite sie sich von den kräftigen Armen, die sie gierig umfingen.

»Diese Momente seid Ihr mir schuldig, Marguerite!«

Sie drehte sich um und sah das Funkeln in seinen grauen Augen.

»Wer sagt Euch, dass ich sie Euch verweigere?«, entgegnete sie in ruhigem, gelassenem, fast gleichgültigem Tonfall. »Ich habe nur gesagt, dass mir kalt ist, und Euch gebeten, das Feuer wiederzubeleben.«

Sie floh in Richtung Kamin, griff den Schürhaken und entfachte die Glut, die sogleich anfing rötlich zu glimmen. Plötzlich schämte Charles sich, dass er ihr diese Aufgabe überließ. Er stand hastig auf, lief zu ihr und nahm ihr den Schürhaken aus den zarten Händen.

»Lasst mich das machen«, befahl er, »und legt Euch wieder hin. Ich komme gleich zu Euch.«

Der zweite Teil des Satzes gefiel ihr nicht, aber was sollte sie tun? Was sollte sie sagen? Sie erwartete keine Zuvorkommenheit von ihm. In wenigen Minuten würde er in sie eindringen, nur auf sein Vergnügen aus sein und sich nach einer schnellen

Ekstase sogleich wieder zurückziehen. Anschließend würde er sich schwer atmend zur Wand drehen und anschließend eine lange erholsame Nacht haben. Dann, am nächsten Morgen, wenn er gut erholt aufgewacht war, würde er mit steifem Geschlecht erneut seine besitzergreifende Hand auf den entblößten Unterleib seiner Frau legen und einen weiteren Liebesakt fordern.

Marguerite entfernte sich vom Kamin und floh ans Fenster, wobei sie das Mieder schloss, das er mit seinen groben Händen ungeduldig geöffnet hatte. Momentan kümmerte sich Charles um das Feuer. Nachdem er die Glut aufgelockert und einen Holzscheit nachgelegt hatte, hörte Marguerite, wie er den Schürhaken auf den Boden legte.

Sie schob den schweren Vorhang beiseite, blickte hinunter in den Hof und sah eine Kutsche durch das große Tor fahren. Während sie darauf wartete, dass ihr Mann ins Ehebett zurückkehrte, blieb sie noch einen Augenblick am Fenster stehen und beobachtete, wie eine Frau aus der Kutsche stieg.

»Aber das ist ja Alix!«, rief sie. »Ich muss Mathilde Bescheid sagen.«

»Der Wirt wird sich darum kümmern. Legt Euch lieber hin.«

»Versteht doch, mein Freund. Dieses Kind wartet auf seine Mutter, seit wir Lyon passiert haben. Es kommt nicht infrage, dass wir ihre Geduld noch länger auf die Probe stellen.«

Rasch zog sie den Nachtmantel über ihr Kleid und lief auf den Flur hinaus, der zum Zimmer der Comtesse d'Angoulême führte, das diese mit Mathilde, Blanche und Dame de Breuil teilte.

»Schnell! Kommt, Mathilde, Eure Mutter ist unten.«

»Oh!«, rief das Mädchen und stürzte auf den Flur.

»Ihr seid im Nachthemd, Mathilde!«, rief Blanche. »Zieht wenigstens Euren Nachtmantel über.«

Aber das junge Mädchen eilte, vier Stufen auf einmal nehmend, nach unten, ohne sich um ihre leichte Kleidung zu kümmern. Fast am Fuß der Treppe angelangt, verfehlte sie die letzte Stufe und fiel Bernardin des Baux in die Arme, der in der Halle des Gasthofs mit zwei Waffenbrüdern ein Bier getrunken hatte.

Er hatte die Geräusche im Treppenhaus bemerkt und war aufgestanden. Zitternd hielt er sie in den Armen. Er hätte sie natürlich loslassen können, tat es jedoch nicht, sondern betrachtete sie einen Augenblick.

Beim Anblick ihrer leichten Kleidung fingen seine Begleiter an zu lachen, während sie errötete und versuchte, sich aus seinen kräftigen Armen zu befreien. Sie war sich der Lächerlichkeit der Situation bewusst und sagte mit klagender Stimme:

»Das ist meine Mutter! Seht nur, das ist meine Mutter.«

Schließlich ließ der Ritter sie los, zog rasch sein Wams aus und legte es ihr um die Schultern.

»Ihr solltet ihr nicht halb entkleidet entgegentreten.«

Die Tür der Herberge knarrte, und ein frischer Wind wehte herein. Alix trat durch die Tür. Sie sah, wie der Ritter das wertvolle Wams um Mathildes Schultern legte, und schlagartig traf sie die Erkenntnis, dass Mathilde kein kleines Mädchen mehr war.

Mit zwei Schritten waren sie beieinander und fielen sich in die Arme, während Marguerite und Blanche mit Mathildes Mantel in der Hand in die Halle des Gasthofs stürzten. Nach der ersten Begrüßung schob Alix ihre Tochter sanft von sich, nahm ihr das Wams ab und reichte es dem Chevalier.

»Ich danke Euch für Eure Fürsorge, Monsieur«, sagte sie mit einem liebenswürdigen Lächeln. »Es war unbesonnen von meiner Tochter, nichts überzuziehen, bevor sie zu meiner Begrüßung nach unten gestürzt ist. Dank Euch wird sie sich nicht erkälten, was uns morgen davon abgehalten hätte, durch die Straßen Lyons zu fahren.«

Dann hüllte sie ihre Tochter in den Nachtmantel, den Blanche ihr reichte.

Nach einer unruhigen Nacht hatte Marguerite sich vorgenommen, ihre Zeit so zu verbringen, wie es ihr gefiel. Sie sprang von ihrer Stute und wandte sich lebhaft an Blanche, wobei sie ein wenig bedauerte, dass Mathilde mit ihrer Mutter ausgefahren war.

»Ich frage mich, was die ganzen Menschen dort auf dem Kirchplatz machen. Wartet auf mich, Blanche, ich werde nachsehen, was dort vor sich geht.«

»Ich begleite Euch, Marguerite. Derlei Versammlungen wühlen Euch immer auf, und das ist nicht gut.«

Als sie den Ansturm beobachtete, der sich an den geraden Stadtmauern entlangzog, stellte Marguerite noch einmal fest, wie angenehm es war, nicht unter Aufsicht einer Eskorte auszureiten, die sie nur einengte. Blanche reckte den Hals und versuchte, einen Hinweis für die Ursache der Aufregung zu finden. Sie beobachtete die stetig wachsende Menge.

»Sicher handelt es sich um die öffentliche Bestrafung einer Unredlichkeit.«

Sie hob den Kopf noch weiter, und Marguerite tat es ihr gleich.

»Vielleicht sogar um eine Hinrichtung. Seht, Blanche, das

würde mich nicht wundern. Die Leute dort drängen sich, um besser sehen zu können.«

»Ich kann nirgends einen Galgen entdecken. Meiner Meinung nach handelt es sich nicht um eine Hinrichtung.«

Lose, fast etwas nachlässig banden sie die Pferde an eine dicke Eiche mit tief hängenden dichten Ästen und näherten sich der Kirche.

Die Menge wuchs von Minute zu Minute. Einige Läden waren geschlossen. Am Hof eines Bauernhauses stand das Gatter offen, und einige Hühner entflohen in die geraden Gässchen. Ein Kind in Holzpantoffeln versuchte, sie laut kreischend wieder einzufangen, wodurch es sie jedoch erst recht in die Flucht schlug.

Als die beiden jungen Frauen die hintersten Reihen der Menge erreichten, stießen zwei Soldaten sie nach vorn, brachten Blanche zum Straucheln und drängten Marguerite gegen ein Klatschweib, das zwei große runde Brote in den Armen hielt. Ein Maultiertreiber, der sich weigerte, von seinem Tier zu steigen, schob sie schließlich mitten in die Menge.

So fanden sie sich eingeklemmt vor dem Schauspiel wieder, das die gesamte Menge so sensationslüstern verfolgte.

Passanten, Händler, Pilger, kleine Diebe und vornehme Herrschaften standen in seltsamer Eintracht zusammen und sahen alle mit funkelnden Augen zu. Manche zeigten einen zufriedenen Gesichtsausdruck und verzogen die Lippen zu einem einfältigen Grinsen. Andere wirkten angespannt und verkrampft und bissen die Zähne zusammen, als müssten sie die Strafe selbst erleiden.

Unfreiwillig drangen die zwei jungen Frauen in die erste Reihe der Schaulustigen vor und erblickten den Gefolterten.

Sein Rücken war nackt, die braune Kutte aus grobem Wollstoff an seinen Schenkeln hinuntergerutscht, und seine langen mageren Füße bedeckte bis zu den Knöcheln eine zweifellos mehrere Tage alte schwarze Schmutzschicht.

Hatte der Unglückliche sich zwischen den ersten Peitschenhieben vermutlich noch wieder aufgerichtet, beugte er sich jetzt mit krummem Rücken nach vorn und zog den Kopf tief zwischen die Schultern.

Er war an einen Holzpfahl gebunden, die Fesseln an schweren grauen Steinen befestigt und die Arme wie Eisenstangen seitlich ausgestreckt.

»Noch ein Prälat, der in Sünde lebt«, seufzte Marguerite. »Die Religion erfüllt keinen Sinn mehr.«

»Die Religion! Die Religion! Welchen Sinn sollte unsere Religion noch haben, wenn diese Pfaffenschweine sich noch nicht einmal beherrschen können!«, schrie eine alte zahnlose Frau, die sich wankend auf einen Stock stützte, der genauso knorrig wie sie selbst war. Ihre Augen verschwanden in einer Unzahl von Falten.

»Man sollte ihn kastrieren!«, zeterte eine rundliche Wäscherin, die den Wäschekorb zu ihren Füßen abgestellt hatte.

»Ach, meine Schöne«, ereiferte sich ein Mann mit behaarten Armen und drängte sich an sie, »glaubst du nicht, dass hundert Peitschenhiebe genug sind dafür, dass er eine Jungfrau geschwängert hat?«

»Hundert Schläge oder keiner, das spielt keine Rolle«, erwiderte die Alte, die dem Gefolterten mit dem Stock drohen wollte, es sich jedoch schweren Herzens anders überlegte, als sie das Gleichgewicht zu verlieren drohte.

Der Mann mit den behaarten Armen rieb seine dicken Wurstfinger an der Lederschürze, die um seinen Körper geschnürt war.

»Sie hat recht«, bestätigte die Alte und deutete mit dem Kopf auf die Wäscherin. »Man muss ihn kastrieren. Dann vergeht ihm die Lust, den Beichtkindern lüsterne Blicke zuzuwerfen.«

»Den Beichtkindern!«, rief Blanche aus.

»Dame!«, sagte die Alte und klopfte aufgebracht mit ihrem Stock auf den Boden. »Es ist während der Beichte geschehen. Als ob man jetzt noch Vertrauen in die Beichte haben könnte!«

Der Schmied ließ von seiner Lederschürze ab und entgegnete mit tiefer Stimme:

»Unsinn! Hundert Schläge für ein solches Märchen!«

»Ein Märchen!«, brüllte die Wäscherin und trat den Wäschekorb gegen seine Beine.

»Von wegen Märchen«, schrie die Alte wieder, »ich gebe dir Märchen, dass du dich wunderst.«

»Hört euch die Alte an!« Der Schmied brach in schallendes Gelächter aus. »Das Mädchen hatte eben einladende Brüste!«

Bei diesen Äußerungen mussten Marguerite und Blanche nicht weiter nachfragen. Jede Einzelheit wurde entsprechend schlüpfrig, verdorben und sadistisch kundgetan, ohne Mitgefühl oder Herzenswärme.

Nach den ersten zwanzig Peitschenhieben hörte der Peiniger auf. Er wischte sich mit dem breiten Aufschlag seines Mantels über die schweißbedeckte Stirn, betrachtete die zufriedene Menge, setzte dann seine finstere Arbeit mit vollem Einsatz fort und freute sich, als die Meute mit ihm zählte.

Nach und nach bedeckten lange blutige Striemen den Rücken des Gefolterten. Seine Kutte war auf den Boden gefallen und entblößte seine Schenkel, die nun ebenfalls Peitschenhiebe erleiden mussten.

Ein großer magerer Bursche von ungefähr fünfzehn Jahren mit einem dichten roten Haarschopf und einem Gesicht voller Sommersprossen hielt ein junges Mädchen in Holzpantinen im Arm.

»Was hättest du getan, wenn der Pfarrer das von dir verlangt hätte?«, flüsterte er dem Mädchen ins Ohr.

Sie fing an zu lachen.

»In die Gefahr komme ich nicht«, antwortete sie, »ich gehe nicht zur Beichte.«

Der Kerl gab ihr einen dicken Kuss auf den Hals. Erneut brachen sie in Gelächter aus und scherten sich nicht um das Schauspiel, das sich vor ihren Augen ereignete.

»He, ihr Turteltauben!«, höhnte ein unkultivierter Rohling mit blondem Schopf, der seinen Körper in einen langen schwarzen Umhang gehüllt hatte und den Kopf zur Hälfte unter einem Federhut verbarg, »wenn euch das Schauspiel nicht interessiert, überlasst anderen den Platz.«

Der große Rothaarige zuckte mit den Schultern und ließ seine allerdings ziemlich erbärmlichen Muskeln spielen, zog sich in die hinteren Reihen zurück und nahm seine Begleiterin mit sich.

Da der Mann mit dem Federhut ein besonderes Interesse an dem Ereignis zu haben schien, meinte die Händlerin, die er links von sich bedrängte, sagen zu müssen:

»Es ist anscheinend nicht das erste Mal.« Sie sprach leise, aber vernehmlich und versicherte sich auf den umliegenden Gesichtern der Wirkung ihrer Enthüllung. »Offenbar hat er sich an mehr als einer in der Beichte vergangen!«

Der Mann mit dem Hut erwiderte nichts. Anscheinend konnte er den Blick nicht von dem Gepeinigten losreißen.

Also wandte sich die wackere Händlerin zur anderen Seite, wo ihre Enthüllungen offenbar auf mehr Resonanz stießen.

»Hätte er ihr die Absolution erteilt, hätte die Kleine vielleicht nichts gesagt!«

Der Vollstrecker hielt erneut inne und legte seine Peitsche auf den Boden, um sich die schweißbedeckte Stirn besser abwischen zu können. Langsam wandte er sich der Menge zu, genoss ihren Anblick, atmete tief ein, griff erneut zu seinem Folterinstrument, ließ es langsam von einer Hand in die andere gleiten und setzte seine Arbeit fort.

Der Mönch schrie nicht mehr, zweifellos hatte er bereits das Bewusstsein verloren. Seine Haut war aufgesprungen und hing an manchen Stellen in blutigen Fetzen herab. Man hörte nur noch das Pfeifen der Peitsche sowie das dumpfe Geräusch, das die Peinigung des Körpers begleitete. Die Menge hatte aufgehört zu scherzen, zu spotten und zu tratschen. Man konnte meinen, dass sie sich nun fast wünschte, der Vollstrecker möge seine unerträgliche Aufgabe beenden.

»Er ist ganz sicher bewusstlos«, flüsterte Marguerite. »Hoffen wir, dass ein barmherziger Passant sich traut, ihn bei sich aufzunehmen und ihn zu pflegen.«

»Hoffen wir aber auch«, antwortete Blanche ebenfalls flüsternd, »dass ihm das eine Lehre ist.«

»Gehen wir! Das Ende des Schauspiels ist nichts für uns.«

Sie entfernten sich so schnell wie möglich von dem Elend, banden ihre Pferde los und ritten schweigend bis zum Eingang des Schlosses, wo Philibert sie erwartete, um ihnen die Stuten abzunehmen.

»Ich muss zu meiner Mutter, Blanche. Ich werde heute Abend mit ihr essen. Wartet also nicht auf mich. Und wenn Alix und Mathilde nach mir fragen, sagt ihnen, dass ich sie morgen treffe.«

Als sie durch die von Kreuzfenstern erhellten Flure lief, hoben die Hellebardiere ihre Lanzen.

Zwei Pagen, die im Dienst der Duchesse d'Angoulême standen, erschienen unvermittelt am Ende des Flurs und begrüßten Marguerite auf angemessen höfische Weise.

Die junge Frau lächelte. Der eine von ihnen war noch ein richtiger Junge, etwas ungelenk, aber liebenswert. Seine Augen funkelten wach und intelligent.

»Wie heißt du?«, fragte Marguerite.

»Ich bin der Neffe von Seigneur de Saint-Gelais.«

Sie musterte ihn von Kopf bis Fuß: seine blonden Haare, die goldbraunen Augen und sein sanftes Lächeln, das sie an jemand aus ihrer Jugend erinnerte.

»Seigneur Saint-Gelais! Sieh an! Stammt er nicht aus der Familie des Erzbischofs von Angoulême?«

»Das ist richtig, Duchesse. Das ist mein Großonkel. Ich bin der Neffe von Jean de Saint-Gelais.«

Marguerite umfasste das zierliche Kinn des Jungen. Sofort suchten seine klaren goldbraunen Augen ihren Blick, woraufhin sie sogleich von ihm abließ.

»Dame d'Angoulême und ich haben deinen Onkel gut gekannt. Wusstest du das?«

»Dame d'Angoulême hat es mir wiederholt gesagt.«

»Und möchte dein Großonkel, Erzbischof de Saint-Gelais, nicht, dass du in den Orden eintrittst?«

»Ich verspüre kein Verlangen danach, Madame. Ich möchte ein Ritter werden.«

Marguerite nickte lächelnd mit dem Kopf.

»Da hast du recht«, bestätigte sie. »Mit wenigen Ausnahmen, zu denen dein Großonkel zweifellos zählt, verkennen die heutigen Priester den wahren Glauben. Aber«, fügte sie hinzu, wobei sie diesmal die Hand des Jünglings ergriff, »du hast mir nicht deinen Vornamen verraten.«

»Guillaume, Madame.«

»Der Name passt gut zu dir. Nun, Guillaume, hol mir Suzon, die Kammerfrau meiner Mutter, und sag ihr, dass sie Prunelle in die Privatgemächer des Königs bringen soll. Ich begebe mich jetzt dorthin. Ach! Und kannst du mir sagen, ob du eine Demoiselle gesehen hast, die Mathilde heißt und in Begleitung ihrer Mutter ist?«

»Nein, Madame.«

»Gut, du kannst gehen.«

Der Junge lächelte zufrieden. Dass die Tochter der Dame d'Angoulême, die Prinzessin des Valois, ihm Anweisungen gab, erfüllte ihn mit Freude. Er machte eine schnelle Kehrtwendung und lief in Richtung der Gemächer, in denen man Marguerite untergebracht hatte.

Vor der Tür zu den Privatgemächern des Königs stieß Marguerite auf den Leiter der Wachen, der sich etwas zu unterwürfig verneigte und sie passieren ließ.

Im ersten Salon kamen zwei weitere Pagen auf sie zu. Doch sie wich ihnen lächelnd aus und setzte ihren Weg fort.

Ein Diener öffnete ihr die Tür, und zwei Kammerzofen, die plötzlich wie aus dem Nichts auftauchten, verbeugten sich und hinterließen einen lieblichen Duft von Malven und Frühling.

Eine Dienerin fragte, ob sie nicht ein Getränk zu sich nehmen wolle, bevor sie den König und seine Mutter traf, die sicher in Begleitung von Duprat war.

Aus dem großen goldenen Käfig, den François mit in seine Gemächer nehmen wollte, grüßte Achille, der Papagei, die junge Frau:

»Daaa iiist Marrrguerrrrite! Daaa iiist Marrrguerrrite!«

Sie lachte und blieb stehen. Der Papagei flatterte aufgeregt mit den Flügeln, klammerte sich mit den Krallen an die Holzstange, auf der er saß, und drehte zwei oder drei Pirouetten. Dann bettelte er mit seinem orangefarbenen Schnabel darum, dass Marguerite ihn streichelte.

»Ja, mein Schöner. Du bist ja ziemlich aufgedreht heute Abend.«

Sie ließ ihn in ihrer Hand picken.

»Aber, sag mal, Achille, wärst du nicht glücklicher in der großen Halle unseres Schlosses in Amboise?«

»Glllücklicher! Glllücklicher!«

Marguerite strich mit den Fingern über den Schnabel von Achille.

»Maaaathilde! Maaaathilde!«

»Ach, mein Hübscher, hast du sie gesehen? Wo ist sie?«

»Maaathilde! Maaathilde!«

Marguerite klopfte dreimal leicht an die Tür des Vorzimmers des Königs. Zwei weitere Diener öffneten ihr. Ein Lakai verneigte sich und führte sie direkt in das Zimmer ihres Bruders.

»Euer Sieg in Marignan, Sire, wird in die Geschichte eingehen«, sagte Duprat gerade an François gewandt, der, in ein elegantes Batisthemd gekleidet, mit großen Schritten den hinteren Teil des Raumes durchmaß.

Louise hob den Kopf und blickte in Richtung Tür.

»Komm herein, meine Tochter. Tritt ein. Ich erwarte dich schon seit einiger Zeit.«

»Ich habe auf dem Kirchplatz haltgemacht. Man hat dort einen Mönch ausgepeitscht.«

»Himmel! Noch einer von diesen heidnischen Prälaten. Was hatte er angestellt?«

»Das Volk behauptete ziemlich scheußliche Dinge über ihn, Mutter. Angeblich weigerte er sich, den Mädchen die Absolution zu erteilen, wenn sie sich nicht vor ihm entkleideten.«

Louise rang die Hände und wandte den Blick zur Decke.

»Es gibt keinen Glauben und keine Religion mehr!«

Sie wandte sich an ihren Sohn: »Eine ziemlich schwierige Aufgabe, um die du dich bis in die untersten Schichten kümmern musst.«

Marguerite küsste ihre Mutter und ging zum König. Er nahm sie in die Arme, drückte sie an sich und küsste sie auf die Lippen.

»Wie immer verführerisch, mein Herzchen!«

Marguerite befreite sich lachend aus den Armen ihres Bruders. Aber der fasste sie um die Taille und kehrte mit ihr zu seiner Mutter zurück, die vor dem großen, königlichen Bett stand, an dem die Vorhänge aus Seidenbrokat zurückgezogen waren.

»Ganz bestimmt, Mutter. Die Mönche machen es sich zu leicht. Darum müssen wir uns kümmern. Sobald das Konkordat abgeschlossen ist, nehmen wir uns der Angelegenheit an.«

Marguerite trat auf den Berater zu und reichte ihm die Hände. Rasch ließ er den Blick über ihre Gestalt gleiten. Sie trug heute ein Kleid, dessen Farbe an Möwen erinnerte, die an einem sonnigen Wintertag über der Loire kreisten, und das Grau ihrer Augen auf besonders hübsche Weise betonte.

»Ich habe erwartet, Euch hier zu finden, Monsieur Duprat.«

Der Berater, der sich anscheinend nicht für die Religion interessierte, nutzte die Gelegenheit, auf sein Gespräch zurückzukommen.

»Ich sagte gerade zu Eurer Hoheit, dass der Sieg von Marignan in die Geschichte eingehen wird.«

»Ganz gewiss, mein guter Duprat«, erwiderte François. »Aber Ihr weigert Euch, nun von dieser Eroberung zu profitieren.«

»Ein zu baldiger erneuter Feldzug in Italien wäre verhängnisvoll. Glaubt mir, Sire. Warten wir, bis die Lage, die diesen Sieg begünstigt hat, sich etwas beruhigt hat. Dann sehen wir klarer.«

»Ihr redet wie meine Mutter, Duprat!«

Der Berater strich sich mit seinen kurzen dicken Fingern über die Stirn und weiter über den bereits recht kahlen Schädel. Lediglich ein paar Strähnen fielen in seinen Nacken.

»Das kommt daher, weil wir gerade darüber gesprochen haben und uns einig sind.«

Duprat dirigierte seine kurzen Beinchen, die den üppigen Körper trugen, zu Louise. Die beiden Frauen hatten auf dem kleinen leuchtend roten Samtkanapee neben dem großen Kamin aus weißem Marmor Platz genommen.

»Den Sieg jetzt auszuschlachten, wäre ein Fehler, mein Sohn.«

Durch den Wandbehang, der den Bereich gegenüber des großen Bettes direkt neben dem Kamin abteilte, brachten zwei Diener das Wams des Königs herein. Es war gelb und mit schwarzen und silbernen Paspeln eingefasst. François sah, dass Marguerite sich erhob.

»Die Beinlinge passen nicht dazu«, sagte sie, während sie dem Diener das Wams abnahm.

Doch da eilten bereits zwei Kammerzofen herbei, von denen eine einen Beinling aus gelber, die andere einen aus weißer Seide in der Hand hielt.

»Suche den aus, der dir gefällt, mein Herz«, forderte der König Marguerite auf.

»Der gelbe, François. Ton in Ton kleidet dich immer ganz besonders gut. Nicht wahr, Mutter?«

Sie wandte sich an die Bediensteten:

»Bringt eine gelbe Hose. Damit man sieht, wie die Farbe beim König wirkt.«

Duprat, der sich nicht für die besondere Wirkung der königlichen Kleidung interessierte, fuhr fort:

»Wir haben gerade die Staatskassen wieder aufgefüllt. Die deutschen Landsknechte sind bezahlt, und Eure Armee wurde entlohnt. Eure Schulden sind beglichen. Eure Mutter und Eure Schwester haben die Mittel zurückerhalten, die sie für Euch ausgelegt hatten.«

Mit einer ausladenden Geste fegte François alle Bedenken beiseite.

»Es liegt mir fern, diese zu plündern. Ich wollte nur von dem Sieg von Marignan profitieren.«

»Das ist richtig, Sire. Aber wenn man sich Eure Vorgänger ansieht, ist es anders verlaufen. Karl VIII. hat in der Folge nicht von Fornovo profitiert, und Louis XII. konnte den Vorteil von Agnadel nicht nutzen.«

»Worauf wollt Ihr hinaus, Duprat?«, fragte François, der mit Hilfe seiner Diener passend zum Wams eine gelbe Hose und Strümpfe anzog.

»Genau auf diesen Punkt«, erwiderte der Berater und strich sich über den fülligen Leib, der unter einem Hemd aus beinahe grobem Tuch steckte, das er nur selten auszog. Duprat machte nicht viel Aufhebens um seine Kleidung, es sei denn bei offiziellen Auftritten, doch selbst dann trug er Hemden aus Baumwollgewebe.

»Reist, Sire. Macht eine Rundreise durch ganz Frankreich. Es wird Zeit, dass Ihr Euer Volk kennenlernt. Bis auf die Touraine und Euer geliebtes Angoulême kennt Ihr die entlegenen Teile Eures Landes nicht. Widmet Euch eine Zeit lang den Problemen der Landwirtschaft und des Handels, und kümmert Euch um das Schicksal Eurer Dorfbewohner. Das wird ihnen gefallen, und sie werden mehr Verständnis für die Einschränkungen aufbringen, die Ihr bei Eurem nächsten Feldzug von ihnen verlangen werdet.«

François verzog das Gesicht. Es war eine jener etwas kindlichen Fratzen, die Louise nur zu gut kannte und die Duprat als Grimasse eines jungen Monarchen beurteilte, der der Jugend noch nicht ganz entwachsen war.

»Die Erfahrung wird Euch gefallen, Majestät.«

Duprat sah François aus seinen hervorstehenden Augen unter seinen kaum vorhandenen Brauen hervor durchdringend an.

»Wurde die Steuer nicht gesenkt?«

»Doch, doch! In dieser Hinsicht sind Bauern und Dorfbewohner zufrieden. Macht ihnen jetzt eine andere Freude, eine Freude des Herzens.«

Zwei Diener zogen am Wams, das der König übergezogen hatte. Mit abgewandtem Blick strich die Kammerzofe eine störende Falte an der Wade des Königs glatt.

»Eure Hoheit ist vollkommen«, sagte sie gespreizt und warf dem König einen schalkhaften Seitenblick zu. »Möchtet Ihr, dass wir Euch noch etwas Schmuck bringen?«

»Bringt, bringt!«

Die Kammerzofe verbeugte sich und verließ, gefolgt von den Dienern, den Raum, um jedoch gleich darauf zurückzukehren.

»Die Zofe von Madame d'Angoulême«, erklärte sie mit einem flüchtigen Lächeln, »bringt den kleinen Hund der Duchesse d'Alençon.«

Eine kleine rötliche Fellkugel stürzte auf Marguerite zu. Sie beugte sich hinab und nahm sie auf den Arm. Die Zeiten, in denen Prunelle vor Freude bellend in ihre verschränkten Arme gesprungen war, gehörten der Vergangenheit an. Für derlei Glanzstücke war Prunelle inzwischen zu alt, immerhin ging sie fröhlich ihrem fünfzehnten Lebensjahr entgegen.

Marguerite ließ sich eine Weile das Gesicht ablecken und setzte den Hund dann auf der Steppdecke auf dem Bett ihres Bruders ab. Zufrieden rollte sich Prunelle zu einer Kugel zusammen, schloss ein Auge, beschloss jedoch, nicht richtig zu schlafen, sondern ihre kleine Welt noch ein bisschen zu beobachten.

»Können wir diesen Reisen nicht ein diplomatisches Interesse geben?«, schlug Marguerite vor, stellte sich neben ihren Bruder und sah Duprat aus ihren großen klaren Augen an. »So könnte der König von Provinz zu Provinz reisen, und das Volk muss sich in Nantes genauso wie in Marseille, Toulouse oder Paris als französisch betrachten.«

Der Blick aus den hervorstehenden Augen des Beraters begegnete dem der jungen Frau. Der Sohn mag unerfahren und noch zu jung sein, um zu regieren, aber die Tochter ist genauso klug wie die Mutter, dachte er und rieb sich die Hände.

»Eure Beobachtung ist richtig. Wir können es noch besser machen. Laden wir die Botschafter ein, uns zu begleiten.«

Louise schien zufrieden.

»Das wird dir gefallen, meine Tochter. Da kannst du die Fremdsprachen anwenden, die du gelernt hast.«

Die Kammerzofe brachte einen kleinen Koffer mit silbernen Verzierungen. Zwei Diener hielten ein goldenes Tablett, auf dem sie Ketten, Medaillen, Achselschnüre und Schnallen ausbreiteten.

»Du sprichst zwar nicht gut Italienisch, François, aber dein Englisch ist sehr gut. Könntest du den Unterricht nicht fortsetzen?«

Der König nahm eine Goldkette mit einem ziselierten Verschluss und bedeutete ungeduldig, die Medaillen auszubreiten, die er daran befestigen konnte.

»Wenn Marguerite für mich übersetzt, Mutter, mache ich mir überhaupt keine Sorgen!«

Louise betrachtete ihren Sohn, der die große Medaille mit dem Salamander seiner Vorfahren ausgewählt hatte. Sie seufzte. Gott! Sie hatte gut daran getan, ihrer Tochter eine gute Erziehung angedeihen zu lassen, damit sie ihren Bruder unterstützen konnte.

Louise richtete den Blick auf Marguerite, die ihren Bruder äußerst zufrieden von Kopf bis Fuß musterte.

Stolz legte er zu seinem glänzenden Kostüm die Medaille mit dem Salamander um. Der junge Monarch wirkte trotz seiner kleinen Augen und seiner großen Nase vollkommen.

Er strahlte. Ganz anders als der Duc de Bourbon, der vielleicht sehr schön, aber so finster und ernst wirkte. Seit seine hässliche, kränkliche Frau nicht wie erwartet verschieden war, sondern ihm einen Sohn geschenkt hatte, den François bei der Taufe über das Becken gehalten hatte, sah Louise ihren intimen Freund nicht mehr.

Nachdem man Charles de Bourbon zum Kammerherrn des Königreichs ernannt hatte, zeigte er kein Interesse mehr an Louise.

6.

Mathilde brauchte eine Weile, um das Bild des Chevaliers Bernardin des Baux zu vergessen. Sie ersetzte es schließlich durch das von François und fand ihr seelisches Gleichgewicht wieder, das sie brauchte, um die Zeit mit ihrer Mutter genießen zu können.

Marguerite konnte sich momentan nicht um Mathilde kümmern, da sie die Zeit bis zu seinem erneuten Aufbruch nach Italien mit ihrem Ehemann verbrachte. Diesmal würde er ohne den König reisen, der einige Zeit in Frankreich zu tun hatte. Vielleicht würde Mathilde mit Alix zurück nach Hause fahren, um wieder an den Hof zurückgerufen zu werden, kaum dass sie im Val de Loire eingetroffen war.

Im Geschäft von Jacques Mirepoix, dem Bruder ihres Freundes Domherr André, einem großen Seidenhändler, Geschäftsmann sowie Finanzier und Geldgeber der angesehensten Lyonaiser Familien, lernte Alix Properzia de Rossi kennen. Sie befand sich in Begleitung des Malers Pieter van Aelst, der schon häufig hübsche Kartons für ihre Tapisserien gezeichnet hatte.

»Wie geht es meinem Bruder?«, erkundigte sich Jacques Mirepoix freundlich zur Begrüßung.

»Ach, ganz hervorragend! Als er mich das letzte Mal zum Souper besucht hat, schien er mir in exzellenter Verfassung zu sein.«

»Ich habe gehört, dass der Erzbischof Martin de Beaune einige Auseinandersetzungen mit seinem Vater hatte. Was sagt André dazu?«

»Ach Jacques, Sie wissen doch, dass er sich um die Finanzen der Kirche erst Gedanken macht, wenn die Kunst ins Spiel kommt. Seine Sorgen sind von daher nicht dieselben wie die unseres Erzbischofs in Tours. Und seit sein Vater Baron de Semblançay ist, hält ihn nichts mehr auf.«

Alix hätte gern noch weiter über die Finanzen der Comtesse d'Angoulême gesprochen, die Regentin von Frankreich geworden war, und von der die neue Familie Semblançay nicht unerheblich profitierte. Ein heikles Thema. Doch an diesem Punkt endete die Unterhaltung, und Alix wandte sich zu dem Maler um, wobei sie ausgiebig die Frau in seiner Begleitung betrachtete. Ihre Blicke trafen sich.

»Ich freue mich, Euch wiederzusehen, Maître van Aelst.«

»Und ich erst, Alix! Wie ergeht es Euch, seit die Renaissance für Aufruhr sorgt?«

»Es ist richtig, dass die Zeiten sich ändern und die Kunstwelt sich weiterentwickelt. Was mich angeht, so halte ich van der Weyden und van Eyck noch immer für die größten Maler ihres Jahrhunderts, aber ich bewundere sie nicht mehr.«

»Wen bewundert Ihr nun?«

»Michelangelo und Raffael.«

»Und der große da Vinci?«, erkundigte sich van Aelst mit glänzenden Augen.

»Den habe ich natürlich nicht vergessen. Aber ich gebe zu, dass er sich an jenem Tag, als ich ihn bei dem florentinischen Gonfaloniere van de Veere kennengelernt habe, kaum für die Millefleurs interessierte, die ich damals vorgestellt habe.«

»Die Millefleurs, so wunderschön sie auch sind, sind aus der Mode gekommen.«

»Gewiss, aber an ihnen habe ich alles gelernt.«

Alix begegnete erneut dem Blick der Frau, die sich diskret etwas im Abseits hielt. Sie musterte einen Augenblick Mathilde, die sich an ihre Mutter presste und sich fragte, was sie in diesem feudalen Haus machen sollte, wenn Alix sich hier noch ewig aufhielt.

Pieter van Aelst war klein und wirkte gebrechlich. Seine Augen waren hell, ebenso wie seine schon etwas schütteren Haare. Die spärlichen Löckchen steckten unter einer runden Haube, die er wie der berühmte van Eyck über die Ohren gezogen hatte.

»Hat Raffael für Euch nicht auch Kartons gezeichnet?«

»Grotesken, mit denen ich meine ersten Wandteppiche im Stil der Renaissance gefertigt habe. Einer hat einen sehr guten Platz gefunden, denn er gehört zur Sammlung des französischen Königs.«

Sie bemerkte, dass die Frau den Blick noch immer auf sie gerichtet hielt, sie mit einem nicht arroganten, sondern überaus aufmerksamen Ausdruck maß und ihre funkelnden Augen über ihre wohlgeformte Gestalt gleiten ließ.

Trotz ihres Alters – der Anblick ihrer Töchter, die sich von Tag zu Tag veränderten, erinnerte sie stets daran – besaß Alix viel Charme, und ihr schlanker Körper wirkte noch immer attraktiv. Der dunkelblaue, mit Zobel gefütterte Mantel und ihre mit silbernem Band eingefasste schwarze Samtkappe verliehen ihr die Ausstrahlung einer Frau, der alles gelingt.

»Raffael gehört eindeutig zu den ganz Großen«, bestätigte van Aelst. »Kennt Ihr seinen Schüler Giulio Romano? Er hält sich zurzeit in Lyon auf.«

»Um ehrlich zu sein, wohnt er bei mir«, bemerkte die Frau, die bislang noch nichts gesagt hatte.

Sie trat zu Alix, die nur darauf gewartet hatte, dass ihr diese

Person mit dem feurigen Blick und dem eindrucksvollen Gebaren vorgestellt wurde. Eine Frau, die ungefähr in ihrem Alter war, vielleicht etwas älter. Sie selbst hatte noch nicht ganz die vierzig erreicht.

»Ich bin Properzia de Rossi«, erklärte sie, ohne darauf zu warten, dass der Maler sie vorstellte.

Ihre Blicke lösten sich nicht mehr voneinander, und eine beiderseitige Neugierde blitzte in ihren Augen auf.

»Ich habe gehört, dass Ihr Weberin seid«, sprach sie weiter.

»Das ist richtig. Aus Tours.«

»Ihr scheint mir Euer Geschäft zu verstehen.«

Sie schenkte ihr ein breites Lächeln. Zwischen ihren vollen sinnlichen Lippen kamen gesunde, gerade Zähne zum Vorschein. Sie streckte die Hand aus. Alix ergriff sie und stellte überrascht fest, dass sie sie mit ihren warmen festen Fingern mehr als nötig drückte.

»Es ist nicht einfach für eine Frau, einen Meisterbetrieb zu führen. Ich habe doch richtig verstanden, dass es sich um eine Werkstatt mit Hochwebstühlen handelt?«

»Das ist eine Frage der Energie und der Fachkenntnis, gemischt mit Kühnheit. Zum Glück fehlt es mir daran nicht.«

»Ich habe mich für eine noch etwas ausgefallenere Kunst als die Eure oder die Malerei entschieden. Mein ganzes Leben bin ich noch keiner anderen Frau begegnet, die dasselbe macht. Ich bin Bildhauerin.«

»Stammt Ihr aus Florenz?«, erkundigte sich Alix und überspielte ihre Überraschung. Ihr waren bislang erst wenige Malerinnen begegnet, von einer Bildhauerin hatte sie erst recht noch nie gehört.

»Nein, ich stamme aus Bologna.«

»Oh«, rief Mathilde hocherfreut, »dort sind meine Schwester und ich geboren.«

Properzia sah zu ihr und dann wieder zu Alix. Sie besaß funkelnde schwarze Augen und ein ausdrucksstarkes Gesicht mit üppigen, sinnlichen Lippen. Ihre große starke Statur war früher sicher einmal schlank und hochgewachsen gewesen. Sie trug ein gerades, steifes Kleid aus dickem Seidenbrokat mit einem großen Kragen aus Marderpelz, das bei den reichen Kaufleuten in Florenz Mode war.

»Ihr wurdet sicher in einer Zeit geboren, in der Aufruhr in der Stadt herrschte.«

Properzia strahlte etwas aus, das man bei normal Sterblichen nicht fand. Wie eine nicht verglühende Flamme ging von ihr ein stetes Feuer aus, eine nicht versiegende Lebensfreude, eine Lust zu reden und etwas zu erschaffen.

Noch nie war Alix einer so außergewöhnlichen Frau begegnet. Auf seltsame Weise fühlte sie sich zu ihr hingezogen.

»Das ist richtig. Meine Zwillinge sind im Kanonenfeuer unseres ehemaligen französischen Königs zur Welt gekommen. Ich befand mich auf der Rückreise von Florenz und trug die Zeichnungen von Raffael bei mir, von denen ich soeben sprach.«

»Ich würde gern eines Tages nach Bologna zurückkehren«, bemerkte Mathilde.

»Du weißt sehr wohl, mein Herz«, unterbrach ihre Mutter sie, »dass ich dort nur schlechte Zeiten erlebt habe.«

»Nun, dann reise ich später allein dorthin«, entschied das Mädchen.

Als van Aelst sich zu Jacques Mirepoix umdrehte, um ein anderes Thema anzuschneiden, rückte Properzia de Rossi näher zu Alix und schlug etwas leiser vor:

»Lernen wir uns doch etwas besser kennen. Was meint Ihr? Kommt heute Abend in mein Haus. Ich lade Euch und Eure Tochter ein.«

Dann berührte sie Alix flüchtig am Arm.

»Ihr habt von Euren Zwillingen gesprochen. Ist die Schwester dieser Demoiselle nicht bei Euch?«

»Nein! Im Gegensatz zu Mathilde reist sie nicht gern. Sie arbeitet lieber in der Werkstatt.«

Properzia empfing sie in Männerkleidern. Sie hatte das schwere Kleid aus Seidenbrokat gegen eine weite Jacke aus grobem schwarzem Stoff ohne jeglichen Pomp oder Schmuck getauscht, die kurz unter der Taille endete. Um ihre langen Beine schmiegten sich rote Beinlinge, schwarze Schuhe aus Filz rundeten die seltsame Erscheinung ab. Das einzig Weibliche an ihrem männlichen Aufzug waren ihre dichten braunen Haare, die sie mit einem schlichten geflochtenen Band auf dem Rücken zusammengebunden hatte.

Sie bewohnte ein schönes Haus, dessen große Fenster im zweiten Stock den Zusammenfluss von Rhone und Saône überblickten. Möwen und exotische Vögel kreisten über der Trichtermündung, und der weite blaue Himmel strahlte eine hübsche Heiterkeit aus.

»Darf ich Euch Giulio Romano vorstellen, Alix. Ich darf doch Alix sagen?«

»Natürlich.«

Alix wandte sich zu dem Maler mit dem breiten freundlichen Gesicht, der kaum zwanzig Jahre alt war. Er begrüßte den weiblichen Gast charmant, wandte sich dann jedoch rasch Mathilde zu, die sogleich seinen Blick fesselte.

Alix hob skeptisch eine Braue. Spätestens seit Seigneur des Baux ihr sein Wams über die Schultern gelegt hatte, um zu kaschieren, dass sie halb nackt dastand, war Alix bewusst geworden, dass Mathilde die Männer verrückt machte. Diese Erkenntnis überkam sie so plötzlich, als habe sie bislang geglaubt, Mathilde würde nie erwachsen.

Alix hatte das Leben von Mathilde ähnlich wie das ihrer Schwester eingeschätzt. Valentine, die sich nichts anderes wünschte, als im schützenden Kokon ihrer Familie und an der Seite von Nicolas zu sein sowie bei ihren Webstühlen und Tapisserien.

Doch mittlerweile begriff sie von Tag zu Tag mehr, dass Mathilde das Gegenteil ihrer Schwester war. Sie erinnerte Alix durch und durch an ihre Cousine Constance, die Tochter von Isabelle de la Beaume, Jacquous Halbschwester, der sie einst nach Florenz gefolgt war, als der Bankier van de Veere sie zum Kommen animiert hatte.

Constance hatte ein Leben als Kurtisane in Florenz einem bürgerlichen Leben im Schoße des französischen Adels vorgezogen. Und was blieb einem Mädchen von edler Abstammung übrig, wenn die Natur es mit makellosem Gesicht und Körper sowie einem ausgeprägten Freiheitsdrang ausgestattet hatte, der noch durch Ehrgeiz und Kühnheit verstärkt wurde?

Ja! So war Constance, und Alix befürchtete, dass Mathilde, ohne sie überhaupt zu kennen, in ihre Fußstapfen trat.

»Lassen wir Giulio sich mit Eurer Tochter unterhalten. Sie sind fast im selben Alter«, schlug Properzia vor und lud Alix ein, auf einem Steinstuhl Platz zu nehmen, den sie offenbar selbst geschaffen hatte.

»Ich glaube nicht, dass sie dasselbe Alter haben«, widersprach Alix. »Mathilde ist noch im Jugendalter.«

»Eine Jugendliche, die mir sehr erwachsen scheint«, entgegnete Properzia, die Mathilde prüfend ansah, woraufhin jene nicht den Blick senkte.

Alix trat zu ihrer Gastgeberin und murmelte ihr zu:

»Ist Euer Schützling verlässlich?«

»Vermutlich wird er sie fragen, ob sie ihm Modell steht. Eure Tochter ist so schön, dass sie Maler und Bildhauer inspiriert.«

»Dass sie einem Künstler als Muse dient, anstatt selbst eine Künstlerin zu sein! Das ist genau das, was mich betrübt. Ich hätte mir so sehr gewünscht, dass sie ihrer Schwester gleicht. Die würde niemals für einen Maler posieren.«

Sie schienen sich bereits gut zu verstehen. Zwischen ihnen herrschte eine Vertrautheit, die sie selbst nicht erklären konnten. Vielleicht rührte sie daher, dass sie sich beide auf dem Höhepunkt ihrer beruflichen Laufbahn befanden und sich nichts mehr beweisen mussten.

»Eure Töchter können sich nicht gleichen, Alix. An diese Vorstellung müsst Ihr Euch gewöhnen. Das Wichtigste ist, dass Mathilde in einem kreativen Umfeld aufwächst.«

»Genau das ist aber nicht immer der Fall. Der Hof des Königs verlangt zu oft nach ihr. Dort gerät meine Tochter in Versuchung und kann sich dem nicht immer entziehen. Das macht mir Angst.«

»Lasst Mathilde leben. Sie sucht sich ihren eigenen Weg und scheint mir zu kess, um etwas zu erdulden.«

Alix seufzte und entspannte sich. Diese Frau wirkte entspannend auf sie. Ihr Haus verströmte eine angenehme Atmosphäre, eine Heiterkeit und Ruhe, die sowohl zum Sprechen wie zum Nachdenken anregte und sogar dazu, manches infrage zu stellen. Obwohl hier alles sehr ungewöhnlich schien. Nirgends sah man Möbel. Nur Blöcke, stapelweise exotisches Holz, Marmor, Sandstein – Materialien, mit denen Properzia als Bildhauerin arbeitete.

»Zeigt Ihr mir Eure Arbeiten?«

Properzia nickte und dachte einen Augenblick nach. Kurz zögerte sie, dann lieferte sie zahlreiche Erklärungen, die alle zum Ziel hatten, ihrer Freundin mehr von sich zu zeigen. Denn in diesem Moment spürte sie, dass Alix ihr zu neuer Inspiration verhelfen würde.

»Ich fühle mich mehr zu Gravur und Größe hingezogen als zu Pinsel und Farbe. Ich habe lange gezögert. Ich erinnere mich, dass mich in meiner Jugend Ockergelb, Karmesinrot, Azurblau und selbst Gold nicht so angesprochen haben wie Größe und Formen. Ich habe Holz bearbeitet, Ton geformt, habe Neigungen und Winkel erfunden und gezeichnet, was mir unter die Augen kam.«

Sie hielt inne, lächelte und schüttelte den Kopf.

»Ich musste nicht lange nachdenken. Ich wusste sofort, wohin mein Weg mich führt. Es fehlten nur noch die Meister und Lehrer. Aber genug von mir. Jetzt erzählt mir von Euren Werken, Alix.«

»Es sind so viele, dass ich nicht weiß, wo ich beginnen soll.«

»Ich habe bereits gelernt, dass Millefleurs Teil Eurer Jugend waren.«

»Als Mädchen habe ich davon geträumt, sie zu weben. Aber Pieter van Aelst hat recht, sie stammen aus einer anderen Zeit. Man muss sich weiterentwickeln, und Eure italienische Renaissance zwingt uns dazu. Die gewebten Werke sind wie Gemälde. Sie unterliegen einem Wandel.«

»Ich liebe schöne Wandteppiche, aber ich gestehe, dass ich

mich nur von den riesigen Werken angezogen fühle. Alles Gigantische reizt mich, erregt meine Leidenschaft und verzaubert mich. Habt Ihr so etwas angefertigt?«

»Meine Werkstatt verfügt in erster Linie über Hochwebstühle, die es mir erlauben, Wandbehänge von mindestens vier mal drei Metern Größe herzustellen. Die Flachwebstühle nutze ich nur für kleine Aufträge. Außerdem können die Lehrlinge an ihnen lernen.«

Properzia hörte mit großem Interesse zu. Ihr Gesicht war weder rund noch eckig. Die Form war vollkommen und der Ausdruck liebenswert, obwohl ihre Augen wie ein Gewitterhimmel blitzten. Sie besaß eine hohe Stirn und dichte geschwungene Brauen. Ihr Kinn war straff, und auf ihren Wangen tanzten zwei Grübchen, die ihr Gesicht weniger streng erscheinen ließen.

Sie trat so nah an Alix heran, dass sie mit ihrer Brust beinahe die der jungen Frau streifte. Sie duftete nach einem herben Parfum. Es roch nicht nach Lilien, Rosen oder Jasmin, vielmehr verströmte es den Duft von Sandelholz oder Myrrhe.

»Ich mag die Atmosphäre, die von den großen Wandteppichen ausgeht«, sagte sie, »vor allem wenn sie aus mehreren Teilen bestehen. Man kann sie ganz nach Belieben als Ensemble oder einen nach dem anderen betrachten und die Entwicklung der zentralen Figuren nachvollziehen.«

»Sprecht Ihr von der Verwandlung der Gesichter?«

»Und ihrer Haltungen. Die Renaissance versetzt uns mit ihren Themen in eine andere Welt. Mit den großen griechischen Mythen zum Beispiel. Die Figuren bewegen sich langsam an den Ort ihrer Bestimmung. Die Gesichter geraten in Bewegung, die Blicke kreuzen sich, lösen sich voneinander und finden sich wieder. Kleidung wird überflüssig. Sie brauchen lediglich einen Schleier, eine schlichte Tunika oder ein Tuch. Es geht darum, dass Beine, Arme, Nacken und Hals bestens zur Geltung kommen.«

Wie sollte sich Alix bei diesem Gespräch um Mathilde und den jungen Maler sorgen, dem sie so sehr zu gefallen schien? Wie sollte sie nach ihr suchen, und wenn auch nur mit Blicken, nachdem sie dem jungen Giulio aus dem Raum gefolgt war? Alix hatte ein paar Mal in Richtung Tür gespäht, durch die sie entfleucht waren, doch sie tauchten nicht wieder auf.

Obwohl sich ihr Geist in Aufruhr befand, lernte sie etwas. Properzia war wie eine Lehrmeisterin für sie. Völlig gebannt hörte Alix ihr zu und konnte den Blick nicht von ihrem lösen.

Warum sollte sie sich um Mathilde sorgen, wenn diese außergewöhnliche Frau sie in eine ihr unbekannte Welt zog, deren Weite sie bereits schätzte. Sie empfand die Situation als sehr besonders, und dieses Gefühl verstärkte sich mit der Zeit noch. Mit dieser Frau dachte sie anders, betrachtete ihre eigenen Werke mit anderen Augen und sah sie in einem größeren Zusammenhang.

»Hattet Ihr einen Meister, Alix?«

»Nein. Mein Leben ist sehr ungewöhnlich verlaufen. Als ich mit acht Jahren Waise wurde, wollte ich bereits Weberin werden. Mit dreizehn Jahren habe ich geheiratet und alles von Jacquou, meinem jungen Ehemann, gelernt. In wenigen Jahren haben wir die Werkstatt aufgebaut.«

»Ist er bei Euch in Tours geblieben?«

»Mit zwanzig Jahren wurde ich Witwe, Properzia, habe aber wieder geheiratet. Mein Mann überlässt mir Entscheidungen und Verantwortung. Ohne ihn könnte ich nicht so viel reisen.«

Properzia ergriff instinktiv die Hand von Alix, die von dieser Geste überrascht schien.

»Und Ihr? Wer war Euer Meister?«

»Der Meister meiner Jugend hat mir alles beigebracht. Er hieß Marc-Antonio Raimondi. Ja, er hat mich alles über Zeichnungen gelehrt. Möchtet Ihr einige von ihnen sehen?«

Als ihre Besucherin nickte, fügte sie hinzu:

»Macht es Euch bequem, Alix, und legt Euren Mantel ab. Dann könnt Ihr Euch freier bewegen. Ich bin gleich wieder da.«

Dann verschwand sie in einem Nachbarzimmer und überließ Alix ihren Gedanken.

Als sie zurückkam, brachte sie gigantische Zeichnungen mit, die sowohl durch ihre Größe als auch durch ihre Kraft beeindruckten.

Überrascht von dem Charakter, dem Umfang und der gesamten Komposition, brachte Alix kein Wort heraus. Mit einem Lächeln auf den Lippen breitete Properzia vor ihr die Zeichnungen eines monumentalen Werkes aus, das sie für den Hauptaltar von Santa Maria de Braraccano in Bologna in Marmor gearbeitet hatte.

»Das ist gewaltig«, flüsterte Alix und blickte gebannt auf die Zeichnungen. »Die gesamte Harmonie fasziniert mich. Fertigt Ihr nur so gigantische Werke an?«

»Im Augenblick, ja. Ich fühle mich erst gut, wenn das Werk von Bedeutung ist. Es muss mich beherrschen, sonst fühle ich mich irgendwie eingeschränkt.«

Alix drehte und wendete das große Zeichenpergament in ihren Händen. Sie strich mit dem Zeigefinger über eine Falte. Es handelte sich um einen männlichen Körper. Er war in einen Faltenwurf gehüllt, der seine Muskulatur betonte. Wiegende Schultern, Arme und Schenkel füllten den Raum und regten die Phantasie an.

»Die Anatomie ist perfekt«, murmelte Alix. »Es erscheint mir wie das Werk eines Mannes.«

»Ja, aber der Unterschied ist, dass ich eine Frau bin.«

Obwohl es sich um eine gegebene Tatsache handelte, schien sie stolz darauf zu sein.

»Wie viele unüberwindliche Hindernisse habt Ihr im Laufe Eurer Karriere überwunden?«

»Nicht unüberwindlich. Ich habe sie immer überwunden. Aber unzählige. Ich habe nie nachgezählt. Es sind so viele, dass man sie lieber vergessen sollte.«

»Das fällt nicht immer leicht.«

»Ach, ich habe mir offenkundig ein paar Feinde gemacht, die mir an jeder Wegbiegung wieder begegnen, aber ohne sie wäre ich zweifellos nicht dort, wo ich jetzt bin.«

Alix dachte an ihre eigenen Schwierigkeiten und lächelte. In fast heiterem Ton erwiderte sie:

»Oh weh, ich verstehe Euch nur zu gut. Auch ich bin zum Ziel dunkler Machenschaften geworden. Neidische und skrupellose Weber haben sogar meine Werkstätten in Brand gesetzt, weil ich es gewagt habe, eines meiner Werke mit dem ›T‹ für Tours zu kennzeichnen. In Flandern war das zu jener Zeit bereits üblich, doch die Weber von Tours hatten sich das bislang nicht getraut. Und derzeit führe ich einen Prozess gegen einen Mann, der mir einen Wandteppich gestohlen hat. Ihm ist es gelungen, die Tatsachen so zu verdrehen, dass er nun behauptet, *ich* habe *ihm* den Teppich gestohlen.«

Properzia legte Alix mitfühlend ihre Hand auf die Schulter. Sie sah Alix forschend an, als wollte sie in ihrer Gefährtin alles entdecken, was diese ihr noch nicht erzählt hatte. Alix drehte noch immer die Zeichnung zwischen den Fingern.

»Wie könnte man ein solches Modell weben? Manchmal würde ich mich so gern über die Tradition der Webkunst hinwegsetzen.«

»Aber erfüllt die Renaissance diese Aufgabe denn nicht?«

Alix verzog verächtlich die Lippen. Sie neigte anmutig den Kopf und sah Properzia zweifelnd an. Offensichtlich war sie mit der Entwicklung der Dinge nicht zufrieden.

»Die Renaissance wird von männlichen Künstlern vorangetrieben. Nicht von Frauen.«

»Wer hindert Euch?«

Alix fing an zu lachen.

»Niemand.«

»Na dann! Worauf wartet Ihr?«

»Ich finde kaum Unterstützung. Mein Mann respektiert meine Ideen zwar, arbeitet aber gern an den traditionellen Szenen, die ich schon länger meide. Ich möchte mich von der altmodischen Webkunst, von den traditionellen Methoden lösen. Ich hätte gern, dass Nicolas, der Sohn meines zweiten Mannes, oder Louis, unser gemeinsamer Sohn, einen beeindruckenden, grandiosen Stil entwickelt.«

»Nun, fangt selbst damit an!«

»Ich glaube nicht, dass sie sich mir anschließen.«

Properzia lächelte. Sie war entschlossen, Alix auf die eine oder andere Weise dazu zu bringen, sich der Herausforderung zu stellen.

»Und die Schwester von Mathilde?«

Alix nickte mit dem Kopf.

»Ja! Wenn sich jemand meinen Ideen anschließt, dann ganz sicher Valentine.«

Properzia stürzte zu Alix und schloss sie in die Arme. Es war eine spontane, natürliche, überschwängliche Geste. Sie drückte sie so fest, dass Alix das Gefühl hatte, von ihrem Duft, ihrer Energie und ihrer Zuneigung überwältigt zu werden.

Schließlich ließ Properzia von ihr ab und rief:

»Lasst uns anfangen. Ich gebe Euch Unterricht in männlicher Anatomie, und Ihr werdet bald aufsehenerregende Szenen weben.«

Sie arbeiteten mehrere Stunden ohne Pause. Hin und wieder führte Properzia Alix die Hand und zeigte ihr, wie man einen Gesichtszug, eine Form oder eine männliche Figur zeichnete.

»Vergesst Raffael und seine feinen klassischen Zeichnungen. Denkt mehr an den großen Leonardo da Vinci. Das Knie des Mannes muss genauso rund und die Wade ebenso geschwungen sein wie bei einer Frau. Nur kräftiger, fester. Da Vinci ist ein wahrer Meister.«

»Genau deshalb«, sagte Alix lachend, »hat er meine Millefleurs verschmäht. Aber das ist lange her.«

»Da Vinci lässt alles sichtbar werden. Seht, Alix, der Bauch von seinem *Bacchus*. Er hat zwei Falten, denen man mit dem Finger folgen und ihn in sie hineinschieben möchte, um zu sehen, wohin sie führen.«

»Das stimmt«, flüsterte Alix entzückt.

»Und erinnern die Schultern seines *Heiligen Jérôme* nicht an einen Gladiator? Möchtet Ihr nicht Eure Lippen darauf pressen? Auf diese warme glatte Haut?«

Plötzlich fasste sie Alix am Kinn und sah ihr tief in die Augen. Properzia hatte kleine Hände mit kurzen Fingern, ihr Zeigefinger und ihr Daumen waren kräftig.

»Habe ich Euch überzeugt?«

»Vollkommen. Ich glaube, ich werde die alten Entwürfe aus meinen Zeichnungen verbannen. Ich habe keine Lust mehr, immer dieselben Modelle zu zeichnen. Nur Pferde inspirieren mich noch genauso wie früher.«

»Verleiht ihnen eine stärkere Muskulatur. Lasst sie unter Euren Fingern lebendig werden. Die Pferde haben bebende Flanken, schäumende Mäuler und zerzauste Mähnen. Ihre Hufe schlagen auf den Boden, auch wenn es keine Streitrösser sind.«

Alix verstand.

»Von jetzt an werde ich sie so sehen.«

Überrascht stellte sie fest, dass die Dunkelheit hereingebrochen war. Sie hatte kaum wahrgenommen, dass Properzia einige Leuchter angezündet hatte, die Licht für ihre Zeichnungen spendeten. Mathilde kam ihr in den Sinn, und leise sprach sie ihren Namen aus.

Properzia hatte ihr Kinn losgelassen, strich jedoch mit einer Hand über ihren Nacken. Dann nahm sie fast bedauernd die Hand weg, lächelte sie an und sagte in amüsiertem Ton:

»Nun gut, sehen wir nach, was aus Mathilde geworden ist. Aber ich nehme an, Giulio und Eure Tochter unterhalten sich in trefflicher Harmonie, genau wie wir.«

Genau darum sorgte sie sich, denn wenn ihre Tochter die Begegnung mit Giulio ebenso aufwühlte wie sie die Unterhaltung mit Properzia, hatte sie allen Grund dazu.

Sie folgte ihrer Freundin durch ein Labyrinth aus Korridoren, die zum Teil von Stein- und Kalkblöcken blockiert waren. Schließlich gelangten sie an den Fuß einer breiten Treppe, und Properzia, die voranging, fragte, ohne sich dabei umzudrehen:

»Wann reist Ihr ab?«

»In einigen Tagen, sobald ich alles gesehen und erledigt habe.«

Daraufhin drehte Properzia sich abrupt um und blickte Alix fest aus ihren dunklen Augen an.

»Ich weiß nicht, ob wir uns in diesem Haus noch einmal wiedersehen, Alix. Ich habe hier und in Italien große Schulden, und die Gerichtsvollzieher setzen mir arg zu. Vermutlich wird mir das Haus bei Eurer Rückkehr nicht mehr gehören. Meine Häuser in Rom und Florenz musste ich bereits verkaufen. Mir bleibt nur noch das in Bologna. Bald werde ich in Lyon kein Quartier mehr haben.«

»Nun, dann kommt ins Val de Loire.«

»Ist das Euer Ernst?«

»Natürlich. Ich finde einen ruhigen Raum für Euch, in dem Ihr an Euren Werken arbeiten könnt. Ihr werdet sehen, dass der Himmel der Touraine genauso schön ist wie der über Lyon oder Bologna. Eure Inspiration wird Euch dort nicht verlassen.«

Properzia drehte sich um, ergriff die Hand von Alix und führte sie an ihre Lippen. Es fühlte sich an, als stünden ihre Finger in Flammen, aber Alix zog sie nicht zurück.

»Wollt Ihr das wirklich tun?«

»Sehe ich aus, als würde ich scherzen?«

»Nein.«

Sie drückte, presste und knetete nervös Alix' Finger, schien sie nicht mehr loslassen zu wollen und verschränkte sie schließlich mit einer gewissen schüchternen Sturheit mit ihren. Schließlich schien sie sich zu beruhigen, führte erneut Alix' Hände an ihre Lippen, küsste sie wieder und sprach mit anscheinend ruhiger Stimme:

»Offen gestanden stehe ich mit dem Rücken zur Wand. Sie lassen mir nichts.«

Alix zog ihre Hand zurück und murmelte erneut: »Mathilde.«

Aber Properzia betrachtete sie wortlos und ließ ihren Blick über ihren Hals, ihre Taille, ihre Schenkel und ihren ganzen Körper gleiten. Ließ Alix sich verführen? Sie hatte das Gefühl, dass Properzia sie mit ihren Blicken auszog.

»Sehen wir nach Mathilde«, wiederholte Alix atemlos.

Als sie das kleine Zimmer betraten, das von zahlreichen Leuchtern erhellt wurde, die sogar auf dem Boden standen, stockte Alix der Atem. Mathilde lag ausgestreckt auf dem Steinsockel eines halb fertigen Flachreliefs. Den Rücken gegen die Mauer gelehnt, die eine Schulter etwas nach unten geneigt, die andere etwas angehoben, sah sie aus wie eine ruhende antike Göttin. Eine ihrer kleinen Brüste, die kaum voller als ein Sandkorn waren, lugte aus ihrem Mieder, und an einem Bein war der Rock unübersehbar bis zum Knie nach oben geschoben.

Giulio zeichnete gegenüber von ihr. Auf seinem Gesicht lag ein ruhiger konzentrierter Ausdruck. Sein unerbittlicher Blick maß und interpretierte jedes Detail des Modells vor ihm. Bei der Ankunft der beiden Frauen bewegte er sich genauso wenig wie Mathilde, die ganz in der Rolle der Muse aufging.

Properzia sandte Giulio ein verschwörerisches Lächeln zu, gab sich der Form halber jedoch empört.

»Du hättest mich fragen können!«

»Das wollte Mathilde nicht.«

Properzia trat zu ihrer Gefährtin und ergriff ihren Arm.

»Ich bitte dich, Alix, sei nicht verärgert. Mathilde weiß, was sie tut. Und Giulio auch.«

Alix antwortete nicht. Das vertrauliche »Du« brachte sie aus dem Gleichgewicht, doch das zeigte sie nicht. Sie ging zu Mathilde und brachte ihre Kleidung in Ordnung.

»Komm! Wir gehen.«

Anschließend verabschiedete sie sich mit einem knappen Gruß von dem jungen Maler und wandte sich an Properzia. Sie sah ihr tief in die Augen und griff das »Du« auf, um ihre gemischten Gefühle zu überspielen:

»Ich glaube nicht, dass wir uns in Lyon noch einmal sehen werden. Wir reisen morgen ab. Diese Stadt birgt zu viele Verlockungen für Mathilde. Aber wenn du ins Val de Loire kommst, frage nach dem Haus von Alix de Cassex. Es liegt mitten im Zentrum von Tours, im Viertel der Notabeln. Ich würde dich gern wiedersehen. Sehr gern sogar.«

7.

Nach den Festlichkeiten zu Ehren des Siegers von Marignan in Lyon und Paris strahlte François vor Freude. Wie hätte es auch anders sein können, nachdem das Schicksal ihm gleich drei Frauen beschert hatte, die sich ausschließlich um sein Wohl kümmerten: seine ihm ergebene und ihn liebende Gattin. Seine Mutter, die sich unermüdlich für seinen Erfolg einsetzte, und seine geliebte Schwester, die ihm ebenso viel Verehrung entgegenbrachte wie er ihr. Ganz zu schweigen von den anderen Frauen, die ihn vergötterten, ohne dass er sie überhaupt kannte.

Nachdem er sich auf der Jagd nach einem Hirschen im Wald von Fontainebleau einen Dorn in den Fuß getreten hatte, der ihn beim Gehen behinderte und nach der Fürsorge eines Apothekers verlangte, ruhte sich der junge König eine Weile in Gien aus.

Louise sorgte sich, als sei er von Wundbrand befallen, der ihn das gesamte Bein kosten konnte. Der Fuß erholte sich jedoch rasch von der harmlosen Verletzung, und der Hof beschloss, eine größere Rundreise nach Chaumont, Chenonceau, Azay-le-Rideau und zu einigen anderen kleineren Schlössern zu machen, deren Renovierung oder Umbau die Meinung des Königs erforderte.

Mathilde und Alix waren eingeladen, sich der Reise anzuschließen. Da Alix dem Val de Loire nicht so lange fernbleiben konnte, überließ sie ihre Tochter der Obhut von Marguerite, allerdings unter der Bedingung, dass sie hin und wieder nach Tours zurückkehrte.

Anmutig und in tausend Farben schillernd, wand sich der Fluss zwischen den goldenen Sandbänken hindurch und harmonisierte mit seinen zarten Blau- und Grautönen in vollendeter Weise mit dem Frühlingshimmel. Ein Schauspiel, das den Hof noch immer faszinierte.

Im April floss die Loire mit starker Strömung, und François deutete voller Freude, die sich künftig noch vervielfachen sollte, alles als Zeichen einer vielversprechenden Zukunft.

Brücken und Furten wurden für die Durchfahrt des Königs und seines Gefolges geöffnet. Noch erlaubte der Wasserstand einen lebhaften Handel und nahm dort ab, wo sich am Ufer die Waren stapelten und darauf warteten, von großen Kerlen in wollenen Beinkleidern und Mänteln abtransportiert zu werden.

Vom frühen Morgen bis zum Abend transportierten Barken und Schuten Holz, Wein, Getreide aus Beauce und Salz aus der Bretagne. Man beschloss, die angenehme Flussfahrt bis nach Amboise auszudehnen. Louise war sehr zufrieden mit dieser Entscheidung. Da François hier weder lief noch ritt, konnte sein Fuß in Ruhe heilen.

An einem strahlend sonnigen Tag legte das Schiff in Amboise an, was als gutes Omen gedeutet wurde.

Majestätisch schritt man an Land. Claude, die erneut schwanger war und mit ihren rundlichen Händen den bereits deutlich gewölbten Bauch hielt, wurde von ihrer Schwiegermutter und ihren Zofen gestützt.

Seit dem Aufbruch aus Paris, auf der ganzen langen Reise, hatte Claude keine einzige Nacht in Gesellschaft ihres Mannes verbracht. Stets mussten sie in lauten, unruhigen Herbergen, unbequemen Herrenhäusern oder in mehr oder weniger beengten Unterkünften nächtigen. Ein paar Mal hatten sie sogar Zelte aufgeschlagen, um den wundervollen Sternenhimmel zu genießen.

Nachdenklich und voller Zärtlichkeit blickte sie zu Louise, die sich bemühte, ihr das Leben so angenehm wie möglich zu gestalten. Aufgeweckter blickte sie sodann zu François, der mit dem Schwert in der Hand den Arm zum Zeichen des Sieges hob. Schließlich betrat er als uneingeschränkter Herrscher, als König das Schloss seiner Jugend, wo seine Mutter in ständiger Angst gelebt hatte, es könne doch noch ein Thronfolger geboren werden.

Schließlich konnte François wieder auftreten und organisierte voller Eifer Lanzenstechen, Jagden und Feste, bevor er seine gefährliche Reise nach Italien antreten musste.

Amboise empfing ihn mit offenen Armen und verleitete und verführte ihn dazu, alles zu genießen, was sich ihm dort bot. Amboise, das Schloss seiner Jugend, das Schloss des Thronfolgers, bot immer Zeit für ein bisschen Vergnügen und zeigte sich seinen Wünschen gegenüber aufgeschlossen, von denen er anscheinend nicht ablassen wollte.

An jenem Tag, der einen milden Frühling erwarten und auf schöne Sommertage hoffen ließ, erreichten die Feierlichkeiten mit der Hochzeit von Renée de Bourbon, der Schwester des Konnetabel, und dem Duc de Lorraine ihren Höhepunkt.

Der junge König und seine Gefährten wussten nicht mehr, wie sie ein Publikum unterhalten sollten, das stets etwas Neues erwartete. So suchten seine Freunde Bonnivet, Montmorency, La Marck und Chabot, alle von ebenso ungestümem Charakter wie er, nach einer originellen Idee, um die hübsche Gesellschaft zu überraschen, die sich auf den Rängen der Galerie versammelt hatte.

Zum allgemeinen Erstaunen kündigte man die Ankunft eines Wildschweins im Hof des Schlosses an, und man munkelte, dass der König mit ihm kämpfen wollte. Einige bestaunten es wie ein außergewöhnliches Museumsstück, andere reagierten verängstigt, als die Arbeiter eilig eine behelfsmäßige Arena aus Holzpflöcken und im Kreis aneinandergelegten Planken errichteten. Darüber spannten sie eine Plane, um die Mutigsten, die sich weigerten, auf der Galerie in der ersten Etage Platz zu nehmen, vor möglichem Regen zu schützen.

»Gütiger Himmel!«, rief Louise, deren Gesicht leichenblass geworden war, »der junge Narr wird selbstverständlich nicht gegen diese wilde Bestie antreten!«

»Mir erscheint die Idee eher mutig als albern«, murmelte der alte Genouillac und rieb sich nachdenklich das Kinn.

»Mein lieber Genouillac«, wandte sich Louise aufgebracht an den alten Soldaten, »bei meinem Sohn gehen Kühnheit und Irrsinn nur selten getrennte Wege.«

Auf einmal erinnerte sie sich an die harten Worte von Maréchal de Gié. Er hatte François ganz bewusst zu dieser Kühnheit angestachelt, ohne dass er die Folgen unter Kontrolle hatte. Wie oft hatte der Maréchal seine Spielgefährten provoziert, um dem jungen François eine Chance zum Kämpfen zu verschaffen? Wie oft hatte er die Verantwortung für einen ebenso verrückten wie gefährlichen Waldausflug übernommen, damit François seine Grenzen ausloten konnte?

Sie wandte ihren Blick dem Hof zu, in dem eine lächerliche Arena Gestalt annahm.

Bonnivet lief unruhig hin und her. Louise spürte, wie sehr es ihn reizte, mit François gemeinsam gegen das starke Tier zu kämpfen. Aber der junge König wollte der alleinige Sieger sein, zumal alle voller Ungeduld den Ausgang des Kampfes erwarteten.

Der Königin blieb der Mund offen stehen, ihre Augen wurden vor Angst immer größer, und sie wirkte ebenso aschfahl wie ihre Schwiegermutter. Fahrig strich sie sich über das Gesicht, fasste sich an den Hals und legte die Hand schließlich auf ihren vorstehenden Bauch.

Claude kannte den Übermut ihres Mannes viel zu gut, als dass sie versucht hätte, ihn von seiner Idee abzubringen. Wie oft hatte sie ihn schon siegreich kämpfen sehen? Wie oft hatte sie seinen Heldentaten applaudiert? Sie ließ ihre Hand an ihrem Körper hinaufgleiten und legte sie schließlich auf ihre schweißnasse Stirn.

Louise und Marguerite waren zu sehr mit dem Schauspiel beschäftigt, das in tödlichen Wahnsinn auszuarten drohte, um sich um die junge Königin zu kümmern. Doch zwei ihrer Zofen, die über die plötzliche Entscheidung des Königs ebenfalls entsetzt waren, eilten ihr sogleich zur Seite.

Das Tier war noch in dem eindrucksvollen eisenbeschlagenen und mit Stroh ausgelegten Käfig angebunden, in dem man es festhielt, seit man es am Morgen in den Wäldern von Sologne gefangen hatte. Beim Anblick der staunenden Menge gebärdete sich das Biest wie verrückt. Die Oberjäger bekamen es nicht unter Kontrolle. Das kräftige Tier wehrte sich, sobald sich ihm ein Mensch näherte, sabberte vor Wut und schlug aus.

Beeindruckt von dem großen Mut des Königs, hielt die Menge erwartungsvoll den Atem an. Das Wildschwein mit den kurzen festen Borsten drohte jeden Moment die Lederriemen zu sprengen, mit denen es festgebunden war.

»Der König wird mit ihm kämpfen. Er ist genauso stark wie diese Bestie«, flüsterte eine Dame vom Hofe, der Mathilde, die im zweiten Rang saß, vernichtende Blicke zuwarf. Ihre Augen waren ebenso vor Schreck wie vor Bewunderung für den jungen Monarchen geweitet.

»Das ist unmöglich«, entgegnete eine andere Zuschauerin, stand auf und versperrte Mathilde die Sicht.

»Unser Sire ist ein Gott! Ein tapferer, siegessicherer Gott!«

Mathilde, die ein Kleid in baskischem Blau trug, war aufgestanden und trat neben eine junge Demoiselle in Rot, die ihre mit Perlen und Smaragden geschmückte Faust schwang. Sie schrie sich die Lunge aus dem Hals:

»François! Überwältigt das Ungeheuer. Wir wissen, dass Ihr unbesiegbar seid. Es lebe unser junger, starker und mutiger König. Es lebe unser König, den nichts aufhalten kann!«

»Ihr seid verrückt!«, rief Mathilde ihrerseits. »Wollt Ihr, dass wir in ein oder zwei Stunden keinen König mehr haben?«

Die andere zuckte nur mit der Schulter und setzte ihr hysterisches Geschrei fort:

»Los, François, tötet das Wildschwein! Tötet es für uns!«

Mathilde versuchte, sie zum Schweigen zu bringen, indem sie ihr ihren Absatz in den Fuß bohrte. Das Mädchen schrie zwar vor Schmerz auf, fuhr jedoch unvermindert mit ihren Parolen fort.

»Mach schon, François!«

Jetzt duzte sie den Monarchen sogar. Louise drehte sich um. Das junge Mädchen war vor Aufregung ganz rot im Gesicht und schwang drohend die Faust, als wollte es sich gleich auf die Menge stürzen. Louise warf ihr einen missbilligenden Blick zu.

»Haltet Euren törichten Mund«, schrie Mathilde erneut. »Seht Ihr denn nicht, dass man eher für Ruhe sorgen muss, als die Stimmung noch anzuheizen?«

Louise schätzte Mathildes Unterstützung, glaubte allerdings nicht, dass sie dieses übermütige dumme Ding zum Schweigen bringen konnte, das durch die Schreie der Menge noch ermuntert wurde. »Dieses törichte Mädchen wird nicht lange in meinem Gefolge bleiben«, murmelte sie. Dann wandte sie den Blick der Arena zu und sah, dass François sich an den Zurufen der Menge berauschte. Er gebärdete sich wie einer der Gladiatoren, von deren Heldentaten er als Kind gelesen hatte. Breitbeinig und mit geschwollener Brust hob er siegessicher die Arme und schwang sein glänzendes Schwert.

»Bei diesem stolzen Edelmann ist alles möglich«, gluckste eine lachende Stimme.

»Dummkopf!«, rief Mathilde ihr zu.

Doch die aufheizenden Rufe hielten unvermindert an.

»Zum Angriff, zum Angriff! Lasst das Wildschwein los!«

Die Zuschauer rutschten aufgeregt auf ihren Plätzen hin und her, lachten, standen auf und setzten sich wieder hin. Sie schlossen sogar Wetten ab. Einige setzten auf die Kraft des Tieres, andere auf den Mut und die Stärke des unbesiegbaren Königs.

Ihre Zofen fächelten Claude Luft zu und schlugen ihr vor, umgehend in ihre ruhigen Gemächer zurückzukehren. Aber die Gattin des Königs schüttelte ohnmächtig den Kopf.

Louise und Marguerite waren aufgestanden, und Mathilde war schließlich zu ihnen gestoßen. In ihren bleichen Gesichtern zeigten sich ihre Angst und ihre Machtlosigkeit. Sie spürten, wie ihre Hände feucht wurden und ihnen Schweißperlen auf die Stirn traten.

»Unternimmt er denn nichts, bevor es zu spät ist?«, fragte Louise leise.

»Sicher nicht«, murmelte Marguerite. »Er genießt die Überraschung des Publikums. Er weidet sich an dem allgemeinen Staunen und dem möglichen Ende dieses mörderischen Unterfangens.«

»Kann man ihn denn nicht warnen, dass diese Gefahr zu groß für ihn ist?«, erkundigte sich Mathilde betrübt.

»Die Menge ist zu verrückt«, erwiderte Louise mit rauer Stimme. »Daran berauscht er sich. Und wer könnte ihn überhaupt vor einem sicheren Tod warnen?«

»Ich!«, sagte Mathilde leise. »Niemand wird es mir übel nehmen, wenn ich den König vor der Gefahr warne. Und es wäre mir überhaupt nicht peinlich, glaubt mir, Dame Louise. Man muss nur über die Absperrung springen und zu ihm gehen. Das Wildschwein ist noch im Käfig.«

Louise lächelte traurig.

»Mutiges Kind! Aber das ist sinnlos. Es würde den König nur in seinem Wunsch bestärken, unbedingt siegen zu wollen.«

»Aber ich kann es versuchen, Dame Louise. Ich weiß, dass der König es mir nicht verübeln wird. Ganz im Gegenteil.«

»Nein, Mathilde. Es macht ihm unendliche Freude, dir zu beweisen, dass er recht hat und der Stärkste von allen ist.«

In der Menge wurde es ruhig. Es war, als rechnete man jeden Augenblick mit einer Explosion.

»Lasst das Wildschwein frei«, rief ein Edelmann mit zerzausten Haaren und schwang die Faust in Richtung Arena.

»Nein!«, schrie Mathilde.

»Lasst es frei!«

»Das ist ein unfairer Kampf«, erwiderte eine ruhigere

Stimme, »das Tier ist unbezwingbar. Für den König bedeutet das den Tod.«

»Nein! Es bedeutet doppelten Triumph.«

Jemand lachte höhnisch, aber das Lachen wurde sogleich von anderen aufgeregten Kommentaren übertönt. Hinter sich hörte Mathilde das Mädchen in Rot schreien, kreischen und zetern. Sie sandte ihrem König heiße Küsse.

»Das ist verrückt, was für ein Wahnsinn!«, murmelte Marguerite.

»Man sollte das Tier schwächen«, hörte sie jemanden hinter ihrem Rücken sagen. »Man sollte es unschädlich machen, bevor es den König angreift.«

Himmel! Sie verspürte noch nicht einmal das Bedürfnis sich umzudrehen, um zu sehen, wer das gesagt hatte.

»Ein Schlag auf den Kopf, und das Monster ist tot«, kreischte eine andere Stimme.

Die Oberjäger waren überfordert. Als sie jedoch langsam begriffen, dass der König diesen ungleichen Kampf nicht unbeschadet überstehen würde, versuchten sie, das Tier zurückzuhalten. Es war aber bereits zur Hälfte aus dem Käfig entkommen und so stark, dass es sich nicht mehr zurückdrängen ließ. Das Tier erwischte einen der Jäger mit dem Vorderlauf. Er blieb zwar unverletzt, ließ vor Schreck jedoch von dem Tier ab, woraufhin es mehr Freiheit gewann.

Das Wildschwein, das von Minute zu Minute wilder wurde, schlug mit den Hinterläufen aus und scharrte wütend über den Boden. Es wartete nur darauf, mit seinen gefährlichen Stoßzähnen den ersten Körper zu durchbohren, der sich ihm bot.

»Es ist ein Spiel«, murmelte Marguerite und klammerte sich

krampfhaft an das Geländer. »Es ist ein Spiel. Er will uns nur zeigen, dass er es schaffen kann.«

Aber die Worte, die aus ihrer zugeschnürten Kehle drangen, klangen falsch. Sie fühlte sich wie gelähmt und wagte es nicht, noch mehr zu sagen, wodurch sich ihre Angst nur noch verstärkte.

Hilflos musste sie die sinnlose Prahlerei mitansehen und war schockiert von der viel zu siegessicheren Pose ihres Bruders. Musste er denn erst eine heftige Niederlage erleiden, damit er endlich bescheidener wurde?

Natürlich war keine Lehre ein solches Risiko wert. Das absurde Spiel mit diesem starken Wildschwein, diese tödliche Wette konnte im Handumdrehen eine hart erarbeitete Zukunft vernichten.

Marguerite sah traurig zu ihrer Mutter und tauschte einen verständnisinnigen Blick mit ihr. Wie oft hatten sie zugesehen, wie der junge, viel zu selbstsichere François seine körperlichen Kräfte in ungleichen Kämpfen überschätzt hatte?

Louise und ihre Tochter fingen an zu zittern. Mathilde ebenfalls.

»Er wird es tun, Marguerite. Das weißt du genau. Dieser junge Narr will es uns allen beweisen.«

»Gewiss, unser junger Monarch besitzt Mut im Überfluss«, murmelte der Schildknappe von Charles d'Alençon, »aber er hat nicht die Statur, um das Tier zu besiegen. Man muss ihn aufhalten.«

»Wie sollte man ihn aufhalten? Das ist sinnlos«, entgegnete der Mann von Marguerite. »Das Wildschwein wird ihm den Bauch aufreißen.«

Louise versuchte, ihre zitternden Hände unter Kontrolle zu

bringen. Ihr Nacken war kalt. Sie spürte, dass ihr Rücken feucht geworden war, und starrte verzweifelt auf ihren Sohn, der den Tod herausforderte. Gott! Und diese albernen Mädchen, die ihn mit ihren dummen Jubelrufen auch noch anfeuerten!

Mit einem triumphierenden Lächeln betrachtete François die Menge. Seine Miene wirkte alles andere als bescheiden, und mit seinem Blick forderte er die ganze Welt heraus. Er sah zu dem Tier, das sich immer heftiger gegen seine Fesseln wehrte. Dann reichte er Bonnivet, der sich etwas im Hintergrund hielt, sein Schwert.

»Ist das klug, François?«, flüsterte Bonnivet.

Der König antwortete nicht. Mit großen ungeduldigen Gesten legte er sein gelbes Seidenwams ab und warf es weit von sich.

»Ich beschwöre dich, lass diesen Unsinn«, rief Louise, die sich nicht länger beherrschen konnte.

»Ja! François, hört auf!«, rief Mathilde.

Sie war aufgestanden, und ihre schwarze Samthaube war auf den Boden gefallen. Achtlos, als wäre es ein nutzloser Lumpen, trat sie darauf herum. Antoinette de Poignac und Blanche de Tournon hielten sie an den Schultern zurück.

Die Stimmung in der Zuschauermenge wurde unerträglich. Musste man in wenigen Minuten einen neuen König suchen?

Ruhig, kühl und entschlossen wartete François, dass das Tier gegen ihn antrat. Aber die Jäger zögerten, es loszulassen.

»Bindet es los! Sonst stürzt sich dieses gefährliche Schwein noch auf die Menge«, rief ein alter Edelmann, den der Mut verließ.

Die Menge begann zu schreien.

»François«, rief Louise, »willst du deine Regentschaft so früh beenden? Ich flehe dich an, lass das Tier. Es wird dich töten.«

»Wer sagt, dass sich das Wildschwein auf den König stürzt? Es kann genauso gut uns angreifen«, warnte der Edelmann mit der dünnen Stimme, dem die Schweißperlen auf die zerfurchte Stirn traten.

Die Menge schrie erneut auf.

Claude sank in sich zusammen, sie hatte die Augen geschlossen und ballte die Hände zu Fäusten. Ihre Zofen hatten Schwierigkeiten, sie wieder aufzurichten. Marguerite und ihre Mutter klammerten sich an das Holzgeländer. Antoinette hatte ihre Freundin losgelassen, Blanche hielt Marguerite zurück. Doch Mathilde wollte über die Absperrung springen.

»François, ich beschwöre dich!«, schrie sie. »Kämpfe nicht gegen dieses Wildschwein. Seine Hauer sind tödlich, und du kannst ihnen nicht entkommen.«

»Donnerwetter«, fluchte La Marck. »Der König ist genauso verrückt wie dieses Tier.«

»Man muss ihn davon überzeugen, den Kampf aufzugeben«, erklärte Chabot, der zu Bonnivet getreten war, mit Nachdruck. »Er glaubt wirklich, dass er gewinnen kann.«

Bonnivet schüttelte den Kopf und murmelte:

»Was willst du ihm sagen? Er macht immer, was er will. Es hat keinen Zweck, vernünftig mit ihm zu reden.«

François hielt sein Schwert fest in der Hand und wartete noch immer breitbeinig und mit geschwollener Brust, dass die Jäger das Tier aus dem Käfig ließen.

Marguerite war außer sich. Als sie die kalte Entschlossenheit ihres Bruders sah, wusste sie, dass er in diesem Augenblick zu allem fähig war. Es ging um seinen Stolz, seine Ehre, seinen Mut. Für ihn zählte jetzt nur der nahe Sieg, an dem er keinen Moment zweifelte.

Er wandte den Blick zur Galerie und sah all die Frauen, die wie Teufelsweiber gestikulierten.

Claude war völlig erstarrt und brachte kein Wort heraus.

»Das Wildschwein wird uns umbringen. Nachdem es den König getötet hat, wird es sich auf uns stürzen«, rief der Alte.

Das Schreien der Menge schwoll an, und plötzlich kam Marguerite eine Idee. Hastig verließ sie das Geländer und trat zu ihrem Mann.

»Der Alte soll die Menge weiter verrückt machen. Die Angst des Publikums kann François aufhalten.«

Jemand, der ebenso klug war wie sie, griff ihren Vorschlag sogleich auf. Eine laute kräftige Stimme schrie:

»Dieses teuflische Schwein wird ein Blutbad anrichten. Das gibt einen Massenmord. Wir sollten uns alle in Sicherheit bringen.«

»Ja, ja, wir sollten uns in Sicherheit bringen.«

Die vornehmen Herrschaften verloren die Nerven und stießen lärmend gegen das Geländer. Begeisterte Befürworter stampften mit den Füßen und weigerten sich, die Galerie zu verlassen. Sie fluchten und stießen unverständliche Schreie aus.

Die weniger Mutigen eilten zu den Frauen, die nachdenklich wurden, und befahlen ihnen, die Galerie zu verlassen, bevor ein schreckliches Unglück geschah.

»Lasst sofort diesen Wahnsinn«, schrie Louise erneut ihrem Sohn zu, der überrascht den Arm gesenkt hatte und sein Schwert hängen ließ.

François schien verdutzt. Warum änderte die Menge, die gerade noch so begeistert gewesen war, so plötzlich ihre Meinung? Er richtete den Arm auf und hob mit der rechten Hand erneut das Schwert, dann wandte er den Blick von dem Wildschwein ab und sah zu der wankelmütigen Menge.

Die Zuschauer gestikulierten zwar noch immer, doch die Gesichter schienen sich zu verändern und ihm etwas sagen zu wollen. Wütend stieß er eine Faust empor. Er bemerkte, dass seine Mutter genauso wild gestikulierte wie die anderen, wenn nicht noch mehr. Er sah, wie sich ihre Lippen bewegten. Aber was sagte sie? Er hörte sie nicht.

»Der Junge ist verrückt«, schimpfte Louise. »Nur die Panik der Menge bringt ihn dazu aufzugeben.«

Undeutlich sah François, dass Claude bewusstlos auf den Boden gesunken war. Verängstigte Frauen stiegen über ihren Körper hinweg und hoben die Kleider an, um nicht zu stolpern.

Der dunkle Schleier, der ihm den Blick versperrt hatte, löste sich auf, und er sah, dass Marguerite und Mathilde über die Absperrung stiegen.

Er wandte den Blick von der Königin ab und beobachtete, wie Seigneur de Gonfreville, sein Schildknappe, versuchte, seine Mutter aufzuhalten. Auf einmal begriff er.

»Nun, Sire«, sagte Bonnivet, »ich glaube, wir sollten von der Idee Abstand nehmen. Es ist wirklich verrückt. Das versucht die Menge Euch zu sagen.«

Der König beobachtete seine Mutter, die von Gonfreville, Antoinette und Blanche festgehalten wurde. Aber Mathilde schaffte es, gefolgt von Marguerite, ungehindert einen Fuß auf das Geländer zu stellen.

»Sie werden sich die Knochen brechen«, murmelte Bonnivet. »Siehst du nicht, dass sich deine Schwester vor deinen Augen umbringt, François?«

Marguerite! Marguerite, die die brillante Idee gehabt hatte, eine Panik in der Menge zu erzeugen. Marguerite, die ihrem Bruder immer noch beweisen wollte, dass sie genauso kühn war wie er und sich für einen absurden Kampf das Genick brechen konnte. Die kleine Mathilde, die tapferer war als mancher seiner Soldaten!

»Ehrenwort!«, schwor François. »Meine Schwester bringt sich nicht um, ebenso wenig wie Mathilde.«

»Verkündet umgehend, dass Ihr von Eurer Idee Abstand nehmt, Sire. Seht, die Herolde sind da und hören Euch.«

Die Jäger waren erschöpft und keuchten und schwitzten ebenso wie ihre gefährliche Beute, die sie nicht unter Kontrolle bekamen.

»Das Schwein ist zu aufgebracht. Es verlangt seinen Kampf, Sire. Bringen wir ihm die Puppen, damit es sich an den Stoffkörpern abreagieren kann.«

Während die Herolde vorschlugen, den König durch Stoffpuppen zu ersetzen, kehrte im Inneren der Galerie scheinbar Ruhe ein.

»Die Puppen! Bringt die Puppen!«, rief La Marck. »Donnerwetter, dieser Hof bleibt eine angesehene Arena.«

Marguerite hatte ihren Fuß vom Geländer zurückgezogen, aber Mathilde hatte es geschafft hinüberzuspringen und befand sich nun vor der Tribüne. Man ließ Louise los, schaffte die Königin fort und hängte drei mit Schuhen und Wams bekleidete Puppen in den Hof.

Die Ränge hatten sich bereits zur Hälfte geleert, und diejenigen, die geblieben waren, kamen kaum wieder zum Luftholen.

Die Jäger konnten das Wildschwein nicht länger halten. Sie waren am Ende ihrer Kräfte, und schließlich entkam das Tier. Es stürzte sich sofort auf die Stoffpuppen, zerriss sie und verteilte die Fetzen in alle Himmelsrichtungen. Dann entdeckte es mit seinen kleinen schwarzen, blutunterlaufenen Augen einen schlecht verbarrikadierten Ausgang und stürzte mit gesenktem Kopf darauf zu.

Das Wildschwein verbreiterte die Lücke mit seinen Hauern und raste auf eine Treppe zu, die in den ersten Stock des Schlosses führte. Sabbernd, widerlich, mit aufgerichteten Nackenhaaren und seinen gefährlichen Stoßzähnen rammte es Truhen, Bänke und Tische und zertrümmerte die Wände.

François stürmte sogleich mit seinem Schwert hinter dem Tier her. Ihm folgten einige Edelmänner, begleitet von Bonnivet und seinen Helfern.

Als sie sich plötzlich mitten im Geschehen fanden, hatten Louise und Marguerite sich wieder unter Kontrolle. Gefolgt von Mathilde und den mutigsten Frauen, liefen sie hinter François her.

Das Wildschwein blieb im Zimmer des Königs stehen. Sechs Diener hatten sich zwischen den Truhen und der Wand in Sicherheit gebracht. Zitternd versteckten sich die Dienstmädchen hinter den Wandteppichen, und die Kammerfrauen liefen in alle Richtungen davon, um vergeblich ein anderes Versteck zu suchen.

Als der König sein Zimmer erreichte, hielt er schützend den Arm vor die Tür und schob Frauen und Edelmänner zurück.

Da es keinen Gegner mehr vor sich hatte, außer den Dienern und Dienstmädchen, die sich mehr schlecht als recht versteckten, musste sich das wilde Tier umdrehen. Das war der Augenblick, in dem François mutig und sicher seine schwere Klinge in das riesige Tier bohrte.

Der König hatte bekommen, was er wollte.

8.

Marguerite saß aufrecht auf ihrem weißen Pferd und hörte das erfrischende Lachen ihres Bruders. Ihr Mann hielt sich mit seinen Waffenbrüdern weiter hinten, aber Bonnivet, Montmorency und Chabot ritten dicht bei François, gefolgt von den Edelmännern des Hofes und den Wachoffizieren.

Unter einem Frühlingshimmel, dem das Licht des Aprils etwas Lyrisches verlieh, brachen fünftausend Pferde in Amboise auf. Hunderte von Wagen folgten der berittenen Wache an der Loire entlang. Beladen mit Mobiliar sowie zahlreichen Wandbehängen und -teppichen, die man am Vorabend abgehängt hatte, kamen sie nur langsam voran, und die Kutscher gerieten ordentlich ins Schwitzen.

Der gesamte Hof mit Tausenden von Wachen, Waffenträgern, Hellebardieren und anderen Soldaten bildete einen beeindruckenden Zug, der sich über Dutzende von Kilometern erstreckte. Dazu kamen zweitausend Bedienstete und Handwerker, die die Schlange noch beträchtlich verlängerten.

Dienerinnen, Kammerzofen, Wäscherinnen und Köchinnen, zu denen sich Knechte, Kutscher, Pferdepfleger und Stallburschen gesellten, die ihre tägliche Arbeit unter größeren Schwierigkeiten als gewöhnlich verrichteten, denn man musste mit den Gegebenheiten vor Ort zurechtkommen.

Wenn die Nacht hereinbrach, hielt der Hof. Man verbrachte die Nacht dort, wo man sich am Ende des Tages befand – in einem Gasthaus oder benachbarten Schloss. Es gab immer einen Adligen, der sie sofort beherbergte. Manchmal blieben sie auch in einer Kirche oder einem Kloster oder einem anderen religiösen Gebäude, das der Prior dem König und seinem Gefolge zur Verfügung stellte.

Das Personal schlief dort, wo es Platz fand. Oft nächtigten die Frauen in der Scheune und die Männer im Pferdestall. Da es an Schlafplätzen mangelte, biwakierten Dienerinnen und Lakaien in Zelten, die man für die Nacht aufbaute. Aber wenn es zu spät war, um das Lager aufzubauen, oder wenn die Furiere den Aufenthalt nicht ausreichend vorbereiten konnten, schlief das Personal, eingeklemmt zwischen Möbeln, Geschirr, Teppichen und anderen mitgeführten Gegenständen, in den Wagen.

Mitten im Sommer, sofern es nicht regnete und kein Gewitter drohte, kam es vor, dass der König und sein Hof im Gras unter freiem Himmel schliefen.

Hofdamen, Gesellschafterinnen und Edelmänner folgten hoch zu Ross oder in der Kutsche. Meist ritten die Männer auf ihren Pferden, und die Frauen reisten in den Wagen, während einige privilegierte Dienerinnen auf ihrem Maultier ritten, wenn sie denn eines besaßen.

Die Pagen, deren prächtige Gewänder mit ihren unterschiedlichen Aufgaben wechselten, saßen stolz auf ihren weißen Ponys, deren Harnische zu ihrer Kleidung passten. Die Ältesten ritten an der Spitze und bemühten sich, den Jüngeren ihr Talent zu beweisen. Die Zeiten, in denen Louise nur einen einzigen Pagen gehabt hatte, der heute einem Adligen des Königreichs als Schildknappe diente, waren lange vorbei.

Zum Glück. Louise, der ihr Sohn kurz nach seiner Krönung

den Titel der Duchesse verliehen hatte, erinnerte sich noch gut an die trüben Tage.

Der Tross endete mit Hunderten von Fußgängern, die mit der Peitsche die Esel antrieben und sich gelegentlich auf sie setzten, wenn sie müde waren. Die Maultiertreiber stellten ihnen manchmal frische Tiere zur Verfügung.

Mehr als fünfhundert Wachoffiziere flankierten auf und ab reitend den Zug. Mit Lanzen, Hellebarden oder Schwertern an der Seite oder in der Hand überwachten sie die Organisation des sich fortbewegenden Gefolges. Die Eskorte von François I. nahm langsam Gestalt an und erlangte einen unangreifbaren Ruf.

Boten, deren Aufgabe es war, Personal zu besorgen, mischten sich in die Schlange und brachten Mediziner, Barbiere, Köche, Astrologen, Apotheker, Mundschenke oder Küchenmeister herbei, je nachdem, wonach der König verlangte. Es war dringend geboten, die entsprechende Person rasch zu finden, damit sie sich innerhalb weniger Minuten vor dem König verneigte.

Wenn der Tross auf der Strecke anhielt, kam den Furieren die undankbare Aufgabe zu, die Unterbringung vorzubereiten und, falls es nicht zu spät war, gehörte auch die Organisation von Spielen und Feiern dazu oder von Jagden, Festessen und Turnieren. Eine solche Reise, die sich häufig über mehrere Wochen hinzog, manchmal auch über mehrere Monate, musste natürlich alle Freuden und Vorlieben des Königs und seines Hofes berücksichtigen.

Es verstand sich von selbst, dass der gigantische Aufmarsch, dieser unendliche Trupp auf seiner Durchreise an den Straßen nicht unbemerkt blieb. Dorfbewohner versammelten sich, um ihnen unter Bannern und bunten Flaggen zuzujubeln. Bauern und Bäuerinnen unterbrachen auf den Feldern ihre Arbeit, um den jungen König zu sehen. Um allen zu gefallen, sollte er eine möglichst ausdruckslose Miene aufsetzen.

Doch der aufmerksame, neugierige François gab sich natürlich. Er bewies in der Folge häufig, dass er Frankreich liebte und dass er die regionalen Produkte und das Handwerk zu schätzen wusste. Im Übrigen wusste er stets die Sorgen und Schwierigkeiten jener zu respektieren, die es ausübten.

Die Boten am Ende des Zugs, deren Aufgabe es war, Personal zu rekrutieren, wurden nicht selten am Straßenrand fündig. Sie befragten die Leute sofort nach den erforderlichen Fähigkeiten und engagierten auch manchmal die, die um Arbeit baten. Andere wiederum wiesen sie ab.

Damit ein so riesiges Unterfangen bestmöglich funktionierte, benötigte es von Anfang bis Ende eine sehr straffe Organisation, bei der jeder genau wusste, was er zu tun hatte.

Nur unter dieser Bedingung kam der lange Tross aus Menschen, Pferden und Möbeln ohne größere Behinderungen voran, und das, dem Zustand der Straße entsprechend, auch nur langsam.

Sie verließen Amboise an einem schönen Frühlingstag. Über der Loire erhob sich ein strahlend frischer Morgen und lockte eine noch schüchterne Sonne hervor. Über den goldenen Sandbänken herrschte eine fast überirdische Atmosphäre.

Nur ein paar Schritte auf dem Pferd, ein paar Drehungen der Räder, und schon entfernte man sich von den schiefergedeckten Türmen und Dächern. Der Donjon und der obere Teil der Wehrmauer glänzten hell in der Sonne und strahlten eine etwas melancholische Stimmung aus. Marguerite wollte sich noch einmal nach ihnen umsehen, bevor sie am Flussufer voranritt.

Die Stadt war seit einigen Stunden von morgendlichen Geräuschen erfüllt. Marguerite ignorierte einen Augenblick das Lachen ihres Bruders, das sich mit dem seiner Gefährten mischte, und warf einen letzten Blick zurück.

Die Loire schob sich durch die üppige Landschaft der Touraine, in der Himmel, Erde und Wasser in vollkommener Harmonie aufgingen. Während er abwechselnd zwischen Hügeln, Weinbergen und Dörfern hindurchfloss, die normalerweise friedlich dalagen, nun aber von Jubelrufen erfüllt wurden, schimmerte der Fluss hin und wieder kristallklar.

»Ich habe nach Claire gesehen«, sagte Marguerite und ritt mit ihrem Pferd neben das ihres Bruders. »Sie ist ein bisschen müde, die Übelkeit fängt wieder an.«

»Ist sie gut untergebracht?«

»Mach dir keine Sorgen. Die Comtesse de Nevers und Dame d'Aumont haben Anweisung erhalten, nicht von ihrer Seite zu weichen. Die Ärzte sind in der Nähe und bei der kleinsten Auffälligkeit gleich bei ihr.«

»Verfügt sie entsprechend über ihre Zofen?«, erkundigte sich François in einem Ton, der zwar ungezwungen klang, aber dennoch Sorge erkennen ließ.

»Natürlich. Aber sie freut sich auch, wenn die kleine Renée bei ihr ist«, antwortete Marguerite und wendete Attalante, sodass sie Jason gegenüberstand.

»Alles entwickelt sich sehr gut. Du wirst einen Sohn bekommen, François. Da bin ich ganz sicher«, sagte sie.

Der junge König seufzte.

»Oh weh! Ich kann die Reise nach Italien nicht verschieben, wenn Claude niederkommt. Die Truppen sind formiert und stehen zum Aufbruch bereit.«

»Ich weiß, aber das hält das Kind nicht davon ab, auf die Welt zu kommen.«

»Da haben wir so lange auf einen Thronfolger gewartet, und schon kündigt sich der nächste an! Darf man gratulieren, Sire?«, ertönte hinter ihnen eine Stimme.

Chabot machte häufig Scherze, aber Marguerite bemerkte, dass er François zum ersten Mal mit »Sire« ansprach. Dazu musste man wissen, dass Marguerite einen Tag nach der Krönung alle Jugendfreunde von François zusammengerufen hatte, die auch die ihren waren. Sie hatte ihnen erklärt, dass Späße und Spiele nun vorbei waren. Für sie finge der Ernst des Lebens an, das ab jetzt aus Kämpfen und diversen Problemen bestünde, sicher aber auch aus einigen Vergnügungen.

Kurzum, die jungen Männer müssten verstehen, dass ihre Träume von Krieg und Siegen, denn in jenem Alter sprach man nur von Eroberungen, ein Ende hatten und ihre Zukunft leider darin bestand, dem König zu folgen.

In der Fülle von Ratschlägen – sie kannten sie so lange, dass sie ihr das nicht übel nahmen – hatte sie sie auch gebeten, den König nicht mehr mit »François«, sondern mit »Sire« anzusprechen. Zumindest in der Öffentlichkeit. Sie müssten dem Monarchen ihren Respekt erweisen, ohne dass das ihre Treue und Aufrichtigkeit ihm gegenüber beeinträchtige.

Als sie sich Chaumont näherten, säumten hellgelbe Sandstreifen die schillernden Wellen der Loire und zogen sich in unendlichen Windungen am Fluss entlang.

Charles d'Amboise hatte sein Schloss mit Unterstützung guter Architekten, von denen einige aus Italien stammten, im Stil der Renaissance erbaut.

Chaumont war ein perfektes Beispiel für die neue Architektur, und der König war der Ansicht, dass man die Schlösser im Val de Loire heutzutage genau in diesem Stil gestalten sollte. Chinon, Blois und Amboise waren noch nicht Gegenstand der Umbauten geworden, die den königlichen Familien geräumigere und luxuriösere Unterkünfte bieten sollten.

Der junge König staunte über die Pracht von Chaumont, das schönste Schloss der Region, obwohl einige Teile noch nicht renoviert waren und ihr Umbau erst später erfolgte. Der König hörte nicht auf, das anmutige und erhabene Ensemble zu bewundern. Alles daran entzückte und begeisterte ihn.

Die Geschichte von Chaumont ließ sich in wenigen Worten zusammenfassen. Alix kannte alle Details, da Charles d'Amboise ihr viel darüber erzählt hatte, als er ihr Liebhaber gewesen war. François kannte sie ebenfalls. Louis XII. hatte ihm davon berichtet. Vor langer Zeit hatte Pierre d'Amboise, ein Vorfahre der Familie, sich an einer Verschwörung gegen Louis XI. beteiligt, woraufhin der Monarch befohlen hatte, das gesamte Schloss zu schleifen. Da es ursprünglich aus dem Mittelalter stammte, hatte es dadurch letztlich an Ansehen und Eleganz gewonnen. Nach seinem Tod hatte Georges d'Amboise den Bau seinem Neffen überlassen.

Chaumont überragte die Loire mit seinen Türmen, an denen die Wappen der Amboise prangten, mit seinem Wall, dem nördlichen Trakt und den zwei Donjons, die auf beiden Seiten die Zugbrücke flankierten. An der Fassade hatte Charles d'Amboise in Anspielung auf den Namen Chaumont, »der heiße Berg«, ein Relief anbringen lassen, das einen brennenden Berg darstellte. Auf einem Fries wiederholten sich zwei elegant ineinander verschlungene »C«, die für seinen Vornamen sowie den seiner Frau Catherine standen.

Mathilde kannte nicht den wahren Grund, warum Alix sie nicht nach Chaumont begleiten wollte. Ihre Mutter hatte ihr einfach gesagt, dass sie ihre Freundin Properzia de Rossi aus Bologna erwarte.

Verrückt vor Freude, hatte Alix einen Boten mit dem folgenden Brief empfangen:

Meine schöne, leidenschaftliche Alix,
ich kann es kaum erwarten, wieder bei Euch zu sein, seit Ihr mir bei Eurer Abreise aus Lyon versichert habt, dass Ihr mich gern wiedersehen würdet. Ich nehme Euch also umgehend beim Wort, und in ein paar Tagen, spätestens in ein oder zwei Wochen, mache ich mich auf den Weg ins Val de Loire. Ich kann es kaum abwarten, die Region in Eurer Begleitung kennenzulernen.
Endlich werde ich den klaren Himmel sehen, der Euch inspiriert. Den Fluss, den Ihr so liebt. Die Schlösser, die die Italiener so begeistern, und die Ihr, die Franzosen, nach den Vorstellungen unserer schönen Renaissance restauriert.
Meine liebe Alix, die Vorstellung, Euch wiederzusehen, an Eurer Seite zu arbeiten, Euch zu helfen und Euch bei Euren künstlerischen Entscheidungen zu leiten, lässt mich beinahe erzittern. Wir sind nicht Meister und Schüler, sondern zwei Wesen, die sich verstehen wollen, sich schätzen, sich lieben … vielleicht!
Ich hoffe, dass Euer Mann mir nicht gram ist, wenn ich Euch zu sehr mit Beschlag belege. Dann ziehe ich mich in mein Atelier zurück, das Ihr für mich vorbereitet.
Macht Euch bloß keine Sorgen, ich werde Euch nicht zur Last fallen, denn ich bemühe mich, Aufträge von Eurem französi-

schen König und seinen Würdenträgern zu erhalten. Ich werde von allem berichten, was ich in Bologna geschaffen habe. Und schließlich kennen und schätzen mich da Vinci und Michelangelo. Das ist eine gute Referenz. Sie sprechen sehr wohlwollend über meine Werke, meine Altaraufsätze, meinen Hochaltar in Santa Maria de Baraccano, meine Marmorbüsten und meine gewaltigen Fassaden von San Petronio. Und es heißt, dass mein Josef *und die* Frau von Potiphar *eine große Meisterschaft erkennen ließen. Wenn nötig, mache ich noch einen für Euren Monarchen.*

Nun, ich phantasiere! Aber ohne ein bisschen verrückt zu sein, ohne Träumereien und Phantasien wären wir keine Künstler. Wir leben nicht wie die anderen, Ihr wisst das, Alix.

Ich weiß nicht, wie ich Euch dafür danken soll, dass Ihr mich bei Euch, in Eurer Familie aufnehmt. Nachdem ich Mathilde begegnet bin, kann ich es kaum abwarten, Eure kleine Valentine kennenzulernen.

Ich werde mich für Eure Hilfe hundertfach revanchieren. Ich habe alles verloren, bis auf meine große Zuversicht, die mir wohl immer bleiben wird. Und genau wie Ihr, Alix, verfüge ich über reichlich Energie und weiß, dass ich mich in Eurem Val de Loire erholen werde.

Bis bald, meine Schöne.

Properzia

Deshalb kam es für Alix nicht infrage, ihre Tochter nach Chaumont zu begleiten. Außerdem hätte diese Reise Erinnerungen in ihr geweckt, die sie gern vergessen wollte. Alix wehrte sich gegen die Bilder der Vergangenheit, die nicht mehr zu der Alix von heute passten.

Die zwei verschlungenen »C« an der Fassade hätten sie im Übrigen überrascht. Als Charles d'Amboise ihr Liebhaber gewesen war, hatten sie dort noch nicht geprangt.

Von daher war es besser so. Alix würde nach Chenonceau, nach Ussé, nach Talcy und nach Azay-le-Rideau kommen, die ebenso Teil der Rundreise waren. Vielleicht würde sie sogar ihre Freundin Properzia mitnehmen, um sie Louise d'Angoulême vorzustellen.

Wenn Louise und Blanche auf ihren Pferden saßen, ritt Mathilde stets zwischen ihnen. Doch Blanche, die den Wagen bevorzugte, und Louise, die nicht mehr in dem Alter war, längere Strecken hoch zu Ross zurückzulegen, reisten häufig in ihrer Kutsche.

Wenn Mathilde allein auf Fildor ritt, erlaubten Marguerite und der König ihr, sich bei ihnen aufzuhalten. Dieses Privileg kam sonst nur den Freunden von François zu, dem Duc de Bourbon und dem Duc d'Alençon.

An jenem Tag, als Louise Mathilde gesagt hatte, sie könne sich Marguerite anschließen, weil sie selbst erschöpft sei und sich in der Kutsche erholen müsse, hatte das junge Mädchen bemerkt, dass der Duc d'Alençon verärgert darüber war, dass seine Gattin so viel Zeit mit ihrem Bruder und seinen Gefährten verbrachte.

Da Mathilde nicht indiskret erscheinen wollte und sie die Auseinandersetzung nichts anging, ritt sie zu François. Den König, dem die häufigen Streitereien zwischen seiner Schwester und seinem Schwager nicht entgingen, freute es, dass er häufig der Grund für diese Auseinandersetzungen war. Genau genommen mochte er den Duc d'Alençon nicht besonders. Er fand, dass er sich Frauen gegenüber unbeholfen und grob verhielt und seine Schwester etwas Besseres verdient hatte.

Der König warf Mathilde einen verschwörerischen Blick zu und spitzte die Ohren.

»Marguerite, ich reise nicht weiter«, verkündete Charles d'Alençon seiner Frau. »Ich habe auf meinem eigenen Schloss genug Sorgen und kann es mir nicht leisten, mich auf einer Reise zu amüsieren, die mir unsinnig erscheint. Würdet Ihr Euch also bitte darauf einstellen, Eure Rundreise in den kommenden Tagen zu beenden. Wir kehren nach Alençon zurück.«

Marguerites Antwort drang gedämpft an die Ohren von François. Es schien ihm, als habe ihre Stimme einen scharfen Ton angenommen.

»Ihr seid verrückt, mein Freund! Ich lasse meinen Bruder nicht allein.«

»Euer Bruder hat seine Mutter, seine Gattin und seine Mätressen. Er braucht uns nicht.«

»Er braucht mich für das Ansehen Frankreichs, und das wisst Ihr. Ich bin die erste Prinzessin des Königreichs, und Ihr, mein Freund, habt dem König als Großfürst von Frankreich mehr zu dienen, als Ihr es bislang tut. Eine unsinnige Reise, sagt Ihr! Ihr bringt ihm keinen Respekt entgegen. Ihn auf seinen Reisen zu begleiten, wäre ein Beweis Eurer Treue.«

Morpheus wich zur Seite aus, und gerade, als François sich umdrehte, fand Marguerite sich am Straßenrand wieder. Doch sie hatte ihr Pferd unter Kontrolle und führte es in die Straßenmitte zurück.

»Nehmt es als gegeben hin, dass ich Euch nicht begleite. Ich werde Euch erst am Ende dieser Reise wiedersehen.«

Sie ließ ihren Gatten stehen und ritt zu ihrem Bruder, der ihr schelmisch zulächelte.

»François!«, sagte sie gelassen, nachdem sie sich wieder beruhigt hatte, »ich glaube, dass der Duc d'Alençon uns verlassen wird. Aber ich habe ihm versichert, dass ich nicht mit ihm zurückreise.«

Das schelmische Lächeln des Königs wirkte nun listig. Marguerite kannte dieses Lächeln nur zu gut. Dabei kniff er stets die Augen zusammen und musterte sie eine Weile.

»Was soll's!«, erwiderte er fröhlich. »Der Duc de Bourbon kehrt ebenfalls auf sein Schloss zu seinem Sohn und seiner traurigen Frau zurück.«

Darauf erwiderte Marguerite nichts. Ihr Eheleben ging schließlich nur sie etwas an. Sie beschloss, es zu vergessen und die glücklichen Stunden an der Seite ihres Bruders zu genießen.

Was die Angelegenheiten des Duc de Bourbon anging, wären sie ihr egal gewesen, beträfen sie nicht die Gefühle ihrer Mutter. Sie wusste, dass die Comtesse d'Angoulême hin und wieder ihre alte Liebesbeziehung mit Charles de Bourbon aufzufrischen versuchte. Doch seit sie ihm zu der gewünschten Macht verholfen hatte, hielt er sich kaum mehr in ihrer Nähe auf und fand stets eine Ausrede, um sich von ihr zu entfernen.

Der ehrgeizige Duc de Bourbon hatte erreicht, was ihn einst gelockt hatte. Louise konnte ihm nichts mehr bieten, abgesehen von Ländereien, auf die sie Anspruch erhob, weil sie einst ihrer Familie gehört hatten. Dann hatte Anne de Beaujeu sie ihr genommen und der kränklichen Suzanne de Bourbon, seiner Gattin, überlassen.

Doch seit Charles durch seine Gleichgültigkeit und seine wiederholten Abwesenheiten einen Bruch andeutete, wollte

Louise diese Ländereien unbedingt zurückerlangen, um sie dem Königreich zu vermachen, denn ihr Sohn sollte sie auf jeden Fall erben.

Wenn die Königinmutter sich daran erinnerte, empfand sie unweigerlich Bitterkeit. Die Niederlage hatte ihren Groll und den Wunsch nach Vergeltung geweckt. Doch alles zu seiner Zeit. Jetzt wollte sie den Erfolg und den Triumph ihres Sohnes genießen.

Da ihr Mann nicht aus Italien zurückgekehrt war, empfing Catherine d'Amboise den königlichen Geleitzug. Die Duchesse war hochgewachsen, aber von zahlreichen Schwangerschaften rundlich geworden. Sie hatte das zu jener Zeit eher seltene Glück, dass fast all ihre zahlreichen Sprösslinge von Kinderkrankheiten verschont geblieben waren, die damals häufig tödlich endeten.

Dutzende Dienstmädchen, Diener und Stallburschen liefen auf ihre Anordnung hin in den großen Hof, wo Kutschen, Pferde und Maultiere sich aneinanderdrängten.

Der Wohntrakt war noch nicht ganz fertig, aber einige Zimmer wirkten bereits groß und komfortabel.

»Es ist mir eine Ehre und eine große Freude, Euch wiederzusehen, Sire. Leider ist mein Mann nicht da, und meine umfangreiche Familie kommt nur hin und wieder her. Erst wenn wir nicht mehr so beengt wohnen müssen, werden wir uns regelmäßig und länger hier aufhalten. Wir können Euch jedoch jetzt schon ein paar schöne Zimmer anbieten.«

»Weil Euer Schloss so klein ist, Madame«, sagte der König und verneigte sich vor der Duchesse, »werden wir nicht länger bleiben. Aber der hinreißende Zauber Eures Schlosses fasziniert mich. Es ist ein Schmuckstück in einer grünen Schatulle. Genau so stelle ich mir die Architektur meiner künftigen Residenzen vor.«

Dann verneigte sich Catherine d'Amboise vor Marguerite, die sich sogleich erkundigte:

»Man hört, dass Ihr wundervolle Tapisserien besitzt.«

»In der Tat«, bestätigte die Duchesse d'Amboise lachend, es klang wie das Gurren einer Taube. »Es sind hinreißend schöne höfische Szenen, die mein Mann für das Schloss weben ließ.«

Mathilde, die sich im Hintergrund gehalten hatte, trat ein paar Schritte vor.

»Ich glaube, Duchesse«, sagte sie, einen Gruß andeutend, »dass die Werkstatt meiner Mutter in Tours den ganzen Hintergrund gefertigt hat, der aus Millefleurs besteht und auf dem sich *Das höfische Leben* abspielt. Das macht ungefähr die Hälfte der Arbeit aus.«

Während sie die Worte aussprach, war ihr die Röte ins Gesicht gestiegen, doch das junge Mädchen konnte nicht anders, sie musste die Dinge richtigstellen. Sie wandte sich zu Marguerite um, als wollte sie sich für ihren Einwurf entschuldigen. Auch wenn sie noch nicht fertig war, behielt sie das Weitere für sich, in der Hoffnung, dass sich alles aufklärte.

»Duchesse«, ergriff Marguerite d'Alençon das Wort und deutete auf Mathilde, »darf ich Euch Mathilde vorstellen. Sie ist die Tochter von Alix de Cassex, berühmte Weberin aus Tours, die seinerzeit einen Großteil dieser wundervollen Tapisserien entworfen hat. Ich kann es kaum erwarten, die Teppiche zu sehen.«

»Sie hängen in unserer großen Empfangshalle. Ihr könnt sie in aller Ruhe bewundern.«

Zum Glück war die Atmosphäre weder angespannt noch belastet, denn Mathilde wusste nichts von der Liebesbeziehung ihrer Mutter mit dem Duc d'Amboise. Ebenso wenig wusste Catherine d'Amboise, dass die Geschichte der Wandbehänge ebenfalls die von Alix und ihrem Mann Charles war.

Als sie in der großen Empfangshalle standen und der König das Ensemble *Das höfische Leben* bewunderte, verkündete Mathilde:

»Es sind nur sechs Wandteppiche, Sire, der siebte fehlt. Es handelt sich um die *Galanterien*.«

»Das ist sehr schade, wo ist er?«, fragte der König, während er die Tapisserien bewunderte.

»Er ist Gegenstand eines Prozesses zwischen Maître Bellinois und Alix de Cassex.«

»Alix!«, rief der König erstaunt. »Zum Teufel! Was ist geschehen?«

»Maître Bellinois will die gesamte Arbeit für sich beanspruchen, obwohl er nur die zentralen Figuren gewebt hat. Er behauptet, meiner Mutter die Teppiche nie übergeben zu haben.«

»Aber ich habe einen Brief an den zuständigen Richter gesandt und erklärt, dass der Duc d'Amboise mir bei einem Besuch in der Normandie erzählt hat, dass er die Tapisserien der Weberin Alix de Cassex übergeben habe!«, erklärte Marguerite.

»Ich verstehe nicht«, bemerkte der König, »wieso Charles d'Amboise Alix nicht persönlich verteidigt. Das wäre viel einfacher, und schließlich kennt er sie gut.«

Er sah, dass Marguerite sich in Mathildes Gegenwart unwohl fühlte. Mathilde hatte sich ihrerseits auch schon gefragt, warum der Duc d'Amboise sich weigerte, diesen Schritt zu tun.

»Alix lehnt es aus persönlichen Gründen ab, ihn um Hilfe

zu bitten. Sie will sich allein verteidigen. Sie ist der Ansicht, dies sei ihr Problem, und möchte niemanden dort mit hineinziehen.«

Dann gab sie François ein unauffälliges Zeichen, dass er nicht weiterfragen solle. Es überraschte Marguerite keineswegs, dass ihr Bruder sofort verstand. Er blinzelte ihr komplizenhaft zu und insistierte nicht weiter.

»François, könntest du nicht etwas für Alix tun?«

Der König drehte sich zu der jungen Begleiterin seiner Schwester um.

»Sagt Eurer Mutter, Mathilde, dass sie mich über alle Einzelheiten dieser Angelegenheit informieren soll. Ich sage über alle Einzelheiten. Darauf bestehe ich.«

Er lachte, und Mathilde wunderte sich über seine Heiterkeit.

»Mein Sekretär oder mein persönlicher Kammerherr werden mir diesen Brief überbringen. Dann sende ich dem Richter ein Schreiben, in dem ich sie entlaste, und werde die Sache für sie bestmöglich beenden.«

Mathilde beugte sich zum König, der den Kopf neigte, um zu hören, was sie ihm sagen wollte. Er spürte ihre rosigen duftenden Lippen an seinem Ohr und fand die Berührung wunderbar romantisch.

»Danke, François«, flüsterte das junge Mädchen. »Das werde ich Euch nicht vergessen.«

Der Abend verlief äußerst angenehm. Die Duchesse d'Amboise bestand darauf, ihre geschätzten Gäste mit einem kleinen Orchester aus Geige, Cembalo und Laute zu unterhalten, das sie anlässlich des Aufenthalts des Königs in ihre Mauern bestellt hatte.

Der nächste Morgen ließ einen schönen Tag erwarten. Nach dem Besuch in Chaumont äußerte François den Wunsch, in Plessis-lès-Tours haltzumachen und die Dorfbewohner zu begrüßen. Anschließend machten sie auf dem Weg an der Indre entlang Station in Loches, und der König erinnerte sich unwillkürlich an den Gefängnisbesuch in Begleitung von Louis XII.

Bevor sie nach Tours kamen, verspürte Marguerite Lust, der Cher zu folgen, um in Montrichard und anschließend in Saint-Aignan haltzumachen, wo der träge Fluss sich verbreiterte und auf bezaubernde, prächtige Weise die kleinen Sandinseln umspülte.

Die Rundreise verlief etwas konfus, aber François mochte spontane Einfälle. Außerdem hatte er es nicht eilig, denn der nächste Feldzug nach Italien sollte erst in einigen Monaten stattfinden, und so genoss er die harmonische und äußerst entspannte Reise.

Schließlich folgte der Tross der Loire bis nach Tours.

»Mathilde! Wollen wir Eure Mutter besuchen?«, fragte Marguerite.

»Ach, Dame Marguerite!«, rief das junge Mädchen. »Kommt Ihr mit in unsere Werkstatt? Dort könnt Ihr all unsere Tapisserien bewundern.«

Da schaltete sich fröhlich der König ein:

»Einverstanden. Sehen wir uns die wundervollen Wandbehänge auf Euren Webstühlen an. Ich nutze die Gelegenheit, um Eure Mutter wegen des Fortgangs des Prozesses zu beruhigen.«

»Ach, mein Pate, Ihr kommt also auch mit?«, fragte Mathilde und warf sich übermütig an die Brust des Königs.

Er wollte sie an sich drücken, hielt sich jedoch zurück. Seit man ihn zum König von Frankreich geweiht hatte, sagte Mathilde nicht mehr »François«, außer es waren nur seine Mutter oder seine Schwester dabei. Aber wenn sie zwischen Vertrautheit und Protokoll schwankte, rief sie lauthals »Mein Pate«. Was nicht ganz richtig war, denn Marguerite war ihre Patentante.

»Natürlich komme ich mit«, bestätigte der König. »Es wäre übrigens erstaunlich, wenn die Duchesse d'Angoulême, unsere Mutter, etwas dagegen hätte, ihrer Freundin ebenfalls einen Besuch abzustatten.«

»Lasst mich meine Eltern informieren. Wir müssen Euch so königlich wie möglich empfangen.«

Marguerite griff den Arm ihrer Begleiterin.

»Es ist eine kleine intime Begegnung, Mathilde. Macht keine Umstände. Wir werden nicht lange bleiben.«

Aber das junge Mädchen war schon auf dem Weg. Der Zug hatte auf der anderen Seite des Hafens angehalten, und Mathilde ritt in größter Eile bis zur Werkstatt, um ihre Eltern zu informieren.

»Der König, die Comtesse d'Angoulême und Marguerite sind auf der anderen Seite des Flusses«, rief sie, ohne erst ihre Mutter und ihre Schwester zu umarmen. »Sie werden gleich auf einen Besuch vorbeikommen. Oh Mama! Ich glaube, François wird dir helfen, den Prozess gegen Bellinois zu beenden.«

Vor lauter Aufregung lief sie ständig hin und her.

»Schnell, schnell, Valentine, ich will den König überraschen und unterhalten. Nimm meinen Platz ein und versuch so zu tun, als wärst du ich.«

»Aber was soll ich machen?«, fragte Valentine verdutzt. »Ich besitze nicht deine Gewandtheit.«

»Das ist ganz einfach. Wir tauschen die Kleider, und du reitest zum Zug. Ich bleibe vor dem Webstuhl sitzen, um zu arbeiten.«

»Valentine weiß nicht, wie man ein Pferd reitet. Und sie wird ganz bestimmt nicht das Maultier nehmen!«, sagte Alix lachend. »Dann verrät sie sich sofort. Ich habe eine bessere Idee, damit Euer kleines Lieblingsspiel funktioniert. Bleibt beide hier, und ich gehe zum Gefolge.«

Die Gelegenheit, vor dem König die Rollen zu tauschen, würde nie wieder kommen. Die zwei Schwestern jubelten, während Nicolas, der diese Art von Spott verabscheute, vor sich hin brummte, dass er weder den König noch die Mutter des Königs noch seine Schwester sehen wolle.

»Du bist genau wie dein Vater«, stellte Alix amüsiert fest. »Du bist nur vor deinem Webstuhl glücklich.«

»Oh, das trifft auch auf mich zu!«, rief Valentine.

»Ja. Aber du willst deiner Schwester eine Freude bereiten.«

Als sie begriff, dass ihre Mutter recht hatte, lief Mathilde zu ihrer Zwillingsschwester, nahm sie in die Arme, drückte sie und küsste sie zärtlich.

»Ich werde immer nur dich lieben, Valentine.«

Unter den staunenden Augen der Einwohner von Tours, die zur Seite getreten waren, um den König passieren zu lassen, der, gefolgt von einigen Würdenträgern und Zofen, zwischen seiner Mutter und seiner Schwester ritt, hielten die Pferde Einzug in den großen Hof der Werkstätten de Cassex.

Dort herrschte großer Trubel. Pierrot lief wild umher. Arnold, sein Sohn Guillemin, Landry und Phillipe waren in die Werkstatt gekommen, in der sich Alix, Mathias und die Zwillinge aufhielten. Sie wollten ein Mal den König sehen, den sie noch nie zuvor gesehen hatten.

Auf ausdrücklichen Befehl von Alix mussten die Lehrlinge

wie auch die jungen Arbeiter ihre Arbeit fortsetzen, ohne die Nase zu heben, es sei denn, der König blickte nicht in ihre Richtung. Antoine und Grégoire hatten deshalb ein bisschen gemurrt, aber Albin und Etienne beschlossen einfach, trotz der Anweisung ihrer Meister den Kopf zu heben und sich den König anzusehen. Schließlich war allen klar, dass der König die Werkstatt kein zweites Mal besuchen würde.

Nicolas hatte sich in das Nebengebäude zurückgezogen und murrte, dass ihm der französische König, sein Hof und das gesamte Königreich ganz gleich seien.

Mit einem strahlenden Lächeln auf den Lippen betraten François und Marguerite ungezwungen die Werkstatt. Die Duchesse d'Alençon wandte ihren Blick sogleich den Hochwebstühlen zu. Dort war eine Szene aus *Triumph der Gerechtigkeit* sowie *Die Einschiffung* gespannt, die an einen Wandbehang erinnerte, den die Brüsseler Werkstätten kürzlich gewebt hatten, allerdings mit anderen Symbolen.

Marguerite trat auf die Teppiche zu und bewunderte das hübsche Ensemble aus Wolle und Seide, das in bunten Farben schillerte. Die Damen trugen altmodische, silbergefasste Hauben, die ihre Gesichter umrahmten, und Kleider aus Seidenbrokat mit weit ausgeschnittenen eckigen Dekolletés. Auf *Der Triumph* gab es keinen Gebieter, sondern einen Christus und diverse Engel, und auf *Einschiffung* waren ein großes Schiff, Pferde und Seemänner dargestellt.

Nachdem Marguerite schnell die riesigen Wandbespannungen betrachtet hatte, küsste sie zunächst Alix, während François sich dem kleinen Spiel zuwandte, das die Zwillinge für ihn vorbereitet hatten.

Mathilde und Valentine, die die gleichen Kleider trugen, arbeiteten Seite an Seite an einem Flachwebstuhl, auf den ein symbolträchtiges Werk gespannt war.

Mathilde verspürte augenblicklich große Lust, den König mit einem pathetischen Satz zu begrüßen, sagte sich jedoch, dass ihre Stimme sie verriete und er sie dann zweifellos sofort erkannte. So schwieg sie und versetzte stattdessen Valentine einen kleinen Tritt mit dem Fuß, damit sie den König ansprach. Aber ihre Schwester schien völlig versteinert und rührte sich nicht.

Schließlich kam Alix ihnen zu Hilfe.

»Seht meine beiden Mädchen, Sire. Eine kennt Ihr ja bereits.«

Natürlich hatte François vergessen, dass Mathilde eine Zwillingsschwester hatte. Sie erwähnte es nie. Er machte Mathilde jedoch keine Vorwürfe, damit sich die hübschen Augen ihrer Schwester nicht verfinsterten. Allerdings ähnelten sie sich so sehr, dass er nicht zu sagen wusste, welche überhaupt die Schwester war.

Die zwei jungen Mädchen trugen identische rote Röcke und ein weißes Mieder. Ihre Haare fielen offen über den Rücken. Sie hatten die gleichen goldbraunen Locken, die gleichen Bänder, und ihre haselnussbraunen Augen besaßen den gleichen Glanz. Nur Nicolas hätte sofort Valentines Hand ergreifen können, um sie an seine Lippen zu pressen. Und das auch nicht immer.

»Valentine«, sagte Marguerite und kam auf sie zu, »ich bin sicher, dass Ihr Valentine sein müsst.«

»Nein, ich bin Mathilde.«

Der König fing an zu lachen. Diese Ähnlichkeit! Verblüffend. Er fand Gefallen an dem Spiel und sagte: »Ihr müsst aufbrechen und die Reise mit uns fortsetzen, Mathilde.«

Daraufhin hoben beide das Gesicht und starrten ihn mit der

gleichen Kühnheit an. Mathilde schien ihrer Zwillingsschwester Selbstvertrauen zu geben.

»Donnerwetter!«, fluchte der König und brach in schallendes Gelächter aus, »wie ist es nur möglich, Euch auseinanderzuhalten? Schöne Valentine, gebt mir ein Erkennungszeichen, und Ihr, Mathilde, versichert mir mit einem Blick, dass Ihr es seid.«

Sie hoben alle beide die Hand und hielten sie dem König hin. Also stellte er sich zwischen sie und legte den Arm um ihre Schultern.

»Welche darf ich küssen?«, fragte er.

»Mich«, sagte die eine.

»Oder mich«, antwortete die andere.

In diesem Augenblick trat Louise herein. Sie umarmte aufs Herzlichste ihre Freundin, die ihr vor langer Zeit den vom Fieber halb toten Comte d'Angoulême auf ihrem Maultier gebracht hatte.

Mathias kam und begrüßte den König, die Comtesse d'Angoulême und die Duchesse d'Alençon. Ausnahmsweise amüsierte sich Alix ebenso wie ihre Töchter. Sie erkannte Valentine an dem kleinen Zucken ihrer Oberlippe, während sie Mathilde an einer typischen kaum merklichen Geste identifizierte, mit der sie eine Haarsträhne nach hinten warf.

»Valentine, zeig dem König deine Arbeit.«

Mathilde antwortete: »Es handelt sich um Euren Auftrag, Duchesse d'Angoulême, die *Tapisserie mit den Emblemen der Robertets*.«

Valentine betrachtete ihre Schwester. Sie war überrascht, wie detailliert sie zu dem Werk Auskunft gab, nachdem zuvor nichts darauf hingedeutet hatte, dass sie überhaupt von seiner Existenz wusste. Sie hielt sich zu selten in der Werkstatt auf.

»Valentine webt die Sterne«, sagte sie schnell, um zu verhindern, dass ihre Mutter fortfuhr, »und ich webe die Misteln. Nicolas macht die Füllhörner.«

»Wer ist Nicolas?«

Das hatte der König gefragt.

»Das ist mein Verlobter«, antwortete Mathilde rasch.

»Nein«, entgegnete Valentine, »er ist mein Verlobter.«

»Dieser glückliche Nicolas kann allerdings nicht Euch beide heiraten«, lachte François.

»Das ist erstaunlich«, murmelte Louise, »ich dachte, ich würde Mathilde kennen, und plötzlich erkenne ich sie nicht mehr. François, ich habe dich noch nie so unschlüssig erlebt.«

Deutlich amüsiert von diesem Schauspiel, strich sich der König über das Kinn. Er wandte den Blick erst der einen, dann der anderen zu.

»Welche habe ich an einem Wintertag, als es schneite, auf mein Pferd gehoben?«, fragte der König. »Das Mädchen war vier Jahre alt.«

»Und jetzt, Sire, wer reitet wie eine richtige Reiterin?«

»Ah! Ihr seid Mathilde?«

»Wer würde Euch gern eines Tages kennenlernen, Sire?«, sagte die andere.

»Seid Ihr Valentine?«

Die zwei Mädchen wiegten bedächtig die Köpfe.

»Nun, François«, erklärte Louise bestimmt. »Du musst dich damit abfinden. Euer Spiel ist nun zu Ende.«

»Mutter!«, rief der König, »das Spiel fängt gerade erst an. Ich möchte Gewissheit haben. Los, Marguerite, hilf mir!«

»Sie ähneln sich zu sehr. Es ist unmöglich, sie auseinanderzuhalten. Sie müssten uns helfen, aber offensichtlich weigern sie sich.«

François mochte schöne Mädchen viel zu sehr, um aufzugeben, und Gott, wie verführerisch diese zwei Schlingel waren. Und da das Publikum das Spiel mitmachte und ihre Mutter sich zu amüsieren schien, beschloss er, die Sache noch etwas weiter zu treiben. Er ging auf Valentine zu und drückte sanft seine Lippen auf ihre. Er spürte, dass sie darauf nicht reagierte, und entfernte sich langsam. Dann bemerkte er eine frische Röte auf ihren Wangen.

Als er sich zu ihrer Schwester umdrehte, begegnete er ihrem beinahe vorwurfsvollen Blick. Doch sie tat, als ignorierte sie den Kuss ihrer Zwillingsschwester, und bot dem König ihren Mund dar. Er küsste sie voller Zärtlichkeit. Wie die Flügel eines Schmetterlings, die sich in der Sonne streiften, berührten sich zaghaft ihre Lippen. Dann wurde François etwas drängender und empfand eine innere Wärme und Kraft, und nun spürte er den Unterschied. Diese Lippen bebten an seinen und sehnten sich danach, sich zu öffnen. Mathilde erwiderte seinen Kuss, sie zitterte, und wenn er das Spiel noch weitergetrieben hätte, hätte er gespürt, wie ihr Herz zersprungen wäre. Ja! Das war die wagemutige Mathilde.

Er ließ alsbald von ihr ab, um die Umstehenden nicht zu beschämen, und schloss fröhlich:

»Gehen wir! Ich werde also aufbrechen, ohne zu wissen, wer welche ist.«

Doch darüber würde er mit Mathilde noch einmal unter vier Augen sprechen. Bevor er die Werkstatt verließ, drehte er sich um und sagte:

»Ich erwarte Euch beide, schöne Demoiselles. Ich möchte, dass Ihr Seite an Seite die Reise mit mir fortsetzt.«

9.

Die Kutsche von Alix folgte der von Louise. Leo passte sich dem mäßigen Tempo des königlichen Gefolges an. Eingekeilt zwischen ihren zwei Töchtern, betrachtete Alix hin und wieder den wolkenlosen blauen Himmel. Um Valentine nicht mit ihrer Mutter allein zu lassen, hatte Mathilde beschlossen, nicht wie üblich am Kopf des Zuges mitzureiten.

Alix genoss die Zeit vollkommener Entspannung mit ihren Zwillingen, fürchtete jedoch, dass Properzia in ihrer Abwesenheit eintraf und sie ihre Freundin nicht auf die Weise begrüßen konnte, wie sie es gern getan hätte. Sollte sie bei Properzias Ankunft noch nicht da sein, hatte sie Mathias gebeten, es an ihrer Stelle zu tun. Er hatte keinerlei Einwände, die bekannte Bildhauerin aus Italien zu empfangen.

Der Hofstaat fuhr den Cher hinunter, der sich, von tausend Lichtreflexen funkelnd, strahlend und gelassen in die Landschaft erstreckte. Sie passierten die Brücke und hielten erneut in Montrichard. Diesmal beschlossen der König, seine Schwester und seine Mutter, ein oder zwei Nächte in einem der Häuser zu übernachten, die die hübsche Kirche mit den romanischen Bogen am Fuße des eckigen Donjons umringten.

Die Stadt war rundum von einem Befestigungswall umgeben. Eine Hinterlassenschaft des schrecklichen Foulques Nerra, der im Val de Loire zahlreiche Spuren hinterlassen hatte. Marguerite mochte diesen Ort besonders gern, ebenso wie das nicht weit entfernte Dorf Saint-Aignan, das sich terrassenförmig über dem Cher erhob und in dem der Hofstaat ebenfalls ein paar Nächte verweilte.

Nach einer Falkenjagd in den benachbarten Wäldern, die sich bis in den Abend hineinzog, begab sich der Tross erneut in Richtung Tours. Anders als an dem Tag, als der König die Werkstatt von Alix besucht hatte, kam er diesmal nicht heimlich in die Stadt, sondern ließ sich von der Menge mit lautstarken Horn- und Trompetenstößen feiern.

An den Fenstern hatte man Oriflammen sowie Banner mit den Wappen der Valois' und der Angoulêmes aufgehängt, und der Weg war mit frischen Blumen bestreut.

Unter freiem Himmel erstreckte sich ein dichter Wald von Fahnen in leuchtenden Farben. Die Musik übertönte die anderen Geräusche mit ihren Trompetenstößen, in die sich das Hufgeklapper der Pferde und das Klirren der Waffen mischten.

Marguerite ritt auf dem friedlichen Morpheus an der Seite ihres Bruders. Trotz ihres ruhigen Gemüts liebte die Stute das Johlen der Menge. Marguerite beugte sich leicht nach vorn, strich ihr über den Hals und flüsterte ihr zärtliche Worte ins Ohr.

Als sie sich wieder aufrichtete, grüßte sie die Menge mit einer anmutigen Geste, die François sogleich nachahmte. Erstaunt über seine Unaufmerksamkeit, suchte Marguerite nach der Ursache und entdeckte die schöne Françoise de Foix, die Anne de Bretagne mit dem Comte de Châteaubriant verheiratet hatte.

Ah! Ihr Bruder hatte den Zauber dieses viel zu schönen Mädchens also noch nicht vergessen. Was tat sie im Val de Loire, wo man sich doch erzählte, ihr eifersüchtiger Gatte hielte sie in der Bretagne gefangen?

Louise, Alix und Valentine folgten in der Kutsche. Marguerite wagte nicht, sich nach den Wagen umzudrehen. Sie war allerdings davon überzeugt, dass den scharfen Augen ihrer Mutter François' Blick zu der jungen Comtesse de Châteaubriant ebenfalls nicht entgangen war.

Bevor der Tross weiter nach Chenonceau reiste, wurden am Abend weder Zelte aufgebaut noch Wandteppiche und Wandbehänge ausgerollt. Stattdessen hatte man alle Gasthäuser verpflichtet, den König und sein Gefolge bei sich aufzunehmen. Es wurden die feinsten Speisen und kühler Wein aus Holzfässern serviert. Man füllte ihn in Steinkrüge, die sich rasch leerten, den Geist vernebelten und die Wangen röteten.

Doch am nächsten Tag waren alle frisch und ausgeruht, um die Reise fortzusetzen und das Herrenhaus zu bewundern, das man auf Domaine de Chenonceau errichtet hatte.

Die Pferde erreichten ein weites, abwechslungsreiches Gelände. Ganze Wälder erstreckten sich, so weit das Auge reichte, und die Teiche am Rand des Cher erstrahlten in all ihrer Pracht. Dort hatten sich Reiher niedergelassen, und Wasservögel mit schillerndem gelbgrünem Gefieder irrten in den hohen Gräsern und im Stechginster umher. Der König hielt sein Pferd an und ließ den Blick in die Ferne schweifen.

»Das sind die Ländereien von Chenonceau«, erklärte er und deutete mit der Hand auf das riesige Gebiet, das sich vor ihm erstreckte. »Seit seine Mutter gestorben ist, gehören sie Antoine Bohier.«

Alix erinnerte sich an ihre Freundin Catherine Briçonnet, Dame Bohier, die die Arbeiten am Schloss mit außergewöhnlicher Leidenschaft überwacht und es sich zur Aufgabe gemacht hatte, die vom neuen französischen König so geschätzte Kultur der Renaissance dort einzuführen. Ihr Gatte war den Kanonen von Bologna zum Opfer gefallen, und sie hatte unter den traurigen Folgen gelitten. Leider war sie wenige Jahre nach ihm gestorben.

»Das stimmt«, sagte Louise, »es ist ein wundervolles Anwesen.«

François drehte die Zügel von Pegasus zwischen den Fingern und betrachtete die großen Stützpfeiler im Granitbett des Flusses.

»Dieser feudale Donjon ist hübsch umgestaltet. Ich würde gern heute Abend dort schlafen.«

»Und anschließend?«, erkundigte sich seine Mutter.

»Anschließend?«

Louise sah ihn ungeduldig an.

»Ja, anschließend«, wiederholte sie. »Ich weiß, François, dass du dir das Schloss aneignen möchtest. Wir müssen aber überlegen, wie wir vorgehen. Die Marques waren ruiniert und haben das Land, die Mühle und den alten Donjon den Briçonnets überlassen. Diese haben bis auf den Donjon alles geschliffen und ein Herrenhaus mit hübschen eckigen Türmchen und großen Fenstern erbaut. Glaubst du, dass die Gelder für diesen Bau aus ihrem persönlichen Vermögen stammen, François?«

»Nein, natürlich nicht! Aber die Bohiers sind ebenfalls ruiniert, und alle Welt weiß, dass der Sohn Antoine das Schloss von einem Tag auf den anderen verkaufen muss, um die Schulden seiner Familie zu begleichen.«

Louise zuckte mit der Schulter und fuhr etwas verärgert fort:

»Er kann sich inzwischen erholt haben. Aber dieses Gut wird nicht durch einfache Erbfolge übertragen. Die Bohiers sind keine Adligen. Sie sind nur Bankiers, die sich an der Staatskasse bereichert haben. Somit ist es richtig, wenn das Schloss wieder in den Besitz der französischen Krone übergeht.«

Der Vorschlag ihrer Freundin überraschte Alix, doch sie schwieg. Louise schien ihre Freundschaft zur Gattin Bohier vergessen zu haben, die sie zu Zeiten unterhalten hatte, als Alix mit Alessandro verkehrte. Es war lange her, dass Louise sich um diese reiche Frau bemüht hatte, damit sie ihr half, die Thronfolge ihres Sohnes vorzubereiten.

Louise hatte sich sehr verändert, seit sie, solange François noch minderjährig war und während seines Aufenthalts in Italien, die Regentschaft des Königreichs übernommen hatte. Sie war barscher und autoritärer geworden und duldete keine Widerrede. Doch Alix verzieh ihr, denn ihre freundschaftlichen Gefühle hatten nicht nachgelassen, auch wenn sie sich kaum noch Briefe schrieben.

»Antoine Bohier wird seine Schulden nie begleichen können und Schloss Chenonceau der französischen Krone überlassen. Das läuft auf dasselbe hinaus, Mutter«, stellte der junge König fest.

François runzelte die Stirn und kniff die Augen zusammen, was ein Zeichen dafür war, dass ihm die Gegend besonders gut gefiel.

»Ist das nicht ein herrlicher Ort? Bitten wir diesen Mann, uns für die Nacht bei sich zu beherbergen.«

»Wenn er da ist«, entgegnete Louise.

Doch der junge König ließ sich nicht aus dem Konzept bringen, und als er sah, dass Marguerite seine Idee unterstützte, ordnete er in selbstsicherem Ton an:

»Man suche den Fourier, damit er den Abend gestalte. Wenn

der Hausherr nicht da sein sollte, warten wir hier auf ihn und zelten auf dem Gelände um das Schloss herum.«

Marguerite wandte sich an ihren Bruder:

»Wäre es nicht geschickter, Duprat einzuschalten, François? Er muss seinen Onkel gut kennen.«

»Nun, dann hole man ihn, und unser Gefolge soll sein Lager aufschlagen. Wir bleiben heute Nacht hier.«

»Gütiger Himmel!«, murmelte Dame de Breuil, der dieser Ort missfiel. »Muss der König sich ausgerechnet für dieses halb fertige Herrenhaus begeistern?«

»Nun, nun«, erwiderte Blanche de Tournon, um ihre Begleiterin zu trösten, »wir bleiben ja nicht lange.«

Aber Dame de Breuil schüttelte den Kopf, auf dem sie eine strenge Haube trug, aus der nie auch nur eine einzige Haarsträhne hervorlugte. Tatsächlich kannte niemand ihre Haarfarbe.

»Ich wette«, sagte sie barsch, »dass dieses halb fertige Schloss noch nicht einmal über eine Kapelle verfügt, in der man beten kann.«

»Möchtet Ihr, dass ich mich erkundige?«, antwortete Blanche entgegenkommend.

»Nicht nötig. Seht Ihr nicht, dass Marguerite ihrem Bruder bereitwillig in dieses unfertige grässliche Schloss folgt? Sie ist damit einverstanden, hier so lange wie nötig zu campieren.«

Dame de Breuil schüttelte gereizt den Kopf, worauf Blanche sich optimistisch gab.

»Vielleicht war diese Catherine Bohier gläubiger, als Ihr meint, und es gibt eine Hauskapelle, in der Ihr in aller Ruhe beten könnt.«

Die Antwort der Betschwester wurde von Schreien unterbrochen, die aus den Wagen hinter Marguerite kamen.

»Was ist passiert?«, erkundigte sich Blanche.

»Das sind Jacquotte und le Perrin, Dame Blanche, sie streiten sich wie Gott und Teufel.«

Jacquotte, die älteste unter den Wäscherinnen aus dem Haus d'Alençon, die gerade ihr achtes Kind zur Welt gebracht hatte, schlug kräftig auf den schmächtigen Rücken ihres kleinen Mannes ein.

»Was hat sie?«, fragte Blanche und beobachtete, wie die kräftige Frau wie besessen mit ihren Fäusten auf den armen Mann einprügelte, der kaum noch zu atmen wagte.

Sie trat näher.

»Nun, Jacquotte, warum schlägst du deinen armen Ehemann?«

»Dame! Es ist wegen heute Abend! Anstatt sich den Wagen mit den anderen zu teilen, will dieses alte Schwein wieder mit mir im Stroh schlafen. Jedes Mal, wenn er den Geruch von Heu einatmet, erregt ihn das, und schon macht er mir ein neues Gör!«

»Aber«, konnte Dame de Breuil nicht umhin zu erwidern, »beklagt Euch nicht, mein Kind. Keines Eurer Kinder ist gestorben, und alle erfreuen sich bester Gesundheit. Viele Eurer Gefährtinnen, die weniger Glück haben, würden das Stroh den harten Planken des Wagens vorziehen!«

Jacquotte schimpfte und warf der Kirchendame einen finsteren Blick zu. Diese Betschwester verstand eindeutig nichts von den Problemen ihrer ständigen Schwangerschaften, die ihr Leben bestimmten und die ihr die harte Arbeit als Wäscherin nicht gerade erleichterten. Und Le Perrin verbrachte seine Zeit mit den Stallburschen und Pferdepflegern!

Sie stieß ihren Mann grob zurück, der mit gesenktem Kopf

und grün und blau geschlagenem Rücken eilig zwischen den Wagen verschwand, die gerade abgeladen wurden, damit auf der Wiese ein Lager aufgeschlagen werden konnte.

»Gut, Jacquotte«, sagte Blanche, die ihr mehr Verständnis entgegenbrachte, »ich rufe Euch heute Abend, um Euch meine Röcke, meine Tuniken und meine Beinkleider zu geben, die gewaschen werden müssen. Anschließend halte ich Euch eine Weile auf. Ihr müsst Euren Mann nicht im Stroh treffen.«

»Ganz sicher nicht, Dame! Er kann seinen Rausch ganz allein ausschlafen. Ich danke Euch für Eure Güte.«

Marguerite, die auf der Suche nach Blanche war, unterbrach das Intermezzo.

»Wir müssen heute Abend hübsch aussehen, Blanche. Wahrscheinlich wird man uns in diesem altertümlichen Herrenhaus empfangen.«

Catherine erteilte ihre Anordnungen. Dienstmädchen, Lakaien, Zofen und Garderobieren liefen in alle Richtungen davon, und da die Jahreszeit mild schien, breitete man große Wandbehänge auf dem Gras aus und stellte Truhen mit Wäsche und Kleidung darauf ab. Die Millefleurs, diese schillernden Tapisserien, boten eine hübsche Zierde. Mit ihren mannigfaltigen Farben unterstrichen sie das bunte Treiben, das durch nichts aufzuhalten war.

Es herrschte ein unbeschreibliches Gewimmel, denn jede Adelsfamilie wurde von derselben Geschäftigkeit ergriffen. Der lange Zug verteilte sich auf etliche Flecken in der Umgebung, es wurde abgeladen und eifrig und emsig gearbeitet.

Im Umfeld des Königs wurden die Zelte aufgestellt und die Wandteppiche ausgerollt und aufgehängt, um eine häusliche Atmosphäre zu schaffen. Vorausgesetzt, dass die Bohiers überhaupt den König beherbergen konnten, war das Herrenhaus viel zu klein, um den gesamten Hofstaat dort unterzubringen.

Ställe, Scheunen und Geräteschuppen der gesamten Nachbarschaft wurden beschlagnahmt, um die Privilegierten des Volkes unterzubringen, die dem nicht enden wollenden Tross angehörten. An diesem Frühlingsabend war es nicht warm genug, um unter freiem Himmel zu schlafen. Jene, die kein Strohbett fanden, drängten sich in den Wagen aneinander und gaben sich mit einem harten Brett zufrieden.

»Die Gegend ist zauberhaft«, stellte Bonnivet fest. »An diesem Ort scheint mir ein Turnier angezeigt, Sire.«

»Ein Turnier!«

Der König strich sich nachdenklich mit der Hand über das Kinn.

»Ein Turnier erfordert einige Tage Vorbereitung. Entscheiden wir uns für etwas Unkomplizierteres. Warum nicht eine Falkenjagd? Wir wären morgen bereit, und meine Vögel haben es satt, in ihren Käfigen zu warten.«

Nachdem Bonnivet zustimmend lächelte, fuhr François fort:

»Sieh dir diesen Fluss an, Guillaume, er scheint mir fischreich zu sein. Die Falken bringen uns die Schleien und die größten Rotaugen der Region.«

Nachdem man Bacchus und Pandora freigelassen hatte, drehten die großen Windhunde in Erwartung einer erfolgreichen Jagd aufgeregt und ungeduldig ihre Runden und sausten in einem irren Wettlauf quer über das Gelände.

Als in der Ferne der dicke Duprat erschien, drehten sich alle Köpfe in seine Richtung. Er wirkte, als sei er auf seinem Pferd angebunden, so fest hielt er die Zügel in der Hand. Sein Ross, ein schöner rotbrauner Fuchs mit schwarzer Mähne, schien ein außergewöhnlich stürmisches Temperament zu besitzen, das der korpulente Reiter im Zaum zu halten versuchte.

»Die Königin, meine Gattin, ist erschöpft von der Reise und ruht sich aus«, erklärte der König. »Sie ist schwanger und sehnt sich nach nichts so sehr wie nach einem bequemeren Lager als dem in ihrer Kutsche, so komfortabel sie auch ist.«

»Dieses bescheidene Herrenhaus möge Euch beherbergen so lange es Euch gefällt, Sire. Euch und Eure Familie.«

Der König war nicht der Einzige, der interessiert und voller Neugier das Innere des Schlosses begutachtete. Alix, die in Begleitung ihrer Töchter war, bewunderte die Anordnung der riesigen Zimmer. Im Erdgeschoss verbanden gerade Treppen, die nach und nach die Wendeltreppen ersetzen sollten, die vier größten Räume mit denen der darüber liegenden Etage.

Obwohl das Innere des Schlosses großzügig und geräumig wirkte, hatte Duprat recht – für so viele Personen war es dennoch eng.

Die zwei Nächte, die der König zu bleiben beschloss, musste man sich in alle Säle zwängen und Wandbehänge anbringen, um die Gäste voneinander zu trennen. Sie waren überall im Schloss verteilt und hingen hier und dort. So hatte Alix Gelegenheit, einen Großteil der königlichen Sammlung zu betrachten, die normalerweise die Wände im Schloss von Blois schmückten: mit Symbolen und Wappen verzierte Tapisserien, Millefleurs, *Triumphe, Jagden, Höfische Szenen, Christi Geburt, Kreuzigung, die Verehrung der Hirten* und andere sowohl weltliche wie religiöse Themen. Alles hatten sie mitgebracht.

Valentine, die nicht von der Seite ihrer Schwester wich, interessierte sich für alles, was sie sah. Sie schlenderten von einem

Saal zum anderen und betrachteten ebenfalls die großen Wandbehänge.

Da die beiden Schwestern einander hatten, nutzte Alix die Zeit, mit Jason auszureiten und die Gegend zu erkunden, in der Hoffnung, auf den umliegenden Straßen vielleicht Properzia zu begegnen. Ach, wie sehr sie sich danach sehnte, sie wiederzusehen und mit ihr die Entwicklung der Kunst zu diskutieren.

Da ihre Mutter heute Morgen in der Gegend ausritt, waren die Zwillinge zusammen hinausgegangen, um ein bisschen frische Luft zu schnappen, ehe die Wärme den Tag beherrschte. Sie erkundeten die nähere Umgebung, die noch nicht gemäht und gepflügt sowie mit Blumen bepflanzt war, sodass sich hier derzeit unendlich trockenes Brachland erstreckte.

Anschließend umrundeten sie die Rückseite des Schlosses und begaben sich zu den Ställen.

»Demoiselles!«, rief jemand in ihrem Rücken, während sie die Flanken und den Hals der weißen Césarine streichelten, die in ihrer Box geblieben war, »Eure Stute ist ein Leckermaul. Sie hat zwei Portionen Futter gefressen.«

Mathilde und Valentine drehten sich um und registrierten augenblicklich die Wirkung. Die zwei Edelmänner rissen gleichzeitig Mund und Augen auf, was ziemlich komisch aussah. Die Zwillinge waren durch nichts zu unterscheiden.

»Césarine ist nicht allein. Wir haben auch noch Jason. Unsere Mutter reitet nur gerade mit ihm aus. Deshalb sind zwei Portionen Futter verschwunden. Und wo sind Eure Pferde, Messires?«

»Unsere Knechte sind mit ihnen zum Beschlagen. Sie hatten Probleme mit den Hufen. Nicht weit vom Schloss gibt es einen Schmied.«

Plötzlich betrat Leo den Stall. Alix hatte ihn gebeten, in ihrer

Abwesenheit auf die Mädchen zu achten. Als er die Zwillinge in Gegenwart der zwei Gecken entdeckte, meinte er die Unterhaltung kurzerhand unterbrechen zu müssen, denn er wollte weitere Galanterien verhindern.

»Die Kutsche steht bereit«, sagte er und musterte unauffällig die beiden Edelmänner, die allerdings harmlos wirkten, »machen wir einen Ausflug ans Ufer des Cher. Vielleicht treffen wir dort auf Eure Mutter.«

Das königliche Gefolge ließ Indre und Cher hinter sich, gelangte erneut an das Ufer der Loire und begab sich über Amboise und Blois schließlich zum Château de Talcy.

Louise und Marguerite sorgten sich wegen der eigenwilligen Strecke, die der König plötzlich angeordnet hatte. Als auf der breiten Dorfstraße in der Nähe des von drei Türmchen flankierten eckigen Donjons jedoch die Gestalt der Dame de Châteaubriant erschien, begriffen sie den Grund der Wegänderung. Das Volk fing an, über die Affäre zu reden. Es hieß, die Comtesse mit den veilchenblauen Augen und den Haaren, schwarz wie Ebenholz, nehme die ganze Aufmerksamkeit des Königs gefangen.

Im Château de Talcy trafen Mathilde und Valentine erneut auf die beiden jungen Edelmänner, denen sie im Stall von Chenonceau begegnet waren.

Was die verführerische Dame anging, die er erobern wollte, erlebte der ungestüme König eine unangenehme Überraschung. Der Comte de Châteaubriant rief seine schöne Gattin zur Ordnung, und so verschwand sie ebenso schnell am Horizont, wie sie erschienen war.

Von einem längeren Aufenthalt in Talcy war nicht mehr die Rede, nur noch von einer Mahlzeit in dem großen Schlosshof.

Das Gebäude war eine alte verlassene Residenz, die noch keinen Käufer gefunden hatte, der sie renovierte.

Durch den Eingang gelangte man in einen großen Hof. An den eckigen Donjon hatte man einen dicken Turm gesetzt. Der angrenzende Wohnflügel besaß eine hübsche Galerie, deren vier Arkaden von schlichten achteckigen Pfeilern getragen wurden. Schließlich unterstrich ein Zierbrunnen mit einer Kuppel die pittoreske Atmosphäre dieses überaus romantischen Ortes. Der rückwärtige Flügel traf auf die Schlosskapelle.

Der Hof war nicht gepflastert, und aus dem staubigen Boden wuchsen ein paar Grashalme. Alles war äußerst altmodisch, und wenn der König wegen seiner Herzensangelegenheiten nicht so schlechter Stimmung gewesen wäre, hätte der Hof hier in aller Seelenruhe verweilt.

Die Knechte befestigten an den geraden Fenstern des Wohnflügels zwei große wundervolle Wandbehänge, die direkt aus den geliebten Tierbüchern von François I. stammten: *Der Drache und der Elefant* und *Das gesprenkelte Pferd und der Löwe*. Alix kannte diese Wandbehänge nicht. Als sie näher trat, sah sie, dass die Schraffierungen der Löwenmähne an echte Locken erinnerten und dass das gefleckte Fell des Pferdes, das als erhabene Punkte gewebt war, dem Ensemble aus verschlungenen Pflanzen und riesigen Blumen Kraft verlieh.

Genau so wollte Alix ihre Wandteppiche weben. Wenn sie erst mit Properzia die Muskulatur der Männer und der Tiere studiert hatte, konnte sie endlich auch Ensembles schaffen, auf denen Männer und Fabeltiere sich auf diese Weise begegneten.

Teppiche wurden ausgerollt, edles Geschirr auf dem Boden ausgebreitet und Karaffen mit duftendem Wasser hier und dort zwischen feiner Wäsche platziert, um sich damit die Hände zu säubern. Schließlich beendete ein Mahl aus kaltem Fleisch, Käse, Cremes und Früchten das Kommen und Gehen der Dienstboten.

Der Schlosshof fasste nur ungefähr fünfzig Personen. Die anderen – es waren Hunderte – blieben vor dem Anwesen, auf den Straßen, den Wegen der Umgebung, den benachbarten Feldern und in den Wäldern, auf den Wiesen und im angrenzenden Forst – überall, wo sie sich aufhalten konnten, bis der Tross sich erneut in Bewegung setzte.

Mathilde suchte mit den Blicken unentwegt nach den zwei Knappen, die nicht stillsitzen konnten, ständig hin- und herliefen und offensichtlich versuchten, sich den Zwillingen zu nähern. Sie hatten in aller Eile gegessen und das Mahl bereits beendet, ohne überhaupt von Wein und Schnaps zu kosten.

Nachdem die Knappen mehr als eine Stunde umhergelaufen waren und überlegt hatten, wie sie die zwei jungen Mädchen ansprechen sollten, fasste sich der Kleinere von beiden, der mit den blauen Augen und den blonden Haaren, ein Herz. Dass er weder überheblich noch unfreundlich war, erleichterte die Sache. Er verneigte sich vor Alix und sprach sie mit junger, frischer Stimme auf untadelige Weise an:

»Ich weiß nicht, welche die schönere von Euren Töchtern ist, Dame. Seit ich sie gesehen habe, habe ich nur noch einen Wunsch: ihre Namen zu erfahren.«

Der andere hatte sich etwas abseits gehalten, aber seine Augen verrieten das gleiche Interesse, und er wartete nur auf ein Zeichen seines Freundes, um näher zu treten.

»Und warum möchtet Ihr ihre Namen erfahren?«, entgegnete Alix lächelnd.

»Um besser von ihnen träumen zu können, Dame.«

Alix fing an zu lachen.

»Nun, fragt sie selbst. Sie sind groß genug, Euch zu antworten.«

Diese Antwort gab ihnen Selbstvertrauen, und der schüchternere von beiden wagte es, auf die jungen Mädchen zuzutreten und einen zaghaften Gruß anzudeuten.

»Ich heiße Mathilde, und das ist meine Zwillingsschwester Valentine.«

»Und Ihr, junge Knappen, wer seid Ihr?«, erkundigte sich Alix, während sie sich die Hände an einem Tuch abwischte.

»Louis de Longueville. Mein Vater ist der Seigneur de Château dun, und mein Kamerad, der es gerade gewagt hat, das Wort an Euch zu richten, ist Jean de Daillon.«

Als Alix eine Braue hob, ergänzte der andere junge Mann:

»Mein Vater lebt nicht mehr, aber einem meiner Onkel, der mich zum Teil aufgezogen hat, gehört zusammen mit zweien seiner Brüder ein Anwesen, das sich an der Grenze zwischen Maine und Anjou befindet.«

»Und um welches Anwesen handelt es sich?«, fragte Mathilde, die stolz auf ihre Kühnheit war.

»Domaine de Lude.«

Alix betrachtete den jungen Mann. Er hatte braune Haare, ein etwas kantiges Gesicht, jedoch feine Züge. Er wirkte zurückhaltender und romantischer als sein Freund. Groß, schlank, fast mager wie viele junge Leute, die gerade dem Jugendalter entwuchsen, waren die zwei nicht älter als fünfzehn oder sechzehn Jahre. Genau wie ihre Töchter.

»Ich kenne Lude«, erklärte sie. »Ich weiß nicht, ob es sich um einen Eurer Onkel handelt, aber ein Daillon hat einst schöne Wandbehänge mit Blättern der Pfeifenblume bei mir in Auftrag gegeben. Ich habe viele Blumen, Reiher und exotische Vögel entworfen. Besitzt Ihr sie noch?«

»Natürlich. Sie haben einen schönen Platz in den oberen großen Zimmern.«

»Nun, wenn Ihr Euch ein bisschen an jene Wandteppiche erinnert, betrachtet die, die der König an den Mauern dieses Schlosses hat aufhängen lassen. Dort findet Ihr die gleichen riesigen Blätter wieder, die sich um alles winden und schlingen. Das sind die Blätter der Pfeifenblume.«

Alix lächelte über die Verblüffung des jungen Mannes, der sich eindeutig herzlich wenig für die Feinheiten der königlichen Wandbespannungen interessierte.

»Euer Schloss befand sich damals noch im Bau, glaube ich.«

»Das stimmt. Und es ist noch immer nicht ganz fertig. Es fehlen zum Beispiel noch die Aussparungen für die Pfeiler und die Fensterkronen. Ich habe eine Münze in den Brunnen von Talcy geworfen und mir gewünscht, dass alles fertig ist, wenn ich aufbreche, um in der Armee des Königs zu kämpfen.«

»Eine Münze in den Brunnen von Talcy! Was ist das für eine Geschichte?«, fragte Alix.

»Ach Mama!«, rief Mathilde, »ich möchte diesen Brunnen sehen. Wo ist er?«

Louis de Longueville reichte ihr den Arm.

»Ganz in der Nähe. Es ist ein ausgetrockneter Brunnen. Wenn man dort eine Münze hineinwirft, geht innerhalb eines Jahres ein Wunsch in Erfüllung.«

»Gehen wir hin, Mama! Ich will auch eine Münze hineinwerfen.«

»Geht ohne mich, Mädchen. Diese jungen Herren scheinen mir ausreichend wohlerzogen, um Euch dorthin zu begleiten und Euch innerhalb angemessener Zeit wieder zurückzubringen.«

In der Abwesenheit ihres Gatten Charles empfing Lucrèce d'Espinay den Hof in Ussé. Die ursprüngliche Festung der Seigneurs d'Ussé stammte aus dem 11. Jahrhundert. Darauf hatte Jean de Bueil, der eine der Töchter von Agnès Sorel geehelicht hatte, ein erstes Schloss mit Wall und Donjon errichtet. Dies kaufte ihm wiederum Jacques d'Espinay ab, ehemaliger Kammerherr von Louis XI. Dessen Gattin Lucrèce ordnete an, den Hauptflügel umzubauen, um dort einen Corps de Logis einzurichten.

In Ussé hatten sich die jungen Herren Longueville und Daillon verabschiedet, allerdings nicht ohne zum Ausdruck zu bringen, wie sehr sie es bedauerten, Valentine und Mathilde zu verlassen. Sie mussten zu ihren jeweiligen Gütern zurückkehren. Alix seufzte erleichtert auf, denn obwohl die Herren tadellos erzogen waren, missfiel es ihr ein wenig, welche Freiheiten ihre Töchter sich herausnahmen. Vor allem Mathilde, die ihre Schwester anstiftete und versuchte, sie von ihren freigeistigen Ansichten zu überzeugen.

So war Alix nicht entgangen, dass Mathilde beim Aufstieg auf ihr Pferd ihren Kleidersaum gehoben hatte, um den beiden auserwählten Rittern ihre Waden zu präsentieren, und dass sie auf provokante Weise ihre Brust herausstreckte. Von daher plante Alix, mit Valentine zurückzureisen, die nicht ewig in Gesellschaft ihrer Schwester bleiben konnte. Aber François wusste diejenigen an sich zu binden, die ihm etwas bedeuteten, und wenn man eine königliche Rundreise einfach so verließ, lief man Gefahr, den König zu verstimmen.

Claude fühlte sich ausreichend erholt, um sich in der wundervollen Umgebung von Château d'Ussé kurz zu zeigen. Der König wollte seine Gattin schonen und stattete ihr nur kurze Besuche in den Zimmern der Gasthäuser ab, die ihr den größtmöglichen Komfort boten, oder in ihrer Kutsche, wenn der Tross auf offener Strecke anhielt. Er gewährte ihr jedoch keine ganze Nacht. François versprach ihr, den ehelichen Beischlaf auszuüben, sobald sie ihr zweites Kind zur Welt gebracht habe.

In Ussé war alles anders. Lucrèce d'Espinay spielte die Rolle der getreuen Prinzessin. Sie war eine entschlossene, energische, bezaubernd schöne Frau, was den stets gierigen Blicken des Königs nicht entging, und sie wusste mit unendlicher Großzügigkeit zu bewirten. Nichts war zu teuer oder zu luxuriös für den König und seinen Hof.

Zum ersten Mal stand Alix und ihren Töchtern ein eigenes Zimmer zur Verfügung. Château d'Ussé setzte sich mit seinem weißen Steinkleid, mit seinen Ecktürmen, seinen Nischen, seinen Giebeln, seinen Schloten und hohen bläulichen Dächern von dem dunklen Grün der Umgebung ab. Und erst die Zimmer!

An jenem Morgen erwachte Valentine allein an der Seite ihrer Mutter. Mathilde war bereits früh aufgestanden, um einen Ausritt am Ufer des Cher zu unternehmen, was ihre Mutter ihr nicht zu verweigern gewagt hatte.

»Ruh dich aus, mein Herz, und warte, bis Mathilde wiederkommt. Sie hat versprochen, gegen zwölf Uhr zurück zu sein.«

»Musst du fort, Mama?«

»Ich muss nach Chenonceau zurückkehren, um mir dort die Tapisserien mit den *Wappen der Bohier* anzusehen. Irgendetwas hat mich stutzig gemacht, und ich hatte nicht genug Zeit, sie mir im Einzelnen anzusehen. Aber ich muss es herausfinden, um die

Wappen der Robertets zu beenden. Aber mach dir keine Sorgen, ich werde rechtzeitig vor der Dunkelheit zurück sein.«

Allein im Zimmer, fand Valentine keinen Schlaf mehr. Sie stand auf, ging hinunter und trat in den Vorhof des Schlosses. Die frische Morgenluft vertrieb die letzte Müdigkeit, und während sie auf ihre Schwester wartete, drehte sie eine Runde durch die Gärten.

Plötzlich entdeckte Valentine in einem der kleinen Innenhöfe einen Maulesel. Er war an einen der Ringe gebunden, an denen man normalerweise die Weidenkörbe aufhängte, die Knechte und Dienstmädchen mit Brot, Früchten oder Gemüse füllten, um sie anschließend in die Küchen zu bringen.

»Aber das ist ja Amandine!«, murmelte sie mit klopfendem Herzen.

Vorsichtig ging sie auf das Tier zu und sagte sich, dass sie sich sicher täusche und das Maultier ihr einen wütenden Tritt mit seinen Hufen versetzen werde. Doch als sie näher kam, fing das Muli fröhlich an zu iahen, und als Valentine direkt vor ihm stand, leckte es ihr liebevoll die Hand.

»Amandine, was machst du hier? Wer hat dich hergebracht?«

Da sie leider keine Antwort auf ihre Frage erhielt, band sie das Maultier los und begab sich mit ihm in Richtung Stallungen. Überrascht sah sie auf einmal Jean de Daillon, der seinem Pferd Sattel und Geschirr anlegte.

»Aber«, sagte sie erstaunt, »ich dachte, Ihr wärt abgereist, Sire Daillon.«

Jener schien beschämt und errötete.

»Es ist …«

»Seid Ihr allein? Wo ist Euer Gefährte Louis de Longueville?«

»Er ist …«

»Oh!«, rief das junge Mädchen aus und schlug sich mit der Hand gegen die Stirn. »Ist er etwa mit Mathilde ausgeritten?«

»Ja.«

»Lieber Jesus«, murmelte sie. »Warum hat sie Mamas Abwesenheit genutzt, um zu entwischen? Was Euer Freund da getan hat, ist nicht recht.«

»Es tut mir leid. Ich konnte ihn nicht davon abhalten.«

Valentine stieß einen herzzerreißenden Seufzer aus.

»Es ist nicht Eure Schuld. Aber, Sire Daillon, weshalb seid Ihr zurückgekommen?«

Der junge Mann zögerte, errötete noch tiefer und stammelte:

»Als ich mich allein wiederfand, habe ich mir gesagt, dass ich Euch vielleicht bei den Ställen begegne. Ich habe mich nicht getäuscht.«

»Amandine, mein Maultier, hat mich hergeführt«, erklärte sie. »Ich weiß nicht, auf welchen mysteriösen Wegen es hergekommen ist. Vielleicht kann meine Mutter es mir erklären. Bis dahin stelle ich es auf den Platz der Pferde. Meine Mutter hat Jason genommen, und Mathilde ist mit Césarine unterwegs.«

Plötzlich bemerkte sie das Leuchten in den Augen des jungen Mannes. Er trat dicht vor sie und ergriff ihre Hand.

»Valentine, ich möchte Euch so gern küssen. Gestattet Ihr?«

»Aber nein, Sire Daillon! Das ist unmöglich!«

Er zog sie mit einer Kraft an sich, die sie ihm nicht zugetraut hätte, und hielt sie in den Armen. Doch sie wandte den Kopf zur Seite, um ja nicht sein Gesicht zu berühren.

»Ein Kuss!«, flehte er. »Nur ein Kuss!«

Plötzlich stürzte sich etwas auf ihn, riss ihn nach hinten, versetzte ihm einen Schlag in den Bauch und warf ihn auf den Boden.

»Nicolas!«

Valentine spürte eine Ohrfeige auf ihrer Wange, und Tränen schossen ihr in die Augen.

»Nicolas!«, schluchzte sie. »Dieser Edelmann hat mir … hat mir gesagt, dass Mathilde mit Sire de Longueville weggeritten ist.«

»Was deine Schwester macht, interessiert mich nicht. Aber du, du betrügst mich nicht!«

»Aber Nicolas! Ich habe dich nicht betrogen.«

Noch nie hatte sie »ihren« Nicolas so wütend gesehen. Mit bleichem Gesicht und verkrampften Händen zerrte er sie und Amandine hinter sich her.

»Oh Nicolas! Wohin bringst du mich?«

»Das wirst du schon sehen.«

Zufällig stießen sie auf Leo, den die Abwesenheit der Pferde zur Untätigkeit verurteilte. Er war überrascht, Nicolas zu sehen, und brachte sein Erstaunen durch einen ungewöhnlichen Ausruf zum Ausdruck. Dann bemerkte er den jungen Daillon, der noch immer lang auf dem Boden lag, stieß ein »Aua!« hervor und verzog das Gesicht zu einer Grimasse.

»Das warst doch nicht etwa du, oder?«, fragte er und drehte sich zu dem jungen Mann um.

»Doch, das war ich. Hilf ihm auf, wenn du willst, und sag Alix, dass wir nach Tours zurückkehren. Die Anwesenheit von Valentine ist hier nicht mehr vonnöten. Wir kommen mit Amandine zurecht.«

»Aber …«

»Ich bitte dich, Leo, kein Aber. Und wenn Alix sich sorgt, sag ihr, dass ich groß genug bin, um mich von nun an um meine Verlobte zu kümmern.«

Alles ging so schnell, dass Valentine nicht wusste, ob sie fröhlich oder traurig sein sollte. Die Ohrfeige hatte kaum geschmerzt, aber die Geste hatte sie verletzt. Was war in Nicolas gefahren, dass er seiner Enttäuschung und Wut auf derart brutale Weise Ausdruck verlieh? Sollten die fünfzehn Jahre, die sie Seite an Seite gelebt hatten, ohne sich je zu verlassen, in denen sie geredet, sich beraten, sich alles erklärt hatten, in schrecklicher Verachtung enden?

Als sie hinter Nicolas auf Amandine saß, begriff sie, dass sie ebenso wütend gewesen wäre, hätte sie Nicolas in den Armen eines anderen Mädchens überrascht.

Amandine trabte ruhig vor sich hin.

»Nicolas!«

»Ja.«

»Bist du noch böse?«

»Ja.«

Valentine seufzte und legte ihre Arme um Nicolas. Gott! Was würde sie ohne ihn tun? Er war immer bei ihr gewesen, auch als sie als kleines Mädchen von ihrer Zwillingsschwester getrennt war und beinahe den Verstand verloren hatte. Nicolas war zugleich ihr Schatten und ihre Sonne.

Sie ritten am Ufer des Cher entlang, auf der anderen Seite als die, die Mathilde gewählt hatte. Dann entfernte sich Nicolas von der Hauptstraße und fand einen Seitenweg, dem sie eine Weile folgten. Als er ein Wäldchen entdeckte, in dem einige Meter Holz am Rand gestapelt waren, hielt er an, stieg ab und band Amandine fest.

»Komm«, sagte er. »Komm.«

Sie warf sich in seine Arme und begann zu weinen.

»Ach Nicolas! Ich habe mit diesem Jungen nichts gemacht.

Er hat mir nur gesagt, dass Mathilde mit seinem Freund ausgeritten ist.«

»Um dir das zu sagen, hat er dich zu dicht an sich gedrückt.«

»Ich kann nichts dafür, ich schwöre es dir. Er hat mich plötzlich an sich gerissen, während ich Amandine in der Box angebunden habe.«

»Ich musste dich retten.«

»Er hat mich so fest gehalten! Nicolas, du musst mir glauben! Ich liebe dich zu sehr, als dass ich dich belügen würde. Er hat mich gefragt, ob er mich küssen dürfe. Das ist alles.«

Er löste sich von ihr und sah ihr fest in die Augen. Valentine bemerkte dieses seltsame Leuchten, das ihr zuvor bereits bei Jean de Daillon aufgefallen war.

»Wärst du eine Sekunde früher gekommen, hättest du gehört, wie ich nein gesagt habe.«

»Ich würde es nicht ertragen, wenn du mit einem anderen Mann zusammen wärst. Niemals.«

»Aber, Nicolas! Das steht doch außer Frage.«

Er hob sie hoch und legte sie auf den Boden. Nur ein paar Mooskissen dämmten den unbequemen Untergrund ein wenig. Nicolas streckte sich neben ihr aus.

»Reden wir ein bisschen, Valentine.«

»Natürlich.«

»Ich will wissen, ob du noch immer bereit bist, mich zu heiraten.«

»Hätten wir uns tausendmal geküsst, wenn das nicht der Fall wäre, Nicolas?«

»Diese Art Küsse haben keine Bedeutung, Valentine. Alle Kinder küssen ihre Freunde auf diese Weise.«

Sie errötete und dachte plötzlich an die Lippen des Königs,

die er vor versammeltem Publikum auf ihre gepresst hatte. Auch das war ein bedeutungsloser Kuss gewesen. Doch der König hatte auf dieselbe Weise Mathilde geküsst, seine Lippen auf ihren, und sie wusste, dass ihre Schwester anders als sie reagiert hatte. Ihr Mund hatte an dem von François gebebt.

Sie legte ihren Kopf an Nicolas' Schulter.

»Wie willst du, dass wir uns küssen?«

»So!«

Er umarmte sie und presste seinen Mund auf ihren, dann drängte er sie, die Lippen zu öffnen, und suchte ihre Zunge. Sie war überrascht, wehrte sich jedoch nicht. Jetzt begriff sie, dass ein solcher Kuss nichts mit den kleinen Küsschen gemein hatte, die sie sich auf Hals, Nacken oder auf die Lippen gehaucht hatten.

Valentine blieb die Luft weg, ihre Zungen verschmolzen miteinander. Sie spürte, dass sie nicht aufhören durfte. Sie hatte im Übrigen auch gar keine Lust und reagierte so leidenschaftlich, dass nach einer ganzen Weile Nicolas derjenige war, der sich von ihr löste.

Sie rangen nach Atem und lockerten ihre Umarmung.

»Willst du, dass wir woanders hingehen?«

»Nein.«

Er schloss sie in die Arme. Keuchend, selig und trunken vor Glück, ließ sie sich gehen.

»Ich liebe dich und will mehr davon kennenlernen, Nicolas.«

Er schmiegte sich an sie und schob seine Hand in den Ausschnitt ihres Mieders. Valentine erbebte, als sie spürte, wie Nicolas seine warme Hand um ihre kleinen, noch kaum gewölbten Brüste legte. Dann tat sie es ihm gleich und ließ ihre Finger unter sein Hemd gleiten. Seine Haut war zart. Schließlich stieß sie auf einen seidigen Flaum. Sie hatte Nicolas' Oberkörper schon häufig nackt gesehen, wenn er am Ufer der Loire ein Bad nahm oder sich in seinem Zimmer ankleidete. Nun wollte sie mehr von ihm erforschen und wagte es, die Hand über seinen flachen, geschmeidigen, warmen Bauch gleiten zu lassen.

Er war es, der sich zuerst entblößte, und während er seine Unterhose auf die Schenkel schob, entkleidete sich Valentine ebenfalls. In jenem Alter kennt man noch nicht das lustvolle Warten, den Genuss zu Beginn des Liebesspiels, das Atemholen, das Stöhnen, das die nachfolgende Lust ankündigt.

Nein. In jenem Alter will man, dass alles ganz schnell geht, um noch einmal, zweimal, tausendmal von vorn zu beginnen.

»Nicolas«, flüsterte sie.

Er versiegelte ihre Lippen mit einem Kuss und ließ seine Hand zu ihrer zarten Brust gleiten, zu ihrem Bauch, ihren weichen weißen Schenkeln. Sie wollte sich auf die andere Seite drehen, und in stillschweigender Übereinkunft rollten sie gemeinsam herum. Ihre Hand ergriff sein steifes Glied, das sie noch nie gesehen hatte. Sie streichelte ihn etwas ungeschickt, fast ungläubig, dass etwas Derartiges in ihren Händen bebte.

Dann rollten sie immer weiter, bis ein Baumstamm sie schließlich aufhielt. Schwitzend lag Valentine auf ihm. Langsam drehte er sie auf den Rücken, und nun fand sie sich unter ihm wieder. Sein Körper lastete auf ihr, doch das schien sie nicht zu spüren. Er schob sich zwischen ihre Beine, und sie spürte, dass er in sie eindrang, ohne dass sie wusste, wie er das genau gemacht hatte. Und plötzlich schrie Valentine:

»Mathilde! Oh Mathilde! Wo bist du?«

Mit bleichem Gesicht und verängstigtem Blick wich Nicolas zurück, er war verlegen und besorgt. Nachdem er einen kurzen, intensiven Höhepunkt erlebt hatte, verharrte er nun wie versteinert. Er fühlte sich unwohl und verwirrt angesichts des Schreis, der kein Lustschrei gewesen war. Bereute Valentine den Moment? Zweifellos, wenn sie genau in diesem Augenblick an ihre Zwillingsschwester dachte.

Da begriff er, dass er Verständnis für sie haben, sie trösten und ihr versichern musste, dass er immer für sie da sein würde. Wie in ihrer Kindheit, als zärtliche Worte das Einzige waren, womit Valentine von ihrer jähen Angst zu erlösen gewesen war. Stunde um Stunde hatte man ihr zärtliche Worte ins Ohr murmeln müssen.

»Meine Taube. Mein Vogel«, flüsterte er ihr zu, »es wird immer nur dich geben. Verstehst du?«

Valentine zitterte am ganzen Leib. Sie hatte etwas verloren, und ganz gewiss weinte sie nicht um den Verlust ihrer Jungfräulichkeit.

»Mathilde«, murmelte sie noch einmal. »Komm her, Mathilde! Ich weiß, dass du mich suchst.«

Der junge Mann bat dringend um eine Pause. Seit über einer Stunde zwang Mathilde Louis de Longueville, in einem unerträglichen Tempo zu reiten. Bei dieser Geschwindigkeit waren sie bald in Montsoreau oder vielleicht sogar in Saumur. Das war albern, dort hatten sie nichts zu suchen.

Was würde Mathildes Mutter sagen, wenn sie die lange Abwesenheit ihrer Töchter bemerkte? Selbst wenn Louis' Gefährte Valentine von der Notwendigkeit ihres Ausflugs überzeugen konnte, wäre ihre Mutter verstimmt, und nachdem sie einmal ihr Vertrauen verloren hatte, würde sie ihr keine Freiheit mehr gewähren.

Sie hielten und stiegen von ihren Pferden.

»Wir sind zu weit, Louis. Wir müssen umkehren. Ich will sofort zurück.«

»Oh, aber nicht bevor wir eine Pause gemacht haben. Setzen wir uns einen Moment.«

»Nein, ich will zurück.«

»Aber ich bin wirklich erschöpft und möchte mich kurz ausruhen.«

Er trat zu ihr und wollte ihre Lippen küssen, doch sie stieß ihn grob zurück.

»Ach Valentine! Schenken Sie mir doch einen Kuss.«

»Ich bin nicht Valentine, ich bin Mathilde.«

Einen Augenblick war er verunsichert. Log sie wieder? Er zuckte mit der Schulter.

»Unwichtig. Ihr seid eine so schön wie die andere.«

Das erregte ihren Unmut.

»Es ist Euch also egal, wer die eine und wer die andere ist! Was wollt Ihr dann von mir? Mich schnell vernaschen wie ein einfaches Dienstmädchen! Nun, da täuscht Ihr Euch, Monsieur. Ich bin nicht die, für die Ihr mich haltet. Und glaubt mir, ich behalte meine Jungfräulichkeit dem vor, der wirklich weiß, wer ich bin und mich nicht erst nach meinem Namen fragen muss. Und das seid nicht Ihr. Bedaure.«

Plötzlich erschrak sie. Was war in sie gefahren? Noch gestern hätte sie sich bereitwillig in die Arme dieses Liebhabers geworfen, der sie und Valentine, genau wie sein Freund Jean de Daillon, fortwährend verwechselte. Wieder einmal hatten sie sich mit ihrem Verwirrspiel amüsiert.

Und jetzt wollte sie diesen Jungen, der zu jung für sie war, unbedingt zurückweisen. Warum hatte sie gestern solche Lust gehabt, ihm ihre zarten Waden zu zeigen, als sie auf ihr Pferd stieg? Warum hatte sie ihre Brust herausgestreckt, als er ihre kleinen bebenden Brüste unter dem Stoff ihres Mieders betrachtete? Warum hatte sie ihn provoziert?

Angst ergriff sie.

»Ihr seid zu jung, Louis«, rief sie.

Sie stieg auf ihr Pferd, ließ ihn einfach stehen und galoppierte, so schnell sie konnte, davon, ohne auf ihn zu warten. Er war zu erschöpft, um ihr zu folgen. Schon bald sah er nur noch einen kleinen Punkt am Horizont, seufzte und nahm ihre Herausforderung nicht an. Vorerst zumindest.

Mathildes Herzklopfen, der Schwindel und das Zittern hatten ihren Ursprung weit in ihrer Kindheit. Sie spürte, wie ihr der Schweiß über den Rücken lief, über den Bauch, über die Brust. Sie merkte, dass sie an Tempo verlor, und wenn sie noch schwächer wurde, würde sie vom Pferd fallen.

»Valentine!«, schrie sie. »Valentine, sag mir, wo du bist!«

Als Fildor spürte, dass seine Herrin das Bewusstsein verlor, verlangsamte er das Tempo. Er versuchte so zu gehen, wie es ihm richtig schien, aber als er merkte, dass sie von ihm herabglitt, blieb er stehen.

Genau in dem Augenblick tauchte Louis auf. Er hatte seine Kräfte wiedergewonnen und zweifellos auch etwas von der Selbstsicherheit, die ihm zuvor gefehlt hatte, um Mathilde zu überzeugen. Mit neuem Schwung ritt er heran und kam genau im rechten Moment, um den zitternden Körper des jungen Mädchens aufzufangen.

Er musste einen ruhigen Platz finden, wo sie wieder zu sich kommen konnte. Er legte sie hinter sich auf sein Pferd und zog Fildor am Zügel mit sich, den er über seinen Hals gezogen hatte.

Als er am Straßenrand etwas Unterholz entdeckte, legte Louis seine wertvolle Fracht, die unverständliche Worte vor sich hin murmelte, darauf ab. Sollte er sie sich allein überlassen? Sollte er sie bis ins nächste Dorf bringen, wo man sich um sie kümmern würde?

Er betrachtete sie und sah, dass sie die Augen öffnete, doch sie wirkte sehr schwach. Bei ihrem Anblick konnte er sich nicht beherrschen und nutzte die Situation aus. Valentine oder Mathilde! Wer war sie? Seit sein Freund und er die Zwillinge kennengelernt hatten, verwechselten sie die beiden unaufhörlich. Also spielte es keine Rolle, ob es die eine oder die andere war. Sie hatten sich ausreichend mit dümmlichem Lächeln vor der Mutter verneigt, dass er sich dafür jetzt eine Belohnung verdient hatte.

Er öffnete ihr Mieder und schüttelte beim Anblick ihrer mageren Brust den Kopf. Dann dachte er an die großen Brüste von Marinette, der Dienerin seiner Mutter, die ihm neulich wieder erlaubt hatte, sie anzufassen, mit ihnen zu spielen, sie abzuküssen, sie zu verwöhnen und nach Belieben an ihnen herumzugrapschen. Aber jedes Mal weigerte sich Marinette weiter zu gehen.

Louis seufzte. Was sollte er mit so flachen Brüsten anfangen? Er schob Mathildes Kleid nach oben und der Anblick ihrer Beine, ihrer Schenkel erregte ihn mehr. Er hob das Kleid noch weiter hoch und entblößte ihren Unterleib. Dann stürzte er sich auf sie, jedoch so ungeschickt, dass sie aufschreckte.

»Valentine!«, rief sie erneut.

Sie kam nun wieder zu Bewusstsein. Sie stieß Louis de Longueville mit unglaublicher Kraft zurück, trat mit den Füßen gegen seine Brust und befreite sich von ihm. Dann sprang sie auf und lief zu ihrem Pferd. Sie schwang sich in den Sattel und galoppierte in Windeseile davon.

Ohne anzuhalten, passierte sie Ussé und ritt in Richtung Langeais. Dann war es, als käme ein Sturm über sie, der sie zwang anzuhalten. Das Pferd stoppte abrupt, wieherte, schüttelte wild die Mähne und führte sie in den kleinen dort abzweigenden Weg.

Noch halb benommen wiederholte sie mehrmals den Namen ihrer Schwester und entdeckte Valentine halb nackt hinter einem Stapel Holz auf einem Bett aus Moos. Ihr Kopf ruhte auf einem runden Stein. Sie schrien gleichzeitig auf. Valentine erhob sich, taumelte und warf sich in die Arme ihrer Schwester.

»Ach Mathilde! Ich musste dich unbedingt sehen. Wärst du nicht gekommen, wäre ich gestorben.«

»Ich bin ja da, meine Valentine. Ich bin da.«

Sie knieten voreinander nieder. Dann streichelten sie sich gegenseitig über das Gesicht, wie sie es als kleine Kinder getan hatten. Schließlich schloss Valentine das Mieder ihrer Schwester und richtete ihre unordentlichen Kleider.

»Sag mir nicht, dass …«, flüsterte sie.

Mathilde schüttelte traurig den Kopf.

»Mach dir keine Sorgen. Es hätte nicht viel gefehlt, aber es ist nicht zum Äußersten gekommen. Ach, meine Valentine! Ich weiß, dass du Nicolas brauchst, aber ich weiß noch nicht, was für mich richtig ist. Ich verabscheue diesen Jungen und will ihn nicht wiedersehen.«

Dann lief sie zu Nicolas und presste ihre Lippen auf seine.

»Mach sie glücklich, Nicolas. Das gibt mir Kraft.«

Mathilde hatte eine Entscheidung getroffen. Sie stieg auf ihr Pferd, und bevor sie ihm die Sporen gab, drehte sie sich noch einmal um und verkündete mit fester Stimme:

»Ich will nicht in Tours bleiben und Weberin werden, Valentine. Dieser Platz ist dir vorbehalten. Und ich will nicht am Hof in Blois leben. Dazu liebe ich den König zu sehr, und er ist nicht für mich bestimmt. In die Normandie möchte ich nicht zurückkehren, weil die Duchesse d'Alençon dann einen Gatten für mich sucht, der mir nicht gefällt.«

»Wohin willst du?«, fragte Valentine, verzweifelt über die Vorstellung, dass ihre Schwester sie verließ.

Doch sie kannte die Antwort.

»Ich will nach Florenz und das Land unseres Vaters kennenlernen. Und wenn ich zurückkomme, werde ich dir alles erzählen.«

10.

In gemächlichem Tempo verließ Alix Ussé und ritt den Weg zur Loire hinunter. Tours lag nicht weit entfernt, doch bevor die ersten Häuser erschienen, wollte Alix umkehren.

Plötzlich hörte sie den Hufschlag eines Pferdes und wurde nach einem Augenblick aufmerksamen Lauschens gewahr, dass es ihr entgegenkam.

Ruhig lag die Straße vor ihr. Die Sonne war noch nicht aufgegangen, und so herrschte nur wenig Treiben. In einer Stunde böte sich ein gänzlich anderes Bild. Dann würden Pferde, Kutschen, Karren und Maultiere das Flussufer bevölkern und dorthin ziehen, wo ihr Einsatz gefordert wurde.

Als der nahende Reiter sein Tempo verlangsamte, wuchs Alix' Aufmerksamkeit. Dann blieb Jason plötzlich stehen, und Alix begriff, dass es Properzia war, die ihr schon von Weitem zuwinkte. Sie erwiderte den Gruß, gab ihrem Pferd die Sporen und ritt freudestrahlend auf sie zu.

Ihre Pferde blieben direkt voreinander stehen. Sofort stiegen die beiden Frauen ab und fielen sich um den Hals wie zwei alte Freundinnen, die sich viel zu lange nicht gesehen hatten.

»Alix! Diese letzte Stunde auf der Straße hat mich ebenso aufgewühlt wie auch von Vorfreude ergriffen.«

»Properzia! Eure Anwesenheit erfüllt mich mit Freude. Ich erwarte Euch schon so lange. Ohne Eure Nachricht hätte ich nicht damit gerechnet, Euch jemals wiederzusehen.«

»Das war nicht meine Absicht. In Bologna kann ich momentan nichts mehr ausrichten. Auch in Italien hat man mich von allen Orten verbannt, die mir etwas bedeuten. Ich stecke bis zum Hals in Schulden, Alix. Besser ich halte mich von meinen Gläubigern fern, zumindest so lange, bis ich meine Finanzen in Ordnung gebracht habe und sie auszahlen kann.«

Zum Reiten trug sie Beinlinge und eine kurze Tunika, die bis auf ihre Hüften reichte. Auf ihrem Kopf saß ein großer Hut, der ihre feurigen Augen und das Lachen um ihre sinnlichen Lippen verdeckte.

»Steigen wir nicht gleich wieder in den Sattel, Alix. Gehen wir ein Stück zu Fuß.«

Still folgten sie dem Weg an der Loire entlang. Plötzlich nahm Properzia Alix bei der Hand und ließ sie nicht mehr los. Mit der anderen hielt jede den Zügel ihres Pferdes.

»Ach Alix! Ich konnte es nicht erwarten, Euch wiederzusehen. Ich habe in Tours haltgemacht, wo man mir sagte, dass der König Eure Werkstätten besichtigt habe. Ihr hättet Euch mit Euren Töchtern dem Gefolge angeschlossen, das auf dem Weg nach Chaumont, Ussé und Brissac sei.«

»Das ist richtig. Und wisst Ihr was, Properzia? Ich habe gespürt, dass wir uns auf dieser Strecke begegnen.«

Alix trug ein weites purpurrotes Kleid, dessen Farbe vor dem blassen frühmorgendlichen Blau des Himmels leuchtete. Properzia wandte den Blick zu ihr und betrachtete ihr Gesicht.

»Ich bin mit van Roome gereist, der behauptet, Euch zu kennen.«

»Jean van Roome? Ich bin ihm in Lyon begegnet, als ich dort war mit …«

Alix zögerte. Sollte sie sich ihr anvertrauen?

»Mit wem?«

»Mit dem Vater meiner Töchter, Alessandro van de Veere.«

»Ihr habt ihn beim letzten Mal nicht erwähnt!«

Alix nickte.

»Wäre er noch am Leben, hätte ich ihn gebeten, Euch bei Euren Finanzen zu helfen.«

Properzia verstärkte den Griff um die Hand ihrer Begleiterin.

»Ach, grämt Euch nicht. So darf ich heute und noch eine ganze Weile bei Euch sein, denn ich werde wohl erst wieder von hier abreisen können, wenn ich einige große Werke vollendet habe.«

Sie ließ Alix' Hand los und umfasste ihre Taille.

»Van Roome und ich haben da Vinci besucht.«

»Da Vinci! Den großen Leonardo da Vinci?«

»Höchstpersönlich. Dann wisst Ihr nicht, dass Euer junger Monarch ihn auf eines Eurer Schlösser im Val de Loire eingeladen hat?«

Alix war stehen geblieben, und ihr Gesicht zeigte deutlich ihre Überraschung.

»Wo ist er?«

»Als van Roome und ich in Lyon eintrafen, bezog da Vinci gerade das Schloss der Comtesse d'Angoulême in Clos-Lucé.«

Alix traute ihren Ohren nicht.

»Der große da Vinci ist hier. Im Val de Loire!«

»Wir sprachen mit ihm über einen Wandbehang, dessen Zeichnungen van Roome gehören. Er hätte gern, dass Ihr die Fertigung übernehmt.«

Auf dem Gesicht von Alix erschien ein strahlendes Lächeln.

»Das bin ich Euch schuldig, Alix. Ihr ladet mich für unbestimmte Zeit ein, beherbergt mich und stellt mir eine Werkstatt zur Verfügung, damit ich in Ruhe und Frieden arbeiten kann.«

»Sagt mir schnell, um welchen Wandbehang es sich handelt.«

»Um eine der zehn Tafeln, die die Geschichte von *David und Bathseba* darstellen.«

Sie erreichten Tours, kurz bevor die Uhr zwölf schlug. Vermutlich hielt sich Mathias noch in der Werkstatt auf. Als sie den Innenhof erreichten, kam Leo auf Alix zu. Properzia blieb derweil auf ihrem Pferd sitzen.

»Leo«, verkündete die junge Frau sofort, »du musst nach Ussé reiten und Mathilde und Valentine informieren, dass ich nicht vor heute Abend zurück sein werde. Sag Ihnen, dass meine Freundin Properzia angekommen ist, und wenn ich heute Abend nicht nach Ussé käme, ich sie morgen in Brissac träfe.«

»Aber Valentine ist zurück, Dame Alix. Wusstet Ihr das nicht?«

»Warum? Was ist geschehen?«

»Nicolas hat die Geduld verloren. Er hat sie geholt.«

Alix nickte und bemerkte, dass Properzia von ihrem Pferd abstieg.

»Ach, das hat er gut gemacht. Valentine ist für dieses Leben nicht geschaffen. Sie wollte nur ihrer Schwester gefallen. Dann werde ich Mathilde also allein in Ussé oder Brissac treffen.«

Leo beäugte unablässig die Reiterin, die Alix mitgebracht hatte, und stellte erstaunt fest, dass sich hinter ihrer männlichen Erscheinung mit Beinlingen, Stiefeln, Jacke und großem Hut ein Gesicht voll weiblicher Reize verbarg.

»Ich stelle Properzia de Rossi jetzt Mathias vor.«

Leo löste den Blick von der Bildhauerin und nickte.

»Er ist in der Werkstatt.«

»Das habe ich mir gedacht. Kommt, Properzia, Ihr sollt ihn endlich kennenlernen!«

Kurz darauf betraten sie die Werkstatt, in der sich der Weber aufhielt. Mathias blickte auf.

»Alix«, rief er erstaunt, »du kommst früher zurück als erwartet!«

Dann bemerkte er Properzia, die hinter Alix in die Werkstatt trat, und schwieg.

»Das ist unsere Bildhauerfreundin«, erklärte Alix fröhlich. »Wir sind uns am Ufer der Loire begegnet. Als sie erfahren hat, dass ich mit den Mädchen dem königlichen Tross gefolgt bin, wollte sie dich nicht behelligen und hat nach mir gesucht.«

»Guten Tag, Mathias. Danke, dass Ihr mich so freundlich bei Euch aufnehmt«, sagte Properzia mit einer tiefen, warmen Stimme. »Darf ich Mathias sagen?«

»Sehr gern, aber nur, wenn ich Euch Properzia nennen darf. Momentan sind wir wegen der Festlichkeiten des Königs im Val de Loire sehr beschäftigt, aber wenn alles wieder seine Ordnung hat, helfe ich Euch, Euch in Eurer Werkstatt einzurichten. Sie liegt nicht weit entfernt von hier, direkt am anderen Ende des Gebäudes.«

»Mathias hat recht«, stimmte Alix noch immer fröhlich zu. »Wir warten, bis wieder Ruhe eingekehrt ist, und richten Euch dann ein.«

Zufrieden wandte sie sich an ihren Ehemann:

»Wusstest du, Mathias, dass der Maler van Roome, mit dem Properzia gereist ist, uns einen der zehn Teppiche von der *Geschichte von David und Bathseba* anvertrauen will? Wir werden ein weiteres Mal direkt mit der Werkstatt in Brüssel zusammenarbeiten, die mit der Koordination des gesamten Ensembles beauftragt ist.«

»Handelt es sich um das Ensemble, für das wir schon einmal einzelne Elemente angefertigt haben?«

Alix' Augen strahlten vor Freude.

»Ja, das ist dasselbe Ensemble. Wir kennen nicht die Geschichten aller Bilder. Das, welches ich an den Wänden des Vogts von Lyon gesehen habe, war *König David bemerkt Bathseba*.«

Properzia trat näher und beobachtete eine Zeit lang die Hochwebstühle, an denen überall Arbeiter tätig waren.

»Die Geschichte, die er Euch anvertrauen will, heißt *Dem König wird der Sieg verheißen*.«

»Ich habe mich bereits mit der Methode vertraut gemacht«, erwiderte Alix. »Wir weben ein Meisterwerk. Die Farben richten sich nach der aktuellen Mode. Die Körper werden voller, sinnlicher.«

Mathias, der realistischer als die zwei Frauen war, holte die beiden mit einer konkreten Frage zurück auf den Boden der Tatsachen:

»Ist der Karton bereits gezeichnet? Wann erhalten wir ihn? Wir müssen uns gut organisieren, denn es scheint sich um ein bedeutendes Werk zu handeln.«

»Ja, das ist eine wichtige Arbeit. Ihr benötigt Gold- und Silberfäden in beträchtlicher Menge. Das ist eine der Bedingungen dieses Werkes.«

»Darüber verfügen wir.«

»Nicht mehr über viel«, entgegnete Mathias. »Unser Vorrat geht zur Neige, und wenn du den Prozess gegen Bellinois verlierst …«

»Der König hat mir versichert, dass er höchstpersönlich darum bitten wird, den Prozess zu unseren Gunsten zu beenden. Zu viele Beweise sprechen dafür, dass wir die Hälfte der Arbeit geleistet haben.«

»Habt Ihr Sorgen?«, erkundigte sich Properzia.

»Ein Prozess, der sich bereits seit zehn Jahren hinzieht. Der Weber, der die eine Hälfte der Tapisserien gefertigt hat, während wir die andere Hälfte gearbeitet haben, hat sich die gesamten Früchte der Arbeit zu eigen gemacht. Außerdem hat er den letzten Teppich gestohlen, den wir gerade fertiggestellt hatten. Er behauptet nicht nur, wir wären nicht in der Lage, diese Arbeit zu leisten. Zu allem Überfluss dreht er den Spieß auch noch um und beschuldigt mich, den Teppich gestohlen zu haben.«

Sie machte eine hilflose Handbewegung.

»Aber genug! Reden wir nicht mehr davon. Diese Angelegenheit sollte sich demnächst erledigt haben. Ach Mathias, wusstest du, dass der große Leonardo da ist? Wirklich! Kannst du dir das vorstellen, Mathias?«

»Der große Leonardo!«

»Ja! Da Vinci persönlich. François I. hat ihn auf Schloss Clos-Lucé eingeladen. Wir werden ihn sicher besuchen, wenn wir wieder mehr Ruhe haben.«

»Er kann nicht mehr ganz jung sein. Wie kommt es, dass er ein Freund unseres Königs geworden ist?«

»Euer König«, erklärte Properzia, »ist mit einer ganzen Reihe italienischer Künstler zurückgekehrt. Die meisten von ihnen stammen aus Florenz. Architekten, Maler, Bildhauer, Glasmacher, Goldschmiede und andere haben ihn nach Frankreich begleitet. Es heißt, er wolle im reinsten Renaissancestil bauen.«

»Diese Vorstellung hatte er bereits, bevor er König von Frankreich wurde.«

Alix fasste ihre Freundin am Arm.

»Gehen wir erst einmal nach Hause. Wir bitten Bertille, uns ein gutes Essen zu bereiten. Anschließend wird Adrian, unser Diener, Euer Zimmer einrichten, bis Ihr Eure Werkstatt beziehen könnt.«

Mathias stand auf, verließ den Webstuhl, an dem er gearbeitet hatte, und beschloss, die beiden Frauen zu begleiten.

»Nicolas hat Valentine zurückgeholt.«

»Ich weiß. Leo hat es mir gesagt. Ist etwas vorgefallen?«

»Seit ihr abgereist wart, war Nicolas schrecklicher Laune. Er konnte die Vorstellung nicht ertragen, dass Valentine das Opfer all jener Herrschaften am Hof wird. Er befürchtete, dass einer von ihnen ihr den Kopf verdrehen würde.«

»Valentine liebt Nicolas viel zu sehr, um sich verführen zu lassen.«

»Du weißt sehr wohl, dass Verführung etwas sehr Menschliches ist. Jeder von uns kann dem Charme des Teufels erliegen! Valentine ist hübsch und intelligent. Genau wie du verfügt sie über viele Vorzüge.«

Alix blickte zu Properzia, die dieser kleinen Szene stillschweigend beiwohnte. Ach, wenn sie in ihrer Nähe wohnte, würde sie noch eine Menge anderer Szenen miterleben.

»Kommt, Properzia, gehen wir nach Hause.«

Im Haus herrschte Stille. Bertille, die in der Küche beschäftigt war, hörte sie nicht kommen.

»Bertille!«, rief Alix.

Da ihr das Alter zu schaffen machte, ließ Bertille ihr Gehör hin und wieder im Stich, doch nun lief sie herbei und hob die Arme.

»Alix! Gut, dass du da bist. Valentine ist mit Nicolas auf ihrem Zimmer. Sie haben sich eingeschlossen und wollen nicht mehr herauskommen.«

Alix seufzte.

»Das musste irgendwann kommen. Sie sind stets zusammen. Ich dachte allerdings, dass die verlängerte Anwesenheit von Mathilde den Lauf der Dinge etwas hinauszögern würde, doch da habe ich mich wohl getäuscht.«

»Wir müssen sie schnell verheiraten«, murrte Bertille. »Die Kleine wird uns bald verkünden, dass sie schwanger ist. Ach! Heilige Jungfrau Maria! Ich spüre, dass es nicht mehr lange dauern wird. In diesem Alter wird einem das nicht verziehen.«

»Nun gut, verheiraten wir sie. Schließlich warten sie seit ihrer jüngsten Kindheit darauf.«

Mit Properzia auf den Fersen klopfte Alix an die Tür von Valentines Zimmer.

»Macht auf, Kinder. Ich muss mit euch sprechen.«

Valentine öffnete ihrer Mutter die Tür. Sie trug nur ein Hemdchen, und als Alix zum Bett blickte, sah sie, dass Nicolas rasch das Laken über sich zog.

»Weiß Mathilde, dass du mit Nicolas abgereist bist?«

»Ja.«

»Das ist gut, dann sucht sie nicht nach dir und vergeht dabei vor Sorge.«

Sie betrachtete ihre Tochter. Sie strahlte, und in ihren haselnussbraunen Augen tanzte ein fröhliches Funkeln.

»Nun«, murmelte sie, »jetzt bist du ein großes Mädchen!«

Sie zog Valentine liebevoll an sich und nahm sie zärtlich in die Arme. Eng umschlungen flüsterten Mutter und Tochter miteinander, Worte, die nur sie verstanden. Valentine nickte hin und wieder an der Schulter von Alix. Diese raunte ihrer Tochter ein paar Sätze zu, die sie beide trösteten.

Nach einem köstlichen Mahl brachte Alix Properzia in das Zimmer, das man für sie hergerichtet hatte.

»Hier habt Ihr Eure Ruhe.«

Der Raum war nicht sehr groß, aber hell und luxuriös.

»Ich habe überhaupt kein Gepäck. Es wird alles noch geliefert.«

»Dann werde ich Euch das Nötige leihen. Wenn Ihr es wünscht, auch Kleid und Schuhe. Es sei denn, Ihr möchtet so bleiben.«

»Nein, ich probiere gern eines Eurer Gewänder.«

Alix ging und kehrte kurz darauf mit einem Kleid aus Seidenbrokat zurück. Die Falten fielen bis auf den Boden, und die weiten Ärmel würden die Hände mit den kräftigen Fingern ihrer Freundin verbergen.

Zwanglos entkleidete Properzia sich vor Alix und fand sich bald in Hemd und Beinkleidern wieder. Ihre weißen Arme endeten in schmalen Handgelenken, und ihre runden Schultern wirkten zart und weich. Aus ihrer Hose lugten hübsche Waden sowie ihre Füße, die nicht sehr groß waren.

Langsam löste sie ihr schwarzes Haar, das sie im Nacken mit einem Band zusammengebunden hatte. Die üppige Pracht ergoss sich über ihren Körper. Mit einer abrupten Bewegung warf sie das Haar nach hinten. Properzias Charme war unübersehbar. Lediglich ihre ungewöhnliche Profession verlangte ein männliches Gebaren. Da sich unter den Bildhauern keine Frauen fanden, pflegte sie ihre männliche Seite, damit ihre Kollegen sie anerkannten.

Schließlich legte sie Hemd und Beinkleider ab und zeigte

sich vollkommen nackt. Alix war sprachlos. Ihr Körper ähnelte den meisterhaften Skulpturen der Renaissance. Eine hohe feste Brust, volle weiche Hüften, ein leicht gewölbter Bauch und lange, üppige Schenkel sowie perfekt geformte Waden.

»Ihr seid sehr schön«, stellte Alix unwillkürlich fest, »und Ihr fasziniert mich.«

Warum sagte sie ihr das? Hätte Louise halb nackt oder sogar ganz nackt vor ihr gestanden, hätte sie nicht so reagiert.

Langsam reichte Alix ihr das Kleid.

»Probiert es an.«

Properzia griff mechanisch danach und sah ihrer Freundin dabei tief in die Augen.

»Ihr müsst in Eurem Leben schon viele Liebhaber gehabt haben«, flüsterte Alix.

»Ja, sehr viele.«

»Und jetzt?«

»Ich bin frei, bis mir erneut das Herz übergeht.«

»Wird es denn häufig überflutet?«

»Ich glaube, es ist gerade dabei zu zerfließen.«

Properzia streifte das Kleid über, und Alix trat zu ihr, um den Besatz am Ausschnitt zu richten. Als sie ihre Hand wieder zurückziehen wollte, griff Properzia danach. Sie hielt sie in ihrer, dann führte sie sie an ihre Lippen.

»Du bist auch sehr schön, Alix.« Langsam zog diese ihre Hand zurück.

»Mathias ist eifersüchtig«, sagte sie lächelnd. »Er befürchtet stets, dass ich woanders suche, was er mir gibt. Wenn wir mit ihm zusammen sind, wäre es mir lieber, Ihr trüget nicht mehr Eure Männerkleider. Er bekäme schnell den Eindruck, dass mir ein Kavalier den Kopf verdreht.«

Properzia schwieg.

»Stiefel, Hemd, Jacke und Beinkleider sind meine Arbeitskleidung als Bildhauerin. Macht Euch keine Sorgen, ich trage sie nur in meiner Werkstatt.«

Als Properzia sich in der herrschaftlichen Robe von Alix zeigte, stellten plötzlich alle fest, dass sie eine äußerst schöne Frau war. Die Überraschung war groß, denn obwohl man sie noch nicht kannte, war allen ihre ungewöhnlich männliche Kleidung aufgefallen, die Mathias mit Neugier betrachtet hatte.

Die beiden Frauen verbrachten den Tag in der Werkstatt, wo Alix ihrer Freundin das ganze Personal vorstellte. Nachdem Properzia alle begrüßt hatte, betrachtete sie die Arbeiten, die auf die Webstühle gespannt waren. *Triumph des Sommers, Die königliche Jagd, Die Fabeltiere* und eine Wandbespannung gigantischen Ausmaßes, auf der die zwölf Monate des Jahres vorüberzogen.

»Ihr sagt ja gar nichts, Properzia? Enttäuschen Euch diese Tapisserien?«, erkundigte sich Alix mit plötzlich ängstlichem Blick.

»Nein, aber …«

»Nein, aber was? Habt Ihr etwas anderes erwartet, Properzia?«

»Ich weiß nicht, diese Zeichnungen entsprechen nicht der reinen Renaissance.«

Sie deutete mit dem Finger auf einen der Teppiche.

»Vielleicht Eure *Fabeltiere*. Aber wenn ich die Kartons gezeichnet hätte, hätte ich ihnen einen realistischeren, einen authentischeren Ausdruck verliehen.«

»Zum Beispiel?«

»Unter der Haut der wilden Tiere muss sich ihre Muskulatur

abzeichnen. Ihr müsst Euch daran gewöhnen, Schatten und Licht herauszuarbeiten. Schattierungen sind unabdingbar. Ohne sie könnt Ihr nicht vorankommen.«

»Ich traue mich noch nicht, mich von gewissen Gewohnheiten zu lösen.«

»Ich bringe es Euch bei. Auch die Gesichter müsst Ihr ausdrucksvoller gestalten. Im vergangenen Jahrhundert bestand die Aufgabe des Künstlers darin, das Auge ins richtige Licht zu setzen oder dem Mund den richtigen Ausdruck zu verleihen.«

Properzia fuhr fort:

»Ich habe es Euch gesagt, Alix, heute bilden die Maler lebendige Gesichter ab. Die Blicke sind nicht mehr starr. Sie stellen nackte Arme dar, die aus einer Tunika hervorlugen, sowie entblößte Knie. Wir werden unverzüglich den Unterricht fortsetzen, mit dem wir bereits begonnen haben. Wollt Ihr?«

»Unbedingt. Man muss sich weiterentwickeln.«

Dann fügte sie lachend hinzu:

»Ich lege keinen Wert darauf, dass Leonardo da Vinci sich über mich lustig macht.«

»Das wird er nicht, denn er weiß, dass Ihr talentiert seid, auch wenn Eure Kunst noch nicht der des neuen Jahrhunderts entspricht.«

»Ich setze alle meine Hoffnung auf Euch, Properzia.«

Im Hinausgehen sagte sie:

»Kommt, jetzt zeige ich Euch Eure Räumlichkeiten.«

Ganz am Ende der Gebäude, in dem sich die Werkstätten und das Verkaufskontor befanden, lag hinter einem kleinen Hof ein großer luftiger heller Raum, dessen Dach allerdings zum Teil durchlässig war.

»Wir werden ihn komplett erneuern. Ich habe mit dem Beginn nur bis zu Eurer Ankunft gewartet. Ein Strohdach macht den Raum zu dunkel, wir werden ein festes Lehmdach legen, und wegen der Einrichtung …«

»Ich brauche keine besondere Einrichtung. Ich esse und schlafe in meiner Werkstatt. Ein guter bequemer Strohsack, ein Kopfkissen und ein Federbett zum Schlafen, ein Tisch zum Essen, ein Hocker, eine Schale, eine Schüssel und ein paar Teller. Das reicht mir. Dann bin ich die glücklichste Frau auf Erden.«

»Aber, Properzia, Ihr werdet den Komfort vermissen.«

»Wenn ich mit meinen Skulpturen beschäftigt bin, vermisse ich keinen Luxus. Ich will gleich an mehreren gleichzeitig arbeiten und mich durch nichts ablenken lassen.«

Sie inspizierte den riesigen Raum, durch den der Wind pfiff. Ein anständiges Dach würde Wasser, Wind und Kälte abhalten.

»Meine Bildhauerausrüstung wird noch geliefert. Bei meiner Abreise habe ich von meinem restlichen Geld Blöcke aus Marmor und Sandstein gekauft sowie Gips für die Zierleisten und Karton für meine Zeichnungen.«

»Und das Werkzeug? Brauchst du etwas?« Alix hatte beschlossen, wieder das vertrauliche »Du« zu verwenden, wie es Properzia bei ihrer letzten Begegnung ebenfalls getan hatte.

Properzia lächelte.

»Nein, das kommt auch. Meißel, Hammer, Stemmeisen, Senkblei, Zirkel und Winkelmaß. Sorge dich nicht. Nachdem ich dir die Ausgaben schon nicht ersetzen kann, musst du wenigstens nur für mein Essen aufkommen.«

11.

Während Mathilde in Brissac noch damit rang, dass ihre Schwester das Glück einer erfüllten Frau erfahren hatte, während ihr eigenes Abenteuer so unglücklich verlaufen war, begegnete sie der jungen Diane de Poitiers, der Tochter des Comte de Saint-Vallier.

Mathilde war bewusst, dass sich Valentine mit Nicolas für einen gänzlich anderen Weg entschieden hatte. Doch Mathildes Weg war nicht nur anders, sie selbst kannte bislang weder Richtung noch Ziel, und so befiel sie eine gewisse Lethargie, von der sie sich nur schwer befreien konnte.

Alix ahnte nicht, in welcher Gefahr Mathilde sich befunden hatte. Auf Vorschlag von Properzia, die sogleich mit ihrem Umzug beginnen wollte, war Alix allein nach Ussé aufgebrochen. Dort erfuhr sie, dass der Hof sich ein paar Tage in Brissac aufhielt, und machte sich auf den Weg dorthin.

Alix war froh, dass Valentine nicht mehr denselben Versuchungen wie ihre Schwester ausgesetzt war. Sie sorgte sich jedoch, weil sie nichts für Mathilde tun konnte. Sie beschloss, mit Marguerite zu sprechen. Vielleicht konnte man langsam nach einem Gatten für Mathilde Ausschau halten.

Auf dem Ritt nach Brissac wanderten Alix' Gedanken erneut zu Valentine. Mathias schien die Situation ganz recht zu sein. Und warum auch nicht? Sein Sohn und Valentine waren füreinander bestimmt, und wenn Louis, sein zweiter Sohn, sich weiterhin der Religion verschrieb, konnte Nicolas die Nachfolge der Werkstätten übernehmen.

Seit Alix beschlossen hatte, Nicolas' und Valentines Wünschen nachzugeben, und nur noch darauf wartete, dass die Hochzeit die Verbindung offiziell besiegelte, galt ihre Sorge ausschließlich Mathilde.

Seltsam, wie sehr Alix sich in Bezug auf das Schicksal ihrer Töchter getäuscht hatte. Vor zehn Jahren hätte sie alles für Mathilde in die Waagschale geworfen. Sie stand unter dem Schutz der Schwester des französischen Königs, die ihr wohlgesinnt war. Sie würde einen Mann aus dem Hochadel ehelichen, und stets verlangte man bei Hofe nach ihr – was konnte sie sich mehr erträumen?

Was hatte Valentine dagegen? Die Liebe von Nicolas und das Talent einer großen Weberin! Man musste allerdings nicht lange nachdenken, um zu begreifen, dass Valentine am Ende besser bedient war als Mathilde und dass diese viel verletzlicher als ihre Schwester war.

Château de Brissac fehlte es nicht an Charme. Pierre de Brézé, Minister bei Karl VII., hatte die alte Festung erstanden, die einst von Foulques Nerra erbaut worden war. Er hatte die beiden runden Haupttürme erneuert, und Jacques, sein Sohn, hatte weitere umfangreiche Umbauten vorgenommen, ebenso wie sein Enkel Louis de Brézé. Letzterer hatte das Anwesen jedoch an René de Cossé verkauft, dem das Schloss derzeit gehörte.

Am Fuße der Treppe, die in einen dunklen Korridor mündete, stieß Mathilde mit einer schönen Unbekannten zusammen.

»Darf ich fragen, wer Ihr seid?«, erkundigte sich Mathilde im Dunkeln und rieb sich den Arm.

»Ich bin Diane de Poitiers. Und Ihr?«

»Mathilde de Cassex, Tochter der Weberin aus Tours. Dieses Schloss ist ein Traum, aber es fehlen an einigen Stellen Lampen. Habe ich Euch wehgetan?«

»Ach, nicht schlimm. Und Ihr?«

»Ach, das geht vorbei.«

Als sie sich einem der Eingänge näherten, bemerkten sie, dass die Sonne noch nicht aufgegangen war. Doch über der Poterne brannte eine Fackel und beleuchtete ihre Gesichter. Sie waren ungefähr im selben Alter.

Die junge Diane hatte dichtes blondes Haar und einen langen Schwanenhals. Ihre runden Schultern gingen harmonisch in ihre Brüste über, die sich bereits auf wundervolle Weise wölbten. Ihre großen Augen strahlten, und der Mund mit den rosafarbenen Lippen verzog sich zu einem bezaubernden Lächeln.

Diane bewegte sich wie eine Prinzessin, und wenn sie sich ausruhte, wirkte sie wie eine antike Göttin. Gott, wie schön sie war!

Die Fackel spendete ausreichend Licht, dass die zwei jungen Mädchen sich aufmerksam mustern konnten. Auch Diane betrachtete ihre Begleiterin.

Mathilde glich einem wilden Fohlen. Ihre langen goldenen Haare mit den kastanienbraunen Schattierungen fielen in dichten Locken auf ihren Rücken. Ihr fein gezeichnetes Gesicht wirkte anmutig und überaus verführerisch, und obwohl ihre Augen hell waren, zogen darin Gewitterwolken und Blitze vorbei. Gern hätte Diane diesen kühnen, etwas rebellischen Blick besessen. Diesen Blick vergaß man nicht. Doch was würde ihr ein solcher Blick bei dem Mann nützen, den sie heiraten sollte und der eine so schwere Erblast mitbrachte? Würde sie ihn so ansehen, würde dieser Gatte sie schnell vernichten.

»Wir sind uns noch nie begegnet«, sagte Mathilde lächelnd.

»Während ich auf meine Hochzeit warte, diene ich eine Zeit am Hof der Königin.«

»Ich habe Euch noch nie gesehen.«

»Weil Ihr dem Hof des Königs und seiner Schwester folgt, der Duchesse d'Alençon. Ich habe Euch sehr wohl bemerkt. Was macht Ihr hier in der Dunkelheit?«

»Ich ... ich wollte ...«

»Tut Ihr etwas Unrechtes?«

Da Mathilde schwieg, fuhr die junge Diane in ruhigem Ton fort:

»Ihr wolltet aber doch nicht fliehen?«

Mathilde entspannte sich.

»Ich weiß nicht. Vielleicht doch. Aber ich bringe es nicht übers Herz, meiner Mutter Sorgen zu bereiten. Sie soll mich früher oder später hier treffen.«

»Und Eure Zwillingsschwester? Ist sie ebenfalls abgereist?«

»Ach! Ihr kennt sie!«

»Ihr zwei seid kaum zu übersehen. Schon wenn Ihr allein seid, zieht Ihr die Blicke auf Euch, und wenn dieses Bild sich noch verdoppelt, fallt Ihr erst recht auf.«

Mathilde fing an zu lachen. Das tröstete sie ein wenig. Diese junge Diane schien ihr ausgesucht höflich und liebenswürdig und wollte die Unterhaltung mit ihr offenbar fortsetzen.

»Wäre es Euch recht, wenn wir uns draußen ein wenig unterhielten?«, schlug ihre Begleiterin vor. »Hier drin ist es so warm, dort ist die Luft besser.«

»Ihr habt recht, und außerdem glaube ich, dass ich so auf andere Gedanken komme. Ich habe keine Freundin.«

»Ich auch nicht.«

»Und Ihr? Was macht Ihr in der Dunkelheit?«

»Ich habe das Zimmer von Dame d'Alençon gesucht.«

»Wollt Ihr sie sprechen?«

»Ich würde ihr gern einige Fragen über den Mann stellen, mit dem man mich verheiraten will, aber ich weiß nicht, wie ich es geschickt anstelle.«

»Ich kenne sie gut. Wollt Ihr, dass ich sie um eine Unterredung bitte?«

»Oh, das würdet Ihr tun?«

»Natürlich. Wen sollt Ihr heiraten?«

»Es handelt sich um den Comte Louis de Brézé, Seneschall der Normandie. Das Amt geht jeweils vom Vater auf den Sohn über. Die Duchesse d'Alençon wird ihn sicherlich kennen.«

»Oh, zweifellos. Mir scheint, ich habe sie von ihm reden hören.«

»Mein Vater weigert sich, mir mehr zu sagen. Ich weiß nichts über diesen Mann. Ist er alt? Hässlich? Böse? Geizig?«

»Warum sagt Ihr nicht lieber jung, schön, liebenswert und großzügig?«

»Ihr habt recht. Aber ich bin gezwungen, das Gegenteil anzunehmen.«

»Warum?«

»Ich habe Angst, dass er seinem Vater ähnelt und dass der Geist, der durch dieses Schloss spukt, mir nicht gewogen ist.«

Sie lächelte dünn und ergriff Mathildes Hand.

»Ich fürchte, dass es ziemlich finster ist.«

»Von welchem Geist sprecht Ihr?«

»Von dem von Charlotte.«

»Charlotte?«

»Ja, Charlotte, eine der Töchter von Agnès Sorel und Karl VII.

Sie hatte den alten Seneschall Pierre de Brézé geheiratet. Das ist der Großvater des Mannes, den ich heiraten soll. Eines Tages überraschte Pierre de Brézé sie im Bett mit ihrem Liebhaber. Er tötete sie erbarmungslos mit einem Dolchstoß direkt ins Herz, nachdem er zunächst den Mann umgebracht hatte, den sie liebte. Seither, heißt es, spukt der Geist von Charlotte durch das Märchenschloss.«

Mathilde seufzte und zog ihre Begleiterin mit sich.

»Schnappen wir ein bisschen Luft. Das bringt uns auf andere Gedanken.«

Leider musste die junge Diane de Poitiers rasch auf ihr Gut zurückkehren, um so schnell wie möglich zu heiraten. Mathilde bedauerte dies, denn die wenige Zeit, die sie in Brissac in Dianes Gesellschaft verbracht hatte, versöhnte sie ein wenig mit dem Leben. Sie sollten sich viele Jahre später am Hof von François I. wieder begegnen. Dann würde Diane Witwe sein und Kronprinz Henri – der jetzt noch nicht geboren war – ein Auge auf sie werfen und den Blick nicht mehr von ihr lösen.

Während Mathilde von der schönen jungen Frau träumte, die man zwang, einen alten Mann zu heiraten, der vielleicht seinem mörderischen Großvater glich, ahnte Alix nicht, dass in ihrer Tochter gleichzeitig der Plan reifte, Florenz kennenzulernen.

Alix war mit dem Vorsatz in Brissac eingetroffen, mit Marguerite zu sprechen. Doch als sie ihre Tochter lebensfroh und bester Laune vorfand, beschloss sie, noch einige Monate mit der Suche nach einem Ehemann zu warten.

Während der lange Tross mit Pferden und vollgepackten Wagen am Fluss der Loire entlang zur Indre zog, bewunderten alle unweigerlich das sich ins Unendliche erstreckende Ufer. Als sie

Wald und Forst erreichten, verwandelten sich die Farben auf einmal in ein prachtvolles Gemälde aus unzähligen Grüntönen.

Bauern und Winzer jubelten dem König und seinem Gefolge zu. Auf den Feldern unterbrachen Frauen in weiten grauen Kleidern und mit weißen Hauben auf dem Kopf ihre Arbeit. Die Kinder am Straßenrand kreischten und gebärdeten sich wie kleine Teufel, die soeben einer Büchse mit Schalk entsprungen waren. Die ärmsten unter ihnen besaßen weder Holzschuhe noch Pantinen und liefen mit nackten Füßen durch das Gras. Wenn sie steinige Wege passierten, teilten sich manche ein Paar.

Schließlich entfernten sich die bunt geschmückten Pferde, die Maultiere, die Esel und die Kutschen auf Anweisung des Königs vom Ufer der Loire und folgten der Indre. Sie besaß ein schmales gewundenes Flussbett, doch ihre Ufer schillerten ebenso prächtig wie die der Loire.

Als François die silbernen Türme von Azay-le-Rideau entdeckte, war er augenblicklich fasziniert. Er sprang von Pegasus, der die Nase in die warme Luft dieses frühen Sommermorgens reckte, über dem sich eine noch blasse Sonne zeigte.

»Genau so möchte ich mein nächstes Schloss bauen! Mit einer gleichmäßig gegliederten Fassade aus weißem Stein, die eine vollkommene Harmonie mit der Natur eingeht. Mit einem Schieferdach, das in der Morgen- oder Abendsonne herrlich funkelt!«

»Aller Schönheit zum Trotz«, gab der dicke Duprat zu bedenken, der ihn auf allen Reisen begleitete, »wenn man das Herrenhaus vergrößerte, würde es an Pracht und Ansehen gewinnen.«

»Könnte Euer Freund, der Finanzmann Berthelot, da nicht Abhilfe schaffen?«, erkundigte sich der König.

»Das Land von Azay-le-Rideau gehört nicht dem Statthalter von Tours, sondern seiner Frau, Sire.«

»Was? Berthelot besitzt nicht das Nutzungsrecht?«

»Nein, Sire. Berthelot kommt nicht die Lehnsherrschaft von Azay zu. Sie gehört seiner Gattin. Und sie entscheidet über einen Ausbau des Schlosses.«

Die Antwort schien dem König nicht zu gefallen, aber er insistierte nicht weiter.

»Was will man mehr? Das Ganze ist romantisch und entspricht im besten Sinne der Renaissance«, schaltete sich Marguerite ein, die ihren Bruder noch immer begleitete. »Sieh nur, François, das Wasser ist von Seerosen übersät und von Grün durchzogen.«

»Dennoch, liebe Schwester, ist das Schloss etwas klein. Das Anwesen verlangt nach einem Gebäude größeren Ausmaßes. Diese Mühle ist zwar bezaubernd, braucht jedoch eine Vergrößerung, die der traumhaften Landschaft würdig ist.«

»Sire«, unterbrach Duprat, »nehmt wenigstens ein paar Anregungen mit.«

»Schon geschehen, mein Freund, schon geschehen.«

»Nun, bitten wir diese Frau um Asyl. Es heißt, sie sei eine hervorragende Gastgeberin und noch dazu wunderschön.«

Im Schloss löste sich die Verstimmung des Königs in Begeisterung auf. Der Anblick der verführerischen Gastgeberin raubte ihm den Atem. Er schickte sich sogleich an, ihr den Hof zu machen, und versenkte seinen samtenen Blick in die grauen Augen der schönen Schlossherrin.

Ihr Temperament glich dem von Catherine Briçonnet, Dame Bohier, die das Bauvorhaben von Chenonceau geleitet und überwacht hatte. Ihre Gastgeberin zeichnete sich zusätzlich dadurch aus, dass man ihr den männlichen Vornamen Philippe gegeben und durch ein »a« feminiert hatte.

Philippa war die Gattin des Schatzmeisters Berthelot. Alix hatte einst bei ihrer Freundin Catherine Bohier von ihm gehört. Aber deutlich jünger als sie, hatte Dame Philippa Lesbahy noch nicht die Zeit gehabt, von sich reden zu machen. In wenigen Jahren würde die Familie Berthelot-Lesbahy allerdings das Schicksal der Familie Bohier-Briçonnet ereilen. Denn es missfiel dem König, dass zu viele Schlösser im Val de Loire reichen Bankiers gehörten, was verhinderte, dass sie in den Besitz des französischen Königreichs übergingen.

Doch momentan hatte der König genug mit Italien zu tun, wo sich sein Blick zu sehr auf die Provinzen Neapel und Mailand richtete, als dass er sich um die Schlösser an der Loire gekümmert hätte. Außerdem fesselte ihn der Reiz der schönen Schlossherrin von Azay. Und Philippa vernachlässigte ihren königlichen Gast in keiner Weise.

Im 11. Jahrhundert von Theobald III. errichtet, wurde Azay zwei Jahrhunderte später von Hugues Ridel, später Rideau übernommen. Lange Zeit trug das Schloss den Namen Azay-le-Brûlé, was auf den Brand Bezug nahm, den Karl VII. angestiftet hatte, als er sah, dass die Burgunder sich seiner bemächtigten. Das Schloss hatte noch eine beträchtliche Reihe weiterer Dramen erlebt, an die sich viele noch lebhaft erinnerten.

Philippa Lesbahy jedoch, verheiratete Berthelot, schien sie vergessen zu haben, und sie hatte recht. Sie erklärte dem König den jetzigen Bau und versäumte nicht, ihn auf die Bedeutung der Pfähle hinzuweisen, die das Fundament bildeten. Sie ließ ihn die eleganten Türme besichtigen, schritt mit ihm den Wehrgang ab, ließ ihn die Pechnasen bewundern, die zum Schein als

Verzierung dienten, und überquerte mit ihm die Gräben, die aus spiegelglattem Wasser bestanden.

Auf einer Jagd fand Alix Gelegenheit, sich mit der Schlossherrin zu unterhalten. Philippa war Geschäftsfrau und wusste eine verführerische, oberflächliche Frau von einer klugen, nachdenklichen zu unterscheiden, die ihre Vorzüge geschickt für den Erfolg ihrer Unternehmung einzusetzen wusste.

So gefiel ihr Alix vom ersten Moment an, in dem diese den Mund aufmachte. Mitten im Unterholz, während um sie herum Hunde kläfften und Hörner widerhallten, plauderten sie über flämische Tapisserien, vor allem jene aus Brüssel, die sich mehr und mehr den Ideen der Renaissance anschlossen.

Erneut begriff Alix, dass Properzia tausendfach recht hatte, dass sich alles in der Kunst entwickelte und dass die mittelalterlichen Symbole und die alten Traditionen sich zu sehr veränderten, als dass sie es ignorieren konnte.

Alix sah einige hübsche Aufträge zur Verschönerung der Wände von Schloss Azay auf sich zukommen. Denn bislang hingen dort nur Arkebusen, Kettenhemden, Fangnetze, Falkenstangen, Hirschgeweihe und kleine unbeholfene Vögel. Sie suchte bereits nach Möglichkeiten, die Wände angemessen zu bereichern.

Sie beschloss, Philippa wiederzusehen, um mit ihr auch über Properzia und die finanziellen Schwierigkeiten der bekannten Künstlerin aus Bologna zu sprechen.

Anschließend kehrte sie mit dem Wunsch nach Tours zurück, ihren Zeichenunterricht fortzusetzen, um modernere Tapisserien anzufertigen, die sich deutlich an der italienischen Renaissance orientierten. Es wurde Zeit für sie, Tours zurückzuerobern. Da der Duc d'Alençon ohne seine Gattin in die Normandie zurückgekehrt war, konnte sie ihre Tochter Marguerite anvertrauen und den königlichen Hof frohen Mutes verlassen. Dabei ahnte sie nicht, welche Ideen im Geist von Mathilde keimten.

Der letzte Abend im Schloss von Azay gestaltete sich unterhaltsam. Bonnivet, der die Abwesenheit des Duc d'Alençon nutzte, um Marguerite erneut zu bedrängen, bemühte sich leidlich, sie zu unterhalten.

»Diese Jagd hat mir neuen Schwung gegeben. Ich möchte Euch verführen, Marguerite. Juckt Euch die Lust?«, stieß er lachend hervor und zog sie zu dicht an sich.

»Jucken! Wir werden sehen! Und achtet auf Eure Ausdrucksweise, Guillaume!«, entgegnete diese. »Die feinen Unterschiede! Wisst Ihr nicht mehr das rechte Wort im rechten Moment zu nutzen?«

»Seid Ihr kleinlich geworden, Marguerite?«

»Ich bin keineswegs kleinlich«, antwortete sie und wandte den Blick zu François, um dessen Meinung zu hören.

Doch der war zu sehr damit beschäftigt, die schöne Philippa in seine verführerischen Fänge zu locken. Da sprach Marguerite ihn direkt an:

»François! Sagt Eurem Freund Guillaume, dass man sich am Hof entsprechend der Situation angemessen auszudrücken hat.«

Der König hob seinen Becher.

»Ich trinke auf das Wohl meiner geliebten Schwester und ihre Prinzipien. Wir sollten einen heiteren, fröhlichen Hof unterhalten, der jedoch gewissenhaft auf seine Sprache und seine guten Manieren achtet. Stimmt Ihr mir zu, Philippa?«

Dabei streifte er unter dem Tisch ihren Fuß mit seinem. Philippa reagierte auf die Berührung, deren Bedeutung sie kannte, und ließ sich auf das Spiel ein.

Bonnivet rief etwas von Liebesgedichten und Zitaten, da ihm jedoch niemand folgen konnte, wandte Chabot sich an Marguerite:

»Habt Ihr weitere Gedichte geschrieben?«

»Ich schreibe unaufhörlich mit meinem Freund Clément Marot und werde bald eine ganze Sammlung besitzen.«

»Dann unterstützt er Euch also dabei?«

»Er stellt alles infrage. Auch die Poesie wendet den Blick zur Renaissance. Und Ihr, Philippe! Was schreibt Ihr derzeit?«

Ungeduldig und erhitzt neigte sich Bonnivet zu ihr hinüber:

»Wenn ich schon nicht mit Eurem Gatten wetteifern kann, so werde ich Euch diesen unglücklichen Marot vergessen machen!«

»Nun, Guillaume«, fiel Marguerite ihm kurzerhand ins Wort, »lasst Euren Freund Chabot die Frage beantworten, die ich ihm soeben gestellt habe, die ich jedoch noch einmal anders formulieren will. Denkt Ihr daran, mit den Memoiren meines Bruders zu beginnen?«

»Vielleicht.«

»Wie, vielleicht!«, rief François lebhaft. »Meine Schwester hat absolut recht. Es kommt auf den Ausdruck an, auf das richtige Wort. So müsst Ihr sagen ›ganz gewiss‹, und nicht ›vielleicht‹.«

»Reden wir in zehn Jahren noch einmal darüber«, sagte Montmorency und hob seinen Becher, den er soeben geleert hatte.

Mathilde sagte nichts, sondern betrachtete François mit bewundernden Blicken. Ach! Sie verspürte große Lust, genau das richtige Wort zu sagen. Ja! Das Wort, das diesem Augenblick angemessen war, denn dann hätte sie dem König zugerufen: »François, ich liebe dich!« Es wäre zumindest eine Überraschung, und einige Sekunden lang würde der junge Monarch sich von Philippa

Lesbahy abwenden. Er würde ihren Blick kreuzen und ihr tief in die Augen sehen, wie er es an dem Tag getan hatte, als er seine Lippen auf ihre gepresst hatte.

Alix beobachtete ihre Tochter. Die leidenschaftlichen Blicke, die sie dem König zuwarf, zeigten, dass sie wieder auflebte. Jeder am Hof wusste – und jeder amüsierte sich darüber –, dass sie dem Charme des Königs seit jenem Tag verfallen war, an dem er sie im Alter von vier Jahren auf seinem Pferd Pegasus zweifellos etwas zu dicht an sich gedrückt hatte.

Wie sollte Mathilde erklären, was sie noch nie hatte erklären können: Den ganzen Weg zurück zum Hof hatte sie den Herzschlag des künftigen Königs gespürt. Ein solches Erlebnis vergaß man nicht!

»François …«, hob Bonnivet an.

Dann unterbrach ihn ein Schluckauf.

»Verzeihung, Sire, wollte ich sagen. Bei unserer Rückkehr aus Italien würde es mich mit Freude erfüllen, einige Tage im Schloss meiner Familie zu verbringen.«

Wieder wurde er von einem Schluckauf unterbrochen und ergriff Marguerites Hand.

»Begleitet Ihr den König, wenn er es zulässt?«

»Sicher.«

Er lächelte, neigte sich zu ihr und raunte:

»Nun, seht zu, schöne Marguerite, dass Euer Gatte in der Normandie ausreichend beschäftigt ist und Euch nicht begleiten kann.«

»Ich werde darüber nachdenken.«

Das Festessen dauerte fast die ganze Nacht. Claude nahm nicht teil. Sie hatte darum gebeten, auf ihrem Zimmer im Kreise ihrer Zofen zu speisen. Louise hatte ihr Gesellschaft geleistet.

Die Duchesse d'Angoulême hatte vor einiger Zeit beschlossen, sich intensiv um die Schwangerschaften ihrer Schwiegertochter zu kümmern. Würde sie diesmal einen hübschen kleinen Jungen gebären? Und wenn es wieder ein Mädchen wurde, würde es beim nächsten Mal ein Junge sein. Das Schicksal meinte es besser mit Claude, als ihre Mutter geahnt hatte. Louise nahm ihre Aufgabe so gewissenhaft wahr, als sei sie selbst schwanger.

Natürlich hatte sie auch ein Auge auf Marguerite und François. Doch die Position, die ihre Tochter derzeit am Hof innehatte, war so hoch, dass sie strahlte wie die Sonne, und zwar ohne Einschränkung, zumal die arme Claude zu unscheinbar war, um einen Schatten auf sie zu werfen.

Alix betrachtete ihre Tochter. Ganz offenbar belastete es sie, wie François mit ebenso viel Kühnheit wie Feingefühl Philippa Lesbahy umgarnte. Er wollte sie unübersehbar heute Abend in sein Bett locken.

Alix nahm Mathildes Hand und hielt sie in ihrer. Sie war müde. So bat sie um Erlaubnis, sich mit ihrer Tochter zurückziehen zu dürfen.

Die große königliche Rundreise endete kurz vor dem erneuten Aufbruch des Königs nach Italien. Marguerite hatte sich gewünscht, in ihren Lieblingsorten Montrichard und Saint-Aignan haltzumachen, nun bat Louise darum, der Hof möge über Amboise, ihre Wahlheimat, nach Blois zurückkehren.

Und der König, der kürzlich einen hohen Gast eingeladen hatte, verspürte plötzlich das Bedürfnis, sich mit diesem zu unterhalten. Konnte es überhaupt einen bedeutenderen Gast als ihn geben? Leonardo da Vinci? Nachdem der junge Monarch von der Pracht nach italienischem Vorbild erfüllt war, die er auf seiner gesamten Reise entdeckt hatte, würde er sich erst zufriedengeben, wenn die Renaissance ihren festen Platz hatte.

Leonardo da Vinci war in Clos-Lucé untergebracht, ehemals Château du Cloux, das über einen Geheimgang auf diskrete Weise mit Schloss Amboise verbunden war. Von seinen Fenstern aus betrachtete der Siebenundsechzigjährige die zarten Blau- und Grautöne des Himmels im Val de Loire, die ihn an den Himmel in seiner Heimat Florenz erinnerten.

Der Schatzmeister Philibert Babou hatte Château du Clos-Lucé, das mit seinem achteckigen Turm und der Hauskapelle aus weißem Stein eher einem einfachen Herrenhaus glich, kürzlich an den König verkauft. Etienne de Loup, ein Küchenjunge unter Louis XI., hatte das Gebäude aus weißen und rosafarbenen Steinen auf einem sehr alten Fundament errichtet. Bevor es Sire Babou erstanden hatte, gehörte das Schloss zum königlichen Besitz von Karl VIII., der es Königin Anne schenken wollte.

François, der auf seiner Rundreise durch das Val de Loire bislang nur hübschen Schlossherrinnen begegnet war, machte eine erneute Eroberung in Gestalt von Marie Babou, der Tochter des ehemaligen Eigentümers.

Er scharwenzelte um sie herum und bemühte sich mit den wohlvertrauten Gesten und Worten, sie auf elegante Weise auf sein Lager zu locken. Währenddessen unternahm Mathilde, die vorübergehend von den Pflichten des Hofes befreit war, einen Spaziergang durch die Alleen von Clos-Lucé.

Leonardo da Vinci, der an jenem Tag den Besuch des Königs erwartete, hatte seinen treuen Diener Baptista de Villussis gebeten, ihm seinen wertvollsten Mantel aus Seidenbrokat zu reichen. Er war von Goldfäden durchzogen und mit weißem Fell besetzt. Eigentlich schien er etwas zu warm für die Jahreszeit, aber seine alten Knochen verlangten viel Wärme, und die Frische des frühen Morgens rechtfertigte die gewählte Kleidung, zumal er beschlossen hatte, im Garten von Clos-Lucé auf den König zu warten.

Plötzlich sah er die junge hübsche Demoiselle mit dem wilden, störrischen Blick einer Bergziege auf sich zukommen. Als sie auf ihn zutrat, begrüßte sie ihn anmutig mit einem Knicks.

»Wie bedauerlich, Maître da Vinci, dass meine Mutter bereits nach Tours abgereist ist. Sie hätte Euch so gern noch einmal gesehen.«

»Wenn ich Euch betrachte, Demoiselle, dürfte Eure Mutter noch jung und schön sein. Ich kann mich nicht erinnern, eine solche Frau seit meiner Ankunft in Clos-Lucé gesehen zu haben.«

»Sie ist Euch nicht hier begegnet, Maître da Vinci, sondern in Florenz.«

»In Florenz!«

»Ja«, bestätigte Mathilde, »sie war in Begleitung meines Vaters, eines Florentiners, den ich leider nicht kennengelernt habe.«

Er deutete höflich auf eine Steinbank, die im Schutz einiger Birken stand.

»Und darf man erfahren, wie Euer Vater hieß?«

»Sein Name war Alessandro van de Veere. Er lebte in Brüssel und Florenz.«

»Alessandro van de Veere!«, wiederholte der alte Maler und grub in seinem Gedächtnis nach einem Gesicht, das zu diesem Namen passte.

»Ich helfe Euch, Maître da Vinci, denn ich kenne die Geschichte auswendig. Meine Mutter hat sie mir häufig erzählt. Es war bei einem Abendessen im Haus von Alessandro van de Veere. Abgesehen von Euch und meiner Mutter saßen an seinem Tisch noch der Maler Raffael, dem sie ihre ersten *Grotesken* verdankt, der Gonfaloniere Soderini, der Goldschmied Cesare Rossetti, der Bildhauer Pietro d'Ancona sowie der Freund eines florentinischen Malers, den Ihr gut kennt, denn es handelt sich um Michelangelo. Schließlich gehörte noch der Bildhauer Benedetto da Rovazzano in die Runde.«

Leonardo da Vinci konzentrierte sich auf all die Namen, und plötzlich blitzten seine alten, noch immer wachen Augen.

»Und Eure Mutter, mein Mädchen, heißt Alix Cassex!«

»Ach!«, erwiderte Mathilde und stürzte auf den Maler zu, der ihr bedeutete, auf der Bank Platz zu nehmen, »dann erinnert Ihr Euch?«

»Hast du denn geglaubt, deine Mutter erzählte dir Märchen?«

Er duzte sie ganz selbstverständlich, und seine Natürlichkeit entzückte Mathilde. Leonardo da Vinci besaß ein Gesicht, das ihr gefiel. Auf seine Brust fiel ein langer grauer Bart, der ihm die Ausstrahlung eines großen, ehrwürdigen alten Mannes verlieh, was sein von Runzeln durchfurchtes Gesicht unterstrich. Seine Augen waren jedoch noch immer dunkel und lebendig, scharf wie die Augen eines Adlers. Immer wieder betrachtete er die kleine Mathilde.

»Fahr fort, Kleine.«

»Oh, ich glaube, ich habe alles erzählt«, murmelte Mathilde, enttäuscht, ihm nicht noch mehr eröffnen zu können.

»Nun, dann werde ich an deiner Stelle fortfahren. An jenem Abend zeigte uns der Gonfaloniere Alessandro van de Veere einige kleinere Arbeiten deiner Mutter. Ich erinnere mich, dass ich sie bewunderte und es ihr sagte. Aber da ich ein Freund offener Worte bin, habe ich auch bemerkt, dass ihr Stil sich entwickeln müsse. Wie ich sehe, ist das der Fall, wenn mein junger

Freund Raffael einige Kartons für sie gezeichnet hat. Hat sie danach aufgehört?«

»Nein, sie will noch weiter gehen. Sie möchte sich von einer Frau unterrichten lassen, die sie zu uns eingeladen hat. Es ist eine Bildhauerin aus Bologna. Wir sind ihr in Lyon im Geschäft des Kaufmanns Mirepoix begegnet, einem Seidenfabrikanten.«

»Sprichst du etwa von Properzia de Rossi?«

»Ihr kennt sie?«

»Wer kennt Properzia de Rossi nicht in Bologna! Sie hat die Westfassade der Kirche San Petronio in Stein geschlagen und den Hauptaltar von Santa Maria del Baraccano sowie das Flachrelief *Josef und die Frau von Potiphar* angefertigt. Ich weiß nicht, wie viele Marmorskulpturen sie für die Kirchen von Bologna erschaffen hat und wie viele monumentale Werke für Auftraggeber außerhalb Italiens. Aber ich habe sie bereits vor langer Zeit aus den Augen verloren. Was macht sie zurzeit? Hat man sie ebenfalls aus ihrem Land vertrieben?«

»Ich glaube, sie wird von großen Geldsorgen geplagt.«

»Nun, sie wird meinem Beispiel folgen und nach Frankreich auswandern. Da ihr italienische Künstler braucht, muss man sie von dort holen, wo sie herkommen!«

Er nahm die Hand des jungen Mädchens und betrachtete sie aufmerksam aus seinen schmalen, von Falten umgebenen Augen.

»Das ist perfekt! Sie soll sich in Frankreich niederlassen. Ich rate ihr, sich am Hof des Königs einzuschleichen, um dort einige große Aufträge zu ergattern. Eure Schlösser im Val de Loire können ein paar hübsche Skulpturen vertragen. Wenn sie ein neues Vermögen erworben hat, wird sie sicher nach Bologna zurückkehren.«

»Glaubt Ihr das wirklich?«

»Ja, denn der Unterschied zwischen uns ist, dass ich alt und müde bin und sicher in Clos-Lucé sterben werde. Vorausgesetzt, Euer König lässt mich dort bis zu meinem letzten Atemzug verweilen.«

Er stieß einen tiefen Seufzer aus.

»Properzia dagegen ist jung und schön und besitzt außerdem großes Talent, was Eure französischen Herrschaften alsbald bemerken werden. Und du, Mädchen, willst du Weberin werden wie deine Mutter?«

»Nein, Maître da Vinci. Valentine, meine Zwillingsschwester, hat das ganze Talent meiner Mutter geerbt. Sie wird Weberin werden.«

»Hast du denn nichts von deiner Mutter geerbt?«

»Doch! Die Liebe zum Reisen, die Begabung für Fremdsprachen und die Freude an Unterhaltungen und Begegnungen.«

Der alte Maler lachte trocken.

»Das habe ich schon bemerkt. Du scheinst mir auf all diesen Gebieten sehr begabt. Und was willst du machen?«

»Ich will nach Florenz gehen, um das Land meines Vaters kennenzulernen und meine Tante Constance zu besuchen. Sie lebt dort in der Nähe des Hippodroms.«

»Ich meine mich zu erinnern, dass sie nicht mehr dort wohnt.«

»Ach, Maître da Vinci, Ihr scheint meine ganze Familie zu kennen.«

»Florenz ist nicht sehr groß, und man knüpft schnell Beziehungen zu all seinen Bewohnern. Ich erinnere mich, bei deiner Tante eingeladen gewesen zu sein. Und mir scheint, als ich Florenz zuletzt verlassen habe, hatte sie einen reichen Kaufmann aus Genua geheiratet. Er hieß …«

Er suchte eine Weile nach dem Namen, dann sagte er:

»Ja, das ist es. Peralta.«

»Seltsam. Meine Mutter hat uns nichts davon erzählt.«

»Es ist noch recht frisch. Sie weiß es sicher noch nicht. Nun, du willst also Florenz kennenlernen! Zögere nicht, mich um Rat zu fragen, wenn ich dir helfen kann, Mädchen. Mit wem willst du reisen?«

»Ganz allein.«

»Das ist gefährlich, du bist sehr jung. Es wäre besser, wenn dich jemand begleitete.«

»Wenn ich darüber spreche, lässt meine Mutter mich nicht reisen, und die Duchesse d'Alençon drängt mir einen Gatten auf, um mir diese Idee aus dem Kopf zu schlagen.«

»Warum die Duchesse d'Alençon?«

»Das ist eine lange Geschichte, aber ich werde Euch wieder besuchen und sie Euch erzählen.«

»Hast du keine Freundin, die dir helfen könnte?«

»Nein. Nur dem König gefiele diese Idee, und nur er könnte mir die Abreise erleichtern.«

»François I. scheint mir gerissen genug, um dir ein Alibi zu verschaffen!«

»Da habt Ihr sicher recht, aber er wird nichts unternehmen. Er will seine Schwester nicht verstimmen, die er wie eine Göttin verehrt.«

»Hm. Deine Angelegenheit scheint mir kompliziert. Ich sehe keine Lösung. Es sei denn …«

»Es sei denn?«

Mathilde rückte näher an ihren neuen Freund heran und spitzte die Ohren, um nicht den leisesten Hinweis zu verpassen, der ihr von Nutzen sein könnte. Sie dachte an nichts anderes als an diese Reise.

»Ach, Maître da Vinci! Ich bitte Euch, sprecht.«

»Wenn ich dir einen Auftrag anvertraute, könntest du ihn erfüllen?«

Leonardo da Vinci zögerte. Sollte er sich diesem jungen Mädchen anvertrauen, das kaum der Jugend entwachsen war? Seit er in Clos-Lucé lebte, beschäftigte ihn ein Problem, für das er keine Lösung fand. Es war sicherlich die letzte Angelegenheit, die ihm derart am Herzen lag. Die Geschichte war delikat, denn es galt, ein kleines Bild nach Frankreich zu schaffen. Es war das Einzige, auf das er nicht verzichten konnte.

Er war so überstürzt aus Italien abgereist, dass er nur wenige Werke, Manuskripte, Zeichnungen, Pläne und ein paar kleinere Erfindungen mitnehmen konnte. Außerdem seine beeindruckende Garderobe, denn der alte Meister legte Wert auf ein gepflegtes Äußeres.

Lange betrachtete er das Gesicht seiner jungen Begleiterin und sagte sich dann, dass ihm niemand anders diesen Dienst erweisen konnte. Diese Kleine hatte ihm der Himmel geschickt, und er sollte die Chance nutzen. Er würde ihr entsprechend danken. Er strich sich über den langen Bart und entschied, dass sie ihm das Bild besorgen sollte, das sich in einem winzigen dunklen Kabuff zwischen unvollendeten Leinwänden befand, für die sich niemand interessierte.

»Würdest du mit einem meiner Schüler reisen, der mit mir nach Frankreich gekommen ist, jedoch unverzüglich nach Florenz zurückkehren und leider dort bleiben muss?«

Mathilde zögerte, und der alte Maler erkundigte sich:

»Hast du schon einmal Modell gestanden?«

»Ja, ein Mal. Bei Properzia de Rossi in Lyon. Sie beherbergte Giulio Romano bei sich.«

»Ach, der kleine Giulio! Er ist lebhaft und verfügt über reichlich Talent und Temperament. Hat er sich damit begnügt, dein Gesicht zu zeichnen?«

Mathilde errötete.

»Nicht ganz.«

»Was willst du damit sagen? Nun! Ich bin ein alter Hase, mir macht man nichts vor. Entweder wollte er deinen Körper sehen, um ihn zu zeichnen, oder er hat sich mit deinem Gesicht begnügt.«

Mathilde war nicht dumm und verstand die Anspielung des Meisters. So erwiderte sie, ohne zu zögern:

»Er hat sich mit meinem Gesicht begnügt.«

Leonardo da Vinci schien beinahe etwas enttäuscht.

»Gut, belassen wir es lieber dabei. Ich möchte nicht der Grund für ein ernstes Gespräch mit deiner Mutter sein.«

»Ach! Keine Sorge, Maître da Vinci«, rief Mathilde, die alles begriffen hatte. »Wenn Ihr auf meine Jungfräulichkeit anspielt, die behalte ich nicht mein ganzes Leben lang. Das Wichtigste ist, dass der Kavalier mir gefällt.«

»Egal welcher?«

»Um ehrlich zu sein, Maître da Vinci: Ich bin in den französischen König verliebt, der mir jedoch nie gehören wird. Deshalb hat es wenig Bedeutung, wer ...«

Plötzlich beschämt, hielt sie inne. Überrascht betrachtete sie der alte da Vinci und kniff die faltigen Augen zusammen. Nun! In der Welt dieser Künstler kannte man keine Skrupel.

»Nun gut, du bist ehrlich. Aber deine Antwort gefällt mir. Somit bin ich nicht für irgendwelche anstößigen Vorkommnisse verantwortlich. Ich meine, wenn du in Begleitung von Francesco Melzi reist, hast du nichts zu befürchten. Vielleicht findest du dich nackt vor einer jungfräulichen Leinwand wieder, weil er deine Gestalt festhalten will. Der Rest geht mich nichts an. Verstehst du, was ich sagen will?«

Mathilde schluckte. Das machte ihr Angst, aber wie sollte sie dieses Hindernis umgehen?

»Ja.«

»Ich kenne zu viele Maler, schließlich gehöre ich selbst dazu, um nicht zu wissen, dass sie alle in ihre schönsten Modelle verliebt sind. Sagt Euch mein Vorschlag zu?«

»Ja!«, antwortete sie mutig. Dann warf sie ihre Haare nach hinten, sah ihm tief in die Augen und sagte:

»Ihr habt mir noch nicht Euren Auftrag verraten, Maître da Vinci.«

»Ach richtig. Francesco wird dich verteidigen, egal, was geschieht, denn er ist stark und mutig und ein treuer Freund, wenn auch kein treuer Liebhaber. Außerdem wird er dich in eine Kammer führen, in der sich eine Leinwand findet, die du mir bringen sollst.«

»Das ist alles?«

»Täusche dich nicht. Das ist von höchster Wichtigkeit, denn dieses Bild ist für mich von unschätzbarem persönlichem Wert.«

»Habt Ihr denn niemanden, der es Euch bringen kann?«

Abwesend strich er sich über den Bart und schüttelte den Kopf.

»Ich weiß, dass man es mir nicht bringen wird.«

»Und mir vertraut Ihr!«

»Verrietest du deinen König?«

»Ach, warum sagt Ihr so etwas, Maître da Vinci? Ich liebe François so sehr.«

»Und du nennst ihn François!«

»Zuvor ja, aber jetzt soll ich ihn Sire nennen. Wie alle anderen.«

»Ich werde dir die Fortsetzung der Geschichte verraten. Ich möchte dieses kleine Bild deinem François schenken, um ihm dafür zu danken, dass er mich hier bis zu meinem letzten Atemzug beherbergt.«

»Ach, ein Geschenk des großen Meisters Leonardo da Vinci für den König! Warum habt Ihr das nicht gleich gesagt? Nichts könnte mich mehr erfreuen. Es ist, als würde ich ihm selbst etwas schenken.«

»Nun, wir werden ihm sagen, dass du es gebracht hast. Nun hör mir gut zu. Ich werde dir die Geschichte dieses Bildes erzählen. Ich habe es *La Gioconda* genannt. Seit fünfzehn Jahren ist es stets bei mir. Eines Tages erhielt ich von einem reichen florentinischen Kaufmann den Auftrag, ein Portrait seiner Gattin anzufertigen. Sie hieß Mona Lisa del Giocondo.«

Er hielt einen Augenblick inne, denn er brauchte alle Kraft, um mit der Geschichte fortzufahren, über die er bis heute geschwiegen hatte.

»Ach! Sie war das bewunderungswürdigste Wesen, dem ich je in meinem ganzen Malerleben begegnet bin. Und weil ich nicht wollte, dass sie aus meinem Blick verschwand, habe ich unendlich viel Zeit auf ihr Portrait verwandt. Weil ich mir nicht vorstellen wollte, dass sie eines Tages nicht mehr für mich posiert, zögerte ich meine Arbeit bei jeder Sitzung weiter hinaus. Das zog sich über drei Jahre hin.«

»Oh!«

Mathilde spitzte die hübschen roten Lippen, und ihre drollige Grimasse brachte den alten Maler zum Lächeln.

»Eines Morgens«, fuhr er fort, »zog der Kaufmann von Florenz nach Venedig. Seine schöne Frau sollte ihm folgen, obwohl ich praktisch noch nichts gezeichnet oder gemalt hatte.«

»Oh!«, rief das junge Mädchen erneut.

»Also habe ich meine gesamte Erinnerung in meine Pinselspitze fließen lassen und meinen Blick auf die Augen anderer Frauen gerichtet. Ach, junge Mathilde! In diesem Portrait könnte man auch etwas von dem kühnen, aufreizenden Funkeln Eurer Augen entdecken.«

Mit seiner knorrigen Hand streichelte er die zarte Hand seiner Begleiterin.

»Ich brauche meine *Gioconda*. Ja! Ich brauche sie unbedingt.«

12.

»Worauf wartest du, Louis?«

Alix beobachtete ihren Sohn, der den Wandbehang im Speisesaal zur Seite schob. In dem schmalen Spalt tauchten seine blauen Augen auf, die denen seines Vaters glichen und an den Sommerhimmel im Val de Loire erinnerten. Er blickte zur Eingangstür, die auf den gepflasterten Innenhof hinausführte. Zwischen den beiden hohen Fassaden aus weißem Stein, in die große Fenster eingelassen waren, umschlossen zwei dicke Ulmen den Brunnen und spendeten dem Ganzen Schatten.

»Ich warte auf Bruder André.«

Überrascht trat Alix zu ihrem Sohn.

»Hat Bruder André denn gesagt, dass er heute käme?«

»Natürlich. Er hat versprochen, mich mit nach Saint-Grégoire zu nehmen.«

»Nach Saint-Grégoire!«

Die junge Frau hob den Blick zur Decke und seufzte.

»Ach!«, stöhnte sie und legte dem kleinen Louis eine Hand auf die Schulter, »was habe ich getan, dass der Herr mir einen so frommen Sohn gegeben hat, der nichts als Beten und Kirchen im Kopf hat?«

»Nichts, Mama. So ist es eben«, antwortete der Jüngling gelassen. »In jeder Familie sollte es einen Prälaten geben.«

»Meinst du denn, dass wir genug Weber in der Familie haben? Abgesehen von deinem Vater, Valentine und Nicolas, sehe ich keine anderen. Deine Mitarbeit in der Werkstatt ist alles andere als überflüssig, zumal du bereits beachtliches Talent beweist.«

Louis platzte vor Lachen. Es war ein regelrechter Ausbruch an Heiterkeit, ein kristallklares frisches Lachen, das zeigte, wie jung und sorglos er war. Doch Alix sah in dem plötzlichen Ausbruch auch einen stummen Widerspruch. Ihr Sohn hatte sich bereits für den kirchlichen Weg entschieden und würde seine Meinung in den kommenden Jahren wohl nicht mehr ändern. In ihm steckte zu viel von der Sturheit seines Vaters und von dem Ehrgeiz seiner Mutter, als dass er die Fähigkeiten, die noch verhalten in ihm schlummerten, nicht zur Entfaltung bringen würde.

Louis ließ die Kante des Wandbehangs los, der in einer tadellosen Falte herabfiel, und ergriff die Hand seiner Mutter.

»Nicolas und Valentine werden viele Kinder haben, da bin ich mir sicher. Und es wäre äußerst überraschend, wenn Mathilde es ihrer Zwillingsschwester nicht gleichtäte.«

»Ach, so siehst du das also.«

Louis hatte keine Zeit, etwas zu erwidern, denn da ertönte eine tiefe fröhliche Stimme:

»Alix! Der Junge hat vollkommen recht. Ihr werdet so viele Enkel bekommen, wie Ihr es Euch wünscht. Kleine Mädchen werden auch dabei sein, denn den Frauen kommt in der langen Reihe der Weber Eurer Familie eine große Bedeutung zu.«

»André!«, rief Alix und wandte sich zu ihm um.

»Und ich bin der Ansicht, nachdem Gott es mit Euch ganz gut gemeint hat, solltet Ihr ihm Louis überlassen. Schließlich möchte er es gern.«

Die junge Frau stürmte auf den Domherrn zu, der eine purpurne Kappe und eine lange schwarze Robe trug, die seinen noch immer mageren Körper verdeckte.

Das fünfzigste Lebensjahr hatte beim Domherrn Mirepoix, den Alix seit ihrer Jugend kannte, nur wenige Falten und vereinzelt ein paar graue Haare im dichten Haarkranz hinterlassen.

»Nun, nun!«, sagte dieser und drückte Alix an sich. »Ihr wisst sehr wohl, dass der Ehrgeiz Eures Sohnes größer sein wird als der meinige, der stets dafür gesorgt hat, dass ich ein kleiner Domherr in der Provinz bleibe.«

»André!«, widersprach Alix. »Ihr hättet leicht in der Kirchenhierarchie aufsteigen können. Ihr verfügt über alle Qualitäten, um Bischof zu werden. Ja, Ihr besitzt alles – die Beziehungen, das Wissen und das Geld.«

»Das war nicht mein Ziel, das wisst Ihr nur zu gut.«

»Ja, ich weiß. Sollte Louis in einen Orden eintreten und ich ihn überdies in Eure Obhut geben, möchte ich nicht, dass Ihr ihn von seinen ehrgeizigen Vorstellungen abbringt.«

Sie löste sich von ihm und beobachtete aufmerksam sein Gesicht, während Louis auf ihn zuging, damit der Prälat ihn an sich drückte. Sie wusste, dass der Junge durch André alle Möglichkeiten hatte. Er würde ihn erziehen, aufbauen, motivieren und ihm helfen, Stufe für Stufe der schwierigen Hierarchie zu erklimmen. Diese wirkte häufig undurchsichtig und vor allem von Geld bestimmt, das die Familie des jungen Mönchs dem Klerus vermachte.

»André! Habe ich mich klar ausgedrückt?«

»Ganz und gar. Und ich antworte Euch Folgendes: Wenn Ihr mir Louis ab sofort anvertraut, mache ich aus ihm einen ehrgeizigen, fähigen, intelligenten Priester, der sich Kunst und Kultur bewahrt, ohne sich von Gott loszusagen. Habe ich mich ebenfalls klar ausgedrückt?«

Sie brachen gleichzeitig in Lachen aus, während Louis, glücklich über die Wendung der Ereignisse, sie zufrieden lächelnd beobachtete. Er begriff, dass seine Mutter die Tatsachen endlich in Gänze akzeptiert hatte. Blieb noch sein Vater, doch Louis wusste, wenn Alix zustimmte, würde es Mathias ebenfalls tun.

Gewiss, sein Vater würde genauso reagieren wie seine Mutter. Konnten sie ihren Sohn in verständnisvollere und liebendere Hände geben als in die von André?

In dieser Hinsicht machte sich Alix keine Sorgen. Sie überlegte, inwiefern ihre Beziehungen von Nutzen sein konnten, die sie stets gepflegt hatte. So kannte sie in Bourges Bischof Antoine Bohier, mit dessen Mutter sie befreundet gewesen war, und stand in Verbindung zum Onkel der Familie, dem Finanzmann Jacques de Beaune, nun Baron de Semblançay. Er stellte unter ihren Kontakten ein ziemliches Schwergewicht dar, zumal sein älterer Sohn, Martin, Propst von Tours war und der jüngere, Guillaume, Schatzmeister der Stadt.

Domherr Mirepoix, ihr alter Freund, hatte ihr dank seiner einflussreichen Familie, überaus angesehene Kaufleute aus Lyon, schon häufig aus der Not geholfen. Er würde für die nötige Anfangsfinanzierung sorgen, damit Louis nicht in einer tristen Klosterzelle dahinvegetierte.

»Ich werde wie Jean de Villiers«, versicherte das Kind voller Überzeugung und unterstrich seine Äußerung mit einem eigenwilligen Kopfnicken.

»Dieses Vorhaben gefällt mir sehr, Louis«, entgegnete Alix zufrieden. »Mehr noch. Die Vorstellung beeindruckt mich.«

Natürlich zählte Jean de Villiers ebenfalls zum Kreis dieser ehrwürdigen Persönlichkeiten. Dank seiner, der durch ihren ersten Ehemann zu ihrer Familie zählte, war Louis eine glänzende Karriere sicher. Ja! Auf ihn würde Alix eines Tages zurückgreifen, wenn sie ihn brauchte. Ihr Sohn erinnerte sich nicht ohne Grund an ihn.

Jean de Villiers! Alix dachte viele Jahre zurück. Jean de Villiers, Onkel des Webers Jacques Cassex, war zunächst einfacher Mönch und Domherr in Saint-Grégoire-de-Tours gewesen, bevor er nach Rom ging, um einen florierenden Handel zwischen der Türkei und dem Vatikan aufzubauen. Zunächst im Dienst Louis XII., war er später für den mächtigen und reichen Alexander Borgia tätig gewesen. Von jenem Tag an war Jean de Villiers unaufhaltsam aufgestiegen. Er wurde Bischof, dann Kardinal in Saint-Siège in Rom. Ach! Gewiss, wenn Louis nach ihm kam, wollte Alix unbedingt, dass er einem Orden beitrat.

Sie drehte sich zu ihrem Sohn um, trat auf ihn zu und fuhr ihm durch die widerspenstigen Locken, die genauso rot leuchteten wie die seines Vaters. Jedes Mal empfand sie dabei eine intensive Freude und sagte sich, dass Louis noch ein kleiner verletzlicher Junge war, der seine Mutter brauchte.

Und nun würde man ihn von ihr trennen!

»Du wärst ein so guter Weber geworden«, murmelte sie und gab ihm einen Kuss auf die Stirn.

»Ich weiß«, flüsterte der Junge.

Und als der Blick des Kindes unwillkürlich zu einem der Millefleurs an den Wänden des Esszimmers glitt, sagte sie mit einer Stimme, die nun ein wenig verbittert klang:

»Louis! Du sollst stets die schönen und großen Tapisserien lieben. Dein ganzes Leben lang musst du den Beruf, den wir seit Generationen ausüben, ehren und verteidigen. Die Kirche und der Hochwebstuhl haben stets eine harmonische Verbindung gepflegt. Es gibt so wundervolle religiöse Werke, die du im Laufe der Jahre kennenlernen wirst. Kirchen und Kathedralen besitzen sie im Überfluss. Und vergiss nicht, dass die neue Renaissance sie höher schätzt als jede andere Epoche zuvor. Unser König setzt sich seit Langem für sie ein. Werde Priester, aber verleugne nie unser Handwerk.«

Als sie sah, dass Louis ihr ebenso ernsthaft wie interessiert zuhörte, fuhr sie fort:

»Und sobald du eine einflussreiche Position innehast, wirst du uns Aufträge zukommen lassen. Das versteht sich von selbst. Vergiss nicht *Die Jungfrauen des Vatikan*, die unsere Werkstatt für die Prälaten gewebt haben. Und die *Geburt Christi. Die Kreuzigungen, Mariä Verkündigung*, die *Jungfrauen mit dem Kind.*«

André lachte aus vollem Herzen.

»Da erkenne ich doch Euren Geschäftssinn wieder, Alix. Den werdet Ihr nie verlieren.«

»Und warum sollte ich auch? Ich kenne die Priester und die Kirchen. In ihrer Welt gibt man viel Geld für den Glauben aus. Ich bräuchte eine Menge Goldmünzen, damit mein Sohn ebenso aufstiege wie Jean de Villiers.«

Bei diesen Worten kam Valentine dazu. Sie befand sich in Begleitung von Properzia, die sie am Arm stützte.

»Ich bin ihr unterwegs begegnet«, erklärte Letztere. »Ihr war nicht wohl.«

»Gott! Was ist mir dir, mein Herz?«, fragte Alix und eilte zu ihr.

»Ich weiß es nicht, ich fühle mich so schlapp, Mama. Ich habe Schweißausbrüche, und mir ist schwindelig, und dann habe ich mich auf der Straße übergeben. Nicolas wollte mich hierher begleiten, aber das wollte ich nicht. Wir haben zu viel Arbeit in der Werkstatt.«

»Schwindel! Erbrechen!«, rief Alix und stieß einen tiefen Seufzer aus. »Du wirst doch nicht etwa schon vor deiner Hochzeit ein Kind bekommen? Das ist … Das ist …«

»Alix!«, unterbrach der Prälat eilig. »Mit derlei Vorwürfen seid Ihr schlecht beraten. Ihr müsst sie so schnell wie möglich verheiraten. Das ist alles.«

Amüsiert beobachtete Properzia Alix.

»Ja«, sagte sie, »außerdem warten die beiden doch nur darauf.«

»Nein«, kreischte Valentine, »nicht ohne Mathilde! Ich werde auf keinen Fall in ihrer Abwesenheit heiraten. Ich will, dass sie dabei ist. Dass sie mir die Hand hält, wenn ich vor dem Priester ›ja‹ sage, auch wenn Ihr es seid, Bruder André.«

»Valentine!«, entgegnete Alix, »du heiratest schließlich nicht deine Schwester.«

Das junge Mädchen zuckte mit den Schultern.

»Ach! Natürlich wird Nicolas auch meine Hand halten.«

»Wir müssen Mathilde nur informieren«, sagte Properzia. »Willst du, dass ich nach Amboise reite, um sie zu holen?«

»Ja.«

»Das scheint mir etwas viel verlangt, mein Liebes«, mischte sich Alix ein. »Du kennst Mathilde. Sie ist nie da, wenn man sie braucht.«

»Bei dir vielleicht, Mama. Bei mir ist das etwas anderes«, widersprach Valentine. »Sie kommt immer, wenn ich sie rufe.«

»Aber du weißt, dass sie mal in Amboise, mal in Alençon ist. Sie kommt immer seltener nach Tours.«

André trat auf sie zu und nahm ihre Hände.

»Und wenn ich morgen meine erste Segnung durchführte, nähmest du das an?«

»Selbstverständlich, Bruder André.«

»Nun, dann machen wir es so, und wenn deine Teufelsschwester nicht vor Ende des Sommers zurückkehrt, bist du wenigstens offiziell und in angemessener Form verlobt.«

»Holt Mathilde nicht, Properzia«, erklärte das junge Mädchen. »Für den Augenblick reicht die Segnung. Nicolas weiß genau, dass wir ohnehin eines Tages heiraten werden. Wenn Mathilde lange auf sich warten lässt, fahre ich selbst nach Amboise und hole sie.«

»Nicolas wird dir folgen, und dann wird die Arbeit in der Werkstatt liegen bleiben.«

»Ach Mama! Du weißt genau, dass ich ihn nicht brauche, um Mathilde zu holen.«

Was sollte sie gegen diese leidenschaftliche Rede sagen? Alix kannte die häufig sinnlose, manchmal gefährliche Sturheit ihrer Zwillinge nur zu gut, diesen unbeherrschbaren Willen, der sie zueinandertrieb, wenn sie getrennt waren.

Louis war erleichtert über die Richtung, die sein Schicksal nahm, und Bruder André zufrieden mit der Wendung der Ereignisse. So kehrte nach dem Souper Ruhe im großen Haus der Cassex ein.

»Möchtest du heute Abend hier übernachten, Properzia?«

Wenn Properzia das Abendessen mit der Familie eingenommen hatte, machte sie manchmal gern von dem Angebot Gebrauch, noch einmal in dem kleinen Zimmer zu nächtigen, das sie vor ihrem Umzug in die Werkstatt bewohnt hatte. Alix fiel allerdings auf, dass sie es in letzter Zeit immer häufiger ausschlug. Sie gab vor, ein Frühaufsteher zu sein und die Familie nicht stören zu wollen.

Alix wusste, dass es sich um eine Ausrede handelte, die Properzia sich einzureden versuchte. In Wahrheit ertrug sie immer weniger die verliebten Blicke, mit denen Mathias seine Gattin betrachtete, wenn der Abend heranrückte. Gleich würde er sie an sich ziehen, sie in ihrem Ehebett in den Armen halten und sie vielleicht sogar besitzen, bevor sie einschliefen.

Die Vorstellung machte Properzia wahnsinnig und verwirrte sie. Seltsame Gefühle überkamen sie, als ob eine schlecht verheilte Wunde sie quälte. Doch Alix schien Mathias auf keinen Fall verärgern zu wollen und war stets da, wenn er nach ihr verlangte. Properzia hätte gern mehr Zeit mit Alix verbracht, sie außerhalb ihres Zeichenunterrichts gesehen, mit ihr am Abend allein soupiert, sie auf ihr einfaches Lager eingeladen und die Nacht mit ihr verbracht. Doch nichts von dem ergab sich, und so musste Properzia sich damit begnügen, Alix zärtlich an sich zu ziehen und das Parfum einzuatmen, das ihr Körper verströmte.

Properzia lehnte es ab, die Nacht in ihrem Haus zu verbringen.

»Ich danke dir, Alix, aber ich muss morgen früh aufstehen und dem Duc de Nevers einen Besuch abstatten. Er möchte mit mir über den Auftrag für eine große Statue sprechen. Sie soll in einer der Alleen seines Parks stehen.«

»Und was ist mit den Skizzen für *Judith auf Venus*, mit denen wir begonnen haben?«

»Ich mache mich gegen zwölf Uhr mittags auf den Weg. Wenn du früh auf bist, komm im Morgengrauen zu mir, und wir beenden sie vor meiner Abreise.«

»Abgemacht. Ich werde da sein.«

Von draußen drang milde Nachtluft in das große Schlafzimmer. Mathias und Alix lagen still auf dem Bett. In die Arme ihres Mannes geschmiegt, dachte die junge Frau nach. Dabei richtete sie den Blick an die Decke, wo sich die glänzenden Balken im Dunkeln verbargen, die das Weiß der frisch gekalkten Zwischenräume erst richtig zur Geltung brachten.

Es war ein schönes geräumiges Zimmer, das jeden Abend nach getanem Tagewerk, nach Reisen, nach Ausflügen in die benachbarten Ortschaften, nach Messen und Ausstellungen auf sie wartete.

Auf dem Bettgestell befand sich ein Rahmen aus Holz, an dem auf den Himmel des Bettes abgestimmte Vorhänge angebracht waren. In schillernden Farben waren darauf dörfliche Szenen dargestellt.

Die gegenüberliegende Wand wurde fast vollständig von einem beeindruckenden Kamin beherrscht. Feuerbock, Kamingitter und Holzscheite standen bereit, um ihnen bei großer Kälte zu Diensten zu sein. Die stattliche Ausstattung bestand aus einer großen Truhe mit Eisenbeschlägen, zwei Hockern mit durchbrochenen Füßen, die ihnen als Nachttisch dienten, einem niedrigen Schrank mit Metallbeschlägen, schmiedeeisernen Nägeln und Bogenverzierungen sowie zwei großen Sesseln, deren Bezüge zu den Vorhängen passten.

Plötzlich wand Alix sich aus Mathias' Armen und richtete sich auf. Was ging mit ihr vor? Ein Zittern befiel sie. Sie schlug die Decke zurück und zog die Beine an. Dann schlang sie die Arme um die Knie, stützte das Kinn darauf ab und schloss die Augen.

»Mathias«, flüsterte sie, »ich habe das Gefühl, dass ich Mathilde lange Zeit nicht wiedersehen werde.«

»Alix, ich bitte dich. Ich dachte, die Ängste um deine Töchter hätten sich endgültig gelegt.«

»Das dachte ich auch. Aber anscheinend werde ich mich immer um sie sorgen. Sie verhalten sich manchmal so seltsam.«

»Wovor hast du im Moment Angst?«

»Ich weiß es nicht. Die Art, in der Valentine auf der Anwesenheit ihrer Schwester bei ihrer Trauung bestanden hat, lässt mich das Schlimmste befürchten. Sie hat so darauf beharrt, weil sie etwas gespürt hat. Da bin ich sicher.«

Alix umfasste noch fester ihre Knie. Mathias streckte die Hand aus und streichelte sie. Die anmutige Rundung schien ihm zart und zerbrechlich unter seinen warmen Fingern.

»Wenn sie keine prunkvolle Zeremonie möchte, wieso akzeptiert sie dann nicht eine schlichte Trauung mit zwei Zeugen? Wir geben das Fest etwas später, sobald Mathilde zurück ist. Warum wehrt sie sich so und will die Heirat unbedingt hinauszögern? Sie erwartet ein Kind. Was wird Nicolas denken?«

»Sorge dich nicht, Alix«, beruhigte Mathias sie. »Nicolas ist mein Sohn, ich kenne ihn gut. Wenn es sein muss, wird er jahrelang auf Valentine warten. In dieser Hinsicht kommt er ganz nach mir. Er besitzt eine unendliche Geduld in Liebesdingen, auch wenn sie noch so aussichtslos scheinen. Erinnerst du dich nicht mehr?«

Alix spürte, dass sie leicht errötete. Himmel! Wie recht er hatte. Nichts hatte Mathias' Entscheidung in Bezug auf sie erschüttern können, obwohl sie ständig geflohen war, um ihre Liebhaber zu treffen.

»Ich war noch nicht bereit, mit dir zu leben, Mathias. Das weißt du genau.«

Er strich die Schenkel seiner Frau hinauf bis zu dem weichen, seidigen Dreieck ihres Venushügels. Dann näherte er sein

Gesicht dem ihren. Der Blick aus seinen strahlend blauen Augen versank in Alix' goldenen Pupillen.

»Mach dir keine unnötigen Sorgen. Vergiss, was Valentine gesagt hat. Sie hat es sich einfach nur gewünscht. Außerdem macht sie kein Hehl daraus, seit wir entschieden haben, sie zu verheiraten. Seit Wochen wiederholt sie ohne Unterlass, dass sie nicht heiratet, wenn Mathilde nicht dabei ist.«

»Aber Mathias, noch nie hat sie geäußert, dass nicht nur Nicolas, sondern auch Mathilde bei der kirchlichen Trauung ihre Hand halten solle! Das ist völlig abwegig!«

»Nicht für sie.«

Mathias drückte seine Lippen auf ihre und flüsterte:

»Und Nicolas versteht sie und toleriert es.«

»Das ist genau die Gefahr«, entgegnete Alix. »Es ist fast lächerlich, dass er immer alles versteht, was Valentine betrifft. Und so ist es seit …«

Sie verstummte, errötete plötzlich erneut, und Mathias beendete den Satz an ihrer Stelle:

»Seit dem Tag, an dem du mit der Kleinen in den Armen aus Florenz zurückgekehrt bist. Ein Mädchen, das keinen Vater mehr hatte und das ich sofort ins Herz geschlossen habe, so wie du Nicolas.«

Nun lachte sie, und Mathias fuhr fort:

»Und damals habe ich nicht geahnt, dass an einem unbekannten Ort noch eine zweite versteckt war.«

»Oh weh! Auch ich wusste es nicht. Ach Mathias«, rief sie und schmiegte sich an ihn, »erinnerst du dich an die Wölfe im Schnee?«

Sie streckte sich aus und ließ Knie und Beine los. Er drängte sich an sie und drückte sie plötzlich ungeduldig und fordernd an sich. Unter seinem starken muskulösen Körper konnte sie sich nicht bewegen.

Alix schwindelte. Dann sah sie plötzlich das Bild von Properzia vor sich. Auch sie hatte sie bereits auf diese Weise an sich gezogen und den Duft ihrer Haut eingeatmet.

Alix gab sich Mathias' Liebkosungen hin und spürte seine wohltuende Wärme. In ihr erwachte intensives Verlangen. Alix verdrängte ihre Ängste, jetzt zählte nur der Moment. Ein Schaudern überlief sie, und sie wartete, dass ihr Körper sich mit dem von Mathias verband und beide von derselben Leidenschaft übermannt wurden.

»Diese Wölfe haben uns Glück gebracht. Das ist alles«, flüsterte er an ihren Lippen. »Also, vergiss die schlechten Vorahnungen, die sich in deine Gedanken drängen.«

Plötzlich nahm sie den festen Druck seiner Umarmung wahr. Er gebärdete sich wie ein Herrscher, ein Gebieter, ein Eroberer.

»Erzähl mir von den Wölfen, Mathias.«

Er streifte ihr Nachthemd nach oben, um überall ihre zarte, weiche Haut zu spüren. Ihr Bauch bebte wie ein Palmzweig in einer leichten Brise. Ihre Knospen, die er gierig küsste, richteten sich unter seinen Lippen auf. Solche Liebkosungen hatte sie noch nicht mit Properzia geteilt.

»Die Wölfe, ja. Sie blickten uns aus ihren glühenden Augen an. Das Männchen beschützte seine verwundete Begleiterin und …«

Er schob sich zwischen ihre Schenkel und ließ sein erregtes Glied in den warmen Flaum seiner Frau gleiten. Während er leidenschaftlich in sie eindrang, hörte sie, wie er raunte:

»Von diesem Augenblick! Ach ja, von solchen Momenten habe ich in den zwanzig Jahren, die wir uns kennen, so oft geträumt.«

Mit trockener Kehle und heiserer Stimme spürte er den Höhepunkt kommen und sagte nicht mehr ganz bei sich:

»Sag nichts.«

Er, der so geduldig, ruhig und tolerant war, nahm sie stets mit derselben Kompromisslosigkeit, in die sich Kraft und Überzeugung mischten, und ließ ihr nur die Zeit für einen Atemzug und ein Murmeln.

Noch einmal sah Alix das Bild von Properzia vor sich. Dann ließ sie sich von dem Rausch mitreißen und verdrängte ihre düsteren Gedanken an Mathilde.

Doch in jener Nacht schlief sie schlecht und litt unter Albträumen. Als sie nicht mehr schlafen konnte, stand sie weit vor Sonnenaufgang auf.

Mathias schlummerte noch. Im Haus herrschten Dunkelheit und vollkommene Ruhe. Auf den Stufen der steinernen Außentreppe traf sie jedoch auf den Diener. Er hielt eine Fackel in der Hand.

»Das trifft sich gut, Adrian«, sagte Alix und nahm ihm die Fackel ab. »Ich muss rasch in die Werkstatt, um ein Werk zu vollenden. Sagt Leo, dass er Hector oder Césarine fertig macht.«

Sie sah, dass Adrian eine andere Fackel nahm, und fuhr fort:

»Mathias schläft noch. Weckt ihn nicht zu früh. Er schien mir in den letzten Tagen sehr erschöpft zu sein. Sagt ihm, wenn er mich nicht an der Place Foire-le-Roi antrifft, sei ich bis mittags in der Werkstatt von Properzia.«

Kurz darauf band sie Césarine an, und als Properzia den flackernden Schein der Fackel sah, eilte sie sogleich zu ihr. Langsam wich die Nacht dem Morgen, der sich am Horizont erhob.

»Ich konnte nicht schlafen«, entschuldigte Alix sich. »Ich muss mit dir arbeiten.«

»Das ist gut so. Komm.«

Sie betraten die Werkstatt, in der überall Stein- und Marmorblöcke herumlagen. In den Ecken standen Gips und Eimer mit Ton. Properzia nahm ihrer Freundin die Fackel ab und stellte sie auf den einzigen langen Tisch, auf dem Kartons, Tintenfässer, Federn und Zirkel nebeneinanderlagen.

»Ich habe mich entschlossen, dich in Stein zu meißeln. Bist du einverstanden?«

Vor Überraschung wusste Alix nicht, was sie antworten sollte.

»Mich in Stein meißeln!«, wiederholte sie erstaunt. »Du weißt sehr wohl, dass ich diese Art der Arbeit ablehne. Und was wird Mathias dazu sagen?«

»Vergiss das eine Mal deinen Mann«, sagte ihre Freundin in leicht gereiztem Ton. »Ganz erfüllt von dir, schläft er um diese Uhrzeit glücklich und zufrieden. Kommst du nicht aus seinem Bett?«

»Properzia!«

»Verzeih, Alix. Ich bin besessen von der Idee, eine Skulptur von dir anzufertigen. Der Gedanke macht mich ganz wahnsinnig.«

»Aber …«

»Es ist so«, fuhr sie fort. »Bezüglich meiner Steinblöcke bin ich genauso fanatisch wie du mit deinen Webstühlen. Solange ich mich im Val de Loire aufhalte, werden meine Venusfiguren, meine Sylphiden, meine Jungfrauen, meine Judith und meine Frauen von Potiphar dein Gesicht tragen. Alle! Ja, alle!«

»Das ist unmöglich.«

Properzia stürzte auf Alix zu, nahm sie in die Arme und raunte ihr ins Ohr:

»Wie soll ich deinen Körper kennenlernen, wenn ich ihn nicht in Stein nachbilde?«

Sie schob Alix zurück, hielt sie auf Armeslänge von sich weg und sah ihr tief in die Augen, während in der Werkstatt langsam der Morgen heraufdämmerte.

»Hier, in meinen Fingerspitzen«, erklärte sie, während sie über Alix' Gesicht strich, »spüre ich die Vollkommenheit. Die Form deiner Stirn, deines Halses, deiner Schultern ist edel, rein und erhaben. Und ich gestehe, dass ich in deinen Augen heimlich dieses Leuchten bemerkt habe, das nur mir gilt. Willige ein, Alix. Ich flehe dich an. Wenn nicht, werde ich mir überlegen, zurück nach Bologna zu gehen.«

»Aber du besitzt dort nichts mehr!«

»Das ist mir nicht wichtig.«

»Was willst du?«, seufzte Alix.

»Ich will, dass du dich dort neben den morgendlichen Sonnenstrahl stellst, der einen unvergleichlichen Glanz auf dein Haar zaubert.«

Sie ließ Alix los, trat ein paar Schritte zurück und kam wieder zu ihr.

»Ja genau, dort will ich dich in einem schönen prächtigen weißen Stein nachbilden. Ich will dich betrachten und dich berühren, wenn es mich danach verlangt, nur um meine Inspiration, mein Feuer, meine Lebensfreude zu steigern. Wenn du anschließend zu deinen eigenen Werken zurückkehrst, kann ich dich in Sandstein, Marmor, Porphyr und Basalt schlagen. Kein Stein wird sich mir verweigern. Aber zuvor muss ich deinen Körper kennenlernen.«

Sie wandte den Blick zum Licht, das die Werkstatt immer mehr durchflutete und eine angenehme Atmosphäre verbreitete.

»Ich möchte das Leuchten in deinen Augen festhalten, wenn du deine eigenen Werke betrachtest. Die Verwegenheit, wenn du deinen Körper befreist, und die Lust, wenn du liebst.«

Sie eilte zu ihrem Tisch, auf den ein blasser Lichtstrahl fiel, griff Karton und Feder und entwarf wortlos eine Skizze. Alix' Blick fiel auf ihre eigenen Zeichnungen, zu denen ihre Freundin sie angeleitet hatte, doch sie begriff, dass es weder der richtige Tag noch die richtige Zeit war, sie fertigzustellen. Ein heftiges Gefühl überkam sie, und ein unwillkürlicher Seufzer löste sich aus ihrer Kehle.

Sie ging zu Properzia und begann mit lasziven gezielten Bewegungen, sich zu entkleiden. Stumm sah ihre Freundin ihr einen Augenblick zu. Mit sachkundigem Blick, dem jede Art von Nacktheit vertraut war, maß sie Schultern, Nacken und Hals, die Alix nach und nach entblößte.

Nachdem Alix ihr Mieder geöffnet hatte, ließ sie das Kleid auf den Lehmboden herabgleiten. Noch immer betrachtete Properzia sie aufmerksam, nichts entging ihr. Alix spürte, wie ihr Blick über ihren Bauch, ihre Hüften und ihre Schenkel strich.

Alix' weißer geschwungener Körper überwältigte Properzia. Sie wollte nur noch abbilden, wonach sie sich bereits so lange sehnte. Sie zeichnete auf dem Karton, strich etwas durch, radierte es aus und fing wieder von vorn an. Sie hob den Blick zu Alix und richtete ihn zurück auf ihre Zeichnung.

Immer mehr Sonnenlicht strömte in die Werkstatt. Als ein Strahl auf den weißen Hals von Alix fiel, fing Properzia instinktiv den strahlenden Glanz ein, der sich auf die rosafarbenen Knospen von Alix' Brüsten legte.

Dann glitt der Sonnenstrahl hinunter zu ihrem Bauch und erleuchtete das zarte Vlies zwischen ihren gewölbten Schenkeln.

Alix sagte kein Wort, ihr Blick verlor sich im Unbestimmten, als denke sie an nichts. Sie schwebte auf einer weichen Wolke aus Watte dahin und spürte, wie ein Schaudern, dessen Ursprung sie nicht kannte, ihren Körper erfasste. Hin und wieder überlief ein zartes Beben ihre Haut, es begann an ihrem Bauch und kroch hinauf bis zu ihrem Hals. Unter der einzigartigen Feder von Properzia wurde Alix' Gestalt unsterblich.

»Alix, reich mir deine Arme.«

Alix gehorchte und streckte beide Arme aus. Nicht wie eine Ertrinkende, die sich an einen imaginären Ast klammerte, sondern wie eine liebende Frau, die sich nach ihrer Geliebten sehnte.

Properzia war wie gebannt. Noch nie hatte sie etwas Schöneres gesehen. Ja. Dieses Bild würde sie sich einprägen und nie wieder vergessen. Doch als ihre plötzliche Ergriffenheit nachließ, fing sie wie besessen an zu zeichnen, und als sie mit ihrem Bild zufrieden war, legte sie den Karton auf den Tisch, trat zu Alix und presste die Lippen auf ihre.

»Danke«, flüsterte sie. »Ich werde aus dir das Bild einer Künstlerin formen, die verrückt nach ihrem eigenen Modell ist. Du wirst sowohl das eine als auch das andere sein. Wie deine Zwillinge.«

Sie betrachtete das entspannte Lächeln ihrer Freundin und küsste sie erneut, diesmal etwas länger. Dann reichte sie ihr ein Kleidungsstück nach dem anderen, und als Alix wieder angekleidet war, sagte sie mit heiterer, ruhiger Stimme:

»Nun arbeiten wir an deinen Zeichnungen. Wir müssen sie vollenden, bevor ich aufbreche.«

Sie nahm den Karton zur Hand, den Alix gezeichnet hatte.

»Sieh dir den Blick deiner Judith an. Sie ähnelt noch zu sehr deinen Damen mit dem Einhorn. Sie ist groß und schlank, ihr Gesichtsausdruck ist distanziert und ihre Haltung starr. Die Frauen, die die florentinischen Künstler heute malen, sind rund, sinnlich, lasziv, hingebungsvoll. So wie du gerade.«

Sie reichte Alix die Feder, nahm ihre Hand, führte sie über die Zeichnung und korrigierte den Ausdruck.

»Der Bauch der Frau ist nicht genug gewölbt, und das Knie deiner Judith ist zu kantig. Denk an deinen eigenen Körper, wenn du den von anderen zeichnest.«

13.

Alix' Gefühl, dass sie Mathilde nicht so bald wiedersehen würde, trog sie nicht. Einige Tage später tauchte ein Gesandter des Hofs in ihrem Haus auf.

»Wohnt hier Dame Cassex?«, rief er von seinem Pferd, das mit den Vorderhufen scharrte.

Atemlos eilte Bertille mit kleinen Schritten herbei, gefolgt von Adrian, der in dem Moment aus dem Haus trat.

»Das ist richtig«, antwortete er und drehte sich um.

»Ich habe eine Nachricht für sie.«

»Ich hole sie«, rief Bertille und machte auf dem Absatz kehrt. »Sie ist noch nicht in die Werkstatt gegangen.«

Mathias und Nicolas waren früh aufgebrochen und würden erst zum Mittagessen zurückkehren. Doch Alix, die bereits eine dunkle Vorahnung hatte, als sie Stimmen im Hof hörte, stürzte auf den Reiter zu, als ob es hinter ihr brenne.

Valentine, der ihre Schwangerschaft zu schaffen machte, war nicht in die Werkstatt gegangen. Der Anblick des Boten, der aufrecht auf seinem Pferd saß und nach Dame Cassex fragte, trieb sie noch schneller ins Freie als ihre Mutter. Louis folgte ihr auf den Fersen.

Sie verspürte einen starken Drang, anstelle ihrer Mutter die Hand nach dem Brief auszustrecken, zwang sich jedoch mit pochendem Herzen zu warten und ließ Alix den Vortritt. Sie sah, wie ihre Mutter den Arm ausstreckte und mit zitternder

Hand die Nachricht entgegennahm, die der junge Mann ihr überreichte.

Alix richtete den Blick auf Valentine und bemerkte Louis hinter ihr. Dann drehte sie sich um, hielt den Brief einen Augenblick in Händen und seufzte.

Der junge Reiter war von seinem Pferd gestiegen. Wie alle Boten, die auf der Suche nach dem Ziel ihrer Mission durch die Landschaft preschten, trug er staubige Kleider. Stumm und steif wartete er, dass man ihn anwies, wieder aufzubrechen oder sich am Brunnen zu erfrischen. Der Brief war nicht versiegelt, und mit einem erneuten Seufzer begann Alix ihn schließlich zu lesen.

Valentine litt an einem Schluckauf, den sie sich zu unterdrücken bemühte. Dann eilte sie ans andere Ende des Hofs und übergab sich. Sie beugte sich nach vorn und hielt sich mit einer Hand die schweißnasse Stirn. Louis zögerte. Als er sah, wie seine Mutter erbleichte, trat er zunächst auf sie zu, drehte dann jedoch auf dem Absatz um und eilte seiner Schwester zu Hilfe.

Er legte einen Arm um Valentines Taille und stützte sie. Langsam richtete sie sich auf. Voller Mitgefühl blickte Louis sie an.

»Ist der Brief von Mathilde?«, flüsterte er.

»Ja, ich glaube«, antwortete Valentine und bemühte sich so aufrecht wie möglich zu stehen.

Im Hof herrschte angespannte Stille. Nur das Scharren des Pferdes war zu hören. Es rieb einen Hinterhuf über das Pflaster.

Alix fixierte einen Augenblick die große Flügeltür, durch die die Gespanne hineinfuhren. Stumm betrachtete sie den Hofeingang, als erschiene Mathilde dort auf Fildor. Doch sie kam nicht. So stand es in diesem Brief.

Sie seufzte tief und senkte den Blick erneut auf das Papier in ihren zitternden Händen. Wann würde Mathilde zurückkehren? Alix wusste nicht, was sie denken, sagen oder tun sollte!

»Hier, lies!«, sagte sie zu Valentine, die noch immer von ihrem jüngeren Bruder gestützt wurde.

Nicht ganz von ihrer Übelkeit genesen, nahm das junge Mädchen langsam das Blatt entgegen und verlas halblaut folgende Zeilen:

Meine liebe Mama,
sorge dich nicht. Es ist nichts Tragisches oder Bedeutsames geschehen. Nur hatte ich solche Lust, nach Florenz zu reisen, um das Land meines Vaters kennenzulernen. Ich habe geschwiegen, um dir Kummer zu ersparen und damit du mich nicht daran hinderst. Auch der Duchesse d'Alençon habe ich nichts erzählt, weil ich wusste, dass sie mich verheiraten würde, um mich von meinem Vorhaben abzubringen.
Nichts sollte meinem Wunsch im Weg stehen. Er ist stärker als alles andere. Stärker noch als mein unendlicher Kummer, Valentine zu verlassen. Aber ich weiß, dass sie mich versteht, weil ich es ihr bereits erzählt habe und sie es gebilligt hat.
Sei nicht traurig, Mama, ich werde bald zurückkommen. Wenn ihr die Hochzeit von Valentine nur ein bisschen nach hinten verschiebt, werde ich dabei sein.
Urteile nicht schlecht über mich. Ohne dass ich mich darum bemüht habe, bin ich in einer guten Sache unterwegs. Sie ist mir einfach zugeflogen, als ich nicht damit gerechnet habe, und das erleichtert mir natürlich meine Reise.
Diesen Teil kennt auch Valentine nicht, weil ich davon noch nichts wusste, als wir darüber sprachen. Um es kurz zu sagen, ich muss eine Mission für den König erfüllen. Leider darf ich

dir nicht sagen, worum es sich handelt, Mama. Ich muss das Geheimnis für mich behalten. Aber sorge dich nicht, du musst wissen, dass ich das Glück hatte, in Clos-Lucé dem großen Leonardo da Vinci zu begegnen. Er hat mir diese Aufgabe übertragen, die am Ende François zugutekommt, unserem König. Allein Maître da Vinci entscheidet darüber, ob er dich auf dem Laufenden hält oder nicht. Ich darf dir nichts sagen, weil ich ihm versprochen habe zu schweigen. Ich kann dich nur damit beruhigen, dass die Mission gänzlich ungefährlich ist und mir nebenbei ermöglicht, Florenz und die Familie meines und Valentines Vater kennenzulernen.
Maître da Vinci und ich haben viel von dir gesprochen. Er erinnert sich sehr gut an dich. Er hat mich sogar gefragt, ob sich Form und Ausdruck der Zeichnungen für die Tapisserien weiterentwickelt hätten. Jedenfalls wäre es ihm eine große Freude, dich wiederzusehen. Er lebt allein mit zwei Dienerinnen und einem Knecht in Clos-Lucé. Ich habe ihm gesagt, dass du ihn sicher in Begleitung deiner Freundin Properzia besuchen wirst, die er kennt und für die er offenbar große Bewunderung hegt.
Ach ja! Das hätte ich beinahe vergessen. Ich breche mit einem kleinen, sehr wohlorganisierten Tross auf. Ich bin also nicht allein. Sag Valentine, dass ich ihr aus Lyon einen langen Brief schicken werde, um ihr zu sagen, dass ich sie liebe und ihre Hochzeit nicht verpassen werde. Ich möchte dabei sein, wenn sie vor dem sie trauenden Priester Nicolas' Hand hält, denn ich werde ihr die andere halten.
Meine geliebte Mama, ich schicke dir tausend zärtliche Küsse und tausend weitere für Valentine. Ich umarme Louis, Mathias und Nicolas und natürlich meine geliebte alte Bertille. Deine Mathilde, die dich sehr liebt

»Was sagt man dazu?«, murmelte Leo, der aus dem Stall gekommen war und der Lektüre des Briefes, den Alix sogleich wieder an sich nahm, in voller Länge beigewohnt hatte.

Der arme Kutscher war aufgebracht und verstand nicht, warum Mathilde ihn nicht ins Vertrauen gezogen hatte.

»Abgesehen von Valentine hat sie niemandem etwas verraten.«

»Wenn ich davon gewusst hätte, hätte ich sie begleitet, ohne Euch etwas zu sagen, Dame Alix. Und Ihr hättet mir vergeben, da es Euch lieber gewesen wäre, sie bei mir in Sicherheit zu wissen.«

Traurig stimmte Alix ihm zu.

»Du hast recht, Leo. Die Vorstellung, dass du sie begleitest, hätte mich beruhigt. An deiner Seite könnte ihr nichts Schlimmes zustoßen. Aber wir fahren gleich morgen nach Clos-Lucé zu Maître da Vinci. Er muss mir auf jeden Fall offenbaren, welchen Auftrag er meiner Tochter erteilt hat.«

»Mama«, flüsterte Valentine, »das ist ein Geheimnis. Das schreibt Mathilde mehrmals ausdrücklich in ihrem Brief.«

»Nun gut, das tut mir leid. Maître da Vinci muss sich mit der Vorstellung abfinden, dass es das nicht bleiben kann. Das Leben eines Kindes steht auf dem Spiel.«

»Mama! Mathilde ist kein Kind! Du sagst doch selbst, dass sie bereits verheiratet sein könnte.«

Alix stieß einen Seufzer aus.

»Ihr seid beide noch so jung.«

Valentine warf sich in die Arme ihrer Mutter.

»Mama, denk an deine eigene Jugend. Du warst jünger als Mathilde, als du allein gereist bist.«

»Das war etwas anderes. Und außerdem hat sich um mich niemand gesorgt.«

Sie seufzte, und nachdem sie ihre Sicherheit wiedergewonnen hatte, verkündete sie:

»Wir fahren nach Blois, wo ich mich mit der Duchesse d'Alençon unterhalten werde. Ich erkläre ihr, was Mathilde für den König tun wollte. Und geschmeichelt, dass ihr Bruder so hoch angesehen ist, muss sie meine Tochter verstehen.«

»Aber vorher müssen wir zu Maître da Vinci!«

»Ich bin ganz konfus und rede dummes Zeug! Natürlich hast du recht, Valentine, wir müssen sofort zu ihm.«

Einige Tage später hatte die Geschichte an Brisanz verloren. Zunächst hatte Alix Leonardo da Vinci allein einen Besuch abgestattet. Er hatte ihr erzählt, dass er dem jungen Mädchen helfen wollte und sie deshalb beauftragt habe, ihm ein kleines Bild mitzubringen, das er dem König schenken wolle. In seinen Erklärungen hatte der alte Maler jedoch verschwiegen, welche Bedeutung dieses Werk für ihn hatte.

Sogar Valentine hatte eingesehen, dass ihre Schwester nicht in Gefahr war, da sie sich in Begleitung von fünf Personen befand: einem Diener von Alix und einem Schüler von Maître da Vinci, einem alten Buchführer und seiner Gattin, und der kleinen Carlotta, die ihrer Familie erst gar keine Hoffnung darauf gemacht hatte, dass sie zurückkehren werde.

Mathias beruhigte Alix, indem er stets wiederholte, dass Mathilde von einem kurzen Aufenthalt gesprochen habe. Sie habe ein Versprechen gegeben, zu dessen Erfüllung sie sich verpflichtet fühlte, und könne es kaum erwarten mitzuerleben, wie da Vinci dem König das Bild überreichte.

Später hatte Alix da Vinci noch einmal gemeinsam mit Properzia besucht. Sie hatten sich lange unterhalten. Properzia, die den alten Maler sehr bewunderte, hatte einige bekannte Bilder erwähnt, in die sie eingebunden gewesen war. Dann hatte da Vinci ihr einige Personen genannt, die begierig darauf warteten, ihre Häuser mit italienischen Skulpturen zu schmücken.

Um zu verhindern, dass Alix und Valentine in Sorgen ertranken, betonte Nicolas ohne Unterlass, wie mutig Mathilde sei, und verwies auf ihre Kühnheit, ihre Furchtlosigkeit und ihre Entschlusskraft. Wenn nötig, verfügte sie über ausreichend Vorzüge, um sich aus einer misslichen Lage befreien zu können.

Selbstverständlich schloss sich Properzia diesen Beteuerungen an. Mehr als einmal war sie selbst Zeugin der Kühnheit, wenn nicht sogar der Dreistigkeit des jungen Mädchens gewesen.

Selbst Bertille betonte, dass Alix in einem zarteren Alter und unter deutlich ungünstigeren Bedingungen allein durch Frankreich gezogen war.

»Und schließlich«, erinnerte Mathias sie immer wieder aufs Neue, »hat Mathilde versprochen, zu Valentines Hochzeit zurück zu sein. Du weißt genau, dass sie ihr Versprechen hält. Außerdem weiß sie, dass ihre Schwester schwanger ist und wir die Trauung nicht allzu lange hinauszögern können.«

An einem Morgen desselben Monats erschien ein weiterer Bote mit einer Nachricht, die alle vorübergehend von Mathildes Flucht ablenkte. Der Brief stammte aus Bologna und war ebenfalls an Dame Alix de Cassex adressiert.

Alix' zurückgekehrte Heiterkeit wich einem verkrampften Lächeln, als sie den Brief las. Er setzte sie darüber in Kenntnis, dass Properzia de Rossi, die vor dem Ruin stand, aus Italien geflohen sei, um sich in Frankreich zu verstecken. Der Brief stammte von einem ihrer größten Gläubiger, dem man geraten hatte, sich an die Cassex zu wenden.

Alix behauptete, Properzia nicht zu kennen und dass man sie in der Gegend noch nie gesehen habe. Als Alix wenig später erfuhr, dass der Gläubiger seine Angelegenheit hartnäckig verfolgte und sich in Tours niedergelassen hatte, um die Familie Cassex besser überwachen zu können, beschloss man, Properzia eine Weile bei Maître da Vinci in Clos-Lucé zu verstecken, der wie sie ein italienischer Exilant war.

Diese Ereignisse lenkten Alix ein wenig von dem Schmerz ab, den ihre Tochter ihr zugefügt hatte. Der Fall war nicht so tragisch. Properzia würde ihre finanziellen Mittel bald wieder aufgefüllt haben und ihre Gläubiger auszahlen.

Dahingegen versuchte Alix noch immer, ihre Tochter zu verstehen. Was war der wahre Grund, weshalb Mathilde ihre heftige Sehnsucht, nach Florenz zu reisen, verschwiegen hatte? Alix sagte sich, dass Mathilde das Glück ihrer Zwillingsschwester nur schlecht ertrug. Aber warum bestand sie so hartnäckig darauf, kompliziert zu sein, wenn alles so einfach sein konnte? Die Duchesse d'Alençon wollte dafür sorgen, dass sie reich und gut heiratete, noch dazu einen jungen Adligen! Alix wusste, dass sie ihr ganz gewiss keinen hässlichen alten Knaben aufdrängen würde, der ihr viel abverlangte.

Wenn die anderen beruhigend auf sie einredeten, schaffte Alix es, ihre Ängste zu vergessen. Nur wenn sie Valentines Sorge spürte, flackerte auch ihre wieder auf.

Doch dann brach auf einmal die Affäre Properzia, die man für beendet geglaubt hatte, erneut auf. Da er Alix' Aussage misstraute, erschien der Gläubiger plötzlich anstelle eines Boten persönlich im Haus der Cassex. Der Anblick der zwei Polizisten mit Helm und Harnisch, die ihn begleiteten, versetzte Alix in Aufruhr. Sie fühlte sich an jene Zeit erinnert, als solche Männer sie selbst festgenommen hatten. Man warf ihr damals vor, eine Statuette aus dem Bistum von Reims gestohlen zu haben, die sich dort zu Restaurierungsarbeiten befand, als sie zur Besprechung eines Auftrags am Bischofssitz weilte.

Bruder André, damals einfacher Apothekermönch, hatte sie aus der Affäre gerettet. Diese beiden Polizisten hier und der rachsüchtige Gläubiger glichen ihren damaligen Peinigern.

»Wir kommen, um Eure Räumlichkeiten zu inspizieren. Wo ist Sire Cassex?«, fragte der kleinste von ihnen. Er war kaum größer als ein Zwerg.

»In der Werkstatt.«

»Führt uns dorthin.«

Alix zwang sich trotz ihres inneren Aufruhrs, nach außen hin Ruhe zu bewahren.

»Lasst mich einen Mantel überziehen, dann stehe ich zu Eurer Verfügung.«

Alix entfernte sich einen Augenblick von den drei Männern, die im Hof warteten, und bat Adrian, Pierrot zu benachrichtigen. Er sollte aus Properzias Werkstatt alles verschwinden lassen, das aus Bologna stammen konnte oder an Italien erinnerte, und sie dann doppelt verschließen.

Wenig später gingen Mathias, Alix und Pierrot vor ihnen her. Mehrere Stunden lang durchsuchten die Männer die Werkstatt und das Verkaufskontor. Sie untersuchten Webstühle, Tische und Zimmerecken, ohne dabei je ihre misstrauische Haltung abzulegen, die Mathias und Alix wie die schlimmsten Diebe ihres Jahrhunderts dastehen ließ.

Nachdem die Männer alles inspiziert, ausführlich untersucht und auf den Kopf gestellt hatten, ohne dass Alix sie daran hindern konnte, traten sie mit großen Schritten in den Innenhof, der Werkstätten und Nebengebäude voneinander trennte. Die Hände auf dem Rücken verschränkt, schritten sie auf und ab.

»Sehen wir uns weiter um«, forderte der Größere, an den Gläubiger gewandt.

Es dauerte nicht lange, bis sie am Ende der Gebäude den Raum entdeckten, der Properzia als Werkstatt diente.

»Was ist das?«

»Eine Werkstatt, die wir als Lager nutzen«, antwortete Alix schnell.

»Öffnet sie.«

»Wir haben den Schlüssel nicht bei uns. Ihr müsstet morgen oder in ein paar Tagen zurückkehren.«

Der Kleinste von ihnen lachte höhnisch.

»Ihr verspottet uns! Schlagt die Tür ein. Ich will sehen, was sich in dieser Baracke verbirgt.«

Baracke! Alix zuckte mit den Schultern. Es hätte nicht viel gefehlt und sie hätte ebenfalls gelacht. Aber die Männer scherzten nicht. Als sie sahen, dass weder der Weber noch seine Frau noch der kleine Arbeiter bereit war, ihnen zu helfen, warfen sich der Gläubiger und seine zwei Begleiter achselzuckend gegen die Tür und drückten sie laut schreiend mit ein paar kräftigen Stößen ein.

Knarrend öffneten sich die zwei Flügeltüren. Die Männer traten ein und gebärdeten sich wie die Hausherren. Die Blöcke aus Marmor, Alabaster und Basalt verrieten die Herkunft ihrer Besitzerin. Für die Herren bestand kein Zweifel, dass es sich hierbei um den Raum eines Bildhauers handelte.

Der Gläubiger jubelte.

»Ach!«, rief er und stürzte auf die Skulptur *Die Frau von Potiphar* zu.

Alix erblasste, als sie den Steinblock in der Mitte der Werkstatt bemerkte. Die Skulptur, an der Properzia gearbeitet hatte, als sie aufbrechen musste, zeigte eine noch undeutliche Gestalt. Mathias beugte sich über die unfertige Skulptur, die er nicht kannte. Nackt, schön und lasziv streckte die noch kaum erkennbare Frau die Arme aus, als wolle sie jemanden zurückhalten.

Der Gläubiger lachte hämisch und sagte: »*Die Frau von Potiphar*, die aus Bologna.« Natürlich kannte er die Werke seiner Schuldnerin. Am liebsten hätte Alix geschrien: »Nein, das ist nicht die Frau von Potiphar, das bin ich! Seht Ihr denn nicht, dass sie mir ähnelt?« Aber sie schwieg und verließ nervös die Werkstatt.

Kurz darauf traten Mathias und Pierrot zu ihr.

»Leugnen wir es, und lassen den Dingen ihren Lauf«, flüsterte Mathias seiner Frau ins Ohr.

»Der eine Prozess geht zu Ende, der andere wird eröffnet«, murmelte Alix, »das ist das Gesetz der Menschheit!«

Aufgeregt traten die drei Männer aus der Werkstatt.

»Wem gehört diese Skulptur?«, brüllte der Gläubiger, als er auf die Weber zukam.

Seine Arme wirbelten wie Windmühlenflügel durch die Luft, und er stampfte mit dem Fuß auf den Boden.

»Aber das wissen wir nicht«, entgegnete Alix vorsichtig.

»Doch, Ihr wisst es.«

»Nein! Wir wissen nichts darüber.«

Wie ein einfacher Bauer spuckte der Gläubiger auf den Boden.

»Das Gefängnis wird Eure Zungen lösen.«

Er keuchte und lief rot an wie eine Tomate. Verzweifelt riss er den Mund auf und rang nach Luft. Mit hartem Blick und gerunzelter Stirn warteten die zwei Polizisten an seiner Seite, bereit, ihm den kleinsten Wunsch zu erfüllen.

»Wir sind keine Bildhauer«, schaltete sich Mathias ein, »sondern Weber.«

»Genau!«, zeterte der Mann.

Dann packte er Alix grob am Arm und führte sie in die Werkstatt.

»Ich verbiete Euch, meine Frau anzufassen«, schrie Mathias.

»Ihr habt mir nichts zu verbieten. Was ist das?«

Er deutete auf eine kleine Tapisserie, die Alix mitgebracht hatte, um sie Properzia zu zeigen. Sie lag auf einem Stapel Zeichnungen.

»Und das! Und das!«, schrie er, wobei er die Kartons mit den Zeichnungen auf den Boden schleuderte.

Erschrocken über seine Gehässigkeit, betrachtete Alix den Mann voller Entsetzen. Weiß vor Wut, bot Mathias ihm die Stirn.

»Was ist das? Was ist das?«, wiederholte er. »Seht Ihr nicht, dass es sich hier um Zeichnungen handelt?«

»Zeichnungen von einem Weber oder von einem Bildhauer?«, höhnte der Gläubiger. Dann wandte er sich an die beiden Polizisten.

»Sammelt sie ein, und nehmt sie mit.«

»Das verbiete ich Euch«, schrie Alix.

»Ach, gehören sie Euch?«

»N… n… nein!«

Alix verzog krampfhaft das Gesicht und wurde leichenblass. Es handelte sich um die Serie von Zeichnungen, die der Maler van Roome Properzia für den Wandbehang *David und Bathseba* mitgegeben hatte.

Wenn sie zugab, dass diese Kartons ihr gehörten, gab sie zugleich zu, Properzia zu kennen und dass es sich um ihre Werkstatt handelte.

Mathias konnte sich nicht länger beherrschen, er stürzte sich auf den Gläubiger und packte ihn am Kragen.

»Verschwindet sofort von hier, oder ich erwürge Euch.«

»Mathias«, schrie Alix, als sie sah, dass er den Mann heftig würgte. »Hör auf!«

Die beiden Polizisten, die nur auf einen solchen Ausbruch gewartet hatten, ergriffen Mathias. Sie hielten ihn fest, banden ihm die Fäuste auf den Rücken und führten ihn direkt in das Gefängnis von Tours, das hinter dem Markt der Stadt lag.

Auf der Suche nach einem Ausweg ging Alix im Kopf verschiedene Möglichkeiten durch. Doch weder Marguerite noch der König kannten Properzia und konnten ihr nicht helfen. Was tun? Zum ersten Mal in seinem Leben hatte man Mathias wie einen gemeinen Räuber ins Gefängnis geworfen. Zum Glück war Properzia in Clos-Lucé bei Leonardo da Vinci versteckt.

Auf einmal fiel ihr Philippa Lesbahy ein, Dame d'Azay, die Properzia auf ihre Vermittlung hin kennengelernt und ihr mehrere Aufträge für ihr Schloss übertragen hatte.

Sie ließ sofort die Pferde anspannen, und während der Abend heraufzog, fuhr sie mit Leo in Richtung Azay-le-Rideau. Die Nacht brach schnell herein, aber Leo beherrschte die Kutsche in jeder Situation und zu jeder Tages- und Nachtzeit, sodass sie drei Stunden später vor den Toren des Châteaus standen.

»Ich möchte zu Dame Lesbahy.«

»Da kommt Ihr zu spät. Dame Philippa empfängt niemanden mehr«, erwiderte der Pförtner argwöhnisch.

Alix seufzte vor Erleichterung, dass die Schlossherrin offenbar anwesend war. Jetzt galt es nur noch, den Pförtner zu bestechen.

»Aber sie ist da?«

»Ja. Aber sie empfängt nicht mehr. Es ist zu spät. Kommt morgen wieder.«

Alix nahm ihren Geldbeutel, löste die Kordel, holte drei Silbermünzen heraus und reichte sie dem Mann.

»Geht und sagt ihr, dass Alix de Cassex, die Weberin aus Tours, sie sprechen möchte. Wenn sie ablehnt, komme ich morgen wieder. Sollte sie jedoch einwilligen, mich sofort zu empfangen, erhaltet Ihr drei weitere Münzen.«

Die Verlockung des Geldes wirkte doch immer wieder Wunder. Eine halbe Stunde später öffnete der Mann weit die Tore zum Schloss, um sie gleich darauf wieder zu schließen.

Das Gespann fuhr auf den großen quadratischen Hof, und Alix stieg eilig aus der Kutsche.

»Was ist geschehen, Dame Alix, dass Ihr mitten in der Nacht in mein Schloss eindringt?«

»Verzeiht, Philippa, dass ich Euch auf diese Weise überfalle. Ich werde mich kurz fassen und Euch nicht lange stören. Properzia de Rossi versteckt sich in Clos-Lucé bei dem Maler Leonardo da Vinci.«

»Was sagt Ihr?«, rief sie überrascht aus.

»Ihr wisst doch, dass sie vor dem Ruin steht und sich in Frankreich versteckt!«

»Sie hat mir zwar von schwerwiegenden finanziellen Schwierigkeiten erzählt, von Ruin hat sie allerdings nicht gesprochen.«

»Glaubt Ihr, Philippa, dass sie aus Italien geflohen wäre, wenn noch Aussicht auf Rettung bestanden hätte? Sie ist hoch verschuldet und derzeit nicht in der Lage, ihre Gläubiger zu bezahlen.«

»Warum hat sie mir ihre wahre Lage verschwiegen? Ich hätte bedeutend größere Anzahlungen geleistet.«

»Leider fürchte ich, dass das nicht annähernd gereicht hätte. Ein Gläubiger aus Bologna, der auf der Suche nach ihr ist, hat in meinen Werkstätten eine Haussuchung durchführen lassen und dabei das Atelier von Properzia entdeckt.«

Mit gerunzelter Stirn fuhr Alix fort:

»Außerdem hat der Gläubiger alle Zeichnungen mitgenommen, die van Roome ihr anvertraut hatte. Sie stellen die Vorlage für einen Teil des Wandbehanges über die Geschichte von *David und Bathseba* dar, den ich im Auftrag einer Brüsseler Werkstatt anfertige.«

Sie versicherte sich mit raschem Blick, dass Dame Lesbahy ihr aufmerksam zuhörte. Überzeugt, dass sie ihr Interesse gewonnen hatte, sprach sie weiter:

»Und zu allem Überfluss hat dieser Mann, der sich in Begleitung zweier Polizisten befand, die ebenso verbissen waren wie er, veranlasst, dass mein Mann in das Gefängnis von Tours gesperrt wird.«

»Da kann man zweifellos etwas unternehmen«, erklärte Philippa mit Bestimmtheit, während sie nachdachte. »Nun, was sollten wir Eurer Ansicht nach zuerst tun?«

»Meinen Mann befreien.«

»Ich glaube nicht, dass das klug wäre.«

»Was schlagt Ihr vor?«

»Den Mann zu bezahlen, dem Properzia de Rossi Geld schuldet.«

»Aber es muss sich um eine beträchtliche Summe handeln!«

»Ich werde die nötigen Bankiers benachrichtigen. Dieser Bologneser wird ebenso schnell wieder abreisen, wie er gekommen ist. Glaubt mir. Er wird Euch Eure Zeichnungen zurückgeben und Euren Mann befreien.«

Alix traute ihren Ohren nicht.

»Philippa! Was verlangt Ihr im Gegenzug von Properzia und mir?«

»Meine Liebe, was jeder französische Adlige in diesen Zeiten verlangt: die Gunst eines Renaissancemeisters. Ich werde Schritt für Schritt tun, was unser König getan hat.«

Alix verstand schnell, was Philippa Lesbahy verlangte: Properzia sollte sich an sie binden.

»Ich beherberge Eure Bildhauerfreundin in Château d'Azay. Sie hat dort ein Zuhause. Sie wird auch über eine größere Werkstatt verfügen, aber …«

»Aber?«

Alix starrte ihre Gesprächspartnerin an und wartete auf ihre Bedingungen.

»Sie arbeitet ausschließlich für mich. Exklusiv für mich. Ich besitze noch andere Schlösser als Azay-le-Rideau. Und ich will sie zu Tempeln der Renaissance umgestalten.«

Sie sahen sich reglos in die Augen.

»Philippa, verlangt Ihr dasselbe von mir?«

»Nicht ganz, denn ich weiß, dass Ihr für den König, seine Mutter, die Comtesse d'Angoulême, und seine Schwester, die Duchesse d'Alençon, arbeitet. Ich würde mich von daher mit der vierten Position zufriedengeben.«

14.

»Claude, meine Tochter, Ihr müsst Euch dem Volk zeigen. Seht Ihr, wie diese Menschen nach Euch verlangen. Sie hören nicht auf, Euch zu preisen. Lächelt ihnen zu. Es ist das Volk Eurer Mutter. Wenn sie an Eurer Seite wäre, würde sie Euch dasselbe raten.«

»Ich bin so müde«, erwiderte die junge Königin und stieß einen Seufzer der Erschöpfung aus. »Und obwohl die Zimmer sehr komfortabel sind, kann ich es kaum abwarten, meines in Château de Nantes wiederzusehen.«

»Nun, gebt Euch ein wenig Mühe. Marguerite wird Euch unterstützen. Ihr wisst, wie großherzig und verständnisvoll sie ist.«

»Ich weiß, und bin ihr ebenso dankbar wie Euch«, sagte sie mit einem herzlichen Blick zu ihrer Schwiegermutter. »Aber bei der Ankunft in Nantes ziehe ich es vor, den König an meiner Seite zu haben.«

Louise gab den Schildknappen ein Zeichen, und prompt informierte das Gefolge des Königs ihn über den Wunsch seiner Gattin.

Die Duchesse d'Angoulême hielt die Zügel straff in der Hand. Obwohl sie anders als früher keine langen Ausritte mehr unternahm, saß sie noch immer voller Anmut im Sattel. Louise entfernte sich von Claude und ritt zu ihrer Tochter.

»Ach, seht nur, der König ist in Begleitung von Bonnivet und dem Mann meiner Tochter. Ich bin sicher, dass er noch lernt, so begeistert mit Euch zu sprechen, wie Ihr es Euch wünscht«, sagte sie und stieß einen Seufzer aus.

Sie gab ihrem Pferd die Sporen und kehrte zu Claude zurück.

»Also, bis darauf, dass Ihr nicht aufrecht sitzt, ist Eure Haltung einwandfrei. Der Fall Eures Kleides erscheint mir tadellos und Eure Frisur vollkommen. Nun, Claude, nehmt die Schultern etwas zurück und erweist dem Hermelin Eurer Mutter die Ehre.«

Die junge Königin, von der man so viel Anstrengung erwartete, gab sich geschlagen und legte die Hände auf ihren Bauch.

»Macht Euch deshalb keine Sorgen«, beruhigte Louise sie lächelnd, »das Volk wird Euren gewölbten Bauch lieben und Eure erneute Schwangerschaft mit Jubel begrüßen.«

Marguerite ließ Attalante fröhlich tänzeln, dem das durchaus gefiel, und platzierte sich neben dem Pferd ihres Bruders.

Charles d'Alençon, dem die Gesellschaft von Bonnivet etwas missfiel, wendete sein Pferd und galoppierte zu seinem Schildknappen und einigen Waffenbrüdern, die an dessen Seite ritten.

In Nantes erreichte der Fluss seine volle Breite. Die Zuflüsse des Atlantiks machten ihn mächtig, und er verströmte einen starken Seegeruch. Um den sandigen Stellen auszuweichen, hatten die Männer das Gefolge angehalten, und auch die Kähne hatten einen Moment ihren Verkehr eingestellt. Die Lastkähne, die nur einen Meter Tiefgang benötigten, um eine Ladung von einhundert Tonnen zu transportieren, versetzten François jedes Mal aufs Neue in Erstaunen.

Der Wind ließ auf sich warten, und in den umliegenden Gasthäusern leerten die Schiffer einige Flaschen und erzählten sich die neuesten Neuigkeiten. Als eine anständige Brise die Segel blähte, liefen die Seeleute auf die Brücken, und Schlepper übernahmen die Spitze des Zuges. Es folgten ein Dutzend leichtere Boote, die Lebensmittel für den Hof, Seide aus Lyon oder Mailand, Öl aus der Provence, Tuch aus Mechelen, Eisen aus Spanien und andere Produkte geladen hatten.

Für seine Ankunft in Nantes, die Heimat seiner Gattin, trug der junge König ein weißes Seidenwams mit blauen Litzen, den Farben der Bretagne. François strahlte. Das Feuer und der Schwung seiner Jugend waren zwar nicht mehr neu, wirkten dafür aber noch dynamischer.

»Eure Gattin ist strahlend schön, mein Sohn. Das Volk wird dieses schöne Paar bejubeln.«

»Mutter«, bemerkte Marguerite mit der gewohnten Natürlichkeit, »die Wagen von Claude scheinen mir zu weit entfernt.«

Sie hatte plötzlich den Eindruck, dass die Sorglosigkeit ihres Bruders zusammen mit der Unnachgiebigkeit ihrer Mutter zu schwer auf den zarten Schultern der jungen Königin lasteten.

»Seht Ihr nicht, wie blass sie ist?«, beharrte Marguerite. »Sie hatte beim Aufstehen erste Schmerzen. Es könnte sein, dass sie mitten im Gefolge weitere überkommen. Wenn ihre Kutsche zu weit entfernt ist, laufen wir Gefahr, dass unser Einzug in die Stadt für sie unehrenhaft verläuft.«

»Was den Seelenfrieden der Königin angeht, hast du recht, meine Tochter, aber ich glaube fest, dass das gute Volk von Nantes diese Art Schauspiel zu schätzen weiß. Schließlich schenkt sie ihnen einen bretonischen Thronfolger.«

»Einen bretonischen Thronfolger?«

»Claude hat zwei Töchter. Doch weder Louise noch Charlotte vermögen es, die Einwohner von Nantes zufriedenzustellen.«

Währenddessen näherten sie sich den zwei Wagen der Königin. Die eine etwas bescheidenere Kutsche war mit schwarzem, weißem und violettem Damast ausgeschlagen. Die andere, die im Fall einer frühzeitigen Niederkunft den künftigen französischen Thronfolger empfangen musste, war mit goldenem Tuch und karmesinroten Wandbehängen ausgestattet. Der Hermelin von Anne de Bretagne, der sich später mit dem Salamander von François verbinden würde, war ebenso unveränderlich wie zu Zeiten der Duchesse de Bretagne am Betthimmel angebracht.

In ihrem mit Perlen und silbernen Blumen bestickten Kleid schickte sich Marguerite an, an der Seite des jungen königlichen Paares die Ovationen der Menge entgegenzunehmen.

Nantes sparte weder mit Begeisterung noch mit Jubelschreien, und als der Aufruhr seinen Höhepunkt erreichte, wog Louise sorgfältig seine Wirkung ab.

Zwischen seiner Schwester und seiner Gattin grüßte der König mit großen liebenswürdigen Gesten. Ohne seine Wahlheimat, die Touraine, oder seinen Geburtsort Angoulême zu vergessen, begann ihm diese seltsame, abgelegene Provinz zu gefallen. Obwohl ihre Anwandlungen seinen Vorgängern häufig geschadet hatten, gehörte sie doch zur französischen Krone.

Ermutigt von Marguerite, aber vor allem um das Glück von François nicht zu trüben, schenkte Claude der Menge ein ängstliches, besorgtes Lächeln, ein Lächeln, das gezwungen und angespannt wirkte. In Wahrheit ertrug sie ihren großen Körperumfang während einer Schwangerschaft immer weniger. Sie war grenzenlos erschöpft. Dennoch stieg in ihr eine überschwängliche Freude auf, empfand sie ein vollkommenes Glück, das nur an dem zarten Leuchten in ihren Augen zu erkennen war und von dessen Ausmaß niemand etwas ahnte.

Doch Claude verfügte nicht über große Ressourcen. Müde von den Anstandsregeln, die sie respektieren musste, angestrengt von den Zwängen, die der Hof ihr auferlegte, ohne Energie und ohne geistige und körperliche Kräfte, mit denen sie der Krone standhalten konnte, dachte Claude nur noch an das Kind, das in Kürze das Licht der Welt erblicken würde.

Wenn sie verzweifelt mit ihrer kleinen runden Hand der tosenden Menge winkte, deren Rufe ihr in den Ohren dröhnten und ihren Schädel in kleine Stücke sprengten, weigerte ihr Verstand sich, dem Volk entgegenzukommen.

Wie sollte sie sich auf all diese Menschen konzentrieren, wenn in ihrem Kopf nur Sorge um das zu gebärende Kind herrschte. Erneut dachte sie an ihre Mutter, die keinen Sohn aufgezogen, obwohl sie fünf Söhnen das Leben geschenkt hatte. Nur zwei waren lebend zur Welt gekommen, einer hatte wenige Monate, der andere wenige Jahre überlebt. Beide wurden von einer jener Kinderkrankheiten dahingerafft, die man damals nicht heilen konnte.

Nachdem sie sich mehrere Wochen im Schloss von Nantes aufgehalten hatten, wo Claude wieder zu Kräften kam, bat Charles d'Alençon den König um Erlaubnis, auf sein Schloss zurückkehren zu dürfen.

»Ihr wisst, Sire, dass ich mir nicht viel aus Reisen mache, es sei denn, sie dienen einem Kampf oder Krieg. Ich glaube, dass meine Gattin in Eurer Gesellschaft sicher aufgehoben ist, und da Ihr nicht auf sie verzichten könnt …«

Er zögerte und hatte plötzlich den Eindruck, er sei zu weit gegangen, doch François zeigte sich bester Laune.

»Das ist richtig, werter Schwager. Ich trenne mich nur ungern von meiner Schwester. Glaubt mir jedoch, dass ich Euch lieber an ihrer Seite sähe.«

Mit ausladender Geste fügte er dann großzügig hinzu:

»Aber dass Euer Schloss unter Eurer Abwesenheit leidet, verdrießt mich ebenfalls. Reist also ab. Ich hindere Euch nicht.«

Und so begab sich der Duc d'Alençon auf den Weg zu seinen Ländereien und ließ seine Frau widerwillig bei dem königlichen Gefolge in Nantes zurück.

Am Ausgang von Nantes musste der Tross mit Hilfe von Fähren die zunehmend aufgewühlte Loire überqueren, um über Cholet nach Châtellerault bis nach Poitiers zu gelangen.

Der Ansturm auf die Anleger verstärkte sich. Die vielen Pferde und Kutschen, die es über den Fluss zu setzen galt, überforderten die Fährmänner und Flussschiffer.

Marguerite ritt auf Orpheus, und beim Anblick der Fähre scheute das ansonsten so ruhige Pferd.

»Du hättest Eurydike nehmen sollen«, bemerkte ihr Bruder. »Die mag das Wasser und hat überhaupt keine Angst.«

»Eurydike ist momentan zu nervös. Kaum komme ich in ihre Nähe, reagiert sie gereizt. Philibert hat einen Deckhengst gefunden, der ihr zu gefallen scheint. Ich glaube kaum, dass ich sie reiten kann, bevor wir Châtellerault erreichen, vielleicht sogar erst in Cognac.«

Sie fasste die Zügel ihres störrischen Pferdes nach.

»Na komm, meine Schöne, komm, meine Hübsche«, lockte sie und strich der Stute über die Flanke. »Stell dich nicht an. Es ist schließlich nicht das erste Mal, dass du eine Fähre besteigst! Der Fluss ist ein bisschen aufgewühlt, aber es wird nichts geschehen.«

Es nahte ein ganzer Trupp aus Soldaten, Stallburschen und Kutscher, an ihrer Spitze Bonnivet.

»Lasst mich Eure Stute beruhigen, Marguerite«, sagte er amüsiert.

»Nein, Guillaume! Ich bitte Euch. Ich kenne mein Pferd. Ich glaube, dass dieser ganze Auftrieb es verrückt macht.«

Während sich der Tross ans Flussufer begab, versuchte François das Tier zu beruhigen. Er und seine Edelmänner drängten an Marguerites Seite, die gefährlich schief auf dem Rücken des verängstigten Pferdes saß.

»Himmel! Sie hat noch nie so viel Angst gehabt«, stellte die junge Frau fest, während sie sich aufrichtete und sich an den Hals des Pferdes klammerte. »Komm, meine Schöne! Beruhige dich. Wir sind im Wasser, aber du kletterst auf die Fähre, und alles wird gut.«

Orpheus tänzelte aufgeregt im Fluss umher, bäumte sich auf und wieherte. Dabei durchnässte die Stute im Nu Marguerites Kleid. Als es erneut scheute, verlor Marguerite das Gleichgewicht, und Bonnivet fing sie in seinen Armen auf. Unwillkürlich wich Marguerite zurück, und Guillaume ließ sie los, jedoch nicht ohne das Parfum an ihrem Nacken und ihrem Hals einzuatmen.

Auf der anderen Seite des Ufers wartete der unendliche Zug aus Wagen. Überall ertönten Schreie, es herrschten Unruhe und Aufregung. Die Kutscher überprüften den Sitz der Räder an ihren Wagen und beruhigten ihre Tiere.

Doch Orpheus beruhigte sich nicht, und je gereizter die Stallburschen wurden, desto eigensinniger zeigte sich die Stute. Plötzlich riss sie sich von dem Seil los, mit dem sie an Bord der Fähre angebunden war und begann zu rutschen. Mit dem ihm eigenen Elan stürzte François zu Philibert, der versuchte, das Tier festzuhalten.

Marguerite kannte ihren Bruder gut genug, um zu wissen, dass er diesen Zwischenfall dazu nutzen würde, sich erneut die Bewunderung des Hofes zu sichern.

Orpheus rutschte gefährlich. Da sie zu sehr aus dem Gleichgewicht geraten war, sah die Stute nur noch die Möglichkeit, in das aufgewühlte Wasser zu springen.

Plötzlich sah die staunende Menge, wie der König die Arme hob, Schwung holte und von der Fähre auf die Kruppe des Pferdes sprang.

»Der König ist mit dem Pferd in den Fluss gesprungen«, schrie die Menge.

Bonnivet, der ebenso ungestüm wie sein Freund war, sprang hinterher. François rutschte und konnte sich in der starken Strömung kaum halten. Mit Philibert, der sich ebenfalls in den wilden Fluss gestürzt hatte, versuchten sie, das Tier wieder ins Gleichgewicht zu bringen. Doch Orpheus wieherte, wehrte sich, ging unter und tauchte wieder auf. Der König griff die Trense des Pferdes und versuchte, das Tier mit dem Kopf über Wasser an Land zu ziehen.

Philibert und Bonnivet, die von hinten nachhalfen, erhielten eine Ladung Wasser direkt ins Gesicht. Als die Stute François plötzlich einen heftigen Stoß mit dem Kopf versetzte, versank dieser unter dem Aufschrei der Menge im Wasser. Der König wurde von der Strömung nach unten gerissen und war nirgends zu sehen.

»Himmel!«, murmelte Marguerite, an deren Seite sich Louise eingefunden hatte, »was er da macht, ist lebensgefährlich. Tauchen und Schwimmen gehörten noch nie zu seinen Lieblingssportarten.«

Marguerite suchte mit Blicken den Fluss ab. Der Hof war starr vor Schreck und wagte kaum zu atmen. Die Schreie klangen gedämpfter, und die Menge raunte:

»Der König ist mit dem Pferd seiner Schwester ins Wasser gesprungen. Er ertrinkt.«

Bonnivet, der auch nicht besser schwimmen konnte als der König, versuchte vergeblich zusammen mit Philibert das Pferd ans Ufer zu schaffen.

Als der König noch immer nicht wieder auftauchte, verstärkte sich das Raunen der Menge. Von der anderen Seite des Ufers schrie jemand:

»Der König ertrinkt, der König ertrinkt!«

Die Menge war in Aufruhr, alle schrien durcheinander. Besorgt schritt Louise mit großen Schritten am Ufer auf und ab. Am liebsten hätte auch sie geschrien, um ihr in den Adern gestocktes Blut wieder in Fluss zu bringen. Doch sie hielt sich zurück, ebenso Marguerite, die sich über den Fluss beugte, als wolle sie eine schlaffe, leblose Gestalt herausziehen.

Plötzlich tauchte schemenhaft François' Kopf auf. Dann ragte ein regloser Arm auf, den Bonnivet sofort ergriff.

»Der König lebt!«

In dem Augenblick galoppierte ein Soldat, den ganz offensichtlich die johlende Menge alarmiert hatte, in hohem Tempo zu dem am Ufer versammelten Hof, sprang vom Pferd, stürzte sich ins Wasser und zeigte Orpheus, dass sie ganz einfach bis ans andere Ufer schwimmen konnte.

Die Stute verstand, und Mann und Pferd erreichten seelenruhig das andere Ufer, während Bonnivet den halb bewusstlosen François auf den Sand zog. Sofort eilten ein paar Diener mit Tüchern herbei, um den König zu trocknen, aber da dieser noch nicht wieder ganz bei sich war, legte man ihn auf den Bauch, damit er zunächst das ganze Wasser ausspuckte, das er geschluckt hatte.

Montmorency und Chabot, die nicht schwimmen konnten, hatten den Vorfall untätig mitansehen müssen. Um sich nützlich zu machen, nahmen sie nun den Dienern rasch die Kleider aus der Hand und reichten sie dem König.

»Ihr solltet Euch etwas Trockenes überziehen, Sire, sonst droht Euch eine Bronchitis.«

François richtete sich auf. Er sah, dass Marguerite, seine Mutter und seine Freunde sich über ihn beugten und sich eifrig bemühten, ihm ein untadeliges Bild zu bieten. Dann glitt sein Blick zurück zur Duchesse d'Alençon, die seine Schultern stützte.

»Ach«, rief er, während er sich schüttelte. »Meine Schwester ist unverletzt. Feiern wir diesen Zwischenfall mit einem kleinen Wein aus Nantes.«

Chabot klatschte in die Hände.

»Ist der Muscadet gekühlt?«

Man legte Tischdecken und Teppiche aus und brachte Krüge, Fässer, Wurstwaren und Brot herbei. Sogar Claude stieß mit der fröhlichen Truppe an.

Orpheus war wieder trocken und zeigte sich so gelassen wie üblich. Obwohl der Hof derlei unvorhergesehene Zwischenfälle liebte, da sie etwas Abwechslung im eintönigen Reisealltag boten, erholte man sich nur langsam von der Aufregung.

Die Leitung und die Verwaltung des Schlosses von Guillaume de Bonnivet lag in den Händen seines älteren Bruders Artus de Gouvier. Als Kind einer späten Verbindung kannte Guillaume nur seinen Bruder und wandte sich mit allen Fragen, die weder den König noch Gefühlsdinge betrafen, an ihn. Ohne große Zwänge von Artus großgezogen, der all seine Launen zu ertragen wusste, war Guillaume zu einem heiteren, eigenwilligen Menschen herangewachsen, was ihn eng mit seinem Freund François verband.

Wenn man sah, wie sorglos sie Gefahren begegneten, Angst verachteten und ihre Furcht beherrschten, war leicht zu erkennen, dass die zwei sich blind verstanden.

Und noch etwas anderes verband die beiden Freunde – ihre Vorliebe für hübsche Mädchen. Wenn eine von ihnen einem der Herren kühne Blicke zuwarf, standen sogleich ihre Herzen in Flammen.

Gewiss, häufig fiel die Entscheidung zugunsten von François aus. Ein König durfte nicht zurückbleiben, es sei denn, er beschloss, seinem Freund den Sieg zu überlassen. Doch Guillaume, der der Abenteuer häufig überdrüssig war, wartete im Schatten, bis François' hübsche Beute sich in seinen Armen über die Untreue des Königs ausweinte.

Bonnivet war ein hübscher Junge mit ebenmäßigen Zügen, einer feinen Nase und einem wohlgeformten Gesicht. Sein stattliches Auftreten stand der Erscheinung des französischen Königs in nichts nach.

Ganz jung, als er an der Seite von François mit ihm im Spiel endlos gekämpft hatte, versuchte er, die Blicke und die Aufmerksamkeit von Marguerite auf sich zu ziehen, und war wütend gewesen, dass sie sich eher einem Gaston de Foix als ihm zuwandte. Doch deswegen gab der junge Mann die Hoffnung nicht auf. Er war der Ansicht, dass ihre gleichzeitige Gegenwart an der Seite des Königs die Dinge begünstigte, und wartete darauf, dass sein Tag kam.

Früher oder später würde er sein Ziel erreichen und die schöne Marguerite sich willig und ergeben in seine ungeduldigen Arme werfen. Außerdem wusste er, dass François diesem Zweikampf amüsiert zusah und stillschweigend den Spielstand verfolgte.

Wenn die vielen Versuche von Bonnivet bislang elendig gescheitert waren, so war dies zweifellos der Tatsache geschuldet, dass die junge Frau sich zunächst ihre Jungfräulichkeit hatte bewahren wollen und anschließend häufig in der Normandie geblieben war. In Blois oder in Amboise kam ihr das Privileg zu, hinzugehen, wo es ihr gefiel, und zu tun, was sie wollte.

Aber in Poitiers, in seinem eigenen Schloss, war sie ihm ausgeliefert. Alles entwickelte sich ganz wunderbar. Charles d'Alençon war in die Normandie abgereist und konnte den Liebschaften seiner Gattin nicht hinderlich sein.

Das Schloss der Bonnivets war ein kleines Gebäude im Feudalstil. Die äußere Erscheinung wirkte sehr ausgewogen. Der zinnenbewehrte Turm, die von Efeu und Grün umrankten Verteidigungsmauern und die Wassergräben, auf denen Seegras und wilde Seerosen schwammen, verliehen ihm einen außerordentlich romantischen Charakter, der Marguerite gefiel. Sie wünschte, dass das größere und strengere Château d'Alençon eine so romantische und poetische Atmosphäre atmen würde.

Das erste Mahl wurde in einem großen langen Saal serviert, an dessen Steinwänden Waffen hingen, mit denen sich die Vorfahren verteidigt hatten. Bonnivet hatte nicht den ganzen Hof eingeladen. Während der Tross sich weiter nach Poitiers begab, wo die übrigen Gefährten ihn wiedertreffen würden, dinierten der König und seine Freunde in bester Stimmung bei Guillaume.

Catherine und Blanche, die darauf bestanden hatte, Marguerite zu begleiten, waren die einzigen geladenen Frauen. Das Mahl verlief fröhlich und lebhaft und war von berauschenden Weinen begleitet. Als die letzte Stunde des Tages schlug, wünschte Guillaume mit generöser Geste und einem Lächeln auf den Lippen allen eine Gute Nacht.

Catherine erwartete Marguerite in dem geräumigen Zimmer, in dem man sie untergebracht hatte. Zweifellos gehörte es zu den schönsten Zimmern des Schlosses. Das Bett, das sich hinter weißen Spitzenvorhängen verbarg, thronte auf einem Podest, zu dem drei Stufen hinaufführten. Der Gang zwischen Bett und Wand war breit, und an den weißen Wänden hatte man schöne flämische Wandbehänge angebracht.

Marguerite ließ sich wie jeden Abend auskleiden, frisieren und parfümieren, dann streckte sie sich ganz entspannt vor dem Vorhang aus Seidenbrokat.

»Catherine«, sagte sie und legte träge die Hände in den Nacken«, ich bin erschöpft. Offenbar wollte Bonnivet nicht, dass ich abreise. Nun, sei's drum. Ich glaube, ich werde heute Nacht gut schlafen.«

Doch Blanche störte ihre erste Schläfrigkeit.

»Ich bin gekommen, um Euch eine Gute Nacht zu wünschen, Marguerite. Eure Gemächer sind sehr komfortabel, und ich bin sicher, Ihr werdet eine gute Nacht verbringen. Was mich angeht, so bin ich nebenan untergebracht. Weckt mich, wenn Ihr etwas wünscht.«

Ein kleiner Salon und ein Arbeitszimmer, das an einen Abort grenzte, trennten die beiden Zimmer voneinander. Auf der anderen Seite diente eine kleine Kammer Catherine als Unterkunft.

»Ich wünsche Euch eine Gute Nacht, Blanche. Ich falle um vor Müdigkeit.«

Sie umarmten sich, dann entfernte sich Blanche in aller Stille und überließ ihre Begleiterin ihren Träumen, über denen sie bald einschlafen würde.

Nachdem Blanche und Catherine fort waren, drehte Marguerite sich auf die Seite und vergrub die Nase im weichen Federbett. Die Nacht lag über dem Zimmer, nur in der Ecke brannte eine kleine Lampe, die flackernde Schatten an die Zimmerdecke warf.

Als sie sich erneut umdrehte, drang ein leises Geräusch an ihre Ohren. Ein regelmäßiges Schlagen, das verstummte, als sie nach der Ursache suchte. Sie steckte die Nase aus dem Federbett und lauschte.

Das Geräusch hatte nicht wieder eingesetzt, doch nun hörte sie ein Knarren, zunächst leise, dann lauter. Als das Knarren aufhörte, ertönte ein Aufprall, als ob etwas aufeinanderstieß. Marguerite richtete sich auf dem Kopfkissen auf und lauschte noch aufmerksamer.

Es schien ihr, dass in der dunkelsten Ecke, die von der Lampe nicht erhellt wurde, jemand in das Zimmer eindrang. Sie holte Luft, um nach jemandem zu rufen, kam jedoch nicht mehr dazu, denn plötzlich schloss sich eine feste Hand um ihren Mund. Sie bewegte den Kopf, um sich von dem brutalen Angreifer zu befreien, aber der ließ mit der anderen Hand rasch den Vorhang herab, und ihre Beine unter dem feinen Batistnachthemd erstarrten in Reglosigkeit.

Marguerite wollte sich wehren, schaffte es jedoch nicht. Der Druck auf ihre Lippen war zu stark. Sie versuchte, den Mund zu öffnen, um den Angreifer in die Finger zu beißen, doch die Hand presste sich so fest auf ihre Lippen, dass sie kaum noch Luft bekam.

Mit der freien Hand, die den Vorhang herabgelassen hatte, schob der Angreifer das Nachthemd von Marguerite nach oben. Er spürte, wie sich die junge Frau wehrte. Zu seiner Ungeduld, die er so lange unterdrückt hatte, gesellte sich Erregung, und so ließ er seine Hand unter das Nachthemd gleiten und strich über Marguerites nackten Bauch.

Ruckartig hob sie die Hüften, doch das verstärkte den Druck der Finger nur noch. Sie glitten weiter nach unten, um ihre zusammengepressten Schenkel auseinanderzudrücken.

Sie versuchte erneut zu schreien und schlug heftig um sich. Sie rollte auf die Seite und glaubte einen Augenblick, sich befreien zu können. Doch die Hand blieb beharrlich und machte sich nun heftig an ihrem blonden warmem Vlies zu schaffen.

Einen Moment glaubte sie, sie könne sich vielleicht losreißen, wenn sie sich mit einer abrupten Bewegung auf die andere Seite des Bettes rollte. Doch ihr Versuch beschleunigte die Dinge nur. Bonnivet – denn um ihn handelte es sich hier – spreizte ihre Beine und drückte sie mit seinem Körper schwer nach unten.

Dann wich seine Hand, die sich noch immer auf ihre Lippen gepresst hatte, einem gierigen, fordernden, dominanten Mund. Sie zwang sich, den ihren geschlossen zu halten, doch eine aggressive Zunge griff zusammen mit gierigen Zähnen ihre Lippen an, die unter der Attacke langsam wund wurden.

Als sie die nackte Haut ihres Angreifers auf ihrer spürte, und er sich mit seinem harten Unterleib gegen ihren drängte, streckte sie die Hand nach seinem Gesicht aus, verwandelte ihre langen Nägel in Krallen und zog sie über die Wangen des Mannes.

Endlich frei, schaffte sie es, sich aufzurichten. Der Lichtschein der kleinen Fackel ließ sie in dem Mann Guillaume de Bonnivet erkennen. Die Beinlinge um die Knöchel gerollt und mit offenem Hemd stand er halb nackt vor ihr und hielt sich mit beiden Händen die zerkratzte Wange. Dann stieß sie einen langen Schrei aus, und der junge Mann verschwand, ohne ein Wort zu sagen, wie eine Katze dorthin, woher er gekommen war.

Es dauerte nur Sekunden, bis Blanche und Catherine je mit einer Lampe in der Hand herbeiliefen. Der Lichtschein fiel auf eine Falltür im Boden, die Guillaume nicht mehr hatte verschließen können, ohne dass Marguerites Dienerinnen ihn erkannt hätten.

»Ich werde seine Laufbahn zerstören«, versicherte Marguerite mit Blick auf die Klappe.

Dann berichtete sie von dem Vorfall.

»Mein Gott, hat er Euch …«

»Nein«, unterbrach Marguerite. »Er hat nicht genug Zeit gehabt. Bevor er seine Freveltat vollenden konnte, habe ich ihm das Gesicht zerkratzt.«

Blanche war bleich, bewahrte jedoch die Ruhe, durch die sie sich in allen Situationen auszeichnete, zumal sie sah, dass Marguerite sich schnell wieder fasste.

»Für diesen Affront wird er bezahlen«, schwor die junge Frau mit zusammengebissenen Zähnen.

»Ich bitte Euch, Marguerite, tut nichts und sprecht nicht darüber. Männer kommen bei solchen Vorfällen immer besser weg als die Frauen, die sie dazu herausfordern.«

Sie sah ihre Begleiterin mit ruhigem Blick an.

»Wenn Ihr sagt, dass Ihr keinen Schaden erlitten habt, folgt meinem Rat. Ich bitte Euch.«

»Aber François muss es wissen.«

»François darf nichts erfahren«, widersprach Blanche.

»François muss es wissen«, beharrte Marguerite stur.

Außer sich und in Panik lief Catherine los, um warmes Wasser zu holen, als sei Marguerite soeben entjungfert worden.

»Lass«, sagte sie zu dem Kammermädchen. »Ich habe doch gesagt, dass nichts geschehen ist. Es war nur ein unglücklicher Versuch.«

»Ein Versuch, von dem Euer Bruder nichts erfahren darf«, wiederholte Blanche ebenso stur. »Wenn sich dieser Vorfall herumspricht, wird es heißen, Ihr hättet Bonnivet mit Eurer Anmut und Eurem Lächeln verführt.«

»Blanche! So behandle ich alle Edelmänner, und alle wissen das.«

»Nun, man wird Bonnivet zurückschicken, und Eure Mutter wäre sehr verärgert, Euren Bruder seines besten Freundes berauben zu müssen.«

Zwangsläufig nickte Marguerite.

»François hat noch nie einer Frau Gewalt angetan. Noch nie«, sagte sie entschieden.

»Genau deshalb darf er von diesem Vorfall nichts erfahren. Er würde es diesem jungen Edelmann nicht verzeihen. Die Angelegenheit würde sich schnell zum Skandal entwickeln, und auf die eine oder andere Weise fielen die unerfreulichen Folgen auf Euch und die Familie d'Alençon zurück oder auf die der d'Angoulêmes.«

»Aber, Blanche, ich will keinen Skandal verursachen! Ich will, dass mein Bruder weiß, dass sein Freund ein Rüpel ist. Das ist alles.«

Aber Blanche schüttelte unnachgiebig den Kopf.

Von dieser Geschichte erfuhr der König kein Wort. Marguerite hielt sich an den weisen Rat ihrer Gesellschafterin. Der Hof wunderte sich nur, dass Bonnivet nicht weiter an der Reise teilnahm. Der junge Edelmann konnte sich nicht ohne eine plausible Erklärung mit zerkratztem Gesicht zeigen. Er entschied sich für ein starkes Fieber, das ihn davon abhielte, sich dem Gefolge des Königs weiter anzuschließen.

Zweifellos fürchtete er auch, Marguerite zu begegnen. Man bedauerte deshalb seine Abwesenheit, und sorglos und fröhlich begab sich der Hof nach Poitiers, wo der König mit großer Heiterkeit empfangen wurde.

15.

Der Tross, mit dem Mathilde reiste, war auf das Nötigste beschränkt. Er bestand aus zwei Kutschen, die von vier Pferden gezogen wurden.

Fildor, Mathildes treuer Begleiter mit dem weißen Fell, zog mit wehender Mähne neben einem anderen Pferd namens Brutus ihren eigenen Wagen. Das andere Tier war ein hübscher rotbrauner Fuchs mit schwarzer Mähne, der Maître Leonardo da Vinci gehörte. Der Stall, den der alte Maler mit nach Frankreich gebracht hatte, nahm sich neben denen der Edelmänner im Val de Loire sehr mager aus.

Sein kleiner Zoo bestand aus vier Katzen, einem Windhund, zwei braven grauen Maultieren, drei Pferden, von denen Brutus sicher das kräftigste war, sowie einigen Raubvögeln, denen er gern beim Fliegen zusah, weil sie ihn zu seinen seltsamen Flugmaschinen inspirierten.

Um Mathilde bei ihrer Reise zu helfen, hatte Leonardo da Vinci nicht gezögert, sich von dem feurigen Brutus zu trennen, der ebenso mutig wie kühn war. Baptista hatte versprochen, gut auf ihn zu achten und ihn heil wieder zurückzubringen.

Baptista de Villusis, Freund und ergebener Diener des Malers, hatte den Auftrag, auf Mathilde aufzupassen, und profitierte von dieser Reise, da er in Florenz eine Familienangelegenheit regeln konnte. Er war ein alter, hagerer, zäher Mann, den noch keine Krankheit heimgesucht hatte. Er war ungefähr im Alter von da Vinci, besaß einen sehr eigenen Charakter, war ziemlich autoritär, klein, mager, aber wach und lebendig, mit aschfahler Haut und dunklen Augen.

Baptista begleitete Leonardo da Vinci seit seiner frühesten Kindheit und kannte jedes Detail seiner Künstlerkarriere. Nichts entging seinem wachsamen Blick. Er entstammte einer adligen, halb ruinierten Familie und fühlte sich wohl in Gesellschaft seines Freundes, für den er seit mehr als fünfzig Jahren nur für Kost und Logis Verwaltungsaufgaben erledigte.

Baptista schien Mathilde vom ersten Tag an unter seine schützenden Flügel genommen zu haben. Er sprach wenig, warf jedoch häufig einen wachsamen Blick auf sie. Da Vinci hatte ihn zwar beauftragt, gut auf das junge Mädchen aufzupassen, doch er schien ihr seine Reiseerfahrungen und seine treue Freundschaft aus freien Stücken anzubieten. Mathilde arrangierte sich gut mit seiner Überwachung und schenkte ihm hin und wieder ein gewinnendes, aber kein herausforderndes Lächeln.

Bei Francesco Melzi, dem Schüler des alten da Vinci, lagen die Dinge etwas anders. Der junge Maler verdankte ihm sein gesamtes Wissen. Er war mit großem künstlerischem Talent gesegnet. Der Meister lobte seine Begabung, und er bewunderte den Meister.

Doch was Mathilde anging, besaß Francesco Melzi nichts von dem verführerischen Charme oder der Begeisterung des jungen Giulio Romano. Romano hatte sie zu verführen gewusst und war dennoch Kavalier geblieben. Melzi sprach mit ihr wie ein Schulmeister und gab seinen Modellen unumwunden zu verstehen, dass sie nichts als schöne Objekte waren, die vor allem der Entwicklung seiner wertvollen Inspiration dienten.

Er war von kleiner Statur, und sein Gesicht hätte trotz gerader

Nase, tadellosem Kinn und wohlgeformter Stirn sowie einem nicht zu schmalen und nicht zu breiten Mund irgendwie gewöhnlich gewirkt, wäre Francesco Melzi nicht stets so selbstgefällig aufgetreten. Zweifellos gefiel sein Gehabe den großen Edelmännern des Reiches, aber nicht so Mathilde.

Das Schicksal war ihnen wohlgesinnt, seit sie an einem heißen Morgen in Clos-Lucé aufgebrochen waren. Denn Melzi, Mathilde gegenüber distanziert, bemühte sich eifrig um die junge Carlotta d'Alvergne, die es nicht versäumte, ihm Komplimente und schöne Augen zu machen, während sich der alte Baptista wohlwollend Mathilde gegenüber zeigte und entschlossen war, sie zu unterstützen.

Aus moralischen Erwägungen hatte man gleich bei der Abfahrt entschieden, dass sich die Männer den einen Wagen teilten und die Frauen den anderen. So fand sich Mathilde mit Carlotta und Marie, der Frau von Lorenzo, dem einstigen Rechnungsführer von Alessandro van de Veere, in einer Kutsche wieder. Das Paar wollte aus persönlichen Gründen wieder in Florenz leben.

Carlotta kannte Mathilde gut. Sie war eine der jüngeren Schwestern von Francesca und Mario d'Alvergne, italienischen Emigranten, die nach Frankreich gekommen waren, um die Ideen der Renaissance zu verbreiten. Beide arbeiteten in der Werkstatt von Alix, um im Val de Loire ihr berühmtes künstlerisches Talent weiterzugeben.

Carlotta, die kaum sechzehn Lenze zählte, war ganz anders als ihre älteren Geschwister. Das junge Mädchen, das kaum der Jugend entwachsen war, zeigte seinen schlanken Körper im Künstlermilieu, wo Maler und Bildhauer auf der Suche nach jungen, verführerischen Modellen waren.

Man merkte gleich, dass Melzi ihr gefiel. Bereits am ersten Tag verlor Carlotta etwas von ihrer Scham. Die darauffolgenden Tage taten das Übrige. Und kaum zwei oder drei Wochen später war Carlotta von ihrer lästigen Jungfräulichkeit befreit, durch die ihr bis dahin einige Affären entgangen waren.

In Dijon hielten Melzi und sie sich nicht mehr zurück. Der Maler malte sie in allen Varianten und in ziemlich aufreizenden Posen, über die Baptista seine faltigen Augen verzweifelt gen Himmel richtete.

Doch der alte Freund da Vincis hatte mehr als nur ein Mädchen halb bekleidet in verführerischen Posen gesehen, wenn eine Brust sich wie ein kleiner Vesuv erhob, dessen Spitze gleich Feuer zu spucken schien, während die andere vollständig im Verborgenen blieb. Wie viele Frauen hatte er mit ebenso geübtem Auge betrachtet wie sein Freund da Vinci, der Stift oder Pinsel hielt? Wie viele dralle weiße Schenkel hatte er zwanglos über ein Sofa gleiten sehen, während die Fußspitze auf dem weichen Teppich Halt suchte?

Doch das war nicht der Rahmen, in dem sich Melzi und seine Muse bewegten. Carlotta musste sich mit dem schlichten Ambiente einer einfachen Kutsche zufriedengeben.

Schließlich erreichten die Gespanne zügig und ohne Zwischenfälle Dijon.

In Lyon verließen Lorenzo und Marie die Reisegesellschaft. Sie wollten einen Onkel der jungen Frau besuchen, bei dem sie hofften, vor ihrer Rückkehr nach Florenz einige Monate verweilen zu können.

Baptista, der gewissenhaft über seine Schutzbefohlene wachte, sorgte dafür, dass Mathilde ausreichend aß und in aller Ruhe in der Kutsche schlief, die sie nun mit Carlotta teilte. Doch da Francesco immer häufiger den Wagen seiner Muse aufsuchte, fand sich Mathilde meist zwischen Seufzern und Stöhnen wieder, was ihrem Schlaf nicht zuträglich war. Eines Abends nahm sie Bettdecke und Kopfkissen und schlief neben dem alten Mann.

Da der kleine Trupp nicht ohne Geld aufgebrochen war, entschied Baptista, einige Nächte in einem angesehenen Gasthaus zu verbringen, damit alle ausgeruht waren, wenn sie die Alpen überquerten. Der Weg bis an die Grenze des Piemonts erwies sich immer als etwas heikel.

Aber der wackere Baptista hatte nicht im Entferntesten damit gerechnet, dass Mathilde ohne böse Absicht oder Hintergedanken mit Fildor einige schöne Ausritte an den Zusammenfluss von Rhone und Saône unternehmen würde. Dort, auf den mit Stechginster bewachsenen Weiten, auf denen die Vögel aus einer anderen Welt zu stammen schienen, fühlte sie sich in gewisser Weise frei.

Sie ritt morgens los und kehrte erst bei Anbruch der Dunkelheit ins Gasthaus zurück. Sobald sie wieder da war, berichtete sie dem alten Mann von ihrem Ausritt und ihren Begegnungen.

Die unerwartete Wendung, die die Reise für Mathilde nahm, ereignete sich allerdings in direkter Nähe, an der Place Bellecour.

Um sich von ihrem langen Ausritt am Ufer der Saône zu erholen, näherte sich Fildor in ruhigem Trab dem großen, von Bäumen umstandenen, angenehm schattigen Platz. Mathilde atmete die abendlichen Gerüche ein und genoss den Duft der Akazien und Oleanderbüsche, der von den Terrassen herüberströmte. Mit dem Sonnenuntergang und der heraufziehenden Nacht erfüllte frischere, leichtere Luft die Straßen und Gassen.

Plötzlich stieß Fildor direkt am Eingang von Bellecour gegen ein anderes Pferd. Es war ebenso weiß, stolz und feurig wie er und erschien ihm deshalb sogleich liebenswert. So beschrieb er mit seinem Bein einen eleganten Kreis, bevor er den Huf leise auf den Boden zurückstellte. Auf dem weißen Streitross saß aufrecht ein dicker Mann, der die Zügel locker in der Hand hielt.

Obwohl die Stadt unter der Hitze litt, trug der Mann einen dicken, kostbaren Überwurf. Er saß jedoch sicher im Sattel, und sein Körperumfang schien ihn nicht in seiner Bewegungsfreiheit einzuschränken.

Überrascht von dem plötzlichen Hindernis, das ihr Tier nicht erschreckte, sondern ihm sogar gefiel, betrachtete Mathilde den Mann eine Weile stumm. Während sie seine prachtvolle Kleidung musterte, zog sie leicht an den Zügeln, und Fildor blieb stehen. Dies war der Überwurf eines betuchten Kaufmanns, dachte sie, zumal sich unter dem Mantel ein Prunkgewand verbarg. An den Knien des dicken Mannes schimmerte ein in einen Seidenstoff eingewebter Goldfaden von unermesslichem Wert.

Galant begrüßte er Mathilde. Da sie ihn nicht kannte, nickte sie ihm nur knapp zu, ohne den Oberkörper nach vorn zu neigen.

»Seid Ihr nicht die Tochter von Alix Cassex, der Weberin aus Tours?«

»In der Tat«, antwortete das junge Mädchen höflich. »Ich bin Mathilde de Cassex. Woher kennt Ihr uns?«

Als die junge Mathilde ihrem Namen den Adelspartikel »de« hinzufügte, hob der Mann eine Braue, sagte jedoch nichts. Er wusste, dass das Königreich große Künstler, die in seinem Auftrag tätig waren, hin und wieder in den Adelsstand erhob.

»Ich arbeite im Auftrag Eurer Werkstatt in Brüssel und kenne

Eure Mutter gut. Das letzte Mal, als sie Lyon besucht hat, wart Ihr bei ihr.«

Er musterte sie ohne jegliche Zurückhaltung. Sein Gesicht bestand ausschließlich aus überaus rundlichen Formen, seine Augen versanken halb in seinen prallen Wangen, und sein feistes Kinn legte sich über einem gedrungenen Hals in Falten. Während er sie weiterhin mit seinen Blicken maß, bemerkte Mathilde in seinen Augen ein fröhliches Funkeln.

»Einen solchen Anblick vergisst man nicht so schnell, Demoiselle.«

Sie trieb ihr Pferd zu einer kleinen Wende, um etwas Abstand zu gewinnen, falls sie rasch entkommen musste.

»Das muss bei der Rückkehr des Königs nach seinem Sieg in Marignan gewesen sein«, sagte sie mit klarer Stimme. »Aus anderem Anlass bin ich nicht nach Lyon gekommen.«

»Außer heute.«

Um nicht in eine missliche Lage zu geraten, antwortete sie nicht. Gut gelaunt fuhr der Mann fort:

»Die triumphale Rückkehr des Königs war ein großes Fest. Damals wart Ihr noch jung.«

Sie betrachtete ihn zurückhaltend.

»Ich weiß nicht, ob ich diese Unterhaltung mit Euch fortsetzen darf, Sire. Ich kenne noch nicht einmal Euren Namen.«

»Beim Teufel! Wie gedankenlos von mir! Aber vielleicht bin ich einfach nur von Eurer Schönheit überwältigt. Ich heiße Emmanuel Riccio, Kaufmann aus Genua, aber wie gesagt in Brüssel ansässig. Ich habe Eurer Mutter erst kürzlich ein Geschäft vorgeschlagen.«

»Und war sie interessiert?«

»Der Ansicht war ich, denn wir haben sehr freundlich miteinander verhandelt. Ihre überstürzte Abreise war mir gänzlich unverständlich. Wir wollten uns ein paar Tage später wiedertreffen. Da erfuhr ich, dass Ihr nach Tours abgereist wart.«

»Das ist richtig! Eine Familienangelegenheit zwang sie zur Rückkehr.«

»Nichts Schwerwiegendes, hoffe ich.«

»Nein, nichts Beunruhigendes.«

Mathilde erinnerte sich an die fluchtartige Abreise. Besorgt über die Feststellung, dass ihre Tochter trotz ihres jugendlichen Alters schwanger und Mathilde sich der Macht ihrer körperlichen Reize bewusst war, fürchtete Alix, dass die Ereignisse außer Kontrolle gerieten. Deshalb hatte sie nicht gezögert, als sie ihre Tochter halb nackt vor dem kundigen Auge Giulio Romanos vorfand, dessen Talent genauso groß war wie sein sexuelles Verlangen. Sie waren sofort abgereist.

»Worum ging es bei diesem Geschäft?«, erkundigte sich das junge Mädchen noch immer wachsam.

»Um den Kauf von einigen Bündeln Goldfäden.«

»Das wäre interessant«, bestätigte Mathilde, »und wenn Ihr den Goldfaden zu einem akzeptablen Preis angeboten habt, verstehe ich, dass der Handel meiner Mutter gefallen hat. Aber Ihr werdet ganz sicher Gelegenheit erhalten, ihr ein solches Geschäft noch einmal vorzuschlagen. Einstweilen grüße ich Euch, Sire Riccio. Ich muss jetzt in mein Gasthaus zurückkehren.«

Geschickt wendete er sein Pferd. Der dicke Mann war eindeutig ein erfahrener Reiter, denn Fildor so den Weg zu versperren, wie er es gerade tat, war nicht gerade unkompliziert.

»Wartet! Falls ich Eure Mutter wiedergesehen hätte, hätte ich ihr noch ein weiteres Geschäft vorgeschlagen.«

»Welches?«

»Wir arbeiten gemeinsam für Euer Kontor in Brüssel, aber ich glaube, Ihr verfügt auch in Tours über ein Verkaufskontor.«

»Das ist richtig, und meine Eltern sagen, es laufe gut. Über dieses Kontor vertreiben wir unsere Tapisserien nach Rom und Florenz.«

»Ich weiß. Deshalb wollte ich ihr ein außergewöhnliches Werk anbieten und den Gewinn gerecht mit ihr teilen.«

Mathilde wich zurück und hielt fest die Zügel von Fildor in der Hand. Der Mann rückte von vorn nach.

»Von welchem außergewöhnlichen Werk sprecht Ihr?«

»Von einer ebenso prächtigen wie kleinen Tapisserie. Es handelt sich um ein einmaliges Werk. *Die Quadriga*, sie stammt aus der Türkei und wurde im achten Jahrhundert aus unvergleichlich kostbaren Seidenfäden gewebt und bestickt. Sie zeigt vier Pferde bei einem außergewöhnlichen Rennen.«

»Es ist in der Tat schade, dass wir so schnell abgereist sind. Befindet sich das Wunderwerk noch immer in Eurem Besitz?«

»Nein! Es gehört jetzt einem Finanzier aus Florenz. Ich habe es ihm verkauft.«

»Einem Finanzier aus Florenz!«

Mathildes Blut geriet in Wallung. Ein Bankier aus Florenz! Valentine und sie wussten so wenig von ihrem Vater. Alix sprach nicht über ihn. Sie wussten noch nicht einmal, wer dieser Mann gewesen war und was er genau getan hatte. Was wussten sie schon, abgesehen davon, dass er in Brügge und Florenz gewohnt hatte und vor ihrer Geburt in einem mörderischen Krieg von Louis XII. bei Bologna gestorben war?

Ihre Antwort erstaunte den dicken Mann.

»Ja, ein Finanzmann aus Florenz. Das scheint Euch zu überraschen.«

»Ja oder eigentlich nein!«, stotterte Mathilde, der es plötzlich unangenehm war, sich in einer angreifbaren Position zu befinden, nachdem sie sich bislang so souverän verhalten hatte. »Vielleicht liegt es daran, weil ich nach Florenz reise.«

»Ach!«, sagte Sire Riccio und kniff seine kleinen schwarzen Augen noch stärker zusammen. »Befindet Ihr Euch in Begleitung Eurer Mutter?«

»Nein, ich reise mit Freunden und besuche in Florenz meine Tante Clémence, die seit zwanzig Jahren in der Nähe des Hippodroms wohnt.«

Der Mann nickte mit dem Kopf, und da ihm der Hals praktisch fehlte, schaukelten seine Schultern nach vorn.

»Ich kenne eine Frau, die so heißt und die in jener Gegend wohnt. Sie ist tatsächlich Französin. Ihre Familie stammt aus Dijon.«

»Das ist sie!«, rief Mathilde. »Ja, das ist sie. Ihre Mutter heißt Isabelle de la Baume und ist die Halbschwester des ersten Mannes meiner Mutter, der während der schrecklichen Pest verschieden ist.«

»Nun, Demoiselle, ich glaube, dass wir von derselben Person sprechen. Ich habe häufig erfolgreiche Geschäfte mit ihr gemacht. Außerdem sehe ich sie derzeit häufiger, da sie meinen Freund Don Peralta geheiratet hat, ebenfalls ein Kaufmann aus Genua. Nun, meint Ihr nicht, dass uns das verbindet?«

»In der Tat.«

Aber Mathilde war überzeugt, dass ihre Tante Clémence ihr nicht so viel über ihren Vater verraten würde, wie sie es sich wünschte. Was sollte sie ihr anderes sagen als das, was sie bereits wusste? Dass Alessandro van de Veere ihre Mutter geliebt hatte und sie seine Gefühle erwiderte? Dass Alix ihm vor seinem

Tod mitgeteilt hatte, dass sie schwanger war und dass er sich darüber glücklich gezeigt hatte?

Je länger sie darüber nachdachte, desto mehr gelangte sie zu dem Schluss, dass sie diesen Florentiner Bankier noch vor dem Besuch bei der ihr unbekannten Tante treffen sollte. Sicher konnte er ihr mehr über ihren Vater erzählen. Ach Himmel! Sie sah bereits vor sich, wie sie sich mit Valentine an den Händen hielt, sie sich tief in die Augen sahen und sie ihr alles erzählte, was sie herausgefunden hatte.

»Wer ist dieser Bankier aus Florenz, Sire Riccio?«

»Möchtet Ihr ihn kennenlernen?«

»Nicht unbedingt ihn, sondern das Werk, von dem Ihr gesprochen habt«, erklärte sie listig. »Ich bin die Tochter einer Weberin, und es wäre mir eine Freude, dieses kleine Wunderwerk zu sehen.«

Das junge Mädchen bemerkte schnell, dass ihn das überhaupt nicht interessierte.

»Er heißt Frescobaldi Hieronymus.«

Mathilde fing an zu lachen.

»Ein Name, den man nicht so leicht vergisst.«

»Das Problem ist, dass er sich weder in Lyon noch in Florenz befindet.«

»Ach. Und wo kann man ihn antreffen?«

»Zurzeit hält er sich in Avignon auf.«

Mathilde lächelte ihn an.

»Nun, gut, Sire Roccio, vielleicht sehen wir uns in Florenz in Gesellschaft meiner Tante.«

»Glaubt mir, das würde mich freuen.«

Zweifellos enttäuscht, dass sie so rasch verschwand, traute er sich jedoch nicht, sich ihr ein zweites Mal in den Weg zu stellen, ließ sie passieren und deutete einen Abschiedsgruß an. Donnerwetter! Dieses Mädchen hatte ihm den Kopf verdreht. Doch was blieb dem betuchten Kaufmann aus Genua mit dem dicken Wanst, dem pausbäckigen Gesicht mit der bläulichen Färbung und dem praktisch nicht existenten Hals anderes übrig, als zu den leichten Mädchen zu gehen, die nur hinter seinem Geld her waren?

Avignon? In Mathilde reifte bereits ein Plan, der Stück für Stück Gestalt annahm. Es schien ihr alles ganz einfach, zumindest im Augenblick. Alles zu seiner Zeit. Sie würde sich später darum kümmern, wie sich die Dinge entwickelten.

Mathilde liebte Reisen und interessierte sich sehr für Frankreichs Nachbarländer. So wusste sie, dass sie auch über Avignon nach Florenz gelangte, wenn sie in Marseille ein Boot bestieg.

Doch wer bezahlte die Reise? In ihrer Geldkatze fanden sich eindeutig nicht genug Münzen, denn schließlich verwahrte Baptista das gesamte Geld, das ihr Maître da Vinci überlassen hatte. Das war für Mathilde jedoch nur ein kleines Problem, das sie plante, später zu lösen. Im Augenblick wollte sie nur diesen Mann treffen, der ihr zweifellos von ihrem Vater erzählen konnte.

Es fiel ihr nicht schwer, Carlotta und Francesco zurückzulassen, aber es tat ihr leid, dass sie dem alten Baptista nichts sagen konnte, um ihm Sorgen zu ersparen. Sie beschloss, ihm einen Brief zu schicken.

Die Nachricht, die sie mit großer Sorgfalt verfasste, um die Schockwirkung durch beruhigende Ausdrücke abzumildern, erklärte die Umstände folgendermaßen: »Lieber Baptista, sorgt Euch nicht um mich. Alles ist in Ordnung. Ich muss nur einen anderen Weg nach Florenz nehmen. Wir treffen uns dort in wenigen Wochen wieder. Dann werde ich Euch den Grund für meinen Umweg erklären.« Der kurze knappe Brief würde den alten Mann beruhigen.

In der Nähe des Papstpalastes, dort, wo sich die großen französischen und fremdländischen Kaufleute zusammenschlossen, zog sie Erkundigungen ein. Avignon war schon lange nicht mehr das Zentrum der Päpste. An den letzten Pontifex, Grégoire XI., erinnerte man sich kaum noch, denn ihm waren viele andere gefolgt. Die große Kirchenspaltung des Abendlandes hatte die ehemals ehrgeizigen Visionen Europas durchkreuzt. Eine Zeit lang hatte es noch heftige Zwistigkeiten gegeben, nun wählte Rom die Kandidaten.

Die Gegend um Avignon beeindruckte Mathilde. Nachdem sie Orange passiert hatte, kam sie hinter Valence, am Zusammenfluss von Isère und Rhone, an die Küsten der Provence und war entzückt. Alles gefiel ihr – der weite klare, fast malvenfarbene Himmel, vor dem dunkelgrüne Zypressen aufragten, die Olivenhaine, die Getreide- und Lavendelfelder, die Weinberge, der Duft von Thymian und Lorbeer. Sogar der Mistral, der nicht zu stark blies, schien Fildor Flügel zu verleihen.

Im Geschäft eines Goldschmieds fand sie den Mann, den sie suchte. Frescobaldi Hieronymus verhandelte mit dem ansässigen Goldschmied über eine ziselierte Bronzekette mit Lilien. Den Grund der raffiniert gearbeiteten Medaillons bildeten kleine glitzernde blaue Saphire. In der Mitte saßen die in massivem Gold eingefassten Blumen, die wiederum ein Diamant zierte. Es war ein traumhaft schönes Schmuckstück, das die beiden mit begehrlichem Lächeln betrachteten.

Als Mathilde den Laden betrat, hoben Goldschmied und Bankier die Köpfe.

»Was kann ich für Euch tun, Demoiselle?«, richtete der Goldschmied das Wort an sie und musterte eingehend die gut geschnittenen Kleider aus edlem Stoff, die das junge Mädchen trug.

»Ich möchte mit Sire Frescobaldi Hieronymus sprechen«, erklärte Mathilde und wünschte, ihre Stimme hätte klarer und kräftiger geklungen.

»Das bin ich«, sagte der Bankier und trat einen Schritt auf sie zu. »Fresco Hiero für jene, die mich gut kennen.«

Mathilde überkam ein seltsames Gefühl. Ohne dass sie zu sagen wusste, weshalb, gefiel ihr dieser Mann nicht. Groß, schlank, teuer und edel gekleidet, beeindruckte er sicher viele, und auch Mathilde zählte sich bald dazu. Sie hätte ihn allerdings gern ihrerseits beeindruckt, doch diesen Mann schien nichts zu überraschen.

Er fixierte sein Gegenüber mit den Augen eines Raubtiers, beim Lachen zeigte er seine Wolfszähne, und wenn er jemanden beobachtete, wirkte sein Lächeln teuflisch. Sein von tiefen Falten durchzogenes und grob geschnittenes Gesicht war absonderlich und prägte sich für immer ein. Eine übermäßig große lange Nase, eine unendlich hohe Stirn und graues, fast weißes Haar, das so dicht war, dass es einen wahren Wald um seinen kahlen Schädel bildete. Die Haare hoben sich noch stärker ab, wenn man die dichten schwarzen Brauen betrachtete, die wie ein spitzes Hütchen geformt waren.

Frescobaldi Hieronymus faszinierte unwillkürlich durch seine Hässlichkeit und Grobheit.

Der Goldschmied glitt lautlos hinter seinen großen Tresen aus geschnitztem Holz, auf dem, neben dem Gegenstand der Verhandlung, weitere wertvolle Stücke ausgestellt waren: Armbänder und Ketten aus Gold, kleine mit Edelsteinen verzierte Spiegel, Degenknäufe, Silberkisten, Nadeln für eine Stola sowie mit Rubinen und Amethysten besetzte Capes. Da in dem Geschäft plötzlich völlige Stille herrschte, wagte Mathilde nicht zu sprechen.

Durch die offene Tür drang etwas Tageslicht herein, und ein breiter Lichtstreifen fiel auf den Tresen des Goldschmieds.

Mathilde bewegte sich noch immer nicht. Schließlich wandte sich Hieronymus mit tiefer Stimme an sie.

»Was wollt Ihr von mir?«

»Emmanuel Riccio, Kaufmann aus Genua, dem ich in Lyon begegnet bin, schickt mich.«

Als sie Namen und Stadt aussprach, beruhigte sie sich etwas und gewann ein wenig Selbstsicherheit zurück. Sie sah, dass Hieronymus kaum merklich eine dunkle Braue hob und sie mit etwas mehr Interesse betrachtete.

»Gehört er zu Euren Bekannten?«

»Natürlich«, behauptete sie diesmal mit der ganzen Selbstsicherheit, die nötig war, um diesen hartgesottenen Kerl zu überzeugen. »Er arbeitet mit meinen Eltern zusammen, die in Brügge einen Tapisseriehandel betreiben. Außerdem ist er ein Freund meiner Tante Constance de Peralta, die in Florenz lebt und die ich besuchen werde.«

»Dann seid Ihr allein in Avignon?«

»Nein, ich bin in Begleitung von Fildor«, entgegnete sie.

»Fildor!«

»Ja, mein treues Pferd. Wir trennen uns nie voneinander.«

Triumph! Ruhm! Sie hatte ihm ein Lächeln entlockt. Aber was für ein Lächeln? Seine schmalen roten Lippen zogen sich in die Länge wie der purpurne Faden, der dazu diente, das Blut

Christi am Kreuz zu weben. Ein teuflisches Lächeln! Einerlei, der Kontakt war hergestellt, und Mathilde gewann ihre übliche Kühnheit zurück.

»Meine Mutter ist Weberin in Tours. Unsere Werkstatt arbeitet vor allem für den französischen König und seine Familie. Das letzte Mal, als sie mit mir zusammen in Lyon war, ist ihr ein Geschäft mit Sire Riccio entgangen. Es handelte sich um ein Webstück aus der Türkei.«

Er hob die Hand und unterbrach sie.

»Sprecht nicht weiter, und trefft mich heute Abend im Gasthaus zur ›Schwarzen Olive‹. Es befindet sich am westlichen Stadttor von Avignon.«

Es kostete Mathilde Überwindung, allein ein Gasthaus zu betreten. So etwas hatte sie noch nie getan, und ihre Jugend würde Aufmerksamkeit erregen. Es wäre besser gewesen, zwischen Pflügen und Getreidesäcken in einer Scheune zu übernachten oder auf frischem weichem Stroh in einem Stall in der Umgebung.

Sie begann die beruhigende Gegenwart von Baptista zu vermissen. Mit sechzehn Jahren stieg man nicht allein in einem Gasthaus ab. Auch als ihre Mutter als junges Mädchen auf der Straße unterwegs gewesen war, hatte sie immer ein ruhiges Plätzchen außerhalb der Städte gefunden. Viele Bauern zeigten Mitgefühl und nahmen Reisende bei sich auf, die ein schützendes Dach für die Nacht suchten. Ach! Kein Geziere! Sie straffte sich, hielt Fildor am Zügel und betrat den Hof des Gasthauses. Sie würde nicht wie ein ängstliches Mädchen zittern.

Ein junger Knecht kam auf sie zu und bot ihr an, das Pferd in den Stall zu bringen und ihm einen Kübel Hafer zu geben. Sie willigte ein und überließ Fildor den Händen des Jungen, der entzückt war, einem so hübschen Mädchen zu Diensten zu sein. Dann betrat sie das Gasthaus.

Es war nicht groß. Das Zentrum bildete ein langer Tisch, an dem bereits einige Reisende die Nase über ihre Schüssel senkten und soupierten. Langsam wandte Mathilde den Kopf nach rechts, dann nach links und sah, dass in den Ecken jeweils kleinere Tische standen.

Frescobaldi Hieronymus saß in der entlegensten Ecke vor einem noch unberührten Bierkrug. Gerade kam der Wirt auf sie zu, da rief der Bankier mit rauer Stimme:

»Das junge Mädchen ist meinetwegen hier. Setzt Euch an meinen Tisch, Demoiselle und soupiert mit mir. Wirt! Bringt uns das Beste, was Eure Küche zu bieten hat.«

Anschließend stand er auf, kam ihr entgegen und verneigte sich leicht.

»Verratet Ihr mir Euren Namen, schöne junge Dame?«

»Ich heiße Mathilde.«

»Ah, Demoiselle Mathilde, speisen wir gemeinsam.«

Er ließ sie auf der anderen Seite Platz nehmen und rief erneut nach dem Wirt.

»Was serviert Ihr meinem jungen Gast? Einen kleinen französischen Wein mit Ingwer oder Zimtgeschmack?«

»Einen Hypokras!«, sagte Mathilde hastig.

»Gut, mein Freund! Wir nehmen zwei Gewürzweine«, erklärte Frescobaldi. »Mein Bier trinke ich später.«

Dann wandte er sich wieder dem jungen Mädchen zu, stierte sie mit seinen Raubtieraugen an und fragte:

»Mögt Ihr dieses königliche Getränk?«

»Ich trinke es üblicherweise mit François, dem Ersten seines Namens.«

»Von welchem François sprecht Ihr?«

»Nun, vom französischen König! Von welchem François sollte ich sonst sprechen? Ich kennen keinen anderen.«

Stillschweigend beobachtete er sie und erwiderte nichts. Sie spürte, dass er die Wahrheit herausfinden wollte. Sie täuschte sich nicht. Er fragte sich: Ist sie wirklich die Tochter einer Weberin aus Tours oder nur eine Dienerin, die am Hof des französischen Königs gedient hat und sich nun auf der Flucht befindet? Es heißt, der junge Monarch sei hinter den Röcken koketter Mädchen her, und diese hier schien nicht gerade schüchtern. Sie sah ihm derart unverfroren in die Augen, dass er sich nicht mit ihr anlegen wollte. Aber der Hypokras würde seine Wirkung tun, und sofern sie noch einen zweiten und vielleicht sogar einen dritten nahm, würde dieses junge Ding sich schon verraten.

Der Gastwirt kam mit zwei Krügen in den großen behaarten Händen zurück.

»Ach«, sagte Mathilde, an ihn gewandt, »Euer Stallknecht hat sich meines Pferdes angenommen. Wir sind von Lyon bis hierher geritten, ohne uns eine Nacht auszuruhen oder auch nur eine Pause einzulegen.«

Frescobaldi hob die Brauen. Eine einfache Dienerin wüsste weder, wie man reitet, noch besäße sie ein Pferd. Wenn sie sich geschickt anstellte, gehörte ihr bestenfalls ein Muli oder ein Esel. Aber dieses Mädchen, vorausgesetzt sie sagte die Wahrheit, war eine hervorragende Reiterin.

»Dort ist es gut aufgehoben«, antwortete der Wirt. »Mein Stalljunge wird sich um Euer Pferd kümmern. Benötigt Ihr ein Zimmer für die Nacht? Eins habe ich noch, aber in ein oder zwei Stunden wird auch das sicher belegt sein.«

»Dann nehme ich es und reise morgen früh bei Sonnenaufgang ab.«

Sie griff ihren kleinen Geldbeutel und zeigte ihn dem Hotelier, damit er sah, dass sie bezahlen konnte.

»Wohin reist Ihr?«, erkundigte sich Frescobaldi mit einem undurchsichtigen Lächeln.

»Nach Marseille. Dort schiffe ich mich nach Florenz ein.«

»Das ist nicht gerade ein Katzensprung! Ich komme von dort.«

Sie ließ die Geldkatze sinken, und als sie sah, dass der Wirt anscheinend zufrieden war, ließ sie sie in ihrem Ärmel verschwinden.

»Langweilt es Euch, Sire Hieronymus, wenn wir von Florenz sprechen?«

»Keineswegs! Aber wolltet Ihr nicht über das kleine byzantinische Werk sprechen, das ich dem Kaufmann Riccio abgekauft habe, das ich aber weiterverkaufen möchte?«

Nun beging Mathilde ihren ersten Fehler, denn sie gestand, dass sie lieber über Florenz als über dieses Werk sprechen wollte, das ihr im Laden des Goldschmieds angeblich noch so am Herzen gelegen hatte.

»Dann wart Ihr noch nie in Florenz?«

»Nein.«

»Nun, Ihr werdet es lieben und nicht mehr verlassen wollen.«

Mit scharfem Blick musterte er den Mund seiner Begleiterin, die soeben das Glas mit den letzten Tropfen des kühlen alkoholhaltigen Getränks geleert hatte.

»Darf ich Euch eine Frage stellen?«, fragte sie und stellte ihren Krug auf den Tisch zurück.

»Ich wäre glücklich, wenn ich sie beantworten könnte.«

Und während er einen weiteren Gewürzwein orderte, suchte

sie nach der richtigen Formulierung für ihre Frage. Sie fand sie, als sie die Lippen in den zweiten Krug tauchte.

»Kennt Ihr den Gonfaloniere Alessandro van de Veere?«

Er starrte sie an und begriff, dass dieses Mädchen keine Dienerin war. War sie eine junge Intrigantin, die eine angesehene Florentiner Persönlichkeit einiger Güter berauben wollte? Er log:

»Ja, ich kenne ihn. Er lebt am rechten Ufer des Arno.«

Mathilde leerte gereizt ihren Krug und stellte ihn geräuschvoll auf dem Tisch ab. Daraufhin drehte sich der Wirt kurz nach ihr um, achtete jedoch nicht weiter auf sie und bediente die anderen Gäste.

»Das stimmt nicht. Alessandro van de Veere ist seit Langem tot.«

»Ihr wolltet mich mit Eurer Frage in eine Falle locken!«

»Zweifellos. Also hört auf zu lügen und sprecht von ihm in der Vergangenheitsform.«

»Und warum sollte ich mit Euch über ihn sprechen, ohne den Grund dafür zu kennen?«

»Weil er mein Vater war.«

Das war ihr zweiter Fehler. Alles war gesagt, und das Raubtier musste nur noch zugreifen.

»Er wäre etwas älter als Ihr, Sire Fresco Hieronymus.«

Er ergriff ihre Hand und sagte mit tiefer Stimme:

»Nennt mich Fresco.«

Sie nahm kaum wahr, dass er einen weiteren Hypokras bestellte, leerte ihn mit unfassbarer Gier und blickte ihren Folterknecht flehend an.

»Erzählt mir von ihm.«

»Unter einer Bedingung.«

»Sie wird sofort akzeptiert.«

War das ihr dritter und letzter Fehler? Es scherte sie nicht, sie wollte nur eines: etwas über ihren Vater erfahren. Er hielt ihre Hände in seinen wie ein Teufel, der nicht mehr von seiner Beute ablassen will.

»Die Bedingung ist nicht rückgängig zu machen. Wenn Ihr zurückzieht, müsst Ihr die Folgen abwägen.«

»Erzählt mir von meinem Vater.«

»Willigt ein, mein Zimmer zu teilen.«

»Einverstanden.«

Er war ein Falke und schloss seine Krallen um sie. Seine runden schwarzen blanken Augen ließen sie nicht mehr aus dem Blick.

Mit einer Geste bedeutete er dem Wirt, einen vierten Gewürzwein zu bringen. Jener zögerte, doch der unnachgiebige Blick von Frescobaldi Hieronymus vertrieb seine Gewissensbisse. So wie sich die Dinge entwickelten, würde die Kleine kein Essen mehr zu sich nehmen. Die ganzen Getränke reichten, um sie zu sättigen und auch, um sie einzuschläfern. Ihr Oberkörper neigte sich bereits leicht nach vorn.

»Nach dem mächtigen Soderoni, dem bekannten Förderer Raffaels«, begann er, während Mathilde ihm mit halb geschlossenen Augen zuhörte, »war Alessandro van de Veere der einflussreichste Mann in Florenz. Er war ein schöner Mann von ausgesuchter Höflichkeit, wohlhabend und mächtig, denn er hatte die Medici hinter sich, die seine Macht gegenüber den Flamen stärkten. Deshalb beherrschte er den Markt von Brügge. Doch was seine eigentliche Macht ausmachte, war der Handel, den er mit den orientalischen Ländern unterhielt.«

»Ich weiß, dass er mit meinem Großonkel, dem Kardinal Jean

de Villiers, dorthin gereist ist. Mein Großonkel war Halbtürke, er arbeitete für den Papst Borgia.«

Mittlerweile wunderte sich Frescobaldi über nichts mehr. Er wartete nur noch auf den Moment, in dem er dieses Mädchen in den Armen halten und sie zwingen würde, sich seiner Lust zu beugen.

»Es heißt, ich hätte den orientalischen Markt nach seinem Tod übernommen.«

»Von wem sprecht Ihr, Fresco? Von meinem Onkel oder von meinem Vater?«

Ihr Kopf wankte, dann richtete sie sich mit plötzlichem Schwung auf. Sie starrte dem Mann in die Augen, der sie musterte wie ein Wahnsinniger. Sein Blick durchbohrte sie wie Pfeilspitzen. Doch was sollte sie tun, sie wollte alles über ihren Vater hören.

»Lasst mich Euch aufs Zimmer bringen«, raunte er in ihr Ohr.

»Aber Ihr habt mir noch gar nichts erzählt, und ich will alles wissen.«

Besorgt über die Wendung der Ereignisse, kam der Wirt an den Tisch.

»Ich habe das Zimmer der Demoiselle vorbereitet …«

»Bringt uns zu meinem. Das genügt.«

Als der Wirt zögerte und unschlüssig die Arme an seiner Schürze aus weißem Drillich herabhängen ließ, warf der Bankier ihm einen vollen Geldbeutel zu.

»Reicht das, mein Freund?«

Der Wirt fing den Beutel aus der Luft, schluckte schwer, wog ihn in der Hand und nickte.

»Das reicht.«

Frescobaldi Hieronymus ließ sich nicht beirren, sein Blick war eiskalt, berechnend, unnachgiebig, beinahe grausam. Er legte Mathilde auf das Bett. Gerade schickte er sich an, sie zu entkleiden, da ließ ihn ihre Frage innehalten.

»Welche Art Handel treibt Ihr?«, fragte sie mit schwerer Zunge, um ihre Verlegenheit zu überspielen.

Er fing an zu lachen und entblößte seine großen weißen, hungrigen Wolfszähne. Dann strich er mit seinen langen vornehmen Fingern über die zarten, heftig pochenden Adern an ihrem Hals.

»Im Wesentlichen handele ich mit Alaun«, antwortete er und blies ihr seinen Atem ins Gesicht.

»Ach! Alaun, das zur Farbfixierung genutzt wird!«

Diesmal brach sie in Lachen aus. Ein scharfes, schrilles, nervöses Lachen, das nicht mehr aufhörte. Ihr Körper wurde von einem Lachkrampf geschüttelt. Sie warf den Kopf von rechts nach links, als wisse sie nicht, wohin mit ihm, als sei das Kopfkissen auf einmal zu hart, zu rau oder kantig wie ein geschliffener Stein.

»Alaun, das man aus dem Orient importiert«, sagte sie zwischen zwei Hicksern, die sie zu unterdrücken versuchte, indem sie ihre zarten Finger auf die Lippen presste.

»Aus Trebizonde, um genau zu sein.«

»Von den Ungläubigen!«

»Nein, die Ungläubigen sind die Türken.«

Ihr Lachen ebbte in der Stille des Zimmers ab, gewann erneut an Intensität, an Lautstärke und wandelte sich auf einmal in eine Nervenkrise. Sie hickste noch einmal, lauter als zuvor, dann schrie sie:

»Was interessieren mich die Ungläubigen, die Türken und selbst der Papst. Ihr sollt mir von meinem Vater erzählen!«

In Sekundenschnelle warf er sich auf sie und erstickte ihre Schreie, indem er ihr die Hand auf den Mund presste.

»Sei still. Dein Vater wird nicht wieder lebendig. Vergiss ihn, und denk an das, was ich dir biete.«

»Ihr habt mir Informationen versprochen. Wo sind sie?«

Sie riss sich mit unerwarteter Kraft los. Doch er packte sie erneut und hielt sie fest in seinen Armen.

»Hatte mein Vater eine Frau?«

»Er hatte zwei. Nach dem Tod der ersten Frau hat er wieder geheiratet. Die zwei Söhne, die sie ihm geschenkt hatte, wuchsen im Palazzo Medici auf.«

»Und die zweite?«

»Sie hatten keine Kinder.«

Sie wandte den Kopf zur Wand und flüsterte:

»Dann habe ich zwei Halbbrüder. Wie alt mögen sie sein?«

Sie stöhnte und fing erneut an zu hicksen. Der Geschmack von Hyprokras stieg ihr in die Kehle. Frescobaldi beugte sich über sie, drehte ihr Gesicht zu sich, presste grob seine Lippen auf ihre und biss brutal hinein, damit sie sich seinem Begehren öffnete. Sie spürte seine Zunge wie eine kalte, glitschige, gewundene Schlange. Sogar der Kuss des jungen Louis de Longueville, den sie nicht in angenehmer Erinnerung behalten hatte, war ihr nicht so verletzend und unerträglich erschienen.

Als er von ihr abließ, fing sie an zu jammern, denn sie spürte, dass der teuflische Gewürzwein sie krank machte und sie ihres Verstands und ihrer Kräfte beraubte.

»Erzählt mir von meinem Vater. Ihr habt mir noch nichts erzählt.«

Er beugte sich vor, löste ihr Mieder und schob ihren Rock bis zu ihren Schenkeln hinauf.

»Sein Reichtum war unermesslich, meine Schöne. Die Medici haben ihn noch verstärkt. Aber seine Frauen! Er hat sie kaum geliebt. Also hat er zweifellos auch deine Mutter nicht geliebt. Weißt du denn nicht, dass Reichtum und Macht alle Menschen in gefühllose Wesen verwandeln?«

»Ach!«, rief sie, »glaubt Ihr, dass das wahr ist?«

Und dann fing sie an zu schluchzen, weil ihr die Kraft fehlte, diesen Mann zurückzustoßen, diesen verfluchten Ort zu verlassen und auf Fildor zu steigen, um so schnell wie möglich nach Florenz aufzubrechen.

»Das darf ich Valentine niemals erzählen.«

»Wer ist Valentine?«

»Meine Zwillingsschwester. Meine Mutter hat im Kanonenfeuer von Bologna zwei Mädchen geboren, während mein Vater von den Franzosen getötet wurde.«

Die Vorstellung eines Zwillings schien ihn zu berauschen, denn nun hielt ihn nichts mehr zurück. Er riss ihren Rock bis zum Bauch hinauf, schob die Hand unter den feinen Stoff ihres Hemdchens und knetete die zarten Schenkel, die sich nur aus Angst bewegten. Ja! Dieser Mann flößte ihr nichts als Angst ein. Getrieben von dem Wunsch, mehr über Alessandro van de Veere zu erfahren, hatte sie sich Illusionen hingegeben. Gott! Wie naiv und töricht sie gewesen war!

»Du hast auch noch eine Schwester! Ist sie auch so hübsch wie du?«

Sie antwortete nicht. Was sollte sie auch sagen? Mit gezielten, raschen, herrischen Gesten und ohne jegliche Zärtlichkeit riss er ihr die Kleider vom Leib. Dann sank er auf sie herab, atmete ihren Geruch ein und betastete ihre Haut.

Als sie plötzlich begriff, dass sie sich nackt in seinen Händen befand, fing sie an zu jammern und wollte ihre Scham mit den Händen bedecken. Doch er riss sie fort und befahl mit rauer Stimme:

»Lass mich gewähren.«

»Aber Ihr habt Euer Wort nicht gehalten. Ihr habt mir nichts gesagt. Nur ein paar wenige Informationen, denen ich misstraue.«

»Ich habe dir nicht mehr zu sagen.«

Sie riss sich zusammen.

»Nun, dann werde ich dieses Zimmer verlassen.«

»Du wirst nicht gehen, denn du hast mir dein Einverständnis gegeben.«

»Dann haltet Wort und sagt mir, was ich wissen will.«

»Dummerchen. Dein Vater ist tot. Andere haben ihn ersetzt. Ich bin einer von ihnen. Das ist der Lauf des Lebens.«

Niedergeschmettert, erschöpft und plötzlich erschrocken über die Wendung der Ereignisse, unterdrückte Mathilde ein Schluchzen. Wieder kam ihr zu Bewusstsein, dass sie sich nackt in der Hand eines Monsters befand. Als er brutal ihre Beine spreizte, verlor sie beinahe den Verstand und schrie. Brutal drang er in sie ein, aber sie unterdrückte einen weiteren Schrei. Diese Freude würde sie ihm nicht erweisen. Mit teuflischer Verbissenheit bearbeitete er ihren Unterleib, drehte und wendete sie wie ein lebloses Wollknäuel. Er gönnte sich sogar den Luxus, sie aus dem Bett zu stoßen, sie wieder nach oben zu zerren und gegen die Wand zu drängen, wo sie wie ein Schmetterling hing, den ein Folterknecht mit einer Nadel durchbohrte, um ihn aufzuspießen.

Frescobaldi Hieronymus hatte sich in einen Dämon verwandelt. Einen Augenblick glaubte sie, er werde sie töten, so brutal, unerträglich und grausam wurden seine Ausfälle. Sie hatte den Eindruck, dass jeglicher Alkohol, der sie zuvor daran gehindert hatte, sich zu wehren, verflogen war. Doch als sie wieder zu Bewusstsein kam, schmerzte ihr Kopf, und ihr Unterleib fühlte sich an, als ob eine im Feuer geschmiedete Eisenlanze Stück für Stück in sie eindrang.

Schließlich zog Hieronymus sich zurück. Seine Energie ließ nach, und seine dämonischen Kräfte erloschen. Er kam zur Ruhe und sank auf den Boden. Zwei Minuten später hörte sie ihn schnarchen. Mechanisch zog sie sich langsam an. Wenn er sie auch brutal vergewaltigt hatte, so hatte er sie zum Glück nicht geschlagen, und bis auf ihre leicht geschwollene Oberlippe war ihr Gesicht unverletzt geblieben.

Sie ging zu seinem Gepäck auf dem Tisch. Es stand einen Spalt offen. Etwas Seltsames zog sie an. Sie klappte die Lederränder auseinander und zog. Das Werk fiel ganz einfach in ihre Hände. Ein kleines leichtes Stück Stoff, kaum größer als ein Taschentuch. *Die Quadriga*.

Sie nahm es an sich und ließ es im Ausschnitt ihres Kleides verschwinden. Diesen Preis sollte der Mann dafür zahlen, dass er sein Wort nicht gehalten und sie missbraucht hatte.

Einige Minuten später ritt sie, so schnell sie konnte, mit Fildor davon, ohne sich Gedanken darum zu machen, wann und wo sie sich ausruhen konnte.

16.

Mathilde ritt, ohne einmal anzuhalten, bis nach Marseille. Auf ihrem wilden Ritt umwehte sie der Duft von Lavendel und Thymian und mischte sich in ihre Verbitterung, die an Verzweiflung grenzte und von der sie sich nicht befreien konnte.

Erschöpft, mit qualmenden Nüstern und schweißbedecktem Rücken, kapitulierte Fildor, blieb stehen und legte sich im Schutz eines Busches nieder. Mathilde lehnte sich an ihn, schlummerte mit dem Duft von Lorbeer und wildem Ginster in der Nase ein und schlief zwölf Stunden lang.

Als sie erwachte, wieherte Fildor, der bereits aufgestanden war. Er schüttelte fröhlich seine Mähne und scharrte mit den Hufen über den steinigen Boden. Während sie die Umgebung in Augenschein nahm, spürte Mathilde ihren Magen. Sie hatte seit ihrer Ankunft in Avignon nichts mehr zu sich genommen bis auf den Gewürzwein, der ihr Bewusstsein getrübt hatte, was sie nun bereute. Was sie erlebt hatte, überzeugte sie kaum mehr vom ehelichen Glück, auch nicht, wenn sie an das von Valentine dachte.

Sie schob die Hand in den Ausschnitt ihres Mieders und fühlte das gestohlene Werk auf ihrer Haut. Mit zitternden Fingern löste sie es, zog es heraus und betrachtete es aufmerksam.

Es handelte sich tatsächlich um ein kleines Wunderwerk. Dieses winzige Stück Stoff, das über die Jahrhunderte unschätzbaren Wert erlangt hatte, schien ihr seine ganze Geschichte anvertrauen zu wollen. Leider blieb es stumm. Wer konnte ihr, abgesehen von dem Genueser Kaufmann, mehr darüber erzählen? Würde sie Emmanuel Riccio noch einmal begegnen? Das schien nicht sehr wahrscheinlich, und wenn, wie sollte sie ihm erklären, dass sich das wertvolle Stück in ihren Händen befand?

In ihrer Wut und ihrer Verzweiflung hatte Mathilde den Mann für seinen Verrat bezahlen lassen. Und sie würde sich zweifellos wieder genauso verhalten, wenn das Schicksal sie noch einmal eine solche Situation durchleiden ließe. Dieser skrupellose Mann hatte sie trunken gemacht, betrogen, missbraucht, vergewaltigt und wie einen wehrlosen Hampelmann ihrer Verzweiflung überlassen.

Mathilde spürte, dass sie sich auf einem gefährlichen Weg befand, angefangen mit ihrer Flucht, die sie mit dem Auftrag Maître da Vincis getarnt hatte. Auch er hatte sie benutzt, und sie war darauf hereingefallen.

Ihr Blick war getrübt gewesen, sie hatte sich etwas vorgemacht, sich zur Leichtsinnigkeit verleiten lassen und mit ihrem Körper bezahlt. Wäre sie nicht Frescobaldi Hieronymus begegnet, wäre ihr an seiner Stelle vermutlich jemand anders über den Weg gelaufen. Warum sollte ein solcher Mensch, der es eindeutig auf leichtgläubige Mädchen wie sie abgesehen hatte, geduldig zuhören, sie trösten und verstehen? Waren die Männer so? Aber warum sollten sie auch zögern, wenn sie sich bereitwillig mit einem Lächeln vor ihre scharfen Raubtierzähne warf!

Ihre Selbsttäuschung hatte ihr etwas Falsches vorgegaukelt, sie eingelullt und sie in ein Fegefeuer getrieben, das schreckliche Wunden hinterließ, an die sie sich noch lange erinnern würde. Und all das, weil sie unbedingt mehr über ihren Vater erfahren wollte! Wen könnte sie jetzt darum bitten? Constance?

Die Tante, die sie noch nicht einmal kannte? Was würde sie ihr erzählen? Würde sie ihr bestätigen, dass Alessandro van de Veere sich wenig aus Alix gemacht hatte? Würden sich die gehässigen Worte dieses abscheulichen Mannes als wahr erweisen?

Mathilde betrachtete das Bild in ihren zitternden Händen. Die vier Pferde, die so feurig wirkten, schienen sich von ihr zu entfernen, und ihre schillernden Farben verschwammen vor ihren tränennassen Augen. Nein! Das konnte nicht sein! Ihr Vater und ihre Mutter hatten sich geliebt. Von ganzem Herzen und für immer. Genau wie in einer echten Ehe hatten die Liebenden in guten wie in schlechten Zeiten zueinandergehalten. Das hatte Alix ihren zwei Mädchen einmal ins Ohr geflüstert.

Warum gab sie sich nicht mit der Behauptung ihrer Mutter zufrieden, so wie Valentine, die anscheinend nicht mehr erfahren wollte? Ihre Schwester würde nie etwas anderes akzeptieren. Für sie stand fest: Alessandro und Alix hatten das große Glück erlebt.

Mathilde spürte ihre trockene Kehle und schluckte das bisschen Spucke hinunter, das sich auf ihrer Zunge sammelte. Sie hatte einen unangenehmen bitteren Geschmack im Mund. Auf einmal hatte sie Lust, ein Bad zu nehmen. Ja! Sie würde ihren Körper von diesen Verunreinigungen befreien, die ihn verschmutzten und sie stets an dieses abstoßende widerliche Ereignis erinnerten. Doch sie erreichte die Stadt und musste noch warten, bis sie ihre Haut von dem Geruch reinwaschen konnte, der überall an ihr haftete.

Die Geräusche der Stadt drangen an ihre Ohren. Marseille! Was würde sie in Florenz tun? Die *Gioconda* suchen, finden und zurückbringen, um sie dem alten Maître da Vinci zu überreichen. Der würde sie dann François I. zum Dank für seine Gastfreundschaft in Clos-Lucé schenken.

Würde sie bei dieser Geschichte in den Augen ihres geliebten Königs glänzen? Je weiter die Angelegenheit gedieh, desto mehr bedauerte sie, überhaupt abgereist zu sein, und desto weniger vertraute sie den Männern.

Während sie ruhig auf Fildor trabte, kam ihr eine Idee. Warum schenkte sie *Die Quadriga* nicht dem König? War ein solches Werk aus dem achten Jahrhundert nicht wahrhaft majestätisch? Da Vinci hatte seine *Gioconda* und sie ihre *Quadriga*. Dieser Gedanke gab ihr Kraft und Energie und ging ihr nicht mehr aus dem Kopf.

Während sie friedlich weiterritt, dachte sie an Valentine, und plötzlich empfand sie schreckliche Sehnsucht nach ihrer Schwester. Ob sie auch unter ihrer Trennung litt? Zweifellos! Unvorstellbar, dass ihre Zwillingsschwester keinen großen Kummer über ihre Abwesenheit empfand. Erneut bereute Mathilde ihr leichtsinniges, flatterhaftes, unüberlegtes, unsinniges Verhalten. Wem ähnelte sie bloß? Valentine war so ganz anders, brav, ruhig und aufmerksam, immer gemäßigt in ihren Worten, ihren Gesten, ihren Vorstellungen. Und ihre Mutter? Gewiss, sie ließ sich häufig von großer Leidenschaft mitreißen, manchmal fast wahnhaft, aber es ging immer um positive, konkrete, ernsthafte Dinge. »Ihr großes Handwerk«, wie sie zu sagen pflegte. Während Louis die Ausgeglichenheit seines Vaters und die Intelligenz seiner Mutter geerbt hatte. Diese beiden Eigenschaften führten ihn zum Glauben.

Noch einmal dachte Mathilde an ihren Vater. Sie musste ihm ähneln, aber woher sollte sie das wissen? Diese unüberlegten Anwandlungen, diese Begeisterung, die sie in glücklose Situationen stürzte. Das Unbehagen, das sie jedes Mal erfasste, wenn sie sich zu lange an einem Ort oder mit denselben Menschen aufhielt. Sobald sie bei der Duchesse d'Alençon war, sehnte sie sich nach ihrer Mutter, und sobald sie sich wieder bei ihrer Familie befand, dachte sie nur daran, an den Hof zurückzukehren.

Wahrscheinlich war Alessandro van de Veere, der Geliebte ihrer Mutter, wie sie gewesen. Vier Monate lebte er des Handels wegen in Brügge, vier Monate seiner Söhne wegen in Florenz und den Rest der Zeit mit Alix in Tours. Ja! Ein solches Leben konnte Mathilde sich gut vorstellen.

Sie seufzte. Sie konnte sich zum großen Haus von Alessandro begeben, das in der Nähe des Palazzo Medici im Zentrum der Stadt lag. Vermutlich wohnten dort aber jetzt seine Söhne, die sie sicher hinauswerfen würden, sodass sie mit denselben Fragen zurückblieb. Die Rätsel, die ihr Vater ihr hinterlassen hatte, sollte sie erst viel später lösen. Ebenso wie das der vier Pferde der *Quadriga*.

In Marseille erschien ihr alles bunt, lebendig und laut. Aber der Aufruhr und der Trubel wirkten nicht friedlich, und Mathilde fühlte sich bedroht, ohne dass sie wusste, woher dieses Gefühl rührte.

In aller Öffentlichkeit kam es zu Schlägereien. Überall in den schmalen, finsteren Straßen und Gassen lauerten gefährliche Ecken, durch die ganze Stadt zogen sich verrufene Viertel, in denen rasch die Messer gezückt wurden.

Einige Stunden lief sie zu Fuß durch die Stadt und hielt Fildor fest am Zügel, da das Reiten in vielen Gegenden schlicht unmöglich war. Dann zog sie es vor, das Zentrum zu verlassen und sich in Richtung Hafen zu begeben. Sie zögerte, dann sagte sie sich, dass sicher alle Straßen dort hinführten. Schließlich war es Fildor, der, etwas nervös von der herrschenden Unruhe, seinem Instinkt folgte und seine Herrin an den rechten Ort führte.

Ganz Marseille lebte vom Hafen. Es gab nicht eine Straße, in der es nicht intensiv nach Fisch roch. Der Geruch hing an den Türen, den Dächern und dem Pflaster. Er waberte durch die Luft und drang in jede Pore.

Die Schreie der Markthändler hallten durch die Stadt. In den besseren Vierteln verkaufte man jegliche Art von Fisch. Die Passanten wählten sie an den Ständen der Händler aus, die mit lauter Stimme verkündeten, was die Fischer im Morgengrauen gebracht hatten. Merlane, Rochen, Schollen, Seezungen, sogar Thunfisch. Je nach Größe des Geldbeutels ihrer Kunden schnitten sie die großen Teile in Scheiben oder Stücke.

In den Gässchen, die die Stadt durchzogen, fand man jede Menge geräucherten, eingelegten oder gegrillten Fisch, den die Menschen im Winter verspeisten, wenn der Fischfang nicht so ergiebig war.

Und aus den dunklen, von dreckigen, schwitzenden Mauern gesäumten Durchgängen drang der Gestank von verfaultem Fisch.

Marseille gefiel Mathilde nur wegen des Hafens. Dort fühlte sie sich wohl. Beim Anblick des munteren Treibens vergaß sie ihre beklemmenden Gefühle.

Sie saß auf einem Poller, an den sie Fildor gebunden hatte, und sah den Hafenarbeitern beim Be- und Entladen der Schiffe zu. Dort wartete sie darauf, dass ihr einer von ihnen einen Hinweis gab, wie sie sich für wenig Geld einschiffen konnte. Ein Frachtkahn fuhr an die italienische Küste und verlangte nur einen geringen Preis, sofern sie sich auf der Brücke zwischen ihr Pferd und die Handelswaren klemmte. Aber würden die paar Münzen in ihrem Geldbeutel dafür reichen?

Schließlich kam ein großer dicker Hafenarbeiter zu ihr, der

sie seit einer Weile mit forschendem Blick beobachtet hatte, und fasste sie an der Schulter. Mathilde drehte sich um.

Der Mann war beeindruckend. Ein wahrer Riese! Mathilde musste den Kopf in den Nacken legen, um ihn anzusehen. Er trug eine staubige Hose, die sich um seine muskulösen Beine schmiegte. Seine enormen Füße steckten in Schlappen aus geflochtener Weide mit Hanfsohlen. Unter seiner schwarzen Mütze, die er bis über die Ohren gezogen hatte, fielen lange blonde Haare auf die nackten sonnengebräunten Schultern.

»Solltet Ihr abreisen wollen, wird das schwierig«, sagte er und zeigte einen Mund voll schwarzer Zahnstummel. »Das dauert sicher vier oder fünf Tage.«

»Ach!«, antwortete Mathilde und blickte den Hafenarbeiter an. »Und warum?«

»Weil die königlichen Galeeren im Morgengrauen ausschiffen. Sie bleiben ein paar Tage, dann fahren sie über den Atlantik. Sie werden Ende nächster Woche in Bayonne erwartet.«

»Die königlichen Galeeren!«, wiederholte Mathilde und suchte nach dem Namen, den sie damit verband.

Etwas dümmlich starrte sie den Hafenarbeiter an, der noch immer ihre Schulter umfasste. Dann fiel es ihr ein.

»Bernardin des Baux!«, rief sie. »Ja, er wird mir helfen.«

Verblüfft sah der Hafenarbeiter sie an.

»Der große Kapitän der Galeeren?! Ihr kennt ihn?«

Plötzlich ließ er ihre Schulter los und betrachtete sie noch immer verdutzt.

»Ja, und ich würde ihn unter Tausenden wiedererkennen.«

»Donnerwetter!«, rief der Hafenarbeiter, der sich langsam von seiner Überraschung erholte, »ich möchte Euch nicht zu nahetreten, aber der große Kapitän spricht nicht mit jedem.«

»Ich bin nicht jeder.«

Der Mann blickte auf Fildor.

»Wenn das schöne Pferd Euch gehört, könnte das stimmen.«

Mathilde schenkte ihm ein wahres Prinzessinnenlächeln, das den Seemann zu fesseln schien.

»Es ist so«, erklärte sie dem Riesen, um ihn zu überzeugen, »ich bin mit einigen anderen Reisenden einem Überfall zum Opfer gefallen und habe kein Geld mehr bei mir. Ich weiß nicht, wo ich auf den Kapitän warten soll.«

»Ich kann Euch helfen.«

Erneut schenkte sie ihm ein strahlendes Lächeln.

»Wie das?«

»Nun. Wenn Ihr am Hafen schlaft, riskiert Ihr große Unannehmlichkeiten. Die Seeleute hier machen keinen Unterschied. Sie überfallen einfach die Mädchen. Und wenn Ihr kein Geld habt, nehmen sie Euch die Ehre.«

»Und Ihr?«, entgegnete sie plötzlich misstrauisch.

Er fing an zu lachen und zeigte erneut seinen Mund mit den schrecklichen Zahnstummeln.

»Oh, ich habe meine Frau, und das reicht. Ich muss nicht woanders wildern. Sie arbeitet für eine Schänke am anderen Ende der Stadt. Mit ihrem und meinem Lohn zusammen kommen wir zurecht.«

Als Mathilde ihn ansah, ohne etwas zu sagen, fuhr er fort:

»Ich kann Euch eine kleine Ecke zeigen, in der Ihr zwei oder drei Nächte verbringen könnt. Glaubt mir, beim heiligen Patron der Hafenarbeiter, ich werde Euch nicht belästigen.«

»Das würdet Ihr für mich tun?«

»Na klar, und ich kann noch mehr!«

Er stemmte die großen Fäuste in die Hüften und fuhr fort:

»Wenn meine Frau freundlich gestimmt ist, gibt sie mir sogar einen Kanten Brot mit einem Stück Speck und etwas Käse mit, das ich Euch morgen früh bringen kann.«

Er betrachtete die Ladung, die er auf dem Kai abgesetzt hatte. Große Fässer mit Öl, Bier und Wein, riesige verschlossene und beschlagene Kisten, die nichts über ihren Inhalt verrieten, Stere von Holz und andere Waren, die mit Seilen zusammengebunden waren.

»Das trifft sich gut«, sagte er. »Ich habe gerade meine Arbeit beendet. Kommt.«

Er führte sie ans andere Ende des Kais und durch den Innenraum einiger abseits gelegener Lager. Dahinter überquerten sie einen Erdhügel, hinter dem sie zu einem großen Holzschuppen gelangten, dessen schlecht zusammengefügte Bretter auseinanderfielen.

Sie mussten über Taue, Segel und zerbrochene Masten, über Rettungsbojen und alte Barken hinwegsteigen. Nachdem sie das Durcheinander hinter sich gelassen hatten, deutete der Hafenarbeiter auf eine Ecke, in der ein Stapel leerer Kisten vor dem Blick eines möglichen Störenfrieds schützte.

Dort versteckten Mathilde und Fildor sich drei ganze Nächte. Am Tag begab sich das junge Mädchen an den Hafen und spazierte am Kai entlang. Dabei richtete sie den Blick in die Ferne, in der Hoffnung, endlich die Masten der königlichen Galeeren in den Himmel aufragen zu sehen.

Nachdem sie einige Kanten Brot und gegrillten Fisch gegessen hatte, die ihr Freund, der Hafenarbeiter, ihr gebracht hatte, war sie in recht guter Verfassung. Wenn nicht die Erinnerung an die Folternacht gewesen wäre, deren Folgen sie noch immer als heftiges Brennen in ihrem Unterleib spürte, wäre sie dem großen Kapitän wie üblich mit strahlendem Lächeln und kühnem Blick entgegengetreten.

Doch so war es nicht. Der Kapitän ließ sich vom Schiff auf die Barke gleiten, die die Passagiere in den Hafen beförderte. Mathilde erinnerte sich an den Tag, an dem er wie ein weißer Engel mit goldenen Flügeln stolz und mit strahlenden Augen vor ihr aufgetaucht war. Damals hatte er den jungen, noch strahlenderen König begleitet, der gerade von seinem italienischen Triumph heimgekehrt war.

An jenem Tag hatte Mathilde an der Seite ihrer Mutter gestanden und nicht gewusst, wohin sie den Kopf zuerst wenden sollte. Der Reiz zweier Männer hatte sie verwirrt. Leider war der, den sie kannte – der König –, von seinen Pflichten beansprucht gewesen und warf ihr nur hin und wieder einen von ihr ersehnten Blick zu. Der andere, dem sie während der Festtage in Lyon begegnete, hatte durch Zufall mit ihr eine Unterhaltung begonnen, die leider unvollendet geblieben war. Doch zwischen jenen wundervollen, magischen Momenten und den unsicheren, wirren Gefühlen von heute stand die Vergewaltigung von diesem Monster, die offene Wunden in ihr hinterließ.

Die Barke mit dem großen Kapitän erreichte das Ufer und legte an dem gepflasterten Kai an. Die dicken grauen Steine, auf denen sie in den letzten Tagen so oft auf und ab gegangen war, kamen ihr schon vertraut vor. Hier und dort fanden sich Poller, an denen Barken, Pferde, Esel und Waren angebunden waren.

Es herrschte großer Aufruhr. Von den Wachen der königlichen Marine zurückgehalten, versammelte sich die Menge in einiger Entfernung. Sie wartete darauf, dass man sie näher heranließ, damit sie dem großen Kapitän ihre Ovationen bereiten konnte.

Wer kannte Bernardin des Baux in Marseille nicht? Wem hatte er noch nicht einen Blick geschenkt oder seine Hand berührt? Der junge Kapitän von kaum dreißig Jahren hatte sie mit seiner Autorität, seiner Natürlichkeit und seiner Großherzigkeit beeindruckt, und die Marseiller wollte ihm noch einmal zeigen, wie sehr sie der Edelmut ihrer Helden begeisterte.

Um ihm den Weg frei zu machen, hatte man am Vorabend die größten Waren weggeschafft: Öl- und Weinfässer, Baumstämme aus Asien oder Afrika, kleine Araberpferde, die man am Euphrat erstanden hatte, und andere wichtige Güter, auf die der Kapitän ein wachsames Auge hatte.

Mathilde, die sich in die Menge einreihen musste, kämpfte mit Händen und Füßen, um einen Platz in der ersten Reihe zu ergattern. Fildor, den sie fest am Zügel hielt, unterstützte sie unwillentlich bei dieser Aufgabe, sodass sie sich schließlich an einer Stelle vorn am Kai wiederfand, die der Kapitän sicher passieren würde.

Von Weitem sah sie, wie er behände von der Barke sprang und an Land ging. Er befand sich in Begleitung von vier Männern. Dahinter folgten einige weitere, die offenbar einem niederen Rang angehörten.

Von diesem Augenblick an war Mathilde vom Anblick Seigneur des Baux gebannt. Sie nutzte die kurze Unaufmerksamkeit einer der Wachen, um sich mit einem Hüftschwung Platz zu verschaffen, zog ihr Pferd mit sich und trat einen Schritt vor, damit der große Kapitän sie bemerkte.

Plötzlich entdeckte sie ihren Freund, den Hafenarbeiter, in ihrer Nähe. Er war durch die Menge geirrt, hatte sie dann entdeckt und kam schließlich zu ihr, um sie zu unterstützen und zu verteidigen, falls es einer der Wachen in den Sinn kam, sie unsanft zurückzustoßen. Sie lächelte ihm zu und beobachtete zuversichtlich den Weg des Kapitäns. Die Menge bejubelte ihn wie einen Prinzen. Mit weißen Hosen und schwarzen Mützen bekleidet, versammelten sich die Hafenarbeiter und applaudierten ihrem Anführer. Denn Seigneur des Baux bestimmte, nach welchen Regeln sie ihre Arbeit verrichteten.

Kaum war er auf Höhe von Mathilde angelangt, kam eine Wache auf sie zu und befahl ihr unmissverständlich zurückzuweichen. Der Hafenarbeiter schaltete sich ein und deutete mit dem Finger auf seine versammelten Kollegen am anderen Ende des Kais. Der Soldat verstand ihn nicht und drehte sich nach den Hafenarbeitern um.

»Ich wollte zu meinen Kameraden«, sagte er, »aber es ist zu spät.«

»Los, macht Platz, und lasst das Mädchen und das Pferd zurückweichen. Sie stören den Durchgang des Kapitäns.«

Während dieses kurzen Zwischenfalls war Seigneur des Baux bei Mathilde angelangt, die nun seinem Blick begegnete. Die Wache stieß einen Fluch aus und versperrte dem jungen Mädchen und seinem Pferd mit dem Degen den Weg.

»Lasst«, befahl der Kapitän im Vorbeigehen.

Als er ihr zulächelte, wusste Mathilde nicht, ob er sie erkannt hatte. Er deutete eine Verbeugung an und begrüßte sie. Überrascht und entzückt von dem Gedanken, dass der Soldat innerlich toben musste, erwiderte sie den Gruß mit einem Kopfnicken, und man ließ sie ohne Weiteres passieren.

Am Ende des Kais bildeten die Wachen ein Ehrenspalier, und die Herolde bliesen in ihre Hörner. Überall wehten Wimpel und

Fahnen in leuchtenden Farben. Ein Schildknappe brachte dem Kapitän sein Pferd, und er stieg sogleich auf.

Mathilde geriet in Aufruhr. Sie sprang auf Fildor und hörte ihren Freund, den Hafenarbeiter, rufen:

»Er begibt sich zu seinem Domizil im Zentrum der Stadt. Folgt ihm.«

Diesen Rat hätte sie nicht benötigt, aber sie bedankte sich mit einer großen Abschiedsgeste bei ihrem Kameraden.

Sie folgten überfüllten Straßen mit Marktständen, beladenen Eseln, fliegenden Händlern, Tavernen, Gaststätten, geheimen Spielsalons und mehr oder weniger anrüchigen Bierkellern. Nach den zahlreichen Tavernen zu urteilen, die sich hier auf engstem Raum drängten, musste das Gewerbe des Gastwirts recht lukrativ sein!

Mathilde strengte sich an, zu folgen und vor allem im Gefolge des Kapitäns zu bleiben. An jeder Wegbiegung gab es eine Schlägerei, harmlose und weniger harmlose Auseinandersetzungen, eine Messerstecherei oder einen Faustkampf. Mehr als in Tours, in Lyon oder in Rouen, schien Mathilde die Gewalt in Marseille allgegenwärtig. Und wenn sie nicht den großen Kapitän hätte treffen wollen, hätte sie die Stadt verlassen, in der so viel Brutalität herrschte. Im Übrigen schien es sich stets um geringfügige Delikte zu handeln, und niemand wurde eingesperrt. Selbst kleine Diebstähle blieben hier ungestraft.

Der kleine Trupp des Kapitäns musste Bedürftigen ausweichen, die sich in seinen Weg drängten – Bettler, Blinde, Zwerge, Krüppel, verlassene Kinder in Lumpen und andere Ausgestoßene. Drei- oder viermal drehte Seigneur des Baux den Kopf. Wollte er sich überzeugen, dass das Mädchen ihm folgte? Das schien nicht unwahrscheinlich, denn seine kleine Eskorte hatte schon bemerkt, dass er stets das Tempo verlangsamte, sobald er sie nicht mehr sah.

Das war auch Mathilde nicht entgangen. Ahnte Bernardin des Baux, über welche Vorzüge das junge Mädchen verfügte, das ihm auf dem Fuße folgte? Wie anmutig sie auf diesem prächtigen Pferd wirkte. Es war perfekt gebaut, weiß wie Schnee, mit einer eleganten Mähne, bebenden Flanken und einer wunderbaren Kruppe! Dieses Pferd entstammte einem edlen Stall, die weißen Pferde dieser Rasse waren echte Königspferde. François, der Duc d'Angoulême, hatte nicht gegeizt, als er ihr Fildor geschenkt hatte.

Die Menge löste sich langsam auf, und Mathilde kam gut voran. Jubelnd und schreiend zerstreute sich das Volk entlang der Strecke, und nun ritten nur noch die Wachen der königlichen Marine hinter der Eskorte her.

Das lebendige Treiben in den Straßen setzte sich fort, aber es war leichter hindurchzukommen. Außerdem gab es im Zentrum keine Schlägereien oder Auseinandersetzungen mehr. Stattdessen reihten sich dort schöne Steinhäuser aneinander, in denen die Notabeln und Adligen residierten.

Hinter den Häusern erstreckten sich große Gärten. Sicher nicht hinter allen, aber das des großen Kapitäns verfügte gewiss über eine prächtige Parkanlage.

Schließlich hielt das kleine Gefolge vor dem quadratischen Hof eines großen Hauses aus grauem Stein.

Diesmal konnte Seigneur des Baux die Anwesenheit von Mathilde nicht mehr ignorieren, und sie musste schnell eine Erklärung finden, weshalb sie ihm so beharrlich gefolgt war.

Hoch zu Ross hielt er die Wachen zurück, die dem jungen

Mädchen den Weg versperren wollten, obwohl sie längst begriffen hatten, dass der Kapitän ihr Eingreifen nicht wünschte. Und während seine Eskorte sich eifrig anschickte, den Stallburschen die Pferde zu übergeben, kam er auf Mathilde zu, die noch immer auf Fildor saß, und schenkte ihr ein offenes, natürliches Lächeln:

»Mir scheint, ich kenne weder Euch noch Euer prächtiges Pferd.«

»Fildor ist ein Geschenk des französischen Königs. Er hat ihn mir zum vierzehnten Geburtstag geschenkt, und zum achten habe ich von ihm ein Pony erhalten.«

»So!«, erwiderte Bernardin, »Ihr gehört also zum Gefolge von François I.?«

»Nicht ganz. Ich gehöre zum Gefolge seiner Schwester, der Duchesse Marguerite. Aber das ist einerlei. Die Duchesse d'Alençon verlässt den königlichen Hof nur selten.«

Erneut fiel der Blick des Kapitäns auf Fildor.

»Das ist ein wundervolles Pferd, Dame. Ein echtes Paradepferd.«

Er lächelte, weil er sie »Dame« genannt hatte, obwohl sie gerade einmal fünfzehn oder sechzehn Jahre alt war. Ein junges Mädchen, kaum der Jugend entwachsen, in dessen Blick jedoch etwas Kühnes und Unerschrockenes aufblitzte, das ihm nicht entging.

»Wir sind uns bereits begegnet, Seigneur. Bei den königlichen Feierlichkeiten, die anlässlich der Rückkehr des Königs aus Italien in Lyon abgehalten wurden.«

»Ach, das ist lange her!«

»Nicht für mich, Seigneur, ich erinnere mich an diese Feierlichkeiten, als wären sie gestern gewesen.«

Nun sprang Bernardin von seinem Pferd und grüßte sie mit einer tiefen Verbeugung.

»Jetzt erinnere ich mich.«

Er reichte ihr seine große, breite Hand. Auf seinem Zeigefinger saß ein dicker Ring, auf dem ein Grünfluss glänzte. Mathilde betrachtete einen Augenblick die Hand, die elegant aus dem Ärmel seines schwarzen, mit Silberfäden durchwirkten Wamses aus Seidenbrokat lugte. Wie grausam der Himmel war! Diese traurige Vergewaltigung führte dazu, dass sie alle Männer fürchtete, sogar jene, die sich so elegant und freundlich wie Seigneur des Baux zeigten. Dieser Gedanke verstärkte ihren Wunsch, niemand anders als den König zu lieben.

»Möchtet Ihr nicht absteigen?«, schlug der große Kapitän in liebenswürdigem Ton vor.

Sie hob anmutig ein Bein, stellte das andere in den Steigbügel und griff im Sprung die dargebotene Hand des Kapitäns.

»Ihr habt mich über diesen Prinzen der Renaissance in Kenntnis gesetzt.«

»Ich erinnere mich. Der Gefangene von François I.«

»Er hieß Maximilien Sforza.«

Als die Wachen sahen, dass sie nicht mehr gebraucht wurden, entfernten sie sich.

»Das ist richtig«, stimmte der Kapitän zu, »aber sind wir uns nicht noch ein zweites Mal begegnet?«

Mathilde errötete.

»Ihr seid auf einer Treppe aufgetaucht und wart sehr aufgeregt.«

Doch die Scham des jungen Mädchens verflog schnell, und während sie antwortete, sah sie Seigneur des Baux fest in die Augen:

»Ihr hattet recht, als Ihr bemerktet, dass unsere Begegnung weit zurückliege. Ich war ein junges Mädchen und habe mich Euch sehr …«

»Nackt gezeigt.«

Sie lächelte etwas zweideutig, fast provokant. Aus ihren Augen sprühten Funken.

»Möchtet Ihr mich verunsichern, Seigneur des Baux?«

»Keineswegs! Ich wollte Euch nur daran erinnern, falls Ihr es vergessen haben solltet, dass ich Euch mit meinem Wams bedeckt habe.«

»Und dass meine Mutter genau in dem Augenblick gekommen ist, um es Euch zurückzugeben.«

Er fing an zu lachen.

»Ich meinte damals in ihren Augen etwas Grimm erkannt zu haben.«

»Überhaupt nicht. Sie war Euch dankbar.«

Er griff mit der einen Hand die Zügel von Fildor, mit der anderen die seines eigenen Pferdes und reichte sie seinem Stallburschen, der gekommen war, um die Pferde zu übernehmen.

»Gib diesem Pferd den besten Stall und frischen Hafer. Es soll sich ausruhen. Ich möchte, dass du es ebenso gut versorgst wie mein eigenes.«

Dann wandte er sich an Mathilde.

»Ich vermute, Ihr seid nicht gekommen, um mit mir über Maximilien de Sforza oder Eure Mädchenängste zu sprechen.«

»Mich dünkt, ich erinnere mich an Euren Humor, Seigneur Kapitän. Nun, wisst, dass meine Mädchenängste die einer jungen Dame geworden sind.«

In den Augen Bernardins blitzte Ironie auf. Er wollte etwas erwidern, doch Mathilde fuhr sogleich fort:

»Nein, Seigneur, ich bin gekommen, um Euch um Hilfe zu bitten.«

»Um Hilfe?«

Der spöttische Ausdruck in seinen Augen wandelte sich in Erstaunen. Er fasste behutsam ihren Arm.

»Kommt! Drinnen können wir uns in Ruhe unterhalten. Meine Gattin, die sicher gekommen wäre, um zu sehen, mit wem ich spreche, wird uns nicht stören.«

»Ist sie nicht da?«

»Sie lebt nicht in Marseille, sondern in Lyon.«

»Ah.«

»Und Ihr, Dame, habt Ihr einen Gatten? Es schien mir vorhin …«

»Nein, noch nicht«, unterbrach sie, »und im Moment möchte ich auch keinen.«

»Eine klare Antwort. Ich vermute allerdings, dass die Bewerber sich vor einer so hübschen Person tummeln. Hat die Duchesse d'Alençon keinen edlen Knappen für Euch gefunden?«

»Die Duchesse d'Alençon weiß, dass ich mich nicht übereilt in die Ehe stürzen, sondern erst noch in Freiheit meine Launen ausleben möchte.«

»Eure Launen! Teufel! Sind es so viele?«

»Sie sind unerschöpflich.«

Er lachte aus vollem Hals, während er sie in einen großen Salon treten ließ, in dem alles luxuriös und prachtvoll wirkte. Geschnitzte Möbel, Truhen mit Schlössern aus Bronze, Kostbarkeiten aus Glas und Alabaster und an den Wänden schöne Tapisserien.

»Ach!«, sagte sie plötzlich und deutete auf eine der Tapisserien. »Die Geschichte von *David und Bathseba*.«

»Ihr kennt sie?«

»Ja, die Geschichte besteht aus zehn Bildern. Ich kenne den Teil, der sich *Dem König wird der Sieg verheißen* nennt. Er wird in der Werkstatt meiner Mutter gewebt.«

Mehr sagte sie nicht, denn sie wusste nicht, wie sie ihre Empfindungen ausdrücken sollte. Valentine hätte das sicher besser gemacht, nach allen Regeln der Kunst. Sie hätte völlig ungezwungen die Altaraufsätze, Tabernakel, die Rippengewölbe und Kirchenschiffe kommentiert. Sie hätte mühelos den Prunk der Gewänder und die Frisuren der Figuren beschrieben – die eckigen oder runden Kappen der Männer, die direkt der in Frankreich aufkommenden Renaissance entstammten, die prunkvollen Roben, die mit breiten Falten auf die Steinplatten fielen, die geflochtenen, mit Rubinen verzierten Haare der Frauen. Alles aus Brokat, Seide und dunklem Gold, ganz nach dem Geschmack der Florentiner.

So begnügte sie sich mit einer Frage:

»Ihr besitzt erst einen, Seigneur. Sind die zehn Bilder für Euch bestimmt?«

»Ich denke.«

Der Kapitän beobachtete sie. Der Blick, mit dem Mathilde den Wandbehang begutachtete, erinnerte ihn daran, dass sie die Tochter einer Weberin war. Aber er insistierte nicht.

»Ihr werdet immer schöner, Mathilde«, stellte er schlicht fest und trat auf sie zu.

»Ach, Ihr erinnert Euch an meinen Vornamen!«

»Er ist mir soeben wieder eingefallen. Vorhin habe ich nur Euren Blick wiedererkannt. Aber Eure Gestalt hat sich verändert.«

Er deutete auf einen Sessel.

»Wie kann ich Euch behilflich sein?«

»Ich muss nach Florenz.«

»Wie seid Ihr bis hierher gekommen?«

»Mit einem Tross, der aus sechs Personen bestand, aber ich musste sie verlassen. Jetzt bleibt mir nur noch die Möglichkeit, die italienische Küste per Boot zu erreichen.«

Er betrachtete sie schweigend und dachte nach.

»Ich kann schwerlich ein Boot nur für eine Person auslaufen lassen.«

»Das verstehe ich sehr wohl. Aber ich dachte, dass Ihr vielleicht den Kapitän eines kleinen Kahns kennt, der mich für eine bescheidene Summe mitnimmt, denn …«

»Denn Ihr habt praktisch kein Geld mehr. Hat man Euch unterwegs ausgeraubt?«

»Nein.«

Er starrte sie eine ganze Weile an und ließ den Blick über ihre ebenmäßigen Gesichtszüge gleiten.

»Seid Ihr aus … persönlichen Gründen geflohen?«

Als sie nicht antwortete, insistierte er:

»Ich muss es wissen. Meine Entscheidung hängt von Eurer Antwort ab.«

»Ich habe meiner Mutter einen langen Brief geschrieben. Sie soll sich nicht sorgen.«

»Trefft Ihr einen Geliebten?«

»Ach! Nein«, rief sie eher empört als beschämt. »Ich habe keinen Geliebten.«

»Ich dachte, deshalb wolltet Ihr nicht heiraten.«

»Ich habe es Euch gesagt, ich möchte mir meine Freiheit bewahren. Außerdem mag ich keine Männer.«

Er hätte gern ihre Hand genommen, aber er spürte ihre Wachsamkeit. Und ihre Augen leuchteten dunkler als zuvor.

»Das glaube ich Euch nicht«, behauptete er gelassen.

»Ich sage die Wahrheit. Männer sind brutal, schäbig, egoistisch und verdorben. Sie sind gierig, schöne Frauen zu besitzen, und nehmen keine Rücksicht auf ihre Gefühle.«

Diesmal ergriff er ihre Hand, aber sie zog sie harsch zurück.

»Ihr zeichnet ein sehr trauriges Bild vom männlichen Geschlecht! Vielleicht habt Ihr nur diese Sorte Männer kennengelernt.«

Er zeigte ein Lächeln.

»Zum Glück der Damen sind wir nicht alle so gemacht. Sind Euch denn noch nie freundliche, nette Männer begegnet?«

»Doch! Ein einziger. Aber er gehört mir nicht.«

»Nun, dann habt Ihr gelogen. Ihr habt behauptet, keinen Geliebten zu haben.«

»Der französische König ist nicht mein Geliebter.«

»Der König!«

Bernardin brach in heiteres Lachen aus. Er konnte nicht mehr aufhören, und schließlich stimmte Mathilde unwillkürlich mit ein.

»Mathilde!«, sagte er spöttisch, »kommt zur Vernunft! François I. ist ein Schelm und ein schlauer Fuchs, ein lustiger Kerl. Aber, glaubt mir, er ist auch ein königlicher Kater, der weiß, wie man die Desmoiselles verführt.«

»Ich weiß, dass man sich das erzählt. Vielmehr habe ich es selbst gesehen.«

»Nun, dann lasst Euch nicht von seinem Spiel blenden. Ihr verliert die Trümpfe.«

Mathilde zuckte mit den Schultern.

»Ich liebe ihn seit meinem vierten Lebensjahr.«

Er stieß einen bewundernden Pfiff aus und brach erneut in Lachen aus, was Mathilde zu der Antwort reizte:

»Das heißt, ich lasse mich auf kein Spiel mehr ein. Und jetzt sprechen wir nicht mehr davon, wenn Ihr erlaubt?«

Das ist gut!, dachte er. Sie hat sich die Finger bei einem verbotenen Spiel verbrannt, bei einem heißen Spiel, vor dem sie jetzt zweifellos flieht.

»Ihr habt recht«, sagte er, »lassen wir diese Fragen. Eines Tages werdet Ihr einem Mann begegnen, der Eurem König gleicht. Aber für heute willigt ein, mit mir in aller Bescheidenheit zu soupieren. Ich werde noch nicht einmal versuchen, Eure Hand zu nehmen, ich gebe mich damit zufrieden, in Euren Augen zu ertrinken.«

Das Souper verlief unkompliziert und entspannt, und Bernardin des Baux erwies sich als freundlicher und angenehmer Gesellschafter. Um dem Mahl den intimen Charakter zu nehmen, hatte er seinen Schildknappen Guillaume de Villecoeur und den Oberbootsmann Jacques de Melville dazugeladen. Die angenehme Unterhaltung drehte sich um das Reisen, die großen Seefahrer und die Wunder, die sie nach und nach von ihren Expeditionen aus neu entdeckten Ländern mitbrachten.

Der Venezianer Marco Polo und seine Reise nach Peking lagen bereits lange zurück, aber die Entdeckungen des Genuesers Christopher Kolumbus waren nicht allzu lange her, und es gab noch andere Seeleute, wie diesen Portugiesen mit Namen Magellan, der, finanziert durch Charles Quint, die Molukken erreichen wollte – das heutige Indonesien –, indem er Amerika im Westen umsegelte.

Diese Gespräche begeisterten Mathilde. Man schätzte ihre

Neugier und ihre Fragen, und der Abend verlief ohne Zwischenfälle.

Nach dem Essen schlug Bernardin ihr vor, eine Runde Schach zu spielen, um nicht so früh ins Bett zu gehen. Die Dienerinnen hatten bereits ihr Zimmer am anderen Ende des Hauses vorbereitet, damit er seinem Gast nicht jedes Mal begegnete, wenn er seine Gemächer verließ.

Es wurde eine erbitterte Partie. Mathilde, die es gewohnt war, mit der Duchesse d'Alençon zu spielen, ließ sich nicht leicht besiegen.

»Seigneur Bernardin, nehmt nicht meinen König.«

»Seid Ihr die Königin? Ich nehme Eure Königin. Seid Ihr die Dame? Ich nehme Eure Dame.«

»Nein, Seigneur! Ihr nehmt nichts. Schach und matt.«

Anschließend wünschten Villecoeur und Melville ihnen eine gute Nacht und verließen sie.

»Ich werde heute Nacht über eine Lösung für Eure Abreise nachdenken und sie Euch morgen mitteilen. In der Zwischenzeit, schlaft gut, Mathilde.«

Ein Knecht kam, um den Salon zu reinigen und zu verschließen, und eine junge Dienerin brachte Mathilde in ihr Zimmer. Hübsch, zierlich und fröhlich, machte sie einen Knicks für Seigneur des Baux, bevor sie den Salon zusammen mit Mathilde verließ.

»Dürfte ich ein Bad nehmen?«, erkundigte Mathilde sich bei der jungen Dienerin.

»Ich werde es Euch vorbereiten. Danach werdet Ihr schlafen wie ein Kind.«

Es war ein wundervoller Moment. Das schäumende Wasser lief sanft über ihre Haut und gab ihr ein Gefühl von Wohlbehagen, von Trost, fast von einer Versöhnung mit dem Leben. Es schien ihr, dass die Erinnerung an die Nacht ihrer Qual langsam verblasste, jedoch eine Narbe hinterlassen würde, die sich nicht wegwischen ließ.

Lachend und fröhlich plappernd, parfümierte Marion sie ein, trocknete sie ab und brachte sie sogar in das große Bett mit den blauen Vorhängen. Das Zimmer erschien ihr prächtig. Sie verschwand unter den frischen, sauberen Laken, während Marion hinausging und sie bat, sie jederzeit zu stören, falls sie etwas benötige.

Trotzdem konnte sie nicht gleich einschlafen. Zu viele Gedanken gingen ihr durch den Kopf. Und zu viele Männer! Der junge Louis de Longueville beunruhigte sie sicher nicht, aber sie stellte sich ihn als normalen, glanzlosen Ehemann vor. Er war die Art Ehemann, dem sie entkommen wollte und in den sie sich nie verlieben würde. Gott! Würde sie gleich nach ihrer Rückkehr aus Florenz heiraten müssen?

Die kurze Unterhaltung, die sie mit Seigneur des Baux geführt hatte, hatte sie auf traurige Weise an François erinnert. Aber würde sie ihm mit geschlossenen Augen, Hand in Hand, bis ans Ende der Welt folgen? Nein! Unter seiner freundlichen, edlen Erscheinung glich er den anderen.

Sie versuchte, ihn zu vergessen, indem sie das finstere Bild von Hieronymus heraufbeschwor. Diesen Mann mit der dämonischen Aura, dem sie geglaubt hatte und der sich ihr gegenüber als Monster erwiesen hatte.

Mathilde vergoss eine Träne der Wut. Sie hatte gemeint, in der Frische des Bades alles vergessen zu haben, dabei hatte sie nichts vergessen. Sie fühlte sich deutlich zu jung, als dass diese traurige Erfahrung ihr als Lektion gedient hätte. Hätte sie diesen

Mann akzeptiert, wenn die Duchesse d'Alençon ihr Hieronymus als möglichen Gatten vorstellte?

Wenn er ihr wenigstens gegeben hätte, wonach sie sich sehnte! Ein paar tröstende Worte über ihren Vater. Mathilde hätte den Rest verdrängt. Wie viele Frauen mussten mit Männern leben, die sich beim Liebesakt als egoistisch, selbstgefällig, brutal oder sogar grausam erwiesen. Das war ihr bewusst, und sie lächelte bei der Vorstellung, dass Valentine mit ihrem braven, sanften und geduldigen Nicolas eine solche Schändlichkeit nie erfahren musste.

Da sie nicht schlafen konnte, stand sie auf und ging in den Garten. Als ihr der Duft von Lavendel und Geißblatt entgegenwehte, zitterten ihre Nasenflügel. Sie ging ein paar Schritte und spürte die wohltuend frische Nachtluft. Dann entfernte sie sich vom Haus und folgte ein paar Pfaden in die Tiefe des Gartens.

Eine Steinbank bot Gelegenheit für eine kleine Rast in reizvoller Umgebung. Sie setzte sich und atmete tief ein. Gegenüber standen Sträucher mit roten Rosen. Ihr Duft zog durch die Bäume bis zu den kleinen Büschen neben dem Springbrunnen, dessen leises Plätschern sie vernahm. Sie ließ den Blick weiter schweifen, und plötzlich erschien Bernardin in einer der Alleen, die zu ihrer Steinbank führten. Er kam auf sie zu.

»Bleibt«, sagte er. »Diese Schachpartie hat uns ein wenig aufgewühlt. Atmen wir den Rosenduft ein. Es sind die schönsten Blumen des Gartens.«

Er pflückte eine Rose, entfernte die Dornen und reichte sie Mathilde. Sie nahm sie und atmete den Duft ein. Dann setzte sich Bernardin ebenso vorsichtig, wie er den Stängel der Rose abgebrochen hatte, neben sie, wobei er sorgsam jede Berührung vermied.

»Ich werde nicht bis morgen warten, um Euch meine Antwort bezüglich Eurer Reise mitzuteilen. Ich habe entschieden, dass eines meiner Boote Euch in Pisa absetzen wird. Von dort müsst Ihr nur noch ungefähr hundert Wegstunden zurücklegen, um nach Florenz zu gelangen. Mit Eurem Pferd wird Euch das nicht schwerfallen.«

Sie wollte den Zauber nicht durch eine Antwort zerstören. So fuhr er fort:

»Leider kann ich Euch nicht persönlich begleiten. Aber glaubt mir, Mathilde, selbst wenn ich könnte, würde ich es nicht tun. Die Versuchung wäre zu groß.«

»Welche Versuchung?«, fragte sie unschuldig.

»Ach! Stellt Euch nicht dumm. Das passt nicht zu Euch!«

Er zog sein Wams aus und legte es ihr zärtlich um die Schultern.

»Das ist das zweite Mal«, murmelte er und sah ihr tief in die Augen. »Aber heute ist Eure Mutter nicht da, um es Euch wegzunehmen und mir zurückzugeben.«

»Ich gebe es Euch selbst gleich wieder, Bernardin.«

»Nein! Morgen, wenn Ihr mich verlasst. Behaltet es bis dahin.«

Er sah sie an, und sie bemerkte ein lustvolles Leuchten in seinen Augen. Sollte sie es beenden?

»Nein!«, sagte sie schnell. »Nein. Ich will nicht, dass es eine Versuchung zwischen uns gibt. Ich werde jetzt zurückgehen.«

Er hielt sie an der Hand zurück.

»Lasst mich Euch nur einmal küssen. So behalte ich Euren Geschmack auf meinen Lippen zurück, wenn ich Euch aufs Meer hinausschicke.«

Er neigte sich zu ihr, doch sie wich zurück und blickte ihn ängstlich an.

»Das ist unmöglich, Bernardin.«

»Warum? Ich bitte Euch nur um einen Kuss.«

»Wenn das der Preis ist, den Ihr für Euren Dienst von mir verlangt, werde ich ihn nicht annehmen. Ich kehre gleich morgen zum Hafen zurück, um eine andere Lösung zu finden.«

»Auf keinen Fall, ich bitte Euch. Nehmt mein Boot.«

»Ohne Gegenleistung?«

»Ohne.«

Er lächelte, und in seinen Augen zeigte sich das charakteristische ironische Blitzen.

»Verübelt mir nicht, dass ich es versucht habe.«

»Ich nehme es Euch nicht übel.«

Mit der Rose zwischen ihren zarten weißen Fingern stand sie langsam auf. Sie führte sie an ihre Nase und atmete lange den Duft ein.

»Gehen wir zurück«, sagte sie.

Er folgte ihr und begleitete sie bis vor ihre Zimmertür. Dort zog sie das Wams aus.

»Ich gebe es Euch lieber jetzt zurück.«

»Wie Ihr wollt. Haltet Euch bei Morgengrauen bereit, Mathilde. Boote verlassen den Hafen stets zu früher Stunde. Mein alter Oberbootsmann wird sich um Euch kümmern. Ihr könnt ihm vertrauen.«

Bevor er sie verließ, hielt er einen Augenblick ihren Arm und sagte:

»Schreibt einen Brief an Eure Mutter. Ich sende einen Boten, der ihn gleich morgen zu ihr bringt. Ich nehme an, wenn Euer Geld nicht reicht, um Eure Reise zu bezahlen, wird es kaum für einen Boten genügen. Ich glaube aber, dass sie sich um Euch sorgt.«

Mathilde blieb stehen. Seine Aufmerksamkeit und sein Feingefühl trafen sie direkt ins Herz. Er verneigte sich vor ihr und verabschiedete sich.

»Adieu, Mathilde! Ich werde morgen vor Euch aufbrechen. Vielleicht sehen wir uns ein drittes Mal, wenn Ihr wieder ein paar Jahre älter seid.«

»Vielleicht. Adieu, Bernardin!«

Sie wich ein paar Schritte zurück und lehnte sich gegen die Zimmertür. Er betrachtete lange ihr Gesicht, ließ den Blick über ihre zarte Gestalt gleiten, und da er nichts mehr zu sagen hatte, ging er.

»Bernardin!«, rief sie hinter ihm her.

Erstaunt wandte er den Kopf und kam zu ihr zurück. Da hob sie ihm ihr Gesicht entgegen und legte ihre Lippen auf seine. Er schloss sie zärtlich in die Arme und hielt sie fest. Ohne jede Gewalt. Sie spürte, wie seine Lippen an ihren bebten. Genau wie die des Königs, als sie mit Valentine das Zwillingsspiel gespielt hatte.

Warm und bebend vereinigten sich ihre Lippen. Aber es war ein kurzer Kuss, dann lösten sie sich voneinander.

Einen Augenblick lehnte sie ihren Kopf an seine Schulter.

»Danke«, flüsterte sie. »Danke, Bernardin, ich glaube, Ihr habt mich mit den Männern versöhnt. Ich werde versuchen, einen Mann zu finden, der Euch ähnlich ist, zumindest wenn ich keinen wie den König finde.«

17.

Am folgenden Morgen war Bernardin abgereist. Alles wurde mit äußerster Schnelligkeit und Präzision auf den Weg gebracht. Mathilde blieb keine Zeit, ihren Gedanken und Ängsten nachzuhängen oder das Geschehene zu bereuen.

Ein Bote erschien, um die Nachricht für ihre Mutter entgegenzunehmen. Sie hatte zwei Briefe geschrieben – einen für Alix, den anderen für Valentine. Für den Brief an ihre Schwester hatte Mathilde viel Zeit aufgewendet, berichtete ihr jedoch nur das Wichtigste, da sie wusste, dass Valentine ihn ihrer Mutter vorlesen würde. Sie versicherte sie all ihrer Liebe, sagte ihr, wie traurig sie über ihre Trennung sei, dass sie jedoch nicht mehr lange dauere, da sie nicht vorhabe, lange in Florenz zu bleiben.

Der alte Oberbootsmann, der sich ihrer annahm, erinnerte sie ein bisschen an Baptista. Er sorgte sich um ihr Wohlergehen und achtete darauf, dass sie genug aß und schlief. Das Meer war still und ruhig, nur hin und wieder tanzte eine hübsche weiße Schaumkrone auf der tiefblauen Oberfläche, wenn eine Brise den Kamm einer Welle kräuselte.

Kein starker Wind störte die Reise, und so verlief die Fahrt über das Mittelmeer ohne Zwischenfälle. Es war eine angenehme Überfahrt in vorzüglicher Gesellschaft.

In Pisa bedankte Mathilde sich herzlich bei dem Seemann, der sie unter seine Fittiche genommen hatte, stieg mit Fildor vom Boot und ritt alsbald in Richtung Florenz. Der Weg erwies sich als kurz und unkompliziert. Nur der Durst und ihre trockene Kehle machten Mathilde zu schaffen, denn die Sonne brannte heiß auf die Mittelmeerküste herab.

Schließlich zeichnete sich die Silhouette von Florenz am Horizont ab, und sie gelangte an das Ufer des Arno. Er zog sich als langes graues Band mit silbrigen Reflexen durch die Landschaft, auf dem hier und dort Barken, Frachtschiffe und Boote mit geschwungenem Rumpf dahinfuhren – ein Fluss wie alle anderen.

Die Stadt schien Mathilde wunderschön, verwirrte sie jedoch ein wenig mit ihren vier Brücken, die sich anmutig über den Fluss spannten und auf denen sich zahlreiche Läden befanden.

Einen Himmel wie hier hatte sie noch nie gesehen. Er bildete eine Mischung aus dem in Marseille und dem im Val de Loire – in das zarte heitere Blau mischten sich hin und wieder stärkere Töne, sodass er etwas stürmisch wirkte. Unablässig zogen Möwen am Himmel vorbei. Es verging keine Minute, ohne dass ein Vogelschwarm eine Kurve beschrieb oder sich zu einer Dreiecksformation zusammenfand.

Als Mathilde sich vom Arno entfernte und ins Zentrum ritt, entdeckte sie die antike Kunst. Sie würde sicher nicht alles besichtigen, so wie es ihre Mutter mit Alessandro getan hatte, aber sie würde sich auf jeden Fall das Wichtigste ansehen.

Die Besichtigungen verschob sie allerdings auf später. Erst mal nahm sie die zahlreichen Freskenmalereien zu religiösen wie weltlichen Themen, Kirchen und Palästen, griechischen Säulen, Statuen von Göttern und Göttinnen, vergoldeten Kuppeln, bunten Glockentürmen und noch einigen anderen Wunder nur im Vorüberreiten wahr.

Dann erkundigte sie sich nach der Porta Prato, um zum Hippodrom zu gelangen, wo sie Constance zu finden hoffte. Eine Florentinerin zeigte ihr, wo ihre Tante seit ihrer Heirat wohnte.

Mathilde musste in das Viertel San Lorenzo zurückkehren und die Ponte Vecchio überqueren, die sie bereits einmal passiert hatte. Dann ritt sie die breite Via Romana entlang, auf der Fildor ein Stück galoppieren konnte, und fand sich auf einmal vor dem Palazzo Pitti nahe San Giorgio wieder. Sie klopfte an die Tür des prachtvollen Wohnhauses ihrer Tante Constance.

Eine Dienerin mit einem freundlichen Gesicht öffnete ihr die Tür. Als sie sich vorstellte, erklangen laute Rufe, und ein Schwarm Knechte und Dienerinnen lief herbei. Mathilde glaubte sich einen Augenblick am Hof der Duchesse d'Alençon.

Plötzlich stand eine große schöne Frau vor ihr, mit schwarzen von Silberfäden durchzogenen Haaren und dem würdevollen Auftreten einer Göttin. Lächelnd streckte sie ihr die Hände entgegen:

»Mathilde! Mein liebes Kind. Wie ich mich freue, dich zu sehen. Gott! Wie schön du bist! Sieht deine Schwester dir ähnlich?«

»Oh, Tante Constance. Endlich habe ich Euch gefunden!«, rief Mathilde erleichtert und warf sich in ihre Arme.

Constance geizte nicht mit Liebkosungen und Küssen. Sie drückte ihre Nichte an sich und war ganz hingerissen, das junge Mädchen in ihren Armen zu halten.

»Ja, Tante Constance. Wir sehen uns so ähnlich, dass Valentine und ich uns ständig für die andere ausgeben. Das ist lustig, alle fallen darauf herein.«

Da sie keine Lust hatte, Nicolas zu erwähnen, fuhr Mathilde in heiterem Ton fort:

»Wir sehen genau gleich aus.«

»Nun, ich nehme an, dann kommt der kleine Louis nach seiner Mutter, denn ihr habt beide das Aussehen eures Vaters geerbt. Himmel, das ist wirklich frappierend!«

Mathilde schwindelte. Sie fasste sich an die Stirn und spürte, wie ihr die Tränen über die Wangen liefen.

»Ja! Nein!«, antwortete sie schwankend. »Um ehrlich zu sein, ich weiß es nicht, Tante Constance. Erzählt Ihr mir von meinem Vater?«

»Aber natürlich erzähle ich dir von ihm. Ich werde dir alles sagen, was du wissen willst.«

Mathilde spürte, wie ihre Beine nachgaben. Constance stützte sie mit Hilfe eines Knechts. Mathilde wich jegliche Farbe aus dem Gesicht, und die Blässe ließ Schlimmes befürchten. Allmächtiger! Hatte sie etwa ganz umsonst die schreckliche Tat dieses Monsters Hieronymus über sich ergehen lassen, nur um nun die süßen Worte ihrer Tante zu hören?

»Aber was ist mir dir, mein Kind? Du machst mir Sorgen.«

Dann beugte Constance sich über sie und flüsterte ihr zu:

»Du bist doch nicht etwa schwanger? Ich weiß von deiner Mutter, dass du sehr frei bist.«

»Nein! Nein!«, rief Mathilde und stand eilig wieder auf. »Mir geht es sehr gut. Die lange Reise und die Wärme machen mir zu schaffen. Und die Angst, Euch nicht zu finden, denn ich habe kein Geld und hätte nicht gewusst, wohin ich gehen soll.«

»Hat Alix dir nichts gegeben?«

»Ich … Ich bin abgereist, ohne ihr etwas zu sagen.«

»Du kleines Biest! Das ist genau das, was ich befürchtet habe. Was hast du dir nur dabei gedacht?«

»Tante Constance, ich bitte Euch. Seid nicht verärgert. Es wäre mir unerträglich gewesen, Mama Sorgen zu bereiten. Ich habe ihr bei meiner Abreise einen langen Brief geschrieben, damit sie sich nicht grämt.«

»Das hoffe ich doch.«

»Und sie wird in Kürze eine weitere Nachricht erhalten, die Seigneur des Baux, der Kapitän der königlichen Galeeren, geschickt hat. Ich habe mich an ihn gewandt, um das Mittelmeer zu überqueren.«

»Nun, du scheinst nach mir zu kommen«, seufzte Constance, »du weißt deine Beziehungen zu nutzen.«

»Manchmal täusche ich mich allerdings«, seufzte Mathilde.

»Ach, das spielt keine Rolle. Dir fehlt es nur an Erfahrung. Es gibt ein paar Regeln für das, was man tun und was man lassen sollte.«

»Welche?«

Constance lachte.

»Das ist nicht der richtige Moment, um darüber zu sprechen. Ich werde es dir später erklären Ich glaube, wir werden einige Gemeinsamkeiten entdecken.«

Das erste Souper fand in einem riesigen Saal statt, der eines französischen Schlosses würdig gewesen wäre. Don Peralta traf zu Beginn des Mahls ein, ein großer hagerer Mann, der eindeutig älter als die gerade einmal vierzigjährige Constance war. Er musste über sechzig sein, aber das sah man ihm nicht an. Seine schlanke, schlaksige Gestalt, das von weißen Haaren umrahmte Gesicht, das nur von wenigen Falten durchzogen war, ließen ihn nicht alt erscheinen und wirkten anziehend auf eine reife Frau, für die sein Alter unübersehbare Vorzüge bedeutete.

Er betrachtete Mathilde mit gutmütigem Blick, hinter dem jedoch unverhohlene Neugier aufblitzte.

»Ah, eine der Zwillingstöchter der berühmten Weberin aus Tours, von der meine Gattin so häufig spricht! Ihr müsst ihr Bologna zeigen, meine Liebe.«

»Wo mein Vater gestorben ist?«

»Natürlich. Du darfst nicht ohne eine kleine Rundfahrt abreisen, die dich ihm ein bisschen näherbringt.«

Warum wollten sie ihr nur auf einmal alle helfen? Mathildes Blut geriet in Wallung. Nun, sie wollte von der Offenheit ihrer Gastgeber profitieren.

»Ich würde sehr gern den Palazzo Medici besuchen.«

»Der Palast ist eine wahre Festung, und dort erfährst du nichts. Man wird dich noch nicht einmal durch die Tür lassen. Versuche es lieber bei deinen Halbbrüdern. Sie wohnen im Zentrum.«

»Und wenn sie mich hinauswerfen?«

»Das ist gut möglich. Wissen sie überhaupt von deiner Existenz? Beleidige sie nicht, wenn sie dich zurückstoßen. Bleib kühl und überlegen. Das wird sie beeindrucken und zum Nachdenken bewegen.«

Am nächsten Tag besuchten sie die Händler der Stadt, unter denen eine heitere Atmosphäre herrschte. Es mischten sich Tuch- und Seidenverkäufer, Buchmaler und -binder, Sattler, Glasmacher, Apotheker, Trödler, Barbiere und Schneider trafen aufeinander, Brothändler, Vogelfänger, Wirte, Gemüsebauern, Bandhersteller und Flickschuster riefen alle durcheinander. Überall blieb Mathilde stehen. Der weiche italienische Akzent betörte sie, ebenso wie er ihre Tante betört hatte.

Die Stadt war mit großen eckigen Steinplatten gepflastert und wirkte luftig und großzügig. Die alten Haustüren waren aus Bronze, und die weißen, ocker- oder rosafarbenen Fassaden wurden von großen Fenstern durchbrochen, durch die das Licht hereinfiel.

Die Glocken der Kathedrale San Giovanni mit den unvergleichlichen geschnitzten Türen schlugen jede Stunde. Der strenge Palazzo Medici, ein großes Gebäude, das von außen etwas schwerfällig wirkte, bot im Inneren, wie es hieß, prächtige Zimmerfluchten. Doch da sie ihn nicht betreten konnte, sah Mathilde davon nichts. Es spielte auch keine große Rolle, da sie dort nicht die Söhne von Alessandro van de Veere antreffen würde.

Als die Glocken des Campanile, die aus Olivenhainen herausragten, zu läuten begannen und sich mit anderen Glockenspielen und Glocken zu einer fröhlichen Kakophonie vereinten, begann Mathilde zu träumen. Sie stellte sich ihren Vater in seiner Umgebung vor: Möbel mit Intarsien, verzierte Konsolen, wertvolle Wandbehänge, leuchtende Fresken, byzantinische Spiegel, bronzene Engel, Truhen, auf denen antike Szenen abgebildet waren. Nichts schien zu prächtig für ihn.

Nachdem Mathilde von all dieser Pracht gesättigt war, beschloss sie, an die Tür der van de Veeres zu klopfen. Als man ihr in dem Haus an der Piazza Giovanna die Tür öffnete und Mathilde darum bat, den Hausherrn zu sprechen, ließ man sie ohne Weiteres eintreten und vor den Bogen der hübschen Renaissancefassade warten.

In einem der schönen Kleider ihrer Tante, das in weichen Falten anmutig über ihren Rücken und die Flanken des Pferdes fiel, denn natürlich saß sie stolz auf Fildor, wirkte Mathilde beinahe königlich. Sie hatte beschlossen, ihre französische Haube zu behalten, und trug zu ihrem leuchtend roten Kleid eine schwarze Samtkappe mit einer breiten Bordüre aus rotem und goldenem Seidenbrokat, unter der ihre Haare kaum zu sehen waren. Die Seiten umrahmten ihr Gesicht und brachten die feinen Züge noch besser zur Geltung.

Sie sah sogleich, dass sie die gewünschte Wirkung erzielte. Daher beschloss sie, die Kühne zu spielen, ihre Lieblingsrolle.

»Ich möchte zu Sire van de Veere«, erklärte sie dem Mann, der ungefähr zehn Jahre älter als sie war und mit geschmeidigem Schritt auf sie zukam. Er war groß und von schöner Gestalt, besaß goldbraune Augen und einen klaren Teint. Sie spürte, wie er sie argwöhnisch aus der Ferne beäugte.

»Das bin ich.«

Sie hielt die Zügel fest in der Hand und hätte Fildor fast eine der eleganten Figuren ausführen lassen, die er so liebte. Doch sie beherrschte sich und konzentrierte sich auf die Worte, die sie beschloss, auf Französisch zu sprechen.

»Ich werde Euch direkt sagen, worum es geht«, sagte sie und sah den Florentiner an, während sie ein zweideutiges Lächeln auf ihre Lippen zauberte. »Aber wenn ich ungelegen komme, lasst es mich sogleich wissen, und ich werde dieses Haus so schnell verlassen, wie ich gekommen bin.«

Da der Mann sie betrachtete, ohne ein Wort zu sagen, fuhr sie fort:

»Ich bin Französin und heiße Mathilde de Cassex. Ich wohne in Frankreich in dem schönen Val de Loire. Bevor ich Florenz wieder verlasse, wollte ich jedoch die Millefleurs gesehen haben, die meine Mutter gewebt und Eurem Vater geschenkt hat, der auch mein Vater ist.«

Sie sah, wie der Mann den Mund auf eine Weise verzog, die ihr nicht gefiel, und hörte ihn auf Italienisch fragen:

»Ist das eine Erpressung?«

»Ihr täuscht Euch, Sire van de Veere. Ich benötige weder Anerkennung noch Geld noch irgendeine Zuneigung von Eurer Seite.«

»Mein Vater hat Euch nie erwähnt, und das genügt mir, Euch nicht zu glauben.«

Noch immer saß Mathilde schön und stolz auf ihrem Pferd. In Sekundenschnelle erinnerte sie sich all der Italienischstunden, die die Duchesse d'Alençon ihr erteilt hatte, und entgegnete schroff:

»Euer Vater hat Euch womöglich nichts gesagt, weil Euer Kleingeist sich nicht mit seinen Werten vertrug. Tatsächlich besitzt Ihr nicht seine Größe!«

Dann bemerkte sie in dem Rahmen der großen geschnitzten Tür einen weiteren Mann, dem eine junge, etwas rundliche kleine Frau folgte. Zweifellos war sie schwanger, denn sie legte schützend die Hände auf ihren Bauch. Wie in Florenz üblich, hatte sie Bänder in ihre hochgesteckten Haare geflochten. Während Philippo van de Veere auf Mathilde zuging, blieb die Frau zurück. Eine Dienerin mit weißer Haube und Schürze hielt sich hinter ihr.

Das war der Augenblick, in dem Mathilde entschied, ihr kleines Publikum zu beeindrucken. Geschickt führte sie Fildor und ließ ihn eine halbe Drehung auf den Hinterläufen ausführen. Das Pferd, das nur auf diesen Moment gewartet hatte, fügte sich bereitwillig Mathildes Laune. Es bäumte sich auf, wieherte und schüttelte seine Mähne, dann führte es unter dem festen Griff seiner Herrin auf tadellose Weise eine ganze Drehung aus.

»Ich möchte Euch nicht unnötig belästigen«, fuhr Mathilde auf Italienisch fort. »Ich bin eine Webertochter, und deshalb würde ich gern die Arbeit sehen, die meine Mutter voller Leidenschaft für meinen Vater gewebt hat. Das würde mir helfen, einiges besser zu verstehen.«

Philippo van de Veere musste ungefähr dreißig Jahre alt sein, etwas älter als sein Bruder. Er sah ihm überhaupt nicht ähnlich, denn er war klein, gedrungen und besaß ein von der Natur wenig begünstigtes Gesicht. Allerdings leuchteten seine Augen in einem strahlenden Blau, während jene von Leonardo, der sie so herablassend empfangen hatte, dunkle Blitze aussandten. Dennoch erkannte Mathilde, dass sie Brüder waren.

Trotz seiner unvollkommenen Physiognomie hatte Philippo ein offenes, freundliches und herzliches Gesicht. Und wenn man ihn betrachtete, vergaß man über seinem strahlenden Blick die Schönheit seines Bruders. Er reichte Mathilde die Hand.

»Was zu verstehen?«, fragte er mit sanfter, melodischer Stimme auf Französisch.

»Die Liebe zwischen ihnen«, antwortete Mathilde auf Italienisch.

Die junge Frau, die noch kleiner als ihr Mann war, trat vor, fasste seinen Arm und zog ihn zurück. Dann stellte sie sich auf die Zehenspitzen und flüsterte ihm etwas ins Ohr.

»Meine Frau fragt mich, ob Eure Mutter noch lebt.«

»Natürlich. Sie hat wieder geheiratet, und meine Zwillingsschwester und ich …«

»Eure Zwillingsschwester? Ihr habt eine Zwillingsschwester?«

»Meine Mutter hat ganz in der Nähe des Ortes, an dem Euer Vater gefallen ist, zwei Mädchen zur Welt gebracht. Sie hat uns während der Besatzung Bolognas im Kanonendonner geboren.«

»Zwillinge!«, flüsterte die junge Frau bestürzt, die sich die schrecklichen Einzelheiten der Schlacht von Bologna lieber nicht vorstellen mochte, geschweige denn die Geburt der zwei Mädchen.

»Ja. Eine sieht aus wie die andere.«

Nun trat Leonardo van de Veere mit gerunzelter Stirn nach vorn. Er schien etwas begriffsstutzig zu sein. Doch sein älterer Bruder ließ ihn gar nicht erst zu Wort kommen und wechselte von Französisch, das ihm offenbar etwas schwerfiel, auf Italienisch, das ihr Neuankömmling so gut zu sprechen schien.

»Mein Bruder ist misstrauisch, aber ich weiß, dass er Euch glaubt.«

Leonardo trat noch einen Schritt vor.

»Das stimmt nicht. Ich glaube diesem Mädchen nicht.«

»Das ist für mich nicht von Bedeutung«, entgegnete Mathilde kühl. »Ich bin nicht gekommen, um Verständnis von Eurer Seite zu erhalten. Ich sehne mich nach einer geistigen Erhellung. Nichts weiter.«

Die junge Frau reichte ihr die Hand.

»Ich bin Lucrecia. Steigt von Eurem Pferd und kommt. Ich werde Euch die Millefleurs Eurer Mutter zeigen. Sie hängen noch immer im Arbeitszimmer von Alessandro.«

Auf den ersten Blick wirkte das streng anmutende Haus, das wie eine mittelalterliche Burg mit Zinnen versehen war, sehr alt. Doch die mit schönen ockerfarbenen Steinen verzierte Fassade, in die zahlreiche Fenster eingelassen waren, passte gut in die neue Epoche, die man die Renaissance nannte.

Als Mathilde das Innere des Hauses betrat, spürte sie sogleich die herrschaftliche Atmosphäre und die erlesene Pracht der Einrichtung. In diesen Räumen mussten einige große Künstler zu Gast gewesen sein. An den Wänden hingen riesige Gemälde. Engel, Götter, Nymphen, fremde Tiere und feurige Gespanne. Diese Motive wiederholten sich auf den Tapisserien. Weltliche und religiöse Themen mischten sich. Moses, Abraham, Hiob, Salomon und andere Erzväter der Bibel trafen auf Cäsar, Jason, Herkules und diverse Götter des griechischen und römischen Pantheons.

Venus spielte auf der Harfe, Najaden plantschten im Wasser, Satyrn beobachteten junge Mädchen, und all diese außergewöhnlichen Figuren mischten sich mit der Jungfrau und dem Kind, dem Kreuzweg, dem thronenden Christus und Heiligen im Todeskampf.

Als Lucrecia Mathilde ins obere Stockwerk führte, hielt ihr Mann sich etwas im Hintergrund, als wolle er seiner Gattin signalisieren, dass sie die Dinge ruhig in die Hand nehmen solle.

Fast alle Tapisserien stammten aus Flandern, waren jedoch italienisch inspiriert und zeigten wunderschöne Allegorien. Mathilde war entzückt und fühlte sich besonders von einem prächtigen Wandbehang angezogen, der zu dem riesigen Ensemble *Die Wandteppiche der Monate* gehörte. Die Tapisserie stellte den Monat September dar. Darauf war ein nackter Gott abgebildet, dessen Schenkel nur knapp von einer geflochtenen Liane bedeckt waren. Den einen Arm hielt er hoch, während er den anderen lächelnd und mit heiterem Gesichtsausdruck nach unten hängen ließ. Als Symbol für den Herbst und die Weinlese rankten Trauben um seinen blonden Schopf.

Dann ließ Lucrecia sie, gefolgt von den beiden Brüdern, von denen der eine schwieg und der andere noch immer auf der Hut zu sein schien, in einen kleinen Salon treten, der früher dem Hausherrn als Arbeitszimmer gedient hatte.

Mathilde hob den Blick und sah die prächtige Szenerie, die ihre Mutter gewebt hatte. Es war ein wundervoller Millefleurs auf dunkelblauem Grund. Den Mittelpunkt der Tapisserie bildeten zwei Figuren. Ein Edelmann reichte einer Dame eine Blume, die ihre Hand ausstreckte, um sie entgegenzunehmen. Ihre prunkvollen, kostbaren Kleider erstrahlten in prächtigen Farben. Die Gesichter waren klar, und ihre Blicke verschmolzen miteinander. Im Hintergrund floss kristallklares Wasser aus einem Brunnen, und das Gras war von unendlich vielen kleinen Blumen übersät. Vor ihnen sprang ein Hase vorbei, zwei Vögel flogen davon, und zu Füßen der Dame saß ein Windhund.

Die Tapisserie war nicht sehr groß, aber so hinreißend schön, dass sie einen sachkundigen Liebhaber beeindruckte.

»Mein Bruder wollte sich schon häufig von ihr trennen, aber ich habe mich immer dagegen gewehrt.«

»Danke«, sagte Mathilde schlicht.

Das Wort traf Philippo van de Veere offenbar direkt ins Herz, denn er trat auf das junge Mädchen zu und sagte:

»Ich bin Euch nicht feindlich gesinnt. Glaubt mir. Mein Bruder auch nicht, auch wenn er verärgert wirkt. Wir hegen einen Groll gegen *Eure Mutter*. Sie hat uns die Zeit geraubt, die unser Vater *uns* hätte widmen sollen.«

Er wandte sich an Leonardo, der Mathilde noch immer finstere Blicke zuwarf:

»Erkläre es ihr. Sie wird es verstehen.«

Aber Leonardo lachte nur höhnisch auf, und Mathilde fragte sich, ob Philippo nicht die Wogen glätten wollte. Schließlich erklärte Philippo:

»Unser Vater hat unsere Mutter nie geliebt, genauso wenig wie seine zweite Frau und selbst Maria de Medici nicht, seine offizielle Mätresse, die meinen Bruder und mich im Palazzo Medici aufgezogen hat. Ohne sie wären wir arme Waisenkinder gewesen, zwar reich, aber einsam und verlassen.«

Leonardo baute sich vor Mathilde auf und musterte sie mit herausforderndem Blick:

»Und Eure Mutter hat er auch nicht geliebt.«

»Das stimmt nicht, und das weißt du«, stellte sein Bruder richtig. »Unser Vater hat nur *sie* geliebt. Wir haben noch nie solche Briefe gelesen wie die, die beide sich geschrieben haben, wenn sie voneinander getrennt waren.«

»Ihr meint Liebesbriefe?«

»Nun ja, Liebesbriefe!«

Leonardo zuckte mit den Schultern. Lucrecia trat zu ihm und nahm seine Hand. Die Geste schien ihn zu besänftigen.

»Komm«, tröstete sie ihn, »es ist sinnlos, alten Groll zu hegen. Dein Vater ist nicht mehr da, aber diese Frau lebt noch. Sie hat wieder geheiratet und ein Buch mit einer schönen Liebesgeschichte geschlossen, um ein neues aufzuschlagen.«

»Meine Mutter trauert noch immer um Alessandro«, widersprach Mathilde. »Sie hat einen Jugendfreund geheiratet.«

Lucrecia schüttelte den Kopf.

»Und nun sprechen wir nicht weiter über alte Geschichten. Würdet Ihr eine Einladung zum Abendessen annehmen? Es wäre mir ein Vergnügen, wenn Ihr mir von Frankreich erzähltet.«

Mathilde hob den Blick zu Philippo. In seinen Augen zeigte sich ein heiterer Glanz, während die seines Bruders noch immer wütend funkelten.

Insgesamt zufrieden mit dem Auftritt bei ihren Halbbrüdern, auch wenn Leonardo anders als Lucrecia und Philippo ihr seine Sympathie bis zum Schluss verweigert hatte, begab sich Mathilde am nächsten Tag mit Constance zum Atelier da Vincis. Ließe sich die *Gioconda* von fremden Händen mitnehmen, um sie demjenigen zurückzubringen, der sie voller Liebe gemalt hatte?

Das alte Haus stand in einem recht belebten Viertel am anderen Ende der Stadt. Eigentlich war das Atelier nichts als eine finstere Rumpelkammer, in der der Maler unvollendete Leinwände gestapelt hatte. Der Schuppen befand sich am Ende eines kleinen, nicht gepflasterten Hofs. Die Tür stand halb offen. Jeder konnte einfach durch die beschädigten Türbretter eindringen, alles durchsuchen und mitnehmen, was ihm gefiel. Zumindest, als es noch etwas mitzunehmen gab, was jetzt eindeutig nicht mehr der Fall war.

»Es wäre erstaunlich, wenn sein Bild noch da wäre«, murmelte Constance, während sie sich duckte, um die dunkle Kammer zu betreten.

Der Raum roch nach Schmutz und Staub. Ganz offensichtlich hatte ihn jemand durchsucht. Er war fast leer. Zunächst waren sie überzeugt, hier nichts zu finden, das annähernd an ein Bild erinnerte, weder die *Gioconda* noch etwas anderes. Doch als sie vorsichtig weiter in den Raum vordrangen, bemerkten sie unter den Trümmern eines zerbrochenen Fensters einen Haufen leerer Leinwände sowie einige alte mit Farbe bespritzte Lappen. Darüber lag eine schmutzige, zerschlissene Decke.

Sie ließen die Blicke durch das kleine Lager gleiten und begriffen schnell, dass das Bild des Meisters wohl kaum an den schwarzen dreckigen Wänden hing. Dort fanden sich nur ein paar obszöne Kritzeleien, die jene hinterlassen hatten, die in den tristen Raum eingedrungen waren.

In der Mauer entdeckten sie ein Loch von der Größe eines Straußeneis, steckten vorsichtig tastend die Hand hinein, fanden jedoch nichts.

»In diesem Loch«, stellte Constance mit Bestimmtheit fest, »kann sich das Bild, von dem du sprichst, nicht befinden. Auch wenn es ein kleines Bild ist.«

Sie kehrten zu den Leinwänden zurück, die sie unter der Decke gefunden hatten, hoben sie an und untersuchten sie Stück für Stück. Doch sie fanden nichts als leere, staubige und dreckige Leinwände und Kartons.

»Das verstehe ich nicht«, sagte Constance, »diese Leinwände sind mit einem guten Zinkweiß überzogen und können noch benutzt werden. Warum hat man sie nicht mitgenommen?«

»Weil die, die hier waren, nur an Bildern von Maître da Vinci interessiert waren. Suchen wir weiter«, beharrte Mathilde, die die Vorstellung betrübte, ohne das versprochene Bild nach Frankreich zurückzukehren.

Dann seufzte sie und entspannte sich bei dem Gedanken an das byzantinische Meisterwerk, das sie François schenken würde. Sie hatte Constance nichts davon erzählt und versteckte es noch immer in ihren Kleidern, die sie zurzeit nicht trug. Sie zog es vor, sich in prächtige Roben ihrer Tante zu kleiden, die diese ihr großzügig zur Verfügung stellte.

Sie hatten die Mauern abgetastet, den Raum noch einmal mit den Blicken durchsucht, erneut den Stapel aus Kartons und Leinwänden durchgesehen und sogar hinter die wurmstichigen Türbretter gespäht, um sich davon zu überzeugen, dass ihnen nichts entgangen war. Sie fanden jedoch nichts und mussten sich wohl oder übel geschlagen geben.

»Es ist zwecklos«, stellte Mathilde leise fest. »Hier ist nichts.«

»Hast du nicht noch eine andere Idee?«, erkundigte sich Constance. »Gibt es niemanden, den du fragen kannst?«

»Doch!«, antwortete Mathilde hoffnungsvoll. »Baptista, aber ich weiß nicht, wo er wohnt.«

»Sprichst du von da Vincis treuem Diener?«

»Ja.«

»Nun, ich weiß, wie wir das herausfinden können. Ich kenne genug Maler in der Stadt, die mir das verraten können.«

»Vielleicht ist er nicht da! Er ist nur zurückgekommen, um eine Familienangelegenheit zu klären. Ich habe verstanden, dass er mit seiner Verwandtschaft gebrochen hat.«

»Das macht nichts. Irgendjemand sagt uns, wo er sich aufhält. Man darf nie aufgeben, Liebes. Die Frauen der Familie Cassex sind alle so gestrickt. Mit Kühnheit, Energie und Mut nehmen wir es mit dem männlichen Geschlecht auf.«

Constance sollte recht behalten. Es gelang ihnen, durch Baptistas Familie das Bild zu finden. Nach diversen Nachforschungen stießen sie auf einen florentinischen Maler, der Leonardo da Vinci häufiger begegnet war, zufällig auch seinen treuen Diener kannte und ihnen zeigte, wo er wohnte.

Doch wie Mathilde befürchtet hatte, hielt sich Baptista nicht an der genannten Adresse auf. Stattdessen trafen sie auf einen seiner Brüder, der ihnen die Tür vor der Nase zuschlug und ihnen entgegenschrie, dass er Baptista seit Langem nicht mehr gesehen habe.

Sie mussten die Gegend absuchen und auf eine zufällige Begegnung hoffen. Sie fand sich in Person einer alten Frau aus dem Viertel, die in Kontakt zu dem alten Diener von Maître da Vinci stand.

»Ihr findet ihn bei einem seiner Neffen, der Einzige aus seiner Familie, mit dem er sich ganz gut versteht. Mehr kann ich

Euch leider nicht sagen. Ich will von deren Geschichten nichts wissen.«

Sie liefen am Ufer des Arno entlang, überquerten die Ponte Grazie und erreichten die Via Tripoli, in der sich das besagte Haus befand. Baptista öffnete ihnen selbst die Tür und stand sprachlos vor den beiden Frauen. Dann warf Mathilde sich in seine Arme.

»Ohne Eure Nachricht hätte ich mir große Sorgen gemacht«, murmelte er und schloss das junge Mädchen in seine Arme.

»Baptista, ich versichere Euch, dass es mir vollkommen fernlag, Euch Kummer zu bereiten. Ich *musste* abreisen.«

»Aber warum habt Ihr mir nichts gesagt?«

»Es handelte sich um eine persönliche Angelegenheit, die sich nun erledigt hat. Ich wollte einen Mann treffen, der mir etwas über meinen Vater erzählen kann.«

»Aber«, rief Constance, »dafür hast du doch mich!«

Und von den Armen des alten Baptista wechselte Mathilde nun in die ihrer Tante. Sie waren weich, zärtlich und beschützend.

»Ich dachte, ich wüsste mir allein zu helfen.«

»Und dann?«, erkundigte sich Baptista und sah dem jungen Mädchen fest in die Augen.

»Sprechen wir nicht mehr darüber. Das ist vorbei. Ich habe meine beiden Halbbrüder kennengelernt. Einer von ihnen ist mir feindlich gesinnt, aber der andere will mir helfen. An Letzteren werde ich mich erinnern. Vielleicht sehe ich ihn eines Tages wieder!«

Baptista führte sie in das Innere des Hauses. Es war eine bescheidene Bleibe. Ein kleines einfaches Haus, das jedoch auf einer Anhöhe lag, von der aus man den Fluss und fast die ganze Stadt überblickte.

»Bleibt Ihr hier, Baptista?«, fragte Mathilde.

»Nein. Ich regele meine Geschäfte, damit mein Neffe mein Hab und Gut erhält. Dann kehre ich zurück, um meine Tage mit da Vinci zu beenden.«

Er nahm die Hand des jungen Mädchens und hielt sie in seiner.

»Kommt, ich werde Euch etwas zeigen.«

»Das Bild!«, rief Mathilde.

»Woher wisst Ihr das?«

»Tante Constance und ich sind in der Kammer gewesen und haben nichts gefunden.«

»Als ich dort war, habe ich auch nichts gefunden.«

»Ach! Und nun?«

Baptista schüttelte den Kopf.

»Ich habe dasselbe gedacht wie Ihr. Die *Gioconda* muss gestohlen worden sein, denn da Vinci hatte sie vor seiner Abreise nach Frankreich dort deponiert.«

Er hielt noch immer Mathildes Hand.

»Kommt, kommt!«, sagte er und führte sie in sein Zimmer.

Kurz darauf hielt Mathilde die *Gioconda* in Händen. Das Bild war nicht groß. Erstaunt drehte und wendete sie es in ihren Händen. Die Frau war herrschaftlich und schön, ihr wohlgeformtes Gesicht zeigte eine unvergleichliche Heiterkeit. Ihr Blick und das zarte Lächeln schienen ein Geheimnis zu bergen, das den Betrachter nicht unberührt ließ. Weder um den Hals noch an ihren übereinandergelegten Händen trug sie Schmuck. Nur ihre weiß schimmernde Haut zog den Blick auf sich. Als Hintergrund diente eine dunkle und etwas wüstenartige Landschaft.

»Ich überlasse es Euch und vertraue es Euch an. Bringt es dem Meister. Das war Euer Auftrag.«

»Ja, das war mein Auftrag. Ich werde es ihm bringen.«

18.

Die erste Konfrontation zwischen François I. und Charles Quint fand nach dem Tod von Maximilian von Österreich statt.

Als Herrscher eines immensen Reiches besaß der junge Charles Quint bereits in frühester Jugend großen Ehrgeiz, der sich stetig weiterentwickelte. Mütterlicherseits hatte er Spanien und einige südamerikanische Kolonien geerbt, während ihm väterlicherseits die Niederlande, Flandern, die Freigrafschaft Burgund und Österreich zukamen.

Vielleicht nicht ganz so ehrgeizig wie sein Cousin, aber ebenfalls von dem Wunsch nach Eroberung und Ruhm getrieben, strebte auch François I. nach der Vorherrschaft in Europa. Die Konkurrenz der beiden Herrscher stand noch am Anfang.

Sie verhandelten über viele Monate. Mal machten sie sich Versprechungen, dann drohten sie sich wieder. Die langen Verhandlungen blieben ergebnislos, und die Macht desjenigen, der bald Kaiser werden sollte, wirkte auf Frankreich bedrohlich.

Als Charles Quint schließlich das Burgund begehrte, war der Kampf zwischen den beiden großen Prinzen nicht mehr zu vermeiden.

Anlässlich der Geburt des zweiten Sohnes ihres Bruders begab sich Marguerite auf den Weg nach Blois.

Sie hatte nicht damit gerechnet, dass der König sie bitten würde, Alençon zu verlassen. Da sie sich in ihrem Schloss in der Normandie eingeschlossen fühlte, begann sie augenblicklich mit unverhohlener Begeisterung mit den Vorbereitungen und forderte erneut die Anwesenheit von Mathilde, die aus Florenz zurückgekehrt war.

Knechte, Lakaien und Kammerfrauen machten sich sogleich an die Arbeit, und innerhalb einer Woche war alles gepackt, zusammengerollt und in die Wagen gestapelt.

Zur Geburt seines ältesten Sohnes – die Königin erfuhr das große Glück, nach der Geburt ihrer beiden Töchter Charlotte und Louise einem Sohn das Leben zu schenken – hatte François beschlossen, ein Schloss zu bauen.

Seit einiger Zeit begehrte er die schöne Domaine de Chambord, auf der er häufig gejagt hatte. So begann er schließlich die ersten Steine zu legen.

Mehr als zweitausend Arbeiter wurden engagiert. Maurermeister, Bauleiter, Architekten und Maler wechselten sich unaufhörlich ab.

Selbstverständlich hatte man auch die Werkstätten von Alix mit der Herstellung der Tapisserien und Wandbehänge beauftragt, die einen Großteil der weißen Steinwände bedecken sollten.

Von den Kartons des Malers Raffael angeregt, den sie in Florenz kennengelernt hatte, entwickelte Alix bereits seit Längerem einen neuen Zeichenstil, der von Grotesken inspiriert war. Die Millefleurs gab sie dabei jedoch nicht auf.

Die Grotesken sorgten in Brügge für Furore. Die flämischen Maler entwarfen damals Kartons mit breiten Bordüren, die fast den ganzen Wandbehang einnahmen und kaum noch Platz für das zentrale Motiv ließen.

Auch dem französischen König schien diese neue Art zu gefallen. Umso mehr musste Alix der vorgegebenen Mode folgen, denn auch der Hof und die ihm nahestehenden Herrschaften taten es dem König gleich.

Tapisserien, Bilder, Skulpturen, Kunstobjekte und Luxusgegenstände! François I. sparte nicht an Ausgaben. Häufig wandte er sich mit Fragen, die die Staatsfinanzen betrafen, an seine Mutter. Und was den Bau anging, konnte er nicht auf die Meinung und den Rat von Marguerite verzichten. François wollte zu allen Punkten das Urteil seiner Schwester hören und diskutierte mit ihr in Gegenwart von Architekten und italienischen Meistern, die er aus Mailand hatte kommen lassen und mit den größten französischen Künstlern zusammenbrachte.

Auf diese Weise lernte Marguerite Jacques Dourdeau, Coqueau und Ponbriant kennen, die von eckigen Donjons sprachen, die wie ein Kreuz aus vier Teilen zusammengesetzt waren, von durchbrochenen Treppen und von Kapellen mit Rundbogen.

Bei allen Details, den Kaminen, Dachluken, Spitzen, Türmchen und Mauerpfeilern sowie den großen Terrassen in den Parks und Gärten, die es zu entscheiden galt, war der italienische Einfluss groß. Natürlich musste Marguerite an dem Bau von Château de Chambord teilhaben!

Eines Morgens, als sie in Gesellschaft der kleinen Charlotte, die ihr wegen ihres aufgeweckten Wesens besonders am Herzen lag, dem Tross voranritt, der sie zu ihrem Bruder nach Blois brachte, öffnete der Himmel seine Schleusen. Es kam zu einem gewaltigen Wolkenbruch, der sie zum Anhalten zwang.

Nach mehreren Wochen starken Regens trat die Loire über die Ufer, die kleinen Inseln waren nur noch als feine Bänder zu erkennen, die ganz im Wasser zu verschwinden drohten. Am Ufer lugten die Halterungen aus dem Wasser heraus, an denen die Boote festgebunden wurden. Bald würden die Furten unpassierbar sein und der Transport von Lebensmitteln und Waren eingestellt werden.

Doch an der Seite einer kaum noch sichtbaren kleinen Insel, die nach und nach von den stürmischen Fluten überschwemmt wurde, bemerkten Marguerite und ihr Gefolge eine Barke, die anzulegen versuchte.

»Das Boot scheint mir in Gefahr zu sein«, sagte Marguerite zu Catherine, die Charlotte an der Hand hielt.

»Die Furt ist nicht mehr passierbar. Die Flut muss den Schiffer überrascht haben«, bestätigte Blanche, die ihre Augen mit der Hand schützte, während sie den Horizont beobachtete.

Mit kräftigen Ruderschlägen näherte sich die Barke, wobei sie gefährlich schwankte. Marguerite und ihr Gefolge gingen dem Schiffer entgegen.

Als sie auf seiner Höhe waren, entpuppte sich der Mann als junges Mädchen, das im Sturm mit dem kleinen Boot kämpfte, während ihm der Wind die dicken braunen Locken ins Gesicht peitschte.

»Ich bin Marguerite, die Duchesse d'Alençon«, stellte sie sich der jungen Flussschifferin vor.

»Die Schwester des Königs?«, fragte jene und hob den Blick zu ihr.

»Höchstpersönlich. Ihr scheint in Schwierigkeiten zu sein. Die Anlegestellen sind überschwemmt, und die Furten beginnen unpassierbar zu werden.«

»Diese hier ist noch passierbar«, antwortete die Schifferin. »Solange es möglich ist, darf ich meine Arbeit nicht verlassen. Außerdem hatte ich zwei Kunden.«

»Zwei Kunden! Aber wo sind sie?«, wunderte sich die Duchesse d'Alençon.

»Ich lasse sie über ihr trauriges Schicksal nachsinnen.«

Das junge Mädchen drehte sich um und deutete mit der Hand auf die schmalen kleinen Inseln, die nach und nach vom Wasser überschwemmt wurden.

»Aber was machen sie auf diesen Inseln?«

»Sie denken nach.«

»Mein Gott!«, murmelte Jean-Baptiste, der hinzukam, um sich bei den Frauen zu erkundigen, ob sie weiter der Straße folgen wollten. »Wenn Ihr sie dort lasst, sind sie in Kürze verloren.«

»Sie haben es nicht anders verdient«, verkündete die junge Schifferin mit Nachdruck.

»Wer sind sie?«, erkundigte sich Blanche, erstaunt über eine solche Leichtfertigkeit.

Die junge Schifferin ließ eines der Ruder los und warf ihre Haare zurück.

»Franziskaner, die mich missbrauchen und vergewaltigen wollten.«

Marguerite hob den Blick zum Himmel.

»Die Verdammten! Haben die bei einem solchen Sturm nichts anderes im Kopf?«

»Gerade bei der starken Strömung haben sie geglaubt, ich sei verwirrt. Aber schließlich habe ich sie verspottet. Ich habe ihnen eingeredet, dass jeder von ihnen auf einer einsamen Insel auf mich warten müsse und dass ich nacheinander ihre Gelüste befriedigen würde. Als ich sie abgesetzt habe, war der Fluss noch nicht so hoch.«

Sie lachte harsch.

»Sollen sie ruhig auf mich warten. Als ich mich weit genug entfernt hatte, habe ich ihnen zugerufen, dass sie ihre Angelegenheit zu Ende bringen könnten, wenn das Wasser wieder gesunken sei. Sie haben meinen Betrug schon lange bemerkt und quieken jetzt vermutlich wie die Schweine auf dem Weg zur Schlachtbank.«

Sie griff erneut nach dem Ruder. Es fehlten nur noch wenige Schläge, dann hatte sie das Ufer erreicht.

»Es muss Gerechtigkeit geben«, sagte sie.

»Aber der Fluss wird sie mit sich reißen!«

»Da kann man nichts machen, Dame la Duchesse. Das macht zwei Schweinepriester weniger auf der Welt.«

Marguerite musste unwillkürlich lächeln, im Grunde stimmte sie der jungen Flussschifferin zu. Aber sie konnte sich nicht zur Komplizin eines so fanatischen Aktes machen. Sie verurteilte jede Form der Todesstrafe.

»Das ist Eure Gerechtigkeit«, erklärte sie ruhig. »Aber nicht die meine.«

»Wenn es nicht anders geht, muss man sich seine eigene Gerechtigkeit schaffen. Zeige ich sie an, wird mir niemand glauben. Vielmehr wird jeder sagen, dass eine Frau nicht als Flussschifferin arbeiten müsse oder dass ich sie verführt hätte.«

»Dies ist in der Tat ein Männerberuf«, räumte Marguerite ein, »Ihr müsst sehr mutig sein, um ihn auszuüben.«

Sie seufzte und wandte sich an Blanche.

»Was machen wir mit diesen Mönchen?«

»Wir können sie nicht einfach umkommen lassen. Man sollte sie auf andere Weise bestrafen. Ich meine, dass hundert Peitschenschläge auch mehr als genug Wirkung hätten. Es würde mich wundern, wenn sie danach noch einmal die Lust überkäme.«

»Einer unserer Männer soll sie zurückbringen«, verfügte Marguerite. »Dann sehen wir weiter. Ich gebe allerdings zu, dass diese Flussschifferin ein für sie angemessenes Urteil gefällt hat, denn ihr hätte tatsächlich kein Mann geglaubt.«

Sie betrachtete die Anmut und die Haltung des jungen Mädchens und seufzte erneut. Diese Jungfrau, wenn sie denn noch eine war, sollte sich nicht mit einem Boot schinden, sondern wie eine Dame bei Hofe gekleidet sein. Doch als sie das zufriedene Gesicht der Schifferin und ihre sicheren Bewegungen betrachtete, sagte sie sich, dass sie ihren Beruf womöglich liebte. Ihr ging es einzig darum, dass diese beiden Draufgänger ernsthaft bestraft wurden.

Sie wandte sich an Jean-Baptiste und fragte:

»Kannst du dem jungen Mädchen helfen, zu den Inseln zu rudern, um die beiden Männer zurückzuholen?«

Der Kutscher verzog das Gesicht zu einer Grimasse. Natürlich konnte er ebenso geschickt ein Boot steuern, wie er eine Kutsche lenkte, aber die Sturmböen und das aufgewühlte Wasser ließen ihn zögern. Er musterte die hübsche Gestalt und das liebenswürdige Gesicht der jungen Schifferin, und als würde ihn ihr Anblick ermuntern, nahm er das Risiko schließlich auf sich.

Es dauerte gut zwei Stunden, bis sie die armen Mönche geborgen hatten. Sie schämten sich und schworen, die Lektion verstanden zu haben.

»Wisst Ihr, dass Ihr hundert Peitschenschläge für eine solche Dreistigkeit riskiert?«

Der magerere der beiden senkte den Kopf. Der andere sah Marguerite aus hervortretenden Augen an.

»Es ist, weil dieses Mädchen …«

»Schluss!«, fiel ihm die Schifferin sogleich ins Wort. »Es ist viel zu leicht zu behaupten, ich habe Euch provoziert.«

»Meine arme Kleine! Ihr habt es gleich gesagt. Wer würde

Euch glauben?«, bestätigte Marguerite. »Nun, ich glaube, es ist am besten, wir überlassen diese jämmerlichen Mönche sich selbst. Wenn sie Euch noch einmal zu nahe treten, werde ich es erfahren und die Kirche bitten, sich darum zu kümmern.«

»Aber …«, wollte die Schifferin widersprechen.

»Ihr steht ab sofort unter meinem Schutz.«

Sie wandte sich an die Mönche.

»Sobald Ihr der jungen Frau Scherereien macht, werde ich es erfahren. Und das nächste Mal werdet Ihr auf dem Schafott hingerichtet. Das versichert Euch die Duchesse d'Alençon. Habt Ihr mich verstanden?«

Die beiden Mönche sahen bekümmert drein und dachten nur noch an ihre Flucht. Wortlos machten sie sich so schnell wie möglich über die Straße davon, die langsam unter den Fluten verschwand.

»Nun, Demoiselle«, sagte Marguerite lächelnd, »seid nicht traurig, und geht Eurer Arbeit nach. Und wenn Ihr Schwierigkeiten habt, findet Ihr mich in nächster Zeit auf Château d'Amboise. Jetzt lasst uns so schnell wie möglich zurückkehren. Das Wetter verschlechtert sich zunehmend.«

»Wenn dieser Sturm anhält, erreichen wir Amboise niemals bis heute Abend«, gab Jean-Baptiste zu bedenken.

Er sah rasch zu der Schifferin. Sie befestigte ihre Barke am Ufer, das langsam unter dem Wasser verschwand. Er ging zu ihr und half ihr, das Seil zu vertäuen.

»Tante! Schlafen wir alle in einem großen Bett in einem Gasthaus?«, fragte die kleine Charlotte. Sie war aus der Kutsche gestiegen und lief zu Marguerite.

Die junge Frau schloss das Kind zärtlich in die Arme.

»Würdest du gern in einem Gasthaus übernachten?«

Das Kind nickte heftig mit dem Kopf.

»Gehört dir die Barke?«, fragte Charlotte die Schifferin.

»Ja. Aber ich fürchte, dass ich sie erst wieder steuern kann, wenn die Überschwemmung vorüber ist. So ist das in unserem Geschäft.«

»Wohnt Ihr weit von hier?«, erkundigte sich Blanche.

»Nein! Von Chaumont aus ist es noch ungefähr eine Wegstunde. Aber ich bin zu Fuß unterwegs, weil meine Eselin sich bei schlechtem Wetter an ihrem Seil erwürgt.«

»Kommt in meinen Wagen«, forderte Marguerite sie energisch auf. »Dort werdet Ihr Euch erst einmal trocknen, und dann unterhalten wir uns. Anschließend setzen wir Euch zu Hause ab.«

Verblüfft nickte das Mädchen und nahm den Vorschlag der Duchesse d'Alençon, ohne zu zögern, an.

»Wirst du dich ohne dein Boot nicht langweilen?«, fragte Charlotte.

Die Flussschifferin lachte, und die Kleine tat es ihr gleich. Als Marguerite sie zur Kutsche führte, steckte das Mädchen den Daumen in den Mund und lutschte daran. Dann stiegen sie zu Blanche in den Wagen, die sich dort bereits eingerichtet hatte.

Charlotte hatte die schalkhaften Augen ihres Vaters geerbt. Sie beobachtete scharfsinnig alles, was um sie herum geschah. Das Grau ihrer Augen hatte sie allerdings von Marguerite. Mit ihren fünf Jahren zeigte sie bereits einen wachen Geist und ein sonniges Gemüt. Sie war ein hübsches kleines Mädchen, das über viele Vorzüge verfügte.

Marguerite, die nach drei Jahren Ehe noch nicht den Keim einer Mutterschaft in sich trug, interessierte sich sehr für die Sprösslinge ihres Bruders. Nach den zwei Mädchen kam François, der kleine Henri war noch ein Säugling.

»Verlieren wir keine Zeit. Fahren wir, Jean-Baptiste«, befahl Marguerite und nahm die Hand der Flussschifferin. »Unterwegs unterhalten wir uns ein bisschen.«

Es kündigte sich ein kalter, harter Winter an, seit einigen Tagen regnete es unaufhörlich. Die Straßen waren aufgeweicht, und die überschwemmten Weinberge boten ein trauriges Bild.

Den ganzen Tag gewitterte es. Das Land wirkte wie erstarrt. Der Tross zog an unpassierbaren Brücken vorbei, aber zum Glück musste man nicht den Fluss überqueren.

Plötzlich kam ein heftiger Sturm auf, der Bäume umknickte und Kutschen umwarf. Himmel und Fluss verschmolzen, und der Horizont löste sich auf. Es kam nicht infrage, dass sie nach Amboise weiterreisten. Sie mussten in Chaumont haltmachen, die bis auf die Knochen durchnässten Pferde trocknen und die beschädigten Kutschen instandsetzen.

»Ich weiß nicht, wie ich Euch für Eure Freundlichkeit danken soll«, sagte die Schifferin, während sie Charlotte beobachtete, die die Vorhänge zur Seite schob, um besser beobachten zu können, wie das Unwetter das Land verwüstete.

»Diese Mönche«, antwortete Marguerite lachend, »werden es schwer haben, zurück in ihre Abtei zu gelangen. Sie sollten uns dankbar sein, dass wir sie gerettet haben. Ich bin sicher, dass sie Euch keinen Ärger mehr bereiten werden.«

An der Kreuzung des Waldes, der an Chaumont grenzte, kam ihnen ein Bote entgegen. Er galoppierte mit hoher Geschwindigkeit auf sie zu, und der starke Wind, der ihm auf den Rücken peitschte, schien sein Tempo noch zu verdoppeln.

»Was gibt es?«, fragte Marguerite.

Sie rief dem Kutscher zu, er solle anhalten. Inzwischen erreichte der Fluss bereits die Straße. Der Reiter galoppierte durch die Pfützen, hielt an und sprach eine Weile mit Jean-Baptiste.

»Die Wagen der Dame de Châteaubriant stecken in Schwierigkeiten«, rief der Kutscher der Duchesse d'Alençon zu.

Einen Augenblick beschleunigte sich Marguerites Herzschlag. Dann war es François also gelungen, die Dame, die er schon so lange begehrte, endlich zum Kommen zu bewegen.

Sie lächelte. Während der junge König sich von seiner Mutter und seiner Schwester großzügig in Staatsangelegenheiten beraten ließ, regelte er seine Herzensangelegenheiten aufs Vorzüglichste selbst. Noch nie hatte Marguerite ihn dazu bewegen können, seine Liebesaffären zu überdenken. Vielmehr nötigte er sie, hübsche Gedichte zu verfassen, die er seinen Angebeteten zukommen ließ.

»Nun gut«, sagte sie, »wir müssen ihr helfen. Sind es mehrere Kutschen? Stecken sie in Chaumont fest?«

»Sie können nicht weiterfahren, Dame la Duchesse. Es sind zwei Kutschen und ein paar Pferde.«

»Folgen wir ihm zu den Wagen! Wir können ihnen zweifellos helfen.«

Obwohl der Wind gegen die Kutschen drückte, und trotz des sintflutartigen Regens, der die Pferde behinderte, erreichte der Tross von Marguerite rasch den der Duchesse de Châteaubriant.

Eine Kutsche steckte in einer morastigen Böschung fest, die andere war umgekippt. Die aufgewühlten Fluten überschwemmten die Straße. Die bedauernswerten Kutscher wateten durch den Schlamm, schafften es jedoch weder, die eine Kutsche aus dem Schlamm zu ziehen noch die andere aufzurichten.

In der Mitte der Straße stapften zwei Knechte und eine Dienerin, zweifellos die Zofe der Dame de Châteaubriant, aufgelöst durch den Matsch, der sich zunehmend flüssig um ihre Schuhe sammelte. Ihre Rocksäume waren bereits völlig verdreckt.

Als die Wagen der Duchesse d'Alençon sich den festsitzenden Kutschen näherten, beruhigten sich Knechte und Dienerin.

Kutscher und Knechte gestikulierten nicht länger hilflos, sondern begannen stattdessen zu fluchen, während die tränenüberströmte Zofe sich buchstäblich gegen die Tür von Marguerites Kutsche warf.

»Was sollen wir bloß tun? In diesem Sturm sind wir völlig verloren. Ich bitte Euch, dürfte ich die Dame de la Comtesse darüber informieren, dass Ihr uns retten werdet?«, fragte sie heftig schluchzend.

»Natürlich, mein Mädchen.«

Die durchnässten Männer fluchten erneut. Sie duckten sich unter dem heftigen Regen, der sich noch weiter verstärkt hatte.

»Donnerwetter! Eine solche Reise bei einem Unwetter zu unternehmen, ist reiner Irrsinn!«

»Es war doch klar«, erwiderte der Kutscher, während er kräftig die Nase hochzog und sich mit der Hand die Tropfen abwischte, »dass die Straße von den Pyrenäen nach Tours nach den endlosen Regenfällen kaum befahrbar sein würde. Mist! Die Brüder der Dame la Comtesse haben nicht für zwei Sous Grips im Hirn.«

»Die Brüder?«, erkundigte sich Marguerite, die den Kopf aus der Kutsche steckte und den Rücken krümmte, damit ihr das Wasser nicht zu sehr in den Nacken lief.

»Dame! Der Gatte der Dame la Comtesse befindet sich zurzeit in der Bretagne. Er hat sie ganz sicher nicht gebeten, ins Val de Loire zu kommen.«

Es folgte ein höhnisches Lachen, das Marguerite missfiel, doch sie ersparte sich eine Bemerkung.

»Ihr scheint in einer üblen Lage zu stecken«, schrie Jean-Baptiste ihm zu.

»Dame de Châteaubriant ist völlig außer sich. Ihre Kutsche ist in den Graben gekippt.«

Marguerite wandte sich an Blanche:

»Ach! Wie betrüblich, dass Mathilde noch nicht da ist! Blanche, bleibt einen Augenblick bei Charlotte. Ich steige aus dem Wagen und sehe nach, ob eine der Damen verletzt ist.«

»Lasst mich Euch helfen«, bot die junge Schifferin an. »Ein solcher Vorfall bei diesem Wetter ist mir nicht fremd. Zusammen mit Eurem Kutscher«, fügte sie hinzu und sah aus dem Augenwinkel zu Jean-Baptiste, »können wir diesen Leuten helfen.«

»Aber es regnet«, rief Catherine. »Ihr werdet bis auf die Haut durchnässt. Seht nur, Dame, Euer Kleid ist bereits nass.«

Behutsam setzte Marguerite einen Fuß auf die Erde. Augenblicklich spürte sie, wie ihr der heftige Regen auf den Kopf prasselte. Dennoch ging sie stoisch weiter bis zu der umgekippten Kutsche, die Kutscher und Knechte mit Hilfe von Jean-Baptiste und der Schifferin aufzurichten versuchten.

Die Tür stand weit offen und gewährte den Blick auf die umgekippten Sitze, auf denen die arme Comtesse zwischen der Kutschwand und einem herabgerutschten Kabinenkoffer klemmte und sich aufzurichten versuchte. Marguerite sah in zwei große veilchenblaue Augen, die mit samtweichem Blick unter feinen, dunklen, perfekt geformten Brauen hervorsahen.

Das Gesicht der Comtesse de Châteaubriant wirkte anmutig und bezaubernd, es war Marguerite bereits auf ihrer Hochzeitsfeier aufgefallen.

Wortlos musterten sie sich eine Weile. Die langen schwarzen Haare der Comtesse de Châteaubriant fielen in glänzenden Wellen über ihre Schultern. Offenbar hatte sie für die Reise keine Haube aufsetzen wollen. Die von einem zarten Rosa umrahmten Lippen verzogen sich zu einem Lächeln, das unter anderen Umständen kühner gewirkt hätte. Doch schnell gewann die junge Frau ihre Selbstsicherheit zurück.

»Wir stecken im Morast fest und befinden uns in einer unangenehmen Lage«, erklärte sie in ruhigem Ton, als erzählte sie eine unbedeutende Anekdote.

»Ich bin die Duchesse d'Alençon, die Schwester des Königs«, stellte Marguerite sich vor. »Wir werden Euch helfen.«

Die junge Frau sah Marguerite aus ihren großen blauen Augen an. Sowohl in ihren als auch in den goldbraunen Augen Marguerites stand unübersehbarer Mut.

»Aber Ihr seid durchnässt«, stellte Dame de Châteaubriant fest und ließ den Blick über Marguerites Kleidung gleiten, deren Saum bereits zu triefen begann.

Marguerite zeigte ein zartes Lächeln.

»Nun, ich mag durchnässt sein, aber Ihr seid in Gefahr! Kommt in meine Kutsche. Wir halten in Chaumont, um dort die Nacht zu verbringen. Im Morgengrauen reisen wir weiter. Vielleicht haben wir Glück, und es herrschen dann weder Regen noch Gewitter noch Sturm.«

Sie reichte der jungen Frau die Hand, die sich in ihrer unglücklichen Position unwohl zu fühlen begann, und forderte sie auf auszusteigen.

»Bringt das Personal der Dame de Châteaubriant in meinem Wagen unter«, ordnete Marguerite an. »Wir fahren nach Chaumont.«

Anschließend half sie Françoise de Châteaubriant, sich aus ihrer unglücklichen Lage zu befreien, und führte sie zu ihrer Kutsche.

Polternd öffnete sich in dem stürmischen Wind die Tür des Gasthauses. Der Wind verfing sich in den beiden Türflügeln und tobte wie ein gefährlicher Riese zwischen ihnen. Der kalte Regen fiel unerbittlich in dichten Tropfen. Die Türen der Ställe knallten, und durch die Fenster drang das Pfeifen des Windes, das in dem Knistern des Feuers unterging.

»Die Damen sind durchnässt«, stellte die Dienerin fest und schob sie durch die Tür ins Innere des Gasthauses.

Marguerite, ihre Dienerinnen und die Comtesse de Châteaubriant schüttelten sich und stöhnten vor Wohlbehagen.

»Es tut so gut, eine warme Bleibe zu finden«, seufzte Marguerite und schüttelte ihren dreckigen Rocksaum aus. »Wir haben unsere Kutschen und unser Gefolge«, sagte sie zu der Gastwirtin, die mit eiligen Schritten herbeitippelte.

»Wärmt Euch auf, und macht es Euch bequem«, sagte diese einladend.

Sie trug ein wollenes Hemd, das ebenso rot wie ihr Gesicht war. Ihre rundlichen Wangen sackten nach unten, und auf ihrem Kinn prangten vier Barthaare.

»Wie viele Personen könnt Ihr unterbringen?«, erkundigte sich Marguerite.

Die Wirtin hob die Hände, wobei sie ein Messer mit einem großen Holzgriff schwang.

»Um ehrlich zu sein, es gibt nur noch ein komfortables Zimmer, und das wird auch erst in ein oder zwei Stunden frei. Für Euer Personal könnte ich den Hängeboden räumen.«

»Danke, das ist perfekt!«, freute sich Marguerite.

Dann fuhr sie, an ihre Begleiterin gewandt, fort:

»Comtesse, wenn Ihr nichts dagegen einzuwenden hättet, würdet Ihr das Zimmer mit mir, meiner Gesellschafterin Blanche und meiner Nichte Charlotte teilen, von denen ich mich nicht trennen will. Ebenso benötigen wir einen Platz für meine Betschwester.«

Als die junge Comtesse zustimmte, sagte Marguerite:

»Catherine, meine Zofe, schläft ebenfalls bei uns. Und wenn Ihr wünscht, könnt Ihr auch Eure Zofe mitbringen. Die Wirtin wird uns mit Strohsäcken versorgen.«

Bis auf den Wind, der unter der Tür hindurchpfiff, herrschte Ruhe in dem großen Gasthaus. Die Nacht brach herein, und die Gäste hatten sich bereits schlafen gelegt. Nur zwei Männer, die an diesem Abend wieder auf ihre Pferde steigen mussten, aßen noch.

Die Wirtin trat zu ihnen, und plötzlich nahm ihr rundliches Gesicht, das eben noch fröhlich gewirkt hatte, einen mürrischen Ausdruck an. Dafür schien weder der Wind vor den Fenstern verantwortlich zu sein noch das Holz, das draußen gegen die Steine schlug.

Die junge Dienerin, die alte Tücher in die vom Regen triefenden Türscharniere stopfte, wandte sich an die Wirtin:

»Soll ich im Stall das Stroh austauschen?«, fragte sie und deutete auf Kutscher und Knechte, die damit beschäftigt waren, ihre nassen Kleider auszuschütteln.

»Nein!«, entgegnete die Wirtin schnell und setzte wieder ihre freundliche Miene auf, »nach einem guten stärkenden Mahl wird ihnen das alte Stroh wärmer und weicher erscheinen.«

Dann wandte sie sich wieder ihren beiden Gästen zu, einem

Anwalt und einem Apotheker, die sich mit ihren breiten Handrücken den feuchten Mund abwischten. Der eine erhob sich, aber die Wirtin drückte ihn beherzt an der Schulter wieder nach unten.

Der Anwalt wies einen beträchtlichen Leibesumfang auf, und seine feisten Gesichtszüge zeigten einen spöttischen Ausdruck. Die Nasenflügel seiner platten roten Nase weiteten sich, und in seinen teigigen Wangen erschien ein Grübchen, das die anderen zu verhöhnen schien. Seine Aufmachung wirkte sonderbar: über sein edles Wams hatte er einen kurzen Umhang aus grobem Stoff gelegt, wie es etwa niedere Mönche trugen.

Der Apotheker war groß und mager. Beim Sprechen traten seine Wangenknochen hervor, und seine dichten schwarzen Brauen schienen ein wesentlicher Bestandteil seiner dunklen forschenden Augen zu sein. Die schmalen Lippen unter seiner Hakennase waren kaum zu sehen.

Als die Wirtin ihn mit ihrem kräftigen Arm aufhielt, lachte der Anwalt kurz auf, setzte sich aber sogleich wieder hin. Sein Begleiter, der Apotheker, gab ihm ein kaum merkliches Zeichen und begann erneut zu trinken.

»Wirtin«, sagte Marguerite, »seid so freundlich und gebt uns zusätzlich ein bequemes Lager für das Kind, das bei uns ist.«

Die Wirtin nickte lächelnd, und Marguerite erklärte an ihre neue Begleiterin gewandt:

»Prinzessin Charlotte ist die älteste Tochter meines Bruders. Sie ist ein freundliches Kind, das keinerlei Schwierigkeiten bereiten wird. Ihr werdet sie künftig sicher noch besser kennenlernen.«

Es war kaum zu übersehen, dass die junge Comtesse sich nicht wohlfühlte. Dennoch sah sie Marguerite ohne jegliche Scham in die Augen.

»Ich lasse Euer Gepäck nach oben bringen«, verkündete die Wirtin würdevoll, »und bereite Euch ein hervorragendes Abendessen. Ihr werdet sehen, wie gut Euch das schmeckt.«

»Ist der König noch nie in Eurem Hotel abgestiegen?«

»Der Tag, an dem er hier absteigt, Dame la Duchesse, ist von Gott gesegnet. Ich wäre hocherfreut, wenn Ihr ihm nur das Beste erzähltet.«

»Wir werden sehen. Bereitet uns in der Zwischenzeit ein gutes Zimmer, das uns diese unangenehme Reise vergessen lässt.«

Anwalt und Apotheker, die nun deutlich lauter sprachen, zogen ihre Aufmerksamkeit auf sich. Die Wirtin hatte sie verlassen und machte sich in der Küche zu schaffen.

Das Mahl duftete verlockend und schmeckte köstlich. Es gab Blätterteigpasteten, kalten Fisch, Braten, wohlriechende Cremes und dazu einen guten Wein von der Loire. Françoise de Châteaubriant aß sehr wenig, dafür tat sich ihre Zofe an den Speisen umso mehr gütlich.

»Nehmt Ihr nicht von dieser hervorragenden, mit Champignons gespickten Ente?«, fragte Marguerite und hielt, wie es sich gehörte, ein Stück Fleisch zwischen Daumen, Zeige- und Mittelfinger. »Dieses Fleisch ist einfach köstlich.«

Sie sah der jungen Frau tief in die Augen.

»Darf ich Euch Françoise nennen?«

»Selbstverständlich.«

Françoise betrachtete den knusprigen saftigen Entenflügel, den Marguerite ihr reichte, und lehnte mit einem zurückhaltenden Lächeln höflich ab.

Die Gespräche zwischen den Frauen drehten sich um Banalitäten. Ninon und Catherine unterhielten sich und lachten über ihre verdreckten Kleider.

»Wie alt ist das Mädchen in Begleitung der Duchesse?«, erkundigte sich Ninon, während sie sich einen Löffel Brombeermarmelade in den Mund schob, die sie mit etwas Wein aus der Touraine beträufelt hatte.

»Sie wird fünf«, antwortete Catherine.

»Sie scheint freundlich und brav zu sein.«

»Sie wird uns heute Nacht keine Scherereien bereiten. Sie ist ein folgsames und sehr kluges Kind.«

Catherine streckte ihrer Begleiterin ihr Gesicht entgegen und nahm würdevoll wie eine Dame bei Hofe einen Löffel Konfitüre von Ninon an.

Derweil kehrte ein weiterer Gast von den Ställen zurück. Es handelte sich um den Baron de Bourdeille. Als er das Gasthaus betrat, wehte eine Windböe einen Schwung Regen mit herein.

»Zum Teufel!«, grummelte er.

Das Abendessen endete mit wachsendem Lärm, da Anwalt und Apotheker nun die Karten offen auf den Tisch legten und wiederholt laut betonten, dass sie sich weigerten, das Essen zu bezahlen.

»Schreibt es auf, meine Gute«, bestimmte der Apotheker.

»Ich wusste es«, tobte die Wirtin. »Ich wusste es. Deshalb haben Euch weder meine Pasteten noch meine Poularde, weder meine kandierten Äpfel noch mein Honigkuchen gemundet.«

»Beruhigt Euch, Wirtin. Wir kommen wieder und bezahlen alles. Vielleicht werden wir Euer Essen erneut zu schätzen wissen.«

»Ihr kommt wieder! Ihr kommt wieder! Und wann? Wollt Ihr mir das verraten?«, fragte die Wirtin. »Ich habe in meinem Gasthaus noch nie Kredit gegeben und werde bei Euch nicht damit anfangen.«

»Wir werden Euch bezahlen, sage ich Euch!«

»Hört«, sagte der Anwalt und strich sich über die feisten Wangen, »berechnet uns Zinsen. Ehrenwort, wir werden sie, ohne zu murren, begleichen.«

Die Wirtin warf ihm einen wütenden Blick zu, dann sah sie zur Tür, durch die der Baron de Bourdeille hereintrat. Die Tür flog auf und drückte den Baron gegen die Wand.

Er rieb sich Arm und Schulter und musste unwillkürlich über die Auseinandersetzung lächeln. Der Baron besaß eine hohe Stirn, über der die Haare bereits zurückwichen. Er ließ seinen Blick durch den Raum gleiten und bemerkte jene, die mit ihrer Schönheit den großen Saal des Wirtshauses erfüllte.

Dann entledigte er sich seines dicken, mit Fell besetzten Umhangs und ging mit ausgestreckten Händen auf Marguerite zu.

»Wie habt Ihr Euch verändert, mein liebes Kind. Ich sehe Euch noch als junge Demoiselle von siebzehn Jahren vor mir. Am Tag Eurer Hochzeit auf Château de Blois.«

Er musste fast schreien, um das Kreischen der Wirtin zu übertönen.

»Ihr schuldet mir jeder zwanzig Sols, Messieurs. Ich lasse Euch erst abreisen, wenn Ihr bezahlt habt.«

Gereizt durchsuchte der Apotheker sein Wams und kramte ein paar Münzen hervor.

»Hier, meine Gute, das ist alles, was ich bei mir habe. Den Rest erhaltet Ihr auf meiner nächsten Durchreise.«

Marguerite reichte Baron de Bourdeille die Hand und lächelte.

»Gott!«, sagte sie, »in diesem riesigen Mantel hätte ich Euch nicht wiedererkannt.«

Sie schob mit ihrem schmalen Finger den Rand ihrer grauen Haube zurück.

»Sieben Jahre ist das her!«, rief sie. »Gott, wie die Zeit vergeht. Ist Eure Gattin wohlauf?«

»Sie verbringt eine Zeit in Cauterets, um ihre Nierensteine zu kurieren. Ich werde ihr von unserer Begegnung berichten, Marguerite. Und Eure Mutter?«

Aber ohne ihre Antwort abzuwarten, fuhr er leichthin und zufrieden fort:

»Sieben Jahre haben Euch kaum verändert«, murmelte er. »Am Tag Eurer Hochzeit wart Ihr noch fast ein Kind. Pfui! Wie meine Gattin sich amüsiert hat!«

»Für Euren Geschmack etwas zu sehr, Baron«, stellte Marguerite lächelnd fest.

»Das ist richtig, die Baronin besitzt die Gabe, mich bei solchen Feierlichkeiten mit ihren schlüpfrigen Antworten zu verärgern. Donnerwetter! Bei diesen Gelegenheiten vergisst sie jeglichen Anstand.«

Er schüttelte die Ärmel seines Wamses.

»Ich habe selbstverständlich nicht damit gerechnet, Euch bei diesem schrecklichen Wetter hier anzutreffen.«

Marguerite wandte sich ihrer Begleiterin zu, von der der Baron offenbar nicht mehr die Augen lassen wollte, und sagte:

»Mein Bruder, der König, hat Françoise de Châteaubriant an den Hof gerufen. Ihre Kutschen wurden Opfer des Sturms und des Unwetters. So werden wir gemeinsam zum Hof reisen. Nach Amboise, wo ich meine Mutter besuchen werde, fahren wir weiter nach Blois.«

Bourdeille begann sich langsam aufzuwärmen. Teufel! Es würde schwierig werden, bei diesem Sturm aufzubrechen!

Die unschuldige blonde Marguerite neben der aufreizenden Schönheit von Françoise vernebelte seinen Geist. Der Gegensatz verwirrte ihn. Während die eine wie üblich ruhig und entspannt wirkte, schien die andere nervös und etwas verstimmt zu sein. Die Comtesse de Châteaubriant wusste nicht, wie sie die Unbekümmertheit der Schwester des Königs deuten sollte, die ihr beinahe hemmungslos schien.

»Ist es Euer Zimmer, das uns die Wirtin zur Verfügung stellt, Baron?«, fragte Marguerite.

»Das ist richtig.«

»Seid Ihr nicht ärgerlich, dass der Mangel an freien Zimmern Euch zwingt, früher abzureisen als vorgesehen? Wollt Ihr Eure Abreise nicht auf morgen verschieben?«

»Auf keinen Fall. Und meine Abreise erfolgt keineswegs unter Zwang. Ich überlasse Euch das Zimmer aus freien Stücken. Ich muss nach Cauterets, wo meine Frau diversen Heilkräften überlassen ist.«

»Meine Mutter möchte sich ebenfalls dorthin begeben. Man scheint dort gute Erfolge zu erzielen. Baron, ich danke Euch für Euer Entgegenkommen. Wenn wir eine gute Nacht verbringen, haben wir das vor allem Eurer Freundlichkeit zu verdanken.«

Nachdem Marguerite sich von dem Baron verabschiedet und sich wiederholt bei ihm bedankt hatte, sehnte sie sich nach einer ruhigen erholsamen Nacht.

Ninon und Catherine hatten sich bereits zurückgezogen, und Blanche und Dame de Breuil schickten sich an, es ihnen gleichzutun, als die Wirtin angesichts der beiden störrischen Gäste heftig auf den Tisch schlug.

»Wenn Ihr mir das Essen nicht bezahlt, werde ich Fronboten rufen. Die werden Euch schon dazu bringen, Eure Schulden zu begleichen.«

»Aber, aber, beruhigt Euch, meine Gute. Hier«, der Anwalt

warf ebenfalls ein paar klingende Münzen auf den Tisch, »nehmt die und die Münzen meines Freundes, und Ihr habt nicht alles verloren.«

Doch die Wirtin war entschlossen, auf ihrem Geld zu bestehen, und ließ sie erst gehen, nachdem sie ihre gesamte Schuld auf den Tisch gelegt hatten.

Catherine hatte Charlotte bereits hingelegt, die in eine Decke eingerollt schlief. Ein Stück weiter hatten sich Catherine und Ninon auf Strohsäcken auf dem Boden ausgestreckt.

Marguerite trat auf Catherine zu, die sich sogleich erhob. Ninon drehte sich gähnend um, dann merkte sie, dass sie sich ebenfalls um ihre Herrin kümmern musste, und stand eilig auf.

Marguerite zog Charlotte sanft den Daumen aus dem Mund und küsste sie zärtlich auf die leicht feuchte Stirn.

»Sie kann sich von dieser Gewohnheit nicht trennen«, bemerkte Marguerite.

»Das ist nicht schlimm«, beruhigte Catherine sie, »Hauptsache, sie schläft gut.«

Blanche und Dame de Breuil legten sich nebeneinander auf das Bett, wobei jede von ihnen den äußersten Rand besetzte und sie die Mitte des großen Lagers frei ließen. Marguerites Blick zuckte kurz zu dem weißen Hals ihrer Begleiterin, den ihre Zofe gerade entblößt hatte. Françoise betrachtete die Nacktheit der Duchesse d'Alençon mit ebensolcher Neugierde.

Die weichen, runden Schultern Marguerites und ihr wohlgeformter Hals glänzten sanft in dem Licht einer Kerze, die Catherine auf einen Stuhl gestellt hatte. Françoise mit ihren langen Schenkeln besaß ihrerseits einen schlanken biegsamen Körper mit perfekten Proportionen.

»Wollt Ihr, dass ich Euch die Haare bürste, Dame?«, fragte

Catherine, die ebenfalls den prächtigen Körper der jungen Comtesse musterte.

»Nicht heute Abend, Catherine. Leg dich jetzt schlafen.«

Schließlich allein, standen sie sich, jede mit einer kleinen Lampe in Händen, friedlich und gänzlich unvoreingenommen gegenüber. Marguerite wollte diese zarte Vertrautheit auf keinen Fall durch ein ungeschicktes Wort zerstören.

Da bewies Françoise de Châteaubriant erneut eine Intelligenz, die Marguerite zu schätzen wusste. Sie trat zu Charlotte und murmelte zärtlich:

»Das ist ein hübsches kleines Mädchen. Ähnelt sie ihrem Vater?«

War die Verlegenheit zwischen den beiden Frauen in diesem Augenblick verflogen? Marguerite wusste es nicht wirklich zu sagen, aber sie trat auf ihre Begleiterin zu, nahm ihr die Lampe ab, die sie etwas angespannt in Händen hielt, führte sie zu dem breiten Bett und zog die zerschlissenen Samtvorhänge zur Seite.

Sie ließ sich unter die Laken gleiten und bemühte sich, dabei die zwei bereits schlafenden Frauen nicht zu wecken. Dann schlug sie vor:

»Unterhalten wir uns ganz im Vertrauen, ungezwungen und unvoreingenommen. Wollt Ihr?«

Dann rückte sie an Françoise heran, die sich neben ihr ausstreckte, und sprach ebenso ruhig weiter:

»Verzeiht die Strenge, mit der ich Euch empfangen habe. Mir ist es lieber, dass wir uns verbünden, wenn es um das Glück meines Bruders, des französischen Königs, geht. Seid Ihr dazu bereit?«

»Es heißt, Ihr stündet Euch sehr nah. Stimmt das?«

»Das ist richtig. Daher bitte ich Euch, dazu beizutragen, dass sich alles zum Guten wendet. Ich wäre nicht gern Eure Feindin und wäre betrübt, wäret Ihr die meinige. Können wir nicht Freundinnen werden oder zumindest ein harmonisches Verhältnis pflegen?«

Françoise de Châteaubriant nickte und hauchte ein leises »Ja«.

»Ich weiß, dass Ihr die Anträge meines Bruders unzählige Male zurückgewiesen habt.«

»Ich bin verheiratet, Duchesse.«

»Nennt mich Marguerite, mögt Ihr? Gewiss seid Ihr verheiratet. Darum überrascht mich Eure plötzliche Zusage. Hat Euer Gatte dem somit zugestimmt, oder ist dieser Sinneswandel Eurem heftigen Verlangen geschuldet, die hohe Position der Ersten Mätresse einzunehmen?«

Françoise errötete in der Dunkelheit und zögerte einen Augenblick mit ihrer Antwort.

»Der König legt mir gegenüber keine Zurückhaltung an den Tag. Euer Bruder bedrängt mich fortwährend, Duchesse.«

»Ich weiß«, murmelte Marguerite. »Er begehrt Euch seit Jahren.«

Sie wagte nicht, ihr zu sagen, dass sie ihm unzählige Male geholfen hatte, Gedichte zu verfassen, mit denen er sie verführen wollte.

»Ich tadele Eure fortwährenden Zurückweisungen nicht. Ganz im Gegenteil. Glaubt mir. Ich weiß, dass Euch der Bund der Ehe mit dem Comte de Châteaubriant verbindet und dass Eure Entscheidung, die überstürzt erscheinen mag, in Wahrheit wohlüberlegt sein muss.«

»Mein Gatte hat die Beförderung angenommen, die ihm der König angeboten hat.«

»Das Kommando über die Mailänder Truppen?«

Sie errötete erneut, unterdrückte es jedoch nicht, da Marguerite es ohnehin nicht sehen konnte, dann nickte Françoise.

Sie hatten noch nicht die Lampen gelöscht. Françoises lange schwarze Haare glänzten auf ihren runden Schultern, die das Hemd entblößte. Marguerite fuhr fort:

»Françoise empfindet tiefe Zuneigung für die Königin. Sie ist eine sanfte, unscheinbare, ängstliche Frau, und Ihr werdet ihre Freundlichkeit und ihre Intelligenz schätzen. Sie wird Euch niemals Kummer bereiten und wird Euch Eure Position nicht übel nehmen, wenn Ihr ihr gegenüber Taktgefühl beweist.«

Françoise schwieg und wartete, dass Marguerite weitersprach.

»Er braucht jedoch eine Dame des Herzens. Ihr habt sicher Gerüchte von seinen unzähligen Abenteuern gehört. Sie haben allerdings nie lange gedauert. Es ist das erste Mal, dass er ein völlig anderes Bedürfnis verspürt.«

Sie merkte, wie sich Françoises Körper anspannte.

»Haltet ihm also nicht seine zahlreichen Torheiten vor, denn in Wahrheit hat er sich noch nie verliebt.«

»Ach!«, bemerkte die Comtesse de Châteaubriant nur.

Schließlich blies Marguerite ihre Kerze aus.

»Bis zu dem Tag, als er Euch auf meiner Hochzeit bemerkt hat. Und Euch etwas später bei den Feierlichkeiten in Chenonceau wiedergesehen hat.«

»Wir haben uns bei vielen Gelegenheiten wiedergesehen, Duchesse, aber Ihr wart nicht immer dabei.«

»Das ist richtig. Und ich weiß, dass Ihr in den Augen des Königs wie ein strahlendes Licht unter den anderen Frauen hervorstecht.«

»Der Hof ist voll von jungen schönen Wesen.«

»Ja, aber er will Euch. So ist es. Ihr sollt seine ständige Mätresse sein.«

Ratlos oder schlicht verwirrt von diesem nun recht bestimmten Ton, blies Françoise energisch ebenfalls ihre Kerze aus.

»Meine Einwilligung, an den Hof zu kommen, bedeutet noch nicht, dass ich zustimme, die offizielle Mätresse des Königs zu werden.«

»Ihr täuscht Euch, Françoise. Es ist ein schwerer Fehler zu meinen, der König ließe Euch die Wahl, wenn er Euch auffordert, seine Mätresse zu werden. Außerdem wird sich alles so natürlich ergeben, dass Ihr es gar nicht recht bemerkt. Die Würfel sind gefallen. Lasst dem Spiel seinen Lauf.«

Marguerite war in Fahrt. Zwischen ihren zahlreichen klugen Ratschlägen prophezeite sie Françoise:

»Vergesst nicht, dass Ihr dem König überallhin folgt. Ihr ordnet Euch ihm unter, trinkt auf sein Wohl und bezaubert ihn mit Eurem Lächeln und Eurem Charme. Zwischen Euch existieren keine Grenzen. Ihr werdet auch mit ihm das Bett teilen. Mein Bruder gehört nicht zu jenen, die eine Frau zwingen. Er liebt es, sie zu umwerben, zu streicheln, ihnen Komplimente zu machen.«

»Das weiß ich.«

»Nun, dann wisst Ihr auch, dass alles ganz von allein gut enden wird.«

»Glaubt mir, das kann ich mir vorstellen!«, gab sie nachdenklich zurück.

»Ihr werdet sehr glücklich sein am Hof von François I. und schon bald seine Freundlichkeit und seine unvergleichliche Großzügigkeit zu schätzen wissen. Ihr könnt nur gewinnen.«

Marguerite zog die Tagesdecke zu sich.

»Schlafen wir jetzt und versuchen, eine ruhige friedliche Nacht zu verbringen. Ich stelle beglückt fest, dass Ihr eine junge intelligente Frau seid. Eure große Weisheit wird der Harmonie am Hof des Königs zuträglich sein.«

19.

Nachdem die schöne Françoise am Hof von Blois untergebracht war und der König endlich ihre Gunst gewonnen hatte, reiste Marguerite in Gesellschaft von Mathilde zurück nach Alençon. Doch dort blieben sie nicht lange. In Abwesenheit der Duchesse und ihres Gatten führte Jean de Brinon das Schloss mit dem ihm eigenen Sachverstand.

An der Spitze von Rat und Armee hatte François keinen engeren Mitarbeiter als den Duc d'Alençon, dem er den Duc de Bourbon und seine Waffenbrüder zur Seite stellte.

Überflüssig zu erwähnen, dass Louise noch immer im Schatten ihres Sohnes agierte. François behielt sich allerdings den Bereich Ausgaben vor und war nicht kleinlich. Es kam vor, dass seine Großzügigkeit im Hinblick auf den Duc und die Duchesse d'Alençon das Parlament verstimmte. Doch der Charakter des Königs festigte sich von Tag zu Tag, und insbesondere wenn es um seine Mutter oder seine Schwester ging, war der König taub für Kritik.

Selbst am Hof von Blois hieß es, dass der König seinen Schwager nur aus Liebe zu seiner Schwester derart begünstige, denn schließlich brächte er ihm keine große Sympathie entgegen. Gewiss vergaß François bei seinen Belohnungen auch seine Jugendfreunde nicht, denen er täglich neue Ehrenämter anvertraute.

Was Marguerite anging, so sah sie in den Aufmerksamkeiten

ihres geliebten Bruders sowohl einen Vertrauensbeweis wie auch eine Auszeichnung. Unterdessen verstärkte sich die Unzufriedenheit mit ihrer Ehe. Immer wieder sah sie sich bei den inzwischen routinemäßigen Intimitäten mit dem mangelnden Einfühlungsvermögen ihres Mannes konfrontiert.

Abgesehen von Claude, der sanften Königin, die sich überaus zurückhaltend gab, da sie aufgrund einer erneuten Schwangerschaft unter Müdigkeit litt, standen sie nun zu zweit strahlend im Mittelpunkt des Hofs. Seit Françoise de Châteaubriant die offizielle Mätresse des Königs geworden war, sah man sie überall – am Hof und in allen französischen Städten, in denen sich der König aufhielt. Es kam sogar hin und wieder vor, dass der König sich freiwillig zu seiner Mätresse in die Kutsche setzte, anstatt auf seinem Pferd zu reiten.

Zwischen seiner Schwester und seiner Mätresse blieb für Claude, die schwächliche Gattin, die stets damit beschäftigt war, Kinder in die Welt zu setzen, nur noch wenig Raum, obwohl der König sie weiterhin mit seinen nächtlichen Besuchen beehrte.

In dieser Stimmung verließ das königliche Gefolge Blois, um sich nach Amboise, Chinon, Loches, Chenonceau, Azay-le-Rideau oder Chaumont zu begeben. Fröhlich folgte ein Fest dem anderen, und jeder war eingeladen, sich den Reisen anzuschließen.

Hohe Offiziere, Unteroffiziere, Beamte, Handwerker aller möglichen Gewerke, Finanzpächter, Berater und Personal hoher und unterer Dienstgrade folgten dem König, der den Tross anführte, in großem Prunk.

Im Anschluss an diese Reisen, die sich nicht selten über mehrere Monate erstreckten, sorgte Marguerite stets dafür, dass ein oder zwei Botschafter sich eifrig bemühten, Louise einzuladen.

Nach und nach fand der König Gefallen an der Anerkennung des Volkes. Seine Freude wurde legendär. Es hieß, François sei ein Reisekönig, ein wandelnder Monarch, der gern mit einem unglaublich großen Tross umherziehe.

In der Tat verlangte der König, der keine Einschränkungen mochte, nach seinem ganzen Hofstaat. Abgesehen von seiner Familie brauchte er zwingend seine Hofschranzen, seinen Verwaltungsrat, seine Mundschenke und Küchenchefs, denn er wollte im Verlauf der Reise auf keinen Fall auf Feste oder Jagden verzichten.

Es folgten Möbel, Tapisserien, Geschirr, seine prächtigsten Kleider, seine Hunde und Lieblingstiere, zu denen sein Papagei, sein Affe und ein zahmer Reiher gehörten.

Häufig waren die Routen geplant, manchmal wurde jedoch auch improvisiert. Und wenn es warm und sonnig war, aß und schlief man unter freiem Himmel, am Waldrand oder am Ufer eines Flusses.

Bei diesen Gelegenheiten, die sich selbstverständlich nur mitten im Sommer und bei schönem Wetter ergaben, rollte man die Teppiche auf den Wiesen aus und hängte Wandbehänge und Tapisserien in die Bäume. Zwischen der prunkvollen Dekoration fanden sich auch zahlreiche Millefleurs aus den Werkstätten von Alix, worauf Mathilde stets hinwies. Man feierte mit einem ungeheuren Lärm, der vielfach den eines Volksfests überstieg.

Bei diesen fröhlichen Spektakeln, bei denen sich Angehörige des Hofes und Bedienstete mischten, wirkte der König niemals müde und lächelte über alles. Nichts konnte seiner guten Laune etwas anhaben.

Jedes Mal, nachdem die Königin niedergekommen war, unternahm er eine dieser mehrmonatigen Reisen. Nach der Geburt der Prinzessinnen Louise und Charlotte, des Thronfolgers François und des kleinen Duc Henri d'Angoulême, hatte Marguerite ein schwächliches Kind zum Taufbecken getragen, das man auf den Namen Madeleine taufte, die jedoch als kleines Kind starb.

Der König kämpfte, jagte, tanzte. Um eine Narbe zu verdecken, die er von einem Unfall zurückbehalten hatte, trug er einen leichten Bart, der einen Schatten über seiner lächelnden und hübsch geformten Oberlippe bildete.

Seine schmalen Wangen umrahmten ein energisches Kinn, und in seinen goldbraunen Augen, die ebenso schelmisch funkelten wie die Marguerites, zeigte sich neuerdings eine gewisse Autorität. Ihn umgab ein gewisser Nimbus, der sich Tag für Tag verstärkte.

Während Marguerite das stattliche Aussehen ihres innig geliebten Bruders betrachtete, versprühte die anmutige Françoise überall ihren Charme.

Nachdem sie sich mit natürlicher Leichtigkeit am Hof eingewöhnt hatte, bezauberte sie bereitwillig den unerschrockenen Bonnivet, zu dem sich der tapfere Chabot sowie der zurückhaltende Montmorency gesellten.

Hin und wieder wunderte sich Marguerite. Was hatte sich getan, seit François den Thron bestiegen hatte! Welche Sittenfreiheit erlebte sie, ohne sie je selbst zu missbrauchen! Wenn sie auch aktiv am höfischen Leben teilnahm und unermessliche Freude empfand, wenn sie in Seidenbrokat gehüllt angemessenen Schrittes auf einem ihrer Pferde ritt, vergaß sie jedoch nie die Freuden des Geistes. Umso mehr als ihr Freund, der Dichter Clément Marot, sich dem königlichen Gefolge derzeit angeschlossen hatte.

Marot übernahm die Aufgabe seines Vaters, und wie Jean dem Charme und dem Geist von Anne de Bretagne gehuldigt hatte, feierte Clément, sein Sohn, den Marguerites.

»Den Geist eines Engels und das Herz eines Menschen«, hatte er eines Tages zu seiner Förderin gesagt, die ihm unablässig selbst verfasste Gedichte zeigte, die sonst nur François lesen durfte.

Und während Françoise de Châteaubriant und die Duchesse d'Alençon sich bemühten, allzeit eine gute Miene aufzusetzen, gab es eine, die vor Eifersucht auf die Mätresse des Königs raste. Und das war die junge Mathilde, der der König hin und wieder einen neckischen Blick zuwarf, sie anlächelte und sie seine »tapfere kleine Reiterin« nannte.

Mathilde war wütend, den König mit seiner Mätresse herumstolzieren zu sehen, und reiste nach ihrer Rückkehr aus Florenz kaum noch mit dem Hof von Schloss zu Schloss. Der Anblick des Königs, der in diese Frau verliebt war, brachte sie zu sehr auf.

Darüber hinaus ärgerte es Mathilde, dass Claude auf diese Weise betrogen wurde. Zudem stellte sie erbost fest, dass die Mätresse des Königs zwar verheiratet, aber kaum älter als sie selbst war, und dass François I. sie bewunderte. So bat Mathilde darum, zu ihrer Mutter zurückkehren zu dürfen.

Außerdem schuldete sie ihrer Familie nach ihrem langen Aufenthalt in Florenz, von dem sie ihrer Mutter einiges und Valentine alles berichtet hatte, etwas mehr Zeit.

Mathilde erfuhr ihrerseits von Properzias Verfolgung und dass Mathias kurz im Gefängnis gewesen war, da er einen Polizisten am Kragen gepackt und gewürgt hatte. Dank Philippa Lesbahy, Schlossherrin auf Azay-le-Rideau, war er schnell wieder freigekommen, und nachdem Properzias Schulden zum Teil getilgt waren, hatte sich die Lage beruhigt. Seither musste die Künstlerin in Azay wohnen, um dort zu arbeiten, und kam nur noch hin und wieder nach Tours, um ihren Zeichenunterricht mit Alix fortzusetzen.

Doch kaum war Mathilde aus Florenz zurückgekehrt, als Marguerite, die etwas verstimmt über ihre plötzliche Flucht gewesen war, ihr zu verstehen gab, dass ihre Anwesenheit in Blois unverzichtbar sei. Man bereitete sich auf einen heiklen, aber großen Moment vor: die Begegnung zwischen dem französischen und dem englischen König. Dazu brauchte der Hof auf jeden Fall sein gesamtes Gefolge.

Seit Kurzem sah sie sich also in der Verpflichtung, in Blois zu bleiben, und kochte vor Wut über diese Hexe von Châteaubriant, die nur zwei oder drei Jahre älter als sie war. Es brannte ihr auf der Zunge, Marguerite zu sagen, dass sie ebenso gut die Rolle der Ersten Mätresse am Hof hätte übernehmen können. Aber ein solches Aufbegehren wäre unpassend und würde mit Sicherheit gerügt.

Sie wusste, dass Maître da Vinci, dem sie die *Gioconda* gebracht hatte, sie dem König noch nicht geschenkt hatte. François war zu sehr mit seiner neuen Mätresse beschäftigt, um seinem alten italienischen Malerfreund einen Besuch abzustatten.

Nun gut, Mathilde würde es genauso machen und François *Die Quadriga* erst schenken, wenn er wieder zur Vernunft gekommen war und wieder Augen für andere Frauen als seine Mätresse hatte. Bislang hatte sie stets zugesehen, wie er wie ein Schmetterling von Blume zu Blume geschwebt war, ohne sich über die Enttäuschung der Frau Gedanken zu machen, die er für eine andere sitzen ließ. Da sie den König nicht selbst haben konnte, war es Mathilde lieber gewesen zu beobachten, wie er alle umwarb, als dass er bis über beide Ohren in *eine* Mätresse verliebt war.

Marguerites Vorschlag, Mathilde zurückzuholen, erwies sich als richtig. In der ganzen Region und weit darüber hinaus herrschte Aufruhr. Handwerker und Arbeiter schufteten verbissen für den König. Man bereitete das Camp du Drap d'Or vor. Schreiner, Zimmerer, Tuchfabrikanten, Goldschmiede, Juweliere und Schneider bemühten sich ohne Unterlass, die Reisevorbereitungen abzuschließen, von denen der französische König träumte.

Man wollte dem Reich von Charles Quint einen französisch-englischen Block entgegenstellen, indem man eine Begegnung zwischen dem französischen und dem englischen König herbeiführte. Diese Begegnung von François I. und Heinrich VIII. war sorgfältig geplant und sollte zwischen Guînes, der englischen Stadt auf dem Kontinent, und Ardres-en-Artois an der Nordseeküste stattfinden.

Die Engländer hatten nicht gegeizt und planten große Pavillons, die aus mit bunten Leinwänden bezogenen Gerüsten bestanden, die von innen mit prächtigen Tapisserien geschmückt waren.

Von dem Wunsch nach Überlegenheit getrieben, entwickelte François I. eine gefährliche und vor allem kostspielige Idee. Er wollte ein Dorf errichten, das aus einem zentralen Pavillon bestand, um den sich in allen vier Ecken weitere mit goldenem Tuch bezogene Pavillons gruppierten. Innen sollten sie mit blauem Samt ausgeschlagen sein.

Ja! Ein Dorf aus Stoff, in das man alles transportieren musste. Königliches Geschirr in Gold und Silber, Möbel aus geschnitztem Holz, Bilder, dekorative Wandbehänge und Luxusgegenstände. Das Projekt war kaum zu bewältigen, man musste den ganzen königlichen Prunk zur Schau stellen, als handelte es sich um den Hof in Blois. Der Hof hatte sogar die Gegenwart aller Prinzessinnen und adligen Damen Frankreichs vorgesehen. Kurzum, es sollte das strahlende Symbol eines großen Prinzen der Renaissance darstellen.

Schließlich war der Tag gekommen. Erneut schloss sich der ganze Hof dem Tross an. Hinter François I. folgten vier prachtvoll geschmückte Kutschen, die von Pferden in edlem Geschirr gezogen wurden. Darin saßen die Mutter des Königs, seine Ehefrau, die erneut schwanger war, seine Schwester in Begleitung von Mathilde und seine Mätresse.

Mathilde, die sich aus nächster Nähe mit der Dame de Châteaubriant konfrontiert sah, beschloss zum ersten Mal, sich nicht alles gefallen zu lassen. Von dieser Comtesse ließ sie sich nicht beeindrucken. Mathilde kannte die Sitten und Gebräuche bei Hofe, seit sie ein kleines Mädchen gewesen war, ihr machte man so leicht nichts vor.

Die Reise führte das königliche Gefolge auf eine unendlich weite Ebene, auf der man eine wahre Landschaft aus goldenen Zelten errichtet hatte. Vor den Augen der Damen erhob sich eine Art Märchenstadt, die sie verzauberte und die Herren mit Befriedigung erfüllte. Sie hatten nur den einen Wunsch: Heinrich VIII. zu beeindrucken.

»Werden wir in diesen Zelten schlafen?«, erkundigte sich die Comtesse de Châteaubriant bei Marguerite.

Mathilde packte die Gelegenheit beim Schopf.

»Erscheinen Euch die Zelte nicht prächtig genug, um Euer müdes Haupt darin zu betten?«, fragte sie in scharfem Ton.

»Weit gefehlt, meine Liebe«, widersprach Françoise de Châteaubriant, die ihrerseits entschlossen war, sich nicht von dieser vorlauten Demoiselle auf der Nase herumtanzen zu lassen, in deren Adern noch nicht einmal adliges Blut floss und deren Familie nur dank der Großzügigkeit des Königs in den Adelsstand erhoben worden war.

Françoise lächelte spöttisch.

»Ich wollte ganz im Gegenteil sagen, dass dies ein bezaubernder Ort ist und ich es kaum erwarten kann, mich hier zu entspannen.«

»Ihr werdet gewiss genug Muße finden, allerdings allein. Es heißt, der König werde die Nacht mit seinen Männern verbringen, um sich auf die Ankunft des englischen Königs vorzubereiten. Ihr werdet Euch wohl mit einem leeren Lager begnügen müssen, meine Liebe«, bemerkte Mathilde ihrerseits ironisch.

»Ach! Das ist nicht das erste Mal. Wir mögen das im Übrigen ganz gern. Der König und ich genießen es sehr, wenn wir uns nach längerer Trennung wiedersehen«, entgegnete die Comtesse und bedachte ihre Nachbarin heimlich mit einem hinterhältigen Blick.

»Nach längerer Trennung! Erst wenn François nach Italien reist, werdet Ihr wissen, was das überhaupt heißt.«

Louise d'Angoulême zuckte zusammen, als sie den Namen von François so ungeniert aus Mathildes Mund vernahm. Sie hatte Mathilde, wie im Übrigen auch alle Freunde ihres Sohnes, gebeten, diese vertraute Anrede in der Öffentlichkeit nicht mehr zu verwenden, sondern ihn mit »Sire« oder »Majestät« anzusprechen. In einer privaten Unterredung mit einem Freund stand es dem König frei, diese Vertraulichkeit ausnahmsweise zuzulassen.

So wie Mathilde das »François« gebrauchte, spürte Louise deutlich, dass sich dahinter eine geschickte Spitze gegen die Dame de Châteaubriant verbarg. Da Louise nicht viel von der Comtesse hielt, missfiel ihr Mathildes Verhalten keineswegs, und sie verzichtete darauf, das Mädchen zurechtzuweisen.

Im Gegensatz zu Marguerite, die sich um die Erste Mätresse ihres Bruders bemühte, hielt Louise sich sehr zurück. Die Comtesse gefiel ihr nicht, auch wenn sie von untadeliger, nobler Abstammung war. Louise verwünschte ihren Sohn dafür, dass er eine derart oberflächliche Person erwählt hatte, die sich weniger für Kultur als dafür interessierte, dass sie schön und begehrenswert wirkte.

Aber in diesem Punkt hatte Louise nichts zu sagen, ihr Sohn hielt die Fäden, die seine Liebschaften knüpften oder lösten, fest in der Hand.

Am Tag der bedeutungsvollen Begegnung schien die Junisonne heiß vom Himmel herab. Ganz in Weiß gekleidet, mit goldenem Gürtel und Schuhen, auf dem Kopf einen Hut mit Federbusch und in Begleitung all seiner Frauen, näherte sich der König Heinrich VIII.

Seine Frauen! Wie könnte François sie nicht vor seinem Rivalen zur Schau stellen? Mit Ausnahme von Claude, die eine Krone und ein sehr weites Kleid trug, um die Rundungen ihrer Schwangerschaft zu verdecken, waren sie alle mit Perlen, Edelsteinen und edlen Stoffen bekleidet und von scharlachroten Oriflammen umgeben. Sie lächelten, sahen wunderschön und entspannt aus und präsentierten einen Hof, dessen Ansehen nichts zu wünschen übrig ließ.

Marguerite war ganz in Weiß und Gold gekleidet und ersetzte

voll und ganz eine Königin. Außerhalb des Kontinents schätzte man sie so sehr, dass man sie »die Marguerite der Margeriten« nannte. Sie schritt anmutig hinter dem König und der Königin. Neben seiner Schwester ging seine Mutter, die verführerische Louise d'Angoulême. Sie war in schwarzen Samt gehüllt, und auf ihren hellen Haaren saß eine perlenverzierte Haube.

Um Heinrich VIII. willkommen zu heißen, verneigte sich der König vor ihm, beobachtete dabei jedoch verstohlen die zwei schönen Frauen, die hinter seiner Mutter und seiner Schwester folgten. Sie waren ebenso bezaubernd wie unterschiedlich. Die veilchenblauen Augen von Françoise leuchteten, und ihre Anmut war nicht zu übersehen. Das engelsgleiche Lächeln, die goldbraunen Haare und die fürstliche Haltung der anderen verstärkten diesen wunderbaren Anblick noch.

Mathilde schritt geschmeidig und würdevoll neben ihrer Rivalin und suchte mit ihrem Blick den des Königs. Dieser blickte jedoch noch einmal seiner Geliebten tief in die Augen und zauberte ein Lächeln auf die rosa Lippen der Comtesse de Châteaubriant.

Mathilde hatte sich nach Florentiner Art frisiert, das heißt, sie hatte goldene Bänder in ihr Haar geflochten und sie um ihren Kopf festgesteckt, wobei einzelne lange Strähnen über ihren Rücken und ihre Schultern fielen.

Mathilde wusste, dass sie anziehend war und mit der Schönheit der Ersten Mätresse konkurrieren konnte. Doch leider beachtete der König sie nicht mehr. Plötzlich verspürte sie den Impuls, sich umzudrehen, aber bei einer derartigen Verletzung des Protokolls würde man sie sofort vom Hof verbannen. Und wozu auch! Bald war sie wieder bei ihrer Mutter und konnte ihre langen Gespräche mit Valentine fortsetzen, die ihr allmählich fehlte.

Als Mathilde aufsah, stellte sie fest, dass Marguerite und die Comtesse d'Angoulême stehen geblieben waren. Auch ihre nachfolgenden Begleiterinnen hielten an, und sie tat es ihnen gleich. Die Comtesse de Châteaubriant wartete in aufrechter Haltung auf das Zeichen des Kammerherrn, um den langsamen Gang zum englischen König fortzusetzen, den sie gleich begrüßen sollte.

Mathilde blieb äußerlich gelassen. Sie spürte die provozierenden Reize der Demoiselle de Beaumont und den nicht weniger aggressiven Charme der jungen Dame de Montmorency hinter sich. Mathilde mochte die Mädchen am Hof nicht. Daher sprach sie wenig mit ihnen. Sie waren zweifellos eifersüchtig, dass Mathilde bei der Duchesse d'Angoulême, der Duchesse d'Alençon und vor allem beim König selbst so hoch in der Gunst stand.

Die langsame Prozession setzte sich erneut in Bewegung. Es folgten noch vier weitere Frauen. Man hatte die Schönsten unter den Schönen ausgesucht. Darunter fand sich die junge blonde Demoiselle de Fourmont, die sich sittsam und zurückhaltend gab. Sie war die Einzige, der Mathilde etwas Sympathie entgegenbrachte.

Das gigantische Spektakel, das die Staatskasse geleert hatte, musste den König von England beeindrucken. Man glaubte, dass er keinen Augenblick zögern werde, sich mit einem König zu verbünden, der in der Lage war, ein so aufwendiges Treffen zu organisieren.

Überrascht von so viel Prunk und vor allem dem Hof schöner Frauen, mit dem sich der französische König umgab, war Heinrich VIII., dem man eine Leidenschaft für weibliche Reize nachsagte, ganz benommen und bekam kein Wort heraus.

Nachdem er den ersten Schock überwunden hatte, bat der englische König den französischen Hof in seine reich bemalten Zelte. François bemühte sich sehr, sich seine Genugtuung nicht anmerken zu lassen, als er sah, mit welch brennendem Blick Heinrich VIII. seine Frauen beäugte.

Die Adligen hatten enorme Ausgaben getätigt, sogar Hypotheken auf ihre Schlösser und Anwesen aufgenommen, um vor den erstaunten Blicken des englischen Königs prächtige Geschenke auszupacken. Dann fing man an zu feiern.

Plötzlich ertappte die Comtesse de Châteaubriant François, wie er Mathilde betrachtete. Als er sich abwandte, flüsterte ihr das junge Mädchen ins Ohr:

»Was wollt Ihr, meine Liebe? Ich trachte nicht danach, den englischen König zu verführen. Ich bin ganz mit dem französischen beschäftigt.«

Françoise de Châteaubriant zuckte beiläufig die Achseln, während Mathilde fortfuhr:

»Ich bin vielleicht nicht seine Erste Mätresse, aber …«

»Schweigt, kleine Hexe«, entgegnete Françoise leise. »Ihr wisst sehr genau, dass ich es nicht darauf anlege, die Aufmerksamkeit des englischen Königs auf mich zu ziehen, aber es gefällt Euch, diese Lüge am ganzen Hof zu verbreiten.«

»Ich schweige, wann ich es für richtig halte. Einstweilen erlaubt mir anzumerken, dass der König meinen Anblick sehr genießt. Zweifellos vergleicht er uns!«

»Uns vergleichen! Welche Kühnheit!«

Marguerite, die ahnte, dass Mathilde und die Erste Mätresse ihres Bruders sich bittersüße Worte zuwarfen, trat zu ihnen. Sie blickte die Comtesse de Châteaubriant an, die ihr ein ruhiges Lächeln schenkte. Marguerite erkannte, dass sie es nicht darauf anlegte, einen Skandal heraufzubeschwören, und war der Comtesse für ihr Bemühen, dem Ansehen des königlichen Hofes nicht zu schaden, überaus dankbar.

»Seht, Marguerite«, warf die Comtesse ein, um die Atmosphäre zu entspannen, »was für ein prächtiges Fest! Etwas so Überwältigendes habe ich noch nicht erlebt.«

»Ich schon!«, entgegnete Mathilde. »Am Tag von François' Krönung. Es war der schönste Tag überhaupt, das werden seine Mutter und seine Schwester bestätigen.«

Erneut nannte sie den König in aller Öffentlichkeit François, was die Comtesse de Châteaubriant aus Angst, zurechtgewiesen zu werden, nicht wagte. Trotzdem lächelte Marguerite dem jungen Mädchen zu. Eine solche Feststellung konnte ihr nur gefallen. Ja! Der Tag, an dem man ihren Caesar endlich zum König von Frankreich gekrönt hatte, war gewiss unübertrefflich gewesen! Mutter und Tochter waren vor Freude außer sich gewesen und hatten sich in jenem Augenblick nichts Schöneres vorstellen können.

Die Erste Mätresse durchbohrte Mathilde mit giftigen Blicken. Doch sie beließ es dabei, und den beiden Frauen war klar, dass sie sich beherrschen mussten. Außerdem folgten nun die blumigen Reden der Diplomaten, die Umarmungen der Botschafter, die Freundschaftsbekundungen und die Ruhmesreden der Adligen. Dennoch blieben Engländer und Franzosen auf der Hut.

Die ganze Veranstaltung war sorgfältig durchgeplant. Am Ende sollte zwischen den beiden Monarchen eine Allianz gegen Charles Quint besiegelt werden.

Bonnivet und der Duc d'Alençon hatten darauf zu achten,

dass François I. immer von einer gewichtigeren Eskorte begleitet wurde als der englische Herrscher. Montmorency sollte die Reden von Kanzler Duprat erläutern. Marguerite diente als Übersetzerin, denn die Feinheiten der englischen oder französischen Sprache erwiesen sich als hinderlich. Charles de Bourbon kam die Aufgabe zu, das königliche Schwert zu tragen.

Mathilde hatte ganz recht gehabt, als sie der Ersten Mätresse prophezeite, der König werde bei diesem ganzen Aufwand kaum Zeit für sie haben. Vier Nächte lang blieb er dem Lager der Comtesse fern.

Eines Abends verließ Mathilde ihr Zelt, um den Sternenhimmel über den Pavillons zu betrachten, die im Licht unzähliger Fackeln glänzten. Als Françoise sie davonschleichen sah, konnte sie nicht umhin, ihrer Rivalin zuzuflüstern:

»Dieses Privileg kommt *Euch* nicht zu, meine Liebe! Man würde sofort munkeln, dass Ihr es darauf abgesehen habt, Euch mit dem Erstbesten zu amüsieren, und das macht keinen guten Eindruck. Über mich heißt es dahingegen: Die Kleine sollte bald heiraten.«

Sie beobachtete im Gesicht der Comtesse, welche Wirkung ihre Worte auf sie hatten, und fügte hinzu: »Vielleicht begegne ich auf meinem nächtlichen Spaziergang dem König. Sollte dem so sein, werde ich es Euch wissen lassen … meine Liebe!«

Anschließend verschwand sie nach draußen. Mathilde war zwar nicht gerade entzückt über ihre Lage, aber zumindest konnte sie vorübergehend dem bedrückenden Gefühl entfliehen, das sie allmählich in der Zeltstadt beschlich. Es belastete sie, dort eingesperrt zu sein. Sie atmete die frische Abendluft ein und machte sich auf den Weg zu Fildor, der sein Stroh mit den Pferden der anderen Damen teilte.

Chabot war eifrig damit beschäftigt zu überwachen, welche Zutaten die Engländer in ihre Gerichte taten. Bei dieser Aufgabe begleitete ihn ein Vorkoster. Mit großer Vorsicht prüfte er Geschmack und Geruch der Speisen. La Marck hatte jedes Wort, das der englische König von sich gab, schriftlich festzuhalten und sollte über jede seiner Gesten berichten.

Auch Claude, die Königin, musste sich dem Protokoll fügen. Louise verlangte, dass sie ihre übliche Erschöpfung überwand, lächelte und eine freundliche Miene aufsetzte. François' Mätresse schlug Louise vor, sie solle die Verhandlungen schneller vorantreiben, indem sie Heinrich VIII. mit ihren verborgenen Reizen betörte. Mathilde sollte François für Louise ausspionieren, damit diese darauf achten konnte, dass er keinen Fehler beging.

Mathilde war entzückt über diese Ablenkung, die sie der Comtesse de Châteaubriant gegenüber in Vorteil setzte, und wisperte dieser zu:

»Ich bevorzuge meinen Auftrag. Er bringt mich dem König näher, während Eurer Euch von ihm entfernt.«

Doch die schöne Françoise weigerte sich, ihre Aufgabe zu übernehmen, unter dem Vorwand, dass der König ihr vorwerfen werde, sie habe Heinrich VIII. verführen wollen. Währenddessen fühlte Mathilde sich äußerst wohl, sie konnte sich nichts Besseres vorstellen, als für François zu spionieren und eventuell die Gelegenheit für eine galante Begegnung mit ihm zu erhalten.

Am ersten Tag berichtete sie Louise und Marguerite, dass zwischen den beiden Lagern, die man außerhalb der Zeltstadt errichtet hatte, eifrig englische und französische Nachrichten ausgetauscht wurden, um Ablauf und Sicherheit der ersten Unterredung zu regeln.

»Die Vorbereitungen verlaufen in großer Harmonie. Niemand hat mich bemerkt«, sagte Mathilde. »Vor den zwei Königen gingen ihre jeweiligen Konnetabels und trugen das Schwert.«

»Aber was haben sie gemacht?«, erkundigte sich Louise.

»Sie haben verlangt, dass sich ihre Bewacher weit von ihnen entfernen. Also bin ich, so schnell ich konnte, hinter ihnen hergaloppiert, ohne dass sie Fildor bemerkten. Dann habe ich die Stelle erreicht, wo sie sich getroffen haben. Dort habe ich mich in einem kleinen Wäldchen versteckt. Zum Glück haben sie nicht den Horizont beobachtet, sie waren zu sehr mit ihrer Aufgabe beschäftigt. Da sie beide auf ihrem Pferd sitzen blieben, dachte ich einen Augenblick, sie würden wieder aufbrechen.«

»Waren sie weit von hier entfernt?«

»Ja! Sehr weit, auf der Ebene, die durch die Felsen von uns getrennt ist. Plötzlich haben die Könige eine Kehrtwende gemacht und sich lange schweigend angesehen. Dann haben sie sich freundschaftlich begrüßt.«

»Und dann?«, drängte Louise, erpicht, jede Einzelheit zu hören.

»Dann sind sie abgestiegen und haben sich herzlich umarmt.«

»Sie sind beide durchtrieben und äußert geschickt«, murmelte Louise.

»Gewiss! Beide sind gleich groß, beide sind jung und ungestüm«, versicherte Mathilde. »Aber der Leibesumfang von Heinrich übersteigt um einiges den von François. Ach! Madame d'Angoulême, Euer Cäsar ist der schönste.«

Sie sah zur Comtesse de Châteaubriant, die sie ihrerseits mit einem tödlichen Blick bedachte. Dann fügte sie hinzu:

»Der englische König mag zwar mächtig sein, aber er ist dick, und François ist vornehm und elegant.«

»Was haben sie nach dieser Umarmung getan, die niemand gesehen hat?«

»Henry d'Angleterre fixierte François aus seinen blauen Augen mit dem scharfen, bohrenden Blick eines Adlers, wohingegen François ihn aus seinen haselnussbraunen Augen fröhlich, aber gerissen anblickte. So wie Ihr ihn kennt, Dame Louise.«

»Verschieden und doch so ähnlich«, murmelte die Comtesse d'Angoulême. »Ganz gewiss hat es den beiden Königen gefallen, sich in geheimem Einverständnis zu begegnen, ohne dass jemand jede ihrer Gesten studiert.«

»Aber sie haben einander auch unerbittlich abgeschätzt«, entgegnete Mathilde schüchtern. »Ich glaube, dass sie sich mit großem Misstrauen begegnet sind.«

»Das glaubst du?«

»Ich bin mir sicher.«

»Hat mein Sohn dem englischen König etwas versprochen?«

»Nein, nichts. In dem Blick von François lag zu viel Argwohn, als dass er sich auf etwas Riskantes eingelassen hätte.«

»Deine Antwort klingt überzeugend, Mathilde. Ich denke, du hast recht, und ich bin erleichtert. Ich hatte große Angst, dass er Versprechungen machen würde, die er nicht halten kann. Das hätte einen diplomatischen Zwischenfall ausgelöst.«

Die Festlichkeiten, die an Prunk alle vorangegangenen Feste übertrafen, erstreckten sich über mehrere Wochen. Das englische Lager warf von früh bis spät durch das funkelnde Spiel des Kristalls die Sonne auf das französische Lager, und das französische Lager erstrahlte in seinen Goldtönen, die sich überall, auch in den einfachsten Kleidern, Gegenständen, Wandbehängen und Teppichen wiederfanden.

Mathilde, die weiter ihre Rolle als Spitzel für die Comtesse d'Angoulême erfüllte, lieferte ihr jeden Morgen einen Bericht.

»Hinter diesen Festlichkeiten verbirgt sich großes Misstrauen, Dame Louise.«

»Ja, ich glaube, dass François nichts unternimmt, das Frankreich auf einen gefährlichen Weg führt. Was sagen sie, wenn sie sich unter vier Augen begegnen?«

»Sie versuchen, sich gegenseitig zu beeindrucken.«

»Sie amüsieren sich also! Diese Spiele müssen bald ein Ende haben.«

Louise seufzte.

»Wann wird mein Sohn endlich begreifen, dass die Rolle des Königs kein Vergnügen ist?«

»Ach, Dame Louise! Seid nicht verstimmt, Heinrich VIII. scheint ihm ähnlich zu sein. Er amüsiert sich ebenso. Wisst Ihr, was er François gefragt hat?«

Mathilde berichtete der erstaunten Louise:

»Er will sich in psychologischer Hinsicht mit dem König von Frankreich messen. Er hat François gebeten, einen Abend ganz allein und ohne Eskorte mit Königin Catherine zu soupieren, und er wünscht sich dasselbe für sich und Königin Claude.«

»Ohne dass jemand diesen Zusammenkünften beiwohnt? Aber das ist verrückt! Was soll dieses Spiel?«

»Sie wollen so tun, als würden sie sie jeweils als Geisel nehmen.«

Louise schüttelte den Kopf.

»Und beide wollen von den rednerischen Feinheiten ihrer Königinnen, ihrer Ehefrauen, profitieren.«

»Aber das ist noch nicht alles, Dame Louise. François hat in seinem Überschwang eine andere Vergnügung vorgeschlagen.«

»Himmel! Was denn noch?«

»Er hat Heinrich aufgefordert, im Morgengrauen an sein Bett zu kommen und ihn zu wecken, noch immer ohne Eskorte und ohne jemandem davon zu erzählen, und am darauffolgenden Morgen würde François dasselbe bei ihm tun.«

»Schön, ich nehme an, dass Heinrich meinen Sohn in den Armen seiner Ersten Mätresse vorfindet. Das ist das Ende dieses albernen Spiels.«

Louise musste einsehen, dass es unter diesen Umständen wohl kaum zu diplomatischen Problemen kam. Doch wenn es so weiterging und sie nur versuchten, sich gegenseitig zu beeindrucken und sich körperlich wie geistig zu übertreffen, würde diese kostspielige Inszenierung lediglich die Sympathie des einen für den anderen steigern.

Das Ziel dieser Begegnungen war es allerdings nicht, sich gegenseitig zu beeindrucken, sich zu überraschen oder sich zu zerstreuen. Louise sorgte sich. Wann wollten sich diese jungen Spaßvögel den geplanten Geschäften widmen?

Es folgten Ballspiele und Turniere, und Mutter und Schwester, unterstützt von Mathilde und der Comtesse de Châteaubriant, die ausnahmsweise die Angst um den französischen König vereinte, sorgten sich um François. Er schien jede Gefahr zu ignorieren und nur auf den Ruhm aus zu sein. Claude war außer sich, da Françoise mit ihren verliebten Blicken den König auch noch anstachelte und Mathilde begeistert aufschrie, als sie sah, wie François die Flanke eines englischen Gegners durchbohrte und ihn auf die Erde warf.

»Seht nur«, rief sie, »seht, wie geschickt der König von Frankreich ist. Er ist der Beste.«

Dem konnte die Comtesse de Châteaubriant nicht widersprechen. Sie steigerte seine Kühnheit sogar, indem sie ihm ihren weißen Seidenschal zuwarf.

Mathilde knetete den ihren zwischen den Fingern. Sie dachte an das Bild von Kapitän Bernardin des Baux und stellte sich vor, wie er triumphierend in der Arena einen Engländer schlug. Gewiss! Auch sie hätte ihren roten Schal in die Manege geworfen.

Aber das Schicksal ließ sie noch immer ohne Geliebten, und so beobachtete Mathilde betrübt, wie sich der französische König beeilte, den Schal der Mätresse mit der Spitze seines blitzenden Schwertes aufzuheben.

Währenddessen gingen die Verhandlungen kaum voran, und die Staatskasse leerte sich beträchtlich.

Duprat und Louise schlugen eine Unterredung zwischen Wolsey, dem Premierminister von Heinrich VIII., und Bonnivet vor. Doch nachdem sich das Gespräch im Kreise drehte und nach langem Reden zu keinem Ergebnis führte, suchte man nach einer anderen Lösung.

Da Wolseys Interesse an Marguerite nicht unbemerkt geblieben war, beschloss man, ihr die Dinge zu überlassen. Louise schlug vor, ihre Tochter solle direkt mit Wolsey verhandeln.

Marguerite sprach perfekt Englisch, sodass ihr diese Aufgabe keinerlei Schwierigkeiten bereitete. Zudem beherrschte sie die Sprache der Politik und kannte alle diplomatischen Kniffe.

So trafen sich Wolsey und die Duchesse d'Alençon in entspannter Atmosphäre in einem goldbezogenen Zelt. Wolsey begrüßte Marguerite mit einem Lächeln auf den Lippen und begegnete ihr mit ausgesuchter Höflichkeit.

»Ihr sprecht so fließend Englisch, Duchesse, als hättet Ihr in unserem Land gelebt!«

»Seine Exzellenz sprechen Französisch wie die Herren an unserem Hof.«

Wolsey hatte ein ansprechendes Äußeres. Er war ein schöner Mann – schlank, vornehm, groß und blond mit heller Haut. Er besaß eine natürliche Eleganz. Die gerade feine Nase erhob sich über einem kleinen Mund mit sinnlichen Lippen, der an den einer schönen Frau erinnerte. Er verfügte insgesamt über weibliche Reize, was seiner männlichen Ausstrahlung jedoch keinen Abbruch tat. Das zarte bartlose Kinn, die etwas weichen Konturen und nicht zuletzt die samtenen Wimpern, die seine klaren Augen säumten, verliehen ihm etwas Weiches, Verträumtes, das Marguerite zutiefst berührte, zumal er sie unaufhörlich musterte.

Wolseys blonde Haare fielen über seine Schultern herab und bedeckten den Kragen seines granatroten Wamses, das ihn hervorragend kleidete.

Marguerite hätte nicht gewagt, ihm gegenüberzutreten, ohne sich vorher umfänglich über seinen Hintergrund zu informieren. So hatte die junge Frau erfahren, dass er nur der Sohn eines reichen Bürgers aus Suffolk war und zunächst eine geistliche Laufbahn eingeschlagen hatte, um so Zugang zu einer Gesellschaft zu erhalten, die ihm sonst verwehrt geblieben wäre.

Marguerite beobachtete ihn und dachte, dass Thomas Wolsey zu jenen Menschen gehörte, die ihre Herkunft mit großer Geschicklichkeit zu verbergen wussten.

Sein glänzender Aufstieg hatte als Botschafter bei Maximilian von Österreich begonnen. Nach dessen Tod hatte er die Gunst Heinrichs VIII. gewonnen, der ihn alsbald zum Hofgeistlichen ernannte. Die Weihe hatte der Bischof von Tours übernommen.

Da seine politischen Fähigkeiten und seine Intelligenz ihn für den englischen König unverzichtbar machten, hatte dieser ihn vor Kurzem zum Premierminister ernannt.

Doch eigentlich strebte Thomas Wolsey, der unaufhörlich die gesellschaftliche Hierarchie erklomm, nach Höherem. Zum Erzbischof von York ernannt, trachtete er nun nach der Robe des Kardinals, und wenn er diese höchste Stufe erklommen hatte, steuerte er die Papstwahl an. Gewiss, das hatten schon andere vor ihm versucht und waren gescheitert, wie beispielsweise Kardinal d'Amboise unter Louis XII.

Natürlich folgten aus diesen Ambitionen auch gewisse Komplikationen für das Leben eines Prälaten, doch war dieses grandiose Spiel es nicht allemal wert, dass er sich mit allen Seiten, auch den unerfreulichen, auseinandersetzte?

Momentan stellte sich Thomas Wolsey die Frage, wer ihm erfolgreich zur Kardinalsrobe verhelfen konnte. An wen konnte er sich wenden, ohne dabei zu verlieren, was er bereits erreicht hatte? François I.? Charles Quint? Die Vergünstigungen von Heinrich VIII. schienen mit dem Bistum von York ihr Ende erreicht zu haben.

Thomas Wolsey versenkte seinen Blick gefährlich lang in die Augen seiner Besucherin. Er trat so dicht vor sie, dass sein Ärmel ihr Kleid streifte und sein Gesicht ganz sanft das ihre berührte.

»Es heißt, Ihr beherrscht Italienisch, Spanisch und Latein. Seid versichert, dass ich voller Bewunderung für ein solches Wissen bin.«

»Beneidet mich nicht um meine Kenntnisse, Eure Exzellenz, denn man hört viel Lob über Eure Gelehrtheit.«

Trotz seines jugendlichen Aussehens musste Wolsey ungefähr

vierzig Jahre alt sein. Einen kurzen Augenblick hatte Marguerite den Eindruck, sie stehe vor einem seltsam reifen Jugendlichen.

»Ihr seid ebenso intelligent wie schön, Duchesse.«

»Euer Kompliment erfreut mich«, hauchte Marguerite, »doch aus dem Mund eines Prälaten erfüllt es mich zugleich mit Scham.«

»Warum? Sind Geistliche keine Männer wie alle anderen?«

»Sie haben ein Glaubensbekenntnis abgelegt, das unterscheidet sie in meinen Augen.«

»Gewiss«, antwortete er und blickte ihr erneut in die Augen. »Aber inwiefern hält der Glaube einen Prälaten davon ab, die Reize einer schönen Frau zu würdigen?«

Marguerite spürte, dass die Unterhaltung eine gefährliche Richtung zu nehmen drohte, die ihr nicht recht war.

»Leugnet es nicht«, fuhr er fort, »Ihr seid schön und intelligent.«

Er trat noch näher und streifte mit den Lippen Marguerites Stirn.

»Wisst Ihr, was man sich in England erzählt?«

»Nein, aber Ihr werdet es mir sicher verraten.«

»Wenn Ihr nicht die Schwester des Königs wärt, wärt Ihr seine Mätresse.«

»Und ist das auch Eure Meinung?«

»Vielmehr bin ich nun davon überzeugt.«

Die junge Frau bewegte sich nicht und spürte, wie Wolsey mit seinen Lippen über ihre Wangen strich und sie hinunter zu ihrem Hals gleiten ließ. Sie fühlten sich leicht wie Schmetterlingsflügel auf ihrer Haut an. Marguerite zuckte weder zusammen noch zog sie sich zurück. Seltsamerweise schämte sie sich nicht dafür, was Thomas Wolsey ihr soeben gesagt hatte. François' Mätresse und nicht seine Schwester zu sein, war das Wunderbarste, das sie sich vorstellen konnte. Wolsey sprach nur laut aus, was die anderen dachten.

»Eure Aufrichtigkeit berührt mich, aber sie überrascht mich nicht. Es sind allerdings recht kühne Behauptungen.«

»Hat man Euch das noch nie gesagt?«

»Noch nie.«

»Das glaube ich Euch nicht. Der König bewegt sich sinnenfreudig zwischen einer unscheinbaren Königin und einer oberflächlichen Mätresse, nur um Euch zu sehen.«

Die Unterhaltung nahm eindeutig nicht die vorgesehene Richtung, und einen Augenblick glaubte Marguerite, sie nicht mehr auf die rechte Bahn zurücklenken zu können. Musste dieser Wolsey sie so durcheinanderbringen, indem er ihr von der großen Liebe ihres Bruders erzählte? Um sie noch mehr aus dem Konzept zu bringen, ließ er auch noch seine Lippen zärtlich über ihren Hals gleiten!

Schließlich beendete er sein Spiel, fasste ihre Hand und führte sie an seinen Mund. Seine Lippen waren frisch und weich. Sie übten nur einen leichten Druck aus, gerade so, dass es angenehm und nicht unredlich schien. Anschließend sah er die junge Frau aus seinen blauen Augen an und suchte in ihrem Blick eine zarte Zustimmung, fand jedoch nur Erstaunen und Vorsicht.

Mit geschickter Hand bog er ihre Taille nach hinten und legte seine Lippen auf ihre. Sie ließ es zu, weil er nicht versuchte, ihre Lippen durch einen groben Angriff zu öffnen.

War sie von Sinnen? Sie glaubte es nicht. Ihre Mutter hatte unzählige Male gesagt, dass man in Staatsangelegenheiten Opfer bringen müsse! Ach, und was tat sie nicht für François! An jenem Tag lernte sie schlicht, dass die Anforderungen der Politik manchmal mit Sinnesfreuden einhergingen.

Doch schließlich machte sie sich von Wolsey los.

»Kommen wir zur Sache, Eure Exzellenz. Was erwartet Ihr von mir? Seid offen, dann sage ich Euch anschließend ehrlich, was ich von Euch erwarte.«

Er betrachtete sie. Zweifellos war er überrascht, wollte es jedoch nicht zeigen.

»Ich bin Erzbischof«, hob er vorsichtig an.

»Und Ihr möchtet Kardinal werden.«

»Ganz genau.«

Sie wich zurück und tastete mit der Hand nach ihrer Haube, unter der einige honigfarbene Strähnen hervorlugten. Sie dachte rasch nach. Die Schwachstelle von Wolsey lag direkt vor ihr.

»Wenn der König von England sich mit Frankreich gegen die Habsburger verbünden würde, könnte François I. Euch womöglich helfen!«

Marguerite dachte erneut einen Augenblick nach, dann fügte sie hinzu:

»Aber, ich bitte Euch, Eure Exzellenz, lassen wir die Zweideutigkeiten. Das haben wir nicht nötig, wir verstehen uns auch so.«

20.

Leider brachten die Unterredungen im Camp du Drap d'or, an die man so viele Hoffnungen geknüpft hatte, Frankreich nichts Gutes. Nachdem Heinrich VIII. in seine Heimat zurückgekehrt war, misstraute er seinem Gegner erneut, und da Thomas Wolsey nicht daran glaubte, dass er seine Kardinalsrobe von François I. erhalten würde, brachte er den König von England dazu, sich Charles Quint anzuschließen.

Nach all diesen Festlichkeiten war Mathilde frei und kehrte zu ihrer Familie zurück. Endlich fand in der Kirche Saint-Pierre in Tours Valentines Trauung statt.

Ach, wie viele Erinnerungen Alix mit dieser Kirche verband! Jacquou, ihr erster Ehemann, und Florine, die Frau von Mathias, die beide der Pest zum Opfer gefallen waren, waren in dem Graben, den die Mönche hinter der Kirche für die Toten ausgehoben hatten, beerdigt worden. Gott! Wie hatten die Dörfer in jenen dunklen Tagen gelitten, wie viele Familien waren vernichtet, wie stark die Bevölkerung dezimiert worden.

Vor langer Zeit hatte Alix ebenfalls in dieser Kirche auf einer nach Bohnerwachs riechenden Bank im Chor gesessen, wo das Licht durch die bunten Fenster auf sie herabfiel. Damals hatte Alix Mathias versprochen, ihn zu heiraten, wenn sie bereit war und ihre komplizierten, belastenden Liebschaften beendet hätte. Sie erinnerte sich ganz genau an jenen Augenblick. Wie lange war das her! Nun war Alix seine Frau, sie hatten einen gemeinsamen Sohn, und sie wusste nicht, wie sie ihm ihre erneute Schwangerschaft eröffnen sollte.

Ja, sie war schwanger! Kurz nach ihrer Tochter, deren Bauch mittlerweile deutlich zu sehen war, nachdem sie mit ihrer Hochzeit auf ihre Schwester gewartet hatte, war sie auch schwanger geworden. Alix zögerte. Sie fürchtete, etwas zu übersehen, ohne zu wissen, was es war. Mathias betrachtete das junge Paar, in dessen Augen dieses ganz besondere Feuer brannte. Alix seufzte. Sollte sie ihm in derselben Kirche sagen, dass sie erneut ein Kind von ihm erwartete?

Die Orgeln erfüllten den Raum mit ihren kräftigen Tönen. Die bläulichen Schatten und das gelbliche Licht der flackernden Kerzen tanzten über die Decke des Kirchengewölbes. Und diese Fenster! Sie stellten ähnliche Szenen dar, wie Alix sie so oft gewebt hatte. Religiöse Geschichten mit Jungfrauen, Christusfiguren und Heiligen. Hinter dem kleinen Altar der Sankt-Joseph-Kapelle war der heilige Patron in seiner Tischlerwerkstatt dargestellt, und die Jungfrau Maria knetete Brotteig.

Auch wenn die Gästezahl überschaubar war, sorgte Domherr André für eine schöne Hochzeit. Alix war sich der enormen Hilfe bewusst, die ihr Freund, der Prälat, ihr gewährt hatte. André war stets da, wenn sie ihn brauchte. Immer zur Stelle, wenn sie nach ihm rief. Nur aus diesem Grund hatte er sich lieber in Tours als in Lyon niedergelassen, wo seine Familie, die reichen Mirepoix, lebten.

Valentine war zu beschäftigt, um eine Hand auf ihren Bauch zu legen. Stattdessen legte Alix sanft die Finger auf ihre eigene zarte Wölbung, auch wenn sie das Kind noch nicht spürte.

Alix unterdrückte ein leichtes Schaudern, das von dem Zweifel rührte, der in ihr keimte. Sollte sie es Mathias sagen, der sie erstaunt aus seinen blauen Augen ansah? War er glücklicher über die Vaterschaft von Nicolas als über seine eigene?

Sie sah zu Properzia, die sie stillschweigend beobachtete. Ihre Freundin schien nicht zu verstehen, dass Alix so gefasst war, eine so große Ruhe und seltsame Gelassenheit ausstrahlte. Sie erwartete offenbar größere Begeisterung und Frohsinn.

Von Weitem trafen sich ihre Blicke, und ohne dass sie es sich erklären konnte, beschloss Alix, zunächst Properzia von ihrer Schwangerschaft zu erzählen, bevor sie mit Mathias sprach. Nachdem sie diesen Entschluss gefasst hatte, richtete sie ihre Aufmerksamkeit wieder auf ihre Töchter. Sie wirkten glücklich und entspannt. Mathilde war bereits vor einer ganzen Weile zu ihrer Zwillingsschwester getreten und hatte ihre linke Hand ergriffen, während Nicolas ihre rechte hielt und sie zärtlich drückte. So hatten es die Schwestern gewollt, und Nicolas hatte es akzeptiert.

Es kündigte sich ein schöner Wintertag an, an dem sich Wind und Regen zurückhielten und der Himmel das übliche Dezembergrau zeigte. Es war ein recht milder Winter ohne starken Frost, noch nicht einmal Schnee gab es. Nur die großen schwarzen Bäume mit ihren kahlen Ästen, die verlassenen Felder und die harte Erde boten das übliche winterliche Schauspiel.

Die Zeremonie dauerte länger, als es Valentine lieb war. Aber Domherr André hatte es so gewollt, und niemand hatte gewagt, ihm zu widersprechen. Er verdiente es, dass man seine Entscheidung respektierte, denn er hatte dem jungen Mädchen kein einziges Mal vorgeworfen, dass sie in Sünde lebte.

Nicolas schien ebenso wenig Anstoß daran zu nehmen wie Valentine und war glücklich über den Ausgang der Ereignisse. Valentine ließ den Blick durch die Kirche gleiten und sah zu ihrer Mutter, die etwas besorgt wirkte, dann zu Domherr André.

Schließlich waren Gebete, Gesänge und Trauung vorüber. Nachdem man den Jungvermählten Glück gewünscht und den Eltern gratuliert hatte, versammelten sich die nächsten Verwandten und Freunde auf dem Kirchvorplatz. Mathilde suchte Zerstreuung und rief zum Feiern und Tanzen auf.

Der Tag verlief in heiterem Jubel, und das Haus von Alix war bis in die frühen Morgenstunden von Freudenrufen und Fackellicht erfüllt. Bertille, die sich zur Feier des Tages neu eingekleidet hatte, hatte mit Hilfe von Adrian, Lisette, der Frau von Juan, und einigen Nachbarinnen, die entzückt waren, am Fest teilzuhaben, ihr vorzüglichstes Menü gezaubert.

Junge Musiker spielten schwungvolle Melodien, Gavotten, Pavanen und eine verrückte Farandole, bei dem alle Feiernden, angeführt von den Frischvermählten, fröhlich in die Stadt zogen und der Kälte des frühen Morgens trotzten.

Am übernächsten Tag, als Valentine noch in den Armen von Nicolas schlief, überkam Mathilde heftige Verzweiflung. Alix fand sie, wie sie traurig und mit leerem Blick vor ihrem Bett auf dem Boden saß.

»Was hast du, Liebes?«, erkundigte sie sich mit sanfter Stimme. Fast klang sie etwas resigniert, als habe sie mit einer solchen Stimmung ihrer Tochter gerechnet. Und tatsächlich hatte Alix bereits während der Hochzeit geahnt, dass ihre Tochter so reagieren würde, sobald die Feierlichkeiten vorüber waren.

Mathilde sah zu ihrer Mutter auf.

»Weißt du, Mama«, wechselte sie das Thema, anstatt die Frage zu beantworten, »dass Maître da Vinci dem König noch immer nicht die *Gioconda* gegeben hat?«

»Das ist nicht überraschend, Liebes! Der König war sehr mit

der Organisation seines Treffens mit dem englischen König beschäftigt, und jetzt muss er sich um seine Reisen kümmern.«

»Er ist vor allem mit seiner Mätresse beschäftigt.«

»Der Dame de Châteaubriant?«

Mathilde senkte den Kopf und verfiel erneut in Melancholie.

»Liebes, du musst dich zusammenreißen. Du hast immer gewusst, dass der König nicht für dich bestimmt ist.«

Mathilde schluchzte auf, und ihre Mutter umarmte sie.

»Mathilde! Bist du denn so unglücklich über die Hochzeit von Valentine?«

Das junge Mädchen schüttelte den Kopf. Sollte sie ihr sagen, dass sie wieder auf Reisen gehen wollte? Sie sah Alix in die Augen, und Unruhe befiel sie. Ihre Mutter hatte Angst! Ja! Angst, dass sie erneut floh. Alix konnte alles in den Augen von Mathilde lesen.

Nein! Mathilde würde nichts sagen und ihrer Mutter wie beim letzten Mal eine Nachricht hinterlassen. Mit diesem Vorgehen vermied sie Fragen, Streit und überflüssige Ratschläge. Mathilde wollte nicht, dass man sich ihrem Wunsch in den Weg stellte, das riskierte sie jedoch, wenn sie ihre Mutter einweihte. Es blieb dabei. Sie würde nichts sagen.

Wenn Mathilde auf der Hochzeit ihrer Schwester fröhlich gewirkt hatte, so lag das daran, dass sie Valentines Glück nicht durch eine traurige, missmutige Miene trüben und ihre Schwester nicht beunruhigen wollte. Nur Alix und vielleicht der gute Domherr André hatten die Verwirrung des jungen Mädchens bemerkt.

Warum nur bekam Mathilde ihre Gefühle nicht unter Kontrolle? Sie hatte diesmal nicht vor, nach Florenz zu reisen, sie fürchtete zu sehr, dort dem armseligen Sire Hieronymus zu begegnen. Und der Gedanke an seine *Quadriga*, die sie dem momentan zu beschäftigten König noch nicht hatte schenken können, ließ sie das Schlimmste befürchten. Sie hatte das Werk gut verpackt nicht weit vom Haus in einem alten Baumstumpf versteckt und mit Steinen bedeckt.

Diesmal sollte es nach Brügge gehen. Die Reise würde nicht so lange dauern wie die nach Italien. Mathilde hatte große Lust, die Städte des Nordens kennenzulernen, insbesondere die Stadt der tausend Brücken, in der unzählige Glocken über das Land tönten. Zudem hätte sie nach ihrer Rückkehr die gesamte Rundreise nachvollzogen, die ihr Vater einst unternommen hatte, als er Alix geliebt hatte.

Sie ließ sich in den Armen ihrer Mutter wiegen und sagte:

»Mama, ich glaube, dass Valentine sehr glücklich mit Nicolas sein wird.«

»Das glaube ich auch, Liebes, und ich wünsche mir so sehr, dass dir in dieser Hinsicht das gleiche Glück widerfährt. Warum willst du nicht, dass die Duchesse d'Alençon einen netten Edelmann für dich sucht, der dich liebt und beschützt wie Nicolas Valentine?«

»Einen Edelmann! Nein, das will ich nicht.«

»Mathilde! Warum verweigerst du dich der Liebe eines Edelmannes, der dem Ansehen unserer Familie zuträglich wäre?«

Mathilde ließ ein trockenes Lachen ertönen, das sogleich erstarb, wie ein Steintopf, der auf den Boden fällt und zerbricht.

»Der Adelsstand durch Heirat wird der Familie Cassex kein Glück bringen. Sieh doch nur deine Ahnen an, Mama, sie waren nur glücklich mit ihresgleichen, mit Webern, Künstlern und Malern. Du hast uns unzählige Male erzählt, dass die Mutter deines ersten Mannes, von diesem Jacquou, unglücklich mit dem Seigneur de La Baume war, mit dem Louis XI. sie verheiratet hatte.«

»Liebes, über diesen Fall müssen wir nicht sprechen. Der war sehr speziell.«

»Alle Fälle sind speziell, Mama.«

Wie recht ihre Tochter hatte! Kein Mensch glich dem anderen, keiner durchlebte dieselben Freuden und Leiden. Das Leben an sich war für jeden anders. Überraschungen sorgten dafür, dass es sich zudem jederzeit abrupt ändern konnte. Wenn Jacquou nicht gestorben wäre, wäre Alix' Leben anders verlaufen. Sie hätte niemals einen Liebhaber gehabt, und die Zwillinge wären nicht geboren worden.

»Nein, Mama, einen Edelmann zu heiraten war bei einer Cassex noch nie von Erfolg gekrönt. Denk nur an Isabelle, die am Hof der Bretagne aufgewachsen ist. Sie hatte auch kein Glück mit ihrem Mann, diesem La Trémoille. Oder Constance, ihre Tochter!«

»Bei dir wäre das anders, Liebes. Da bin ich mir sicher.«

»Nein«, murmelte Mathilde.

»Und du wirst hübsche Kinder bekommen und …«

Alix schwieg, sie zitterte beinahe. Warum sagte sie ihrer Tochter nicht, dass sie schwanger war? Das würde sie zweifellos von ihren eigenen Sorgen ablenken, sie über ihre Ängste und ihre Traurigkeit hinwegtrösten. Sie bekäme eine Ahnung von anderen Sorgen und anderen Freuden, die schlichtweg zum täglichen Leben gehörten.

Und wenn Mathilde anfing zu lachen und sich über sie lustig machte! Gewiss! Eine Frau von fast vierzig Jahren hatte das Recht, schwanger zu sein, aber es war selbstverständlich etwas ungewöhnlich, dass sie kurz nach Valentine niederkommen würde. Das Kind wäre junger als das ihrer Tochter.

Und wenn das Gegenteil passierte? Wenn Mathilde ein Drama daraus machte, weil sie dachte, sie sei ganz allein auf der Welt, werde nicht geliebt und niemals Kinder haben? Nein! Alix würde ihr nichts sagen. Noch nicht. Nur Properzia sollte es erfahren.

»Sag so etwas nicht, Mama. Ich werde niemals Kinder bekommen.«

»Und warum nicht?«

»Weil ich die Männer verabscheue.«

»Mathilde!«

Alix sah ihre Tochter an und bemerkte, dass in ihrem Blick zugleich Aufruhr und Verzweiflung lagen.

»Mathilde«, murmelte sie, als sie plötzlich die Verwirrung ihrer Tochter verstand, »hättest du …«

Der Schluchzer ihres Kindes fiel wie ein schwerer Stein. Diesmal konnte Mathilde ihr Geheimnis nicht für sich behalten. Ihre Tränen flossen in Strömen und kullerten auf die Schulter ihrer Mutter, die ihr zärtlich über den Rücken strich, sie in den Armen hielt und wartete, dass sie sich beruhigte. Wie hatte Alix die Angst, die in den Augen ihrer Tochter verborgen lag, ignorieren können?

Alix spürte, wie ihre Venen pochten, als würde ihr Kopf explodieren. Ja! Das Schlimmste war geschehen. Und zweifellos gehörte dieser Mann nicht zu den Vornehmsten seiner Art, wenn Mathilde die Männer nun verabscheute. Während sie ihre Tochter an sich presste und ihr zärtliche, beruhigende und aufmunternde Worte zuflüsterte, hoffte sie noch, dass es sich nicht um eine Vergewaltigung gehandelt hatte.

Sie glaubte es indes kaum. Das Schluchzen ihrer Tochter verstärkte sich, und Alix begriff, dass Mathilde, da sie ganz allein in Florenz gewesen war, dort nicht ihrer Verzweiflung hatte nachgeben wollen. Sie hatte noch kein einziges Mal ihren Tränen freien Lauf gelassen.

»Was ist geschehen, Liebes?«, flüsterte sie an ihrem Hals.

»Ich … Ich wollte, dass er mir von meinem Vater erzählt.«

»Von wem sprichst du?«

»Er hat mich zum Trinken verführt, immer mehr und mehr zu trinken. Dann hat er mich auf sein Zimmer mitgenommen.«

»Wer?«, wiederholte Alix sanft. »Sag mir, wie er heißt.«

»Er hat sein Versprechen gebrochen. Er hat mir lediglich gesagt, dass Alessandro van de Veere dich auch nicht mehr geliebt hätte als seine zwei anderen Frauen.«

Alix spürte, wie Aufregung ihren gesamten Körper erfasste. Alessandro *hatte* sie geliebt. Wie ein Wahnsinniger! Und sie war verrückt nach ihm gewesen. Jedes Mal, wenn sie ihn wiedergesehen hatte, war sie erzittert, weil sie ihre Leidenschaft kaum noch zügeln konnte.

Mathilde schluchzte noch immer.

»Er hat mir brutal die Kleider vom Leib gerissen und mich vergewaltigt. Er hat mich auf den Boden geworfen, gegen die Mauer gepresst und erneut vergewaltigt. Einmal, zweimal, zehnmal! Ach Mama, wie soll ich danach einen Mann lieben?«

»Sch, sch, sag mir erst einmal, wie er heißt.«

»Es ist Sire Frescobaldi Hieronymus.«

Alix erschauderte. Sie war diesem Mann noch nie begegnet, hatte Alessandro aber diverse Male von diesem Raubtier sprechen hören. Dieser raffgierige Kerl, ein Wolf, ein Teufel, der vor nichts haltmachte, war bei den Großhändlern von Genua, Florenz, Venedig und Brügge verschrien.

Nachdem Mathilde alles erzählt hatte, versiegten ihre Tränen.

»Hör zu, Liebes, dieses Monster ist es nicht wert, dass du noch daran denkst, was er dir angetan hat. Mit der Zeit wirst du es vergessen.«

»Nein.«

»Warum nicht?«

»Weil ich, kurz bevor ich geflohen bin, während er noch schlief, in sein Gepäck gesehen habe. Dort habe ich ein kleines Meisterwerk entdeckt, *Die Quadriga*.«

Mathilde löste sich schließlich von ihrer Mutter und wischte sich Augen und Gesicht trocken.

»Emmanuel Riccio, dem ich in Lyon begegnet bin, hat mir davon erzählt.«

»Riccio! Unser Geschäftspartner in Brüssel?«

»Er hätte mir geholfen, wenn er gekonnt hätte. Aber ich bin Frescobaldi in Avignon begegnet. Oh Mama, ich habe ihm dieses kleine Kunstwerk gestohlen.«

»Wo ist es?«

»Ich habe es im Garten versteckt. Ich will es nicht zurückgeben. Ich will es François schenken.«

»Du wirst es auf keinen Fall zurückgeben, genauso wenig wirst du es dem König schenken, zumindest nicht im Moment. Lass mich darüber nachdenken.«

Sie schloss ihre Tochter erneut in die Arme und trocknete ihre letzten Tränen.

»Jetzt musst du vergessen und dich erholen.«

21.

Wie am Ende jeder Woche erwartete Properzia Alix in der Werkstatt an der Place Foire-le-Roi. Sie verließ Azay-le-Rideau, um ihre Freundin zu sehen und sie weiterhin im Zeichnen zu unterrichten. Bald wäre Alix so weit, die künstlerischen Anforderungen der Renaissance zu erfüllen.

Im Allgemeinen legte sich Alix, nachdem sie einige Stunden gearbeitet hatten, auf die Steinbank vor der Mauer und nahm den Gesichtsausdruck an, den Properzia von ihr verlangte. Properzia fertigte eine Skulptur von ihr, die sie in der Position zeigte, die sie bei der *Frau von Putiphar* so geliebt hatte. Dabei griff Properzia auf die denkwürdige Zeichnung mit dem leidenschaftlichen Ausdruck zurück, die ihr wütender Gläubiger mitgenommen hatte.

Nach dem Tag, den sie einmal die Woche ihrer Freundin widmete, kehrte Properzia nach Azay zurück und setzte ihre Arbeit für Philippa Lesbahy fort.

Wie üblich schloss Alix sie in die Arme. Als Properzia ihre Freundin anschließend aufmerksam betrachtete, bemerkte sie eine Sorgenfalte auf der sonst heiteren Stirn von Alix.

»Was ist mit dir, Alix?«

»Ach, ich sorge mich um Mathilde.«

Ein Augenblick verstrich, in dem das einzige Geräusch von einem Windstoß rührte, der an der Tür rüttelte. Als Properzia stillschweigend wartete, dass ihre Freundin sich ihr anvertraute, ging Alix langsam zum Tisch, auf dem ihre Entwürfe auf sie warteten.

Properzia betrachtete sie mit undurchdringlicher Miene und stieß lediglich einen langen Seufzer aus, als wolle sie dem Gefühl ihrer Machtlosigkeit Ausdruck verleihen. Verglichen mit ihrer unkomplizierten Zwillingsschwester war Mathilde ein seltsames Mädchen.

Dann ließ sie den Blick durch die Werkstatt gleiten. Sie war nicht sehr groß, verfügte jedoch über einen großen Hof, der es Properzia erlaubte, ihre Marmor- und Granitblöcke sowie andere Steine dort zu lagern, auch wenn ihr in Azay viel Platz zur Verfügung stand.

Alix hatte sie gerettet, indem sie sie im Val de Loire untergebracht hatte. Die Angelegenheit mit ihrem Gläubiger, der ihre Freunde in die Sache hineingezogen hatte, war glücklich zu Ende gegangen. Dank Philippa, die entschlossen war, eine der ersten großen Vertreterinnen der Renaissance zu werden, hatte Properzia wieder Hoffnung gefasst. Château Azay würde wie Chaumont, das von Charles d'Amboise umgebaut wurde, und Chenonceau, das ebenfalls eine neue Gestalt erhielt, eines der schönsten Schlösser an der Loire sein.

Natürlich litt Properzia darunter, in ihrer Freiheit eingeschränkt zu sein, da Philippa sie unablässig mit Beschlag belegte. Sie akzeptierte lediglich, dass Properzia hin und wieder ein wenig Zeit mit ihrer Freundin Alix verbrachte. Properzia hatte ihr allerdings nicht gesagt, dass sie eine Skulptur von Alix anfertigte, und zwar nicht nur mit Freude, sondern mit einer Begeisterung, die sie üblicherweise nicht empfand.

Philippa hatte zugestimmt, dass Properzia Alix unterrichtete, damit ihre Werkstätten Produkte im reinen Renaissancestil herstellen konnten. Bei Philippa gab es nichts umsonst! Sie war eine mächtige, intelligente, herrische Frau, die allerdings über mehr Bildung und Kunstverständnis verfügte als Françoise Bohier auf Chenonceau. Philippa setzte in ihrem Haus ihre Vorstellungen und Wünsche durch und herrschte über ihr Geld.

Properzia schätzte sie, weil sie ihr ganz konkret nutzte. Ihr blieb stets bewusst, dass sie einander brauchten, zumindest im Augenblick. Diese Frau war die Einzige, die Properzias Schulden begleichen und ihr wieder eine Existenzgrundlage verschaffen konnte. Während Alix ihr ein zärtliches Gefühl entgegenbrachte, das sie zweifellos teilte, erfüllte Philippa aufs Trefflichste die Rolle der Mäzenin, die nicht mit ihrem Geld geizte.

Abwesend betrachtete Alix die Zeichnungen auf dem Tisch. Properzia fragte ihre Freundin nicht, was sie beunruhigte, sondern wartete lieber, dass Alix redete, wenn ihr danach zumute war. Doch sie ahnte, dass Mathilde nicht der einzige Grund zur Sorge war, auch wenn diese daran großen Anteil haben mochte.

»Sieh nur!«, sagte Properzia und hob einen Zeichenkarton hoch. »Ich habe deine Entwürfe korrigiert. Die Muskulatur deiner Pferde ist perfekt. Man spürt ihre Energie und ihre Lebenskraft. Du könntest hervorragende Schlachten weben und den größten flämischen Webern Konkurrenz machen. Das wird deinen König begeistern.«

»Meinen König!«, wiederholte Alix nüchtern und hob eine Braue. »Wenn du wüsstest, wie fern der König meinen Gedanken ist.«

»Dahingegen«, fuhr Properzia fort, ohne auf die Bitterkeit ihrer Freundin einzugehen, »ist die Muskulatur deiner griechischen Götter weniger gelungen. Die Schultern müssen runder sein und die Schenkel kürzer. Sieh, hier.«

Sie korrigierte mit Zeichenkohle den Strich einiger Zeichnungen.

»Achte auf die Bewegung, die aus der Wirkung des Körpers entsteht. Sie ist Teil des Ganzen. Deine ganze Aufmerksamkeit muss der Haltung deiner Figur gelten. Konzentriere dich ganz auf diesen Punkt. Anschließend studiere die Zeichnung der Glieder, der Arme und Beine, die diese Haltung ausdrücken. Es geht nicht mehr darum, deine Figuren so starr darzustellen wie auf deinen Millefleurs. Deine Frauen werden rundlich, heben einen Fuß, strecken einen Arm aus, drehen den Oberkörper und wiegen die Hüften.«

»Meine *Bathseba* ist nicht so.«

»Dein *David und Bathseba* ist noch nicht ganz fertig. Du kannst noch ein paar Einzelheiten korrigieren. Ich habe *Bathseba* gesehen. Sie könnte sich durch eine gehobene Schulter, ein gebeugtes Knie oder einen gestreckten Fuß noch verändern.«

»Ja, ich weiß, dass du recht hast. Aber *Bathseba* ist mir momentan sehr fern.«

»Dann denk an deinen *David*. Nichts ist mehr, wie es war, Alix. Deine Figuren müssen lebendig werden.« Sie bemerkte den niedergeschlagenen Blick ihrer Freundin, fuhr jedoch fort: »Wie Hektor, Cäsar, Herkules oder Jason musst du ihn in seiner ganzen Männlichkeit und Pracht darstellen. Die Männer, von denen du umgeben bist und die deine Werke betrachten, müssen sich mit deinen Abbildungen identifizieren. Vergiss das nicht. Die Muskeln müssen unter den Fingern zucken, die sie streicheln. Die Hüften wiegen sich, die Schenkel beben, Hals und Schultern strecken oder beugen sich.« Sie hielt inne. »Alix! Hörst du mir zu?«

»Und du, hast du Zeit, mir zuzuhören?«

Properzia ging zu ihrer Freundin und fasste ihre Hände. Alix legte den Kopf an ihre Schulter und murmelte:

»Ich werde mich aufmachen, um den Mann zu suchen, der Mathilde brutal vergewaltigt hat.«

Properzia wusste nicht, was sie antworten sollte, und drückte Alix an sich. Mit diesem Ausbruch hatte sie ganz sicher nicht gerechnet. Alix spürte ihre Lippen auf ihrem Hals und genoss die tröstende Wärme. Dann strich Properzia ihr über den Rücken, die Taille und die Schenkel.

»Ich werde dich begleiten. Wir lassen ihn zu zweit für diese Ungeheuerlichkeit bezahlen. Der Mann soll sterben oder sich auf der Anklagebank wiederfinden. Wer ist es?«

»Ein mächtiger und reicher Mann mit Namen Frescobaldi Hieronymus.«

»Ich kenne ihn. Er ist Florentiner, ein geldgieriger Dämon. Ich wüsste, wie wir ihn finden.«

»Aber du kannst deine Arbeit für Philippa nicht einfach verlassen!«

»Ich werde zwei oder drei Werke fertigstellen und sie dann fragen …«

Gewiss, die Angelegenheit erwies sich als heikel.

»Ich glaube, dass man Philippa vertrauen kann, wenn wir ihr die Geschichte erzählen«, fuhr sie fort und sah Alix an, in deren Gesicht allmählich etwas Farbe zurückkehrte. »Sie ist eine anspruchsvolle und herrische Frau, aber sie wird mein Anliegen verstehen und mich einige Wochen freistellen, um dich zu begleiten.«

»Philippa ist eine freie und mutige Frau. Sie besitzt einen starken Charakter in dem verführerischen Körper einer Frau. Der König höchstpersönlich hat sie auf sein Lager gezogen. Sie wird uns verstehen. Ja! Du kannst es ihr sagen. Sie wird das Geheimnis für sich behalten, da bin ich mir sicher.«

Aber war Alix sich in diesem Punkt wirklich sicher? Musste sie Mathilde nicht vor jeglichem Gerede schützen, das ihrer Zukunft schaden konnte? Alix seufzte betrübt.

Properzia führte sie zur Steinbank.

»Komm, leg dich hin, du bist erschöpft. Deine Mädchen sehen und verstehen nicht, dass sie dir deine Energie rauben. Sie lassen dich nicht zur Ruhe kommen.«

Besorgt half sie Alix, sich vorsichtig zu setzen und hinzulegen. Behutsam nahm sie ihre Beine und legte sie auf die Bank.

»Ruhe dich einen Augenblick aus, und lass uns eine Weile schweigen. Du sollst dich entspannen und an nichts denken. Gott! Wie gut es tut, in deiner Nähe zu sein. Ich habe das Gefühl, wäre ich dir nicht begegnet, wäre mir vermutlich etwas zugestoßen.«

Properzia beugte sich über Alix, aus deren Gesicht die Sorge ein wenig verschwunden war, und legte ihre Lippen auf ihre. Ein zarter frischer Kuss, zur Linderung, zur Beruhigung. Dann zog sie sich zurück und seufzte.

»Donnerwetter! Ich bin dabei, mich zu verlieben.«

»Und ich, Properzia, ich verdank dir ›meine Renaissance‹. Dank dir finde ich mühelos Anschluss an eine neue Epoche.«

»Nun, verbringen wir die Zeit in größtmöglicher Harmonie. Auf dass ›unsere Renaissance‹ die wahre, die richtige ist. Vergessen wir den Rest. Geben wir uns der Kreativität hin, und genießen, was sie uns Gutes tut.«

Properzia setzte sich neben Alix und fing an, ihre weichen Schenkel zu streicheln, die in seidenen Strümpfen steckten und zum Vorschein gekommen waren, als sie sich auf der Bank ausstreckte. Properzia ließ die Hand vorsichtig an einem ihrer Beine hinaufgleiten und hielt an ihrem Knie inne.

»Heute werde ich nicht an deiner Skulptur arbeiten, Alix. Ich habe viel mehr Lust, dich zu streicheln.«

Alix lächelte traurig, und als sie spürte, wie Properzias Hand ihren Schenkel hinaufglitt, verkündete sie scheinbar ruhig:

»Ich bin schwanger, Properzia.«

Alle Inspiration verflog, jegliche Freude erstarb. Properzia hielt den Atem an. Das war es also, was, abgesehen von der Sorge um Mathilde, ihre Freundin betrübte. Ein Kind, das ihr berufliches Leben störte. Gerade jetzt, wo sie all ihre Zeit, ihre Energie und ihre Kapazitäten brauchte, um die im Unterricht erworbenen Fähigkeiten anzuwenden.

»Ein Kind«, hörte sie sich antworten, obwohl sie viel lieber etwas anderes gesagt hätte, »ein Kind wird deine alten Tage erheitern, wenn Louis bald seine Kirchenlaufbahn beginnt.«

Gott! Was gab sie für Torheiten von sich, wo sie doch genau das Gegenteil dachte? Ein Kind brachte alles durcheinander und hinderte Alix daran, ihre letzten großen Träume als Weberin zu verwirklichen. Schwanger zu sein, das war gut für die junge Valentine, die noch ein ganzes Leben voller Hoffnung vor sich hatte. Aber Alix mit fast vierzig Jahren! Warum hatte dieser unvernünftige Mathias ihr ein zweites Kind gemacht? Konnte er sich nicht mit seinen zwei Söhnen begnügen?

Die Eifersucht machte Properzia bitter und verärgert, und während sie sich bemühte, die übliche Ruhe und Gelassenheit wiederzuerlangen, begegnete ihr Blick dem von Alix. Die junge Frau hatte seit Langem begriffen, dass Properzia die Intimität, die Alix mit ihrem Ehemann verband, verabscheute. Das war der eigentliche Grund, aus dem Properzia nicht mehr bei ihnen übernachten wollte, in dem Zimmer, das an das ihre grenzte und Bilder in ihr wachrief, wie Mathias und Alix sich seufzend liebkosten und umarmten. Die Vorstellung machte sie wütend und gereizt.

Als Properzia gerade ihre Hand von Alix' Schenkel nehmen wollte, hielt diese sie mit einer überraschenden Entschiedenheit fest und zwang Properzia, das Streicheln fortzusetzen. So ließ sie die Hand erneut langsam an Alix' Schenkel hinaufgleiten, ohne ihre Gefährtin aus den Augen zu lassen, und legte sanft die Hand auf ihren Bauch.

Alix' Herz begann heftig zu schlagen.

»Properzia«, murmelte sie, »ich habe es Mathias noch nicht gesagt.«

Es war früh am Morgen und das alltägliche Treiben in der Umgebung noch nicht erwacht. So vernahm man lediglich das Knacken der strengen winterlichen Kälte, das ab und an von einem Windstoß unterbrochen wurde.

Nach und nach entspannte sich Alix. Eine Hand streichelte ihren leicht gewölbten Bauch, die andere liebkoste ihren Hals. Properzia erforschte eine ihrer Schultern, indem sie den Ärmel des Oberteils hinunterzog. Alix' strahlend weiße Brust kam hervor, und die kleine rosa Knospe begann zu beben. Properzia bewunderte sie stillschweigend, und nach einem Augenblick, in dem sich Lust in ihre Inspiration mischte, umschloss sie die Brust ihrer Freundin, um die seidige Haut in ihrer Hand zu spüren.

Dann beugte Properzia sich zu ihr herab, küsste ihre Stirn, ihre Nase und ihren Mund und ließ die Lippen an ihrem Hals hinabgleiten, der unter ihren Liebkosungen bebte wie das Herz eines scheuen Vogels. Doch Alix war nicht scheu. Ganz im Gegenteil, sie fasste neue Zuversicht. Properzias Körper spendete ihr Wärme und Energie. Sie zog sie an ihre bebende Brust, und schließlich schloss Properzia die Augen und ließ sich neben die Freundin gleiten.

Doch der Tag, der mit Properzia so entspannt begonnen hatte, sollte in einem Albtraum enden. Es war, als würde sich das einstige Drama unter denselben Umständen und mit denselben Ängsten wiederholen.

Als Alix an jenem Abend nach Hause kam und noch immer nicht wusste, ob sie Mathias sagen sollte, dass er erneut Vater wurde, war dieser bereits vor ihr heimgekehrt.

Kaum hatte sie das große Büro betreten, in dem sie sich üblicherweise trafen, um über die Arbeit zu sprechen, reichte er ihr eine Nachricht.

»Ich hätte sie beinahe geöffnet, aber ich habe es nicht gewagt. Wäre Valentine da gewesen, hätte sie es für mich getan.«

»Eine Nachricht!«

»Sie ist für dich.«

Alix erbleichte und sah kurz zu Mathias, bevor sie die Zeilen las. Dann reagierte sie sofort. Ohne einen Augenblick zu zögern, stürzte sie zur Tür und lief aus dem Haus.

Leo war nicht im Stall, aber Césarine war da und dämmerte vor sich hin. Alix band die Stute hastig los, sprang auf ihren Rücken und ritt eilig davon, ohne sich noch einmal umzusehen.

»Ich werde sie einholen«, murmelte sie, während sie der Stute die Fersen in die Weichen stieß. »Ja, diesmal werde ich sie einholen, diesmal wird sie mir zuhören. Sie hat kein Recht, sich so zu benehmen. Was will sie denn? Erneut jemandem in die Falle gehen? Erneut ihren Körper dem erstbesten Vergewaltiger darbieten! Ach Mathilde, Mathilde!«, murmelte sie mit zusammengebissenen Zähnen. »Warum bist du so widerspenstig? Ich habe dich immer geliebt, dich verstanden, an dich geglaubt. Aber du ziehst mit Freuden die Fäden und lässt mich wie einen Hampelmann tanzen. Es geht immer nur nach deinem Kopf!«

Alix trieb die arme Césarine, die gerade erst aus dem Schlaf erwacht war. Ihre Hufe donnerten über den Boden, ihre Mähne wehte im Wind. Die Straße lag gerade vor ihnen und versank langsam in der Dämmerung. Sie mussten sich beeilen! Um ihrer Herrin zu gefallen, zeigte Césarine guten Willen und beschleunigte Stück für Stück ihren Galopp. Alix starrte in die Nacht, die sich auf das Land hinabsenkte.

»Valentine!«, murmelte sie, »warum hast du nicht ein kleines bisschen Verstand für deine Schwester übrig gelassen? Du hast alles. Du bist verführerisch, klug, hellsichtig, nachdenklich. Abgesehen von ihrer Schönheit besitzt deine Schwester nichts! Gott! Ich bin es so leid.«

Wie eine verwirrte Schlafwandlerin, die nicht wusste, wohin, raste sie an der Loire entlang. Doch Alix kannte den Weg nach Paris. Um nach Brügge zu gelangen, wie Mathilde in ihrer Nachricht geschrieben hatte, musste man die Hauptstadt passieren. Alix fühlte sich kein bisschen müde. Sie war wütend, weil sie sich machtlos gegenüber dem rücksichtslosen Verhalten ihrer Tochter fühlte, und bereit, die Last dieser beschwerlichen Reise auf sich zu nehmen.

Wenn sie in diesem Tempo weiterritt, erwischte sie Mathilde mit etwas Glück vielleicht vor Orléans, aber auch, wenn sie ohne Pause bis nach Chartres oder Paris reiten musste, würde sie es tun.

»Nein! Das ist zu einfach, Mathilde«, schimpfte sie, während sie ihre Stute immer weiter antrieb. »So einfach wirst du mich nicht mehr los. Wenn es sein muss, finde ich dich am Ende der Welt, und dann verbiete ich dir, noch einmal fortzureiten. Marguerite und ich werden dich zu einer Heirat zwingen, und dann musst du an deinem Herd bleiben und zusehen, wie deine Kinder heranwachsen.«

Ihr Ritt wurde immer kühner und riskanter. Sie umklammerte die Flanken von Césarine so fest wie noch nie zuvor. Die Nacht war schwarz wie Tinte, aber das war ihr egal. Alix war schon so häufig in dunkler Nacht geritten, dass sie überhaupt nicht darüber nachdachte.

Bei diesem Höllentempo erwies sich der Sturz als verhängnisvoll. Alix war keine zwanzig mehr. Sie ritt nicht mehr so viel wie in ihrer Jugend, und ihre Reflexe und ihr Durchhaltevermögen hatten nachgelassen.

Es geschah, als das Pferd, berauscht von der Geschwindigkeit, die Kontrolle verlor. Alix ritt in den Wald von Orléans, als Césarine mit dem Huf mitten auf dem Weg gegen eine Wurzel stieß. Die Stute stürzte und warf Alix hart auf den Boden. Anschließend schlug das Pferd mehrmals auf der Erde auf, richtete sich wieder auf, glitt zur Seite, prallte gegen einen Baumstamm, rutschte noch weiter und wieherte vor Schmerz. Mit zwei gebrochenen Beinen und einem zertrümmerten Schädel hörte Césarines Herz auf zu schlagen, während Alix in tiefe Bewusstlosigkeit fiel.

Erst im Morgengrauen fanden Properzia, Mathias und Nicolas sie. In der Nacht hatten sie die Seitenränder der Straße nicht erkennen können. Als der Himmel sich langsam dunkelblau färbte und davon kündete, dass der Tag nicht mehr lange auf sich warten ließe, schrien alle im selben Moment auf, als sie den großen Körper von Césarine entdeckten.

Mathias stieg hastig vom Pferd und lief wie ein Wahnsinniger zu der Stute.

»Sie ist tot«, murmelte er mit bebender Stimme.

Er fing wie verrückt an zu schreien und suchte den Boden sowie die sandigen und bewachsenen Stellen am Ufer der Loire nach einer Spur von seiner Frau ab. Nicolas folgte ihm auf Schritt und Tritt und durchsuchte noch einmal die Stellen, die Mathias gerade mit Hilfe eines Stocks bearbeitet hatte.

Properzia ging methodischer vor. Mit einer Fackel in der Hand beleuchtete sie die Stellen, an die das schwache Tageslicht noch nicht herankam, und versuchte Alix' Kleidung auszumachen, die sie an jenem Morgen getragen hatte, der so harmonisch und entspannt verlaufen war. Sicher hatte Alix keine Zeit gehabt, sich umzuziehen, und trug noch dasselbe Kleid, dessen Oberteil weit offen gestanden hatte.

»Da!«, rief sie, »da!«

Verrückt vor Angst, ihre Freundin womöglich tot vorzufinden wie Césarine, stockte Properzia der Atem. Eine Hand auf die Brust gelegt, lief Properzia zu ihrer Freundin. Sie lag auf dem Rücken in einem See aus Blut. Noch bevor Mathias hinzukam, beugte sich Properzia mit leichenblassem Gesicht und klopfendem Herzen über Alix und vernahm ein leises Atmen.

»Sie lebt!«, rief Properzia Mathias zu, der mit verängstigtem Blick herbeistürzte. »Sie atmet.«

Properzia hob den Kopf, sah, dass Mathias wie benommen wirkte und rief: »Beruhigt Euch, Mathias, Eure Frau lebt. Sie hat nur ihr Kind verloren.«

Augenblicklich war Mathias wieder voll da.

»Ihr Kind!«, stotterte er. »Welches Kind?«

»Aber Eures natürlich!«, zeterte sie. »Von wem soll es denn sonst sein?«

Properzia hielt die Fackel über den ausgestreckten Körper von Alix. Die große Blutlache unterstrich ihre Behauptung.

»Sie hätte es Euch heute oder morgen gesagt, Mathias«, erklärte Properzia erregt. »Schnell, bringt sie zurück. Wir dürfen keine Zeit verlieren. Ich hole einen Arzt. Lassen wir die arme Césarine hier. Wir können nichts mehr für sie tun. Leo und die Männer aus der Werkstatt sollen sie später holen.«

22.

Drei Tage später erreichte Mathilde Paris. In der Hauptstadt herrschte große Aufregung. Die Menschen liefen laut lamentierend durch die Straßen, stritten miteinander und schlugen sich. Die Stärksten waren überlegen, indes schwangen die Angehörigen der oberen Gesellschaftsschichten ausgefeilte Reden.

Abgesehen von den schönen Vierteln, in denen sich François I. aufhielt, wenn er der Hauptstadt einen Besuch abstattete, befand sich Paris seit einigen Jahren in keinem guten Zustand. Die prächtigen Jahre unter der Herrschaft von Louis XII. waren vorüber.

Paris fiel wieder in den alten Zustand unter der Herrschaft von Louis XI. zurück, als Verbrecherbanden durch Paris gezogen waren und die Bewohner mit ihren üblen Taten, ihren Raubzügen, Überfällen und Morden gequält hatten. Und wenn die Hauptstadt nicht bald reagierte, wenn die Proteste weiterhin ignoriert wurden und man nur versprach, die Sache zu überdenken, würde in Paris bald eine Hungersnot herrschen, ganz zu schweigen von der Pest oder sogar der Syphilis, dieser heimtückischen Krankheit, die die Seemänner von ihren weiten Reisen aus dem Pazifik mitgebracht hatten.

Wirklich, die Hauptstadt wirkte bedrohlich. Mit diesem Empfang hatte Mathilde nicht gerechnet. Entlang des Kais schrien die Menschen, dass die Seine zu einem Schweinestall verkomme, weil man von der Pont-aux-Meuniers und der Pont-aux-Changes den Müll und den Mist hineinwerfe. Überall ertönten aufgebrachte Rufe und Klagen.

»Man kann noch nicht einmal mehr das Wasser aus den Brunnen trinken«, rief eine dicke Frau im pelzgefütterten Mantel mit erhobener Faust, während sie die andere Hand in die Hüfte stemmte.

»Das stimmt. Niemand kümmert sich mehr um die Flüsse«, stimmte ihr ein ebenso korpulenter Mann zu.

Ein anderer Pariser schaltete sich ein. Ein Bürger von hübscher Gestalt, hätte die Gehässigkeit, die sich in seine Gesichtszüge grub, ihn nicht gewöhnlich wirken lassen. Er wandte sich wütend an die Passanten und wirbelte bei jeder seiner ausladenden Gesten die Ärmel seines pelzgefütterten Mantels durch die Luft. Laut rief er, er habe stinkendes Wasser aus dem Brunnen in seinem Hof gezogen, und seine ganze Familie habe sich heftig übergeben. Er übertönte die anderen, und sein hochrotes Gesicht ließ befürchten, er werde gleich einen Herzanfall erleiden. Die anderen hörten ihm zu und nickten zustimmend mit dem Kopf.

Ein kleiner Flickschuster, dessen Stand sich zwei Schritte entfernt befand, antwortete:

»Vier Menschen, die in Faubourg Saint-Germain einen Brunnen gegraben haben, sind dabei erstickt. So verseucht war der Boden.«

»Das ist eine Schande! Es muss etwas geschehen.«

Ein Stück weiter, als Mathilde Fildor an einen Grenzstein vor einem Gasthaus in der Rue du Fossé-Saint-Bernard festmachte, wo sie übernachten wollte, hörte sie weitere Rufe und Klagen.

Ein Gastwirt in Hemdsärmeln, dessen Schürze bis auf den Boden reichte, stemmte die Hände in die Hüften und rief:

»Donnerwetter noch mal! Das geht nicht so weiter. Es muss

etwas passieren. Das Holz, der Wein und das Öl können die Brücken nicht mehr passieren. Sie sind auf der Yonne, der Oise oder der Marne stecken geblieben. Sollen wir denn mit offenem Maul krepieren?«

»Ah, das ist die Frage!«, meldete sich ein Mann neben ihm.

»Das Parlament muss unseren Interessen dienen. Wir müssen das fordern.«

»Dienen!! Die kratzen sich am Hintern«, entgegnete ein Klatschweib, das den Wirt zur Seite schob, um sich in die Mitte der kleinen Gruppe zu drängen.

»Es muss erst alles zusammenbrechen, und ich wette, das dauert nicht mehr lange. Man darf uns doch nicht wie Tiere behandeln!«

Der Mann, der das gerufen hatte, war kaum größer als ein Zwerg. Mit ebenso finsterer Miene wie seine Genossen schwang er die Faust.

»Der König schert sich nicht um die Hauptstadt. Es gibt kein Öl, kein Brot und kein Holz mehr, aber die Schlösser werden restauriert. Davon haben *wir* aber nichts!«

»Im Louvre hält sich der König nicht mehr gern auf! Um sich dort wohlzufühlen, müsste er verdammt viel Geld in die Hand nehmen!«

»Und wer finanziert das?«

»Wir schon wieder!«

Um den Zwerg hatte sich eine kleine Gruppe gebildet und machte ordentlich Radau. Der Knirps reckte den Kopf, gab den Dämonen aus der Hölle die Schuld und drohte, sie alle nach seinem Hinscheiden niederzustrecken.

»Die Schlösser! Diese Schlösser! Wenn es nur die wären! Es sieht aus, als flössen alle Steuergelder nach Mailand.«

Der Gastwirt kam auf seine ursprüngliche Aussage zurück.

»Donnerwetter! Das Parlament hat sich darum zu kümmern.«

»Was können wir tun?«

»Prozessionen!«

Der kleine rundliche Mann, der diesen Einwurf gemacht hatte, besaß eine spitze Nase, die unter einem breitkrempigen Hut hervorlugte. Er fing höhnisch an zu lachen. Ein anderer entgegnete:

»Weder Prozessionen noch Heilige oder der liebe Gott werden das richten. Wenn sich der König nicht darum kümmert, werden wir alle krepieren.«

»Nein! Wir krepieren nicht!«

Die Menge wuchs, und jeder tat wütend und gehässig seine Meinung kund.

»Glaub doch, was du willst«, erwiderte ein dicker Bäcker und drohte dem, der ihm widersprochen hatte, mit der Faust.

Der Gastwirt meldete sich erneut zu Wort:

»Und das Getreide! Letztes Jahr kostete es einundzwanzig Sous. Jetzt ist der Preis auf vier Livre und zehn Sous gestiegen.«

»Das ist kein Wunder. Saint-Denis beliefert uns nicht mehr. Man muss alles von der Ile-de-France holen. Der Transport und das alles kostet!«

»Gut! Wir müssen die Kriege des Königs bezahlen.«

»Die Kriege des Königs bezahlen! Das ist doch Geschwätz!«

»Geschwätz! Willst du dir eine fangen? Du wirst schon sehen, dass das kein Geschwätz ist. Frag doch den Gerichtsschreiber. Er führt Buch und wird dir sagen, wer die Kriege des Königs finanziert.«

Ein großer hagerer, schlecht rasierter Bürger mit abstehenden Ohren erhob die Faust.

»Er hat recht. Wir haben zehntausend Livres für die Mailänder Kriege bezahlt. Das machen wir sicher nicht noch einmal. Der König hat eine schöne neue Armee in Pavie aufgebaut …«

»Und die Prozessionen mit den Ave-Maria, den Vaterunser und dem Tedeum nutzen nichts.«

Das hatte Mathilde schon einmal gehört. Von dem Grenzstein aus, an dem sie Fildor angebunden hatte, sah sie denjenigen, der zu der Menge sprach. Er war dick und hatte ein rotes Gesicht. Als er höhnisch auflachte, schlug er sich mit den Händen auf die Schenkel.

Schnell begriff Mathilde, in welche Atmosphäre sie in Paris geraten war. Sie versuchte, sich nicht verrückt zu machen, und sagte sich, dass sie nicht lange in der Hauptstadt blieb. Sie würde in den Norden weiterreiten, in Richtung Lille, Amiens und Brüssel, um schließlich so schnell wie möglich Brügge zu erreichen.

Sie war fest entschlossen, sich diesmal auf kein Gespräch mit jemandem einzulassen, dem sie begegnete, und sich vor allem nicht von dem erstbesten Edelmann einladen zu lassen, auch wenn er ausgesucht höflich und anständig erschien.

Bevor sie das Gasthaus betrat, das bescheiden wirkte, ohne dabei einen heruntergekommenen Eindruck zu machen, vernahm sie eine weitere Bemerkung, die nichts Gutes ahnen ließ. Sie wandte sich noch einmal der wütenden Menge zu:

»Ach! Uns reicht es. Paris ist eine gefährliche Gegend geworden. Die ›bösen Kerle‹ lauern überall. Sie werden verfolgt und gehängt, oder man schneidet ihnen die Kehle durch, aber sie kehren immer noch lebhafter und zahlreicher zurück.«

»Ich gehe abends nicht mehr vor die Tür.«

»Abends! Wenn es nur der Abend wäre! Bald können wir

Weiber keine Geschäfte mehr machen. Unser Vogt ist nicht mutig genug.«

Man nannte sie die »bösen Kerle«. Ihr Anführer war ein gewisser König Guillot. Die Verbrecherbanden hatten sich vor ein paar Jahren in der Hauptstadt niedergelassen. Diebe, Plünderer, Vergewaltiger, die man so bezeichnete, weil sie vor nichts zurückschreckten. Sie tauchten aus dem Nichts auf, geisterten durch Paris, schlichen sich überall ein, strangulierten Menschen mit bloßen Händen und töteten sie mit dem Messer, mit der Faust oder mit dem Schürhaken, wenn sie in ihre Häuser eindrangen.

Am Abend ihrer Ankunft hatte der Gastwirt solche Angst vor ihnen, dass sich seine Angst auf Mathilde übertrug und sie die ganze Nacht überlegte, wie sie am nächsten Tag so schnell wie möglich die Stadt verlassen konnte, um nach Beauvais, Amiens und Arras zu kommen. Sie fürchtete sich, doch sie hatte noch keine Ahnung, wer die bösen Kerle waren. Es handelte sich um eine Bande von ungefähr fünfhundert Dieben, die im Jahr 1510 nach Paris gekommen waren und die sich seither stark vermehrt hatten. Sie begnügten sich nicht damit, wie ihre Vorgänger durch die Städte zu ziehen und alles mitzunehmen, was sie fanden, vor allem, was sie zum Überleben brauchten – Holz, Wein oder Geflügel. Heute handelte es sich um geschickte Diebe, die sich überall Zugang verschafften – in die Kirchen, Häuser und Gaststätten.

Früher hatte es schon einmal eine Bande von Straßenräubern in Paris gegeben. Die waren allerdings weniger stark gewesen, und man hatte sich ihrer schnell entledigt. Das waren die Gefährten von François Villon gewesen – Diebe, aber keine Mörder.

Doch diese hier waren von der schlimmsten Sorte, denn das Morden bereitete ihnen Vergnügen. Die Kammer für kriminelle Angelegenheiten von Tournelle, die dem Pariser Parlament angehörte, konnte die Verbrechen, die sie begingen, nicht mehr bearbeiten. Obwohl François I. ein Dekret unterzeichnet hatte, mit dem er den Parisern versprach, für Ruhe und Frieden zu sorgen sowie für eine gute und gerechte Gerichtsbarkeit, änderte sich nichts. Der arme Vogt von Paris, den die Ereignisse überrollten, wusste nicht mehr, was er tun sollte.

So befand sich die Hauptstadt weiter unter dem Joch dieser Banditen. Eine erste Razzia hatte allerdings stattgefunden, und dank einiger mutiger Pariser waren mehr als dreihundert üble Subjekte auf die Galeeren geschickt worden. Diese ersten Sträflinge hatte man »Galeriens« genannt, wobei dieser Begriff bislang nicht für Diebe und Mörder bestimmt war, sondern für einfache Seemänner, die die Galeeren geschickt zu manövrieren wussten.

Aber den dreihundert Verbrechern, die mit Eisenkugeln an den Knöcheln aufs weite Meer hinausgeschickt worden waren, folgten schnell neue nach, die aus allen Ecken Frankreichs kamen und durchaus einige Sympathisanten in den höchsten Reihen der Gesellschaft zählten.

Am Morgen, als Mathilde Paris verlassen und nach Beauvais reiten wollte, begegnete sie dem, den man König Guillot nannte. Unwillentlich geriet sie in ein schmutziges Abenteuer, das sie noch lange erschaudern ließ.

Als sie das Gasthaus verlassen wollte, befand sich Fildor nicht in seinem Stall. Dem jungen Mädchen traten Schweißperlen auf die Stirn, und ihre Beine begannen zu zittern. Was sollte sie ohne ihr Pferd tun? Wo war Fildor geblieben? Ihr schöner und mutiger Begleiter, ihr treuer und aufrichtiger Freund!

Der Stallbursche des Gasthauses gestand verschämt, dass er gesehen hatte, wie ein Räuber in den Stall eingedrungen war. Aber nachdem er schließlich in den Stall gekommen sei – zweifellos, nachdem die Gefahr vorüber war –, fehlte kein Pferd. Deshalb, so erklärte er, habe er auch nicht gemeldet, dass ein Pferd verschwunden sei.

Als Mathilde laut wurde und rief, dass sie sich an die Justiz des Königs wenden werde, damit man ihr Pferd wiederfände, bekam der Stallbursche es mit der Angst zu tun und gestand, dass der böse Kerl, den er im Stall bemerkt hatte, sich mit ihrem Pferd davongemacht hätte, wobei er in der einen Hand die Zügel und in der anderen einen Dolch gehalten habe.

Der Gastwirt, der seinen Stallburschen offenbar nicht bestrafen und noch nicht einmal zurechtweisen wollte, begnügte sich mit dem Hinweis: »Begebt Euch zu ihrem Unterschlupf.«

Mathilde war sprachlos. Die Dreistigkeit dieses Vorschlags verschlug ihr den Atem.

»Sie sind nicht sehr böse«, fuhr der Mann ironisch fort und kniff die Augen zusammen, um diese unfassbare Lüge zu überspielen, bei der sich die Balken seines Hauses bogen.

Hatte dieser Idiot sie nicht am Vorabend gewarnt, sie müsse sich vor diesen Leuten in Acht nehmen und ihr dabei solche Angst eingejagt, dass sie die ganze Nacht nicht hatte schlafen können?!

Inzwischen wusste Mathilde, die die Reden der Menge gehört hatte, genau, wer diese Verbrecher waren, und begriff die Gefahr ebenso wie die Pariser.

»Was sagt Ihr?«, schrie sie.

»Sie sind gar nicht böse!«

»Das soll wohl ein Scherz sein«, entgegnete sie rot vor Wut.

Er betrachtete sie ungerührt. Seine wässrigen grauen Augen ließen keinerlei Emotion erkennen. Hätte das Schicksal den Dieb nicht in seinen Stall geführt, um das schöne Pferd seines Gasts zu stehlen, wäre er zweifellos bemühter gewesen, aber die Dinge waren nun einmal, wie sie waren. Er konnte nichts dafür, und man dürfte nicht den Parisern die Verantwortung dafür geben. Momentan blieb ihm nichts anderes übrig, als das junge Ding zu beruhigen.

»Wo finde ich sie?«, fragte Mathilde noch immer mit geröteten Wangen.

Der Mann kratzte sich am Kopf. Diese Kleine war entweder töricht oder verdammt mutig.

»Die stehlen keine Pferde, um sie in Paris zu reiten, denn das gestohlene Pferd würde sie verraten. Häufig versuchen sie damit einen ihrer Leute aus der Conciergerie oder dem Châtelet zu befreien. Manchmal brauchen sie es, um einen Gehängten an der Place de Grève abzunehmen. Auf einem Pferd können sie schneller fliehen. Im Grunde benötigen sie die Pferde nur dazu.«

Mathilde erschauderte. In was für eine schreckliche Lage war sie da wieder geraten? Was konnte sie anderes tun, als sich dorthin zu begeben, wo sie ihr Pferd mit Wahrscheinlichkeit wiederfand? Sie konnte Fildor nicht im Stich lassen und ohne ihn nach Tours zurückkehren. Ohne ihr Pferd konnte sie auch ihre Reise nicht fortsetzen.

»Ihr werdet wohl verstehen, dass ich Euch nicht bezahle«, sagte sie zu dem Wirt. »Und wenn ich mein Pferd nicht wiederfinde, komme ich zurück, um Euch anzuklagen, und dann werde ich in Begleitung der Schwester des Königs sein, der Duchesse d'Alençon. Glaubt mir.«

Sie wusste nicht, ob ihre Worte den Wirt beunruhigt hatten, denn sie machte sogleich auf dem Absatz kehrt und verließ eilig das Haus.

So begab sie sich also zu Fuß an die Orte, die ihr der Wirt genannt hatte. An der Conciergerie, am Châtelet und sogar beim Rathaus entdeckte sie nichts, das sie zum Bleiben bewog. Sie spürte eine aufgewühlte Atmosphäre, in der ihre Gegenwart falsch verstanden werden konnte. Es fehlte gerade noch, dass man sie festnahm!

Schließlich begab sie sich mit klopfendem Herzen zu jenem schicksalhaften Ort, an dem man schon von Weitem die Kadaver am Galgen schwingen sah. Müde, ängstlich und mit trockener Kehle ließ sie ihren Blick umherschweifen. Die Place de Grève lag vor ihr.

Es war ein widerwärtiger Ort. Als sie den Blick hob, sah Mathilde die aufgereihten Galgen, die davon zeugten, dass hier Recht angewandt worden war – ob gut oder schlecht. Da erst am Abend zuvor Hinrichtungen stattgefunden hatten, hingen noch einige Leichen an den Balken und warteten darauf, dass man sie abnahm oder dass die Raubvögel sich ihrer bemächtigten, die unablässig über dem Platz kreisten und unheilvolle Schreie ausstießen.

Mathilde hielt die Luft an. Musste sie an diesem verfluchten Ort warten, der ihr Schauer über die Haut trieb? Ihre Knöchel waren ganz weiß, so fest ballte sie die Hände zu Fäusten. Das lebhafte Rot, das bei dem Wirt ihre Wangen gefärbt hatte, war einer aschfahlen Blässe gewichen.

Mit klopfendem Herzen und auf wackeligen Beinen, denn sie fühlte sich noch immer wohler auf dem Rücken ihres Pferdes und vor allem um ein Vielfaches mutiger, fragte sie sich, was sie tun sollte. Sollte sie sich gedulden und in einer sicheren Ecke warten, bis ein Mann auf einem Pferd kam, um einen der Seinen abzunehmen? Es hieß, dass man so etwas nur in der Nacht erledigte. Aber diese Individuen, die weder Gott noch Teufel fürchteten, nahmen darauf vermutlich keine Rücksicht, denn Gesetze zählten für sie nicht.

Zum Glück – offenbar kam ihr ein glücklicher Zufall zu Hilfe – sah Mathilde auf einmal, dass ein Mann sie vom anderen Ende des Platzes aus beobachtete. Er musste sich bereits einige Zeit dort aufgehalten haben, denn er rührte sich nicht. Ohne zu wissen, ob das eine gute oder eine schlechte Idee war, ging sie zu ihm.

Angesichts der Umstände war es kein leichtes Unterfangen, sich dem Mann zu nähern. Langsam und mit nach vorn gerichtetem Blick bewegte sie sich um den Platz herum. Überqueren wollte sie ihn nicht, denn wenn sie die ganzen Leichen passieren musste, würde sie den Verstand verlieren, und ihren Mut obendrein.

Sie schlängelte sich am Rand des Platzes entlang und drückte sich gegen die umliegenden Häuser, die ihr eine Fluchtmöglichkeit boten, falls die Begegnung sich als gefährlich herausstellte.

Als sie ihm so nah war, dass sie ihn halbwegs erkennen konnte, überkam sie ein heftiger Schwindel. Es schien, als hörte ihr Herz mit einem Mal auf zu schlagen. Der Mann, der sie beobachtete, saß auf Fildor. Das Pferd blieb völlig reglos und wirkte wie versteinert. Es sah sie aus seinen großen schwarzen Augen an, ohne mit dem Schweif oder der Mähne zu zucken oder auch nur einen Huf zu heben, um zu zeigen, dass es ungeduldig oder wütend war. Verhielt Fildor sich so, weil er Angst hatte?

»Fildor«, schrie sie aus vollem Hals, damit ihre Stimme über den ganzen Platz schallte.

Daraufhin schlug das Pferd aus und wurde unruhig, als hätte es nur darauf gewartet, dass sie seinen Namen rief. Es warf die Hinterbeine nach oben und brachte den überraschten Mann aus dem Gleichgewicht, der sich festklammerte und beinahe abgeworfen worden wäre. Der Mann richtete sich wieder auf, aber Fildor war noch nicht fertig mit seinen Kunststücken, die Mathilde ihm beigebracht hatte, und er kannte weiß Gott genug Kniffe. Als er spürte, dass sich der Mann wieder gefangen hatte, hob er die beiden Vorderbeine fast waagerecht in die Luft.

In Mathildes Freude, ihr Pferd wiedergefunden zu haben, mischte sich Angst, dass der Mann sich böse dafür rächen würde, wenn Fildor ihn abwarf und ihn dadurch lächerlich machte.

»Ganz ruhig, Fildor! Ganz ruhig, mein Schöner. Ja! Bleib ganz ruhig, jetzt bin ich ja da«, redete sie auf ihn ein, während sie langsam auf ihn zuging.

Doch um nicht in eine derart demütigende Situation zu geraten, gab der Mann dem Tier so heftig die Sporen, dass es vor Schmerz wieherte.

»Hört auf, ihn so brutal zu behandeln«, schrie Mathilde. »Ihr müsst nur ruhig mit ihm sprechen, dann gehorcht er.«

Schließlich sprang Fildor mit einem Satz zu Mathilde. Das Pferd senkte den Kopf, und Mathilde legte ihre Hände auf seine Wangen, streichelte und liebkoste ihn. Sogleich gab sich das Pferd äußerst zufrieden und zuckte mit der Mähne.

»Was macht Ihr auf meinem Pferd?«, fragte sie den Reiter, nachdem sie ihr Gesicht von Fildor gelöst hatte.

Dass sie hier unten stand und den Kopf in den Nacken legen musste, um mit ihm zu sprechen, gefiel ihr überhaupt nicht. Gerade ihr nicht, die häufiger auf dem Pferd saß, als dass sie mit den Füßen auf dem Boden stand.

Zwischen dem Mann und dem jungen Mädchen breitete sich Stille aus. Eine schwere, seltsame Stille, als suchte der Fremde nach der Antwort, die die junge Frau von ihm erwartete, während diese ihn mit kühnem Blick musterte. Nach dieser langen Pause, in der er zweifellos nachgedacht und sich gesagt hatte, dass dieses Pferd ihn am Ende noch abwerfen würde, stieg er von dem Tier herunter.

Er hatte offenbar beschlossen, sich nicht aufzuregen, und sah Mathilde lange mit prüfendem Blick an. Dann stieß er einen Pfiff aus.

»Solange Ihr nicht da wart, hat mir dieses Pferd gehorcht. Angesicht seiner eindeutigen Reaktion, als es Euch sah, kann ich nicht leugnen, dass es Euch gehören muss. Ich kapituliere.«

Der Mann war ein fairer Spieler. Mathilde seufzte und spürte, wie ihre Kräfte zurückkehrten. Ihr Herzschlag normalisierte sich.

»Dann gebt ihn mir zurück, und lasst mich gehen.«

»Ihn Euch zurückgeben! Einverstanden. Aber Euch gehen lassen!« Der Mann lachte kurz auf, und das junge Mädchen spürte seinen durchdringenden Blick auf sich.

»Warum habt Ihr mein Pferd gestohlen?«

»Oh, merkt Euch, junge Frau, dass ich niemals etwas stehle. Ich lasse andere für mich arbeiten. Was kann ich dafür? Ich bin ihr Anführer.«

Er streckte den Arm aus und deutete auf die Gehängten, die noch immer am Ende ihres Stricks schwangen. Zum Glück war

Mathilde zu weit von ihnen entfernt, um die schwarzen Gesichter zu sehen, die heraushängenden Zungen und die hervortretenden Augen. Auch so würde sie dieser Albtraum noch lange verfolgen. Der Mann zeigte mit dem Finger auf die Leichen und erklärte mit gleichgültiger Stimme:

»Seht sie Euch an. Die sind mir völlig egal, ich kenne sie nicht. Aber noch gestern hing hier einer meiner Freunde. Als ich mit Eurem Pferd hier ankam, hatte man ihn bereits abgenommen. Ich musste unverrichteter Dinge umkehren.«

»Es ist mir egal, wer Ihr seid und was Ihr tut. Ich brauche mein Pferd zurück, denn ich habe noch eine lange Reise vor mir.«

»Nicht so schnell«, mahnte der Reiter und stieg wieder auf den Rücken von Fildor. »Wohin wollt Ihr?«

»In den Norden. Nach Brügge, um genau zu sein.«

»Seid Ihr allein?«

War das eine Falle? Mathilde lernte jeden Tag dazu, und sie begriff, dass dieser Mann sie aus der Fassung bringen wollte.

»Ich bin mit meinem Mann unterwegs«, antwortete sie.

»Wer ist Euer Mann?«

Mathilde sah ihm in die Augen, ohne mit der Wimper zu zucken. Sie zögerte keinen Moment.

»Ich bin Valentine de Cassex, und mein Mann, Nicolas, wartet im Gasthaus auf mich.«

Und wieder einmal schlüpfte sie in die Rolle ihrer Schwester, leider diesmal nicht aus einem fröhlichen Anlass.

»Steigt auf!« Der Fremde forderte sie auf, sich auf Fildors Rücken zu setzen.

»Aufsteigen!«, rief sie. »Aber warum? Wohin reiten wir?«

»Nun, ich werde das Pferd Eurem Mann zurückgeben und ihm sagen, dass ich es gefunden und den Dieb bestraft habe.«

Mathilde erschauderte. Riskierte dieser Mann es tatsächlich, festgenommen zu werden, nur weil er wissen wollte, ob ihr Mann wirklich im Gasthaus auf sie wartete? Erneut schloss sie aus ihrer spärlichen Erfahrung, dass sie besser nichts sagen und die Dinge laufen lassen sollte.

»Los, steigt auf, oder ich gebe Euch nicht Euer Pferd zurück.«

Mathilde befürchtete, dass er nicht die Wahrheit sagte. Doch lieber gab sie nach, als dass sie zusah, wie sich dieser Mann mit Fildor davonmachte. Also stellte sie sich auf die Zehenspitzen. Er reichte ihr die Hand und half ihr auf den Rücken des Pferdes. Er setzte sie vor sich, und Mathilde merkte, dass das Tier vor Freude bebte, als es sie spürte. Sie beugte sich vor und streichelte seinen Hals.

»Mein schönes Pferd, mein braver Fildor, höre auf diesen Mann und gehe, wohin er dich schickt.«

Kurz darauf gab das Schicksal ihr recht, denn sie bemerkte, dass der Fremde nicht den Weg zum Gasthaus nahm, den sie ihm gewiesen hatte. Er hatte sie nur dazu bringen wollen, ihm zu gestehen, dass sie keinen Ehemann hatte und allein war.

»Das ist nicht der Weg zu meinem Gasthaus.«

»Ich habe meine Meinung geändert. Ich bringe Euch an einen reizvolleren Ort als den, wo die Gehängten Euch eine Gänsehaut über den Rücken jagen.«

Sie fürchtete plötzlich, dass er log und sie in eine Hölle brachte, wo sie die schlimmsten Qualen erlitt. Aber da sie lieber nachgab, als dass dieser Mann mit Fildor verschwand, drehte sie sich um, und wie ein Blitz traf sie der feurige Blick aus seinen schwarzen Augen. Der Mann war auf ungewöhnliche Weise schön. Er war zweifellos ein Verführer! Er besaß eine hohe gerade Stirn, eine perfekt geformte Nase und ein energisches Kinn mit einem Bartschatten.

Sein Gebaren wirkte elegant, fürstlich. Wie kam ein solcher Mensch dazu, ihr Pferd anzugreifen? Man stehle für ihn, hatte er zuvor erklärt! Und er sei der Anführer! Himmel! Wohin brachte er sie? In diesem Augenblick, in dem ihr Herz erneut wie verrückt zu schlagen begann, war ihr einziger Trost, dass Fildor wieder wie das ruhigste Tier der Welt dahintrabte und seine Sicherheit wiedergewonnen hatte.

Der Fremde zuckte nicht mit der Wimper, als Mathilde ihn ansah. Einen kurzen Augenblick beunruhigte das junge Mädchen der Glanz in seinen schwarzen Augen. Wie ihr Vater und wie auch Valentine hatte Mathilde ebenfalls dunkle Augen, aber in ihren schimmerte nichtsdestotrotz ein goldener Schein, der den Blick erhellte.

Plötzlich misstraute sie ihm und war überzeugt, dass er sich nicht von dem armseligen Frescobaldi Hieronymus unterschied und in Kürze seine dämonischen Instinkte erwachen würden.

Ach! Sie wusste nicht, wohin dieser Mann sie brachte. Wenn sie so mit sich umspringen ließ, dann nur, um ihr Pferd zurückzuerhalten. Eines wusste sie genau, sie würde sich nicht mit Alkohol betäuben lassen, um bei diesem Spiel die Übersicht zu behalten. Das war das Mindeste, das sie tun konnte.

Mathilde drehte sich wieder um und mied die Blicke, die wie Blitze auf sie niedergingen. Der Mann legte seine Arme um sie, und sie spürte den festen, unnachgiebigen Druck, der ihr keine Atempause gönnte. Fildor schien zuversichtlich, was sie zu schätzen wusste. So musste sich der Mann weder ihretwegen noch wegen des Pferdes erzürnen.

Sie verließen die Place de Grève und gelangten zurück in das Zentrum der Hauptstadt. Mathilde spürte, dass ihre Erschöpfung allmählich nachließ, doch ihr Hals war noch immer trocken. Sollte sie von dem Wasser trinken, das angeblich stank und ungesund war? Das war eine heikle Angelegenheit für jemanden, der keinen Tropfen Wein anrühren wollte.

Durch die Rue du Petit-Pont begaben sie sich zum Vorhof der Kathedrale und bogen von dort in die umliegenden Gassen ein. Sie durchquerten das Viertel der Mönche, in dem sich unzählige kleine Häuser aneinanderdrängten. In den winzigen Gärtchen wuchsen magere Gemüsepflanzen sowie einige Obstbäume, die um diese winterliche Jahreszeit keinen Ertrag brachten. Nachdem sie einige dunkle Gässchen passiert hatten, erreichten sie auf einmal einen Ort, an dem alles paradiesisch wirkte, verglichen mit der düsteren Place de Grève.

Sie überquerten einen großen Hof, der versteckt hinter den Häusern lag, die ihn zur Gasse hin abschlossen. Dahinter kam ein hübsches Steinhaus zum Vorschein, das sehr niedrig war und nur aus einer Etage bestand, damit es von der Gasse aus nicht sichtbar war. Wirkte das Haus bereits von außen einladend, so verstärkte sich dieser Eindruck im Inneren. Von einer großen langen Eingangshalle gingen auf jeder Seite vier große, prächtig möblierte Räume ab. Der Mann ließ sie in das Arbeitszimmer treten, das Truhen und Arbeitstische mit ihren reichen Schnitzereien schmückten.

Als Mathilde das Zimmer betrat, erschrak sie. An der Mauer hingen *die Galanterien* aus der Reihe *Das höfische Leben*. Maître Bellinois hatte also nicht gelogen, als er versicherte, der Wandbehang sei ihm gestohlen worden, nachdem er ihn ihrer Mutter geraubt hatte.

Die Figuren schillerten, die Paare hofierten einander, hielten sich an den Händen oder flüsterten sich zärtliche Worte ins Ohr, die Frauen ließen sich bewundern, und die Millefleurs erstrahlten in prachtvollen Farben.

Plötzlich fühlte sich das junge Mädchen einige Jahre zurückversetzt. Diesen Wandbehang hatte zum Großteil Arnaude gewebt, als Valentine und sie noch Kinder gewesen waren.

Mathilde hielt es allerdings für besser, nichts zu sagen. Sie wandte den Kopf und bemerkte durch die offen stehende Tür einen Diener, der sich in der Küche zu schaffen machte, und einen anderen, der aus einem kleinen Nebengebäude kam, das sich am Ende des Flurs befand. Sie traten ein und beeilten sich auf ein Zeichen ihres Herrn zu fragen, ob er etwas benötige.

Sie standen misstrauisch da, ihre Blicke waren argwöhnisch und ihr Lächeln falsch. Wäre nicht ihr Herr anwesend, hätte Mathilde sich wegen ihres seltsamen und feindseligen Verhaltens gefürchtet.

»Sag Pepo«, befahl der Meister einem der beiden, »dass er sich um das Pferd kümmern soll.«

»Wer ist Pepo?«, erkundigte sich Mathilde sogleich.

»Das ist mein Stallbursche. Macht Euch keine Sorgen, Euer Pferd wird versorgt, als wäre es mein eigenes.«

»Dann seht Ihr also ein, dass es nicht das Eure ist!«

Er drehte sich abrupt zu ihr um und starrte sie aus seinen schwarzen Augen an.

»Ich sehe ein, dass Ihr eine unverschämte junge Dame oder ein zu kühnes junges Mädchen seid, und werde auf Eure Fragen nicht antworten.«

Er wandte sich erneut an den Diener.

»Sag Pepo, dass er sich ganz besonders sorgfältig um das Tier kümmern soll. Es ist so schön, dass man es wie das Pferd eines Königs behandeln sollte.«

»Aber es ist das Pferd eines Königs!«, rief Mathilde. »François I. hat es mir zu meinem vierzehnten Geburtstag geschenkt.«

Der Fremde brach in schallendes Gelächter aus, wobei er den Mund aufriss und seine großen Wolfszähne zeigte. Fangzähne! Ja, weiße und unglaublich gerade Zähne.

Mit einem Satz war er bei ihr, packte ihre Hände und hielt sie fest.

»Du hast mich belogen.«

Mathilde zuckte zusammen, als er sie grob duzte. Endlich zeigte der Fremde sein wahres Gesicht. Mathilde hatte recht, sie musste sich vor ihm hüten wie vor dem Teufel. Sie versuchte, ihm ihre Hände zu entziehen, aber die Finger des Mannes schlossen sich unerbittlich wie ein Schraubstock um die ihren.

Er versenkte seinen feurigen Blick in den glänzenden Augen Mathildes. Die Blitze in seinen Augen würden nicht so bald verglühen. Das junge Mädchen empfand sie wie Verbrennungen, an die es sich sein ganzes Leben erinnern würde.

»Doch! Du hast mich angelogen.«

Sie wehrte sich mit Händen und Füßen.

»Nein! Ich habe die Wahrheit gesagt.«

Er verstärkte den Druck um ihre Finger, und sein Blick schien noch feuriger.

»Um ein solches Geschenk vom König zu erhalten, muss man zum inneren Kreis des Königsreichs gehören. Du hast gesagt, du hießest Valentine de Cassex. Ich kenne alle großen Familien in Frankreich. Dieser Name enthält kein blaues Blut.«

»Die Cassex sind eine Weberfamilie. Wir beliefern den französischen Königshof seit Langem mit Wandbehängen und historischen Tapisserien. Meine Vorfahren haben *Die Apokalypse des heiligen Johannes* gewebt, und meine Mutter die schönsten Millefleurs für die Comtesse d'Angoulême, die sie seit ihrer Jugend kennt. Was mich angeht, so wurde ich am Hof von der Schwester des Königs aufgenommen, von der Duchesse d'Alençon.«

Schließlich ließ er ihre Hände los, die kraftlos an ihrem Körper hinunterfielen. Mathilde massierte sie vorsichtig und fixierte den Fremden mit argwöhnischem Blick.

»Nehmen wir an, die Sache mit dem König stimmt«, sagte er mit kräftiger Stimme, »auch das mit der Duchesse d'Angoulême und die Geschichte mit den Wandbehängen und der Rest. Aber du bist nicht verheiratet. Vielleicht bist du sogar noch Jungfrau!«

»Nein«, rief Mathilde. »Ich habe einen Mann, und er heißt Nicolas.«

Er lachte kräftig und verzog dabei den Mund zu einer undurchsichtigen Grimasse. Das junge Mädchen überlegte, ob ein solches Lachen aufrichtig sein konnte.

»Valentine!«, wiederholte er, »du hast mich angelogen. Ich sehe keinen Ring an deinem Finger.«

Sie hätte am liebsten zugegeben, dass sie nicht Valentine hieß und keinen Mann hatte. Aber sie beherrschte sich und sagte sich, dass ihr erster Impuls richtig gewesen war.

Er trat erneut auf sie zu, berührte sie jedoch nicht.

»Erzähl mir kein dummes Zeug. Und behaupte nichts von einem Kavalier, einem Ehemann oder einem Herrn, den du geheiratet hast oder auch nicht. Ich kenne die Sitten am königlichen Hof. Ich bin Guillaume de Montalon. Mein Anwesen befindet sich in der Auvergne. Gewiss, es ist in desolatem Zustand, das Dach ist eingestürzt, und die Mauern fallen in sich zusammen. Da der französische König nicht mein Freund ist und ich überall von der Polizei gesucht werde, bin ich hier sicherer, wo ich jetzt lebe und wo ich der Meister bin.«

Nun verwirrte sie der Mann, der, nachdem er seine Identität preisgegeben hatte, kein Fremder mehr war.

»Aber wovon lebt Ihr?«

»Hast du noch nichts von den bösen Kerlen gehört? Ich bin ihr Anführer. Man nennt mich König Guillot.«

Er lachte wie ein griechischer Gott, der in seiner Wut Blitz und Donner über jene bringt, die seinen Zorn erregen, oder die Sonne auf jene scheinen lässt, die ihn erfreuen. Seine schwarzen Haare glänzten wie seine Augen. Er trug die Locken kurz und ohne Hut oder Haube.

»Ja, meine Schöne! So ist das. Ich, Guilllaume de Montalon, bin König Guillot. Meine Männer haben mir diesen Namen gegeben. Ich weiß noch nicht einmal, warum, aber das spielt keine Rolle, sie gehorchen mir blind.«

»Für mich spielt es keine Rolle, wer Ihr seid und was Ihr tut, ich will gehen. Mein Mann wird sich große Sorgen machen.«

»Nun, er wird warten müssen, denn ich lade dich ein, mit mir zu speisen.«

»Aber …«

»Kein Aber, und wenn du gehen willst, gehst du ohne dein Pferd.«

»Das ist Erpressung!«

»Ja, meine Schöne! Entweder Freiheitsberaubung mit Fildor, den du selbstverständlich wiederbekommst, oder sofortiger Aufbruch ohne ihn.«

Er fasste ihren Arm und führte sie in den Salon.

»Nur mit der Ruhe! Lass dich verführen. Das ist die beste Methode, mit deinem Pferd bald wieder auf freiem Fuß zu sein.«

Er schob sie in den großen Salon zu einem riesigen Sessel mit hoher Rückenlehne, der mit Seidenbrokat bezogen war und wie ein Thron auf einem kleinen Podest stand. Dann zwang er sie, sich zu setzen. Mathilde legte stumm die Hände auf die Armlehnen und lehnte den Kopf an.

Wieder erwartete sie eine Überraschung. Die Wände waren überall von Tapisserien bedeckt. Sie erkannte mühelos einen Wandbehang aus *Die Geschichte von Daniel und Nabuchodonosor* mit seinen reich verzierten Figuren und den faszinierenden Farben. Der großherzige König im weiten blauen Mantel befahl einer Frau, sich zu erheben. Die Soldaten richteten die Spitzen ihrer Lanzen gen Himmel. In der Ferne sah man eine befestigte Stadt, und in einer Ecke hob ein Pferd, weiß wie Fildor, anmutig einen Huf. Es handelte sich um die berühmte Szene von der *Triumphalen Rückkehr.* Ihre Mutter hatte viel davon gesprochen, als er in Flandern gewebt worden war.

Doch Mathilde wandte den Blick wieder König Guillot zu, der an eine Truhe trat und daraus alle erdenklichen Kostbarkeiten hervorzauberte und ihr zu Füßen legte.

»Da du Könige magst, bin ich heute Abend der deinige und verlange deine Liebe.«

»Aber ich möchte Euch nicht lieben!«

»Du wirst mich lieben, da bin ich mir sicher. Alle meine Mätressen gehen zufrieden von mir fort, die Hände voll mit quasi königlichen Geschenken. Manche wollen bleiben, aber das dauert nur ein paar Tage.«

Er umkreiste sie und beäugte sie mit seinem Raubtierblick.

»Andere wiederum«, sprach er weiter, »gehen geradezu reich von mir fort.«

Erstaunt betrachtete Mathilde die prächtigen Geschenke zu ihren Füßen: schillernde Tücher, Schmuck, Pelze und Parfum.

»Das ist alles für dich. Du gehst von hier fort mit einem Beutel, der alles enthält, das zu deinen Füßen liegt.«

Mathilde geriet in Aufruhr.

»Ihr seid verrückt«, murmelte sie.

»Ja! Nach dir, meine Schöne. Sei tagsüber meine Königin. Des Nachts streife ich umher, beobachte und befehlige die Männer, die mir bringen, was ich von ihnen verlange. Hör zu, ich werde mich großherzig zeigen: Ich lasse dich heute Abend gehen.«

»Ich möchte nicht Eure Königin sein. Warum muss ich das?«

»Weil du keinen Mann hast!«

»Ich versuche nicht, Euch zu überzeugen. Glaubt, was Euch gefällt. Lassen wir Lüge oder Wahrheit. Wir werden ja sehen, wer von uns beiden dieses kleine Ratespiel gewinnt.«

»Ich gewinne immer, das ist gewiss. Es wäre kindisch von dir, meine Schöne, das Gegenteil zu erwarten. Nun, hör auf nachzudenken, und reich mir deine Arme.«

Er nahm ein Smaragdarmband und legte es um ihr zartes Handgelenk, das er einen Augenblick festhielt. Dann trat er hinter sie und befahl ihr, den Kopf zu senken. Als sie anmutig wie ein Schwan den Hals neigte, schloss er die dazugehörige Kette und nahm ein Ohrgehänge, das das Geschmeide vervollständigte.

Während er die Ohrringe befestigte, spürte Mathilde seinen Atem in ihrem Nacken, dann strich seine warme Hand über ihre Haut. Es brannte. Seine geschmeidigen Finger glitten ihren ganzen Rücken hinunter, bis zu ihrer Taille. Sie brannten durch den

Stoff ihres Kleides hindurch auf ihrer Haut. Dann richtete er sich auf, trat erneut vor Mathilde und erforschte mit seinem Adlerblick ihre Augen.

»Gehen wir nach nebenan. Ich habe Hunger und Durst. Wir nehmen eine Mahlzeit ein.«

Obwohl es noch Tag war, wurde ein opulentes Souper serviert. Die Diener sprachen nicht, hatten jedoch auf alles ein wachsames Auge. Sie huschten hinter ihnen von einer Seite zur anderen und führten jeden Befehl ihres Herrn, der sich lediglich durch Gesten bemerkbar machte, umgehend aus.

Mathilde trank ausschließlich Wasser, das weit davon entfernt war, unangenehm zu riechen. Der Brunnen, aus dem man es gezogen hatte, konnte nicht verseucht sein. Trotz der hervorragenden Qualität der Speisen aß Mathilde wenig.

Nachdem die Diener Cremespeisen und Desserts, begleitet von kandierten Früchten und in Schokolade gehüllte Dragees, gebracht hatten, entließ Guillaume sie. Doch Mathilde, die beobachtete, wie sie gingen, spürte, dass sie sich direkt hinter der Tür, die den Salon von seinem Zimmer trennte, bereithielten.

Guillaume nahm ihre Hand, diesmal ganz ohne Gewalt.

»Dir fehlt ein Ring, meine Schöne, und da dir dein Phantasieehemann keinen über den Finger geschoben hat, werde ich das an seiner Stelle tun.«

Er ließ einen schönen Goldring mit eingefassten Smaragden über ihren Finger gleiten, das letzte Teil des Geschmeides, und raunte in ihr Ohr:

»Ich bitte dich, diesen Schmuck als Zeichen meiner Bewunderung zu behalten. Wenn du zu deiner Familie zurückkehrst und ihn betrachtest, denkst du an König Guillot, nicht an François I.«

»Das ist unmöglich«, murmelte Mathilde. »Ich kann diese Juwelen nicht einfach so behalten.«

»Warum einfach so? Ich habe es dir erklärt. Du bist heute den ganzen Tag meine Königin und musst dich auch so benehmen.«

Mathilde begriff nun, worauf er abzielte: Sie sollte in seinem Bett bei ihm liegen. Das Funkeln aus seinen schwarzen Augen traf ihren Blick. Sie seufzte und erhob sich, dann ging sie ein paar Schritte, ohne zu wissen, wohin sie sich wenden sollte. Schließlich hielt er sie fest, hob sie hoch, stieß mit dem Fuß eine Seitentür auf und trat ins Schlafzimmer, wo er sie auf ein großes Bett legte, das von roten Vorhängen umgeben war.

»Eigentlich«, flüsterte er ihr zu, »verrate ich niemandem meinen wahren Namen. Ich bin König Guillot und nicht Guillaume de Montalon.«

»Warum habt Ihr ihn mir verraten?«

»Weil du bei mir bleiben wirst.«

Als Mathilde gegen Mittag erwachte, war Guillaume fort. Sie stützte sich auf die Ellenbogen hoch und bemerkte nicht, dass sie dadurch eine Nachricht auf den dicken leuchtenden Teppich flattern ließ, auf dem Guillaume all ihre Geschenke ausgebreitet hatte.

Mathilde setzte sich auf und ließ den Blick durchs Zimmer gleiten. Nun fiel ihr alles wieder ein, und sie stand hastig auf. Wo befand sie sich? Konnte sie fliehen?

Da bemerkte sie die Nachricht auf dem Boden. Sie hob sie auf, faltete sie auseinander und las: »Dies ist alles für Euch. Bis heute Abend! Euer König.« Hatte sie es mit einem Wahnsinnigen zu tun? Stand Fildor noch im Stall? Sie würde sofort nachsehen und dann versuchen, von hier zu entkommen.

Doch als sie zur Tür ging, begriff sie, dass sie seine Gefangene war. Genau wie Sire Hieronymus hatte König Guillot sie missbraucht und hinters Licht geführt, allerdings voll glühender Leidenschaft. Sein Verlangen war heftig, aber aufrichtig gewesen, seine Gesten gebieterisch, aber voller Ekstase und die Worte, die er ihr zugeraunt hatte, ließen Mathilde an einen brodelnden Vulkan denken.

Sie hatte seltsame Dinge empfunden, aus unerfindlichen Gründen geseufzt und den Atem angehalten. Ohne ihr einen einzigen Tropfen Wein einzuflößen, hatte Guillaume sie in einen rauschhaften Zustand versetzt. Erst später würde sie das ganze Ausmaß dieser glückseligen Verwirrung begreifen.

Doch im Augenblick empfand sie nur Wut. Sie schrie, rüttelte an der Tür, schlug mit den Fäusten dagegen und gab erst auf, als ihre Finger schmerzten.

Als sie sich umdrehte, sah sie, dass das große Fenster verschlossen und von außen verbarrikadiert war. Gott! Was sollte sie bloß tun? Befand sich Fildor noch im Stall? Sie erinnerte sich an die Worte des Wirtes, der ihr versichert hatte, dass die bösen Kerle nie auf Pferden ritten, da man sie sonst zu leicht ausfindig machen konnte. Aber darum scherte sich König Guillot vermutlich nicht!

Mathilde streckte sich auf dem großen Bett aus und wartete zwei oder drei Stunden, vielleicht auch länger. Sie hatte jegliches Zeitgefühl verloren, und das Fenster, das auf der Rückseite des Hauses lag, war von Fensterläden verschlossen.

Nachdem sie den ganzen Tag nachgedacht und erfolglos alle Fluchtmöglichkeiten durchgespielt hatte, stand sie auf und betrachtete die Tapisserien. Ganz offensichtlich waren sie alle gestohlen. Dessen war sie sich jetzt sicher. Sie stellte sich vor den größten Wandbehang, den sie zu kennen meinte. Ach, Valentine würde staunen, wenn sie wüsste, dass sie die Tapisserien auseinanderhalten konnte, ihre Titel kannte, ihre Herkunft und für wen sie bestimmt waren. Diese hier hieß *Die Rückkehr des verlorenen Sohnes,* und die daneben, es war die kleinste, gehörte zu dem Ensemble *Die freien Künste.* Ganz gewiss waren die Wände im Haus von König Guillot die prächtigsten von ganz Paris. Es gab keine freie Stelle, und wohin man den Blick auch richtete, überall stieß man auf schöne Bilder in schillernden Farben. Mathilde war die Tochter einer Weberin und erkannte, dass dieses Haus über eine der schönsten Sammlungen zeitgenössischer Tapisserien verfügte.

Als sie das Studium der Wandbehänge beendet hatte, fing sie erneut an zu jammern. Schließlich hörte sie, wie jemand heftig an die Tür klopfte. Es war ein Diener.

»Dein Zetern nutzt dir gar nichts. Du endest auch nicht anders als die anderen, du kleiner Schlingel.«

»Was?«, rief Mathilde.

»Du endest wie die anderen. Du wirst in einen Sack gesteckt und in der Seine ertränkt.«

Mathilde begann zu zittern. Was wollte ihr dieser Diener sagen?

»In der Seine ertränkt!«, wiederholte sie wie betäubt.

»Er erwürgt dich mit den Händen, die du gerade liebgewonnen hast.«

Mathilde spürte, wie ein Schluchzen ihre Kehle hinaufdrängte, sie unterdrückte es jedoch und rief: »Ihr lügt.«

Da sie keine Antwort erhielt, nahm sie an, dass der grässliche Diener wieder gegangen war. Sie musste den Rest des Tages warten, und als es Abend wurde, kehrte Guillaume wie der fröhlichste Mensch der Welt zu ihr zurück.

»Du hast mir Glück gebracht, meine Schöne. Ich hatte einen phantastischen Tag. Seit mehr als drei Wochen habe ich nicht so gute Beute gemacht!«

Sie stürzte sich auf ihn und trommelte mit aller Kraft mit den Fäusten gegen seine Brust.

»Ihr seid ein Verbrecher.«

»Ich dachte, ich hätte dir erklärt, dass meine Männer für mich stehlen und dass auch sie es sind, die töten.«

»Ihr wagt es zu behaupten, dass Eure Mätressen reich beschenkt von Euch gehen, dabei bringt Ihr sie um!«

»Wer sagt das?«

»Einer Eurer Diener.«

»Dieser Dummkopf! Ich schwöre dir, meine Schöne, dass das nicht stimmt. Dieser Narr wird dafür bezahlen. Komm, glaube diesem Esel nicht, der nur aus Eifersucht und Fleischeslust handelt.«

»Aus Fleischeslust!«

»Nun ja, du bist ganz offensichtlich sehr schön. Es ist nur natürlich, dass der König und seine Untertanen dich begehren. Richten die Herren am Hof von deinem François etwa nicht ihre Blicke auf dich?«

Sie schlug weiter mit den Fäusten auf ihn ein und rief: »Ich glaube, dass Euer Diener recht hat. Ihr tötet schamlos alles, was Euch im Wege steht. Zudem könnten die Frauen Euch verraten, wenn Ihr sie freilasst.«

»Dein Urteil ist etwas zu schlicht, meine Schöne, doch entbehrt es nicht einer gewissen Logik. Die Dinge liegen allerdings anders, und auch, wenn es dir etwas widersinnig erscheinen mag, ich habe noch nie jemanden umgebracht.«

Er nahm ihre Hand, drehte sie um und küsste ihre Handfläche.

»Willst du Fildor sehen? Anschließend kommen wir zurück, du widmest mir die ganze Nacht, und danach lasse ich dich frei.«

»Das habt Ihr schon einmal versprochen und es nicht gehalten.«

»Ich wollte dich wiedersehen. Komm!«

Fildor stand im Stall. Mathilde lief zu ihm, um seinen Kopf zu streicheln, seinen Hals und seine Flanke, die unter ihren Fingern zuckte.

»Habt Ihr ihn heute Abend geritten?«

»Nein!«

»Doch! Ihr seid auf ihm geritten. Das spüre ich.«

»Warum fragst du dann?«

»Um zu hören, was Ihr antwortet.«

Er zog sie am Arm.

»Komm jetzt. Lass uns essen.«

Ein Schauder überlief ihren Rücken. Was konnte sie anderes tun, als ihm zu folgen und dasselbe Szenario wie am Vorabend zu durchleben?

Nach dem Essen fand sie sich in dem großen Bett mit den leuchtend roten Vorhängen wieder. Guillaume überraschte sie mit seinem leidenschaftlichen Begehren und mit seiner Hingabe. Aus jeder seiner Gesten sprach brennendes Verlangen. Jede Berührung erschien ihr wie ein zärtlicher Biss, ein heftiger Rausch. Vorübergehend vergaß Mathilde sogar die hinterhältigen Warnungen des Dieners. Sie gingen ihr allerdings nicht ganz aus dem Kopf und waren sogleich wieder da, als Guillaume einschlummerte, wobei er sie fest in seinen Armen hielt.

Am nächsten Tag wurde Mathilde erneut eingesperrt. Da sie begriff, dass es ohnehin zu nichts führte, schrie sie nicht und schlug nicht mit den Fäusten gegen die Tür. Sie begnügte sich damit, kandierte Früchte zu knabbern sowie Gebäck und Dragees, die man ihr ins Zimmer stellte.

»Ich kehre im Morgengrauen zurück«, hatte König Guillot ihr bei seinem Aufbruch zugeflüstert, »und wenn du willst, machen wir dann einen großen Ausritt mit Fildor.«

Am nächsten Tag stellte sie bestürzt fest, dass ein anderer Diener servierte, der ebenso stumm blieb wie der andere.

»Was habt Ihr mit Eurem Diener gemacht?«, fragte sie mit tonloser Stimme.

»Das geht dich nichts an«, entgegnete Guillaume kalt.

Daraufhin stand Mathilde abrupt auf, griff einen Teller aus Steingut, auf dem gegrillte Wachteln und nach Koriander und anderen Kräutern duftender Kohl lagen, und schleuderte ihn auf den Boden.

»Ihr seid ein Mörder. Ich will nicht, dass Ihr mich noch einmal berührt.«

Sie erwartete, dass er wie gewohnt in schallendes Gelächter ausbrach, doch er starrte sie nur unverwandt an und sagte trocken:

»Ich tue, was ich will, meine Schöne! So habe ich beschlossen, dich zu behalten. Ich werde meine Mätresse nicht mehr wechseln.«

»Wie lange behaltet Ihr mich als Eure Gefangene?«

»Das ganze Leben.«

Fassungslos nahm sie seine Worte zur Kenntnis und sagte sich, dass dieser Kerl sie zum Narren halten wollte, doch sie erschauderte und hatte das Gefühl, dem Wahnsinn anheimzufallen.

Am vierten Tag ihrer Gefangenschaft war Mathilde todunglücklich. Der Ausritt mit König Guillot am Ufer der Seine hatte nicht ihre Erwartungen erfüllt und hinterließ einen bitteren Nachgeschmack.

An jenem Tag hatte Guillaume eine kleine Tapisserie mitgebracht, die Mathilde nicht kannte: *Die Dame mit dem Papagei*. Sie war nicht viel größer als ein Kissen, für das sie im Übrigen vermutlich angefertigt worden war. Guillaume legte die kleine Tapisserie auf den Rücken von Fildor, nahm Mathilde bei der Hand, half ihr aufs Pferd und erklärte fröhlich:

»*Die Dame mit dem Papagei*. Sie gehört jetzt dir.«

»Aber …«

»Sieh sie dir später genau an. Sie sieht dir ähnlich.«

Wie sollte sie da nicht zittern und beben? Womit um alles in der Welt hatte sie ein solches Schicksal verdient? Nun besaß sie nach der *Quadriga* noch ein weiteres gestohlenes Meisterwerk. Aber an jenem Morgen, als die bläulichen Farben hinter ihr den kommenden Tag ankündigten, zog Mathilde es vor, das Glück des Augenblicks zu genießen. Guillaume hielt sie fest im Arm, auch wenn er genau wusste, dass sie nicht vom Pferd springen würde. Nie ließe sie ihr Tier allein zurück.

In Mathildes Kopf reiften indes auch andere Gedanken, und Valentine begann ihr schrecklich zu fehlen.

So ging es Tag für Tag. König Guillot verschwand nun am Abend und kehrte am frühen Morgen voller Leidenschaft für sie zurück. Wenn Mathilde sich kühl und gefühllos gab, sobald er ins Zimmer trat, wenn sie schwieg, so lag das daran, dass sie häufig schwankte. Sie wusste nicht, ob sie seine verrückte Liebe annehmen oder sich dagegen wehren sollte.

Er töte nicht und stehle nicht, behauptete er, während er seine warmen Lippen auf die seiner schönen Gefangenen legte. Mathilde fragte sich, ob ihn das vor dem Galgen schützte. Tagtäglich grübelte sie über ihre unglückliche Lage und wurde darüber willenlos und mürbe.

Wenn er zurück in seinem Haus war, widmete sich König Guillot seiner schönen Geliebten, die die ganze Nacht auf ihn gewartet hatte.

Mathilde merkte schnell, dass ihr Kerkermeister ein Edelmann vornehmer Abstammung war. Sie entdeckte an ihm Züge eines Prinzen, er verhielt sich quasi königlich und trug seinen Namen zu Recht. Das erkannten auch seine Männer. Er war sehr gebildet und sprach so gewandt von Malerei und Dichtung, dass er sogar die Duchesse d'Alençon mit ihrem scharfen Verstand beeindruckt hätte. Um die Gunst seiner Gefangenen zu gewinnen, zeigte er ihr gegenüber, bei allem Feuer und aller Leidenschaft, vollendete Manieren.

Seit einigen Tagen gefiel es Guillaume, ihr vom Raub der Schmuckstücke und anderer Luxusgegenstände zu berichten, vor allem wenn komische Zwischenfälle seine Erzählungen bereicherten. Gleichwohl sprach er nie von Überfällen oder Morden. Doch das junge Mädchen wusste nach dem, was es bei seiner Ankunft von den Parisern gehört hatte, dass diese Bande, die weder Gott noch Teufel fürchtete, die schlimmsten Verbrechen beging.

König Guillot wollte seiner Gefangenen gefallen. Und da es Mathilde offensichtlich interessierte, sprachen sie über Werke der Webkunst.

Guillaume hatte ihr erzählt, dass seine Männer den schönen Wandbehang *Die Jagd von Devonshire* gestohlen hätten, dass sie ihn jedoch zurückbringen mussten, weil das Werk für einen hohen Würdenträger des englischen Königs gewebt worden war und das Verschwinden des Kunstwerks möglicherweise die Aufmerksamkeit eines Landes erregt hätte, dessen Sitten und Bräuche sie nicht kannten. Guillaume wollte keine unnötigen Risiken eingehen und konzentrierte sich lieber auf Werke französischer oder flämischer Herkunft. Doch einige Zeit später stahl man den Wandbehang erneut, und Guillaume brachte es nicht übers Herz, ihn noch einmal zurückzugeben. Schließlich hängte er ihn zu den anderen.

Außerhalb dieser Zeiten, die sich im Verhältnis zu den Nächten, in denen König Guillot fort war, recht lang ausnahmen, fühlte Mathilde sich isoliert, verloren und von der Welt ausgeschlossen. Ihre Lust, bei diesem Mann zu bleiben, der von der Polizei des Königs gesucht wurde, und ihre Freude, ihn wiederzusehen, wenn er heimkehrte, verwirrten sie. So verlor sich das junge Mädchen in endlosen Gedankenspielen.

Wollte sie wirklich immer wieder aufs Neue diese leidenschaftlichen und verrückten Momente erleben? Wollte sie eng umschlungen in Guillaumes kräftigen Armen liegen und seine Lippen auf ihren spüren? Es war alles so anders als das, was dieser verhasste Hieronymus ihr angetan hatte. Guillaume, der »böse Kerl«, König Guillot überschüttete sie mit leidenschaftlicher Hingabe.

Es wäre ihr allerdings lieb gewesen, wenn er sie freigelassen hätte, wie er es anfangs versprochen, dann aber nie mehr geäußert hatte. Mathilde fragte sich, wie das Schicksal sie je von dort fortbringen wollte, da Guillaume sie stets einschloss, bevor er ging.

Ihr Kerkermeister sprach nicht mehr von ihrer Freilassung, und wenn er ihr täglich prächtigere Geschenke machte, wollte er sie dadurch nur noch mehr an sich binden. Nüchtern betrachtet beraubte er sie ihrer Freiheit und liebte sie, wie kein anderer sie hätte lieben können.

So ging es Tag für Tag. Sobald Mathilde allein war, meinte sie, diese schwindelerregende Leidenschaft nicht länger ertragen zu können, und war davon überzeugt, dass ein solcher Mann es nicht verdiente zu leben, doch sie schrie auch nicht, damit sie jemand befreite.

An jenem Mittag, als sie zwischen den schillernden Tapisserien, dem Schmuck, den Parfums und den Pelzen, die am Fuß des Bettes auf dem weichen Teppich lagen, erwachte, hörte sie ein Kratzen an der Tür. Sie fürchtete, dass ein weiterer Diener sie mit seinem niederträchtigen Geschwätz quälen wollte und ihre Träume vernichtete, denen sie sich hingab, sobald sie allein war.

Aufmerksam lauschte sie auf das Geräusch. Deutlich vernahm sie das Kratzen eines Fingernagels an der Tür. Mathilde lehnte sich dagegen und lauschte:

»Seid Ihr eine Gefangene?«

Erstaunt flüsterte sie: »Ja.«

»Wollt Ihr, dass ich Euch befreie?«

Wer fragte sie das? Augenblicklich war Mathilde zurück in der Realität. Die Ekstase, der Schwindel, die heftigen Umarmungen, der Rausch, in den sich Worte, Schreie, Küsse und Flüstern mischten, waren umgehend verflogen, und sie dachte nur noch daran, Valentine und ihre Mutter wiederzusehen.

»Wer seid Ihr?«, fragte sie leise.

»Das spielt keine Rolle. Wollt Ihr, dass ich Euch befreie?«

Warum legte der Unbekannte so viel Nachdruck in die Frage?

Hatte Guillaume vielleicht Mätressen, die ihn nicht verlassen wollten? Sicher, aber was waren das für Mädchen und Frauen! Plötzlich überlegte Mathilde, wenn sie keine Familie hätte, schutzlos wäre und sich nur von Wasser und hartem Brot ernährte, würde sie sicher auch lieber in den Armen von König Guillot bleiben.

Zum dritten Mal vernahm sie hinter der Tür die Frage:

»Wollt Ihr, dass ich Euch befreie?«

»Ja«, flüsterte sie schließlich.

Mathilde hörte, wie das Schloss knackte, dann folgte ein kaum wahrnehmbares Knarren, und die Tür stand offen. Sie fand sich einem Mann gegenüber, der ganz von einem pelzgefütterten Mantel bedeckt war. Sein Kopf verschwand in der Kapuze, sodass Mathilde sein Gesicht nicht sah.

Unbewegt betrachtete er sie einen Augenblick, dann war er mit zwei langen Schritten bei ihr.

»Schnell«, sagte er und griff ihren Arm. »Ich habe die zwei Diener und den Stallknecht betäubt, aber sie können jeden Augenblick wieder zu sich kommen.«

Mathilde tastete mit der Hand nach ihrem Hals, ihrem Handgelenk und ihren Ohrläppchen.

»Behaltet den Schmuck. Es ist keine Zeit, ihn abzulegen. Außerdem hat er ihn Euch geschenkt, er gehört Euch.«

»Aber …«

»Los! Das ist unwichtig. Fliehen ist wichtiger.«

Der Fremde führte sie rasch nach draußen, und als sie den Hof erreichten, durchströmte das junge Mädchen heftige Freude. Neben der Tür mit dem steinernen Spitzbogen warteten zwei Pferde, und eines davon war Fildor.

»Schnell! Steigt auf Euer Pferd. Ich nehme an, es gehört Euch.«

Das ließ Mathilde sich nicht zweimal sagen. Kaum hatte der Fremde die Hände ausgestreckt, um ihr beim Aufsteigen zu helfen, da saß sie auch schon auf dem Rücken des Pferdes. Sie spürte, dass *Die Frau mit dem Papagei* sie verhöhnte und sie vielleicht in große Schwierigkeiten bringen würde. Doch das vergaß sie schnell, als sie mit gesenktem Kopf und mit gebeugtem Rücken in großer Eile ihrem Befreier folgte.

Ohne einmal anzuhalten, ritten sie durch das Straßengewirr um die Kathedrale herum. Sie ließen die Kirche hinter sich, und ein Stück oberhalb der Petit-Pont, die zum Hügel Sainte-Geneviève führte, verlangsamte der Fremde das Tempo und drehte sich zu Mathilde um.

»Verlasst dieses Viertel. Hier wird er nach Euch suchen, zumindest in der ersten Zeit.«

Zum Zeichen, dass sie verstanden hatte, nickte Mathilde, richtete sich auf und ließ die Zügel etwas locker, dann fragte sie, was sie beschäftigte:

»Wer seid Ihr?«

Da der Mann nichts erwiderte, fragte sie:

»Warum habt Ihr mich befreit?«

Auch er ließ die Zügel locker und hob den Kopf.

»Weil ich Entführung und erzwungene Verführung verabscheue. Ihr werdet kaum behaupten, dass dieses Monster Euch nicht verführt hat!«

In der letzten Äußerung lag eine leichte Aggressivität, und Mathilde antwortete nicht. Er ritt neben sie, und die Kapuze glitt von seinem Kopf. Der Mann war sehr jung, vielleicht fünfundzwanzig oder dreißig Jahre alt, groß, schlank, vornehm und von edlem Aussehen.

Wie Guillaume hatte er dunkle funkelnde Augen, doch ein

goldener Schimmer erhellte seinen Blick. Auch seine kurzen Locken erinnerten Mathilde an Guillaume de Montalon, waren jedoch von kastanienbraunen Strähnen durchzogen. Kurz blitzte vor ihr das Gesicht von König Guillot auf. Ja, er hatte sie verführt, eingelullt und missbraucht!

»Ich will nicht mehr daran denken«, murmelte sie.

Sie begegnete dem Blick ihres Befreiers und sah ihm einen Moment in die Augen. Dann ließ sie den Blick nach unten gleiten und betrachtete seine edle Aufmachung.

»Wie heißt Ihr?«, fragte er, als er bemerkte, wie sie ihn musterte.

»Valentine.«

Er sah ihr ins Gesicht, dann musterte er eingehend die Smaragde um ihren Hals, an ihrem Handgelenk und ihren Ohrläppchen.

»Verschwindet schnell von hier, und haltet erst weit hinter Paris.«

»Danke«, murmelte das junge Mädchen.

»Adieu, Valentine! Vergesst diesen Mann, er ist nichts für Euch.«

Erneut trafen sich ihre Blicke. Mathilde seufzte. Dann trieb sie Fildor an, fiel in Galopp und entschwand aus seinem Blick.

23.

Valentine ertrug die Trennung von ihrer Schwester und vor allem deren Schweigen nicht. Seit Mathilde fort war, überlegte sie, warum sie ihr diesmal den Grund ihrer Flucht verschwiegen hatte? Das sah ihr nicht ähnlich. Mathilde erzählte ihrer Zwillingsschwester alles, und auch Valentine verheimlichte ihr nichts.

Aufgrund von Mathildes Schweigen vermutete Valentine ihre Schwester in Gefahr, und sie weigerte sich, tatenlos abzuwarten. Es erschien ihr unmöglich, ewig auf die Rückkehr ihrer Schwester zu warten. Die ganze Nacht hatte sie in den Armen von Nicolas vor sich hin gegrübelt. Er war voller Liebe für sie und hielt gewiss nichts davon, dass seine Frau sich auf den Weg machen wollte, ihre Schwester zu suchen.

Entschlossen, ihrerseits niemandem etwas zu sagen, noch nicht einmal ihrem Mann, beschloss Valentine, am nächsten Tag aufzubrechen, um Mathilde zu finden. Unter dem Vorwand, etwas in der Stadt erledigen zu müssen, hatte sie Fougasse genommen, das widerstandsfähigste unter den Maultieren, und begab sich gegen zehn Uhr auf den Weg nach Orléans.

Wusste Valentine, was es hieß, allein zu reisen, nachdem sie Tours noch nie verlassen hatte? Darüber hatte sie nicht genauer nachgedacht und sich gesagt, wenn Mathilde es geschafft hatte, schaffte sie es auch.

Genau wie ihre Schwester hatte sie eine Nachricht hinterlassen, in der sie ihr Vorhaben erklärte. Aber sie hatte sie ins Schlafzimmer gelegt, damit Nicolas sie erst am Abend fand und sie genug Vorsprung gewinnen konnte. Ihr Mann würde den Entschluss seiner hochschwangeren Frau keinesfalls gleichmütig hinnehmen. Er würde augenblicklich das Haus der Familie verlassen, Amandine, das andere Maultier, nehmen und Valentine folgen. Genau wie sie würde Nicolas, der kaum jemals reiste, sich sagen, dass er mit einem Muli besser zurechtkam, da ein Pferd zu sehr auffiel.

Ohne den Horizont aus den Augen zu lassen, folgte Valentine der Loire in Richtung Orléans. Vor ihr ragten die nackten Äste der Bäume in den weißen Winterhimmel, während aus dem hellen Grau des Flusses die Inseln mit ihrem feinen Sand aufragten.

Anders als ihre Schwester wusste Valentine zwar nicht, wie man ein Pferd ritt, dafür war sie äußerst erfahren im Führen eines Maultiers. Sie machte mit Fougasse, was sie wollte. Das Tier trottete munter in gleichmäßigem Tempo voran. Valentine vertraute ihm voll und ganz und wusste, dass sie auf gerader, freier Strecke sogar auf seinem Rücken dösen konnte. Was sie im Übrigen tat, als die Nacht hereinbrach.

In den Satteltaschen, die gegen die Flanken des Mulis schlugen, befanden sich Brot, Schinken und Salami. Denn Valentine, die weder so erfahren noch so kühn wie ihre Schwester war, weigerte sich, in einem Gasthaus haltzumachen. Sie fürchtete sich vor gefährlichen Banditen, betrügerischen Wirten, ungehobelten Gästen und vor allem davor, was einem jungen Mädchen an einem solchen Ort widerfahren konnte. Man musste Mathilde sein, um ohne anständige Begleitung vor einen Gastwirt zu treten und Kost und Logis zu verlangen.

Valentine war bei anderen Gelegenheiten mutig, und sie hatte andere Ängste als ihre Schwester. Es hatte sie große Überwindung gekostet, das große schützende Haus der Familie zu verlassen, vor allem, da ihre Mutter nach dem Verlust ihres Kindes in eine Depression verfallen war. Betrübt, verbittert und gereizt hatte sie auf den Rat von Mathias und ebenso von Properzia gehört, die meinten, sie solle in Tours bleiben und dort auf die Rückkehr ihrer Tochter warten.

Ihre Angst und ihre aufgewühlten Gefühle belasteten Alix stark. Obwohl ihr alle versicherten, dass Mathilde sicher zurückkäme, nachdem sie Brügge gesehen hatte, war sie verrückt vor Sorge. Unablässig grübelte sie, weshalb Mathilde erneut geflohen war. Was wollte das Mädchen denn noch über seinen Vater erfahren?

Aber Mathilde war auch – und das trug erheblich zu Alix' Kummer bei – vergewaltigt worden, was sicher ein Schock für ihr noch junges Gefühlsleben gewesen war. Sobald Mathilde zurückgekehrt war, würde Alix diesen Schurken suchen und ihn für sein Verbrechen bezahlen lassen.

Während sie im gleichmäßigen Rhythmus ihres Maultiers über die Straße schaukelte, quälte Valentine ihr Gewissen, weil sie ihrer Mutter noch zusätzlichen Kummer bereitete, sobald diese herausfand, dass Valentine sich, unerfahren und unbeholfen, wie sie war, auf eine so gefährliche Reise begeben hatte.

Aber was sollte sie anderes tun, wenn sie spürte, dass ihre Schwester in der fremden Stadt in Gefahr war? Valentine wusste, dass ihr Instinkt sie zu ihr führen würde, auch wenn niemand die seltsame Anziehungskraft zwischen den beiden verstand. Hatten sie nicht schon als Kinder so reagiert, als sie voneinander getrennt gewesen waren und noch nicht einmal von der Existenz der anderen wussten?

Ja, Valentine war voller Hoffnung und Zuversicht, dass sie Mathilde ohne Schwierigkeiten finden würde. Ihre kleine Börse war gut gefüllt, zweifellos besser als die ihrer Schwester. Sie konnte sich einige Zeit in Paris aufhalten, ohne Hungers zu sterben.

Zwei Tage später passierte Valentine Orléans, wo sie ihre Vorräte und ihre Feldflasche auffüllte, die leer war, da sie trotz des winterlichen Klimas reichlich trank. Valentine ahnte nicht im Geringsten, auf welches Risiko sie sich in ihrem hochschwangeren Zustand kurz vor der Niederkunft einließ.

Der weite Umhang, in den sie sich von Kopf bis Fuß hüllte, hielt sie warm. Zum Glück komplizierten weder Kälte noch Eis und Schnee, weder Wind noch eisiger Regen ihre Reise. Dennoch verspürte sie in der Umgebung von Chartres Lust, eine Nacht in einer bequemen Scheune zu verbringen. Sie entdeckte einen stattlichen Bauernhof, in dessen Hof eine Frau in Holzpantinen und warmen Kleidern die Hühner fütterte.

Mit Fougasse am Zügel ging Valentine vorsichtig auf sie zu. Nachdem sie der vertrauenswürdigen Bäuerin ihren prallen Bauch gezeigt hatte, erzählte sie ihr ihre Geschichte.

»Ich bin traurig und erschöpft«, sagte sie wie das unschuldigste Wesen der Welt. »Seit Tagen suche ich nach meiner Zwillingsschwester. Ich muss sie unbedingt nach Hause bringen, denn ich spüre, dass sie in Gefahr ist.«

»In Eurem Zustand, meine arme Kleine!«, rief die gute Frau und rang die Hände. »Konnte sich darum nicht Euer Mann kümmern?«

»Leider nein! Nur ich kann sie finden.«

»Lieber Jesus! Bis wohin wollt Ihr denn reisen?«

»Zunächst bis Paris. Und wenn sie dort nicht ist, reite ich bis nach Brügge weiter, das war ihr Ziel.«

»Meine arme Kleine! Vielleicht findet Ihr sie nicht!«

»Doch! Aber das kann niemand verstehen«, entgegnete Valentine fast resigniert.

»Aber in Eurem Zustand«, beharrte die freundliche Frau, »Ihr werdet vorher niederkommen. Ihr solltet lieber warten, bis Euer Kind auf der Welt ist!«

Valentine ignorierte ihren Rat, schüttelte den Kopf und streckte ihr die Hand entgegen, in der sie einige Münzen hielt.

»Nehmt, ich kann Euch dafür bezahlen, dass ich die Nacht in Eurer Scheune verbringe. Macht Euch keine Sorgen, ich bin eine Weberin und wohne in Tours, wo sich unsere Werkstätten befinden.«

Doch die Bäuerin schob Valentines Hand mit den Münzen zurück.

»Behaltet Euer Geld, meine Kleine. Man soll nicht von mir sagen, dass ich eine junge Frau kurz vor der Niederkunft von meinem Hof jage.«

Die Geschichte berührte die Bäuerin sehr, dass sie, ohne erst mit ihrem Mann, dem Bauern, zu sprechen, Valentine die Scheune öffnete und ihr eine große Schale warmer Suppe mit Speck und Gemüse brachte.

Viel später, nachdem sie sich im Morgengrauen erneut auf den Weg gemacht hatte, fand sich Valentine vor den Toren der Hauptstadt wieder und wusste nicht, welches sie wählen sollte, um in die Stadt zu gelangen. Da sie weder das eine noch das andere kannte, beschloss sie, ihrem Instinkt zu folgen. So erreichte sie schnell das Zentrum der Hauptstadt. Hier stank es so heftig nach Müll, Mist, Wollfett, Pferdeäpfeln sowie frischen und vertrockneten Exkrementen, dass Valentine zunächst glaubte, sich übergeben zu müssen. Die Luft schien ihr unerträglich. Nach ein oder zwei Stunden hatte sie sich an die Atmosphäre und die widerlichen Gerüche gewöhnt, an die Aufregung und Unruhe, die überall herrschten.

Plötzlich stieß sie auf eine Wegsperre. Von Weitem sah sie die Umrisse der Kathedrale und die Brücke, die man passieren musste, um dorthin zu gelangen.

»Haltet an, junge Dame. Diese Ecke ist nichts für Euch.«

»Aber genau dort muss ich hin«, beharrte die junge Frau.

Warum bestand Valentine darauf, die Sperre zu passieren und die Brücke zu überqueren? Spürte sie, dass ihre Schwester in diesem gefährlichen Viertel gefangen gehalten worden war? Ahnte sie, dass Mathilde nach ihrer Flucht zögerte, ihren Weg fortzusetzen?

»Dort solltet Ihr Euch nicht hinbewegen, junge Dame«, wiederholte die freundliche Frau, die Valentine mit einem Karren voll Stroh den Weg versperrte. »Das ist gefährlich. Man nimmt die bösen Kerle fest.«

»Die bösen Kerle!«

»Aber ja!«

Als Valentine sie verständnislos ansah, setzte sie hinzu:

»Das sind Banditen, Bengel, die plündern, vergewaltigen und alles töten, was sich bewegt.«

»Das geht schon lange so und wird von Tag zu Tag schlimmer«, ergänzte ihr Begleiter, der versuchte, den störrischen Esel, der den Karren zog, zur Umkehr zu bewegen. »Anscheinend haben die Soldaten aus dem Châtelet ungefähr hundert von ihnen festgenommen.«

»Hundert!«

Verblüfft wiederholte Valentine die Zahl, ohne genau zu wissen, worauf sie sich bezog. Sie wusste so wenig von Paris, das ihr ganz anders als ihr gutes altes Tours zu sein schien.

»Ja, hundert«, wiederholte der Mann, der es schließlich geschafft hatte, den Karren zu wenden. »Aber das ist im Grunde sinnlos, da ständig neue kommen.«

»Solange sie den Anführer nicht schnappen«, bestätigte seine Begleiterin, »rücken sie unaufhörlich aus ganz Frankreich nach.«

»Aber sicher. Diese Verbrecher sind übermächtig. Man hat eine Belohnung in Höhe von hundert Livres für die Ergreifung von König Guillot ausgeschrieben.«

»König Guillot!«

Die gute Frau fing an zu lachen.

»Aber diese Kleine wiederholt ja einfach alles. Woher kommst du, dass du das alles nicht weißt?«

»Aus Tours.«

»Ah! Das habe ich mir schon gedacht! Wer nicht weiß, was in Paris vor sich geht, kann nicht aus der Gegend stammen.«

Aber Valentine blickte über den Karren hinweg und nahm die Luft wahr, die ihr entgegenschlug. Sie spürte, dass ihre Schwester sich in dieser Gegend aufhielt. Es war, als würde ein Atemzug von Mathilde ihr Gesicht streifen.

»Ich muss vorbei. Ich muss meine Schwester retten.«

»Deine Schwester retten! Aber was macht deine Schwester dort? Man hat dir doch gesagt, dass man hier seit gestern nicht mehr durchkann. Dort findet ein Blutbad statt. Hier kommt nur durch, wer versucht, König Guillot zu fassen.«

»Aber wer ist dieser Mann?«, fragte Valentine schließlich, die ahnte, dass es dort eine Verbindung gab, die sie zu Mathilde führen würde.

»Das ist der Anführer der bösen Kerle. Der schlimmste von

allen. Man will seine Haut! Er soll an der Place de Grève verenden und in der Hölle schmoren.«

Die Frau spuckte auf die Erde und wischte sich dann mit dem breiten Handrücken den Mund ab.

»Du solltest nicht hierbleiben, Kleine.«

Aber ohne noch etwas zu sagen, stieg Valentine ab, hielt Fougasse am Zügel und bahnte sich unter Einsatz von Füßen, Armen und Schultern einen Weg durch die Menge.

Valentine kam an einen Platz, auf dem sich eine Gruppe Soldaten aufhielt und auf die Köpfe der Verbrecher einschlug, die ihnen unter den Knüttel kamen. Doch eine nicht unerhebliche Zahl Banditen wehrte sich mit roher Gewalt, und ein Dutzend Polizisten lag mit durchbohrten Flanken auf dem Boden.

Valentine blickte sich um und sah überall nur Leichen mit zertrümmerten Schädeln, aufgeschlitzten Bäuchen, herausquellenden Eingeweiden sowie mit dem Beil abgehackte Arme, die in riesigen Blutlachen lagen.

Übelkeit befiel sie, und einen Moment hielt sie sich mit der Hand die Augen zu. Mit der anderen Hand umklammerte sie fest die Zügel von Fougasse. Um weiterzukommen, musste sie den Blick allerdings erneut auf das schreckliche Schauspiel richten. Da sah sie plötzlich in ein Paar glänzender schwarzer Augen, die sie mit feurigem Blick durchbohrten.

»Valentine! Ah, meine Schöne!«, brüllte der Mann und hielt ihr augenblicklich mit der Hand den Mund zu. »Diesmal entkommst du mir nicht.«

Sie spürte, wie zwei kräftige Arme sie von hinten fassten, sie packten, vom Boden hoben und fortschleppten. Warum sprach dieser Mann sie mit ihrem Namen an? Sie kannte ihn nicht. Vielmehr hätte sie verstanden, wenn er sie Mathilde genannt hätte.

Ach, wie dumm sie war! Jetzt begriff sie. Dieser Fremde kannte ihre Schwester, die sich für *sie* ausgegeben hatte. War das nicht ihr übliches kleines Spiel? Sie schaffte es, nach Fougasse zu rufen, und meinte hinter sich die Hufe des Maultiers zu hören.

Dann holte der Mann ein Tuch hervor und knebelte sie. Schließlich begann er mit seiner Beute in den Armen durch Straßen und Gassen zu laufen, versteckte sich kurz an einer Hausecke und setzte seinen Lauf fort, um wenige Minuten später in ein Labyrinth aus dunklen Gässchen einzutauchen, denen er folgte, bis er in eine ruhigere Gegend gelangte.

Weit entfernt von der Kathedrale, dem Bistum und dem Viertel der Mönche, ruhte er sich einen Augenblick aus und rang nach Luft. Er wunderte sich über das Gewicht in seinen Armen. Er hätte schwören können, dass Valentine nicht so schwer gewesen war, als er sie zum Bett mit den roten Vorhängen getragen hatte.

Ihm blieb keine Zeit zum Nachdenken, er lief ohne anzuhalten weiter und fand sich hinter dem Schutzwall aus Häusern und der Steinmauer wieder, hinter der sich sein Unterschlupf verbarg.

Er passierte das Portal, durchquerte den Hof und klopfte aufgebracht und wütend an die Tür. Einer der Diener öffnete ihm.

»Sperre alle Ausgänge, diesmal sucht man gründlich nach mir!«, keuchte er erschöpft. »Solange man mir auf den Fersen ist, bleibe ich hier. In einigen Tagen werden die Durchsuchungen vorbei sein, dann gehe ich wieder hinaus.«

Er begab sich in sein Zimmer und legte die junge Frau auf sein Bett.

»Du entwischst mir nicht noch einmal, meine Schöne! Das

schwöre ich dir. Entweder kommen wir zusammen um, oder du verbringst den Rest deiner Tage an meiner Seite.«

Dann machte er sich daran, sie mit einem dicken Seil am Bett festzubinden, und als er sicher war, dass sie sich nicht befreien konnte, entfernte er den Knebel aus ihrem Mund.

»Lasst mich gehen!«, rief Valentine sogleich. »Ich bin nicht die, die Ihr sucht. Ich bin die Zwillingsschwester.«

Er sah sie verständnislos an.

»Sei dir sicher, dass ich dich nicht mehr entkommen lasse.«

»Herr!«, rief der Diener durch die Tür, »im Hof steht ein Maultier. Was soll ich mit ihm tun?«

»Das ist Fougasse«, rief Valentine. »Ich bitte Euch, tut ihm nichts an.«

»Fougasse! Wer ist Fougasse? Wo ist Fildor?«

»Wenn Ihr Fildor kennt, kennt Ihr Mathilde.«

Er hatte den Eindruck, dass man ihn erneut zum Narren hielt, und begriff nicht, wie es sich eigentlich verhielt.

»Sperr das Maultier in den Stall«, befahl er dem Diener. »Und nun zu uns beiden«, fügte er an und ging zu Valentine.

»Nein!«, schrie die junge Frau, als sie die großen Hände auf ihren Körper zukommen sah. »Lasst mich, ich bin nicht Mathilde.«

Aber der Diener kehrte zurück und rief erneut durch die Tür:

»Das Maultier ist entkommen, Herr!«

»Herrgott«, dröhnte König Guillot. »Lasst mich in Ruhe mit dem Maultier.«

Er trat zur Tür und sperrte sie zu. Dann nahm er den Schlüssel und ließ ihn in einen seiner Stiefel gleiten. Schließlich ging er wieder zu Valentine, die aus lauter Angst vor diesem Mann nicht zu atmen wagte, löste das Seil und schlug den schweren

Umhang, den sie trug, zurück. In diesem Moment bemerkte er ihren enormen Bauchumfang. Ungläubig stieß er einen Fluch aus und entblößte seine großen weißen Zähne.

Als Valentine zu Tode erschrak, fluchte er erneut und schob ihren Rock und ihr Unterkleid nach oben. Der weiße runde pralle Bauch der jungen Frau beförderte einen Ausdruck des Erstaunens auf sein Gesicht.

»Ich bin schwanger«, flüsterte Valentine.

Aus schmalen Augen blickte König Guillot wütend von Valentines Gesicht zu ihrem unförmigen Körper. Wie konnte sie dasselbe Gesicht besitzen, denselben Blick, dieselbe Mimik wie jene, die er glaubte wiedergefunden zu haben?

»Wer bist du?«

»Ich habe es Euch gesagt, ich bin Valentine.«

»Und die andere?«

»Das ist Mathilde, meine Zwillingsschwester.«

»Dann hat sie also eine Zwillingsschwester, von der sie mir nichts erzählt hat«, murmelte er verblüfft.

»Warum hätte sie es Euch erzählen sollen? Und wo ist sie überhaupt?«

»Weg! Ausgeflogen! Verschwunden! Aber dank dir, meine Schöne, werde ich sie wiederfinden, und dieses Mal wird sie mich nicht mehr verlassen.«

Er strich mit seinen langen gepflegten Händen über Valentines Bauch. Sie zuckte zurück, wich jedoch nicht seinem Blick aus, der noch immer ungläubig schien. Doch er träumte nicht, der Bauch des anderen Mädchens war ebenso weich, glatt und seidig gewesen, allerdings so flach, dass sich dort, wo sich der Bauchnabel befand, eine zarte Mulde bildete, aus der er alle erdenklichen Köstlichkeiten genascht hatte.

»Deine Augen!«, murmelte er, »sind die gleichen. Und deine Haut, meine Schöne, scheint mir ebenso zart wie jene, die ich noch vor wenigen Tagen berührt habe. Herrgott! Warum bist du so dick?«

»Lasst von mir ab, wenn ich so hässlich bin.«

»Das habe ich nicht gesagt.«

»Lasst mich. Ihr seid ein Ungeheuer. Was habt Ihr meiner Schwester angetan?«

Sie streckte ein Bein aus und trat ihrem Angreifer in den Bauch. Er schrie nicht, wich jedoch zurück und verzog vor Schmerz das Gesicht.

»Wage das ja nicht noch einmal. So hat deine Schwester mich nie behandelt.«

»Und wie habt Ihr *sie* behandelt?«, stieß Valentine hervor und richtete den Oberkörper auf.

»Meine Schöne! Deine Schwester bebte vor Glück, sobald ich sie berührt habe.«

»Das stimmt nicht.«

Valentine richtete sich erneut auf und sah ihn unverwandt mit ihrem Blick an, der dem von Mathilde so ähnlich war. Dann legte sie ihre Hand auf den Bauch. Sie spürte einen Schmerz, beklagte sich jedoch nicht. Eine unerklärliche Kraft hielt sie aufrecht. Sie würde nicht aufgeben, bis sie Mathilde gefunden hatte.

»Und jetzt«, brüllte der Mann, »wirst du mir antworten. Wer ist Nicolas?«

»Mein Mann.«

»Ich wusste, dass sie keinen Mann hat!«, rief er aus. »Ja, ich habe es geahnt.«

Er wandte sich von ihr ab und lief aufgebracht mit langen Schritten durch das Zimmer. Dann kehrte er zu ihr zurück.

»Du entkommst mir nicht. Wir machen einen kleinen Ausflug in den Keller. Dort verstecke ich mich einige Tage, und dort wird deine Zwillingsschwester dich finden.«

Valentine erschrak, schrie und schluchzte. Sie spürte, dass sie keine Luft mehr bekam, obwohl der Mann sie noch nicht einmal berührt hatte.

»Deine Schwester hat eine seltsame Macht über mich«, murmelte er noch. »Ich muss sie wiederfinden.«

Der dunkle Keller wirkte düster und abstoßend. Mit einem Knebel im Mund und an Händen und Füßen gefesselt, lag Valentine auf dem Boden. Ihre Bewusstlosigkeit war nur von kurzer Dauer. Als König Guillot sie auf die harte Erde warf, kam sie wieder zu sich.

Sie hätte nie geglaubt, dass sie so viel Energie und Willenskraft aufbringen würde, um sich aus der Situation zu befreien. Doch obwohl ihr wenig Hoffnung blieb, obwohl der Ort, an dem König Guillot sie festhielt, nicht gerade komfortabel war, verspürte sie eine ungewohnte Stärke und kam sich ebenso kühn vor wie Mathilde.

»Beruhige dich, meine Schöne. Ich habe mich auch beruhigt. Wenn die Polizei nicht mehr nach mir sucht, wirst du mir helfen, deine Zwillingsschwester zu finden. Ich will sie haben, und ich werde sie bekommen.« Er überzeugte sich, dass ihre Fesseln fest saßen, und fügte hinzu: »Ich muss wissen, was in der Stadt passiert, und werde für einige Stunden weg sein. Ich kehre aber noch vor Einbruch der Nacht zurück, meine Schöne.«

Um nicht einzuschlafen, zwang sich Valentine, die Augen offen zu halten. Die Stunden zogen sich ewig in die Länge. Vielleicht handelte es sich auch nur um Minuten. Woher sollte sie das wissen? Sie blieb wachsam, und plötzlich hörte Valentine, wie die Tür knarrte. Sie glaubte, ihr Kerkermeister kehre zurück. Ängstlich und mit angehaltenem Atem erwartete sie, dass sein Gesicht im Türspalt erschien.

Obwohl die Fesseln sie behinderten, drehte sie sich um und wurde sogleich vom Schein einer Fackel geblendet.

»Valentine!«, flüsterte jemand.

Da sie geknebelt war und nicht antworten konnte, fügte der Mann hinzu:

»Donnerwetter! Warum habt Ihr nicht getan, was ich Euch gesagt habe?«

Valentine ahnte, dass sie den Mann, der bessere Absichten als ihr Entführer zu haben schien, lieber nicht über seinen Irrtum aufklären sollte. Wenn er sie Valentine nannte, war sie eben Valentine. Aber Himmel, was war das alles kompliziert! Noch ein Mann, der offenbar ihre Schwester kannte.

Er trat näher und richtete die Fackel auf ihr Gesicht.

»Ihr habt Euch nicht verändert«, murmelte er. »Immer noch genauso stolz und schön!«

Er entfernte als Erstes den Knebel, dann löste er die Fesseln um ihre Handgelenke und um ihre Knöchel.

»Wenn er Euch so gefesselt hat, muss er fuchsteufelswild sein. Normalerweise behandelt er seine Frauen nicht schlecht.«

Valentine erwiderte nichts, zu groß war ihre Angst, dass ein einziges Wort diesen Mann verjagen oder dass er sie womöglich töten könnte.

»Ihr hättet schneller fortreiten müssen. Wenn er Euch wiedergefunden hat, müsst Ihr Euch noch immer in der Gegend aufgehalten haben, die ich Euch zu verlassen geraten hatte.«

Als sie weiterhin schwieg, sprach er weiter: »Sagt nicht, Ihr wäret seinem Charme erlegen, dass Ihr nicht mehr fliehen wolltet?«

»Nein, ich bin nicht seinem Charme erlegen«, rief die junge Frau schließlich. »Ich hasse ihn. Ich will ihn tot sehen, und wenn ich der Polizei helfen kann, ihn zu finden, werde ich das tun.«

Beruhigt seufzte er und fasste ihre Hand.

»Nein! Überlasst das den anderen. Das würde Euch in den Unterschlupf dieser Männer führen, und dort ist es noch schlimmer. Sie würden Euch einer nach dem anderen vergewaltigen und Euch anschließend zu Tode quälen.«

Valentine erschauderte. Der Fremde schob den Kragen ihres Capes zur Seite und entblößte ihren Hals.

»Wo sind die Smaragde?«, fragte er etwas harsch.

Valentine hob eine Braue.

»Ich habe sie nicht mehr«, wagte sie zu sagen.

»Hat er sie genommen?«

»Ja.«

»Das sieht ihm nicht ähnlich.«

Er betrachtete sie einen Augenblick.

»Ihr tragt nicht mehr dasselbe Cape!«

Als er ihre Mantelschöße auseinanderklappen wollte, stieß sie ihn brüsk zurück.

»Entschuldigt«, sagte er, »ich wollte Euch nicht zu nahe treten. Ich wollte nur … nein, nichts. Ich möchte Euch erneut retten, nichts weiter. Der Schmuck ist unwichtig. Los, machen wir, dass wir von hier fortkommen, sonst kehrt Euer Kerkermeister noch zurück. Es ist ein Glück, dass ich einen Weg aus diesem Keller kenne, der hinten aus dem Haus hinausführt.«

Ein Geräusch ließ sie erstarren. Die Tür aus Stein wurde geöffnet, und ein Diener trat ein. Mit einem Satz flüchtete der Fremde in einen Winkel des Kellers und versteckte sich hinter diversen Fässern. Valentine legte sich augenblicklich wieder auf den Boden und rührte sich nicht, als würde sie tief und fest schlafen. Als die Fackel ihr Gesicht erhellte, stöhnte sie, als würde sie gerade erwachen, und tat, als sinke sie sogleich wieder in Schlaf. Beruhigt verließ der Diener den Keller.

Valentine hörte, wie der Fremde sich aufrichtete und zu ihr kam.

»Psst!«, machte er. »Ich spüre, dass er noch hinter der Tür steht. Entweder muss ich ihn außer Gefecht setzen, oder wir warten noch einen Augenblick.«

Als sie schließlich kein Geräusch mehr vernahmen, fasste der Fremde sie am Arm und führte sie nach draußen. Das Tageslicht blendete Valentine, ihr schwindelte, und der Fremde musste sie auffangen. Auch er bemerkte überrascht, wie schwer sie war, und flüsterte:

»Wenn Ihr nicht diesen besonderen Glanz in den Augen hättet, der mir bereits mehrfach aufgefallen ist, und dieses kleine rührende Gesicht, das ich zu kennen meine, würde ich behaupten, dass Ihr jemand anders seid.«

»Ich bin Valentine«, flüsterte die junge Frau leise.

Ihre Antwort überraschte ihn. Er drückte sie an sich und trat mit ihr in den winterlichen Tag hinaus.

Die Kälte hatte die Hauptstadt noch nicht erreicht. Manchmal war im Januar und Februar alles weiß und gefroren. In diesem Jahr schienen die bösen Kerle, die Paris terrorisierten, die Kälte des Winters zurückzudrängen.

Die Dinge erwiesen sich jedoch nicht als so unkompliziert, wie der Fremde geglaubt hatte. Sie vernahmen ein Geräusch, zweifellos handelte es sich um Schritte. Tatsächlich! Jemand kam vorsichtig näher. Der Fremde blieb stehen, ohne Valentine loszulassen, die sich in seinen Armen langsam von ihrem Schrecken erholte, und sah sich gezwungen, sich langsam wieder in Richtung Kellereingang zurückzuziehen.

24.

Kurz zuvor hatte Nicolas auf dem Rücken von Amandine Paris erreicht. Die Aufregung in der Hauptstadt gefiel ihm nicht, und diese Geschichte von den bösen Kerlen, die in den Straßen die Runde machte, beunruhigte ihn sehr.

Um ihre Schwester zu retten, würde Valentine sich in die gefährlichsten Situationen begeben. Aber verdammt noch mal! Wie sollte er seine Frau in einer so großen Stadt wiederfinden? In Paris war alles anders als in seinem guten alten Tours, wo jede Straße am Fluss mündete und jede Hauptverkehrsstraße im Zentrum endete. Wenn man jemanden suchte, begegnete man immer früher oder später einem netten Menschen, der einem den Weg wies.

Leider standen die Chancen schlecht, dass Nicolas hier zufällig hinter einer Straßenecke auf Valentine traf oder ihm jemand den rechten Weg zeigte. Neben der Kathedrale entdeckte er ein kleines Gasthaus, in dem er die Nacht verbringen konnte. Er war erschöpft von der Suche und wusste nicht, was er sonst tun sollte.

Doch dann geriet Nicolas in einen Hinterhalt, aus dem er sich nur schwer befreien konnte. Eine Horde Banditen brüllte mit erhobenen Fäusten: »Ihr bekommt unseren Anführer nicht. Wir bleiben in Paris, plündern Eure Häuser und vergewaltigen Eure Frauen, bis Eure Familien ausgerottet sind!«

Einer von ihnen wollte die Straßensperre durchbrechen, fasste Nicolas fest um den Leib und drückte ihn auf den Boden. Aber Nicolas besaß Kraft und Energie, er richtete sich rasch auf und landete einen kräftigen Faustschlag im Gesicht seines Gegners. Dann machte er sich augenblicklich davon und floh, so schnell er konnte.

In der Hoffnung, ihm falle etwas ein, lief Nicolas den ganzen Abend mit langen Schritten durch die Straßen. In seiner Verzweiflung begab er sich schließlich wieder in Richtung des Gasthauses, in dem er die Nacht verbringen wollte. Morgen war ein neuer Tag, und vielleicht würde ihm der frische Wind im Morgengrauen helfen, eine Lösung zu finden.

Mit Amandines Zügel in der Hand und dem Bild von Valentine im Kopf, bog er in die Straße zur Kathedrale ab. Während er sich noch um Valentine sorgte, die kurz vor der Niederkunft stand und sich nur schwer bewegen konnte, wendete sich das Schicksal auf einmal zu seinen Gunsten.

Auf dem Kirchvorplatz, nicht weit von dem großen Portal entfernt, wartete ein Maultier. Amandine fing an zu schreien, und das Tier antwortete.

»Fougasse! Aber ja, das ist ja Fougasse!«, murmelte Nicolas ungläubig.

Er sah, dass das Maultier, das zuvor unbeweglich dagestanden hatte, die Ohren aufrichtete und auf sie zukam. Nicolas lief zu ihr. Sie ließ sich umarmen, halten und liebkosen. Dann band er sie sorgfältig an Amandine.

»Und jetzt«, sagte er und legte seine warme beruhigende Hand auf den Hals des Tiers, »gehen wir in kein Gasthaus, bevor wir Valentine nicht gefunden haben. Du wirst mich zu ihr führen. Ich weiß, dass du den Weg kennst.«

Das Maultier iahte erneut und setzte sich langsam in Bewegung. Sie gingen um die Kathedrale herum, passierten den Bischofssitz sowie die kleinen dicht gedrängten Häuser der Mönche und folgten den verwinkelten Straßen und Gässchen, bis sie sich auf einmal vor einer Tür mit einem Spitzbogen wiederfanden.

»Dies ist der Ursprung von allem«, murmelte Nicolas. »Los, meine Schönen, jetzt lasst mich machen. Wartet hier auf mich, und versteckt euch, wenn die Sache schiefgeht.«

Er trat vorsichtig vor, ging um die Mauer herum durch den Spitzbogen und fand sich in einem eckigen Hof wieder, an dessen Ende sich ein langes Gebäude erstreckte.

Der Hof war groß und verlassen, nichts regte sich. Es herrschte eine vollkommene, fast anormale Stille.

Die Tür zum Haus war von innen verriegelt. Nicolas sagte sich, dass er warten und den Erstbesten niederschlagen müsse, der aus dem Haus trat, damit er seinerseits hineinkam. Das würde nicht leicht werden, zumal er nicht wusste, wie viele sich im Haus aufhielten. Während er wartete, ging er auf der rechten Seite um das Haus herum. Die linke Seite war von einem Bretterzaun versperrt, der auf die Gasse hinausging.

Als Nicolas langsam an einer Hecke entlangschlich, die um das Haus wuchs, bemerkte er auf einmal ein Loch. Er schlüpfte hindurch, fand sich vor einem weiteren Holzzaun wieder und tastete sich daran entlang. Plötzlich stieß er mit dem Fuß gegen einen Eisenring, der unter Kräutern und trockenen Blättern verborgen lag. Er musste erst das Gestrüpp entfernen, um den Ring freizulegen. Als er schließlich daran zog, löste sich ein kreisförmiges Stück Erde aus dem Boden. Es ließ sich kinderleicht anheben.

Mit großen Augen beugte sich Nicolas vor. Der Eisenring gehörte zu einer Falltür!

Er überzeugte sich, dass niemand ihm gefolgt war, und blickte sich aufmerksam um, dann ließ er sich vorsichtig in die Öffnung gleiten. Plötzlich stürzte er in die Tiefe und konnte sich gerade noch abstützen, als er mit dem Fuß gegen eine Wurzel stieß. Er rutschte langsam weiter nach unten, wobei er sich an den Seiten festhielt, und landete in einer Art Erdhöhle, aus der er sich nur schwer befreien konnte.

Schließlich gelangte er an eine Steintür, die man mit einer Angel drehen musste, doch er fand keine. Sein Instinkt sagte ihm jedoch, dass er dort hindurchmusste.

Plötzlich ließ ihn ein Geräusch zurückschrecken. Er drückte sich gegen die Erdwand und sah, wie sich die Tür langsam öffnete. Nicolas blieb wie versteinert stehen. Ein Mann hielt Valentine in den Armen. Der Kerkermeister! Ja, das musste ihr Entführer sein oder ein Folterknecht, der sie in einen anderen Unterschlupf bringen sollte.

Nicolas' Blut geriet in Wallung. Er würde diesen Mann umbringen. Ja, er würde ihn erbarmungslos töten, ohne überhaupt nachzudenken. Mit gesenktem Kopf und angespannten Muskeln stürzte er sich auf ihn. Die beiden Männer fielen auf den Boden. Valentine legte schützend die Hände auf ihren Bauch und rollte zur Seite.

»Nicolas! Oh Nicolas!«, rief sie und richtete sich mühevoll auf. Als Nicolas sah, dass seine Frau sich bewegen konnte und dass der Mann sich aufrichtete, stürzte er sich erneut auf ihn und versetzte ihm einen heftigen Schlag auf den Kopf.

»Nicolas! Hör auf, ich bitte dich. Dieser Mann hat mich befreit. Das ist nicht derjenige, der mich eingesperrt hat. Er hat mich befreit. Ich flehe dich an, bringe ihn wieder zu Bewusstsein.«

Nicolas lief zu seiner Frau und presste sie an sich.

»Oh, meine Valentine! Warum bist du aufgebrochen, ohne mir etwas zu sagen? Du weißt genau, dass ich dich begleitet hätte, auch wenn wir es vor der ganzen Familie hätten verschweigen müssen!«

Aber Valentine wand sich wie ein Aal.

»Ich bitte dich, Nicolas, bringe ihn wieder zu Bewusstsein. Ohne ihn wäre ich vielleicht tot.«

Langsam kam der Fremde wieder zu sich. Er richtete sich auf und baute sich vor Nicolas auf.

»Wer seid Ihr?«, fragte er argwöhnisch. Er rieb sich den Kopf, um rasch wieder zu sich zu kommen.

»Das ist mein Mann«, erklärte Valentine.

»Euer Mann! Warum habt Ihr mir nicht gesagt, dass Ihr verheiratet seid?« Er zuckte die Achseln. »Nun gut, sei's drum! Ich überlasse es Eurem Mann, Euch hier herauszuschaffen. Das geht mich nun nichts mehr an.«

»Ach«, sagte Valentine, »aber was sollen wir tun?«

»Flieht, solange Ihr könnt.«

Dann wandte sich der Fremde an Nicolas:

»Und ich bitte Euch, nehmt Eure Frau mit, wenn Ihr nicht wollt, dass diese Banditen ihr in Kürze die Kehle durchschneiden. Ich werde nicht ein drittes Mal zur Stelle sein!«

Nicolas sah in den Augen des Fremden ein seltsames Leuchten, das in ihm erneut den Wunsch weckte, ihn auf den Boden zu werfen, während seine Frau begriff, dass dieser große, schöne und starke Mann bereits Mathilde gerettet hatte.

Er zeigte ihnen, welchem Weg sie folgen mussten, und wies sie noch einmal darauf hin, dass sie so schnell wie möglich fliehen müssten. Valentine nahm seine Hand und schenkte ihm ein hinreißendes Lächeln – das Lächeln von Mathilde –, das er nicht mehr vergessen konnte.

Am nächsten Tag, nachdem sie sich eine Nacht erholt hatte, wollte Valentine sogleich die Suche nach ihrer Schwester fortsetzen.

»Vielleicht ist sie Richtung Norden aufgebrochen«, schlug Nicolas vor, der es gern gesehen hätte, wenn seine Frau die Suche nach ihrer Zwillingsschwester aufgegeben hätte.

»Nein! Ich fühle, dass sie in Paris ist«, antwortete Valentine. »Der Mann, der mich eingesperrt hat, ist der Anführer dieser Verbrecherbande. Wenn wir Mathilde nicht finden, wird er sie womöglich erwürgen und sie in die Seine werfen, damit man sie nicht findet.«

Unwillentlich erschauderte Nicolas. Seine Frau hatte recht. Sie kannten das Versteck dieses Ungeheuers, sie konnten ihn unschädlich machen.

»Warum, zum Teufel, verrät ihn dieser Mann nicht, der dich befreien wollte?«

»Das verstehe ich auch nicht«, murmelte Valentine. »Er scheint ihn gut zu kennen.«

Als Nicolas zögerte, obwohl auch er spürte, dass Mathilde in Gefahr war, fuhr Valentine mit Nachdruck fort: »Wie schaffen wir es, Mathilde aus ihrem Schlupfloch zu locken? Sie versteckt sich irgendwo in der Stadt. Ich weiß es, Nicolas. Und ich weiß auch, dass sie meine Gegenwart spürt und dass sie verwirrt ist.«

»Wir können nur das Versteck dieses Mannes verraten.«

So betraten sie wenige Stunden später den Wachposten des Châtelet und baten darum, von den Verantwortlichen empfangen zu werden. Da sie gleich von König Guillot sprachen und derjenige eine Belohnung erhalten sollte, der zu seiner Ergreifung beitrug, empfing sie der Leiter der Polizei persönlich, gefolgt von einer Gruppe mit Lanzen bewaffneter und mit Helmen und Stiefeln bekleideter Soldaten.

Valentine begann sogleich, die Männer zu überzeugen. Ihre misshandelten Wangen, die blaurot verfärbt gewesen waren, hatten wieder ihre normale Farbe angenommen. Sie war aufgebracht und sprach schnell und ohne Pause, wobei sie mit einer Hand ihren Bauch und mit der anderen ihre Stirn hielt.

»Er hat meine Schwester eingesperrt. Dann konnte sie entkommen, und jetzt hält sie sich irgendwo versteckt. Sie ist zweifellos verängstigt und wagt sich nicht heraus. Er hat mich in der Menge entdeckt, als ich auf der Suche nach ihr die Straßensperre passiert habe. Da er mich für sie gehalten hat, hat er mich geknebelt, eingesperrt und geschlagen.«

»Ihr sagt, dass er Euch für Eure Zwillingsschwester gehalten und Euch eingesperrt habe! Aber wenn er meint, Ihr wärt noch seine Gefangene, warum sollte er dann nach Eurer Schwester suchen?«

»Weil er schnell gemerkt hat, dass ich nicht diejenige bin, für die er mich hält. Ich bin schwanger, meine Schwester nicht. Er weiß also, dass es zwei von uns gibt.«

»Aber Ihr habt nicht denselben Namen. Wie konnte er Euch verwechseln?«

»Ich bin Valentine, meine Schwester heißt Mathilde.«

»Sie sehen sich sehr ähnlich«, versuchte Nicolas zu erklären, »und machen sich häufig einen Spaß daraus, sich für die andere auszugeben.«

Die drei Polizisten, die ihnen gegenübersaßen, schüttelten

die Köpfe. Diese Geschichte erschien ihnen ziemlich seltsam und unwahrscheinlich, aber sie konnten es sich nicht erlauben, sich auch nur die geringste Chance entgehen zu lassen, Guillaume de Montalon alias König Guillot zu fassen, den Anführer der bösen Kerle.

»Und Ihr sagt, er habe Euch ebenfalls eingesperrt!«

Sie gestikulierte aufgebracht.

»Das habe ich Euch nun bereits mehrfach versichert, und mein Mann hat es bestätigt. Was braucht Ihr noch mehr?«

»Und wo ist er?«

Sie zuckte mit der Schulter.

»Ich weiß es nicht. Er wollte sehen, was sich in Paris tut, und nach ein paar Stunden zurückkehren. In der Zwischenzeit kam dann ein fremder Mann und wollte mich befreien, und dann kam schließlich auch mein Mann.«

Einer der Polizisten entfernte sich von der Gruppe, ging langsam um Valentine herum, begutachtete ihre rundlichen Formen und warf mit gleichgültigem Ton ein: »Schade, dass Ihr nicht wisst, um wen es sich bei diesem Mann handelt.«

»Aber das spielt doch keine Rolle«, schaltete sich Nicolas ein, den die Untätigkeit der Männer zunehmend erregte. Schließlich bot er ihnen die Gelegenheit, diesen berühmten Verbrecher zu fassen.

»Meiner Meinung nach«, erklärte Valentine, »hat er bereits meine Schwester befreit. Als er uns zur Flucht verhalf, hat er so etwas Seltsames gesagt wie: Ich werde nicht ein drittes Mal zur Stelle sein!«

»Die Gegenwart dieses sogenannten Befreiers ist ebenso seltsam wie Eure Geschichte von den Zwillingen.«

Nicolas baute sich vor dem Mann auf, der diese letzten Worte kühl ausgesprochen hatte. Man konnte meinen, dass sie nichts von dieser Angelegenheit wissen wollten.

»Seht zu, wie Ihr allein zurechtkommt«, wetterte Nicolas und griff den Arm seiner Frau, um ihr zu bedeuten, dass er aufbrechen wollte. »Wenn Ihr meint, wir würden uns das alles nur ausdenken, müsst Ihr eben allein und ohne unsere Hilfe auskommen.«

»Mein Mann hat recht«, pflichtete Valentine ihm bei. »Wir bieten Euch die Chance, den Mann festzunehmen, den alle Pariser und Ihr selbst verabscheut, und Ihr weigert Euch, uns zu glauben.«

»Ihr wollt es nicht anders, verehrte Soldaten!«, rief Nicolas gehässig. »Die Pariser werden von diesen Männern erdolcht oder abgeschlachtet. Wir kehren in unsere ruhige Touraine zurück und lassen Euch allein nach dem Unterschlupf suchen, den wir Euch hätten zeigen können.«

Valentine spürte, dass seine Worte diesmal ihre Wirkung taten.

»Könntet Ihr uns tatsächlich dort hinführen?«

»Ja, dank Fougasse.«

»Wer ist Fougasse?«

»Das ist mein Maultier«, bemerkte Valentine. »Sie ist mir zunächst gefolgt, als ich geknebelt und entführt wurde. Dann ist sie geflohen.«

»Durch sie habe ich meine Frau wiedergefunden«, bestätigte Nicolas und fragte sich, ob sie ihnen diesmal glaubten.

»Verlieren wir keine Zeit. Gehen wir«, befahl der Leiter des Wachpostens.

Fougasse führte sie zum Unterschlupf, doch unterwegs stießen die Soldaten auf eine andere Gruppe behelmter und bewaffneter Männer in stählerner Rüstung. Sie schoben einen an Händen und Füßen gefesselten Mann vor sich her, in dem Valentine ihren Kerkermeister erkannte.

Guillaume de Montalon war von dem Unbekannten verraten worden, der die Zwillinge gerettet hatte. Als Guillaume heimgekehrt war, überzeugt davon, die Schwester von Mathilde vorzufinden, hatten sich acht Soldaten auf ihn gestürzt, ihn unschädlich gemacht und ihm Ketten an Händen und Füßen angelegt.

Wenige Tage später wurde verkündet, dass Guillaume de Montalon auf der Place de Grève gehängt werde.

Valentine hatte recht. Mathilde befand sich in der Nähe. Sie war zwar geflohen, als der Fremde sie befreit hatte, doch warum hatte sie in jenem Moment nicht die Straße nach Norden, nach Amiens, Arras oder Lille genommen?

Etwas Unbestimmtes, Seltsames hielt sie in der Hauptstadt. Sie konnte sie nicht verlassen, solange sie wusste, dass Guillaume de Montalon irgendwo auf sie wartete oder dass Valentine verzweifelt nach ihr suchte.

Als sie durch die Freudenschreie der Menge von Guillaumes Festnahme erfuhr, hatte sie das Gefühl, ihr Herz höre auf zu schlagen. Sie war bereits bleich, doch jetzt wurde sie geradezu leichenblass. Was blieb ihr anderes übrig, als den Zorn der Menge zu ertragen? Sie wusste, dass ein solcher Mann gehängt werden musste, und dass sie an seiner Seite früher oder später durch die Hand der Pariser gestorben wäre.

Warum erlebte Mathilde nur unglückliche oder tragische Liebesgeschichten? Unter anderen Umständen hätte sie ein Guillaume de Montalon glücklich machen können! Über ihn hätte sie sogar den König vergessen.

An diesem Morgen versammelte sich eine große Menge auf der Place de Grève. Von allen Seiten ertönten Schreie: »König Guillot muss sterben! Fort mit dem Abschaum!« Die Festnahme ihres Anführers hatte unter den bösen Kerlen eine Panikwelle ausgelöst, in deren Folge viele der Banditen aus ihren Löchern krochen, sodass die Soldaten des Châtelet noch einmal hundert festnehmen konnten.

Überall in der Stadt hieß es, dass die Zahl der Verbrecher rückläufig sei, weil Guillaume de Montalon nicht mehr unablässig neue Banditen aus allen Teilen des Landes rekrutierte. Angesichts dieser Aussichten atmeten die Pariser auf. Dies bedeutete den Beginn einer neuen Ära, und wenn François I. mit diesem Elan weitermachte, würde die Hauptstadt wieder zu dem werden, was sie zu Zeiten seines Vorgängers, Louis XII., gewesen war.

Am Morgen der Hinrichtung spürte Valentine, die inmitten der brüllenden Menge in Nicolas' Armen stand, die ersten Wehen. Die Aufregung, das Reiten, der Schock und Montalons Misshandlungen hatten die Sache beschleunigt.

Auf der anderen Seite des Platzes stand Mathilde ebenfalls in der Menge, hielt Fildor am Zügel und betrachtete das traurige Schauspiel, das sich ihrem Blick darbot. Man führte den Verurteilten heran, den gemeinen Verbrecher, der die Morde angeordnet hatte, ohne sie selbst auszuführen. Die Menge warf mit allem nach ihm, was ihr in die Hände kam – mit Müll, verfaultem Obst, harten Gegenständen und Steinen. Dabei brüllte sie Obszönitäten, bei denen selbst ein Regiment errötet wäre.

Mit gefesselten Händen, die Füße in Ketten, trat Guillaume de Montalon vor. Mathilde wich ein Stück zurück, dann noch eins, sie wollte nicht am Weg des Verurteilten stehen. Sie zog Fildor mit sich, damit man ihn vom Weg aus nicht sah.

Sie wich noch weiter zurück, bis die Menge sich um sie schloss und sie vollständig verbarg. Dann drehte sie plötzlich den Kopf und begegnete dem Blick des Fremden, der sie gerettet hatte. Er sah sie verständnislos an. Sie trug nicht mehr das weite Cape und hielt anstelle eines einfachen Maultiers ein weißes Pferd am Zügel. Ihre Augen wirkten traurig, und sie hatte einen bitteren Zug um den Mund. Ihre kastanienbraunen Haare mit den goldenen Strähnen wehten um ihren Kopf wie Blätter in einem Herbstwald.

Der Fremde bewegte sich nicht. Sein Gesicht drückte vollständiges Unverständnis aus. Eben noch hatte er sie am anderen Ende des Platzes gesehen, kurz bevor die Soldaten Montalon heranführten. Sie hatte in ihr Cape gehüllt in den Armen von Nicolas gestanden, und ihre ebenfalls kastanienbraunen Haare waren lose über ihren Rücken gefallen. Als sie seinem Blick begegnet war, hatte sie ihn angelächelt.

Der Fremde betrachtete Mathilde. Als sie nun den Blick zu ihm hob, erhellte kein Lächeln ihr Gesicht, ganz im Gegenteil: Eine Sorgenfalte unterstrich ihre Traurigkeit. Da sie diesmal allein war, wollte er zu ihr gehen, doch während er sich einen Weg durch die Menge bahnte, sprang sie auf ihr Pferd und ritt davon.

Das war im Übrigen besser so. Mathilde wollte nicht sehen, wie Guillaume mit blau angelaufenem Gesicht und heraushängender Zunge an einem Seil baumelte. Sie wollte lieber das Bild des Mannes in Erinnerung behalten, der sie zu verführen gewusst hatte.

Der Fremde versuchte, zu ihr zu gelangen, doch die hysterische Menge hinderte ihn daran. Als Mathilde das andere Ende des Platzes erreichte, hörte sie vom Seitenrand Schreie. Sie sah, dass die Leute zurückwichen und Platz machten.

»Schnell, ein Arzt, die Frau kommt nieder!«, ertönte eine Stimme.

»Wir brauchen keinen Arzt, das übernehmen wir!«, entgegnete eine schrille Stimme.

Rasch breiteten zwei Frauen das Cape unter der jungen Frau aus, während Nicolas, dem Schweißperlen auf der Stirn standen, an der Seite seiner Frau kniete.

Kleid und Unterrock nach oben geschoben, die Beine gespreizt, rang Valentine nach Luft, während die Menge sie nicht weiter beachtete und sich um sie schloss. Vier Frauen blieben bei ihr und riefen: »Presst! Presst!« Ihre Schreie wurden von der entfesselten Menge übertönt.

»Tod dem Verkommenen!«, hörte man überall. »Hängt ihn! Er muss sterben!«

»Mathilde«, rief Valentine plötzlich, während sie ihr Kind herauspresste, das zwei Frauen mit ausgestreckten Händen in Empfang nahmen, während die beiden anderen Blut und Schweiß vom Körper der jungen Mutter wischten.

Jetzt legte man das Seil um den Hals von Guillaume. Mathilde spürte, wie eine Schweißperle ihren Rücken hinunterrann. Das Seil würde seinen Hals, dessen Geruch ihr noch in der Nase war, heftig zusammenschnüren.

»Bringt saubere Tücher und eine Schüssel Wasser.«

Mathilde begann zu zittern. Ein Schwindel erfasste sie.

»Zieht das Seil. Hängt ihn! Er soll krepieren, und der Teufel soll ihn holen!«

»Valentine!«, rief Mathilde. »Valentine!«

Sie ließ die Zügel von Fildor los und das Pferd inmitten der Menge stehen. Dann stürzte sie, zugleich von überschwänglicher Freude und unermesslichem Entsetzen erfüllt, zu dem Neugeborenen, das man ihr mit dem Kopf nach unten reichte.

So erlebte sie zugleich den ersten Schrei des Kindes und den letzten Atemzug Guillaumes.

25.

François I. war erneut nach Italien aufgebrochen und konnte nach dem Sieg von Marignan nur als Sieger heimkehren. So dachten zumindest seine Waffenbrüder. Leider musste er sich derzeit jedoch gegen die zahlreiche Angriffe von Charles Quint verteidigen.

Da ihr geliebter Bruder sich nicht am Hof von Blois aufhielt und ihre Schwiegermutter nach ihr verlangte, war Marguerite nach Alençon und Mathilde in die Werkstätten ihrer Mutter zurückgekehrt. Nachdem sie zusammen mit ihrer Schwester, Nicolas und dem Kind heimgekehrt war, schien Mathilde ihre Lebensfreude verloren zu haben. *Die Dame und der Papagei*, die noch immer auf dem Rücken von Fildor lag, erinnerte sie unablässig an das traurige Ende von Guillaume de Montalon.

In der Abwesenheit des Königs ging es am Hof von Blois und Amboise gemächlich zu. Louise d'Angoulême sicherte während der Italienkriege ihres Sohnes seine Herrschaft, und Marguerite versuchte, sich auf Schloss d'Alençon mit der Dichtung Clément Marots und den Reden von Briçonnet die Zeit zu vertreiben.

Charles d'Alençon war die Führung der Armeen in der Champagne anvertraut worden, wo er mit Hilfe von Montmorency, dessen Armee ihr Lager in Attigny aufgeschlagen hatte, die Städte im Osten befestigte, vor deren Toren Charles Quint lagerte.

Die Bedrohung des Königreichs schien Marguerite tief zu betrüben. Von jetzt an waren die Zeiten nicht mehr von Feiern und

Vergnügungen geprägt. Man erwartete, dass die Engländer kamen, und musste den Norden Frankreichs gegen mögliche Angriffe schützen.

Italien, wohin François die zwei Brüder von Françoise de Châteaubriant schickte, denen er hohe Auszeichnungen verliehen hatte, änderte nichts an der Situation. Es ging nicht mehr darum, große Triumphe im Ausland zu erringen, sondern darum, das eigene Königreich zu retten.

Während der französische König die Champagne verteidigte, begab sich Marguerite häufig nach Meaux, wo Bischof Briçonnet sie mit seinem starken tiefen Glauben aufrichtete. Er erinnerte sie an die Mission, derer sie sich seiner Meinung nach voller Eifer widmen sollte: die Erneuerung der französischen Kirche.

Wenn sie sich nicht sehen konnten, schrieben sie sich, und Marguerite sprach ihrer Mutter gegenüber von Briçonnet wie von einem Vater, einem Beichtvater, einem Freund, der ihr half, die existenziellen Krisen zu überstehen, die sie hin und wieder durchlitt.

Mit Ausnahme von den Gedichten, die Clément Marot und ihr Bruder lesen durften, war Bischof Briçonnet der Einzige, dem Marguerite zeigte, was sie schrieb. Es handelte sich um Texte, in denen sich Alltägliches und Spirituelles begegneten, in denen ihr Glaube, der ihrer Meinung nach zu unbeständig war, von einer Idee zur anderen schwankte, in denen ihre Barmherzigkeit auf egoistische Interessen stieß.

Im Gegenzug sandte ihr der Bischof flammende Reden, die von tiefem Glauben geprägt waren. Wenn Marguerite sich in heiklen Konflikten ereiferte, fand Briçonnet stets die besseren Argumente.

Die junge Frau hatte sich einen kleinen Freundeskreis aufgebaut, den sie regelmäßig in Argentan oder in Mortagne traf. Häufig begegnete man sich bei Briçonnet, und die Duchesse d'Alençon, die ihnen treue Unterstützung gewährte, begann richtiggehend Propaganda zu betreiben. Der Kreis von Meaux, dem Marguerites ganze Sympathie galt, drang nach und nach in das Bewusstsein der Gebildeten und Prälaten vor. Doch die Sorbonne wehrte sich heftig gegen diesen Kreis und ging gegen die Übersetzung der neuen Evangelien vor.

An diesem Morgen, als Marguerite gerade im Begriff war, das Schloss zu verlassen, um sich nach Meaux zu begeben, wo sie eine Unterredung mit Briçonnet hatte, erreichte sie ein langer Brief ihrer Mutter. Er stimmte Marguerite traurig, denn sie erfuhr von der plötzlichen Erkrankung von Prinzessin Charlotte, die unter Erschöpfung litt und nicht mehr essen noch spielen wollte.

»Sobald ich aus Meaux zurück bin, werde ich nach Blois reisen«, erklärte sie ihrer Schwiegermutter, die sich aus ihrem Bett, das sie nicht mehr verließ, mit zittriger Stimme nach Neuigkeiten von der königlichen Familie erkundigte.

»Ihr seid kaum zurück und wollt schon wieder aufbrechen«, beklagte sich die alte Frau, die die beruhigende Gegenwart ihrer Schwiegertochter schätzte. »Gott! Diese Reisen werden lästig.«

Marguerite wagte nicht zu erwidern, dass sie das Reisen überhaupt nicht als lästig empfand und stets mit Freude aufbrach. Sie verlieh lediglich etwas zurückhaltend ihrer Sorge um Charlotte Ausdruck.

»Das Kind verfügt über eine solide Konstitution«, bemerkte sie. »Sie müsste sich in den nächsten Tagen erholen. Gleichwohl betrübt es mich zu wissen, dass sie leidet, und ich möchte an ihrer Seite sein.«

»Hat sie nach Euch verlangt?«, murmelte die zittrige Stimme.

»Zweifellos. Ihr wisst, dass sie mir sehr verbunden ist und umgekehrt ebenso. Dass Charlotte bettlägerig ist, beunruhigt mich.«

Die alte Frau wiegte müde das Haupt und ließ sich auf die Stirn küssen.

»Wohin wollt Ihr?«, fragte sie.

»Nach Meaux. Ich werde bald zurück sein.«

Im Hof stand die Kutsche bereit, die Pferde waren angespannt. Marguerite und Blanche stiegen ein.

Obwohl Marguerite der Weg üblicherweise recht kurz erschien, war er nicht an einem Tag zu bewältigen. Nachdem die ersten Felder und der Wald von Alençon hinter ihnen lagen, ließ der Kutscher die Pferde gemächlich durch Täler und Ebenen traben, hinter Mortagne zog das Tempo der Kutsche erneut ein wenig an.

»Es wäre besser, wenn wir heute Abend in Saint-Germain wären«, bemerkte Blanche, die stets etwas beunruhigt war, wenn sie ohne Eskorte reisten.

Jean-Baptiste lenkte die Kutsche über die gerade Straße nach Saint-Germain. Es herrschte wenig Verkehr, sodass das Gespann nur selten an den Straßenrand fahren musste, um eine andere Kutsche vorbeizulassen. Er überholte einige Händler und Hausierer, die auf dem Rücken eines Maultiers reisten, und verlangsamte die Geschwindigkeit am ersten Gasthaus, jedoch ohne anzuhalten, da es noch nicht sehr spät war und man noch einige Meilen zurücklegen konnte.

Wenn die Kutsche einem Bauern begegnete, der ruhig an der

Seite seines mit Heu oder mit Werkzeug beladenen Esels herlief, wünschte Jean-Baptiste ihm einen guten Tag. Hin und wieder kam es vor, dass der Kutscher neben einem Mädchen herfuhr, das sinnlich die Hüften schwang, während es Körbe mit Proviant für die Bauern trug. Manchmal arbeiteten diese weit weg von zu Hause und konnten nicht zum Mittagessen heimkehren. Jean-Baptiste scherzte ein wenig mit den Mädchen, wobei er mit leiser Stimme sprach, damit die Duchesse d'Alençon ihn nicht hörte.

Auf den Feldern zog man Furchen zum Einsäen. Die braune Erde, die fest vom Winter war, weichte langsam auf, und die noch schüchterne Sonne sandte ihre noch schwachen Strahlen auf ein Land, das mit zahlreichen Geräuschen und Farben erneut zum Leben erwachte.

In der großen Kurve, die zum Gasthaus »Zur schönen Quelle«, führte, holten zwei Reiter, die mit hoher Geschwindigkeit heranritten, die Kutsche ein. Einen Augenblick befanden sie sich auf gleicher Höhe, und die jungen Frauen schlossen die Vorhänge ihres Fensters, um die zwei Fremden nicht anzustarren.

Sie bemerkten, dass Jean-Baptiste das Tempo der Pferde drosselte, damit die Reiter die Kutsche überholen mussten.

»Wer sind diese Reiter?«, murmelte Blanche. »Ihr Verhalten schien mir ziemlich gewagt. Wer könnten sie sein?«

»Ich weiß es nicht. Vermutlich sind sie auf dem Weg nach Meaux.«

»Sind das etwa Helfershelfer Eures Bischofs Briçonnet?«

»Blanche! Wie kommt Ihr darauf?«

»Habt Ihr nicht selbst gesagt, dass einige übereifrige Anhänger Briçonnet derzeit Verdruss bereiten?«

Sie zog vorsichtig einen der Vorhänge zurück und warf einen Blick durch den Spalt.

»Die Mühen, die er für die Reform der Religion auf sich nimmt, scheinen ihm einigen Ärger einzubringen.«

Marguerite lachte gezwungen, aber Blanche bemerkte, dass sie besorgt wirkte.

»Zweifellos, Blanche«, erwiderte sie und zog ebenfalls den Vorhang zur Seite, um zu sehen, was die beiden Fremden vorhatten. »Aber was wollt Ihr tun?«

»Ich finde, dass Ihr hin und wieder ein Risiko eingeht, so gering es auch sein mag, und dass Eure Begegnungen und Gespräche vielleicht überwacht werden sollten.«

»Ach Blanche, Ihr seht überall Gefahren. Diese Reiter sind Spaßvögel, die sich auf unsere Kosten amüsieren. Seht nur«, sagte sie und zog mit einem Ruck die Samtvorhänge vor dem Fenster zur Seite, »sie verlangsamen die Geschwindigkeit, dann werden sie wieder schneller.«

Blanche entgegnete nichts und blickte ihrerseits neugierig hinaus. Ein Stück Weges und ein paar Augenblicke später ging alles sehr schnell. Ein dritter Reiter in schwarzer Rüstung kam ihnen mit ausgestreckter Lanze entgegen und stieß den ersten Reiter vom Pferd.

Der angegriffene Mann rollte über den Boden an den von Ulmen gesäumten Straßenrand, an dem die ersten frühlingshaften Blätter sprossen, und verschwand im Buschwerk, das ihn vermutlich etwas unsanft in Empfang nahm. Sein verängstigtes Pferd galoppierte allein weiter. Erst als der schwarze Reiter ganz am Horizont verschwunden war, kam der andere seinem Begleiter zu Hilfe.

»Haltet an, Jean-Baptiste!«, rief Marguerite.

»Halten wir uns aus dieser Angelegenheit heraus«, widersprach Blanche. »Setzen wir unsere Reise fort, Marguerite. Wir sollten nicht anhalten.«

Aber sie wusste bereits, dass Marguerite nicht auf sie hören würde.

»Was fürchtet Ihr, Blanche? Jean-Baptiste ist stark und kann uns im Falle unvorhergesehener Schwierigkeiten verteidigen. Seht, er steht wieder auf!«

Tatsächlich richtete sich der Mann, der vom Pferd gestürzt war, wieder auf und kroch aus dem Dornengestrüpp. Sein Begleiter brachte ihm sein Pferd, woraufhin sie ihren Weg augenblicklich in großer Eile fortsetzten.

In Meaux erwartete sie eine unschöne Überraschung. Die Mauern der Kathedrale waren mit Texten beschmiert, die den Papst als Antichristen bezeichneten, Bilder der Jungfrau waren in Fetzen gerissen. Auf dem Platz hingen Schilder, auf denen man die Urheber der Freveltaten öffentlich verurteilte.

Blanche hatte sich zu Recht gefürchtet. Die beiden jungen Frauen erfuhren, dass der Reiter, der unterwegs vom Pferd gestoßen worden war, ein Vertrauter von Briçonnet war, der sich etwas unvorsichtig verhalten hatte, und dass die Sorbonne einen Verbrecher beauftragt hatte, ihn zu töten.

Die Zunft der Wollkämmerer wurde allgemein beschuldigt, und man begegnete in den Straßen armen Arbeitern, die mit einer Lilie auf der Stirn gezeichnet waren. Die Sorbonne verurteilte die Werke eines gewissen Lefèvre d'Etaples als Ketzerei.

»Marguerite, dieser Bischof hat Euch selbstverständlich auserwählt, damit Ihr Euch für seine Reformversuche einsetzt. Aber seht Ihr nicht, dass das lebensgefährlich ist?«

»Ich bin die Einzige, die derzeit zwischen den Geistlichen

und dem König vermitteln kann, der mit seinen Kriegen zu tun hat und sich nicht um die Religion kümmern kann.«

»Dies ist ein Geständnis, Marguerite. Ihr erkennt selbst, dass Euer Bruder vermutlich nichts tun kann.«

»Gewiss, aber nur, wenn ich ihm nicht davon berichte.«

»Wie wollt Ihr den König zu einer Reform drängen, die jeden Tag notwendiger wird, wenn der Krieg ihn völlig einnimmt?!«

»Richtig. Ich bin derzeit die Einzige, Blanche, die sich darum kümmern kann«, antwortete Marguerite, während die Kutsche sich auf den Rückweg begab.

»Wohin brecht Ihr zu so früher Stunde auf, Marguerite?«, fragte Charles seine Frau, die ein smaragdgrünes Kleid und einen dazu passenden Hut mit einer schwarzen Feder trug und sich eilig auf den Rücken von Attalante schwang.

»Ihr wisst doch, Charles, dass ich gern am Morgen ausreite.«

Seit einiger Zeit zeigte sich Charles argwöhnisch seiner Frau gegenüber, als würde er seine Streitlust an ihr auslassen, solange sie ihm weit entfernt von ihrem Bruder nicht entkommen konnte. In Blois oder Amboise war sie nur offiziell seine Frau, und in Gegenwart des Königs verstummten seine Vorwürfe augenblicklich. In Alençon gewährte er sich indes das Recht, seine Frau zu überwachen, gegebenenfalls zu kritisieren und besser noch herumzukommandieren.

Er wusste allerdings, dass Marguerite in der Touraine oder auf seinem Sitz in der Normandie tat, was ihr gefiel.

»Ich habe Euch gefragt, wohin Ihr wollt, meine Liebe!«

»Aber, Charles, ich mache einen Ausflug. Ich habe Euch noch nie über mein Tun und Treiben aufgeklärt. Noch weniger darüber, wohin ich reise.«

Sie gab Philibert ein Zeichen, und er entfernte sich, nachdem er ihr die Zügel von Attalante gereicht hatte.

»Da Ihr alles wissen wollt, ich reise nach Mauves, aber vielleicht auch bis Meaux.«

»Ich verbiete Euch, in diese Stadt zu reisen, die sich zu einer Quelle der Unruhe und der Proteste entwickelt hat.«

»Seid unbesorgt. Blanche begleitet mich«, sagte sie und drehte sich zu Madame de Châtillon um, die ihr Pferd am Zügel heranführte.

»Bei allem Respekt, den ich Eurer Freundin, der Madame de Châtillon, entgegenbringe, sehe ich nicht ganz, wie sie Euch ernsthaft beschützen sollte! Bellegarde wird Euch begleiten.«

»In Wahrheit ertragt Ihr es nicht, mein Lieber, dass ich Euer Anwesen, das nun auch das meine ist, verlasse. Die Gegenwart Eures Schildknappen beruhigt Euch, weil er Euch jedes Details der Reise berichten wird.«

»Was wollt Ihr in Meaux?«

»Charles, ich bin Eure Fragen nicht gewohnt und bitte Euch, mir keine mehr zu stellen.«

Sie trieb ihr Pferd an, das, gefolgt von Blanche, sogleich in leichten Trab verfiel. Sie ritten schweigend bis zum Abend, übernachteten in Saint-Germain, standen früh auf und ritten weiter bis nach Meaux.

Clément Marot erwartete sie am Stadttor. Er wirkte beunruhigt und ungeduldig. Der Ausdruck, der in seinen Augen lag, schien bedrohlich.

»Briçonnet erwartet Euch«, stieß er eilig hervor. »Ihr dürft aber nicht die Kathedrale betreten. Macht rechts einen Bogen um sie. Ihr findet ihn im Schuppen des Gemüsegartens.«

»Droht uns Gefahr?«

»Die Kathedrale ist geschlossen. Angehörige der Sorbonne halten jeden auf, der sie betreten will. Wir nehmen den Weg oben durch die Altstadt hinter der Place Publique entlang. Von dort führt ein Weg zu den Läden der Wollkämmerer, die man alle festgenommen hat. Am Ende folgt eine Reihe Gärten, die bis an die Kathedrale heranreichen.«

»Ist der Weg sicher?«, erkundigte sich Blanche, die plötzlich sehr blass aussah.

»Die Straße, die wir nehmen, befindet sich außerhalb der Gefahrenzone und außerhalb der Reichweite der bewaffneten Männer. Abgesehen davon kann man allerdings nicht sagen, dass die Unruhen kein Risiko bergen. An den Mauern der Kathedrale hängen überall Bekanntmachungen, die vor uns warnen. Man hat alle Marien- und Heiligenstatuen zerschlagen und zerstört.«

Als sie die Gärten der Wollkämmerer erreicht hatten, fanden sie schnell das Grundstück, das an das der Kathedrale grenzte. Während sie hinten um das Gotteshaus herumgingen, vernahmen sie düstere Rufe von der Place Publique.

»Sie peitschen diese armen Menschen aus.«

»Aber was haben sie getan?«, fragte Blanche bekümmert.

»Sie lassen sich nicht erniedrigen, sie setzen sich zur Wehr. Zwei hat man gestern im Morgengrauen gehängt. Sie riefen nach dem Antichrist.«

Briçonnet, der sie aus der Hütte gesehen hatte, kam vorsichtig heraus und ging auf seine Freunde zu. Er hatte sein Bischofsgewand gegen zivile Kleidung getauscht. Als er Marguerite erreichte, fasste er herzlich ihre Hände.

»Ich musste Euch sehen. Als Ihr das letzte Mal hergereist seid, konnte ich nicht mit Euch sprechen.«

Briçonnet schüttelte traurig den Kopf.

»Hört nur!«, murmelte er.

Marguerite lauschte und vernahm die Schreie der Gefolterten. Sie jammerten und ertrugen im Namen ihrer Religion, dass man ihre bereits blutverschmierten Körper auspeitschte.

»Gehen wir näher heran«, sagte Clément Marot. »Die Duchesse d'Alençon muss sich ein Bild machen, damit sie dem König davon berichten kann.«

Zwischen den pfeifenden Peitschenhieben und den Schreien der Gefolterten hörte man eine Art laute Litanei: »Nieder mit den Werken von Lefèvre d'Etaples!«

»Sie wollen ihn festnehmen. Ich habe ihn bei mir versteckt. Momentan ist er dort sicher. Aber in einigen Tagen wird man mein Haus durchsuchen. Ihn in der Kathedrale zu verstecken, ist ganz undenkbar. Ihr müsst ihm in Alençon Unterschlupf gewähren.«

»In Alençon?!«, wiederholte Marguerite. »Aber …«

»Es muss sein, Marguerite«, beharrte Briçonnet und fasste erneut die Hand der jungen Frau, die er losgelassen hatte, um sich die Stirn zu wischen. »Ob Ihr wollt oder nicht, ab jetzt seid Ihr in die Angelegenheit verwickelt.«

»Das werden wir auf keinen Fall akzeptieren«, schaltete sich Blanche mit angespannten, verzerrten, fast aggressiven Gesichtszügen ein. »Euer Kampf obliegt Euch allein. Ihr täuscht Euch.«

Betreten schwiegen Briçonnet und Marot und wagten nicht, etwas zu erwidern.

Marguerite trat neben Blanche und nahm ihre Hände. Sie schien einen Augenblick zu überlegen, mit welchen Worten sie die Freundin überzeugen konnte. Dann sah sie ihr in die Augen, führte eine Hand an ihre Lippen und küsste sie zärtlich. Sogleich verschwand jegliche Aggression aus Blanches Gesicht. Wie könnte sie ihrer Freundin den Wunsch abschlagen? Sie lächelte, dann seufzte sie.

»Holen wir ihn«, sagte sie.

Etwas später, als sie in großer Eile zum Tor von Meaux hinausritten, rief Marguerite ihrem Schutzbefohlenen zu:

»Wir verstecken Euch in Mauves, in einem alten Herrenhaus, das meiner Schwiegermutter gehört. Dort seid Ihr in Sicherheit. Niemand wird Euch dort finden.«

Kaum war Marguerite aus Meaux zurückgekehrt, erreichte sie ein weiterer Brief von Louise. Sie bat ihre Tochter, nach Blois zu kommen, um sich um Charlotte zu kümmern, die von Tag zu Tag schwächer wurde.

Wenn Marguerite das kleine Mädchen unter François' Kindern bevorzugte, dann, weil sie einiges gemein hatten. Charlotte war ein fröhliches, aufgewecktes Kind, das die Feste und Zerstreuungen bei Hofe liebte. Doch sie war auch aufmerksam, wissbegierig und nachdenklich. Wenn sie eine Frage stellte, wusste sie stets, ob die Antwort ihren Erwartungen entsprach.

Erneut traf Marguerite Vorbereitungen, umarmte ihre Schwiegermutter, die verstimmt war, da sie auf Marguerites Anwesenheit verzichten musste, und ihren Ehemann, den Eifersucht plagte, weil sie sich erneut in das prunkvolle Leben am Hof stürzte. Sie erteilte den Dienern einige Anweisungen, dann stieg sie in Begleitung ihres intimsten Gefolges in Gestalt von Blanche und Catherine in die Kutsche, um in höchster Eile in die Touraine zu reisen.

Als Charlotte erkrankte, hatte Louise Amboise verlassen und war in Blois geblieben, wo sie jede Nacht am Bett des Kindes wachte. Marguerites Herz begann heftig zu schlagen. Sie befiel eine dunkle Vorahnung.

»Ihr erscheint mir äußerst erschöpft, Mutter«, stellte sie fest, als sie Louises rot unterlaufene Augen bemerkte, in denen ein düsterer Ausdruck lag. »Macht Euch keine Sorgen mehr. Jetzt bin ich da und werde so lange bei Charlotte Wache halten, wie es nötig sein wird.«

Auf der breiten Treppe, die zu den Gemächern der Königin führte, stieß Marguerite auf zwei Söhne ihres Bruders – François und Henri.

Der ältere war offenherziger und beteiligte sich an allen kindlichen Streitereien, an allen Spielen und Späßen, die sein junges Leben füllten. Seine Augen funkelten ebenso fröhlich wie die seines Vaters. Unablässig warf er schalkhafte Blicke auf seine Umgebung, die er mühelos mit seiner stets guten Laune unterhielt. Er verströmte eine unbändige Energie, die man mit Zurechtweisungen in Bahnen lenken musste, was er gütig zur Kenntnis nahm, ohne ihnen weitere Beachtung zu schenken. Seine blonden Haare fielen in Locken auf die Schultern herab, und sein sicheres Auftreten machte aus ihm einen beliebten Thronfolger, den der Hof zu bewundern schien.

So fröhlich, aufgeweckt und ausdrucksstark der ältere war, so schweigsam gab sich der jüngere. Henri besaß allerdings jede Menge Charme. Trotz der sanften verträumten Augen fesselte einen sein feuriger Blick, und wenn er innehielt, um die Erwachsenen zu betrachten, schien er sie unerbittlich zu analysieren. Wie Charlotte stellte er Fragen und merkte sich nur die besten Antworten.

Die Comtesse d'Angoulême, die den Ammen folgte, sorgte sich um ihre Tochter, und obwohl Marguerite ihr nichts von den

Schwierigkeiten mit ihrem Mann anvertraut hatte, begann Louise zu bedauern, dass sie diese Ehe angestiftet hatte, die offensichtlich gescheitert war. Damals war sie nur am Heil ihres Sohnes interessiert gewesen.

»Mutter, ich möchte Charlotte sogleich besuchen.«

»Willst du nicht erst Claude begrüßen?«

»Zuallererst möchte ich zu Charlotte.«

Louise widersprach nicht, und nach einem letzten Kuss für die anderen Mädchen gingen sie über den Flur zum Zimmer der jungen Kranken.

Als sie den Raum betrat, erschrak Marguerite. Das Kind lag in einem abgedunkelten Zimmer. Zwei Lampen brannten an ihrem Bett und tauchten den Rest des Zimmers in Dunkel oder Halbdunkel.

Als sie an der Truhe vorbeikam, griff Marguerite eine der Lampen, die dort stand, und beleuchtete damit das Gesicht von Charlotte. Das Kind war stark abgemagert, und unter seinen großen blauen Augen, die einst so fröhlich gefunkelt hatten, lagen große dunkle Schatten. Ihre Wangen waren nicht mehr die kindlichen Pausbacken von einst, in denen zwei winzige Grübchen erschienen, wenn sie lachte, sondern blass und eingefallen.

»Tante Marguerite«, hauchte das kleine Mädchen, »ich freue mich so, Euch zu sehen.«

Die junge Frau stellte die Lampe auf den Boden und fasste ihre Nichte an den Schultern.

»Mein kleiner Liebling, du wirst schnell wieder gesund werden. Anschließend fahren wir in die Normandie und machen weite Ausritte.«

»Gern, Tante Marguerite, aber ich bin so müde. Ich weiß nicht, ob wir das schaffen.«

Leise ging die Tür auf, und die Königin trat ein. Obwohl sie nicht schwanger war, besaß sie einen beträchtlichen Leibesumfang, sie war beinahe dick. Ihre Gehbehinderung verstärkte sich durch ihr ansehnliches Körpergewicht, und sie hinkte stark.

Sie betrachtete traurig ihre Tochter, dann richtete sie den Blick auf ihre Schwägerin. Louise, die hinter Claude hereintrat, ging auf das Bett zu und schüttelte die Decke aus. Anschließend sorgte sie behutsam dafür, dass das Gesicht des Kindes nicht verdeckt war.

»Mir scheint, dir ist zu warm, Charlotte.«

»Hat sie Fieber?«, erkundigte sich Claude.

Sie legte die Lippen auf die feuchte Stirn ihrer Tochter und murmelte mit müder Stimme:

»Ich überlasse sie Euch, Marguerite. Ihr habt nicht die ganze Reise auf Euch genommen, um gleich wieder aufzubrechen, oder? Ich bin so erschöpft. Sobald ich ein paar Schritte gehe, bin ich außer Atem und bekomme keine Luft mehr.«

»Eure letzte Schwangerschaft hat Euch völlig ausgelaugt, Claude. Eure letzte Tochter ist ein so pausbäckiges Kind, es hat Euch alle Energie geraubt. Ruht Euch aus, und sorgt Euch nicht. Ich bleibe in diesem Zimmer, bis Charlotte wieder zu Kräften kommt.«

Das Gefolge der Königin wartete an der Tür auf sie, und sobald sie das Zimmer verlassen hatte, brachten sie sie in ihr Zimmer zurück, das sie kaum noch verließ.

»Tante, bitte reist nicht wieder ab!«, flehte das geschwächte Kind.

»Na, weißt du, was wir zwei jetzt machen? Wir öffnen weit das Fenster und betrachten den Himmel.«

»Ist er noch immer blau?«

»Natürlich, und heute Morgen zeigt er sich in seiner ganzen Pracht.«

Das Mädchen lächelte schwach, dann erkundigte es sich besorgt:

»Esst Ihr mit mir?«

»Ich esse mit dir, und ich schlafe bei dir, und jeden Abend erzähle ich dir die Geschichte vom dicken Zyklopen, der sich in die schöne Nixe verliebte.«

Trotz ihrer Schwäche brachte das Mädchen ein weiteres Lächeln zustande.

»Also, öffnen wir das Fenster. Ich will sofort den Himmel sehen. Anschließend esse ich Hühnchen und Honigkuchen.«

Eine Woche lang wich Marguerite nicht von der Seite des Kindes. Nur am Morgen und am Abend verließ sie Charlotte kurz, um ihre anderen Nichten und Neffen zu umarmen, die das Zimmer ihrer Schwester nicht betreten durften, da Kinderkrankheiten damals verheerende Folgen hatten und Kinder häufig an Fieber starben.

Nach einer leichten Verbesserung, die nur wenige Tage anhielt, verschlechterte sich Charlottes Zustand. Marguerite nahm ihre Hände und bedeckte sie mit zärtlichen Küssen. Doch eines Morgens war das Kind zu schwach, um sich noch länger zu wehren.

»Tante, sagt mir, was der Tod ist.«

Die junge Frau zuckte zusammen, und Tränen traten in ihre Augen. Sie bemühte sich, es dem Kind nicht zu zeigen, und drängte sie zurück.

»Das ist etwas Schönes«, sagte sie. »Man kommt in einen hübschen hellen sonnendurchfluteten Garten, in dem schöne Blumen blühen. Die Seele ist ganz rein und froh.«

»Stimmt das, Tante Marguerite?«

Marguerite nickte.

»Ja, mein Liebling. Der Tod ist ein großes Fest für jene, die gehen. Nur die, die auf der Erde zurückbleiben, sind manchmal sehr traurig.«

»Ich will nicht, dass Ihr nach meinem Tod traurig seid.«

»Versprochen, Charlotte, ich werde deinetwegen nicht traurig sein.«

In der darauffolgenden Nacht starb das Kind. Es lag in Marguerites Armen, die aussah, als wolle sie es nie mehr loslassen.

26.

Am Hof herrschte große Trauer über den Tod von Prinzessin Charlotte. Alix war tief bestürzt. Gern hätte sie ihrer Freundin Louise in dieser Situation beigestanden, doch sie hatte zu viele andere Probleme, um die sie sich kümmern musste. Alix erfuhr die traurige Nachricht durch einen langen Brief von Louise, der sie erreichte, als sie gerade nach Paris aufbrechen wollte. Sie musste die *Galanterien*, die König Guillot gestohlen hatte, als ihr Eigentum identifizieren.

Seitdem der Anführer der bösen Kerle gehängt worden war, verkroch Mathilde sich in Tours. Sie betonte wiederholt, dass sie allein sein und mit niemandem sprechen wollte. Weder Mathias noch Pierrot konnten ihr Schweigen brechen, und selbst die alte Bertille nicht. Mathilde schloss sich in ihrem Zimmer ein, aß wenig und schlief schlecht. Ständig sah sie die funkelnden Augen von König Guillot vor sich.

So hatte sie sich auch geweigert, ihre Mutter nach Paris zu begleiten, stattdessen reisten nun Valentine und Properzia mit ihr. Letztere kam dank der finanziellen Unterstützung, die Philippa ihr im Gegenzug für ihre Arbeit gewährte, langsam wieder auf die Beine und beabsichtigte, in der Hauptstadt einige Freunde und Bekannte aus Italien wiederzusehen.

Vor ihrer Abreise entschied Nicolas, seine Frau nach Paris zu begleiten, falls die Wachen und Soldaten aus dem Rathaus sie beide befragen müssten.

Die Hauptstadt hatte sich verändert. Erleichtert, endlich nicht mehr in Angst und Schrecken zu leben, liefen die Pariser auf die Straße und verliehen ihrer Freude Ausdruck. Sie bejubelten den neuen Pariser Vogt und taten lauthals kund, dass sein Vorgänger nichts getan hatte, um sie von diesen widerlichen Verbrechern zu befreien.

Ganz gewiss war der neue Vogt von einem anderen Kaliber. Er nahm die Dinge in die Hand. Jeden Tag wurden Verbrecher festgenommen, gehängt, erwürgt, oder ihnen wurde die Kehle durchgeschnitten, und man hörte überall, dass die Banditen ohne ihren Anführer in Paris kein Unheil mehr anrichten würden.

Alix begab sich sogleich in das Viertel um die Rue Saint-Jacques und war sehr erstaunt, als sie sah, dass die Werkstätten mit den Hochwebstühlen, die sich früher dort befunden hatten, praktisch alle in die Rue du Faubourg-Saint-Jacques umgezogen waren, wo die Brüder Gobelins residierten. Sie galten als neue Meister des Färbens, deren Kühnheit und Geschick in der Textilwelt für Furore sorgten. Sie besetzten mit ihren Werkstätten und Läden die eine Hälfte des wachsenden Viertels und verdrängten die Weber der Hauptstadt in die andere Hälfte.

In der Rue du Faubourg-Saint-Jacques herrschte großer Aufruhr. Die Weber diskutierten über die Wandbehänge, die König Guillot gestohlen hatte. Maler, Händler und Kommanditisten, die an der Herstellung der Tapisserien beteiligt gewesen waren, wollten die Versammlung keinesfalls verpassen, und um Schlag zwölf nahm der neue Vogt an, dass alle anwesend waren. Er gebot ihnen, sich in das Haus von Guillot zu begeben, wo die Tapisserien noch immer ausgestellt waren.

Man sprach von nichts anderem als von den seidenen, schillernden Teppichen, die die Wände des Schurken schmückten.

Die beeindruckenden Werke aus Wolle und Seide, die mit feinen Fäden aus Arras sowie mit Gold- und Silberfäden gearbeitet waren, leuchteten in all ihrer Pracht. Alix konnte nicht den Blick von ihnen wenden. Sie betrachtete jedes Detail, das sie verwenden konnte, jede Farbe, jeden Strich, jede Kontur. Selbst Properzia war von diesen wundervollen Werken fasziniert.

Wegen *Der Aufbruch des verlorenen Sohnes* waren Maler und Zeichner aus Antwerpen angereist, die einst die Kartons geliefert hatten. Das Ensemble *Die freien Künste*, das aus vier Teilen bestand und durch *Die Arithmetik* repräsentiert wurde, interessierte die Finanziers des Werkes, die aus Tours stammten. Wegen des riesigen *Daniel und Nabuchodonosor* kamen flämische Künstler, die für den Entwurf verantwortlich zeichneten.

Dahingegen wurde das erstaunliche, sechs Meter lange Bild *Die Jagd von Devonshire*, in dem die leuchtenden Farben Blau und Karmesinrot dominierten, von Experten betrachtet, bewundert und studiert. Jede Figur, jedes Tier, jeder Grashalm, jede Blume und jeder Farn wurde analysiert, um zu sehen, ob es sich nicht um eine Fälschung handelte.

Wie es aussah, war *Die Jagd von Devonshire* jedoch echt. Einige Experten traten noch näher heran, bis plötzlich eine raue, aber zweifellos gut informierte Stimme ertönte:

»Sie stammen aus dem englischen Schloss Hardwick in Derbyshire. Die Eigentümer sind nach Frankreich gekommen, um sie hier zu präsentieren. Nachdem das Werk verschwunden war, sind sie sogleich wieder abgereist, weil sie überzeugt waren, dass man es in England versteckt habe.«

Nachdem alles in ein Register eingetragen worden war, vermisste niemand *Die Dame und der Papagei*, da niemand von ihr wusste. Es fehlten zweifellos noch andere Werke, denn König

Guillot handelte, womit er wollte und wie er wollte. Aber wenn Mathilde da gewesen wäre, hätte sie sogleich bemerkt, dass noch mehr Kostbarkeiten als nur Tapisserien fehlten. Die Mätressen von Guillaume de Montalon hatten Smaragde und Rubine schönen Webarbeiten vorgezogen.

Eine Reihe mit Lanzen bewaffneter Männer umringte die Menge. Der Vogt von Paris hielt sich an der Seite seiner Administratoren, die die Namen jener aufnahmen, die einen Strafantrag stellen wollten.

»Kläger auf die rechte Seite«, rief einer von ihnen und bedeutete der Menge, sich zu teilen. »Die anderen auf die linke. Los, bewegt Euch!«

Als Alix Namen und Adresse ihrer Werkstätten angab, musste sie den Grund ihrer Klage nennen. Sie hatte sich ausgiebig umgesehen und bereits festgestellt, dass Maître Bellinois nicht zugegen war. Er hatte den Prozess verloren, nachdem der französische König einen Brief an den zuständigen Richter gesandt hatte, in dem er bestätigte, dass die Werkstätten von Alix de Cassex die Millefleurs in dem Teppich *Das höfische Leben* realisiert hatten. Dadurch war Alix jedoch noch nicht von dem Diebstahl der *Galanterien* freigesprochen, dessen Bellinois sie beschuldigte.

Nachdem man sie nun im Haus von König Guillot wiederentdeckt hatte, war Alix entlastet und der neue Prozess, den Bellinois anstrebte, gescheitert. Es war deshalb nicht überraschend, dass er nicht gekommen war, um das triumphierende Lächeln auf den Lippen seiner Widersacherin zu sehen.

»Wo befinden sich die übrigen Teile des Wandbehangs?«

Alix hob den Blick zu dem sie verhörenden Vogt.

»An sicherer Stelle an den Wänden des Château de Chaumont, dem Sitz von Charles d'Amboise.«

»Sind es nicht insgesamt fünf?«

»Nein, verehrter Vogt, es sind sieben.«

Der Mann betrachtete eine Weile die Weberin von kaum vierzig Jahren, in deren Augen ein ungewöhnlicher Ausdruck lag. Ganz sicher hatte er diese Augen schon einmal irgendwo gesehen. Und dieses Lächeln! Ja! Vor allem ihr Lächeln.

»Wo befinden sich Eure Werkstätten?«

»In Tours.«

»Seid Ihr verheiratet?«

»Mein Mann ist in der Werkstatt geblieben.«

Alix begegnete dem Blick des Vogts, der sie ansah, als wolle er ihr etwas sagen, das nichts mit den Tapisserien zu tun hatte, doch dann fuhr er in herrischem Ton fort:

»Die *Galanterien* stehen also Charles d'Amboise zu.«

»Nein, verehrter Vogt, sie stehen mir zu. Ich habe den Duc d'Amboise großzügig für dieses Bild entschädigen müssen, da der Wert des Ensembles durch sein Fehlen beträchtlich gesunken war.«

Beinahe hätte sie noch mehr gesagt und die ganze Geschichte erzählt, da ihr dieser Mann gerecht und wohlwollend erschien. Die begeisterten Rufe der Pariser und der Jubel, mit dem sie ihren neuen Vogt ehrten, bestätigten das.

Der Mann neben ihm schrieb gewissenhaft mit, was sie sagte, während der Vogt sie noch immer aufmerksam ansah. Alix beschloss dennoch, nicht mehr preiszugeben, und überließ ihren Platz dem nachfolgenden Kläger. Dann ging sie rasch zurück zu Valentine, Nicolas und Properzia, die sich auf die andere Seite begeben hatten.

Als Alix und ihre Lieben den Ort des Verbrechens am Nachmittag verließen, war die Menge beträchtlich gewachsen. Es waren Juweliere, Goldschmiede, Parfümeure und Händler verschiedener Luxusartikel hinzugekommen. Alle Geschädigten verlangten im Haus des Verbrechers, was ihnen zustand.

Tapisserien und gestohlene Gegenstände wurden noch nicht in die Hände ihrer Eigentümer zurückgegeben, denn erst wurde alles in die Register aufgenommen und weggeschlossen, bis die Affäre um König Guillot vollständig aufgeklärt war.

Als der Abend nahte und sie müde vom Tag waren, brachen Nicolas und Properzia auf, um eine Unterkunft für die Nacht zu suchen. Währenddessen ruhte sich Valentine an der Seite ihrer Mutter auf einer Brüstung am Ufer der Seine aus.

»Morgen reist du mit Nicolas zurück, mein Liebling. Ich bleibe mit Properzia in Paris. Sie muss ihre Kontakte mit den italienischen Finanziers auffrischen, und ich will mit den Brüdern Gobelins sprechen, von denen man in der gesamten Textilwelt spricht.«

»Ach Mama, ich wäre so gern noch ein bisschen länger in Paris geblieben.«

»Mein Liebling, du kommst eines Tages mit Nicolas wieder. Du wirst genug Gelegenheit haben, vor allem wenn ich es schaffe, einige Termine bei den Gobelins zu erhalten. Aber momentan mache ich mir Sorgen um Mathilde. Es beruhigt mich, wenn ich dich bei ihr weiß.«

»Du hast recht. Mathilde scheint zu niedergeschlagen, um allein zu bleiben.«

Als sie Hufgeklapper vernahmen, drehten sie sich um. In der Ferne erschien ein Reiter, dessen Silhouette sich vor der untergehenden Sonne abzeichnete. Er kam ohne Eile näher, und als er sich auf ihrer Höhe befand, hielt er sein Pferd an. Aus seinen glänzenden schwarzen Augen blickte er lange in Valentines. Es folgte Schweigen, das seltsam angespannt wirkte. Alix schien überrascht von diesem unerwarteten Halten, von diesem kurzen Augenblick, den sie als Ehre für ihre Tochter deutete, und trat näher. Da Valentine ihrer Mutter nichts von Mathildes Geheimnis, die sich in den Banditen verliebt hatte, verraten wollte, wagte sie nicht zu sprechen und begnügte sich damit, den Mann schweigend anzusehen.

Da sie sein Gesicht während der Unterredung mit ihrer Mutter nicht gesehen hatte, als der Administrator die Aussagen der Kläger aufgenommen hatte, wusste sie nicht, dass es sich um den neuen Vogt von Paris handelte. Aber ihre Mutter hatte ihn sofort erkannt.

»Dame Cassex, ich nehme an, das ist Eure Tochter. Sie sieht Euch ähnlich. Ich habe sie vorhin in der Menge bemerkt, als ich Euch befragt habe.«

Er wandte sich erneut zu Valentine und fügte hinzu:

»Ist Euer Mann Nicolas ebenfalls in Paris?«

»Ja. Er sucht ein Gasthaus für die Nacht.«

Alix sah, wie der Mann den Kiefer anspannte.

»Woher kennt Ihr Nicolas?«, erkundigte sich Alix, entschlossen, diese seltsame Situation zu verstehen.

»Mama«, unterbrach Valentine hastig, »ich bin müde. Gehen wir ins Gasthaus.«

Der Vogt sprang augenblicklich vom Pferd und baute sich vor Valentine auf.

»Ihr habt noch kein Gasthaus, Euer Mann sucht erst eine Bleibe.« Dann wandte er sich an Alix: »Erlaubt Ihr, dass ich in nächster Zeit Eure Werkstätten in Tours besichtige? Vielleicht nutze ich die Gelegenheit, Euch *Die Galanterien* zurückzubringen, wenn der Fall Guillot bis dahin aufgeklärt ist.«

Alix hätte gern mehr erfahren, sah jedoch ein, dass weder dieser Mann noch Valentine ihr mehr verraten würden. So antwortete sie schlicht: »Einverstanden.«

Ihre Blicke kreuzten sich. Schließlich war es ihm gelungen, den Blick von Valentines Augen loszureißen, als wollte er sich davon überzeugen, dass er nicht von ihnen besessen war. Doch vergeblich, immer wieder kehrte sein Blick zu ihr zurück, ohne dass er ihr Fragen stellen konnte.

Wie hätte Alix wissen sollen, dass der Vogt vor den Parisern schlecht dastünde, wenn er ihnen erklären müsste, dass er sich bemüht hatte, alle Gefangenen von König Guillot zu befreien? Alle hätten gefragt, warum er ihn nicht früher den Soldaten ausgeliefert hatte.

Doch im Hinblick auf seine neue Funktion als Vogt war es viel zu früh, ihnen zu gestehen, dass König Guillot, Guillaume de Montalon, sein Bruder gewesen war.

Noch nie hatten Alix und Properzia ein Zimmer geteilt, ganz zu schweigen von einem gemeinsamen Bett. Zum ersten Mal fanden sie sich Seite an Seite, Arm in Arm unter dem weichen Federbett eines Gasthauses wieder.

Im Kamin brannte ein hübsches Feuer. Properzia hatte entschieden abgelehnt, dass jemand anders kam, um die Flammen zu entfachen, das wollte sie selbst übernehmen. Sie liebte diese Tätigkeit, und während sie beobachtete, wie sich Alix wie eine rollige Katze unter den wohlig warmen Laken räkelte, stocherte sie energisch mit dem Schürhaken in der Glut.

Das Feuer flackerte auf, und die Schatten tanzten über die Mauern und mischten sich mit denen der zwei noch brennenden Lampen.

»Eine unvergessliche Nacht, von der dein Mathias nichts ahnt«, sagte sie, als sie wieder zu ihrer Freundin ging.

Sie glitt neben Alix in das große Bett und spürte die angenehme Wärme von Alix' nacktem Körper. Sie rückte näher, bis Alix' Brüste ihren Bauch und ihre Schenkel berührten. Dann legte sie den Arm um sie und zwang sie, sich an sie zu schmiegen.

»Mein Herz!«, sagte Properzia lachend. »Heute Abend sind wir allein auf der Welt. Das Universum gehört uns. Wir schaden niemandem, denn du bist nicht mit einem Liebhaber fortgegangen, und Valentine liegt in diesem Augenblick in den Armen Nicolas' und flüstert ihm liebevolle Worte ins Ohr.«

»Ja«, seufzte Alix. »Aber es bleibt noch Mathilde!«

»Ach Alix«, antwortete Properzia und strich mit den Lippen über den Hals ihrer Freundin, »lass Mathilde ihr Leben leben. Sie ist kein Kind mehr. Du kannst ihr ungestümes Naturell, ihr ständiges Bedürfnis zu flüchten nicht ändern. Ist es nicht am wichtigsten, dass sie einen klaren Geist und einen freien Körper besitzt?«

»Richtig, aber genau das hat sie nicht!«

Properzia ließ ihre heißen Lippen an dem Hals von Alix hinunter bis zu ihren Brüsten gleiten, von denen sie mit unendlichem Genuss kostete.

Alix wich leicht zurück, und Properzia ließ von den rosa Knospen ab, die sie mit ihrer Zunge liebkost hatte.

»Inwiefern ist sie das nicht?«, entgegnete Properzia und hob den Kopf.

»Du vergisst, was dieses Scheusal Hieronymus ihr angetan hat.«

»Das wird sie vergessen, da bin ich mir sicher. Und wir werden diesen Mann für das bezahlen lassen, was er ihr angetan hat.«

Alix richtete sich auf.

»Du hast recht. Ich glaube, dass sie diesen Dämon vergisst. Aber sie ist kapriziös und unberechenbar. Und ich spüre, dass bei ihrem Aufenthalt in Paris etwas geschehen ist, das ihre hübsche Philosophie, die sie sich in Hinsicht auf François zurechtgelegt hatte, umgeworfen hat. Verrückt wie sie ist, müsste sie für ihren Monarchen unberührt bleiben wollen. Wenn sie …«

»Ich bitte dich, versuche nicht, deine Tochter zu verstehen, und schreibe ihr nicht vor, wie sie sich zu verhalten hat. Sie wird ihren Willen bekommen. Ja! Alix, ich bin mir sicher, dass sie an dem Tag, an dem sie reif dazu ist, das Lager mit dem König teilen wird. Dagegen kannst du nichts tun.«

»Das stimmt. Ich weiß, dass sie davon besessen ist. Schon als sie noch jung war und nicht genau wusste, worum es eigentlich geht, hat sie davon geträumt. Jetzt weiß sie es.«

»Nun sorge dich nicht«, unterbrach Properzia und zog die Freundin wieder zu sich. »An jenem Tag wird der König wissen, dass es eine kurze Liebschaft ist, und Mathilde wird das ebenfalls begreifen. Hoffen wir also, dass sie sich diese Träumerei dann aus dem Kopf schlägt und anschließend ein Leben wie Valentine führt.«

Die Körper eng aneinandergedrängt, genossen sie es, sich gegenseitig zu spüren. Ihr Seufzen und ihr Duft mischten sich. Ihre offenen Haare verbanden sich zu einer üppigen Pracht, die sich auf dem Kopfkissen kringelte, ineinanderschlang und wieder löste.

»Etwas anderes macht mir Sorge, Properzia. Als du und Nicolas vorhin fort wart, um eine Unterkunft zu suchen, hat ein Reiter vor Valentine gehalten. Es war der neue Vogt. Er hat meine Tochter lange angesehen, dann schien er das Interesse zu verlieren.«

»Und?! Das ist normal, schließlich weiß er, dass sie verheiratet ist. Jetzt haben wir genug von deinen Töchtern gesprochen, mein Herz. Denk ein bisschen an uns.«

Und mit einer großen, weiten Bewegung, die ähnlich überdimensioniert wirkte wie ihre gigantischen Skulpturen, hob Properzia die Decken und entblößte den Körper von Alix.

Ihre Brüste schimmerten weiß, zart und glatt, man sah ihnen das Alter keineswegs an. Ihr Bauch war leicht gewölbt, um den zarten Nabel bildete sich eine sanfte Kuhle, und ihre langen wohlgeformten Schenkel konnten einen Liebhaber noch immer entzücken.

»Sieh mich nicht so an.« Alix fing an zu lachen. »Du bist auch schön und anziehend. Sieh nur!«

Und mit einer geschickten Bewegung drehte sie sich auf die Seite und schob die Beine zwischen jene ihrer Freundin, die nur darauf gewartet hatte und sich verliebt an sie schmiegte.

Sie wanden sich auf den Laken und lösten ihre Umarmung nur, um sich noch ausführlicher und intensiver zu streicheln.

Und in jener Nacht ahnte Alix nicht, dass der neue Vogt von Paris danach trachtete, Valentines Geheimnis zu ergründen.

Glossar

Seite 8
Die sieben Wandteppiche *Das höfische Leben* bestehen aus den folgenden Tafeln: *Das Bad, Der Spaziergang, Die Lesung, Die Stickerei, Das Konzert, Die Rückkehr von der Jagd* und *Die Galanterien*. Sie wurden vermutlich in Tours gewebt und waren für das Château de Chaumont bestimmt. Sie befinden sich im Musée national du Moyen Âge, Paris.

Seite 14
Die Apokalypse des heiligen Johannes wurde vom Duc d'Anjou in Auftrag gegeben und zwischen 1370 und 1390 gewebt. Der Teppich, der von Jean de Bruges, genannt Hennequin, gemalt wurde und auf den Webstühlen von Robert Poinçon und Roger Bataille gefertigt wurde, besaß eine Länge von über einhundertzwanzig Metern. Er hängt heute im Musée Château d'Angers.

Seite 15
Triumph des Sommers gehört zu dem Ensemble der *Vier Jahreszeiten*, das in der Mitte des 16. Jahrhunderts gewebt wurde. Auf allen Teppichen ist ein Triumphzug dargestellt, Detroit Institute of Arts.

Seite 32
Auf den Flachwebstühlen wurden horizontale Arbeiten gewebt,

während die Hochwebstühle, die deutlich höher und größer waren, dazu dienten, riesige vertikale Wandteppiche herzustellen. Die Technik des Webens war jedoch dieselbe.

Seite 164
Triumph der Gerechtigkeit zeigt, wie die Justiz von der Barmherzigkeit entwaffnet wird und Gott über die Schuld der Menschen urteilt. Musées Royaux d'Art et d'Histoire.

Seite 164
Die Einschiffung wurde zu Beginn des 16. Jahrhunderts gewebt; enthält nicht eindeutig zu bestimmende Inschriften und Bedeutung, erinnert an Kampfszenen der Antike. Musée national du Moyen Âge, Paris.

Seite 166
Der Herkunftsort der *Tapisserie mit den Emblemen der Robertets*, die im Musée de Cluny in Paris ausgestellt ist, ist nicht bekannt. Das wundervolle Stück besteht aus drei vertikalen Partien: Sterne auf blauem Grund, Füllhörner auf rotem Grund und Blumen auf gelbem Grund. In der Mitte sind lateinische Inschriften dargestellt.

Seite 181
Diese Tapisserien wurden in Brüssel gewebt und bilden den Anfang weiterer Serien unter dem Titel *Die Fabeltiere*. Einige von ihnen sind im Château de Serrant ausgestellt.

Seite 183
Die »Pfeifenblume« war in jener Zeit in Mode, allerdings auch

bereits zu Zeiten der Millefleurs. Dort kam sie jedoch noch nicht so häufig vor.

Seite 204
Ein Wandbehang, bestehend aus zehn Teilen, in die besonders viele Gold- und Silberfäden gewebt wurden. Er entstand zu Beginn des 16. Jahrhunderts in den Brüsseler Werkstätten. Musée de la Renaissance in Écouen.

Seite 358
Die Wandteppiche der Monate, genannt Die Monate des Trevulzio nach Entwürfen von Bramantimo aus den Werkstätten von Benedetto da Milano, entstanden zwischen 1500 und 1510. Heute befindet sich das Werk im Castello Sforzesco in Mailand.

Seite 464
Die Geschichte von David und Nabuchodonosor, Wandbehang von 3,40 m mal 6,20 m, aus Wolle und Seide, gewebt im Norden zu Beginn des 15. Jahrhunderts, befindet sich im Musée national du Moyen Âge, Cluny.

Seite 469
Die Rückkehr des verlorenen Sohnes wie auch *Der Aufbruch des verlorenen Sohnes*, beides große Wandbehänge von 4 m mal 7 m Größe, wurden von einem Maler aus Anvers gezeichnet und in den Ateliers du Nord gewebt. Dazu gehört noch ein schmaler Teppich mit Millefleurs, doch zwischen den Häusern, die den Hintergrund des Werkes bilden, ist blauer Himmel zu sehen.

Seite 469
Der Wandbehang *Die freien Künste* besteht aus vier großen Bildern: *Die Arithmetik, die Musik, die Rhetorik, die Astronomie.* Sie wurden von Händlern aus Dornick in den Handel gebracht, die sich an Meister aus Anvers gewandt hatten. Musée national du Moyen Âge.

Seite 473
Die Arbeit *Die Dame mit dem Papagei* ist ursprünglich als Zierde für ein Kissen gedacht. Sie misst 0,58 cm x 0,67 cm und ist im Museum für Kunst und Gewerbe in Hamburg ausgestellt.

Seite 474
Der Wandbehang *Die Jagd von Devonshire*, der aus vier großen Stücken von mehr als zehn Metern Länge besteht, zeigt Szenen von adligen Paaren bei der Jagd, von denen einige grausam realistisch wirken. Er stammt aus der zweiten Hälfte des 15. Jahrhunderts. Victoria and Albert Museum, London.